AF397853

Sabine Strick wurde 1967 in Berlin geboren und wuchs dort auf. Ihre Liebe zum Schreiben entdeckte sie bereits als Kind und sie begann im Alter von siebzehn Jahren, an ersten Romanen zu arbeiten. Doch erst 2017 entschloss sie sich, endlich die notwendigen Schritte für Veröffentlichungen in die Wege zu leiten. Und dann ging auf einmal alles recht schnell: Sie wird nun von der Agentur Ashera vertreten und veröffentlicht seit 2018 mehrere Romane in verschiedenen Genres bei verschiedenen Verlagen.

SABINE STRICK

GEFÄHRLICHE IDYLLE

DOMINIQUE DEMESY ERMITTELT

Überarbeitete Neuausgabe Februar 2022

© 2022 dp Verlag, ein Imprint der dp DIGITAL PUBLISHERS GmbH

Made in Stuttgart with ♥
Alle Rechte vorbehalten

Gefährliche Idylle

ISBN 978-3-96817-994-0
E-Book-ISBN 978-3-96817-997-1

Copyright © 2020, dp Verlag, ein Imprint der
dp DIGITAL PUBLISHERS GmbH
Dies ist eine überarbeitete Neuausgabe des bereits 2020 bei dp Verlag, ein Imprint der dp DIGITAL PUBLISHERS GmbH erschienenen Titels Mörderisches Paradies (ISBN: 978-3-96087-869-8).

Covergestaltung: ARTC.ore Design
Umschlaggestaltung: ARTC.ore Design
Unter Verwendung von Abbildungen von
shutterstock.com: © Vikram W, © gyn9037
Lektorat: Martin Spieß
Satz: dp DIGITAL PUBLISHERS GmbH
Druck und Bindung: Books on Demand GmbH, Norderstedt

Das Werk darf – auch teilweise – nur mit
Genehmigung des Verlages wiedergegeben werden.

Sämtliche Personen und Ereignisse dieses Werks sind frei erfunden. Etwaige Ähnlichkeiten mit real existierenden Personen, ob lebend oder tot, wären rein zufällig.

PROLOG

Istanbul, 1993

Auf der Intensivstation des Internationalen Krankenhauses in Istanbul herrschte geschäftiges Treiben. Pflegepersonal eilte hin und her, Ärzte überwachten unaufhörlich den Zustand der Schwerkranken, die an hektisch piependen Maschinen angeschlossen waren.

Die Lider des Mannes, der in einem der Betten lag, flatterten. Unruhig warf er den Kopf hin und her. Er nahm undeutlich eine blonde Frau in einem blassblauen Kittel wahr, die sich ihm näherte.

„Guten Morgen, Mr Demesy", begrüßte sie ihn in akzentfreiem Englisch. „Na, sind wir wieder wach? Wie fühlen Sie sich denn heute?"

Dominique Demesy stöhnte. Bei jedem Atemzug schienen Tausende von Nadeln in seine Brust zu stechen. Auch sein Hals und seine Nase schmerzten, und in seinem Kopf dröhnte es, als ob ein Hammer auf einen Amboss schlüge. Er wollte es der Ärztin sagen, doch er brachte kein Wort hervor. Matt sank sein Kopf zur Seite, und er fiel wieder in den Dämmerschlaf, in dem er die letzten Tage dank ruhigstellender Medikamente verbracht hatte.

Dr. Laura Sayoglu blickte nachdenklich auf ihren Patienten, der vor drei Tagen mit einer gefährlichen Schussverletzung im Lungenbereich und einer schweren Gehirnerschütterung eingeliefert worden war und dessen Leben noch am seidenen Faden hing. Er ist ein attraktiver Mann, dachte die englische Ärztin. Der gebräunte Körper, der jetzt so apathisch und an unzählige Schläuche angeschlossen auf dem weißen Bett ruhte, war gut gebaut und sportgestählt. Das Gesicht, wenn auch vom Kampf mit dem Tod gezeichnet, besaß eine reizvolle Mischung aus Schönheit und Härte. Das volle dunkelbraune Haar begann an den Schläfen leicht zu ergrauen.

Dr. Sayoglu seufzte. Würde ihr Patient durchkommen? Es schien, als stünde damit der Ruf des Krankenhauses auf dem Spiel, denn die Affäre hatte Schlagzeilen in der türkischen Tagespresse gemacht. Ein französischer Privatdetektiv, der in Indien lebte, und eine von Interpol gesuchte italienische Meisterdiebin, die behauptete, ihre Ur-Großmutter sei eine Favoritin des letzten Sultans gewesen ...

Das brachte einen Hauch von Abenteuer in den Krankenhausgeruch aus Desinfektionsmittel und Äther. Die Chancen standen fifty-fifty, dass ihr Patient überleben würde. Es hatte ihn schwer erwischt, doch der Franzose schien eine gute Konstitution zu haben. Allerdings würde er kaum seine einstige Form wiedererlangen.

Kopfschüttelnd studierte die Ärztin die Werte auf dem Monitor am Kopfende des Bettes und winkte eine Krankenschwester heran. „Wir müssen ihn wieder an die Atemmaschine anschließen, er schafft es noch nicht allein. Und verabreichen Sie die übliche Dosis Morphium, er wird zu unruhig."

***

Wieder wurde Dominique Demesy aus den Tiefen seines künstlichen Schlafs an die Oberfläche gespült und erlangte das Bewusstsein, was sich durch ein zentnerschweres Gewicht auf dem Brustkorb und bohrende Schmerzen ankündigte. Mühsam rang er nach Luft. Es

6

kam ihm so vor, als hätte er nicht länger als eine Viertelstunde seit dem letzten Erwachen gedöst, doch tatsächlich waren zwei Tage vergangen. Nun merkte er auch, was ihn geweckt hatte: eine Frau saß an seinem Bett, streichelte seinen Arm und redete leise auf ihn ein. Sie hatte eine junge Stimme, die ihm vertraut war.

„So ist es richtig, Miss", lobte die Stimme der Ärztin aus einer Ecke des Raumes. „Sprechen Sie so viel wie möglich mit ihm, auch wenn es scheint, als höre er es nicht. Im Unterbewusstsein bekommt er es doch mit, vor allem, wenn Sie in seiner Muttersprache mit ihm reden."

Dominique nahm alle Kraft zusammen, um die Augen zu öffnen, aber seine bleischweren Lider wollten ihm nicht gehorchen. Er hatte Angst, dass die Frau verschwunden wäre, bevor er es schaffte, sie richtig anzusehen. Vielleicht könnte sie ihm sagen, was geschehen war, warum er mit diesen irrsinnigen Schmerzen in diesem Bett lag, mit unbekannten blau gekleideten Gestalten um ihn herum. Er konnte sich an nichts erinnern.

Beim vierten Versuch blieben seine Augen endlich offen. Mit noch mehr Anstrengung gelang es ihm, sie auf die junge Frau zu richten. Auf den ersten Blick war er enttäuscht: Auch sie trug einen verwaschenen blassblauen Baumwollkittel und hatte das Haar unter eine dünne blaue Haube geschoben. War es doch nur irgendeine Krankenschwester? Aber ihr Gesicht erinnerte ihn an jemanden und er wusste, dass sie in sein Leben gehörte. Ein Name kam ihm ins Gedächtnis.

„Jaclyn", brachte er kaum hörbar hervor.

Auf dem hübschen, jungen Gesicht, das erfreut gelächelt hatte, als er die Augen geöffnet hatte, zeigte sich sekundenlang Enttäuschung. Dann schob sich ein sanftes, beruhigendes Lächeln davor. „Ich bin Jennifer. Erkennst du mich?"

Es gelang ihm, ein Nicken anzudeuten. Jennifer. Natürlich.

„Jaclyn", murmelte er noch einmal, und es klang flehend.

„Sie ist nicht hier, Dominique", erwiderte die junge Frau unsicher.

Was sollte das heißen, nicht hier? Er war sterbenskrank und die Frau, die sein Leben teilte, war nicht an seiner Seite? Wo war sie? Doch diese Frage zu stellen, war entschieden zu anstrengend. Bei jedem Wort durchfuhr ihn ein schneidender Schmerz von der Kehle bis zum Brustbein. Ein anderer Name fiel ihm ein.

„Sonja ..."

„Ich habe die Großeltern angerufen, sie werden es ihr sagen – wenn sie nicht gerade in Mariinsk ist."

Dominique gab seinen schweren Lidern nach und ließ sie zufallen. Mariinsk ... etwas sagte ihm, dass er dort gewesen war, und dass sich etwas Schreckliches an diesem Ort abgespielt hatte, aber jetzt wusste er nicht einmal, wo er lag. Und Sonja? Wer war sie, warum rief ihr Name eine vage, unbestimmte Sehnsucht in ihm wach?

Aus dem Dunkel der Amnesie löste sich eine Flut langer, goldblonder Haare, ein schönes, kühles Gesicht mit großen braunen Augen. Doch der dazugehörige Name fiel ihm nicht ein. Sonja war es jedenfalls nicht, und auch nicht Jaclyn. Stattdessen drängte sich mit unangenehmer Deutlichkeit ein anderer Name in sein Gedächtnis: Brian O'Reely. Etwas Quälendes verband sich mit diesem Namen und wollte ihn nicht mehr loslassen.

„Ich habe Mutter angerufen", erzählte die leise Stimme der jungen Frau weiter. „Sie ist sehr bestürzt, aber sie kann leider nicht herkommen, jedenfalls nicht sofort. Sie kann nicht aus dem Geschäft weg."

Mit dieser Information konnte er überhaupt nichts anfangen. Er würde später darüber nachdenken. „Wer ist Brian O'Reely?", flüsterte er mühsam blinzelnd.

„Denk jetzt nicht daran", sagte Jennifer hastig.

„Es ist wichtig ...", bekam er noch heraus, dann versagte seine Stimme.

„Er ist ein Freund", meinte sie zögernd. „Aber das ist im Moment wirklich nicht von Bedeutung, glaub mir."

Dominique schloss die Augen wieder und sah die Wolkenkratzer einer Großstadt vor sich, sah sonnenüberflutete Reisfelder, Wälder und schneebedeckte Berge. Alles wirbelte wie bei einem Kaleidoskop durcheinander. Ihm wurde schwindlig davon. Dann kam der Alptraum seiner Kindheit wieder. Er hörte schmerzvolle gepeinigte Frauenschreie, sah Blut auf einem schmutzigweißen Tischtuch und auf nackten Frauenbeinen, spürte peitschenden Regen auf seiner Haut, kalte Dunkelheit, heulenden Sturm. Er rannte um sein Leben, um Blut und Unwetter zu entkommen, bis seine Brust vor Anstrengung schmerzte.

Plötzlich wurde alles hell und ruhig, und er hatte das gleiche Bild vor Augen wie schon mehrmals in den letzten Tagen: blumengeschmückte Gräber auf einem Friedhof. Die Stille wurde nur von dem hässlichen Krächzen großer Krähen unterbrochen. Und die Schmerzen in der Brust waren auf einmal weg, er fühlte sich leicht und unbeschwert.

Entsetzt zwang er sich, in die Wirklichkeit zurückzukehren und hieß die wiederkehrenden Qualen fast erleichtert willkommen, denn sie zeugten vom Leben.

„Muss ich sterben?", flüsterte er.

Jennifer schüttelte den Kopf und setzte ein zuversichtliches Lächeln auf. „Nein, du schaffst es. Du bist ein Kämpfer, Dominique, du wirst leben." Aber aus ihren großen grünbraunen Augen liefen ihr Tränen über die sanft gerundeten Wangen. Sie schlug die Hände vors Gesicht und schluchzte. „Verzeih mir. Ich wollte nicht, dass du stirbst. Doch, ich wollte es. Du hast mir so wehgetan, mein Leben lang.“

Dominique versuchte, die Hand nach ihr auszustrecken, um sie zu trösten, aber zwei Schläuche, an denen er festhing, hinderten ihn daran. Wütend wollte er mit der anderen Hand danach greifen, um sie abzureißen. Auf dem Weg dahin verhedderte er sich in den Kabeln, die durch Saugknöpfe seine Brust mit den elektronischen Apparaten verbanden. Unruhig zappelte er hin und her.

Laura Sayoglu und ein Krankenpfleger eilten herbei. Die Ärztin legte die Hände auf Jennifers zuckende Schultern. „Sie dürfen ihn nicht aufregen, Miss“, tadelte sie sanft. „Und sich selbst auch nicht. Bitte gehen Sie jetzt. Wollen Sie etwas zur Beruhigung nehmen?“

„Schlaftabletten“, schluchzte Jennifer nach kurzem Überlegen. „Ich möchte vergessen ... endlich wieder eine Nacht durchschlafen ...“

„Ich werde Ihnen etwas bringen lassen. Bitte warten Sie vor der Tür.“

Und während Jennifer den Raum verließ und sich noch einmal mit tränenüberströmtem Gesicht umdrehte, wand sich Dominique röchelnd auf seinem Bett, kämpfte mit dem Krankenpfleger, der ihn festhielt, und hustete Blut.

„Da haben wir die Bescherung“, murmelte Dr. Sayoglu.

Während ihm ein schneidender Schmerz die Brust zerriss und ihm ein zweiter in den Kopf fuhr, hörte Dominique einen Schuss krachen und höhnisches Frauengelächter, das die fremdsprachigen Anweisungen übertönte, die die Ärztin dem Krankenpfleger gab.

Dann versank wieder alles um ihn herum in barmherzige Bewusstlosigkeit. Aber die mosaikartigen Bilder aus seiner Vergangenheit wirbelten weiter in einem Höllentempo an ihm vorbei. Vergeblich bemühte er sich, sie festzuhalten, um sie wie ein Puzzle zu einem Ganzen zusammenzusetzen. Er spürte die Hitze eines tropischen Ortes, eine glühende, sengende Sonne. Armselige Häuser unter Palmen. Die Namen Neukaledonien und Französisch-Guyana kamen ihm in den Sinn. Aufgebrachte dunkelhäutige Menschen standen Gendarmen in blauen Uniformen gegenüber. Er war einer von ihnen. Messer blitzten, Schüsse krachten. War das des Rätsels Lösung? War er bei einer Revolte verletzt worden? Er erinnerte sich, dass er damals noch recht jung gewesen war. Seine Gendarmen-Uniform hatte er vor vielen Jahren an den Nagel gehängt. Es hatte noch keine Jaclyn in seinem Leben gegeben. Auch keine Sonja. Genau genommen noch nicht einmal Jennifer. Nur die namenlose goldhaarige Schöne. Und diesen verflixten Brian O'Reely. Das war es also nicht.

„Es ist Mitternacht', hörte er eine Stimme. ,Ich kann nie um diese Zeit einschlafen. Da plagen mich meine Mitternachtsdämonen.' Hatte er selbst das gesagt? Waren die Dämonen, gegen die er gekämpft hatte, nun gekommen, um ihn endgültig zu holen? Wie sahen sie aus? Waren es schattenhafte Gestalten in langen, dunklen Gewändern mit blassen Gesichtern? Oder buntangemalte Fratzen wie auf den Holzmasken, die er schon so oft betrachtet hatte? Wo war das gewesen?

Er sah sattgrüne Reisterrassen vor sich, hohe Palmen und hohe Berge, Tempel und Moscheen, ein Wirrwarr von Menschen mit hell- bis dunkelbrauner Haut. Und immer wieder tauchte ein Name auf: Indien.

Ja, Indien. Das war es. In Indien hatte alles angefangen ...

EPISODE 1

DIE TOCHTER AUS PARIS

Delhi, 1991

1

Die Abenddämmerung senkte sich über die indische Stadt Delhi.

Die halbverfallenen Gebäude der Altstadt wirkten im Zwielicht geheimnisvoll und leicht bedrohlich. In dicken Mauerresten zertrümmerter Festungen wucherte das Unkraut, in kahlen Hallen gewaltiger Grabmäler verklang das Geräusch der Schritte. In den Gewölben von Jagdpavillons nisteten Hornissen. Putz bröckelte von den schwarz gewordenen, pilzdurchsetzten Mauern. Krähen krächzten. Hoch am Himmel kreisten Aasgeier und erinnerten an Tod und Verfall.

Im scharfen Kontrast dazu standen die Straßen der Altstadt, in denen buntes Treiben herrschte. Menschenmassen fluteten vorüber wie ein nicht abreißender Strom. Dazwischen versuchten sich Droschken, Rikschas und Autos einen Weg zu bahnen. Hin und wieder lagen Kühe auf Fahrbahn und Bürgersteigen und verursachten Staus.

Der französische Detektiv Dominique Demesy und sein amerikanischer Kollege Peter Hestersant schlichen im Schatten der baufälligen Häuser voran. Sie verfolgten einen jungen Inder, der sich mit raschen Schritten einen Weg durch die Menge der Leute bahnte, die zu Fuß, auf Eseln und Fahrrädern die schmale Gasse bevölkerten. Plötzlich blieb er stehen und blickte sich suchend um. Die beiden Detektive gingen hastig hinter dem Tresen einer Garküche in Deckung. Von dort aus spähten sie durch die Girlanden aus aufgefädelten Knoblauchzehen. Der Inder verschwand in einem Hauseingang.

Dominique machte Anstalten, ihm zu folgen. Peter hielt ihn zurück. „Das riecht nach einer Falle, Nick", warnte er.

„Darauf müssen wir es ankommen lassen", erwiderte Dominique in seinem melodiösen Englisch, dem ein leichter französischer Akzent anhaftete. Englische Muttersprachler, die ein Ohr dafür hatten, konnten auch einen winzigen irischen Dialekt heraushören. „Der französische Botschafter ist schließlich der Auftraggeber."

„Ich würde meine Haut nicht mal für den amerikanischen riskieren", brummte Peter.

„Dann hättest du eben Pilot bleiben sollen", entgegnete Dominique kurz und trat wieder auf die Straße. Peter musste ihm wohl oder übel folgen.

Sie pirschten sich an den Eingang des Hauses heran und sahen sich noch einmal nach allen Seiten um. Es gab keine Anzeichen dafür, dass sie jemand beobachtete. Lautlos stiegen sie eine ausgetretene Steintreppe hinauf.

Vor der Tür, hinter der leise Stimmen erklangen, blieben sie stehen. Sie waren sicher, dass der Mann, den sie seit Tagen beobachtet und nun durch die halbe Stadt verfolgt hatten, sie zum gewünschten Ziel führte.

Dominique trat die Tür mit einem gewaltigen Tritt ein und stürmte gefolgt von Peter in das bescheidene Zimmer, in dem zwei Inderinnen auf dem Boden hockten und in einem großen Topf rührten. Erschrocken starrten sie die Eindringlinge an. Ohne sie weiter zu beachten, stürzten die Detektive auf eine halb offene Tür zu, die in ein winziges Hinterzimmer führte. Die drei Männer, die sich dort aufgehalten hatten, waren offenbar durch den Lärm gewarnt worden. Zwei von ihnen erwarteten sie mit gezückten Messern, während der dritte versuchte, die auf dem Boden ausgebreiteten

Schmuckstücke einzusammeln und verschwinden zu lassen.

Die beiden Detektive zogen ihre Pistolen und hatten damit die besseren Karten. Sie fesselten die Ganoven und legten zufrieden die Juwelen der französischen Botschaftergattin in die Schatulle zurück.

In Europa hätten sie jetzt die Polizei gerufen, um die überführten Diebe festnehmen zu lassen. Doch in Indien wandte sich kaum jemand freiwillig an die Polizei, die Unschuldige brutalisierte und erpresste, während sie gleichzeitig Kriminelle gegen Bestechungsgelder verschonte. Korrupte Polizisten forderten Geld, um eine Anzeige aufzunehmen und taten dann alles, damit sich die Sache im Sande verlief.

Die Abneigung der Bevölkerung gegen die indische Polizei erklärte den Erfolg der Detektivagentur Stacy & Langmaster, für die Dominique und Peter arbeiteten. Gerade die in Indien lebenden Ausländer wandten sich lieber an die als seriös und effizient geltende Filiale eines großen Londoner Ermittlungsbüros, als das Risiko einzugehen, sich mit der Polizei einzulassen, deren Gräueltaten die Tageszeitungen füllten. Prügel, Folter und Vergewaltigung schienen an der Tagesordnung zu sein.

So begnügten sich Dominique und Peter damit, die Gangster gefesselt in ihrem Zimmer sitzen zu lassen. Bis ihnen die beiden Frauen die Fesseln abgenommen hatten, würden die Ermittler genug Vorsprung haben, das Haus zu verlassen und im Gewimmel der Straßen unterzutauchen.

Sie kehrten zum Auto zurück und fuhren nach New Delhi, zur Villa des französischen Botschafters, wo sie seiner erleichterten Gattin den Schmuck aushändigten.

„Wenn ich mir vorstelle, dass von diesem Schmuck ein ganzes Dorf in Indien jahrelang leben könnte ...", sagte Peter nachdenklich, als sie die luxuriöse Villa verließen. „Genauer gesagt überleben ...“

„Ich weiß. Wie oft hätte ich die Diebesbeute lieber den armen verhungerten Gaunern gelassen statt sie den verfetteten reichen Auftraggebern zurückzubringen. Aber ist Kriminalität etwa die Lösung? Außerdem steht der Ruf der Agentur auf dem Spiel – und damit auch unser täglich Brot.“

„Trotzdem – manchmal frage ich mich, ob wir unser Geld in solchen Fällen nicht ein bisschen auf Kosten der Armen verdienen.“

„Ach, Unsinn. Schließlich beziehen wir unser Gehalt nicht von den Steuern der indischen Bevölkerung, sondern genau von den Reichen, die du anscheinend schröpfen möchtest, um das Weltkapital ein bisschen umzuverteilen.“ Dominique lachte und klopfte Peter auf die Schulter.

„Du hast recht“, gab dieser zu. „Ich weiß auch nicht, woher mir diese Ideen plötzlich kommen. Ich glaube, ich habe einen Moralischen, weil mein Sohn heute Geburtstag hat und ich ihn schon seit zwei Jahren nicht mehr gesehen habe.“

Sie stiegen in Peters Wagen.

„Ich habe meine Tochter schon seit sechs Jahren nicht mehr gesehen“, murmelte Dominique. „Nehmen wir noch einen Drink bei mir?“

Peter nickte.

Dominiques Wohnung lag in einem Häuserblock nicht weit entfernt vom Botschafterviertel. Nach dem Gewühl der Altstadt wirkten die breiten Alleen von New Delhi wie leer gefegt, obwohl auch hier rege Betriebsamkeit herrschte. Hinter gepflegten Rasenflächen und üppigen Hecken lagen elegante Villen, durch hohe schmiedeeiserne Zäune abgeschirmt von der bettelnden und handelnden Bevölkerung.

Hier lebten die reiche Oberschicht Indiens und wohlhabende Ausländer. Nach indischen Maßstäben gehörten Dominique und Peter dazu, obwohl ihre Gehälter eher bescheiden waren. Dominique hätte als Detektiv in Frankreich wesentlich mehr verdienen können, und Peter hatte als Pilot der PAN AM ein vielfaches Einkommen bezogen. Aber Geld hatte für diese beiden idealistischen Abenteurer nur einen geringen Stellenwert.

Dominiques geräumige Zweizimmerwohnung war schlicht, aber behaglich eingerichtet und geschmackvoll dekoriert. Die weiß getünchten Wände wurden von einem orientalischen Wandteppich und zwei Landschaftsgemälden mit indischen Motiven geziert. In einer einfachen Schrankwand standen ein Fernseher, eine kleine Stereoanlage und ein paar Bücher. Keine Fotos, nur einige dekorative Souvenirs aus Afrika und der Südsee.

Peter ließ sich auf der Couch nieder und streckte seufzend die Beine von sich. „Oh Mann, war das ein Tag."

Dominique ging in die Küche und kam mit zwei Bierbüchsen wieder. Die Männer zündeten sich Zigaretten an und tranken durstig einige Schlucke Bier.

Dominiques Telefon klingelte.

„Bonjour, hier ist Cathérine", sagte eine Stimme von weit her.

Vor Überraschung fiel Dominique fast die Zigarette aus dem Mundwinkel.

„Hallo, wie geht's? Was ist los?", fragte er alarmiert.

Cathérine war Dominiques Ex-Frau. Er war seit fünfzehn Jahren von ihr geschieden, und da sie in Paris lebte, hatten sie so gut wie keinen Kontakt mehr. Die einzige Verbindung stellten die monatlichen Schecks dar, die Dominique ihr für Jennifers Unterhalt schickte.

Peter trank in genießerischen kleinen Zügen sein Bier und beobachtete dabei seinen Kollegen und Freund.

Dominique war ein äußerst attraktiver Mann, groß, schlank und durchtrainiert. Die ersten Fältchen verhärteten seine klaren ebenmäßigen Gesichtszüge. Seine Augen waren von einem tiefen Blaugrün, das sich gegen seine gebräunte Haut abhob. Die ernste, entschlossene Miene, die er oft aufsetzte, erhöhte seine mysteriöse Ausstrahlung, die auf die meisten Frauen unwiderstehlich wirkte. Genau wie sein verschmitztes Lächeln, bei dem sich lange Grübchen in seinen Wangen bildeten.

Seine Stimme war dunkel und rauchig. Peter verstand kaum ein Wort Französisch; dennoch lauschte er fasziniert. Dominique sprach ein gutes, aber eher langsames, wohlüberlegtes Englisch, in seiner Muttersprache jedoch wirkte er wesentlich lebhafter und spontaner. Seine Mimik schwankte zwischen Betroffenheit, Ablehnung und Interesse. Er fuhr sich nervös mit den schlanken Fingern durch das dichte, dunkelbraune Haar.

„Das kommt nicht in Frage!", lehnte er gerade heftig ab.

„Dominique, du musst mir helfen!", insistierte die Frauenstimme am anderen Ende, Tausende von Kilometern entfernt. „Jennifer ist schließlich auch deine Tochter. Du hast dich nie um sie gekümmert und ich habe es bisher nie von dir verlangt. Aber jetzt bitte ich dich zum ersten Mal darum!"

„Jetzt, wo sie fast erwachsen ist! Hör zu, Cathérine, hältst du es wirklich für eine gute Idee, dass ich sie zu mir nehme? Abgesehen davon, dass Indien bestimmt nicht das richtige Land ist, um einem verbummelten, jungen Mädchen einen guten Start ins Berufsleben zu bieten. Ich weiß auch nicht, ob ich die richtige Person bin, um sie zu ‚disziplinieren', wie du es so schön nennst. Sie kennt mich ja kaum."

„Aber genug, um sich ein Idealbild von ihrem ewig abwesenden Vater gemacht zu haben. Im Vergleich dazu schneiden Jacques und ich natürlich sehr schlecht ab. Wenn ihr jemand Disziplin beibringen kann, dann du – du verstehst es, dir Respekt zu verschaffen, und du erreichst immer, was du willst. Du kannst einem jungen, desorientierten Menschen ein Vorbild sein!“

„Ich wusste gar nicht, dass du eine so hohe Meinung von mir hast“, spottete er. „Warum kann dein Mann ihr nicht dieses Vorbild sein?“

Trotz des Rauschens und Knisterns in der Leitung hörte er ihr Seufzen. „Das ist ein Problem. Die beiden können sich nicht leiden. Jacques scheint sie geradezu aus dem Haus zu treiben – natürlich, ohne es zu wollen. Sie meidet ihn und tut nie, was er sagt.“

„Mit neunzehn hat sie ein Recht auf Unabhängigkeit. Vielleicht engt ihr sie zu sehr ein?“

„Das können wir gar nicht, sie ist ja kaum noch zu Hause! Sie entgleitet uns immer mehr. Jacques und ich arbeiten viel, wir können sie nicht beaufsichtigen. Dominique, ich habe Angst um sie! Bei dieser Herumtreiberei kann sie auf die schiefe Bahn geraten. Sie muss aus diesem Milieu heraus und deshalb halte ich einen Tapetenwechsel für ideal.“

„Schlechte Gesellschaft gibt es hier auch. Und ich kann sie auch nicht ständig beaufsichtigen – ich arbeite oft spätabends und bin häufig auf Reisen.“

„Ich bin sicher, du hättest einen guten Einfluss auf sie“, beharrte Cathérine.

„Spricht sie überhaupt Englisch?“

„Ja. Es war das einzige Fach, in dem sie beim Abitur eine gute Note hatte.“

„Kann sie kochen?“

„Weiß nicht. Sie zeigt keinerlei hausfrauliche Ambitionen.“

„Das werde ich ihr als Erstes beibringen“, knurrte er.

„Soll das heißen, du bist einverstanden?", fragte Cathérine hoffnungsvoll.

„Meinetwegen lassen wir es auf einen Versuch ankommen. Besorg ihr ein Touristenvisum, ich kümmere mich vor Ort um alle Formalitäten. Lass sie gegen Tetanus und Hepatitis B impfen, und sie muss Typhus- und Malariaprophylaxe nehmen. Und sie soll ihr Abiturzeugnis mitbringen. Ich werde versuchen, ihr hier einen Job zu besorgen."

„Du bist ein Schatz, Dominique."

„Aber wenn sie mir zu sehr auf den Wecker fällt, schicke ich sie zu dir zurück!"

„Du wirst dich in ihren Charme verlieben und sie nie wieder hergeben wollen", versicherte Cathérine.

Dominique rief sich die bildschöne junge Blondine in Erinnerung, die er vor knapp 20 Jahren geheiratet hatte. „Sieht sie dir jetzt eigentlich ähnlich?"

„Nein, nicht besonders Sie kommt mehr nach dir, finde ich."

„Das freut mich."

„Ich muss jetzt Schluss machen. Ich rufe dich noch mal an, wenn ich weiß, wann sie ankommt. Bis dann, Dominique."

„Halt!", rief er. „Was hält überhaupt Jennifer davon, dass ..."

Doch Cathérine hatte bereits aufgelegt.

Dominique warf den Hörer auf die Gabel und holte eine Flasche und ein Glas aus einem Schrank. „Auf den Schreck brauche ich einen Whisky."

„Was ist los?", erkundigte sich Peter.

„Ich kriege Logierbesuch. Meine Tochter."

„Das ist doch prima. Macht sie hier Urlaub?"

„Nein. Meine Ex-Frau wird mit ihr nicht mehr fertig und findet, dass es nun an mir ist, endlich väterliche Autorität auszuüben. Cathérine sagt, dass Jennifer seit dem Abitur überhaupt nichts mehr tut, nur noch in den

Tag hineinbummelt und sich die Nächte um die Ohren schlägt. Sie treibt sich herum, macht keine Anstalten, sich um einen Job oder ein Studium zu kümmern, hat nach Cathérines Geschmack zu viele Männerbekanntschaften ..."

„Abitur hast du gesagt?", unterbrach Peter verblüfft. „Wie alt ist deine Tochter nochmal?"

„Sie ist im Januar neunzehn geworden."

„Da hast du aber früh angefangen."

„Ja, ich war einundzwanzig, als sie geboren wurde. Ein Unfall natürlich, der mich dazu zwang, dieses verwöhnte launische Luder Cathérine zu heiraten ..." Er ließ seine Augen durch den Raum schweifen. „Wo soll ich sie überhaupt unterbringen? Was für eine idiotische Idee! Na ja, sie kann auf der Klappcouch schlafen, die ist recht bequem ..."

„Neunzehn ..." Peter ließ das Wort genießerisch auf der Zunge zergehen. „Ich nehme sie gerne bei mir auf, wenn du nicht weißt, wohin mit ihr", bot er großzügig und mit verschmitztem Zwinkern seiner graublauen Augen an.

„Ferkel", brummte Dominique. „Übrigens glaube ich nicht, dass sie dein Typ ist."

„Hast du ein Foto?"

Dominique holte einen Pappkarton mit Fotos aus dem Schrank. Er wühlte ein wenig darin herum und fischte ein Foto heraus, das er Peter hinhielt. Dieser musterte entzückt die kühle Schönheit mit den schulterlangen goldblonden Haaren und den großen braunen Augen.

„Was für ein bildhübsches Weib! Sieht aber älter aus als neunzehn."

„Blödmann, das ist meine Ex-Frau. Jennifer ist die Kleine daneben."

Peter betrachtete den etwas pummligen, linkisch wirkenden Teenager mit dem fahlen Teint und den brav zurückgekämmten hellbraunen Haaren. Das verkrampfte Lächeln ließ eine Zahnspange erahnen. „Wie alt war sie da?"

„Das war vor sechs Jahren. Das Bild habe ich aufgenommen, als ich zum letzten Mal in Frankreich war. Seitdem habe ich sie nicht mehr gesehen."

„Schämst du dich nicht?" Peter dachte an seinen Sohn und seufzte.

„Paris und Delhi sind nicht gerade Nachbarstädte", verteidigte sich Dominique. „Cathérine hat sich immer geweigert, mir Jenni in den Ferien zu schicken. Seit ich hier lebe, hatte ich nicht immer das nötige Kleingeld für Flüge nach Paris. Und ich will meinen Urlaub auch nicht ständig in Frankreich verbringen. So wie du deinen nicht in New York!"

„Ich hoffe, meine Ex schickt mir Patrick nächstes Jahr in den großen Ferien, dann zeige ich ihm Indien. Ich vermisse ihn natürlich schon. Auch wenn mir Urlaub mit einer hübschen Lady in Kerala oder auf den Malediven ehrlich gesagt mehr Spaß macht als mit quengelnden Kindern oder verbohrten, ewig schmollenden Teenagern."

„Wem sagst du das. Ich konnte mit Kindern nie viel anfangen", gestand Dominique. „Meine Tochter ist mir fast fremd. Sie war erst vier, als Cathérine und ich uns scheiden ließen. Du weißt ja, dass ich bei der mobilen Gendarmerie alle zwei Jahre versetzt wurde. In Französisch-Guyana, im Senegal und auf Neukaledonien waren Heimatbesuche auf einmal im Jahr reduziert – wenn überhaupt. Und seit ich die Armee verlassen habe und nach Indien gezogen bin, habe ich mit meinem alten Leben nahezu abgeschlossen. Dieses Land nimmt einem jedes Leben, das man zuvor geführt hat. Und der Job hält mich so in Atem, dass ich nicht mehr dazu komme, noch groß an die Vergangenheit zu denken. Klingt das nach blöden Ausflüchten?"

„Keine Ahnung, aber mir geht es genauso. Die letzten zwei Jahre sind wie im Flug vergangen. Indien hat mich umgekrempelt, aufgesaugt. Amerika, das ist so weit weg. Es ist, als ob Indien mich adoptiert hat. Nur mein Job als Pilot fehlt mir manchmal. Die Zwänge und Vorschriften der PAN AM allerdings nicht."

„Stacy & Langmaster gibt dir ja oft genug Gelegenheit, deine Kollegen durch die Lande zu fliegen, damit du es nicht verlernst." Dominique runzelte die Stirn. „Peter, mir ist richtig mulmig bei dem Gedanken, dass ich da bald einem jungen Mädchen gegenüberstehen werde, das Papa zu mir sagen und Ansprüche an mich stellen wird. Es ist die dämlichste Idee, die Cathérine je gehabt hat."

Peter schüttelte den Kopf. „Du hast in unzählige Pistolenmündungen geblickt, ohne mit der Wimper zu zucken, hast gegen Demonstranten, Schläger und Revolutionäre gekämpft, hast Schwerverbrechern das Handwerk gelegt ... und hast jetzt Angst vor einem jungen Mädchen, das dein eigen Fleisch und Blut ist? Sei nicht albern!"

„Was wäre, wenn deine Ex-Frau dir plötzlich deinen Sohn andrehen wollen würde?"

„Ich würde mich freuen."

„Dann wäre es aber aus mit deiner Freiheit", gab Dominique zu bedenken. „Keine Mädchen mehr, die in deiner Wohnung ein- und ausgehen, keine Wochenendtouren mehr nach Kaschmir oder Pondicherry ..."

„Und warum nicht? Nick, ich glaube, du nimmst das ein bisschen zu ernst. Erstens ist deine Tochter fast erwachsen, sie braucht keinen Babysitter mehr. Wie du ja gehört hast, führt sie ein vergnüglicheres Leben als du. Zweitens ist es an ihr, sich an dein Leben anzupassen, und nicht umgekehrt. Und drittens wirst du sehen, dass Kinder durchaus eine Bereicherung sein können.

Ich könnte mir Schlimmeres vorstellen, als mit einem jungen Mädchen zusammenzuleben!"

Dominique kippte den Rest seines Whiskys hinunter und stellte das Glas mit einer entschlossenen Bewegung auf den Tisch zurück. „Du hast recht. Und wenn sie mir zu sehr auf die Nerven geht, nehme ich dein Angebot an und schicke sie zu dir!"

2

Vier Wochen später landete die Maschine der Air France, die Jennifer Demesy nach Delhi brachte, auf dem Indira Gandhi International Airport. Das junge Mädchen folgte den anderen Passagieren durch den langen, mit bunten Mosaiksteinen gekachelten Gang des Flughafens. Ein schwer definierbarer und fast ekelerregender Geruch hing in der Luft, wie eine Mischung aus Fäkalien und fremdartigen Gewürzen.

Jennifer hievte ihren großen Koffer und die prall gefüllte Reisetasche vom Transportband auf einen Gepäckwagen und reihte sich in die lange Schlange der Wartenden ein, die sich vor der Zoll- und Passkontrolle gebildet hatte. Während sie langsam aufrückte, stellte sie sich gelegentlich auf die Zehenspitzen und sah suchend geradeaus. Kurz bevor sie an der Reihe war, entdeckte sie ihren Vater in der gedrängten braunhäutigen Menschenmenge von Männern in pyjamaähnlichen Anzügen und Frauen in bunten Saris.

Als sie die Kontrolle passiert hatte, stürmte Jennifer auf ihn zu und warf ihm die Arme um den Hals. „Hi, Papa!"

Dominique, der seine Tochter nicht gleich erkannt hatte, schob sie verblüfft auf Armlänge von sich weg. Ein anerkennendes Lächeln breitete sich auf seinem Gesicht aus, während er sie musterte. Schulterlange hellbraune Haare umrahmten stufig geschnitten ein Gesicht mit hohen Wangenknochen und frischem Teint, das seinem eigenen recht ähnlich war. Klare grünbraune Augen strahlten ihn an. Die gerade Nase war eine kleinere Ausgabe seiner eigenen. Eine schmale Oberlippe saß auf einer etwas volleren, sinnlichen Unterlippe, genau wie bei ihm. Die kleinen ebenmäßigen Zähne benötigten nun keine Zahnspange mehr und auch der Babyspeck war weg. Sie trug enge Jeans und einen dünnen Blouson über dem T-Shirt.

„Jenni, wie hübsch du geworden bist", brachte Dominique endlich hervor.

„Danke, du hast dich auch ziemlich gut gehalten", gab sie trocken zurück.

Ihre Stimme war angenehm und dunkel. Sie sprach in dem weichen, verwaschenen Tonfall der Pariser, im typischen Slang der Jugendlichen.

„Man tut, was man kann. Aber deine Veränderung ist wirklich gravierend."

„Aus hässlichen Entlein werden eben manchmal stolze Schwäne."

Dominique lachte und zog sie wieder an sich.

Dann sammelten sie Jennifers Gepäck ein und gingen zu Dominiques Wagen.

Kaum hatten sie das Flughafengebäude verlassen, als sich ihnen zahlreiche Hände entgegenstreckten. Dunkle zerlumpte Gestalten, die sich aus der Nacht herauslösten.

„Himmel, das ist ja schlimmer als in der Metro." Jennifer packte ihre Reisetasche unwillkürlich fester.

Dominique nahm sie am Arm. „Kümmere dich nicht darum. Das ist die erste Grundregel für Reisende in Indien: gib nie einem Bettler Geld – sonst kommen fünfzig andere und ziehen dich aus bis aufs Hemd."

Aber die Bettler waren schwer zu ignorieren. Verhärmte Frauen und Männer, die wie Greise aussahen, aber kaum älter waren als dreißig; Kinder in zerrissener, dreckiger Kleidung, denen der Hunger in die ernsten Gesichter geschrieben stand. Sie stellten sich mit bittend aufgehaltenen Händen den ankommenden Reisenden in den Weg, zupften sie an den Ärmeln.

„Bâbu, Bâbu", riefen und wimmerten sie ohne Unterlass.

„Bâbu ist eine indische Anrede und heißt ‚mein Herr'", reagierte Dominique auf Jennifers fragenden Blick.

Die war froh, als sie endlich Dominiques dunkelblauen Renault erreicht hatten.

„Ist das hier überall so?", wollte sie etwas beklommen wissen, während Dominique den Wagen startete.

„So und noch schlimmer. In Delhi geht es noch, es ist eine relativ reiche Stadt ohne richtige Elendsviertel. Aber in Bombay, Kalkutta, Benares und vielen anderen Städten liegen die Verkrüppelten auf der Straße und Nicht-Einheimische werden von Bettlern eingekreist. Auf den Gehwegen schlafen unzählige Obdachlose und morgens werden die Toten eingesammelt und fortgeschafft. Das ganze Land ist ein jämmerliches Elend."

„Was ist das für ein komischer Geruch hier?"

„Ausdünstungen einer indischen Großstadt. Urin, verwesende Blumen, faulendes Essen, verbrannte Kuhfladen."

Sie starrte ihn entgeistert an.

„Da Holz sehr teuer ist, verwenden die Inder getrocknete, mit Stroh vermischte Kuhfladen als Brennmaterial", erklärte er.

„Und wie heizt und kochst du bei dir zu Hause?", fragte sie misstrauisch.

„Elektrisch."

Jennifer atmete auf.

Sie fuhren durch gepflegte Villenviertel New Delhis. Die Dunkelheit wurde durch zahllose Straßenlampen erhellt. Jennifer musterte aufmerksam die sattgrünen Rasenflächen, die üppigen Blumenbeete, die sorgfältig gestutzten Bäume und Hecken und die eleganten Häuser.

„Schicke Gegend. Gibt es hier auch Nachtclubs?"

„Die Luxushotels haben welche. Aber da dürfen nur die Hotelgäste rein.“

„Na, da wird mir schon was einfallen“, murmelte sie.

Dominique runzelte die Stirn. „Das wird nicht nötig sein. Du wirst hier nicht in Nachtclubs oder sonst was gehen, liebe Tochter.“

Sie verzog das Gesicht. „Womit kann man sich denn hier abends die Zeit vertreiben?“

„Es gibt Kinos. Sehr instruktiv, wenn man die Sagen und die Geschichte Indiens kennenlernen will. Allerdings triefen die Filme vor Schmalz und Klischees.“

Jennifer rümpfte die Nase. „Und was ist mit schicken Restaurants?“

„In einem Land, wo drei Viertel der Bevölkerung Hunger leiden, gilt es als geschmacklos, üppig und teuer in der Öffentlichkeit zu essen. Die Restaurants sind diskret und bescheiden – oder gut versteckt in Hotels. Außerdem habe ich gehofft, du könntest kochen. Dann sparen wir das Geld für Restaurants.“

Zwischen Jennifers Augenbrauen bildeten sich zwei steile kleine Falten. „Mal angenommen, ich wäre bereit, für dich die Köchin zu spielen“, erwiderte sie hoheitsvoll. „Aber mit irgendwas muss ich mich doch beschäftigen, ich kann schließlich nicht den ganzen Tag nur kochen und ins Kino gehen!“

Dominique lachte auf. „Wenn du abends von der Arbeit kommst, wirst du so geschafft sein, dass dir gar nicht mehr nach Ausgehen sein wird.“

„Arbeit?“, wiederholte sie sehr akzentuiert, als spräche sie das Wort zum ersten Mal in ihrem Leben aus.

„Ja, Arbeit. Das ist diese Einrichtung, womit sich jeder erwachsene Mensch, der halbwegs auf Draht ist, seinen Lebensunterhalt verdient“, erklärte er leicht gereizt. „Oder hast du dir eingebildet, dass deine Mutter Tausende von Francs in ein Flugticket investiert, damit du bei mir herumbummeln und faulenzen kannst wie in Paris?"

„Schon gut", knurrte Jennifer. „Was soll ich also tun? In den Hotels die Zimmer saubermachen oder in Krankenhäusern Böden schrubben?"

„Zum Beispiel. Dann würdest du mal kennenlernen, was Arbeit heißt. Aber damit würdest du kastenlosen Inderinnen den Arbeitsplatz wegnehmen. Deine Mutter sagte, du hättest auf dem Gymnasium Kurse in Schreibmaschine und Stenografie belegt, und dein Englisch sei auch recht gut. Also habe ich dir einen Job als Sekretärin besorgt. Du wirst allerdings umlernen müssen – die Schreibmaschinen haben hier eine andere Tastatur, und englische Stenografie ist natürlich anders als französische. Aber ich denke, du wirst das schon packen."

„Was ist das für eine Firma?", wollte Jennifer missmutig wissen.

„Du wirst bei Stacy & Langmaster mitarbeiten, der Detektivagentur, bei der ich beschäftigt bin. Die Sekretärin vom Chef ist schon lange überlastet, und meine Kollegen und ich müssen zu viel Papierkram und Bagatellrecherchen selbst erledigen, was uns die Zeit für wichtigere Nachforschungen nimmt. Ich habe Mr Stacy davon überzeugen können, dass wir eine Assistentin brauchen. Und dass es ideal wäre, diesen Platz mit meiner Tochter zu besetzen."

Jennifers eben noch finsteres Gesicht verwandelte sich wieder in vergnügtes Strahlen.

„Ich soll bei dir in der Detektei mitarbeiten? Spitze, das klingt interessant!", sagte sie begeistert. „Darf ich dich auch begleiten, wenn du einen deiner Fälle löst?"

„Vielleicht, wenn du eingearbeitet bist. Aber dazu musst du dir erst mal Mühe geben, die Büroarbeit in den Griff zu kriegen."

Sie verzog erneut das Gesicht.

„Wir sind da." Dominique parkte den Wagen vor einem beigefarbenen dreistöckigen Gebäude.

Sie stiegen mit dem Gepäck in die zweite Etage. Jennifer sah sich interessiert in Dominiques Wohnung um. Er hatte in den letzten Tagen intensiv an einem neuen Auftrag gearbeitet und war nur zum Schlafen, Duschen und Umziehen nach Hause gekommen. Dementsprechend sah die Wohnung aus. In der kleinen Küche stapelte sich schmutziges Geschirr, im Wohnzimmer hingen achtlos hingeworfene Kleidungsstücke über Couch und Stühlen, auf dem Tisch türmten sich Papiere zwischen leeren Bierdosen und einem überquellenden Aschenbecher. Der schöne dunkle Perserteppich war schon lange mit keinem Staubsauger mehr in Berührung gekommen.

„Hier sieht es richtig schön schlampig aus", stellte Jennifer amüsiert fest. „Und da wirft Maman mir immer vor, *ich* wäre unordentlich!"

Dominique warf ihr einen verärgerten Blick zu.

„Was für ein langer Flug, ich bin ganz geschafft." Jennifer fegte ein Hemd vom Sofa und ließ sich darauf nieder. Sie nahm sich eine Zigarette aus der auf dem Tisch liegenden Schachtel, schlüpfte aus den Pumps und legte die nackten Füße auf die Tischkante. Dann beugte sie sich vor, angelte nach einem Feuerzeug, zündete sich die Zigarette an und paffte genüsslich. Ihr Vater stand im Türrahmen und beobachtete sie mit gerunzelter Stirn.

„Kann ich 'nen Drink haben?", fragte sie mit kokettem Augenaufschlag.

„Runter mit den Füßen!", befahl Dominique barsch. „Und das nächste Mal fragst du, bevor du dich an meinen Zigaretten bedienst! Und Alkohol gibt's hier erst für Leute ab einundzwanzig."

„Reg dich ab, Väterchen. Ich habe ja nur Durst auf was Erfrischendes."

„Nicht in diesem Ton, Mademoiselle. Wenn du was trinken willst, dann geh in die Küche. Im Kühlschrank ist Wasser und Orangensaft. Gläser stehen im Schrank."

„Mach dir keine Umstände, ich finde mich schon zurecht", erwiderte Jennifer kühl und ging barfuß in die Küche.

Dominique seufzte. Er hatte Cathérine als eine energische und recht autoritäre Person in Erinnerung. Wenn sie nicht mit Jennifer zurechtkam, war es mit Strenge allein nicht getan. Wahrscheinlich musste er sie als Erwachsene behandeln, wenn er etwas erreichen wollte, und nicht als das verwöhnte, eigensinnige Kind, das sie war.

„Bist du mir eigentlich böse, Jenni?", fragte er, als sie nebeneinander auf der Couch saßen, rauchten und Orangensaft tranken.

„Weil du mich angemotzt hast?" Sie zuckte mit den Schultern. „Nein, du hast ja recht: Füße gehören nicht auf den Tisch, und man sollte sich bei anderen nicht einfach bedienen. Aber zu Hause tue ich das, um Mutter und Jacques zu ärgern. Die sind so schrecklich spießig."

„Ich meinte eher, ob du mir böse bist, weil ich mich in all den Jahren so wenig um dich gekümmert habe", sagte er vorsichtig.

Sie warf ihm einen schrägen Seitenblick zu. „Lustig war das nicht, das kann ich dir sagen! Ich hätte dich schon gerne öfter gesehen – manchmal kam ich mir vor wie eine Halbwaise. Aber meine Freundinnen sind vor Neid immer fast geplatzt, wenn ich gesagt habe, mein Vater ist Gendarm auf Neukaledonien oder Detektiv in Indien."

„Aber jetzt bist du fast erwachsen, und ich habe dich nicht heranwachsen sehen. Wir kennen uns kaum, eigentlich sind wir Fremde füreinander. Ist das nicht schade?"

„Das können wir ja nachholen, oder?" Jennifer lachte ihn an und gab ihm einen raschen Kuss auf die Wange.

Dominique lächelte erleichtert und legte den Arm um sie. „Was ist das für ein Kerl, den deine Mutter geheiratet hat? Ist er wie ein Vater für dich?"

„Der? Eine blöde Type. Er ist über fünfzig. Und fürchterlich spießbürgerlich und konservativ, hält mir mit Vorliebe stundenlange Moralpredigten über alles Mögliche. Was ihn aber nicht daran hindert, mich anzugrabschen, sobald Mutter nicht hinguckt."

„Hat er dich ..." Er starrte seine Tochter betroffen an.

„Nein, er hat mich nicht missbraucht. Er beschränkte sich aufs Grabschen. Aber seit ich ihm mal einen Finger gebrochen habe, rührt er mich nicht mehr an."

Dominique hatte die Stirn gerunzelt und grinste nun. „Ich sehe, du weißt dir zu helfen – ganz meine Tochter." Ein gewisser Stolz lag in seiner Stimme.

„Wo soll ich schlafen?"

„Ich trete dir mein Bett ab. Du kannst dich in meinem Schlafzimmer breitmachen. Ich werde auf der Couch schlafen. Dann störe ich dich nicht, wenn ich spätabends nach Hause komme. Komm mit, du kannst gleich deine Sachen auspacken."

Jennifer folgte ihrem Vater ins Schlafzimmer. Die tiefblauen Vorhänge in dezentem Kaschmirmuster und die dazu passenden Kissen auf dem Bett verliehen dem schlicht möblierten Raum Behaglichkeit. Auf der Kommode stand eine orientalische Lampe, die an Aladins Wunderlampe erinnerte. Den Boden aus dunklem Parkett zierte ein Läufer mit nordafrikanischem Wüstenmotiv. An der weißgetünchten Wand hing ein gerahmter Gauguin-Kunstdruck mit halbnackten Südsee-Schönheiten.

„Schön hast du es hier. So exotisch. Ethno-Look ist in Paris total in.“

„Tatsächlich?“

„Sag mal, Papa, hast du eigentlich eine Freundin oder so was?“, fragte sie, als sie ihre Reisetasche auf das breite französische Bett stellte.

„Eher ‚oder so was‘“, erwiderte Dominique trocken. „Es gibt da eine Dame, die ich gelegentlich treffe, aber … sie ist verheiratet.“

„Herrje, dann könnt ihr euch ja gar nicht mehr alleine sehen, wo ich jetzt hier bin.“

„Mach dir keine Sorgen, notfalls schicke ich dich ins Kino. Die indischen Filme dauern mindestens drei Stunden.“ Er zwinkerte ihr zu. „Die rechte Schrankhälfte ist deine, und diese beiden Schubladen kannst du auch benutzen.“

Jennifer verstaute T-Shirts, Blusen, lange Hosen und Sommerkleider. Ein Stapel zarter Dessous, der in einer Schublade verschwand, brachte Dominique auf einen Gedanken. „Hast du eigentlich einen *petit ami*, den du in Paris zurückgelassen hast?“

„Zwei sogar. Einen niedlichen Algerier in meinem Alter und einen sehr interessanten Mittdreißiger, leider verheiratet. Beide waren Mutter ein Dorn im Auge. Aber keine Sorge, ich werde mich nicht vor Liebeskummer verzehren. Bei den Indern gibt’s sicher auch süße Typen.“ Sie warf ein Nachthemd auf das Kopfkissen.

„Lass dir nicht einfallen, was mit einem Inder anzufangen. Du kennst die Mentalität nicht.“

„Wieso, wie ist sie denn?“

„Für Inder sind europäische Frauen leicht zu habende Weibchen. Sie würden mit dir ins Bett gehen, weil es ihr Prestige erhöht, mit einer weißen Frau zu schlafen, aber gleichzeitig würden sie dich dafür verachten. Und ich habe mir sagen lassen, dass Inder miserable Liebhaber sind.“

„Aha", machte Jennifer enttäuscht. „Und was ist mit den Inderinnen? Hattest du mal eine indische Freundin?"

„Keine Inderin aus einer akzeptablen Kaste würde sich mit einem Europäer abgeben. Sie würde von ihrer Familie verstoßen werden – schließlich sind wir für die Hindus unrein. Abgesehen davon werden die indischen Frauen genauso unter Verschluss gehalten wie die arabischen, auch wenn sie sich mit nackten Armen und nackter Taille in der Öffentlichkeit zeigen dürfen. Aber sie haben im Vergleich zu Männern praktisch keine Rechte."

„Aha", sagte Jennifer wieder, und diesmal klang es etwas verwirrt. „Bist du mit Indern befreundet? Einfach so, meine ich."

„Ich kenne den einen oder den anderen privat, ja. Viele zeigen Interesse an Europäern, aber echte Freundschaften werden daraus selten. Sie verachten uns, weil wir dreckiges Schweinefleisch und heiliges Rindfleisch essen. Sie finden es eklig, dass wir uns in ein Taschentuch schnäuzen und es dann wieder in die Hosentasche zurückstecken und mit uns herumtragen. Inder finden es appetitlicher, einfach auf den Boden zu rotzen, wo sie gerade gehen und stehen. Sie nennen uns ‚die roten Affen', weil unsere Haut in der Sonne rot wird, und rufen uns manchmal auf der Straße Schimpfworte hinterher."

„Warum?", fragte Jennifer verblüfft.

„Die Vorurteile gegenüber jedem mit einer weißen Haut stammen noch von der Kolonialherrschaft. Das Schimpfwort ‚roter Affe' kommt auch daher, dass früher die englischen Kolonialherren oft rothaarig waren."

„Wie hältst du es schon seit sechs Jahren hier aus, wenn die Einheimischen so wenig gastfreundlich sind?"

„Ich versuche, ihre Denkweise zu verstehen. Es ist mein Beruf, Geheimnissen auf die Spur zu kommen, und Indien ist da eine große Herausforderung. Dafür sind die hier lebenden Europäer untereinander umso freundlicher. Und natürlich gibt es Ausnahmen, ich habe inzwischen auch etliche sehr nette und aufgeschlossene Inder kennengelernt. Zum Beispiel mein Kollege Rajiv, mit dem ich recht gut befreundet bin. Aber der ist pakistanischer Herkunft und nicht Hindu, sondern Moslem. Man kann hier schon gut leben, wenn man flexibel ist. Vieles ist auch lockerer als in Europa und wird nicht so genau genommen.“

Jennifer strahlte. „Oh, das klingt alles so aufregend! Ich war eigentlich ein bisschen sauer, dass Mutter mich ins Exil abgeschoben hat – aber vielleicht war das keine so schlechte Idee!“

„Wir werden sehen“, murmelte Dominique.

„Wann soll ich anfangen zu arbeiten?“

„Übermorgen. Den morgigen Tag lasse ich dir, damit du mit Zeitverschiebung und Klima-Umstellung fertig werden kannst. Bist du müde?“

„Nein, für mich ist es ja erst ...“ Sie warf einen Blick auf ihre Armbanduhr. „Siebzehn Uhr. Wie spät ist es hier doch gleich?“

„Halb zehn. Höchste Zeit zum Abendessen, was meinst du?“

„Gute Idee. Ich hab einen Bärenhunger.“ Sie hängte sich bei ihm ein. „Dann zeig mir mal, wie du dich als Koch machst.“

3

Am nächsten Morgen weckte Dominique seine Tochter, bevor er zur Arbeit fuhr. „Hier sind die Hausschlüssel und ein paar Rupien, falls du irgendwas brauchst. Kauf aber nichts bei Straßenhändlern, schon gar nichts zu essen, hörst du? Und vor allem: gib keinem Bettler auch nur eine Rupie! Auch wenn er eine noch so mitleidserregende Schau abzieht. Viele sind nämlich bloß gute Schauspieler und betreiben das Betteln als Spiel. Und bitte bleib hier in der Gegend, verlass New Delhi nicht. Die Altstadt werde ich dir ein anderes Mal zeigen. Hier ist die Nummer der Detektivagentur. Falls du ein Problem hast, kannst du dort eine Nachricht hinterlassen.“

Jennifer nickte verschlafen. Dominique küsste sie flüchtig auf die Stirn. „Bis heute Abend, Darling. Ich komme heute Mittag nicht nach Hause. Hoffentlich langweilst du dich nicht.“

„Mach dir keine Sorgen“, gähnte sie.

Als Dominique gegangen war, warf Jennifer einen Blick auf die Uhr. Es war halb neun. In Paris stand sie selten vor zehn oder elf Uhr auf. Aber dort lockte auch keine fremde orientalische Stadt, die erkundet werden wollte. Abgesehen von der Freude darüber, ihren Vater wiederzusehen und sogar mit ihm zu leben, war Jennifer mit gemischten Gefühlen nach Indien gereist. Sie hatte Indien schon immer kennenlernen wollen, aber sie fühlte sich von ihrer Mutter abgeschoben, und das tat weh, auch wenn ihre Beziehung von ständigen Streitereien belastet war. Sie war noch nie allein in der Fremde gewesen. Und auch ihr Vater war im Grunde

ein Fremder, vertraut nur durch kindliche Wunschträume und mädchenhafte Schwärmerei. Sie würde die
Pariser Partyszene und ihren lustigen Freundeskreis sicher vermissen. Immerhin würde sie ihren Freunden
in Paris etwas zu erzählen haben. Es geschah ja nicht
alle Tage, dass ein junges Mädchen auf unbestimmte
Zeit nach Indien zog und dort in einer Detektivagentur
arbeiten sollte.

Nachdem Jennifer geduscht und gefrühstückt hatte,
packte sie ihre restlichen Sachen aus. Dabei stieß sie
auf ihre Brieftasche, in der ein Foto ihres Vaters war,
das sie seit Jahren mit sich herumtrug. Das Bild war vor
zehn Jahren aufgenommen worden und zeigte einen lachenden dreißigjährigen Mann unter Palmen und afrikanischem Himmel.

Dominique hatte sich seitdem verändert, fand sie. Er
versprühte nicht mehr jenen lausbubenhaften Charme
wie damals, als er sie mit allerlei Albernheiten zum Lachen gebracht hatte. Er wirkte ernsthafter und unnahbarer. Oder war er schon immer so gewesen und sie
hatte lediglich verzerrte Kindheitserinnerungen zu einem illusorischen Traumbild aufgebaut?

Sie begann Ordnung in der Wohnung zu machen und
wunderte sich über sich selbst. Zu Hause wäre es ihr
nicht in den Sinn gekommen, etwas wegzuräumen, das
ihre Mutter oder deren Mann liegengelassen hatten.
Sie überraschte sich dabei, dass sie das Geschirr spülte,
nach dem Staubsauger suchte und ihn sogar bediente,
und die von ihrem Vater als Bett benutzte Klappcouch
wieder zum Sitzen herrichtete.

Es war bereits früher Nachmittag, als Jennifer endlich loszog, um ihre neue Umgebung zu erkunden.
Kaum hatte sie den Wohnblock verlassen, sah sie sich
auch schon den ersten Bettlern gegenüber.

Jennifer steckte die Hände in die Taschen ihrer verwaschenen Jeans und marschierte entschlossenen

Schrittes geradeaus. Ein paar Kinder mit unglaublich struppigen Haaren rannten hinter ihr her, stellten sich ihr in den Weg, griffen nach ihr.

„One rupee, please! No papa, no mama, me hungry, one rupee", verlangten sie in geübtem Pidgin-Englisch. Jennifer dachte an die warnenden Worte ihres Vaters. Sie konnte sich lebhaft vorstellen, was für eine Meute sie auf dem Hals hätte, wenn sie auch nur eine Rupie hervorholen würde. Es war nicht leicht, den großen schwarzen Augen zu widerstehen und sich den klammernden Händchen zu entziehen, doch es kam ihr hier zugute, dass Mitleid nicht zu ihren ausgeprägtesten Charaktereigenschaften gehörte. Sie ignorierte die bettelnden Kinder so gut es ging und fand heraus, dass es die beste Methode zu sein schien, damit sie das Interesse an ihr verloren.

Jennifer beschloss, die Bitte ihres Vaters, sich nicht aus der näheren Umgebung zu entfernen, zu ignorieren. Das bürokratische, saubere New Delhi mit seinen Regierungsgebäuden, Villen und Luxushotels übte keinen großen Reiz auf sie aus.

Von einer Fahrrad-Rikscha, deren kaputtes Verdeck wie eine graue Fahne im Wind hin- und her flatterte und ihr gelegentlich um die Ohren schlug, ließ sie sich nach Old-Delhi bringen. Dort marschierte sie die Chandni Chowk entlang, eine lange Avenue, die unter einem Strom von Menschen förmlich ertrank. Etwa ein Dutzend verschiedener Hautfarben mischte sich hier mit einer Flut von Fahrrädern, Rikschas, Ochsen-Karren, klapprigen Bussen und Autos, und dazu gesellten sich auch Esel, Ziegen, Hunde und Kühe.

Basare in Behausungen aus Beton und Wellblech breiteten ihre Waren bis auf die Bürgersteige aus. Es gab Pantoffeln, Küchengeräte, farbenprächtige Stoffbahnen, Arzneifläschchen mit zweifelhafter grünlicher oder schlammfarbener Flüssigkeit, zu Kegeln aufgehäufte Nahrungsmittel und Gewürze.

An den Hauswänden hingen riesige Reklametafeln und Kinoplakate, die wohlgenährte, stark geschminkte und in gekünstelten Posen erstarrte Schauspieler zeigten. Die Inder schienen Dramen aus Herz, Schmerz und Tod zu lieben und deren Darsteller zu verehren.

Jennifer wurde mitgerissen von dem gigantischen Fluss aus dunkeläugigen Fußgängern, deren Köpfe mit Turbanen, Schleiern, Tüchern und weißen Käppchen bedeckt waren. Auf den Bürgersteigen wurden Fahrräder und Rikschas repariert, Barbiere rasierten ihre auf Hockern sitzenden Kunden an der frischen Luft, Schuster besohlten die Schuhe mit Stücken aus zerfetzten Autoreifen. Einige Menschen hatten sich in den Hauseingängen zusammengerollt und schliefen, andere wuschen sich an den öffentlichen Wasserhähnen. Manche hockten sich mit dem Rücken zur Menge in die Straßenrinnen und erleichterten sich dort völlig ungeniert oder schnäuzten lautstark einfach auf den Boden, wie Dominique es bereits erwähnt hatte.

Mit großen Augen nahm Jennifer all diese fremdartigen Eindrücke in sich auf, geschoben, gezogen und gestoßen von der Menge. Sie hörte eine Vielzahl ungewohnt klingender Sprachen. Aus den Läden drang Musik, die an das unaufhörliche Quietschen einer schlecht geölten Tür erinnerte. Mit Schaudern spähte sie in winzige Fleischereien, wo große Stücke mit Fliegen besetzten Hammelfleisches von der Decke hingen. Mit Ekel stieg sie über die unzähligen roten Flecke auf den Bürgersteigen hinweg, die Männer und Frauen wie einen Schwall von Blut dorthin spuckten, wo sie gerade gingen und standen. Entsetzt fragte sich Jennifer, ob es wirklich Blut war, und nahm sich vor, ihren Vater danach zu fragen.

Der unaufhörliche Lärm schmerzte ihr in den Ohren, Vielfalt und Farben brannten ihr in den Augen. Dazu kam der beißende Gestank von Tierfett, von den Müllbergen an den Straßenrändern, von verfaulenden Früchten und Blumen der Händler und von scharfen Gewürzen, die aus den Garküchen drangen. Das alles mischte sich zu jenem muffigen, penetranten Geruch, den Jennifer bereits bei ihrer Ankunft wahrgenommen hatte.

Sie erspähte eine gewaltige Moschee und steuerte darauf zu. Mit ihren zwiebelförmigen Kuppeln erinnerte sie an eine russische Kirche, doch die hochaufragenden Minarette und die hohen Torbögen waren typisch orientalisch. Die riesige Treppe der Moschee war bedeckt von Menschen. Bis zu einer Palastanlage aus roten Steinen hin zogen sich die Lagerstätten von Nomaden, in denen Menschen zwischen Ziegen, Eseln und Kamelen schliefen.

Jennifer ließ sich von dem Menschenstrom treiben wie von einem starken Rückenwind und wurde in Richtung der Palastanlage geführt. Auf den breiten Türmen der Festung hockten Geier dicht an dicht als genössen sie die Aussicht.

Um die Festung herum führten Schausteller einer gaffenden Menge allerlei Kunststücke vor. Auch Jennifer blieb in entsetzter Faszination der Mund offen stehen, als sie einen Fakir beobachtete, der mit einem Ruck sein rechtes Auge aus der Augenhöhle herausnahm und es über seine Wange hängen ließ. Es zitterte an dünnen Strängen von Muskeln und Nerven hin und her wie eine aus der Wand gerissene Steckdose. Seelenruhig setzte er sich sein Auge schließlich wieder ein. Jennifer rieb sich unwillkürlich die Augen, wie um zu prüfen, ob sie sich noch an ihrem Platz befanden.

Ein Stück weiter durchbohrte sich ein anderer Fakir mit einem langen stählernen Spieß die Wangen.

Daneben hockte ein Mann, der seine etwa einen Meter langen Fingernägel wie Federn hin- und her bewegte. Ein Schild vor ihm sagte aus, dass er sie seit 15 Jahren nicht geschnitten hatte.

Rings herum gab es weitere spektakuläre Absonderlichkeiten, angefeuert von begeisterten Zurufen und dem Staunen der Menge.

Nachdem Jennifer noch eine Weile ziellos in der Innenstadt herumgelaufen war, wurde sie ob all der neuen fremdartigen Eindrücke plötzlich sehr müde. Ihre Füße schmerzten, und ihr war zu warm. Das Klima war jedoch nicht unangenehm. Es war ein sonniger Tag Anfang März, was sich hier in Delhi wie ein wohltemperierter mitteleuropäischer Frühsommertag anfühlte, an dem es ein wenig schwüler war.

Da sie zu erschöpft war, um zu Fuß zurückzukehren, und gerade ein Bus mit dem Schild *New Delhi, Raj Path* vor ihr hielt, kletterte sie hinein. Dort stand sie dann dichtgedrängt zwischen Einheimischen und ließ sich durchschütteln, während der klapprige Bus über die unebenen Straßen ruckelte und sich mit quäkender Hupe die Vorfahrt erkämpfte oder mit kreischenden Bremsen darauf verzichtete. Sie spürte Männerhände, die sie unverhohlen in den Po kniffen, und Frauenhände, die ihre zarte helle Haut wie ein Stoffmuster betasteten. Sie war erleichtert, als sie, krampfhaft durch ein Stück Aussicht des Fensters spähend, endlich die Straßen und Gärten New Delhis entdeckte. Fluchtartig verließ sie den Bus.

***

Als Dominique am Abend nach Hause kam, erlebte er eine angenehme Überraschung: die Wohnung war aufgeräumt, aus der Küche duftete es nach Lammcurry und Jennifer empfing ihn mit einem strahlenden Lächeln in Hot Pants und engem Top. Dominique erwiderte ihre innige Umarmung mit einer Mischung aus Stolz, Rührung und undefinierbarem Unbehagen. Er musste sich erst daran gewöhnen, mit einer attraktiven jungen Frau zusammenzuleben, mit der alles verwirrend anders war, weil es sich um seine Tochter handelte.

„Du kannst ja recht gut kochen", stellte er fest, als sie gleich darauf beim Essen saßen. „Und sogar indisch! Schmeckt lecker."

„Das habe ich nicht selbst gekocht", gestand sie und versuchte vergeblich, das höllische Brennen der scharfen Gewürze mit Wasser zu löschen. „Ich habe es in einer Garküche gekauft und nur aufgewärmt." Ihr stiegen Tränen in die Augen. „Verdammt, ist das scharf!"

Dominique reichte ihr den Brotkorb. „Iss eine Scheibe davon, das löscht das Brennen besser als Wasser. In welcher Garküche?", erkundigte er sich argwöhnisch. In der näheren Umgebung gab es so etwas nicht.

„Ich weiß nicht mehr, wie die Straße hieß. War in der Nähe dieser großen Moschee."

Er ließ die Gabel sinken. „Der Freitagsmoschee? Du bist also doch alleine in der Altstadt herumspaziert! Ich habe dir gesagt, dass du das nicht tun solltest."

„Und warum nicht? Ich bin kein kleines Kind mehr. Und bei der Menschenmenge war ich alles andere als allein. Und wenn ich hier leben soll, muss ich mich schließlich allein zurechtfinden können, oder?"

„Stimmt", gab er zu. „Ich muss mich erst daran gewöhnen, dass du kein Kind mehr bist. Wie hat es dir gefallen?"

„Sehr verwirrend", gestand sie. „Faszinierend und abstoßend zugleich."

„So ging es mir anfangs auch."

„Was ist das für eine rote Flüssigkeit, die die Leute auf die Straße spucken? Ist das Blut?"

„Oh Gott, nein. Sie kauen Betelnüsse, die färben den Speichel rot. Das hat eine anregende Wirkung und ersetzt hier vielen den Alkohol. Aber probiere es bitte nicht aus", fügte er hastig hinzu. „Die Nebenwirkungen können heftig sein."

„Eines verstehe ich nicht: wenn wir für Inder so unrein sind, dass sie uns nicht mal die Hand geben möchten, warum haben mich im Bus dann so viele Leute angetatscht?"

Dominique lächelte. „Du darfst hier nicht nach Logik suchen. Du wirst keine finden. Alles in Indien ist ein Widerspruch in sich. Bist du belästigt worden?"

„Vor allem von den Bettlern und Händlern. Aber nur ein bisschen. Ich hatte ziemlich zerlumpte Jeans an – Mutter wollte sie schon mal wegschmeißen, aber für so ein Unternehmen sind sie gerade richtig – und keinen Schmuck, keine Handtasche. Da haben sie wohl gemerkt, dass bei mir nicht viel zu holen ist."

„Wie man's nimmt", murmelte Dominique und ließ seinen Blick an ihrem schlanken nackten Bein, das unter dem Tisch hervorschaute, entlanggleiten. Er hatte die dumpfe Vorahnung, dass in Gestalt dieses hübschen Mädchens noch eine Menge Probleme auf ihn zukommen würden.

4

Die Detektivagentur Stacy & Langmaster war in einem eleganten Pavillon im Kolonialstil untergebracht, der zwischen Villen und First-Class-Hotels lag.

Dominique und Jennifer durchquerten den kleinen Vorgarten und betraten das klimatisierte Gebäude. Nach der bereits morgens drückenden Hitze war es drinnen fast zu kühl. Jennifer fröstelte in ihrem ärmellosen Sommerkleid.

Nahe der Eingangstür im Erdgeschoss befand sich das Büro von Helen Forster, William Stacys Sekretärin. Sie war jedoch nicht am Platz.

„Sicher ist sie beim Chef", sagte Dominique. „Komm, wir machen einen kleinen Rundgang."

Das Büro, das sich Dominique mit Peter Hestersant teilte, lag ebenfalls im Erdgeschoss. Peter saß bereits an seinem Schreibtisch und brütete über einer Akte, wobei er sich mit den Fingern die goldblonden Haare zerwühlte, die ihm in einem gepflegten Stufenschnitt in die Stirn fielen.

„Morgen, Peter." Dominique warf sein Jackett über die Lehne seines Stuhls.

Peter lächelte anerkennend, als er Jennifer erblickte. „Sag bloß, das ist deine Tochter!" Er setzte seine leicht getönte Stahlrandbrille ab und erhob sich, um Jennifer die Hand zu schütteln.

„Jennifer, das ist Peter Hestersant. Wir sind nicht nur Partner, sondern auch Freunde."

Peters Lachen war so herzlich und fröhlich, dass Jennifer ihn sofort sympathisch fand. Sie musterte ihn interessiert. Er war etwas mehr als mittelgroß, wirkte nicht unsportlich, aber ein leichter Bauchansatz verriet seine Vorliebe für Bier und Fastfood. Sein helles feingezeichnetes Gesicht sah nordisch aus – Peters Großeltern waren aus Kopenhagen nach New York eingewandert. Über den freundlich blickenden blaugrauen Augen saßen dichte, fast struppige dunkelblonde Augenbrauen. Jennifer schätzte ihn auf Mitte Vierzig, aber tatsächlich war er erst neununddreißig. Zehn Jahre als Flugkapitän bei der Pan American und zwei Jahre harte Ermittlertätigkeit bei Stacy & Langmaster hatten ihre Spuren hinterlassen.

„Ich bin sicher, wir werden gut zusammenarbeiten, Jennifer."

„Es wird mir ein Vergnügen sein", gab sie lächelnd zurück.

„Du bist zum Arbeiten hier, nicht zum Vergnügen", sagte ihr Vater streng und zog sie zu der gewundenen Treppe. „Du wirst im ersten Stock sitzen. Das ist zwar nicht sehr praktisch, weil du überwiegend für Peter und mich zu tun haben wirst, aber es ist der einzige noch freie Platz."

Sie betraten ein Büro in der ersten Etage. „Das ist John Fischer, unser deutscher Kollege. Er kümmert sich überwiegend um das Bespitzeln harmloser Privatpersonen, bei Verdacht auf Ehebruch und so was."

„Sag das nicht so abwertend", beschwerte sich Fischer lachend, der mit Vornamen eigentlich Jochen hieß. Weil das für englische Zungen schwer auszusprechen war, hatte er ihn abgelegt und gegen John getauscht.

„Guten Tag, wie geht's?", fragte Jennifer auf Deutsch und schüttelte ihm die kräftige Hand, bevor sie weiter zum Nachbarbüro gingen.

„Hier sitzen unsere Spezialisten für Wirtschaftsspionage und Versicherungsfälle: Susan Cheeres und Rajiv Mansâni."

Ein junger Mann erhob sich und grüßte Jennifer auf Indisch, indem er die Handflächen vor der Brust zusammenlegte und eine leichte Verneigung andeutete. Bei seinem Anblick hätte sie am liebsten einen anerkennenden Pfiff ausgestoßen. Rajiv mochte Mitte oder Ende zwanzig sein. Er war für einen Inder hochgewachsen und recht athletisch gebaut. Sein Gesicht wies klassisch arabische Züge auf, seine Haut war von einem warmen Karamellton. Das Schönste an ihm waren seine großen dunklen Samtaugen, mit denen er in ihre blickte. Er sah sie länger an, als es nötig gewesen wäre.

Eine aparte Frau in den Dreißigern mit dunkelblonden Locken kam auf sie zu. Etwas widerwillig wandte sich Jennifer von Rajiv ab.

„Hallo, ich bin Susan. Herzlich willkommen. Unverkennbar deine Tochter, Nicky."

Das Haustelefon klingelte. Rajiv nahm den Hörer ab.

„Ja, sie sind hier. Okay, ich sag's ihnen." Er wandte sich an Dominique und Jennifer. „Ihr könnt jetzt zu Mr Stacy gehen."

Jennifer lächelte ihn etwas verträumt an und machte keine Anstalten, ihrem Vater zu folgen, der sich zur Tür gewandt hatte. Er nahm sie beim Arm und zog sie mit sich.

„Wow", machte Jennifer hingerissen, als sie den Raum verlassen hatten und außer Hörweite waren. „Ist der verheiratet?"

„Ja."

„Schade."

„Aber er hat erst eine Frau – und als Moslem darf er ja vier haben. Du hast also noch Chancen." Dominique lachte.

Sie stiegen die Treppe wieder hinunter und betraten das Büro der Chefsekretärin. Helen Forster, eine gepflegte Dame in den Vierzigern, begrüßte sie mit einem reserviert-geschäftsmäßigen Lächeln und machte eine vage Handbewegung in Richtung Chefzimmertür. „Mr Stacy erwartet Sie.“

William Stacy war ein hagerer Mittfünfziger mit dünnen grauen Haaren und grauem Schnurrbart. Eisblaue Augen unterstrichen die Strenge seines knochigen Gesichtes. Eigentlich war er Jurist, hatte aber vor zwanzig Jahren in London mit George Langmaster die Detektivagentur Stacy & Langmaster gegründet, und war vor acht Jahren nach New Delhi gezogen, um dort eine Filiale zu eröffnen und zu leiten. Diese war inzwischen zu einer der renommiertesten Detekteien des Landes geworden, deren Dienste überwiegend von internationalen Firmen, hochstehenden Persönlichkeiten Indiens und zahlungskräftigen Ausländern in Anspruch genommen wurden.

Dominique war seit sechs Jahren dabei und in dieser Zeit zu Stacys bewährtestem Mitarbeiter geworden. Stacy schätzte seinen bedingungslosen Arbeitseinsatz und seine Hartnäckigkeit, die ihn gepaart mit Risikobereitschaft und einer gleichzeitig wohlüberlegten Vorgehensweise auch die brenzligsten Fälle lösen ließ.

Stacy hatte sich von Dominique davon überzeugen lassen, dass eine weitere Sekretärin erforderlich war. Ohnehin lag ihm Helen schon lange damit in den Ohren. Er hatte zugestimmt, es mit Jennifer Demesy zu versuchen, obwohl sie keine Berufserfahrung und nicht einmal eine Ausbildung vorzuweisen hatte. Wenigstens brauchte er ihr dadurch nur ein Mindestgehalt zu zahlen. Und wenn sie die guten Charaktereigenschaften ihres Vaters mitbrachte, würde es schon funktionieren.

Beim folgenden Gespräch in Gegenwart von Dominique musste Stacy feststellen, dass Miss Demesys Englisch zu wünschen übrig ließ und ihr Abiturzeugnis miserabel war. Er war durch seinen Beruf ein guter

Menschenkenner und fand sie ein wenig leichtfertig und oberflächlich. Aber sie wirkte ehrlich, couragiert, dynamisch und selbstständig – Eigenschaften, auf die es bei der Arbeit in einer Detektei ankam. Ihre schulmädchenhafte Koketterie amüsierte ihn, ihre offenherzige Natürlichkeit faszinierte ihn. Alles in allem bestand sie vor seinen kritischen Augen, und er war insgeheim froh, dass er Dominique nicht zu enttäuschen brauchte.

Dieser atmete erleichtert auf, als Stacy endlich wohlwollend lächelte und Jennifer bat, sich zu Mrs Forster zu begeben, die ihr ein paar Dinge erklären würde.

„Helen, melden Sie sie zu dem Englisch-Kurs an, von dem wir gesprochen haben", sagte er zu seiner Sekretärin, als sie wieder im Vorzimmer standen.

Jennifer riss die Augen auf. „War ich nicht gut?"

„Für den Urlaub mag es reichen, aber nicht fürs Büro. Das ist nicht deine Schuld – es ist eben Schulenglisch. In einem gezielten Kurs wird man dir Wirtschaftsenglisch und ein paar hier übliche Floskeln und Ausdrücke beibringen. Ich muss jetzt außer Haus, wir sehen uns später."

Helen Forster bemerkte Jennifers gekränktes Gesicht. „Wenn ich nur halb so gut französisch sprechen würde wie Sie Englisch, wäre ich froh", meinte sie freundlich.

Dankbar lächelte Jennifer ihr zu.

***

In den nächsten Wochen brachte Jennifer reichlich Unruhe in die Detektivagentur. Mit ihrer lässigen Arbeitsauffassung trieb sie Mrs Forster und Mr Stacy mehr als einmal zur Verzweiflung. Ständig kam sie zu spät, verwechselte Termine und Akten, machte die unglaublichsten Fehler und schwänzte den ihr lästigen

Englisch-Unterricht. Es war ihre Art, gegen das ihr auf-
gezwungene disziplinierte Arbeitsleben zu rebellieren.

Dominique war die meiste Zeit außer Haus, eilte nur
gelegentlich durch die Agentur, telefonierte dann ständig oder lud stapelweise Schreibarbeiten auf Jennifers
Schreibtisch ab. Auch abends kam er spät nach Hause,
verzehrte geistesabwesend das von Jennifer gekochte
Essen und schlief danach oft müde vor dem Fernseher
ein. Manchmal hatte sie den Eindruck, dass sie für ihn
genauso wenig existierte wie zu der Zeit, als sie noch in
Paris gelebt hatte. Als sie feststellte, dass ihn ihre Unzu-
länglichkeiten im Büro ärgerten, begann sie, absichtlich Fehler zu machen. Wenigstens beachtete er sie
dann. Lieber ließ sie sich von ihm ausschimpfen als von
ihm ignoriert zu werden.

Bei aller Nachlässigkeit war sie jedoch so charmant
und fröhlich, dass die Kollegen sie mochten und ihr nie
böse sein konnten. Bis auf Dominique waren alle davon
überzeugt, dass sie ihre Fehler aus reiner Naivität und
Unwissenheit beging und die schwierige Lebensum-
stellung dafür verantwortlich war. Auch Mr Stacy ertrug ihr Verhalten mit ungewohnt milder Nachsichtig-
keit. Sogar die recht strenge Helen Forster legte Jennifer gegenüber ein mütterliches Wohlwollen an den
Tag. Mit Peter, Rajiv und John kam sie blendend aus.
Für ein strahlendes Lächeln und ein paar charmante
Worte von ihr waren sie bereit, über ihre Fehler hinwegzusehen.

„Sie benimmt sich wie ein Kind", sagte Dominique
aufgebracht zu Susan, als sie einmal alleine in seinem
Büro waren. „Ich schäme mich für sie."

„Ach, Nick", erwiderte sie beschwichtigend. „Sie ist
doch auch noch ein halbes Kind. Es ist ihr erster Job."

„Sie nimmt ihn nicht ernst! Sie versucht sich mit ihrem Charme durchzumogeln. Aber damit allein wird sie es nie zu etwas bringen."

„Sei nicht so streng mit ihr."

„Das Schlimmste ist, dass ihr euch alle von ihr um den Finger wickeln lasst! Peter rennt ihr nach wo er kann, wenn sie nur ein wenig mit den Wimpern klimpert und mit den Hüften wackelt, Rajiv kriegt ein verklärtes Gesicht, sobald er sie sieht, und sogar Stacy fällt darauf herein, wenn sie ihm schöne Augen macht. Es ist nicht zu fassen! Wenn sich jemand anders auch nur die Hälfte leisten würde, er würde rausfliegen!"

„Nun, wenn er sie nicht rausschmeißt, ist das sicher auch mit Rücksicht auf dich", gab Susan zu bedenken.

„Ja. Ich schulde es ihm, eine vollwertige Arbeitskraft aus ihr zu machen. Wenn ich nur wüsste wie." Vor allem hatte er immer mehr das unangenehme Gefühl, als Vater versagt zu haben.

Susan lächelte. „Ich kannte mal ein kleines Mädchen, dessen Eltern geschieden waren, und das deshalb seinen geliebten Vater nur selten sah. Und statt sich so gut wie möglich zu benehmen, wenn sie mal bei ihm war, tat sie genau das Gegenteil. Sie machte die größten Dummheiten – weil sie genau wusste, dass der Vater sie dann beachten würde. War sie brav, nahm er sie kaum zur Kenntnis, weil er viel zu sehr von anderen Dingen beansprucht war. Aber wenn er sich über sie ärgerte, bemerkte er wenigstens ihre Anwesenheit. Sie nahm das Risiko, den Hintern voll zu kriegen, auf sich, weil es das Einzige war, was sie von ihm zu erwarten hatte. Und da sie ihren Vater sehr liebte, fand sie das besser als nichts."

Dominique starrte mit nachdenklicher Miene vor sich hin.

„Hast du verstanden, was ich meine?", vergewisserte sich Susan.

„Ja. Ich sollte ihr den Hintern versohlen."

Sie gab ihm einen kleinen Klaps auf den Arm und lachte. „Du bist unmöglich."

Er stimmt in ihr Lachen ein und nahm sie in die Arme. „Susan, du fehlst mir."

„Du siehst mich doch jeden Tag ..."

„Du weißt genau, was ich meine. Seit Wochen haben wir uns nicht mehr privat gesehen. Genau genommen, seit Jennifer bei mir lebt."

„Mach ihr das nicht auch noch zum Vorwurf. Dafür kann sie nun wirklich nichts. Nick, es ist besser so. Ich wollte schon seit einiger Zeit mit dir darüber reden. Mein Mann ist misstrauisch geworden. Ich glaube, wir waren nicht vorsichtig genug. Ich möchte auf keinen Fall, dass er davon erfährt." Sie sah ihn hilfesuchend an, begegnete aber nur seinem resignierten Blick. „Nicky, du fehlst mir auch, aber ... Wir sollten es zum Anlass nehmen ... ach, verdammt, sag auch mal was ..."

„Wie du willst. Wenn dir deine Ehe so viel wichtiger ist als ich, ist es wohl besser."

„Tut mir leid, Nick. Ich bin immer noch verliebt in dich, aber ich muss auch an meinen Sohn denken. Und mein Mann hat es nicht verdient, dass ..."

„Ich weiß." Er hatte es schon zu oft gehört und hatte es satt. „Ich habe dir immer gesagt, wir machen Schluss, wenn du es willst. Ich habe geahnt, dass es bald so weit sein würde."

Sie biss sich auf die Lippen. „Ich will dich nicht verletzen ..."

„Ach was, das war doch vorherzusehen." Er war verletzt, aber er hatte nicht vor, es sich anmerken zu lassen, und zog sie an sich. „Küss mich wenigstens ein letztes Mal."

Sie legte die Hände in seinen Nacken und ließ ihre Lippen auf seine sinken.

Die Tür wurde schwungvoll aufgerissen. Jennifer stand mit einem Aktenordner im Büro und sah verblüfft auf das Paar.

„*Sie* sind also die verheiratete Dame ...“

„Die Kandidatin bekommt 100 Punkte.“ Susan seufzte und entzog sich Dominiques Händen.

„Kannst du nicht anklopfen?“, fuhr er seine Tochter an.

„Sei doch froh, dass es nicht Stacy war“, erwiderte sie unbeeindruckt. „Der klopft auch nie an. Oder weiß er davon ...?“

„Scher dich zum Teufel!“

„Dominique!“, rief Susan missbilligend.

Jennifer ließ den Ordner auf den Schreibtisch fallen, drehte sich auf dem Absatz um und verließ das Büro mit knallender Tür.

Er biss sich auf die Lippen. Diesmal war er es, der zu weit gegangen war, und er nahm sich vor, sich am Abend bei Jennifer zu entschuldigen.

***

Als Dominique am späten Abend nach Hause kam, hatte sich Jennifer bereits schlafengelegt. Sie stellte sich schlafend, als er leise an ihr Bett trat und zärtlich über ihre Haare strich.

Am nächsten Morgen fühlte sie sich elend.

„Mir ist übel und schwindlig“, behauptete sie, als ihr Vater ins Schlafzimmer kam, um sie zu wecken. „So kann ich nicht arbeiten gehen.“

Sie rechnete mit Widerrede, aber er nickte nur. „Das hatte ich in meiner Anfangszeit hier auch oft. Dann bleib im Bett, du siehst wirklich ziemlich blass aus. Soll ich dir einen Tee machen?“

„Du bist ja plötzlich so fürsorglich", sagte sie und bemerkte selbst, dass es eher patzig als dankbar klang.

„Es tut mir leid wegen gestern", murmelte er. „Ich hätte das nicht zu dir sagen dürfen."

„Ja, das war gemein."

„Es war mir unangenehm, dass du mich mit Susan überrascht hast. Ich habe es nicht so gemeint."

„Hast du doch. Dir wäre es doch lieber, ich würde wieder aus deinem Leben verschwinden, oder?"

„Nein, natürlich nicht."

„Du benimmst dich aber so."

„Ich habe mich entschuldigt, was willst du noch?"

„Weißt du was? Mach dir keine Umstände mit dem Tee", sagte sie. „Ich will einfach nur schlafen, okay?" Sie drehte sich um und zog sich die dünne Decke über den Kopf.

Am Nachmittag bummelte Jennifer ziellos durch die Straßen der Altstadt. Plötzlich hielt ein Auto mit quietschenden Reifen neben ihr und die Beifahrertür wurde geöffnet.

Sie erschrak, als sie ihren Vater erkannte.

„Steig ein!", befahl er, und Jennifer gehorchte.

„Was machst du hier?", fragte sie nervös.

„Hatte was in der Altstadt zu erledigen und hab dich zufällig hier herumbummeln sehen. Wie schön, dass es dir wieder besser geht", sagte Dominique ironisch.

„Na ja, so richtig gut geht es mir noch nicht wieder ... Bringst du mich nach Hause?"

„Nein, in die Agentur. Wenn du gesund genug bist, um spazieren zu gehen, kannst du auch arbeiten."

„Ich habe nur eine Apotheke gesucht."

„Und bei uns in der Nähe hast du keine gefunden? Zum Beispiel die große an der Straßenecke?"

Sie bemerkte die verhaltene Wut in seinem Gesicht. „Es ging mir wirklich nicht gut heute Morgen." Sie zauberte Tränen in die Augen. „Glaubst du mir das nicht?"

„Nicht mehr", entgegnete er kurz. „Komm nicht nochmal auf die Idee, blauzumachen."

Jennifer schwieg. Ihr Vater war nicht so leicht hinters Licht zu führen. Sie war tatsächlich nicht wirklich krank gewesen. Elend hatte sie sich zwar gefühlt, aber daran war etwas anderes schuld. Doch das konnte sie ihm nicht sagen. Ihrem Vater erklären, dass sie unglücklich war, weil sie ihn so selten sah? Albern. Dass sie beinahe eifersüchtig auf Susan war, weil er sie so liebevoll in den Armen gehalten hatte, was er mit ihr nie tat? Lächerlich.

„Ich weiß, dass du darauf hinarbeitest, dich hier so schlecht wie möglich zu benehmen, damit ich dich nach Paris zurückschicke. Aber da hast du dich geschnitten. Du wirst Indien nicht eher verlassen, bis du mir bewiesen hast, dass du noch zu etwas anderem taugst, als den Männern die Köpfe zu verdrehen und die Leute mit albernen Faxen zu belustigen", sagte er ruhig, aber mit festem Ton.

„Dann werde ich dich aber noch sehr lange mit meiner Anwesenheit belästigen", erwiderte sie trotzig.

„Das Risiko nehme ich auf mich."

„Na, du bist ja sowieso nie da, und wenn, dann nimmst du mich nicht zur Kenntnis", murmelte sie.

Dominique dachte an Susans Worte. Vielleicht lag sie richtig mit ihrer Theorie. „Du weißt, was für einen anstrengenden Fall ich gerade am Hals habe", sagte er versöhnlich. „Es wird nicht immer so sein. Ich verspreche dir, dass wir auch mal was zusammen unternehmen, wenn ich wieder mehr Zeit habe."

Jennifer lächelte ihn aus tränenunterlaufenen Augen hoffnungsvoll an.

„Bist du sehr verliebt in Susan?", wollte sie wissen.

Dominique seufzte. „Nicht sehr, nein. Zum Glück, denn es ist aus zwischen uns."

„Bin ich daran schuld?"

„Nein, natürlich nicht. Sie hat Angst, dass ihr Mann dahinterkommt. Und sie will meinetwegen schließlich nicht ihre Ehe aufs Spiel setzen."

Jennifer legte ihre Hand auf seine, die den Schalthebel bediente. „Dann ist sie es auch nicht wert, dass du ihretwegen traurig bist."

Dominique sah sie überrascht an. „Bin ich nicht. Versprochen."

„Wie lange geht das schon mit euch?"

„Ein knappes Jahr."

„Was macht Susan in Indien? Ich meine, wieso ist sie hergekommen?"

„Ihr Mann ist Ingenieur. Er leitet hier ein Projekt für eine britische Firma. Susan hat als Versicherungsdetektivin in England gearbeitet, und so hat sie bei uns den Job bekommen. Ende des Jahres gehen sie und ihr Mann nach England zurück."

„Dann wäre es wohl sowieso aus gewesen, oder?"

„Ja." Dominique verzog die Lippen zu einem resignierten Lächeln. „Das ist mein Schicksal: die Frauen kommen und gehen ... keine bleibt."

„Möchtest du denn, dass eine bleibt?", erkundigte sich Jennifer vorsichtig.

„Weiß nicht. Ja, manchmal schon. Aber andererseits bin ich wie die meisten Männer – ich liebe meine Freiheit." Er lächelte, doch sein Blick blieb melancholisch.

„Hattest du nach der Scheidung von Maman nie wieder Lust zu heiraten, eine Familie zu gründen?"

„Ich glaube, ich tauge nicht zum Ehemann. Ich habe keine Lust, Rechenschaft darüber abzulegen, wann ich nach Hause komme und warum ich schon wieder auf unbestimmte Zeit verreisen muss. Ich will kein schlechtes Gewissen haben müssen, weil ich sonntags lieber zum Sport gehe statt mit den lieben Kleinen zu spielen. Und ich will mir nicht anhören müssen, was für ein schlechter Ehemann und Vater ich bin."

Jennifer wusste nicht, ob die letzten Worte auf sie gemünzt waren.

„Mir gegenüber brauchst du keine Rechenschaft abzulegen", sagte sie unsicher.

„Hast du den Eindruck, dass ich es tue?", fragte er sarkastisch.

„Nein." Sie spürte, dass der Anschein von Vertrautheit, der eben zwischen ihnen geherrscht hatte, verflogen war.

Dominique stoppte den Wagen. Sie waren jedoch nicht vor der Agentur angekommen, sondern vor dem Gebäude, in dem sich ihre Wohnung befand.

Fragend blickte Jennifer ihren Vater an.

„Leg dich noch ein bisschen hin", sagte er milder. „Aber du gehst nachher zum Englisch-Unterricht, verstanden?"

Sie nickte.

„Und warte nicht mit dem Essen auf mich, es wird spät."

Wie immer, dachte sie. Sie hätte ihn gerne zum Abschied geküsst, doch Dominique machte ein abweisendes Gesicht und starrte aus leicht zusammengekniffen Augen auf die Straße.

„Bis morgen", sagte sie gepresst und stieg aus. Traurig ging sie den von duftenden Büschen gesäumten Weg entlang zum Haus und sehnte sich nach Paris.

EPISODE 2

IN DEN BERGEN VON KASCHMIR

1

Dominique und Peter saßen im Cockpit des Privatflug-
zeuges der Detektivagentur, einer viersitzigen Piper.
Unter ihnen erhob sich die Bergwelt des Himalayas. So
weit das Auge reichte, gab es nur zerklüftete graue und
braune Felsen in beeindruckenden Dimensionen. Die
Schneedecke auf den Bergspitzen reflektierte das Licht
der untergehenden Sonne in allen erdenklichen Rot-
und Goldtönen.

„Wenn ich das sehe, verstehe ich, warum du deinen
Pilotenjob manchmal vermisst." Dominique starrte fasziniert auf das herrliche Naturschauspiel.

„Ja, das war noch das Schönste daran. Schade, dass
Jennifer nicht mitkommen durfte", meinte Peter. „Dieses Panorama hätte ihr sicher gefallen."

„Du tust so, als wäre das eine Vergnügungsreise und
ich der Spielverderber, der sie unter Hausarrest gestellt
hat", sagte Dominique. „Du weißt genau, dass es gefährlich werden kann, und dass Jennifer nur stören würde.
Schon in Delhi ist es nicht leicht, auf sie aufzupassen,
und nun erst in Kaschmir ... Außerdem liegt die Entscheidung bei Stacy. Und er braucht sie nun mal im
Büro."

„Du hättest es schon durchsetzen können, wenn du
gewollt hättest."

„Du kannst sie ja mal zu einem Wochenendausflug in
die indische Bergwelt mitnehmen, wenn du so scharf
darauf bist, ihr das Panorama zu zeigen. Aber versuch
nicht, mir was vorzumachen: wir beide wissen genau,
worauf du in Wirklichkeit scharf bist!" Er warf seinem

Kollegen einen halb verärgerten, halb belustigten Blick zu.

Peter lachte nur. „Darf man nicht ein bisschen träumen? Deine Tochter ist schon ein sehr reizvolles Mädchen. Aber das siehst du natürlich nicht, weil du ihr Vater bist."

„Ich sehe das durchaus", erwiderte Dominique unbehaglich. „Was meinst du, wie komisch das für mich ist, mit ihr das Bad zu teilen, mich von ihr küssen zu lassen … verdammt, Peter, sie ist mir nicht vertrauter als eine Frau, die ich gerade kennengelernt hätte und die ich durchaus anziehend finde … aber der Unterschied ist, dass ich sie nicht begehren darf."

„Ich verstehe dein Dilemma", gab Peter zu. „Und es ist für dich vielleicht ein Grund, ihr die kalte Schulter zu zeigen – aber Jennifer leidet darunter, ist dir das schon mal aufgefallen?"

„Ach was, die kalte Schulter zeigen … du übertreibst!"

„Du bist nicht oft genug mit einer Frau zusammen, mein Guter."

Dominique hob resigniert die Schultern. „Ich habe meine Wohnung eben nicht mehr für mich."

„Nun sag nicht, dass alle deine Freundinnen verheiratet sind oder bei ihren Eltern leben! Abgesehen davon gibt es ja auch noch Hotels. Und der gute alte Peter würde dir sogar mal seine Wohnung überlassen, wenn …"

„Ach, hör auf", unterbrach Dominique ihn lachend. „Man lebt doch nicht nur *dafür*! Ich hatte eben sehr viel Arbeit in letzter Zeit. Apropos: Lass uns jetzt lieber über unseren Auftrag sprechen, der uns in Kaschmir erwartet."

An der indischen Grenze zu Pakistan war eine Bande von Drogenschmugglern am Werk. Die Detektive sollten das Quartier der Schmuggler ausfindig machen, sie beobachten und dem Drogendezernat von Neu-Delhi den Weg ebnen. Deren Ermittler waren inzwischen bei den Drogenbaronen zu bekannt für Undercover-Einsätze.

Eine Viertelstunde später landeten sie auf dem Flugplatz von Srinagar und verließen das Flugzeug. Peter öffnete die Luke des kleinen Laderaums der Piper, um das Gepäck herauszuholen.

Zwei schlanke Beine schwangen sich aus der dunklen Luke ins Freie. Vorsichtig hangelte sich eine zierliche Gestalt zwischen dem Gepäck hervor.

„Wenn du mir bitte mal helfen könntest ...", sagte Jennifer zu dem verblüfften Peter und hielt ihm graziös die Hand hin. Er brach in schallendes Gelächter aus.

„Da hast du uns aber reingelegt! Herzlich willkommen in Kaschmir!"

Sie stützte sich auf seine Schultern, ließ sich von ihm aus dem Laderaum heben und klopfte sich sorgfältig den Staub von den Jeans.

Dominique hatte fassungslos auf seine Tochter gestarrt. Nun war er mit zwei Schritten bei ihr und griff sie am Arm. „Sag mal, spinnst du? Du solltest doch zu Hause bleiben!"

„Ich hatte Angst, allein in Delhi zu bleiben", erwiderte Jennifer mit Schmollmund.

„Ach, aber Angst, im Gepäckraum eines Flugzeugs mitzufliegen und dich in Lebensgefahr zu bringen, hattest du nicht, was? Wenn wir höher geflogen wären, hättest du erfrieren können!" Bei der Vorstellung erfror er selbst beinahe vor Schreck.

Sie verlegte sich aufs Schmeicheln. „Ich wollte so gerne bei dir bleiben, Papa ..."

„Hör auf mit diesem Theater!" Er packte sie an den Schultern. „Gib zu, dass du dir lieber Kaschmir ansehen wolltest als in Delhi zu arbeiten!"

„Ja, das natürlich auch ..." Ihr entwaffnendes Lächeln machte Dominique nur noch wütender.

„Hast du denn gar kein Verantwortungsbewusstsein? Du nimmst die nächste Linienmaschine zurück nach Delhi, und das Ticket kannst du selbst bezahlen."

Jennifer war vor ihm zurückgewichen und stieß mit dem Rücken gegen die Flugzeugwand. Über die Schulter ihres Vaters hinweg warf sie Peter einen hilfesuchenden Blick zu.

Dieser nahm Dominique am Arm und versuchte, ihn von Jennifer wegzuziehen.

„Nun bring sie nicht gleich um", scherzte er. „Da sie schon mal hier ist, lass sie doch an einem unserer Fälle teilhaben."

„Und wie soll ich das Stacy erklären? Verdammt, dieses kleine Luder wird mich noch meinen Job kosten!" Er ließ Jennifer los und fuhr sich mit einer Hand nervös durch die Haare.

„Reg dich ab. Du dramatisierst. So wichtig ist sie für Stacy nicht, dass dich ihre Abwesenheit deinen Job kosten könnte", sagte Peter ruhig. „Und es zwingt dich ja auch keiner, die Schuld auf dich zu nehmen. Ich werde das in Ordnung bringen. Ich rufe ihn an und sage ihm, dass mir in letzter Minute eingefallen ist, dass ich hier eine Assistentin brauche und vergessen habe, ihn davon zu informieren."

Jennifer schlängelte sich an Dominique vorbei und legte Peter strahlend eine Hand auf die Schulter.

„Du bist großartig, Peter. Würdest du das wirklich tun?"

„Kein Problem, Liebes", versicherte er.

„Wenn ich mal was für dich tun kann, lass es mich wissen."

„Ich bin sicher, dass wir uns da irgendwie einigen können ..." Er zwinkerte ihr zu.

„Lass dich darauf nicht ein", warnte Dominique seine Tochter. „Ich werde das Stacy gegenüber ins Reine bringen, aber es ist das letzte Mal, verlass dich drauf!"

Peter stellte sein und Dominiques Gepäck auf den Boden und verschloss den Laderaum.

„Hast du kein Gepäck, Jenni?", fragte Dominique.

Jennifer schüttelte den Kopf. „Nein, wie hätte ich es dir erklären sollen, dass ich einen Koffer mit ins Büro nehme? Ich habe nur so viel dabei, wie in meine Handtasche reingeht. Zahnbürste, Kamm, Unterwäsche ..."

Peter kratzte sich nachdenklich am Kopf. „Was mich interessieren würde ... wie und wann bist du da überhaupt reingekommen?"

„Als du mit dem Fluglotsen gesprochen hast und mein Vater mit dieser Stewardess geflirtet hat."

Dominique seufzte auf. Konnte man denn nicht mal mehr in Ruhe flirten, ohne dass das Kind hinter seinem Rücken Dummheiten anstellte? Auch wenn Jennifer keine fünf mehr war, machte er sich Vorwürfe, dass er seine Aufsichtspflicht verletzt hatte. Aber so viele Pflichten, wie er diesbezüglich in den letzten Jahren verletzt hatte, kam es darauf wohl auch nicht mehr an. Den Preis für den *Vater des Jahres* würde er so bald nicht gewinnen.

Verärgert über sich selbst zog er den Reißverschluss seines leichten Blousons mit einem energischen Ruck nach oben. Über das Flugfeld pfiff ein frischer Wind, der Himmel war grau und es war bedeutend kälter als in Delhi. Srinagar lag in 1600 Metern Höhe. Im Sommer war Kaschmir der Zufluchtsort der wohlhabenderen Inder vor der Hitze im restlichen Land. Doch Ende April war das Wetter noch sehr vorfrühlingshaft – genauso launisch und oft ungemütlich wie in Mitteleuropa.

Mit einem Mietwagen fuhren sie zu dem Hotel, in dem Helen Forster ihnen zwei Zimmer reserviert hatte, und das in der Nähe des Dal-Sees lag. In den Straßen der verschlafen und trist wirkenden Stadt lungerten finstere Gestalten herum.

„Hier sehen alle aus wie Banditen“, bemerkte Peter. „Wie sollen wir da die aufspüren, die uns interessieren?“

„Ja, viele sehen irgendwie finster und furchteinflößend aus“, stellte Jennifer fest und spähte interessiert aus dem Autofenster. „Aber trotzdem attraktiver als die Inder in Delhi, finde ich. Größer und stattlicher. Und sie haben hellere Haut und teilweise eher arabische Gesichtszüge, das gefällt mir besser.“

„Kannst du nicht mal irgendwas sagen, was mich beruhigt?“, grummelte ihr Vater.

„Bedauere, wir haben kein drittes Zimmer mehr frei“, sagte der Hotelangestellte. „Die Saison hat begonnen, wir sind völlig ausgebucht ...“

Dominique stöhnte. „Das war ja zu erwarten.“

„Dann versuchen wir es woanders“, schlug Jennifer vor.

„Es wird schon dunkel, und ich habe keine Lust, noch weiter herumzufahren. Außerdem sind Peters und mein Zimmer fest gebucht, wir müssen sie bezahlen. Na ja, für eine Nacht wird es gehen. Wir können uns morgen nach was anderem umsehen. Vielleicht haben sie sowieso Doppelbetten.“

Doch die Zimmer wiesen nur ein Einzelbett auf, etwas schmaler als ein Queen-Size-Bett.

Dominique knurrte. „Wir werden knobeln, wer auf dem Fußboden schläft.“

„Ach was, das wird schon gehen. Wir sind doch beide schlank ...“

„Du erwartest im Ernst, dass wir uns diese winzige Koje teilen?“

Peter, der hinter ihnen auf dem Flur stand, lachte. „Mach nicht so ein Theater, Nick. Komm lieber zu mir, Jennifer, ich werde mich nicht so anstellen.“ Er blinzelte ihr zu.

Sie rang sich ein Lächeln ab. „Vielleicht komme ich darauf zurück."

Das Abendessen in dem kleinen Hotelrestaurant verlief in Missstimmung, obwohl das Essen gut und die Bedienung sehr freundlich war.

Jennifer hielt sich zurück, da sie merkte, dass Dominique noch immer verärgert über die Situation war, und Peter vermochte nicht, die angespannte Situation mit seinen üblichen humorvollen Sprüchen zu entkrampfen.

„So kann das nicht weitergehen", sagte Dominique, als sie zurück im Hotelzimmer waren. „Du versprichst mir jetzt, dich zu bessern und hältst dich daran oder ich schicke dich zu deiner Mutter zurück. Ich habe die Nase voll. Du machst nichts als Probleme."

Jennifer antwortete nicht. Sie nahm ihre Handtasche und wollte wortlos das Zimmer verlassen.

Dominique hielt sie zurück. „Wo willst du hin?"

„Zu Peter. Ich nehme sein Angebot an. Ich teile lieber mit ihm das Bett."

„Das wirst du nicht tun! Merkst du denn nicht, was er von dir will?"

„Natürlich weiß ich das, ich bin ja nicht blöd! Aber ich schlafe hundertmal lieber mit Peter, als mir noch länger deine Vorträge anzuhören und deine miese Laune zu ertragen! Er ist wenigstens nett zu mir. Du dagegen bist immer genervt und kritisierst alles, was ich tue", klagte sie.

„Er hat ja auch nicht die Verantwortung für dich."

„Du brauchst nicht den verantwortungsbewussten Vater raushängen zu lassen, jetzt, da ich volljährig bin. Dafür ist es wohl zu spät."

Das hatte gesessen. „Bitte, wenn es dich glücklich macht, dann geh zu Peter!" Dominique ließ sich müde aufs Bett sinken.

„Was mich glücklich machen würde, wäre ein Vater, der mir zeigt, dass ich ihm wichtig bin und dass er mich mag – wenn er mich schon nicht liebt", sagte Jennifer leise. Eine Träne lief über ihre Wange.

Dominique sah sie betroffen an. „Komm mal her", bat er dann und streckte die Hand nach ihr aus.

Jennifer setzte sich neben ihn, schlug die Hände vors Gesicht und begann zu weinen. „Mein Leben lang habe ich mich nach dir gesehnt, und jetzt, wo ich endlich bei dir bin, bist du unausstehlich", stieß sie hervor. „Wenn du mich nicht leiden kannst, dann schick mich eben nach Paris zurück. Mutter geht mir zwar auf die Nerven, aber wenigstens kümmert sie sich um mich! Für dich existiere ich gar nicht. Es ist, als hätte ich gar keinen Vater. Wie kannst du nur so sein? Wo du doch weißt, wie es ist, seine Eltern nicht zu kennen!" Sie blickte ihn an, um den Effekt ihrer letzten Worte zu beobachten. Sie schlugen ein wie eine Bombe. Zum ersten Mal sah sie ihren Vater fassungslos und erkannte die Verwundbarkeit hinter seiner steinernen Zurückhaltung.

„Was weißt du darüber?", fragte er leise.

„Vor einem Jahr hatte ich einen Streit mit Jacques", berichtete sie und putzte sich die Nase. „Einer von vielen nur, aber ich habe ihn wohl so richtig auf die Palme gebracht. Er brüllte, ich sei nichts als die Tochter eines irischen Bastards."

Dominique presste die Lippen aufeinander.

„Ich habe Mutter gefragt, was das heißen sollte. Sie war wütend auf Jacques, aber sie wollte mir nichts erzählen. Sie sagte, es wäre deine Sache, mir das zu erklären. Aber du warst ja nie da ..." Sie seufzte. „Auch Oma und Opa wollten erst nicht mit der Sprache rausrücken. Aber ich habe nicht lockergelassen, schließlich betrifft es mich ja auch. Denn wenn du irischer Abstammung bist, bin ich zur Hälfte Irin, nicht? Oder zumindest zu einem Viertel. Ich habe zuerst geglaubt, dass einer von beiden mit einem Iren oder einer Irin fremdgegangen ist, und das wollten sie nicht auf sich sitzen lassen ... So haben sie mir schließlich doch alles erzählt."

Dominique zog Jennifer an sich und strich ihr beruhigend über Haar und Rücken. „Es kann keine Rede davon sein, dass ich dich nicht leiden kann. Im Gegenteil, ich habe dich sogar sehr lieb, Jenni", lenkte er von dem heiklen Thema ab, über das er so gut wie nie sprach.

„Wirklich?" Sie sah ihn aus tränenerfüllten Augen an, ihr Gesicht das eines hilflosen Kindes. Er merkte zum ersten Mal, wie sensibel sie unter ihrer leichtfertigen, unbekümmerten Oberfläche war.

„Ja, wirklich. Tut mir leid, wenn ich mich so benommen habe, dass du daran zweifelst. Aber weißt du, ich muss mich erst daran gewöhnen, eine fast erwachsene Tochter zu haben. Noch dazu eine, die so hübsch und charmant ist." Er tupfte ihr mit seinem Taschentuch die Tränen von den Wangen.

Jennifer lächelte bereits wieder. „Ich hätte mich besser benehmen können", gab sie zu. „Ich weiß ja, wie viel dir an solchen Dingen wie Korrektheit und Pünktlichkeit liegt. Ich werde mich bessern, ich verspreche es. Oder willst du mich trotzdem lieber zu Maman zurückschicken?"

Dominique schüttelte den Kopf. „Nein. Im Grunde möchte ich dich gerne noch ein Weilchen hierbehalten. Wenn du aber Heimweh hast und lieber zurück möchtest ..."

„Heimweh habe ich schon", bekannte sie. „Aber das wird auch wieder vergehen. In Paris kann ich noch mein Leben lang wohnen, wenn ich will. Und ich lebe eigentlich gerne bei dir. Ich glaube, das könnte recht aufregend werden, wenn wir uns erst besser verstehen."

Dominique schmunzelte und zog sie erneut an sich. „Ich werde versuchen, weniger unausstehlich zu sein. Ich habe wohl den Eindruck, ich müsste dich immer noch erziehen und dabei nachholen, was ich all die Jahre versäumt habe."

„Ich glaube nicht, dass das hier jemand von dir erwartet. Entspann dich einfach, okay?"

Er musste lachen. „Dabei bin ich mit so vielem ziemlich tolerant. Vielleicht gelingt es mir ja noch, das auf dich zu übertragen. Ich hoffe, dass wir uns besser verstehen, wenn wir beide was dafür tun."

Sie schmiegte sich glücklich an ihn. „Schließlich bin ich die einzige Blutsverwandte, die du hast, nicht?"

„Ja", bestätigte er leise und streckte sich auf dem Bett aus. „Jedenfalls die Einzige, die ich kenne."

Jennifer legte sich neben ihn, stützte sich auf den Ellenbogen und studierte sein Gesicht, das auf einmal so empfindsam wirkte. „Warum willst du nicht darüber sprechen? Ist doch keine Schande. Millionen Kinder in der Welt wurden von Fremden adoptiert. Sie sind mehr oder weniger glücklich damit, aber sie versuchen nicht, es zu vertuschen."

„Vielleicht hätte ich damit leben können, wenn ich es als Kind erfahren hätte", sagte Dominique und starrte an die Decke. „Aber wenn du mit einundzwanzig erfährst, dass du nicht der bist, für den du dich hältst, und nicht wirklich zu deiner Familie gehörst, ist das ein echter Schock. Jedenfalls war es für mich so. Ich wollte vor allem fliehen, was ich kannte, um mich selbst zu finden. Danach habe ich versucht, alles zu verdrängen."

„Und deshalb ist deine Ehe mit Maman gescheitert? Weil du ans andere Ende der Welt gehen musstest, um dich selbst zu finden?", fragte sie mit einer Mischung aus Verständnis und Sarkasmus. „Und deswegen war es dir auch egal, deine Tochter nicht mehr zu sehen?

Weil du nicht wusstest, wer wirklich ihr Vater ist – Dominique Demesy oder der andere? Mir wäre es egal gewesen, wer du bist, Papa. Wenn du bloß da gewesen wärst."

„Für das Scheitern unserer Ehe gab es eine Menge Gründe mehr. Und für meine Entscheidung, Frankreich zu verlassen, auch. Es ist mir durchaus nicht leichtgefallen, dich im Stich zu lassen, Jenni. Einfach war es nicht."

„Warum also?", fragte sie gequält.

„Manchmal muss man seiner inneren Stimme folgen, statt den Weg zu gehen, den Eltern und Umfeld für einen vorgesehen haben. Wenn eine innere Unruhe immer stärker wird und man sie ignoriert, ist das sehr ungesund. Es sind schon Leute deswegen in der Psychiatrie gelandet."

„Und es sind schon Leute dabei draufgegangen, als sie ihrem inneren Ruf folgten."

„Man soll seinen Traum leben, und nicht nur sein Leben träumen."

„Klingt hübsch, aber kitschig. Hast du es geschafft, deinen Traum zu leben?"

„Einen Teil davon. Aber ich wusste nicht, dass es so viele alptraumhafte Passagen gibt, aus denen man nicht erwachen kann."

„Worauf spielst du an?"

Dominique machte eine flatternde Handbewegung, als wolle er einen Mückenschwarm verscheuchen. „Dämonen schlafloser Nächte. Jedes Jahr werden es mehr." Er zwang sich zu einem Lächeln, als er das beunruhigte Gesicht seiner Tochter sah. „Mach dir darüber keine Gedanken. Ich habe gelernt, mit ihnen umzugehen."

„Ich verstehe dich nicht", erwiderte sie hilflos.

Er richtete sich halb auf und küsste sie auf die Stirn. „Wir sollten jetzt schlafen."

„Kannst du mir was zum Anziehen borgen? Ich habe kein Nachthemd dabei ...“

„Wenn du das nächste Mal so was vorhast, lass dir wenigstens was einfallen, um Gepäck mit an Bord zu schmuggeln“, schmunzelte Dominique und schwang sich aus dem Bett. Er ging zu seinem geöffneten Koffer und warf ihr ein T-Shirt zu. „Gleich wirst du mir erzählen, dass du eine komplette neue Garderobe für die nächsten Tage brauchst!“

„Na ja, was zum Wechseln wäre nicht schlecht“, erwiderte sie mit unverfrorenem Lächeln. „Es ist ganz schön kalt hier, was?“

2

Während Jennifer bereits seit einiger Zeit friedlich neben ihm schlief, fand Dominique lange keinen Schlaf. Die Erinnerungen wurden umso stärker und aufdringlicher, je verzweifelter er versuchte, sie abzuschütteln. Schließlich gab er es auf, blieb regungslos auf dem Rücken liegen und ließ zu, dass seine Gedanken zu dem Nachmittag vor knapp zwanzig Jahren zurückkehrten, an dem sich seine Welt verändert hatte.

Seine Freundin Cathérine war schwanger, und sie und ihre Eltern bestanden auf schnellstmöglicher Hochzeit. Dominique hätte lieber seine Freiheit behalten, und die Vorstellung, Vater zu werden, erschreckte ihn, doch mit dem ihm eingetrichterten Verantwortungsbewusstsein fügte er sich in sein Schicksal.

„Ich brauche meine Geburtsurkunde", hatte er beiläufig zu seiner Mutter gesagt, als er an jenem Sonntagnachmittag mit Cathérine zum Kaffeetrinken bei seinen Eltern gewesen war.

Madeleine und Gilbert Demesy wechselten einen bedeutungsvollen, besorgten Blick und schwiegen.

„Was ist los?", fragte Dominique erstaunt. „Ich habe euch nicht um einen Cadillac als Hochzeitswagen gebeten, sondern lediglich um meine Geburtsurkunde!"

Madeleine blickte hilfesuchend ihren Mann an und seufzte. Gilbert nickte kaum merklich und räusperte sich verlegen. „Es gibt da ein Problem mit deiner Geburtsurkunde …"

„Habt ihr sie verbummelt?"

„Wir haben sie nicht verlegt, aber ... Die Urkunde ist
nicht so, wie du es dir vorstellst, chéri", murmelte Madeleine.

Dominique hob die Augenbrauen. „Was soll das heißen?"

„Das ist eine lange Geschichte." Gilbert rang nervös
die Hände. „Es ist höchste Zeit, dass du die Wahrheit erfährst."

„Welche Wahrheit?" Dominique war beunruhigt angesichts ihrer seltsamen Mienen. Er warf seinem fünfzehnjährigen Bruder Pierre einen kurzen Blick zu und
stellte anhand seines perplexen Gesichtes fest, dass
auch er nicht wusste, worum es ging.

„Wir haben dich adoptiert."

„Was?" Er starrte seinen Vater an. „Wieso? Wer waren
meine Eltern?"

„Du wurdest in Irland geboren, in einem kleinen Ort
im Süden der Insel. Deine Mutter war eine junge Irin
namens Maureen", sagte Madeleine leise, als könne sie
mit verringerter Lautstärke die Wirkung ihrer Worte
abschwächen. „Zu dieser Zeit herrschten dort Hungersnot und Armut. Wohlhabende Leute aus der Gegend
verließen Irland, um in der Bretagne zu leben. Sie boten
Maureen an, als Dienstbotin mit ihnen zu gehen. Sie
waren bereit, über die Schande hinwegzusehen, dass
die unverheiratete Maureen seit zwei Jahren einen
Sohn hatte."

„Von wem?", unterbrach Dominique.

„Sie hatte sich von einem jungen Iren verführen lassen, der ihr wohl Versprechungen gemacht, sie aber
nicht zu halten beabsichtigt hatte. Sie hatte ihn nicht
gut gekannt, er stammte nicht aus dem Ort und verschwand auf Nimmerwiedersehen, als er erfuhr, dass
er Vater werden würde ..."

Dominique hielt den Atem an und drückte unwillkürlich Cathérines kalte Hand.

„Für Maureens strenggläubige katholische Familie war es natürlich eine große Schande und es gab viel Gerede im Ort. Sie hatte danach kaum noch Chancen, einen halbwegs anständigen Ehemann zu finden und musste von undankbaren kleinen Arbeiten leben. Sie war sicher froh über das Angebot der Sullivans, mit ihnen die Insel zu verlassen und dadurch dem Gerede entfliehen zu können und noch dazu einen festen Arbeitsplatz zu haben. Aber es ging nicht lange gut. Maureen war ein bildhübsches Mädchen und der ehrenwerte Mr Sullivan stellte ihr bald nach. Sie lebten in Plouzané, in der Nähe von Brest, genau wie wir ...“

„Ihr habt mir immer gesagt, ich wäre dort geboren!“

Madeleine lächelte ihn entschuldigend an. „Dort bist du unser Sohn geworden. Wie du weißt, habe ich mich während des Krieges zur Krankenschwester ausbilden lassen. Nach der Heirat mit deinem Vater arbeitete ich als Privatkrankenschwester für kranke und alte Leute im Ort. Jene Irin, Mrs Sullivan, gehörte dazu. Sie litt unter Rheuma und musste regelmäßig Spritzen bekommen. Dadurch lernte ich Maureen und ihren kleinen Jungen – also dich – kennen. Ich mochte sie, wir waren etwa gleichaltrig. Manchmal versuchte sie, mir ihr Herz auszuschütten. Einfach war das allerdings nicht, denn ihr Französisch war kaum besser als mein Englisch. Aber ich bekam heraus, dass sie nicht Witwe war, wofür sie sich ausgab, und schließlich auch, dass sie es nicht leicht hatte bei den Sullivans. Madame immer leidend, gereizt und unzufrieden, und Monsieur, der versuchte, sich beim Dienstmädchen Abwechslung von seinem Eheleben zu verschaffen ...“ Sie seufzte und blickte ihren Mann auffordernd an.

„Wir haben nie erfahren, ob er sie schlichtweg vergewaltigt hat oder ob sie sich einsam fühlte und deshalb seinen Avancen nachgab“, nahm Gilbert den Faden auf. „Jedenfalls kam es, wie es kommen musste: sie war wieder schwanger. Madame erfuhr davon und drohte, Maureen aus dem Haus zu werfen. Der ehrenwerte Mr Sullivan leugnete alles und warf ihr vor, sich mit jedem Mann einzulassen, der ihr schöne Augen machte ... So fand sie sich an einem kalten Abend im April mit ihrem Sohn und ihrem wenigen Gepäck auf der Straße wieder. Das arme Mädchen wusste nicht, an wen sie sich wenden sollte, hatte nicht mal genug Geld für eine Fahrkarte nach Irland, und das hätte ihr auch nicht viel genützt. Ihre Eltern hätten sie mit einem zweiten unehelichen Kind im Bauch sicher nicht mehr aufgenommen. So blieb ihr nichts anderes übrig als der Gang zu einer Engelmacherin."

Dominique presste die Lippen aufeinander. Cathérine legte unwillkürlich die Hand auf ihr gerundetes Bäuchlein.

„Es war eine fürchterliche Sturmnacht", fuhr Madeleine fort. „Wir erwachten davon, dass jemand wie wild an unsere Tür hämmerte. Es war Maureen mit ihrem kleinen Jungen. Sie hatte sich mit letzter Kraft bis zu unserem Haus geschleppt. Es ging ihr sehr schlecht, sie war an eine üble Kurpfuscherin geraten. Wir brachten sie ins Krankenhaus, aber es war zu spät. Sie starb am nächsten Morgen. Wir behielten dich bei uns, Dominique, bis die Behörden deine Verwandten ausfindig gemacht hatten. Doch deine Großeltern wollten nichts von dir wissen und von deinem Vater gab es nicht die leiseste Spur. Möglicherweise hatte er Maureen einen falschen Nachnamen genannt." Madeleine erhob sich und ging zu einem Sekretär in einer Nische des Wohnzimmers.

„Um dir das Waisenhaus zu ersparen, beschlossen wir, dich zu adoptieren", fuhr Gilbert fort. „Und natürlich, weil wir inzwischen hoffnungslos in dich vernarrt waren", fügte er hastig hinzu.

Madeleine kehrte mit einem etwas vergilbten Papier in die Sofaecke zurück. Sie blieb hinter Dominique stehen, legte ihm eine Hand auf die Schulter und lächelte zärtlich auf ihn herab. „Du warst das hübscheste kleine Kerlchen, das wir je gesehen haben. Deine traurigen Augen haben uns nicht mehr losgelassen. Um nichts in der Welt hätten wir dich wieder weggegeben, Dominique. Wir wollten, dass du ein besseres Leben hast als das, was das Schicksal für dich vorgesehen hatte." Sie setzte sich auf die Armlehne an seiner Seite, den Arm um seine Schultern gelegt.

Wortlos nahm er ihr die Geburtsurkunde aus der Hand, die in englischer Sprache ausgestellt war.

Brian Dominic O'Reely, geboren am 7. November 1950 in Killarney (Südirland, Grafschaft Kerry). Irische Nationalität. Mutter Maureen O'Reely. Vater unbekannt.

Dominiques hübsche, noch etwas jungenhafte Züge verhärteten sich. Cathérine, die nicht so leicht aus ihrer kühlen unbeteiligten Ruhe zu bringen war, blinzelte lediglich ein wenig verunsichert und blickte Dominique von der Seite an. Pierre, der wie eine fadere, weichere Kopie seines älteren Bruders wirkte, stand der Mund offen.

„Wir haben dich adoptiert", fuhr Gilbert fort. „Und da Brian nicht französisch genug klang, haben wir deinen zweiten Vornamen in Dominique umgewandelt. Du bekamst die französische Nationalität. Ein Jahr später sind wir nach Paris gezogen, wo uns niemand kannte. Wir haben uns geschworen, dich wie einen leiblichen Sohn aufzuziehen, und sagten niemandem, dass wir dich adoptiert hatten. Du hast inzwischen fehlerlos und akzentfrei französisch gesprochen – da du erst dreieinhalb warst, als wir dich aufnahmen, hast du dich schnell von Englisch auf Französisch umgestellt."

„Manchmal fragten uns die Leute, wie zwei so durchschnittlich aussehende Leute wie wir so einen bildhübschen Jungen zustande gebracht haben", erzählte Madeleine mit einem gerührten kleinen Lachen. „Ich habe dann immer gesagt, dass mein Vater auch schön wie ein Kinostar war."

„Warum kann ich mich an nichts erinnern?" Dominique starrte mit schmalen Augen aus dem Fenster, als läge die Antwort in dem herbstlichen, verregneten Garten des Einfamilienhauses. „Mit dreieinhalb muss man doch wissen, wer seine Mutter ist."

„Der Schock jener Nacht war zu viel für dich, nehme ich an. Man könnte meinen, du hättest teilweise das Gedächtnis verloren. Du hast außer in den ersten Tagen nie wieder nach deiner Mutter gefragt und dich schnell auf dein neues Zuhause eingestellt. Du hast nie ein Zeichen gegeben, dass du dich an irgendetwas erinnerst. Aber Englisch fiel dir in der Schule sehr leicht, wie du ja weißt. Und erinnerst du dich, dass ein Lehrer mal bemerkt hat, du würdest mit einem kleinen irischen Dialekt Englisch sprechen?"

„Ja. Ihr hättet es mir nie von selbst gesagt, was?"

Gilbert schüttelte den Kopf. „Als du klein warst, wollten wir nicht dein seelisches Gleichgewicht durcheinanderbringen. Du hattest schon genug gelitten. Und später sahen wir keinen Sinn mehr darin, nach all den Jahren. Wozu auch? Wir sind deine Eltern, wir lieben dich. Und wir haben dich großgezogen oder etwa nicht?"

Dominique nickte langsam, und sein Blick schweifte wieder in die Ferne. „Mein Alptraum", murmelte er. „Dieser Alptraum, der mich von jeher verfolgt, von Frauenschreien, Blut und peitschendem Regen ..." Hilfesuchend sah er zu Madeleine auf.

„Es war ursprünglich kein Alptraum, Liebling, das hast du erlebt", sagte sie leise und streichelte über sein dichtes dunkles Haar. „Deine Mutter hat dich zu dieser Engelmacherin mitgenommen, und anscheinend bist du aus der Kammer entwischt, wo du bleiben solltest, und hast mehr gesehen und gehört, als du verständlicherweise verkraften konntest. Dann seid ihr durch die kalte Regennacht gelaufen, ihr wart bis auf die Haut nass, deine Mutter blutete ... Du bist in den ersten Nächten bei uns immer wieder schreiend aus dem Schlaf erwacht."

Dominique entzog sich Madeleines streichelnden Händen und erhob sich. „Ich muss eine Weile allein sein", sagte er mit rauer, fremd klingender Stimme und verließ den Raum. Er ging in sein ehemaliges Zimmer, in dem sich seit seinem Auszug vor ein paar Monaten nichts verändert hatte, und stellte sich ans Fenster. Blicklos starrte er auf die stille kleine Straße des Pariser Vorortes. Regen sprühte an die Fensterscheibe. Kein heftig peitschender Regen wie in jener verhängnisvollen Nacht, sondern sanft tropfender feiner Landregen. Er legte die Stirn gegen die Scheibe und ließ sein Leben Revue passieren – zumindest den Teil, an den er sich erinnerte.

Hatte er nicht im Unterbewusstsein immer gespürt, dass er nicht wirklich zu seinen Eltern und seinem Bruder gehörte? Madeleine und Gilbert hatten Dominique nie merken lassen, dass er nicht ihr leiblicher Sohn war. Auch nach Pierres Geburt drei Jahre später hatten sie nie einen Unterschied zwischen den beiden Jungen gemacht. Dennoch empfand Dominique keine echte Bindung an seine Familie. Sein Wunsch nach Loslösung schien etwas anderes zu sein als der normale Freiheitsdrang eines Heranwachsenden.

Dominique starrte schlaflos an die Zimmerdecke des Hotels in Kaschmir und erinnerte sich daran, wie er sich nach seiner Scheidung von Cathérine in die mobile Gendarmerie hatte versetzen lassen. Er hatte in den darauffolgenden Jahren das Leben geführt, das er leben wollte: unabhängig und auf der Suche nach Abenteuern. Er bezahlte es mit Einsamkeit und nahm es in Kauf. Viele Menschen hatten seinen Weg gekreuzt und ihn eine Zeitlang begleitet. Er hatte sein Leben hin und wieder länger als nur ein paar Nächte mit einer Frau geteilt, und hatte unter Männern Kameraden gefunden, die er schätzte. Nichts war jedoch von Dauer. Das Schicksal hatte immer wieder erbarmungslos zugeschlagen und ihn von Menschen getrennt, an denen ihm am meisten gelegen hatte. Zum ersten Mal wurde ihm klar, dass er in der letzten Zeit unbewusst kaum noch Nähe zugelassen hatte, um sich nicht mehr so verwundbar zu machen.

Bevor weitere quälende Erinnerungen aus seiner jüngeren Vergangenheit aufkommen konnten, drehte sich Dominique auf die Seite und lauschte den gleichmäßigen Atemzügen seiner schlafenden Tochter. Im Gegensatz zu seinem eigenen leiblichen Vater hatte er seine Verantwortung zunächst wahrgenommen, als Cathérine schwanger geworden war. Aber hatte nicht Jennifer im Endeffekt den gleichen Preis zahlen müssen wie er, als seine innere Unruhe ihn veranlasst hatte, Frankreich den Rücken zu kehren?

„Tut mir leid, Kleines", murmelte er und berührte leicht ihre Schulter. Sie seufzte im Schlaf und schien instinktiv seine Nähe zu suchen. Dominique legte den Arm um sie. Es wirkte beruhigend, ihre Wärme zu spüren, und nun endlich gelang es ihm einzuschlafen.

***

Am frühen Morgen erwachte Dominique, bevor der Wecker klingelte. Gedämpft fiel erstes Tageslicht durch

77

die sandfarbenen Vorhänge. Im Halbschlaf bemerkte er, dass sich eine Frau mit dem Rücken an ihn schmiegte. Wohlig lächelnd schlang er einen Arm um sie und küsste ihren Nacken. Er war zu verschlafen, um sich daran zu erinnern, wer sie war.

Das Mädchen drehte sich im Schlaf auf ihn zu und kuschelte sich an seine Schulter. Dominique blinzelte. Und zuckte im ersten Moment zurück, als er Jennifer erkannte. Sie seufzte leise.

Er fragte sich, von wem sie wohl träumte und an wen sie beim Aufwachen denken würde. Im Halbdunkel des Zimmers studierte er ihr Gesicht, als sähe er es zum ersten Mal. Plötzlich kamen die Erinnerungen zurück, die sich in den letzten Wochen nicht hatten einstellen wollen. Er hatte sie jahrelang verdrängt, um die Trennung von seiner kleinen Tochter besser ertragen zu können. Jetzt sah er die Bilder aus Jennifers frühester Kindheit wieder deutlich vor sich.

Er erinnerte sich daran, wie er sie als winziges Baby in den Armen gehalten und wie das achte Weltwunder bestaunt hatte; wie sie an seiner Hand die ersten Schritte auf wackligen Beinchen getan hatte; hörte ihr helles fröhliches Kinderlachen, wenn sie ihren Eltern einen Streich gespielt hatte.

Und erinnerte sich an ihr erschrockenes Gesichtchen, als sie einen hässlichen Streit zwischen ihm und Cathérine miterlebt hatte, an ihre Tränen, wenn er sie nach seinen kurzen gelegentlichen Besuchen wieder verließ.

Gerührt streichelte er über ihr zerzaustes braunes Haar und nahm sich vor, sie auf keinen Fall nach Paris zurückzuschicken. Auf einmal wusste er, dass sein Leben leer sein würde ohne sie und all den Trubel, den sie mitgebracht hatte.

Jennifer blinzelte und schmiegte sich mit einem

glücklichen Lächeln noch enger an ihn. So dösten sie
weiter, bis die ersten Sonnenstrahlen ins Zimmer drangen.

3

In Jeans und einem dicken beigefarbenem Shetland-
pullover von Dominique schlenderte Jennifer durch
die Straßen. Das von dichten grauen Wolkenschwaden
eingehüllte Srinagar wirkte finster und ungastlich, die
Häuser waren verlottert und schäbig. Der tägliche Regen weichte die ungeteerten und ungepflasterten Straßen zu Schlamm auf.

Jennifer sprang zur Seite, als wieder ein Auto neben
ihr durch eine tiefe Pfütze fuhr, aber das schmutzige
Wasser bespritzte sie dennoch. Es war nicht das erste
Mal. Ihre Jeans waren bis zur Hüfte mit lehmartigen
Flecken besprenkelt, die sich auch nach dem Trocknen
nicht ausklopfen ließen.

Sie warf einen Blick auf ihre Armbanduhr. Gleich
halb vier – es war Zeit, Dominique wie verabredet im
Hotel zu treffen und ihm Bericht zu erstatten. Er hatte
sie am Morgen gebeten, eine einheimische Frau zu be-
schatten, die möglicherweise mit den Drogenhändlern
in Verbindung stand.

Jennifers erste Aufgabe war es gewesen, sich nach einem Hotel mit drei freien Einzelzimmern umzusehen.
Nachdem sie zwei Stunden lang herumgelaufen war,
hatte sie schließlich eines ausfindig gemacht und sie
waren dorthin umgezogen.

„Wie ist es gelaufen?", fragte Dominique, als er wenig
später ihr Zimmer betrat.

„Gut. Sie hat nichts mitbekommen. Aber sie war nur
einkaufen, dann ist sie wieder nach Hause gegangen."

„Okay. Macht nichts. Was hast du danach gemacht?",
erkundigte er sich. Sie hatte zwar nicht den Eindruck,

dass es ihn wirklich interessierte, er dachte ja wieder nur an seinen Fall, aber immerhin bemühte er sich nun, immer freundlich zu ihr zu sein und sie in alles mit einzubeziehen. Um Mr Stacy gegenüber ihre Anwesenheit in Kaschmir zu rechtfertigen, beauftragte er sie oft damit, Erkundigungen per Telefon einzuziehen, Berichte zu schreiben und ähnliches. Und sie gab sich Mühe, alles sorgfältig auszuführen. Auch wenn sie manchmal, wie bei dem Auftrag mit der Beschattung, vermutete, dass es reine Beschäftigungstherapie war.

„Ich bin am Dal-See spazieren gegangen, wie jeden Tag. Ist meine Lieblingsroute."

Die Stadt Srinagar war um den riesigen Dal-See herum angesiedelt. An seinen Ufern lagen dicht an dicht Hausboote, die zum einen Teil von der einheimischen Bevölkerung bewohnt wurden und zum anderen Teil als komfortable Touristenunterkünfte eingerichtet waren. Zahllose Holzkähne mit Baldachinen, sogenannte Shikaras, verkehrten auf dem See. Einige dienten als Fähren, die die Bootsbewohner von einem Ufer ans andere transportierten, denn viele Hausboote konnte man nur über das Wasser erreichen, da die Kais, an denen sie lagen, Sackgassen waren. Größtenteils fuhren jedoch auf diesen Shikaras Händler auf dem See hin und her und versuchten, den Touristen ihre Lederwaren, Pelze, Schals aus Kaschmirwolle und verschiedene Handarbeiten zu verkaufen. Morgens gab es auch Gemüsemärkte, die an die schwimmenden Märkte in Bangkok erinnerten.

„Ja, es ist schön dort", stimmte Dominique zu.

„Können wir nicht auf einem der Hausboote wohnen?"

„Dann müssten Peter und ich jedes Mal mit einem Kahn zur Stadt übersetzen, das geht nicht", lehnte er ab.

„Ja, da hast du recht, das sehe ich ein." Seit ihrem Streit und der Versöhnung gab sie sich Mühe, es zu keinem neuen Konflikt kommen zu lassen und sich von ihrer besten Seite zu zeigen.

„Hast du den Bericht von gestern geschrieben?"

„Mache ich gleich. Das vertreibt mir die Zeit bis zum Abendessen."

„Warte nicht mit dem Essen auf uns, es könnte spät werden."

„Ich weiß." Jennifer seufzte leise. Sie sah Dominique nicht öfter als in Delhi. Er und Peter waren ständig unterwegs. Wenn sie mit Jennifer aßen, waren sie in Gedanken immer bei ihrem Auftrag und sprachen über kaum etwas anderes.

Dominique streckte die Hand aus und schob ihr zärtlich eine feuchte Haarsträhne aus der Stirn. „Du bist hier noch einsamer als in Delhi, oder?"

„Bin ja selbst schuld", sagte sie tapfer.

„Jenni, wenn ich dich nicht hierher mitnehmen wollte, dann nicht, weil ich dich bestrafen wollte. Mir war klar, dass ich nicht viel Zeit haben würde. Und es macht mich etwas nervös zu wissen, dass in dieser Gegend zahllose Drogendealer herumlaufen."

Sie riss die Augen auf. „Glaubst du, ich würde Drogen kaufen?"

„Das ist meine zweite Sorge."

„Völlig unbegründet, versprochen." Einem Impuls folgend schlang sie die Arme um seinen Hals, und er zog sie an sich. Während er über ihren Rücken streichelte, drückte seine Pistole, die er im Hosenbund trug, in ihren Bauch und erinnerte sie daran, dass er bei diesem Auftrag womöglich sein Leben riskierte. „Pass auf dich auf, ja?"

Er löste sich von ihr, nickte und küsste sie rasch auf die Wange. „Ich muss wieder los."

***

82

Am vierten Tag durchbrach die Nachmittagssonne gelegentlich den nur noch locker bewölkten Himmel. Sie spiegelte sich im Wasser des Dal-Sees, das nun kristallklar und tiefblau wirkte, und wurde von der schneebedeckten Gebirgskette am Horizont reflektiert, die auf einmal in einem gleißenden Licht strahlte.

„Wow", murmelte Jennifer und blickte sich bei ihrem Spaziergang beeindruckt um. Nun konnte sie zum ersten Mal verstehen, warum so viele Leute von Kaschmir als der „Indischen Schweiz" schwärmten.

Dominique und Peter war es inzwischen gelungen, sich den Kreisen von lokalen Dealern zu nähern. Dominique ging Spuren nach, die ihn möglicherweise zum Umschlagplatz des über die Berge eingeschleusten Heroins führen konnten, während Peter in zwielichtigen Bars der Stadt herumlungerte und versuchte, ein Treffen mit einem Mann zu arrangieren, der in direkter Verbindung zu den Schmugglern stand.

Jennifer wanderte weiter am See entlang, der schließlich in einen schmalen Fluss mündete, welcher die Stadt teilte. Sie ging über eine modrige, knarrende Holzbrücke zum anderen Ufer, an dem baufällige kleine Häuser standen. In diesem Viertel hielten sich wesentlich weniger Touristen auf als an den dicht besiedelten Ufern des Dal-Sees.

Ziellos schlenderte Jennifer durch die schmalen, schmuddeligen Straßen, vorbei an ärmlich gekleideten Einheimischen. In den großen Pfützen schwammen Abfälle. Um einige hartnäckig bettelnde Kinder abzuhängen, flüchtete sie sich in einen kleinen Laden, hinter dessen halb blinden Schaufenstern einheimisches Kunsthandwerk ausgestellt war. Ohne großes Interesse betrachtete sie die geschnitzten Holz- und Kupferschmiedearbeiten. Sie hatte bereits bei den schwimmenden Händlern auf dem Dal-See einige Souvenirs gekauft und war sicher, dass Dominique allergisch darauf reagieren würde, wenn sie seine Wohnung mit solchem Krimskrams vollstellte.

Sie war die einzige Kundin. In einer Ecke hockte ein Inder auf einer Bastmatte und hielt ein Nickerchen. Vor ihm lag eine Schale mit Asche und einer Art Zigarrenstummel. Das erklärte den stark würzigen Rauch, der im Raum hing. Jennifer hatte ihn bereits in Paris auf zwielichtigen Partys gerochen. Sie schnupperte prüfend. Kein Zweifel, es war Haschisch. Sie warf einen Blick durch die Fenster. Vor dem Laden wurden die kleinen Bettler immer zahlreicher, und ein zerlumpter einäugiger Mann mit Krückstock hatte sich zu ihnen gesellt. Sie schienen darauf zu warten, dass Jennifer wieder zum Vorschein kam.

Sie blickte sich um und entdeckte eine Tür zwischen zwei Regalen. In der Hoffnung, dass es sich um einen Hinterausgang handelte, schlich sie zu der Tür, öffnete sie leise, um den dösenden Mann nicht aufzuwecken, und spähte hinaus. Kurz darauf befand sie sich in einem Hinterhof, der durch eine schmale Ausfahrt mit der Straße verbunden war.

Auf dem Hof luden zwei Männer große Bündel Wolle aus einem Lieferwagen aus. Instinktiv drückte sich Jennifer in eine Nische, von der aus sie die Männer beobachten konnte, ohne selbst gesehen zu werden. Diese schafften die riesigen Wollknäuel in einen an den Laden grenzenden Raum. Sicher die Werkstatt, dachte sie.

Dann runzelte sie die Stirn. Wozu wurde Wolle an einen Laden geliefert, der Holz- und Kupferarbeiten verkaufte? Dafür mochte es allerlei banale Erklärungen geben, doch das Haschisch, das sie in dem Laden gerochen hatte, regte ihre Fantasie an und ließ sie an andere Drogen denken – an Heroin. Es war völlig an den Haaren herbeigezogen, dachte sie. Wenn sie ihrem Vater davon erzählte, würde er sie auslachen. Aber wenn sie es nicht tat, ging ihm vielleicht eine wichtige Spur verloren. Am besten sah sie sich erst mal nach Beweisen um.

Die Männer hatten die Wollbündel in den an den Laden grenzenden Raum geschafft. Sie stiegen in den Lieferwagen und fuhren davon. Mit klopfendem Herzen schlich Jennifer zu der Tür, die einen Spalt offen geblieben war, und spähte hinein. Es sah tatsächlich nach einer Werkstatt für Kunsthandwerk aus. Da sie niemanden erblickte, trat sie zögernd ein. Zwischen Werkbänken mit Hobel, Säge und Lacktöpfen standen Kisten mit fertigen und halbfertigen Ziergegenständen. Ein großer geknüpfter Teppich hing von der Decke herab und zerteilte den Raum wie ein Paravent.

Plötzlich hörte Jennifer Schritte im Hof und flüchtete hinter den Teppich in den anderen Teil des Raumes, um sich zu verstecken. Mit Schrecken bemerkte sie, dass sie dort nicht alleine war.

Zwei Inder, die dort auf dem Boden hockten, hoben ruckartig den Kopf und starrten sie an. Und Jennifer starrte auf das, womit sie beschäftigt waren: einer füllte ein feines weißes Pulver, das in Plastikbeuteln in den herumliegenden Wollbündeln versteckt gewesen war, in noch kleinere Tütchen um und gab es an den anderen weiter, der diese Tütchen in hohlen Holzschnitzarbeiten versteckte. Ein Karton voll lackierter Dolchgriffe stand neben ihm, sowie ein Karton mit den dazugehörigen Dolchklingen und ein Topf Leim.

Die Inder sprangen auf, und Jennifer floh. Doch sie kam nicht weit. Kaum hatte sie sich umgedreht, prallte sie gegen einen Mann. Wahrscheinlich waren es seine Schritte gewesen, die sie im Hof gehört hatte. Er packte sie grob und hinderte sie am Weiterlaufen, während er sie in einer ihr unverständlichen Sprache anherrschte. Jennifer war klar, dass Ausflüchte keinen Sinn hatten – sie hatte zu viel gesehen. Die Inder, die sie beim

Umfüllen des Pulvers überrascht hatte, standen jeder mit einem Dolch in den Händen hinter ihr.

Jennifers Nacken prickelte, als sie sich darauf gefasst machte, jeden Augenblick den scharfen Schmerz eines sich in ihren Rücken bohrenden Dolches zu spüren. Der Mann, der sie noch immer in seinen Armen gefangen hielt, musterte sie prüfend. Sie hielt seinem Blick trotzig, aber ängstlich stand. Er war kräftig, trug einen Vollbart, hatte eine fleischige Nase und wulstige Lippen. Er schob sie nun von sich weg, um auch den Rest von ihr begutachten zu können, ohne dabei jedoch seinen harten Griff zu lockern.

„Bist du allein?", fragte er schließlich auf Englisch.

„Nein", antwortete sie schnell. „Meine Gruppe wartet im Laden auf mich."

„Geh nachsehen", sagte der Mann zu einem seiner Komplizen, woraufhin dieser rasch den Raum verließ.

Als er wiederkam schüttelte er den Kopf. „Niemand zu sehen."

Der Mann riss sie mit sich auf den Ausgang zu. Sie machte sich schwer wie einen Sandsack. Plötzlich ließ er sie los, und sie fiel auf den Lehmfußboden. Bevor sie sich hochrappeln konnte, ließ er ein Springmesser aufschnappen. „Du kommst mit – freiwillig oder tot!"

Jennifer schluckte und rappelte sich auf. Zitternd ließ sie sich von ihm und einem seiner Komplizen abführen.

Als sie die Straße erreichten, sahen sie sich wieder den Bettlern gegenüber. Während sie überlegte, ob es einen Sinn hatte, um Hilfe zu rufen, ließen die Kinder und der Alte ihre ausgestreckten Hände sinken und wichen zurück, als sie die Männer erkannten.

Jennifer wurde zum Fluss geführt, wo ein Kahn in der Nähe der Holzbrücke angebunden war. Der kräftige vollbärtige Mann stieß sie in den Kahn und hielt sie fest, während der andere Richtung Dal-See zu rudern begann.

„Wie heißt du?", fragte ihr Entführer.

Sie murmelte ihren Vornamen.

„Mein Name ist Kabir. Was wolltest du in dem Laden?"

Sie zuckte mit den Schultern. „Andenken kaufen."

„Mit wem bist du hier?"

„Mit einer Reisegruppe", log sie. Auf keinen Fall durfte er die Wahrheit aus ihr herausbekommen. Schlimm genug, dass sie in die Falle gegangen war, sie durfte nicht auch noch ihren Vater und Peter mit hineinziehen.

Er schüttelte sie leicht. „Was hattest du in der Werkstatt zu suchen?"

„Ich suchte eine Toilette", schwindelte sie und beschloss, es auf die naive Tour zu versuchen. „Ich wusste nicht, dass in Kaschmir auch mit Zucker gehandelt wird ..."

„Zucker?" Kabir lächelte zynisch. „Ja, klar. Süßer Zucker, der süßen Mädchen süße Träume beschert." Er lockerte seinen Griff, um eine Hand über ihr Haar und ihre Brust gleiten zu lassen, während er sie gierig anstarrte.

Jennifer zuckte zurück und blickte krampfhaft über das Wasser, um ihn nicht ansehen zu müssen.

Inzwischen hatten sie den Dal-See erreicht; allerdings noch nicht den belebten Touristen-Teil, sondern erst den Abschnitt, in dem die Hausboote der Einheimischen lagen. Jennifer ertrug die tätschelnden Hände des Mannes nicht länger. Sie sprang so unvermittelt auf, dass der Kahn schwankte, und rief gellend um Hilfe. Am Ufer waren Spaziergänger, die nach Touristen aussahen; vielleicht würden sie sie bemerken.

Kabir wollte Jennifer zurückreißen. Das Boot schaukelte stark, und bevor er sie festhalten konnte, war sie über Bord gefallen. Wieder schrie sie um Hilfe. Das Wasser war so eiskalt, dass es ihr die Luft abschnürte, und ihre Jeans und der dicke Wollpullover waren augenblicklich durchnässt und drohten sie durch ihr Gewicht in die Tiefe zu ziehen. Da sie ihren Entführern durch Schwimmen sowieso nicht entkommen konnte, hielt sie sich schnell am Bootsrand fest. Die beiden Männer hievten sie ins Boot zurück.

Der Zwischenfall hatte Aufmerksamkeit einiger Händler und Shikara-Fahrer erregt, doch sie begnügten sich damit, die Szene aus sicherer Entfernung interessiert zu beobachten.

Kabir maß Jennifer mit einem wütenden Blick, ohrfeigte sie und hielt eisern ihre Handgelenke fest. Sie zitterte. Der Fahrtwind erschien ihr nun eisig, und die Kälte drang bis in ihre Knochen. Schlimmer noch war die Angst. Wohin würde man sie bringen? Was würden sie mit ihr machen?

Kurz darauf legte der Kahn an einem großen Hausboot an, das gegen die benachbarten fast luxuriös wirkte. Die Männer zogen die schlotternde Jennifer auf das Unterdeck des Hausbootes. Kabir rief etwas, woraufhin zwei junge Männer erschienen. Er bellte ein paar Befehle. Der Mann aus der Werkstatt, der sie zum Hausboot gerudert hatte, stieg wieder in den Kahn und machte sich auf den Rückweg. Kabir winkte einen Shikara-Fahrer heran.

„Wir unterhalten uns später", sagte er zu Jennifer. „Ich habe eine Verabredung."

„Lass dir Zeit", murmelte sie trotz klappernder Zähne aufsässig.

„Versuche nicht zu flüchten – es wäre schade um dich", warnte er, drehte sich um und bestieg die Shikara.

Jennifer wurde von den beiden jungen Männern ins Innere des Hausbootes geführt. Die Einrichtung war rustikal-gemütlich, viel geschnitztes Holz und feingemusterte Kaschmirstoffe, aber sie war zu durchgefroren und verängstigt, um auf Details zu achten. Ihre Zähne schlugen unkontrollierbar aufeinander.

Der eine der jungen Inder bedeutete ihr, sich in den Sessel neben den Heizofen zu setzen. Er entzündete ein Feuer, während der andere eine Wolldecke holte und sie Jennifer beinahe fürsorglich um die Schultern legte.

Die beiden sprachen kein Englisch und konnten ihr nur mitteilen, dass sie Bikar und Zahir hießen. Während Bikar Jennifer beaufsichtigte, verschwand Zahir für eine Weile. Als er zurückkehrte, griff er nach ihrer Hand und führte sie in ein Badezimmer. In einer kleinen Badewanne dampfte Wasser. Die Inder bedeuteten ihr, ein Bad zu nehmen, machten jedoch keine Anstalten, sie allein zu lassen. Jennifer zögerte. Sie sehnte sich nach einem heißen Bad, aber sie wollte sich nicht vor zwei wildfremden Männern ausziehen. Spätestens dann würden sie auf dumme Gedanken kommen. Oder hatten sie ohnehin vor, die Gelegenheit auszunutzen? Bei der Vorstellung wurde ihr übel, aber sie durfte auf keinen Fall noch länger ihre nassen Sachen tragen, sonst drohte ihr möglicherweise eine Lungenentzündung. Zögernd begann sie sich auszuziehen, behielt aber ihre Unterwäsche und das T-Shirt an, das sie unter dem Pullover trug.

Die Inder verfolgten gebannt jede ihrer Bewegungen. Sie hatten sich auf einer kleinen Bank am anderen Ende des Badezimmers niedergelassen. Während Jennifer ins heiße Wasser stieg, bemerkte sie plötzlich verblüfft, dass Zahir die Hand auf Bikars Schenkel legte und dieser zärtlich seine Hand nahm. Vor Erleichterung lachte sie auf. Was für ein Glück im Unglück, dass ihr das Schicksal homosexuelle Bewacher beschert hatte! Kabir allerdings war mit Sicherheit nicht schwul, und beim Gedanken an seine Rückkehr krampfte sich ihr Magen zusammen.

Nach ihrem Bad geleiteten die Männer die in ein Handtuch gehüllte Jennifer in ein Schlafzimmer, in dem zwei schmale Betten sowie ein alter Ofen und eine Kommode standen. Auf einem der Betten lag warme Kleidung bereit. Zahir brachte ihr noch eine Flasche Limonade, dann ließen sie Jennifer allein.

4

Kabir beugte sich vor, um den ihm gegenübersitzenden Amerikaner noch durchdringender mustern zu können. Er war um die Vierzig, mittelgroß und wirkte kräftig. Seine gutgeschnittenen goldblonden Haare waren etwas zerzaust, er trug ein Sportsakko zu Jeans und Freizeithemd. Es störte Kabir, dass er seine Augen hinter einer goldgeränderten Sonnenbrille verbarg.

„Mir wurde zugetragen, dass Sie sich dafür interessieren, mit mir ins Geschäft zu kommen", begann Kabir vorsichtig.

„So ist es", sagte der Amerikaner mit undurchdringlicher Miene. „Es heißt, dass Sie besten Stoff haben – aus Pakistan importiert. Ist das richtig?"

Kabir zögerte. Der Mann war eindeutig nicht von der indischen Staatspolizei, dennoch wirkte er nicht vertrauenswürdig auf ihn. Er sah einfach nicht nach Großdealer aus. „Von wem haben Sie die Information?"

Peter rückte an seiner Sonnenbrille und machte eine vage Handbewegung. „Mundpropaganda. Ich wollte den Stoff eigentlich in Bombay kaufen, aber ich fand dort nur unbedeutende Zwischenhändler. Die gaben mir den Tipp, mich in Srinagar umzusehen. Ihr Name fiel."

„Mal angenommen, ich hätte, was Sie suchen – wie viel wollen Sie?"

„Fünf bis sieben Kilo. Aber reinen Stoff, nicht gestreckt. Ich möchte vorher eine Probe haben."

„Versteht sich."

„Wann und wo?"

Kabir dachte kurz nach. „Die nächste Lieferung ist in drei Tagen."

„Preis pro Kilo?"

„30.000 Dollar."

Peter runzelte die Stirn. „Das ist zu viel. Dafür kann ich es auch in den USA kaufen."

„Ich mache die Preise nicht", gab Kabir gelangweilt zurück.

Peter hieb mit der Faust auf den Tisch. „Dann will ich den großen Boss sprechen."

„Er empfängt keine Besucher."

„Er könnte eine Ausnahme machen, wenn sich die Einnahmen lohnen."

„Er ist zurzeit nicht hier."

„Wann kommt er wieder?"

„Kann lange dauern."

„Was will er so lange in Islamabad?" Peter biss sich auf die Zunge, doch es war zu spät. Die Information über Islamabad kam vom Drogendezernat.

Kabirs Gesicht versteinerte sich. „Ich habe nicht gesagt, dass er in Islamabad ist. Wer hat über ihn geredet?"

„Ramallayah", versuchte Peter die Situation zu retten. Das war der Name eines Großdealers in Bombay, dessen Namen Dominique in der Vergangenheit mehrmals erwähnt hatte.

Am Aufblitzen in Kabirs Augen erkannte Peter, dass er ins Schwarze getroffen hatte. „Ja, den kenne ich. Wann haben Sie mit ihm gesprochen?"

„Vor zwei oder drei Wochen."

Kabir lächelte und taxierte Peter aus verengten Augen, während er mit der Hand jemandem hinter ihm ein Zeichen gab. „Interessant. Ramallayah ist seit einem halben Jahr tot. Meine Leute haben ihn erschossen. Er war ein Schwätzer."

Verdammt, dachte Peter. Die Luft roch plötzlich nach Gefahr. Er wollte seine Pistole ziehen, doch da spürte er bereits einen dumpfen Schlag am Hinterkopf.

5

Jennifer lag auf dem Bett und starrte an die holzgetäfelte Decke des kleinen Schlafzimmers. Die Männer hatten sie eingeschlossen, und sie hatte nichts, was sie von der aufsteigenden Panik ablenken konnte. Es bestand kaum eine Chance, dass Dominique und Peter die Drogenschmugglerbande auffliegen lassen konnten, bevor Kabir zurückkam und sich Jennifer vornehmen würde. Hatte er seine erwähnte Verabredung vielleicht mit Peter? Sie erinnerte sich, dass Peter beim Frühstück von einem Treffen mit einer Kontaktperson in einer Bar gesprochen hatte.

Jennifer wurde aus ihren Überlegungen gerissen, als sie dicht neben ihrem Fenster Stimmen hörte. Die Wände des Boots waren dünn und man konnte hören, was an Deck des Nachbarboots gesprochen wurde. Sie hielt es jedoch nicht für sinnvoll, sich bemerkbar zu machen. Wahrscheinlich standen diese Leute dort entweder mit Kabir in Verbindung oder waren von ihm durch Drohungen eingeschüchtert. Sie wurde aufmerksam, als Leute Englisch sprachen. Jennifer sprang auf die Füße, so schnell es der lange Kaftan und der bis zu den Knien reichende Wollmantel erlaubten, und ging zum Fenster. Vorsichtig schob sie die Vorhänge zur Seite und spähte hinaus. An Deck des Nachbarboots stand ein arabisch aussehender Mann, der auf Englisch mit einem Shikara-Fahrer redete.

„Riecht nach Ärger", sagte der Araber gerade. „Habe gehört, Kabir hat ein europäisches Mädchen hier eingesperrt, stimmt das?" Er wies mit dem Daumen in Jennifers Richtung.

„Ja, und das ist noch nicht alles! Gerade hat er einen Amerikaner in einer Bar k.o. schlagen lassen und ihn auf die Insel da hinten gebracht", berichtete der Shikara-Fahrer.

„Tot?"

„Nein, noch nicht. Der Boss soll bestimmen, was mit ihm geschieht. Scheint sich um einen Schnüffler zu handeln. Gab sich als Dealer aus, aber der Typ war nicht ganz echt. Kabir wollte kein Risiko eingehen."

„Shit!", knurrte der andere. „Kann also sein, dass die Bullen binnen der nächsten Stunden hier aufkreuzen."

„Ach, die interessieren sich nicht dafür. Oder trauen sich nicht."

„Na, ich weiß nicht. Ich werde mich in den nächsten Tagen lieber nicht mehr blicken lassen." Der Araber warf dem Kaschmiri ein paar Münzen zu. „Danke für den Tipp."

Der Shikara-Fahrer ruderte davon und der Araber zog sich in sein Boot zurück.

Jennifers Herz klopfte wie wild. Sie hatten Peter geschnappt. Die Schmuggler waren gewarnt. Sie musste irgendwas tun, um Dominique zu warnen, bevor er in eine Falle tappte. Aber wie sollte sie das anstellen, als Gefangene dieses Drogenbarons?

Durstig leerte sie das Fläschchen Limonade. Und dabei kam ihr ein Geistesblitz. Sie öffnete die Schubladen der mit allerlei Kleinkram vollgestopften Kommode und fand einen Kugelschreiber, aber kein Papier. Sie sah sich im Raum um. Ihr Blick fiel auf die weiße Serviette, die man ihr mit der Limonade gebracht hatte, doch die konnte zu leicht aufweichen. Kurzentschlossen nahm sie ihr kleines weißes Halstuch, das seit ihrem unfreiwilligen Bad im Dal-See bereits wieder getrocknet war, breitete es auf dem Boden aus und schrieb so deutlich wie möglich den Namen ihres Hotels und den ihres Vaters, gefolgt von einer Nachricht für Dominique auf Französisch. In die Ecken schrieb sie in Großbuchstaben S.O.S. Dann faltete sie das Tuch so dünn wie möglich zusammen und stopfte es mit Hilfe des Kugelschreibers in die Flasche. Aus der Tasche ihrer nassen Jeans kramte sie ein Päckchen Kaugummis. Sie kaute rasch einige davon durch, bis sie die richtige Größe hatten, um als Stöpsel für den Flaschenhals zu dienen. Das Gelingen ihrer Unternehmung würde vom Glück des Augenblicks abhängen. Als sie am Poltern von Schritten erkannte, dass der Araber sein Boot verließ, öffnete sie das kleine Fenster und steckte den Kopf hinaus.

Kurz überlegte sie, ob sie durch das Fenster entkommen könnte. Sicher hätte sie sich durchschlängeln können, aber was würde sie damit gewinnen? Sie entdeckte Zahir, der auf dem Unterdeck beschäftigt war; er würde sie sofort bemerken, wenn sie aus dem Fenster kletterte. Noch dazu musste sie den See durchschwimmen, denn kein Shikara-Fahrer würde sie mitnehmen, wenn sich herumgesprochen hatte, dass sie Kabirs Gefangene war. Und sie bezweifelte, dass sie es durch den eiskalten See schaffen würde. Wahrscheinlich würde man sie sowieso herausfischen, bevor sie das andere Ufer erreicht hätte, und zu Kabir zurückbringen.

Nein, sie musste es mit ihrer Flaschenpost versuchen. Jennifer steckte den Kopf so weit es eben ging zum Fenster hinaus, ohne die Aufmerksamkeit Zahirs auf sich zu ziehen, und blickte auf den See. Nach fünf Minuten näherte sich eine große Shikara mit lachenden hellhäutigen Menschen in Freizeitkleidung, die mit Fotoapparaten behängt waren. Touristen. Ihre einzige Chance. Und Zahir verschwand gerade für einen Moment aus ihrem Blickfeld.

Jennifer winkte wie wild, um die Aufmerksamkeit der langsam über das Wasser gleitenden Touristen auf sich zu ziehen. Eine Dame winkte fröhlich zurück, stutzte dann ein wenig, als sie Jennifers verzweifelte Grimasse bemerkte. Jetzt kam es auf einwandfreies Timing an. Jennifer hielt ihren Arm lang aus dem Fenster, holte aus wie ein Golfspieler vor dem entscheidenden Schlag und schleuderte die Flasche so weit wie möglich auf den See hinaus. Sie traf direkt vor der Shikara auf, klopfte laut an das Holz des Boots. Volltreffer. Jennifer sah noch, wie einer der Touristen verwundert nach der Flasche griff und zog sich dann hastig zurück, als sie Zahir zurückkommen sah.

Mit klopfendem Herzen legte sie sich aufs Bett. Jetzt lag es an ihrem Vater, die nächsten Schritte zu tun. Wenn er die Nachricht erhielt. Wenn er noch nicht selbst in die Falle gegangen war. Wenn er aus ihrem Gekritzel schlau wurde. Wenn ihre Flaschenpost nicht als Scherz abgetan und in den See zurückgeworfen wurde. Wenn ...

6

Müde und genervt kehrte Dominique ins Hotel zurück. Einen ganzen Tag lang war er für nichts und wieder nichts in der Stadt herumgelaufen. All seine Spuren hatten sich als Sackgassen erwiesen. Ein Blick zur Uhr ergab, dass es kurz nach sieben war. Zu sieben Uhr hatte er sich mit Peter und Jennifer im Hotelrestaurant verabredet. Ohne seinen Zimmerschlüssel zu holen, hastete er an der Rezeption vorbei ins Restaurant. Aber weder Peter noch Jennifer waren dort.

Dominique war hungrig und gab seine Bestellung auf. Die beiden würden schon eintrudeln. Doch als er schließlich sein Dinner mit einem Mokka abgeschlossen hatte, saß er noch immer alleine am Tisch. Langsam wurde er unruhig. Er ging zur Rezeption und bat um seinen Schlüssel.

„Liegt eine Nachricht für mich vor?"

„Wie man's nimmt." Der Hotelangestellte lächelte verlegen.

„Was soll das heißen?"

Der junge Mann langte in ein Fach und holte ein weißes Halstuch hervor. „Vor etwa einer Stunde haben Touristen dies hier abgegeben. Sie sagten, sie hätten es als Flaschenpost im Dal-See gefunden. Ein junges Mädchen hätte es ihnen von einem Boot aus zugeworfen. Sie hielten es für einen Scherz, aber da das Hotel und Ihr Name deutlich draufstanden und sie hier vorbeikamen, haben sie es eben abgegeben." Er drückte ihm ein zerknülltes Halstuch in die Hände, das Dominique als Jennifers erkannte. Augenblicklich überkam ihn ein ungutes Vorgefühl. Er nahm sich nicht die Zeit, auf sein

Zimmer zu gehen, sondern breitete das Tuch auf dem Empfangstisch aus.

Ich habe Drogenschmuggler überrascht, und sie mich, stand da in Jennifers Handschrift. *Sie haben mich auf ein großes Hausboot gebracht, rechts vom Shalimar-Hotel, kurz vor der Mündung in den Fluss. Sie haben Peter geschnappt und auf eine Insel gebracht, wahrscheinlich auf dem Dal-See. Der Mann heißt Kabir. S.O.S., Jenni.*

Dominique starrte fassungslos auf die etwas verwischten Zeilen. Dann stopfte er das Tuch in seine Jackentasche und stürmte auf sein Zimmer. Er telefonierte mit William Stacy, und dieser versprach, unverzüglich das Rauschgiftdezernat in New Delhi zu informieren. Die lokale Polizei in Kaschmir einzuschalten hatte wenig Sinn; sogar die Rauschgiftbrigade in Delhi hatte ihnen davon abgeraten. Sie waren sicherlich bereits von den Drogenschmugglern bestochen worden und würden keinen Finger rühren.

Dominique wäre am liebsten sofort seiner Tochter zur Hilfe gekommen, aber es war sinnvoller, zuerst nach Peter zu suchen, um gemeinsam mit ihm Jennifer befreien zu können. *Auf einer Insel, wahrscheinlich auf dem Dal-See*, hatte Jennifer geschrieben. Dominique wusste, dass es im entlegeneren Teil des riesigen Sees kleine unbewohnte Inselchen gab – ideal, um jemanden versteckt zu halten.

Er fuhr zum See. Es war inzwischen dunkel geworden und empfindlich kalt. Kaum der richtige Moment für ein solches Unternehmen, aber er hatte keine Wahl. Andererseits bot die Dunkelheit einen gewissen Schutz. Nur noch wenige Shikara-Fahrer warteten am Ufer auf Kundschaft. Dominique wählte einen jungen Mann aus, der recht gut Englisch zu verstehen schien, und bat ihn, ihn zu den Inseln zu rudern. Eventuelle lästige Fragen erstickte er im Keim mit ein paar Dollarnoten.

Die Hausboote, die als Hotels dienten, waren mit bunten Lämpchen beleuchtet, die sich in allen möglichen Farben auf der dunkel glänzenden Oberfläche des Sees spiegelten. Die imposante Gebirgskette war mit dem Himmel zu einer schwarzen Einheit verschmolzen. Das Licht wurde spärlicher und schließlich befanden sie sich in völliger Dunkelheit. Der Fahrer gab Dominique eine starke Taschenlampe, mit der er ihm den Weg leuchten sollte. Nach etwa zehn Minuten glitten sie an den ersten Inseln vorbei. Der Fahrer blickte Dominique fragend an. Dieser schüttelte den Kopf und gab ihm Zeichen, weiter zu rudern.

Der Himmel klärte sich unter dem kräftigen Wind auf und ließ Mondlicht durch die Wolken schimmern. Sie bewegten sich auf eine Insel zu, auf der sich eine baufällige Hütte befand.

„Hier halten wir", bestimmte Dominique. „Du kommst mit mir." Es war zu riskant, den Shikara-Fahrer allein zu lassen. Wer weiß, ob dieser auf ihn warten würde.

Sie kletterten ans Ufer der Insel, die nicht mehr als zwanzig mal zehn Meter groß war. Die Hütte war leer, Peter war nicht dort.

„Gibt es noch eine andere Insel mit einem Haus drauf?", fragte Dominique, als sie wieder in den Kahn stiegen.

„Ja, aber ziemlich weit. Viertelstunde zu rudern." Der Inder sah ihn auffordernd an.

Wortlos zückte Dominique einen weiteren Dollarschein. Der Fahrer ließ ihn in seine Hosentasche gleiten und ergriff die Ruder.

„Ich komme nicht mit", sagte er, als sie bei der nächsten Insel anlegten. „Das ist Gebiet von Mann, der nicht mag, wenn man Fuß auf seinen Boden setzt."

„Von Kabir?"

Der Inder zuckte zusammen. „Sie kennen ihn?"

„Vom Hörensagen." Dominique zog seine Pistole und richtete sie auf den erschrockenen Fahrer. „Du wirst eine Ausnahme machen und mitkommen. Kommt nicht in Frage, dass du abhaust."

„Es gehen böse Geister auf dieser Insel um", flüsterte der Inder, folgte aber der eindeutigen Weisung von Dominiques Pistolenlauf.

Tür und Fensterläden des kleinen Holzhauses waren geschlossen. Die Haustür wirkte jedoch nicht sehr solide. Dominique fingerte ein Stück starken Draht aus der Jackentasche und bearbeitete damit das Schloss. Durch jahrelange Übung war er darin geschickt wie ein Einbrecher, und nach wenigen Versuchen konnte er die Tür öffnen.

„Herzlich willkommen", sagte eine matte Stimme von einer Ecke des kleinen Raumes her. Im Schein seiner Taschenlampe erblickte Dominique Peter, der gefesselt auf dem Boden hockte und ihm erleichtert entgegensah.

„Wie hast du mich gefunden?"

„Das hast du Jennifer zu verdanken." Dominique durchschnitt hastig die Stricke, die Peters Füße und Hände fesselten.

„Jennifer?"

„Sie hat die Drogenschmuggler ertappt, hat sich von ihnen erwischen und kidnappen lassen, hat mitgekriegt, dass du ebenfalls geschnappt worden bist, und mir eine Flaschenpost zugeschickt."

„Ach du Scheiße." Peter betastete vorsichtig den Bluterguss auf seinem Wangenknochen. „Flaschenpost?"

„Erkläre ich dir später." Dominique half ihm hoch. „Sie ist auf einem großen Hausboot zwischen Shalimar-Hotel und Flussmündung."

„Hoffentlich finden wir sie nach dieser Beschreibung."

„Sie suchen junges Mädchen, das von Kabir entführt worden ist?", schaltete sich der Inder zögernd ein.

„Ja." Dominique drehte sich zu ihm um.

„Ich weiß, auf welches Boot man sie gebracht hat. Aber Kabir wird mich bestrafen, wenn ich es sage."

Dominique zielte mit der Pistole auf ihn. „Und ich werde dich bestrafen, wenn du es mir nicht sagst. Das Mädchen ist meine Tochter. Wenn du mir hilfst, gebe ich dir fünfzig Dollar. Wenn nicht, eine Kugel. Was ist dir lieber?"

Natürlich bluffte er nur, aber das konnte er gut, und es war überzeugend genug für den Inder, der sichtlich mit sich kämpfte. Fünfzig Dollar waren viel Geld für einen Einheimischen, der sich sicher nicht von einem verrückten Weißen umbringen lassen wollte.

„Kabir wird nie erfahren, dass du uns den Tipp gegeben hast", versprach Peter.

„Gut. Ich werde euch hinrudern."

„Und zwar schnell", drängte Dominique, „es geht um Leben und Tod!"

Peter warf einen Blick auf Dominiques Gesicht, das im Schein der Taschenlampe angespannt und nervös wirkte. In seinen sonst so kühlen Augen lag Angst.

„Jetzt weiß ich endlich, was dein Problem mit Jenni ist", sagte er, als sie sich über den nächtlich dunklen Dal-See rudern ließen.

Auf Dominiques Stirn erschienen zwei steile kleine Falten. „Mir ist jetzt nicht nach Küchenpsychologie."

Doch sein Freund ließ sich nicht beirren. „Du befürchtest, dass sie deinen Schutzpanzer durchbricht."

„Blödsinn, ich habe doch keinen Schutzpanzer."

„Doch, hast du. Ich weiß nicht, wie du früher warst, bevor diese Sache mit Richard passiert ist, aber mir kommt es so vor als–“

„Fang jetzt nicht mit Richard an“, fiel Dominique ihm ins Wort. „Ich mache mir Sorgen um meine entführte Tochter, das ist doch normal, oder?“

„Natürlich. Ich hab dich nur noch nie so erlebt.“

Dominique wusste, dass Peter recht hatte. Bei der Vorstellung, was dieser Drogenbaron mit Jennifer machen könnte, überfiel ihn die nackte Mordlust. Er hatte den Tod seines besten Freundes nicht verhindern können, aber nun würde er um jeden Preis verhindern, dass seiner Tochter etwas zustieß.

***

Kabir kehrte auf sein Hausboot zurück Er war zufrieden, den zwielichtigen Amerikaner fürs erste losgeworden zu sein und sich für den Rest des Abends der jungen Europäerin widmen zu können. Bei der Vorstellung, bald zwischen ihren weißen Schenkeln zu liegen, fühlte er sein Blut rauschen. Wenn sie nicht allzu widerspenstig war, würde er sie vielleicht noch für einige Zeit zur Eigennutzung behalten, bevor er sie an ein pakistanisches Bordell verkaufte. Und selbst wenn sie nicht willig war ... er hatte die Mittel, sie gefügig zu machen.

Zahir und Bikar hatten das Abendessen zubereitet und bewirteten Kabir und Jennifer im Speisezimmer des Bootes.

Kabir versuchte, Jennifer wie einen Gast zu behandeln und höflich Konversation zu betreiben. Zu seiner Überraschung ging sie darauf ein und redete viel.

Jennifer verspürte nicht die geringste Lust, sich mit diesem Mann zu unterhalten, aber sie musste versuchen, ihn hinzuhalten. Mit etwas Glück würde ihr Vater bald eintreffen. Allerdings nagte die Furcht an ihr, er könne die Flaschenpost nicht erhalten haben.

Nach dem Essen tranken sie einen Mokka im Salon. Kabir ging auf Tuchfühlung. Jennifer rückte von ihm ab, er rückte nach, legte den Arm um sie, sie wich zurück. So ging das, bis sie das Ende des Sofas erreicht hatten, und Jennifer zwischen Armlehne und Kabirs Körper gefangen war. Sein Arm bildete eine Barriere über ihren Hüften, die verhinderte, dass sie aufspringen konnte.

„Genug gespielt", sagte er ungehalten.

Jennifer ertrug mit zusammengebissenen Zähnen, dass er ihren Hals küsste.

„Wenn ich mit Ihnen schlafe, werden Sie mich dann freilassen?", fragte sie mit finsterer Miene.

Kabir lachte. „Du machst Witze. Das geht nicht. Du hast zu viel gesehen."

„Ich habe nichts gesehen. Nur einen Haufen Zucker in dieser Werkstatt, und ich kann mir überhaupt nicht erklären ..."

„Tu nicht so naiv", unterbrach er sie. „Das kaufe ich dir nicht ab. Außerdem habe ich bereits Pläne für dich."

„Eine Kreuzfahrt in der Südsee gehört dazu, hoffe ich", entgegnete sie mit steifen Lippen.

„Nicht direkt. Reisen mit dir würde mich reizen, aber es wäre zu riskant, du könntest mir entwischen, und das würde ich nicht dulden. Nein, wenn ich genug von dir habe, werde ich dich zu einem Freund nach Pakistan schicken."

Jennifer wurde blass. „Ein Bordellbesitzer, nehme ich an."

„Richtig." Kabir lachte. „Du bist zu intelligent für eine Frau. Das ist gefährlich." Er zog sie an sich und wollte sie küssen. Jennifer stieß ihn von sich. Er ohrfeigte sie. Sie rammte ihm ihren Ellenbogen ins Gesicht und nutzte den Moment, in dem er zurückzuckte, um aufzuspringen. Er brachte sie zu Fall und drückte sie auf den Boden, während er nach Bikar brüllte. Als dieser im Türrahmen erschien, rief Kabir ihm einen Befehl zu und warf sich auf Jennifer. Sie befürchtete, er würde sie auf der Stelle vergewaltigen, doch anscheinend hatte er etwas anderes im Sinn.

„Wenn du nicht gehorchst, werde ich dich auf andere Weise gefügig machen", knurrte er. „Ich kann meine Energie nicht darauf verschwenden, eine Wildkatze zu bändigen."

„Vas te faire foutre, salaud!", fluchte sie.

Als Bikar kurz darauf zurückkehrte, bemerkte sie entsetzt, dass er eine Spritze in der Hand hielt. Kabir zog Jennifer hoch und riss ihr den langen Mantel aus feiner Kaschmirwolle herunter, unter dem sie einen goldbestickten Kaftan trug. Er löste seinen Gürtel, während Bikar sie von hinten umklammerte.

„Ein kleiner Schuss wird dich beruhigen", zischte Kabir. „Und in ein paar Tagen wirst du mich anbetteln, mit dir zu schlafen, wenn ich dir dafür deinen täglichen Schuss gebe."

„Nein!", schrie Jennifer in Panik und versuchte, ihn daran zu hindern, ihr mit seinem Gürtel den Arm abzubinden. Vergeblich.

„Stell dich nicht so an. Es gibt Tausende, die glücklich wären, eine Gratiskostprobe vom besten H zu bekommen. Du wirst sehen, wir werden eine wunderbare Nacht haben. Und du wirst dich auf Pakistan freuen, solange du dort weiterhin auf Wolken schweben kannst."

„Ich will aber nicht!", rief sie verzweifelt und starrte entsetzt auf die lange Kanüle der Spritze, die sich ihrer Armbeuge näherte.

***

Dominique und Peter hatten sich vom Shikara-Fahrer an dem Ufer absetzen lassen, das man nicht übers Festland erreichen konnte, da nur ein schmaler Weg das Wasser von steil ansteigenden Bergen trennte.

Leise näherten sie sich dem Hausboot. Ein separater Teil des Boots war zum Ufer hin offen, und dort befand sich die Küche. Sie sahen einen Mann, der Geschirr spülte. Er drehte ihnen den Rücken zu. Dominique näherte sich lautlos dem jungen Inder. Dieser wurde in dem Moment aufmerksam, als Dominiques Schatten in die Küche fiel; doch da war es schon zu spät. Ein harter Handkantenschlag in seinen Nacken ließ ihn das Bewusstsein verlieren. Dominique fesselte ihm mit einem Geschirrhandtuch die Hände hinter dem Rücken.

Über den Steg schlichen sie geduckt am Boot entlang und erblickten durch die Vorhänge eines Fensters die Schatten zweier Menschen, die miteinander rangen. Sie hörten Jennifer schreien. Dominique und Peter erreichten den Eingang zum Salon und stürmten hinein.

„Hände hoch!", rief Dominique mit vorgehaltener Pistole.

Die Gangster erstarrten einen Moment lang in ihrer Bewegung, dachten aber nicht daran, die Hände zu heben. Bikar, der Jennifer umklammert hielt, brauchte keine Kugel zu fürchten, da ihn ihr Körper abschirmte. Und Kabir, der Jennifer gerade das Heroin spritzen wollte, hob nur den Kopf.

„Schau an", meinte er, als er Peter erkannte. „Wer seid ihr?"

„Rauschgiftdezernat New Delhi." Dominique richtete entschlossen seine Pistole auf ihn.

„Das würde ich nicht tun“, sagte Kabir. „In dem Moment, in dem du auf mich schießt, jage ich ihr eine Überdosis in die Vene. Sie stirbt dann zur gleichen Zeit wie ich.“

Dominique zuckte mit den Schultern. „Manchmal müssen eben Unschuldige geopfert werden, wenn es darum geht, Tausende andere vor Schaden zu bewahren“, bluffte er und vermied es, in Jennifers entsetztes Gesicht zu sehen.

Er reichte seine Pistole an Peter weiter und hob die Hände, als er auf die Dreiergruppe zutrat. „Ich bin unbewaffnet.“

„Keinen Schritt weiter“, warnte Kabir, und die Kanüle berührte Jennifers Armbeuge. Als sie das Stechen der Nadel spürte, rissen ihr endgültig die Nerven. „Papa, tu doch was!“, stieß sie flehend hervor.

Kabir starrte von Dominique zu ihr. „Was zum Teufel ...“

Dominique nutzte diese Sekunde Unachtsamkeit, um ihm mit einem präzisen Tritt das Handgelenk zur Seite zu fegen. Die Kanüle ritzte Jennifers Haut, dann fiel die Spritze zu Boden. Ungeachtet der Pistole, die Peter auf ihn gerichtet hielt, stürzte sich Kabir auf Dominique. Sie kämpften miteinander, fielen zu Boden und wälzten sich auf den Planken. Peter wollte schießen, bekam aber kein freies Schussfeld; die Gefahr, Dominique zu verletzen, war zu groß. Kabir hielt plötzlich ein Springmesser in der Hand und ließ es dicht vor Dominiques Kehle aufschnappen. Dominique sah sich verzweifelt um und erblickte die Spritze. Er streckte seine Hand aus, bekam sie zu fassen und rammte Kabir die Nadel mit einer heftigen Bewegung in den Hals, bevor dieser mit seinem Messer zustechen konnte. Dominique drückte den Kolben herunter und injizierte ihm das Heroin. Fast gleichzeitig traf Peters Schuss Kabirs Arm, der das Messer hielt. Der Drogenschmuggler brüllte auf. Sein Arm sank kraftlos herunter, und sein Körper wurde schlaff.

„Heroin spritzt man intravenös, Nick", kommentierte Peter mit gespieltem Tadel und fügte ein wenig erschrocken hinzu: „Wenn das eine Überdosis war, wird es ihn umbringen ..."

Dominique rappelte sich unter dem weggetretenen Kabir hervor. „Na und? Ein Drogenbaron, der sich lieber den goldenen Schuss gibt, als sich der Polizei auszuliefern ... ist doch nichts Ungewöhnliches. Oder habt ihr etwa was anderes gesehen?"

„Es war keine Überdosis", sagte Jennifer leise. „Er wollte mich damit nur gefügig machen, um mich vergewaltigen und dann an ein Bordell in Pakistan verkaufen zu können."

Sie zitterte und brach in Tränen aus. Während Peter Bikar und Kabir fesselte, ging Dominique zu ihr und löste den Gürtel, mit dem Kabir ihr den Arm abgebunden hatte. Dann zog er sie an sich und streichelte ihr über den Rücken. In seinen Armen beruhigte sich ihr Schluchzen bald.

„Ich bin stolz auf dich, Jenni, du hast das fabelhaft durchgestanden", sagte er leise. „Aber das hätte böse ausgehen können. Ich habe mir große Sorgen um dich gemacht."

Als sie seine anerkennenden und zugleich besorgten Worte hörte, fand sie, dass sich die ausgestandene Angst gelohnt hatte.

In diesem Moment traf die Polizei ein. Das Rauschgiftdezernat in Delhi hatte sie nun doch informiert und Order gegeben, den Detektiven unverzüglich Hilfestellung zu leisten. Zwei Beamte aus Delhi würden versuchen, den großen Boss der Organisation am Flughafen von Srinagar abzufangen, wo er den Informationen zufolge zwei Tage später aus Islamabad eintreffen sollte. Kabir, Bikar und Zahir wurden festgenommen.

Die drei Detektive flogen am nächsten Tag nach New Delhi zurück. Jennifer kam mit einem kräftigen Schnupfen und einem milden Tadel Mr Stacys davon. Aus beidem machte sie sich nicht viel, sondern frohlockte innerlich: sie hatte unter Beweis gestellt, dass sie das Zeug zur Detektivin hatte und war ihrem Vater auf dieser Reise nähergekommen. Beides rechtfertigte in ihren Augen völlig die auf sich genommenen Risiken.

Istanbul, 1993

Als Dominique erwachte, befand er sich allein in einem Krankenzimmer, das in mildes Dämmerlicht getaucht war. Sein eigener Dämmerzustand begann, einer Flut von Erinnerungen zu weichen. Die bunten Bilder und Namen, die anfangs zerronnen waren wie Träume nach dem Aufwachen, formten sich nun zu Geschichten.

Eine Frau beugte sich über ihn, und er blickte in ein liebliches Gesicht mit bräunlicher Haut und großen dunklen Augen. Eine lange dunkle Haarsträhne hatte sich aus dem Häubchen gelöst.

„Shabanah", murmelte er heiser. „Was machst du hier, Shabanah?"

„Ich bin Gülay, Ihre Nachtschwester", sagte die junge Frau mit leiser sanfter Stimme in einwandfreiem Französisch, dem nur ein Hauch von türkischem Akzent anhaftete. „Ich werde mich von jetzt an um Sie kümmern. Sie sind nicht mehr auf der Intensivstation. Wie fühlen Sie sich?"

Dominique machte eine vage Handbewegung und spürte dabei das Stechen einer Kanüle in seinem Handrücken. Aber das war nichts gegen den Schmerz in seiner Brust, der ihm bei jedem Atemzug seine Lunge zu zerreißen schien.

„Ich erinnere mich", murmelte er und hatte Mühe, die Worte zu artikulieren.

„Woran erinnern Sie sich?"

„An mein Leben ... ich möchte Ihnen etwas erzählen."

„Lieber nicht, das Sprechen strengt Sie zu sehr an."

„Bitte. Es ist wichtig. Sie erinnern mich an eine Frau, die ich gekannt habe ..."

„Haben Sie Schmerzen?"

„Ja."

„Ich werde Ihnen noch etwas geben."

„Gehen Sie nicht weg, Gülay! Hören Sie mir zu ..." Seine Stimme wurde zu einem rauen Flüstern.

„Ich komme sofort wieder. Ich gebe Ihnen eine Spritze gegen die Schmerzen."

Sie injizierte ihm eine Dosis Morphium.

Dominiques Züge entspannten sich. „Ich werde Ihnen eine Geschichte erzählen."

„Erzählen Sie, ich höre Ihnen zu." Gülay setzte sich auf den Stuhl neben seinem Bett. Er würde in wenigen Minuten eingeschlafen sein.

„Sie sehen aus wie Shabanah ..."

„Wer ist Shabanah?"

„Eine Inderin, die ich geliebt habe. Es ist lange her. Ich habe sie wiedergesehen, als ich mit Jennifer in einem Hotel in Delhi gewartet habe."

„Und wer ist Jennifer?"

„Meine Tochter."

Gülay biss sich auf die Lippen. Die junge Frau, die vor ein paar Tagen nach einem Suizidversuch ins Krankenhaus eingeliefert worden war und davon gefaselt hatte, auf ihren Vater geschossen zu haben. Es war sicher besser, wenn er vorläufig nichts davon erfuhr.

Wie konnte es zu so etwas kommen? Was mochten die beiden wohl durchgemacht haben? Sie überraschte sich dabei, dass sie tatsächlich neugierig auf seine Geschichte war. Schade, dass er bald wieder einschlafen würde.

EPISODE 3

PALAST DER WINDE

1

„Was haltet ihr von einem Wochenendausflug?", fragte Peter.

„Gute Idee", sagte Dominique. „Irgendwo rauf in die Berge, wo es kühler ist. Die Hitze hier wird langsam unerträglich. Kaschmir wäre schön."

„Da waren wir ja nun gerade", protestierte Jennifer. „Ich möchte gerne mehr von Indien sehen. Jetzt bin ich schon zweieinhalb Monate hier und kenne nicht mehr als Delhi und Srinagar."

Sie saßen in Dominiques und Peters Büro und aßen ihr Mittagessen, das Dominique eben aus einer Garküche geholt hatte. Peter und Jennifer hatten sich geweigert, die klimatisierte Detektivagentur zu verlassen. Es war Mitte Mai, der heißeste Monat in Delhi, das Thermometer kletterte oft über 40 Grad. In zwei oder drei Wochen würden die ersten Monsunregenfälle über die Stadt hereinbrechen.

„Ich dachte an Rajasthan", sagte Peter.

„Spinnst du?", fragte Dominique. „Du willst bei dieser Hitze auch noch in die Wüste? Hast du einen Sonnenstich?"

„Nicht in die Wüste, nein. Nur bis Jaipur. Ein bisschen Sightseeing machen. Palast der Winde, das Fort von Amber, die Sternwarte von Jaipur ... Könnte dich das reizen, Jenni?"

„Ich komme mit", sagte sie begeistert.

„Du musst dir schon was Besonderes einfallen lassen, um mich dazu zu kriegen, zwischen Steinen und Sand herum zu klettern." Dominique stocherte in seinem Hühnchencurry herum.

„Ach, sei doch nicht so langweilig. Du wolltest mir was von Indien zeigen", erinnerte Jennifer.

Misstrauisch blickte Dominique Peter an. „Wieso willst du Sightseeing in Rajasthan machen?"

„Pamela wird mitkommen. Sie hat Ende der nächsten Woche drei Ruhetage in Delhi. Sie möchte gerne Rajasthan besichtigen. Ich habe zugesagt, dass ich sie hinfliege."

„Ist das die Stewardess, mit der ich mich letztens auf dem Flugfeld unterhalten habe, bevor wir nach Srinagar geflogen sind?"

„Ja, genau."

Dominique zuckte mit den Schultern. „Dann fliegt halt beide hin, wozu braucht ihr uns dazu?"

„Sei nicht egoistisch. Zeig deiner Tochter was von deiner Wahlheimat. Von mir aus kann sie natürlich auch gerne ohne dich mitkommen." Er blickte Jennifer fragend an.

„Bin dabei. Schließlich brauche ich keinen Babysitter mehr." Sie bedachte ihren Vater mit einem vorwurfsvollen Blick.

Dieser seufzte. „Na schön, überredet. Machen wir einen Wochenendtrip zu viert."

„Klasse, das wird viel lustiger."

„Ist Pamela eigentlich sowas wie deine Freundin?", fragte Jennifer.

Peter machte eine vage Handbewegung. „Eigentlich sind wir nur noch gute Freunde. Wir kennen uns einfach schon länger, und sie schaut gern bei mir vorbei, wenn sie in Delhi ist. Aber ich fühle mich geschmeichelt, dass dich das interessiert."

Jennifer gab ihm lachend einen Klaps gegen den Oberarm. „Bilde dir nichts ein, ich war nur neugierig."

„Was mich etwas beunruhigt ...", sagte Peter. „Wie kriegen wir Stacy dazu, dass wir alle drei am Freitag freinehmen können? Denn drei Tage sollten es schon sein, sonst lohnt es sich nicht."

„Wir könnten zum Islam konvertieren." Dominique blinzelte ihm zu. „Rajiv bekommt seinen Freitag immer ohne Diskussionen."

„Dafür arbeitet er samstags. Ach, verdammt, Rajiv ist ja auch nicht da. Das können wir dann wohl vergessen, wenn nur Susan und John Dienst haben. Und Pamela muss am Sonntagabend weiter nach Jakarta, hat also keinen Sinn, wenn wir den Montag freinehmen."

Sie schwiegen einen Moment.

„Da gibt es nur eine Lösung", fuhr Peter fort. „Wir überreden Rajiv, auf seinen freien Tag zu verzichten."

Dominique hob die Augenbrauen. „Das ist Anstiftung zur Gotteslästerung, ein Freitag ohne Moschee ..."

Peter grinste. „Dann petze ich Allah auch, dass er letzte Woche einen Bourbon mit mir getrunken hat und gestern in der Mittagspause von meinem Schweineschaschlik gekostet hat!"

„Wenn er so gesündigt hat, muss er erst recht in die Moschee. Und du kannst nicht verlangen, dass er Stacy ein Geschenk macht, indem er an einem freien Tag arbeiten kommt."

„Nein, natürlich nicht. Einer von uns beiden nimmt an jenem Freitag keinen Urlaubstag, sondern kommt stattdessen auch einmal samstags für Rajiv."

Dominique verdrehte die Augen. „Du weißt, wie der Boss dieses Hin- und Hertauschen liebt. Aber meinetwegen, versuchen wir's. Du sprichst mit Rajiv."

„Ich?"

„Natürlich, es war deine Idee."

„Aber du verstehst dich am besten mit ihm ..."

„Das war, bevor Jennifer hier angefangen hat." Dominique knüllte die Aluminiumfolie seines Sandwichs zusammen.

„Ich soll also mit ihm reden? Mache ich mit Vergnügen.“ Jennifer erhob sich, strich ihren kurzen engen Rock glatt und stieg die Treppe in den ersten Stock hinauf.

Rajiv war allein in dem Büro, das er sich mit Susan teilte. Er saß an seinem Schreibtisch und arbeitete an einem Bericht.

„Hi …“ Jennifer lächelte ihn schüchtern an.

Er hob den Kopf und erwiderte ihr Lächeln herzlich. „Hast du eine Frage? Kannst du was nicht lesen?“ Er hatte Jennifer am Morgen einen handgeschriebenen Bericht zum Abtippen gegeben.

Sie lächelte verlegen. „Ehrlich gesagt, ich habe noch nicht damit angefangen. Stacy und Helen haben mit mir Ping-Pong gespielt, ich hatte wirklich keine Zeit …“

„Okay, aber der Bericht muss heute Abend mit der Post raus. Versprich mir, dass du dich heute Nachmittag darum kümmerst, ja?“

„In Ordnung.“ Jennifer setzte sich auf Rajivs Schreibtischkante und legte den Kopf ein wenig schief, als sie ihn ansah. „Ich hätte eine halbwegs private Frage an dich.“

Der Blick seiner leuchtenden schwarzen Augen ermutigte sie. Sie räusperte sich. „Ich wollte fragen, ob du Freitag schon was vorhast.“

„Freitag? Nun, Moschee, Familie – das Übliche. Wieso?“

„Ich fragte mich, ob du vielleicht für mich mal darauf verzichten könntest“, sagte sie verlegen.

Ihre Schüchternheit war nicht gespielt; Rajivs Gegenwart machte sie immer etwas befangen, ein für sie ungewohnter Zustand. So verwirrend neu, dass sie noch nicht über die Ursachen nachgedacht hatte.

Rajiv hob die dichten Augenbrauen und lächelte angenehm überrascht. „Warum? Hast du etwas mit mir vor?“

„Nicht direkt. Ich hätte nur gerne, dass du deinen freien Tag mit mir tauschst. Ich würde dann für dich mal einen Samstag kommen. Ginge das?"

„Hm. Ist es sehr wichtig für dich?" Gedankenverloren ließ er seinen Blick an ihrem Bein entlang gleiten, das über seine Schreibtischkante baumelte.

„Ja. Ich habe die einmalige Gelegenheit, nach Rajasthan zu fliegen."

„Das solltest du dir in der Tat nicht entgehen lassen. Aber ich verstehe nicht ganz, was das mit mir zu tun hat. Wir beide müssen uns nicht miteinander absprechen."

„Na ja – Peter und mein Vater sind am kommenden Freitag auch nicht da, und wenn nur Susan und John hier sind, würde Stacy sicher nicht zustimmen, dass ich einen Tag freinehme. Also, Rajiv, würdest du mir den Gefallen tun?"

„Na gut, dir zuliebe", sagte er. „Aber wo sind Dominique und Peter?"

„Sie würden mit nach Jaipur fliegen", gestand sie. „Wir wollen alle drei einen Wochenendausflug machen, zusammen mit einer Bekannten von Peter."

„So, so. Und da schicken sie dich vor, um mich darum zu bitten?"

Jennifer lächelte entwaffnend und wippte statt einer Antwort mit dem Bein.

Rajiv grinste. „Die beiden haben zweifellos nicht so schöne Beine." Sein Lächeln zog sich in die Breite. „Jaipur, sagtest du?"

„Ja."

Er griff in einen der Eingangskörbe, die auf seinem Schreibtisch standen und zog eine dünne Akte in einem Plastikhefter hervor. „Das trifft sich gut. Ich hätte nämlich am Samstag nach Jaipur gemusst, um etwas zu recherchieren. Dann müsstet ihr das für mich erledigen, da ich bereits einen Termin dort vereinbart habe."

„Hm, das musst du mit meinem Vater besprechen",
sagte sie zögernd.

„Kein Problem." Rajiv griff bereits nach dem Telefon-
hörer und wählte Dominiques interne Nummer. „Nick?
Jennifer hat mir von euren Wochenendplänen erzählt.
Ja, ich bin einverstanden. Es passt mir sogar gut. Ihr
könntet dann nämlich was für mich erledigen, wenn
ihr schon mal in Jaipur seid. Ja, natürlich ist es euer
freies Wochenende, aber es ist nur eine Kleinigkeit",
versicherte er. „Also hör zu: der Kunde ist eine Versicherungsgesellschaft in Delhi. Im Palast der Winde hat
es bereits zum dritten Mal in einem Jahr einen Dieb-
stahl gegeben. Wir sollen prüfen, ob die Sicherheitsvorkehrungen Mängel aufweisen oder ob einer der Angestellten hinter den Diebstählen steckt. Ja, mir ist klar,
dass das nicht in einer Stunde getan ist. Aber ihr könnt
euch schon mal umschauen, mit versteckter Kamera
filmen und euch offiziell als Sachverständige der Versicherung mit dem Verwalter unterhalten. Mit dem
habe ich bereits eine Verabredung für Samstag. Solltet
ihr den Eindruck haben, dass da etwas faul ist, kann ich
mich in der nächsten Woche undercover einschleichen
und gezielt Nachforschungen anstellen. Gut, ruft mich
an, wenn ihr die Akte gelesen habt, und dann reden wir
zusammen mit Stacy darüber."

Rajiv legte auf und lachte. „Dein Vater hasst Versicherungsfälle", sagte er zu Jennifer. „Er sagte, er würde mit
Peter darum knobeln, wer sich darum kümmern muss.
Hoffentlich verdirbt euch diese Sache nicht das Wochenende."

„Ich danke dir, Rajiv. Sag mir Bescheid, falls ich dir
mal einen Gefallen tun kann."

„Ja, kannst du", erwiderte er prompt.

„Ich weiß schon, der Bericht", seufzte sie.

„Nein, das meinte ich nicht. Das ist sowieso dein Job.“ Er lächelte. „Ich dachte eigentlich daran, dass wir uns nach der Arbeit mal privat treffen könnten.“

„Oh …“ Jennifer zögerte und wusste selbst nicht warum. Möglicherweise lag es an den warnenden Worten ihres Vaters über die Mentalität indischer Männer. Gewöhnlich ließ sie sich von so etwas jedoch nicht abhalten, wenn ihr ein Mann gefiel. „Vielleicht nächsten Monat …“

„Da bin ich im Urlaub.“

„Wo fährst du hin?“, erkundigte sie sich hastig, bevor er fragen konnte, warum sie sich nicht schon früher mit ihm treffen wollte.

„Nach Kaschmir, um der Hitze Delhis zu entkommen.“

„Dann hast du ja die besten Chancen. Ich habe mir letzten Monat dort den Hintern abgefroren.“

Er lächelte amüsiert über ihre unbekümmerte Ausdrucksweise, die keine Inderin wagen würde. „Und wie hat es dir abgesehen davon in Kaschmir gefallen?“

„Abgesehen davon, dass ich täglich ein Schlammbad in den von Regen aufgeweichten Straßen genommen habe, bei einem unfreiwilligen Bad im eiskalten Dal-See fast ertrunken wäre, man mich heroinsüchtig machen und dann an ein Bordell verkaufen wollte – abgesehen davon war es Klasse“, erwiderte sie sarkastisch.

Rajiv kannte die Geschichte bereits. „Wenn du im Juni dort Ferien machen würdest, hättest du ein anderes Bild von Kaschmir“, versicherte er. „Ich würde dir zu gerne die Schönheit der Berglandschaft, die Blütenpracht der Mogulgärten und die Idylle des Dal-Sees zeigen.“

„Das glaube ich dir gerne, aber du fährst sicher nicht alleine hin, oder?“

„Nein. Mit meiner Frau und meiner Tochter“, gab er zu.

„Siehst du. Und deshalb nehme ich damit vorlieb, mit Peter und meinem Vater nach Rajasthan zu fliegen.“

Seufzend lehnte Rajiv sich zurück. „Eins zu null für dich.“

„Bleibst du vier Wochen lang in Kaschmir?“

„Nur zwei Wochen. Danach fahren wir nach Pakistan, um die Familie meiner Großtante zu besuchen. Mein Großvater ist als junger Mann nach Delhi gezogen, aber seine Schwester ist in Pakistan geblieben. Ich habe einen Haufen Verwandte dort.“

„Sprichst du Pakistanisch?“

„Das heißt Urdu“, korrigierte er. „Ja, fast fließend.“

Susan Cheers betrat den Raum. „Ich komme gerade von Vincent Ltd.“, teilte sie Rajiv mit. „Du kannst dir nicht vorstellen, was ich entdeckt habe ...“ Sie warf Jennifer einen auffordernden Blick zu.

Diese erhob sich von Rajivs Schreibtischkante und rieb sich unwillkürlich ihren schmerzenden Po. „Ich lasse euch allein.“ Sie nahm die Akte über den Versicherungsfall, die er ihr reichte, und verließ das Büro.

2

Die Eingangshalle des Luxushotels Taj Mahal in New Delhi war riesig und ganz in Marmor gehalten. Dennoch wirkte sie nicht kalt, sondern auf elegante Art gemütlich mit den vielen Sitzgruppen aus blauem Polsterstoff, in denen die Hotelgäste zusammensaßen, plauderten, Zeitung lasen und sich Getränke bringen ließen.

Dominique und Jennifer hatten sich hier mit Peter und Pamela verabredet. Letztere war am Vorabend aus Istanbul angekommen und hatte in dem Luxushotel übernachtet, in dem die Angestellten der PAN AM stets untergebracht wurden.

Sie setzten sich auf ein Sofa und beobachteten das Treiben in der Hotelhalle. Neben europäischen Gruppenreisenden und ausländischer Prominenz wurde das Hotel auch von der einheimischen High Society besucht.

„Hier kannst du die reichen Inder beobachten", sagte Dominique, als sich gerade wieder eine Familie ihrer Sitzgruppe näherte und auf ihrer Höhe stehenblieb.

Der Mann besaß ein feistes, speckiges Gesicht, sein Anzug hatte Mühe, seinen gewaltigen Bauch zu bändigen. Seine leicht gelockten schwarzen Haare waren fettig von penetrant riechendem Kokosnussöl, mit dem er sie aus dem Gesicht gekämmt hatte. Die Frau verbarg ihre üppige Körperfülle unter einem reichverzierten Sari. Zwischen dem Bustier und dem gewickelten Bund des Saris teilte sich die nackte Haut in mehrere Speckrollen, und die breiten Hüften gingen in ein gewaltiges Hinterteil über. Überall an ihr blitzten Edelsteine und Gold. Sogar in den zarten Schleier, den sie über den zum Zopf geflochtenen Haaren trug, waren winzige Brillanten und Perlen eingearbeitet. Zwei kleine Kinder, robust und wie aus dem Ei gepellt, wurden von einem Kindermädchen an der Hand geführt. Ein aufdringlicher Duft nach Rosenwasser drang zu Dominique und Jennifer herüber.

„Sieh sie dir an", sagte er geringschätzig zu ihr. „Sie kippen fast vornüber wegen ihrer dicken Bäuche und Hintern, die sie zur Schau stellen, um mit ihrem Wohlstand zu protzen. Ihre Welt besteht aus Festbanketten und Völlerei. Diese Sahibs und Memsahibs wachsen in einem Universum auf, das ihnen jede Art von Unbehagen erspart, und werden von einer Armee aus Dienern und Leibwächtern in ihrem eigenen Land isoliert. Die sehen nicht mehr das wirkliche, vor Elend stinkende Indien, sondern nur das ewige Indien."

„Du meinst das Indien mit den Prinzipien der Veden?" Jennifer hatte inzwischen bereits einiges über ihre neue Heimat gelernt.

„Genau. Uns Ausländer beschuldigen sie der Missgunst, wenn wir ihnen die desolaten Zustände in ihrem Land aufzeigen. Die Verzweiflung der Slumbewohner ignorieren sie lieber, aber sie wissen, dass die sie eines Tages überschwemmen werden, weil Bedienstete und hohe Mauern sie nicht bis in alle Ewigkeit schützen können."

Die Frau, die bisher mit dem Rücken zu ihnen gestanden hatte, drehte sich plötzlich suchend um. Verstand sie Französisch und hatte sie Dominiques Worte gehört? Oder war es der Klang seiner Stimme, die ihre Aufmerksamkeit auf sich gezogen hatte? Ihre Blicke trafen sich.

„Shabanah", sagte Dominique tonlos und erhob sich mechanisch.

Die Inderin senkte scheu den Blick, wie es sich für eine verheiratete indische Frau gehörte. In ihrem lieblichen sanften Gesicht mischten sich Schreck und Freude. Sie legte die Handflächen in Brusthöhe gegeneinander und deutete eine kleine Verbeugung des Kopfes an. „Namaste.“

Zu Jennifers Überraschung grüßte ihr Vater die Dame in der gleichen Weise, eine Geste, die sie noch nie an ihm gesehen hatte – auch wenn sie wusste, dass es so indischer Brauch war.

Dominique trat auf die Inderin zu. „Wie geht es dir, Shabanah?“, fragte er leise.

„Gut, danke“, murmelte sie. Sie wandte sich an den feisten Mann neben ihr und sagte etwas auf Hindi zu ihm. Dominique verstand, dass sie ihn als einen Bekannten ihrer Eltern vorstellte.

Der Mann gab sich westlich und schüttelte Dominique die Hand. Er verbeugte sich knapp vor Jennifer, die sich auf Dominiques Wink hin genähert hatte. Sie legte die Handflächen zusammen und grüßte etwas unbeholfen. Dass sich Männer und Frauen auf keinen Fall die Hände zu geben hatten, hatte sie ebenfalls gelernt.

Nach Dominiques Lektionen über indische Bräuche wunderte es sie, dass der Mann ihm überhaupt die Hand gereicht hatte, galten doch alle Ausländer als unrein. Aber sie hatte bereits mitbekommen, dass viele Inder der gehobenen Schicht gerne westliche Sitten imitierten.

Da die indische Familie ebenfalls auf jemanden wartete, kam man überein, zusammen einen Tee zu trinken. Sie nahmen in einer großen Sitzecke mit einem kleinen niedrigen Tisch Platz. Die Inderin, die Dominique so vertraut beim Vornamen nannte, sprach wenig, überließ fast gänzlich ihrem Mann das Reden. Dieser sprach fließend Englisch. Als die Dame höflich einige Sätze mit ihr wechselte, bemerkte Jennifer, dass auch sie fließend Englisch sprach. Doch wenn sie mit Dominique redete, tat sie es fast nur auf Hindi, obwohl dieser die Sprache nicht besonders gut beherrschte. Es schien, als wolle sie es nicht zu einer echten Konversation kommen lassen.

Jennifer beobachtete die Inderin verstohlen. Sie mochte um die Dreißig sein und hätte ein schönes Gesicht gehabt, wenn es nicht so aufgedunsen gewesen wäre. Ihre Züge waren edel und fein, die Augen von einem klaren Hellbraun und ihre Haut war für eine Inderin recht hell.

Jennifer zerbrach sich den Kopf darüber, in was für einer Beziehung ihr Vater zu dieser reichen Inderin stehen mochte. Er wirkte ungewöhnlich befangen und innerlich aufgewühlt unter der Maske seines angestrengt beherrschten Gesichts.

„Was machen deine Studien, Shabanah?", fragte er.

Sie ließ sich endlich zu einer Antwort auf Englisch herab. „Die habe ich aufgegeben", erwiderte sie schulterzuckend. „Es schickt sich nun mal nicht für eine verheiratete Frau. Meine Aufgabe ist es, für meinen Mann und meine Kinder da zu sein, und nicht, mir den Kopf über die Probleme dieses Landes zu zerbrechen, die sowieso niemand lösen kann."

Dominique wich zurück, als hätte sich eine Kobra vor ihm erhoben. Von da an richtete er nicht mehr das Wort an sie. Sie quälten sich noch ein paar Minuten durch einige Höflichkeitsfloskeln, bis sie ihre Teetassen geleert hatten und die Leute, die die Familie erwartete, eintrafen. Der Abschied war von so knapper, kühler Höflichkeit wie die ganze Begegnung.

Als ein Hotelangestellter erschien, um die Tassen abzuräumen, bestellte Dominique einen Whisky.

Beunruhigt musterte Jennifer ihn. „Was ist los mit dir? Wer war diese Frau?"

„Das war Shabanah", entgegnete er, als erkläre das alles.

„Wer ist sie? Warum siehst du aus, als hätte dich eine Schlange gebissen?"

„Schlangengift trifft es", murmelte er. „Das zerstörerische Gift des verdammten arroganten Kastensystems dieser verfluchten Religion ..."

Jennifer legte ihm eine Hand auf die Schulter. „Papa, bitte!"

Er sah sie kurz an und seufzte. „Ich habe Shabanah gleich in den ersten Monaten nach meiner Ankunft in Delhi kennengelernt, das muss jetzt sechs Jahre her sein. Sie war die Tochter von Auftraggebern, für die ich einen Fall gelöst hatte, gute Bekannte von Stacy. Sie sind Brahmanen, die höchste Kaste, und sehr gebildete, aufgeschlossene Leute. Shabanah war damals vierundzwanzig und noch schlank und grazil. Sie war das schönste Mädchen, das ich jemals kennengelernt hatte – von deiner Mutter mal abgesehen. Wie ein Traum aus 1001 Nacht. Sie studierte Politik und Wirtschaft, was für eine Inderin sehr ungewöhnlich ist. Aber ihre Eltern wollten, dass einmal etwas Besseres aus ihr werden sollte als nur die Dienerin ihres zukünftigen Mannes. Shabanah war so intelligent und hatte so viele Ideen, wie sie Indien verbessern und ihren Landsleuten helfen wollte. Und dabei war sie so liebenswürdig und charmant ... Ich war vom ersten Augenblick an fasziniert von ihr. Es war damals so eine fixe Idee von mir, mich unbedingt mit einer Inderin anzufreunden, um durch sie dieses unbegreifliche Land besser verstehen zu können. Aber natürlich kommt es gar nicht in Frage, dass sich eine Inderin, noch dazu aus der höchsten Kaste, mit einem Europäer einlässt. Bei aller Aufgeschlossenheit hätten ihre Eltern das nie geduldet. Allerdings redete sie gern mit mir, und das hat ihr niemand verboten. Ihr Englisch war sehr gut und sie brachte mir ein wenig Hindi bei. Ich konnte sie zu einem Rendezvous ohne Anstandsdame überreden, was natürlich nur in der Öffentlichkeit stattfinden durfte. Wir spazierten durch die Stadt und redeten stundenlang über Gott und die Welt. Genauer gesagt über die indischen Götter und die asiatische Welt." Ein Lächeln huschte über sein Gesicht. „Ich habe durch sie sehr viel über Indien gelernt. Und dem ersten Rendezvous sind weitere gefolgt. Sie hat mich in eine andere Welt entführt, die mich verzaubert hat. Und sie selbst hat mich auch verzaubert. Ich war hoffnungslos verliebt in sie."

„Und hat sie dich auch geliebt?", fragte Jennifer gespannt.

„So genau habe ich das nie herausgefunden. Vielleicht schon, sonst wäre sie gar nicht zu diesen Treffen gekommen, die ihren Ruf gefährden konnten. Aber sie wusste, was ich nicht begriff oder nicht begreifen wollte: dass eine Liaison zwischen uns völlig ausgeschlossen war. Ich wollte das nicht wahrhaben und hörte nicht auf zu hoffen. Ich war verrückt nach ihr, weil ich sie nicht haben konnte, ja, sie nicht einmal berühren durfte."

„Und ist etwas zwischen euch passiert?"

„Tja, platonische Liebe ist nicht mein Fall. Ich respektierte sie, aber eines Tages waren meine Gefühle stärker als die Geduld, und ich zog sie an mich und küsste sie. Einen Augenblick ließ sie mich gewähren, dann stieß sie mich weg und lief davon. Sie schrieb mir einen Abschiedsbrief, in dem sie erwähnte, dass sie eine Woche hatte fasten müssen, um sich von der Unreinheit meiner Berührung zu säubern ..." Dominique lachte bitter auf und stürzte einen Schluck von dem Whisky, der inzwischen serviert worden war, hinunter. „Da erst wurde mir klar, was kulturelle Unterschiede in der Praxis bedeuten. Und dass nicht nur Barrieren zwischen uns waren, die ich glaubte bewältigen zu können, sondern unüberwindbare Abgründe. Sie schrieb mir auch, dass ihre Eltern sie in Kürze mit einem reichen Inder aus Lucknow verheiraten würden. Sie hatte es nie zuvor erwähnt. Seitdem habe ich nie wieder von ihr gehört. Ich hatte mir vorgestellt, es würde eines Tages eine Art indische Benazir Bhutto aus ihr werden oder sie würde in die Fußstapfen Indira Gandhis treten ... und nun das!" Er schüttelte den Kopf und umklammerte sein Whiskyglas.

Jennifer legte ihm mitfühlend die Hand aufs Knie. „Und du hast sie nie vergessen können, was?"

Dominique nahm ihre Hand und drückte sie. „Kann man unerfüllte Liebe je vergessen? Aber ich habe danach eine andere Inderin gefunden, die mich über Shabanah hinweggetröstet hat. Zwar konnte ich mit ihr nicht diskutieren, nicht mal richtig reden, weil sie etwa so gut Englisch sprach wie ich Hindi, aber sie durfte ich anfassen ... Sie war eine Unberührbare ..."

„Also eine Kastenlose, die als genauso unrein gelten wie wir, richtig?", warf Jennifer ein.

„Genau. Aber von ihr erzähle ich dir ein anderes Mal."

Jennifer lächelte. „Ja, unbedingt. Ich werde dich daran erinnern."

„Hey, was ist denn mit euch los?", fragte Peters fröhliche Stimme hinter ihnen. „Warum haltet ihr Händchen? Und warum säufst du schon am frühen Morgen, Nick?"

„Ich habe gerade Shabanah wiedergesehen."

Peter kannte die Geschichte. „Ach! Und?"

„Sie ist jetzt eine brillantbehängte Neureiche mit fettem Hintern, die sich für die Familie aufopfert und sich keinen Deut mehr um die Probleme Indiens schert", antwortete Dominique düster.

„Das war zu erwarten. Warum machst du denn so ein Gesicht?"

„Weil ich gerade etwas beerdigt habe: Meine Illusion, dass die höheren Kasten Indiens sich eines Tages dazu herablassen werden, das Elend der Armen aktiv zu bekämpfen." Er ließ die Eiswürfel in seinem geleerten Glas kreisen.

„Um Himmels Willen, Nick. Sag nicht, dass du all deine diesbezügliche Hoffnung auf eine einzige Frau gesetzt hast! Und überhaupt, wir wollen ein vergnügtes Wochenende verbringen – die Probleme Indiens sehen wir schon jeden Tag mit an." Peter zog eine junge Frau zu sich heran, die sie strahlend anlächelte. Mit ihren langen hellblonden Haaren, den großen blauen Augen und der sportlichen Figur sah sie aus wie das typische kalifornische Beachgirl aus amerikanischen Fernsehserien. Als Dominique seinen Blick unwillkürlich von ihrem vollen Busen über die schmale Taille und die engen Hüften bis zu den langen schlanken Beinen hinuntergleiten ließ, wirkte er, als habe er Shabanah bereits vergessen.

Jennifer fand, dass Pamela an eine Barbie-Puppe erinnerte. Ihre sprühende Fröhlichkeit fand sie übertrieben, die herzliche Geste, mit denen sie ihnen auf französische Art die Wangen küsste, wirkte gekünstelt. Sie gestand sich ein, dass sie ein wenig neidisch war, weil diese Pamela ein Typ Frau war, hinter dem die Männer her waren wie Bären hinter Honig. Und es ärgerte sie, dass ihr Vater sie auf dem Weg zum Flughafen mit den Augen verschlang, was Pamela mit koketten Augenaufschlägen, noch charmanterem Lächeln und dem Vorstrecken ihres ohnehin schon gut sichtbaren Busens quittierte.

Aber vielleicht war es auch keine Koketterie, dachte Jennifer dann, sondern lediglich die Routine der Stewardess, deren Lächeln während des gesamten Fluges nicht aus ihrem Gesicht verschwinden durfte, und die Gewohnheit, ihre Fluggesellschaft als dekoratives Aushängeschild mit der nötigen Brise Sex und Charme zu repräsentieren.

3

Am Flughafen New Delhis gingen sie zu den Hangars der Privatmaschinen, wo das Flugzeug der Detektivagentur geparkt war, und verstauten ihr weniges Wochenendgepäck im Laderaum der Piper. Dominique wollte wie gewohnt zu Peter in das winzige Cockpit klettern.

„Papa, darf ich vorne sitzen?", bat Jennifer. „Ich bin noch nie in einem Cockpit mitgeflogen."

„Von mir aus", sagte Dominique gnädig. „Es sei denn, Pamela möchte ..."

„Um Himmels willen", lehnte diese ab. „Ich bin froh, wenn ich drei Tage lang kein Cockpit zu sehen bekomme. Eigentlich wollte ich ja nicht mal ein Flugzeug besteigen."

„Vielleicht bist du noch nicht in den Genuss gekommen, von Peter geflogen zu werden." Dominique lächelte.

„Eben doch! Wir sind jahrelang zusammen geflogen. Erst die Nordamerika-Route, dann die Südostasien-Route. Aus dieser Zeit stammt auch meine tief verwurzelte Abneigung gegen das Fliegen", erklärte Pamela in komischer Theatralik.

„Und meine aus der Zeit, als du mir bei jeder Turbulenz den Kaffee über die Hose geschüttet hast!", erwiderte Peter empört.

Pamela lachte. „Seit wir nicht mehr miteinander fliegen, verstehen wir uns viel besser."

„Wie lange bist du schon Stewardess?", erkundigte sich Dominique und half ihr beim Einsteigen über das kleine Leiterchen.

„Im Herbst werden es ... Aua!“ Sie hatte sich den Kopf an der niedrigen Kabinendecke gestoßen.

„Pam, das ist keine Boeing, du musst den Kopf einziehen!“, rief Peter fröhlich.

„Und du musst dein Mundwerk einziehen, du bist hier kein Jumbo-Captain“, konterte sie und rieb sich die schmerzende Stelle. „Es werden bald sieben Jahre“, antwortete sie auf Dominiques Frage.

Sie setzte sich neben ihn auf einen der beiden Plätze der Kabine, die nahtlos in das Cockpit überging. Jennifer nahm stolz vorne neben Peter Platz und las ihm die Checkliste vor, während er nahe der Startbahn auf Starterlaubnis wartete.

„Wie kommt es, dass die Agentur ein Privatflugzeug angeschafft hat?“, erkundigte sich Pamela. „Rentiert sich das denn? Flüge und Bahnfahrten sind in Indien doch nicht sehr teuer.“

„Ich glaube schon, dass es sich rentiert. Erst einmal ist unser Chef ein begeisterter Privatpilot. Er hat das Flugzeug gekauft, um sich einen lang gehegten Wunsch zu erfüllen“, erklärte Dominique. „Allerdings hat er im Moment keine Lizenz, weil er nicht genug Flugstunden hat, um sie zu verlängern. Ihm fehlt die Zeit dafür. Und mit den Bahn- und Flugverbindungen im Land ist das so eine Sache: die Flüge fallen oft aus, und Linienmaschinen fliegen nicht jeden entlegenen Ort an, wo wir hin müssen. Die Piper kann notfalls auch auf einer Wiese landen. Bahnfahrten müssen lange vorher reserviert werden. Da wir oft von einem Tag auf den anderen losmüssen, ist das unmöglich. Mit dem Auto sind auch nicht alle Strecken zu bewältigen, es ist zu weit, zu anstrengend, die Straßen sind teilweise in zu schlechtem Zustand, besonders bei Monsun. Ein Privatflugzeug ist die beste Lösung.“

Eine gute Stunde später erreichten sie Jaipur, die rosarote Stadt in der Wüste. Heiße, trockene Luft schlug ihnen entgegen, als sie aus dem Flugzeug kletterten.

„Rajasthan im Mai, was für eine Idee", stöhnte Dominique.

„Der herrliche Swimmingpool mit Cocktailbar des Taj Jaipur wird dich darüber hinwegtrösten", versprach Pamela.

„Warst du schon mal in Jaipur?"

„Nein, aber ich wollte schon immer mal hin. Deswegen ja der Ausflug."

„Ach, der Vorschlag kam von dir."

„Na ja, nächsten Monat fängt doch die Regenzeit an. Und einen Ritt auf Elefantenrücken stelle ich mir im Monsunregen nicht so angenehm vor ..."

„Was redest du da von einem Elefantenritt?", mischte sich Peter ein.

„Na, ich will natürlich auch zum Fort Amber. Wenn wir schon mal hier sind ..."

Er tupfte sich den bereits perlenden Schweiß mit einem Taschentuch von der Stirn. „Dann mal viel Spaß. Ohne mich."

„Mich kannst du dafür auch nicht gewinnen", lehnte Dominique ebenfalls sofort ab.

Pamela lächelte nur. „Wir werden ja sehen ..."

„Ich komme mit", erklärte Jennifer. „Ich will auch was sehen, und nicht bloß am Swimmingpool herumliegen."

Pamela lächelte ihr kameradschaftlich zu und nahm sie am Arm. „Was sind Männer faul", bemerkte sie spöttisch und stolzierte mit Jennifer vorneweg über das Rollfeld.

„Wahrscheinlich sind sie einfach zu alt", stimmte Jennifer grinsend zu, was ihr einen empörten Klaps von Peter eintrug.

Das Taj Jaipur hatte nicht dieselbe pompöse Bauweise wie das Hotel Taj Mahal in Delhi, aber es war genauso komfortabel. Pamela hatte sich um die Reservierung gekümmert, da sie durch ihre Fluggesellschaft in der Taj-Hotelkette Prozente bekam.

„Hier ist der Zimmerschlüssel für Miss Demesy und Miss Thomas", sagte der Rezeptionist beim Einchecken und schob nacheinander zwei Schlüssel über den Tresen. „Und hier der Schlüssel für Mr Demesy und Mr Hestersant."

Peter zog die Augenbrauen zusammen. „Ich dachte, wir teilen uns ein Zimmer, Pam?"

„Nein, ich möchte mir das Zimmer mit Jennifer teilen. Oder macht es es dir was aus, Jenni?"

Diese schüttelte den Kopf. „Nein, kein Problem."

Peter machte ein verdrossenes Gesicht und gab Dominique einen Stoß in die Rippen. „Im Doppelbett mit dir, das ist ja ein Traum."

„Dito, mein Lieber." Dominique grinste und griff nach seiner Reisetasche.

„Peter sagte, ihr seid nur Freunde", sagte Jennifer, als Pamela und sie kurz darauf ihr Zimmer betraten, das dem der Männer gegenüberlag. „Warum dachte er, ihr würdet das Zimmer miteinander teilen?"

„Wir hatten einige Jahre lang eine recht unkomplizierte Gelegenheitsbeziehung." Pamela warf ihre Handtasche auf eines der Betten. „Aus verschiedenen Gründen habe ich letztes Jahr beschlossen, dass es besser ist, wenn wir nur noch Freunde sind. Er war einverstanden, aber offensichtlich hat er gehofft, wir könnten dieses Wochenende mal wieder miteinander ins Bett gehen."

„Und du willst das wirklich nicht mehr?"

„Nein, wieso? Du vielleicht?" Pamela lachte, dann sah sie Jennifer nachdenklich an. „Warum interessiert dich das?"

Jennifer machte ein etwas verlegenes Gesicht. „Ich finde Peter irgendwie schon recht anziehend ... und ich glaube, er steht auch auf mich. Da wollte ich nur sichergehen, dass du nicht in ihn verliebt bist."

„Schon lange nicht mehr. Ich war es mal, vor sieben Jahren, als wir uns kennenlernten. Ich war einundzwanzig und frischgebackene Stewardess. Peter war einer der nettesten und lustigsten Piloten, mit denen ich geflogen bin. Den Gerüchten nach war er ein Casanova, ich war also gewarnt. Verheiratet war er damals auch noch. Trotzdem habe ich mich in ihn verknallt." Pamela lachte bei der Erinnerung. „Mag ja sein, dass er ein ziemlicher Weiberheld war, aber er ist auch liebevoll und ein Typ zum Anlehnen. Eine Zeitlang trafen wir uns so oft es ging. Dann wurde ich auf die Europa-Route versetzt, während Peter die Südamerika-Tour flog, und wir sahen uns nur noch selten, blieben aber immer locker in Kontakt. Dass Peter mir nicht nachtrauern würde, wusste ich, und es hat mir schließlich nichts mehr ausgemacht. Die Welt ist voll von interessanten Männern, warum sein Herz an einen einzigen hängen? Ich habe ihn immer noch gern, aber auch nicht mehr als andere Männer, die ich danach kennengelernt habe."

Jennifer hatte interessiert zugehört. „Was hat einen Mann wie Peter wohl dazu gebracht, sich in einem Land wie Indien zwischen streng behüteten Hindu- und Moslemfrauen niederzulassen?"

Pamela zuckte mit den Schultern. „Wie bei so vielen Frauenhelden hat ihm dieses Leben nur solange Spaß gemacht, wie er sicher sein konnte, dass zu Hause seine treusorgende Ehefrau auf ihn wartet. Dass diese dann eines Tages verständlicherweise die Nase voll hatte und sich von ihm scheiden ließ, hat ihn umgehauen. Plötzlich hatte er die Affären und die Herumfliegerei satt, genau wie das Leben in den USA. Indien hat ihm schon immer gut gefallen, und als er auf diese Anzeige von Stacy & Langmaster stieß, die einen englischsprachigen Piloten mit detektivischen Fähigkeiten suchten, hat er zugegriffen. Ich weiß allerdings nicht, wie er es angestellt hat, den Job zu kriegen", sagte sie mit einem Kichern. „Bei Krimis ist er nie von selbst auf den Täter gekommen."

Jennifer lachte und holte ihren Kulturbeutel aus der Reisetasche.

Pamela stellte sich vor den Spiegel und bürstete ihre Haare. „Sag mal, hat dein Vater eigentlich eine Freundin?"

„Nein, wieso? Hast du an ihm Interesse?"

„Nun ja ... Er gefällt mir, das gebe ich zu. Er ist sympathisch, interessant und ..." Sie biss sich auf die Lippen.

„... und du würdest ihn nicht von der Bettkante schubsen", ergänzte Jennifer und lachte. „Darfst du ruhig sagen, damit habe ich kein Problem."

Es klopfte kräftig an der Tür. „Seid ihr fertig?", hörten sie Peter rufen.

„Ja, wir kommen!" Pamela blinzelte Jennifer zu. Sie verließen das Zimmer und gesellten sich zu Peter und Dominique, um gemeinsam Mittagessen zu gehen.

4

Peter und Dominique hatten ausgelost, wer zum Palast der Winde fahren sollte, und Peter hatte den Kürzeren gezogen. So bereitete er sich nach dem Mittagessen murrend darauf vor, den Kunden der Versicherungsgesellschaft aufzusuchen, von der Rajiv mit der Überprüfung der Sicherheitsvorkehrungen beauftragt worden war. Seine Stimmung besserte sich schlagartig, als Jennifer anbot, ihn zu begleiten.

Pamela und Dominique machten es sich derweilen unter einem großen Sonnenschirm auf Liegestühlen am Rande des Swimmingpools bequem.

„Hast du kein schlechtes Gewissen, weil du Peter diesen Job erledigen lässt, während du hier am Pool faulenzt?", fragte Pamela und räkelte sich auf ihrer Liege.

Dominique schüttelte den Kopf. „Keine Spur. Er wollte unbedingt hierher, nicht ich. Außerdem ist es sonst Peter, der mit Vorliebe alles auf mich abwälzt. Er soll auch mal was tun."

Pamela lachte. „Ich sehe, er hat sich nicht geändert. Als er noch Captain war, hat er auch das meiste den Copiloten tun lassen. So gingen jedenfalls die Gerüchte."

„Kommst du mit eine Runde schwimmen?"

„Okay. Wie wäre es mit einem kleinen Wettschwimmen?", schlug sie vor.

„Du willst um die Wette schwimmen?"

„Guck nicht so ungläubig – ich schwimme sehr gut. Ich trainiere regelmäßig, in allen Hotelswimmingpools zwischen Manila und Istanbul."

Sie stellten sich nebeneinander am Kopfende des langen rechteckigen Pools auf.

„Was kriegt der Gewinner?“, fragte Dominique.

„Er darf sich vom anderen etwas wünschen, das nichts kostet.“ Herausfordernd blickte sie ihn an. „Los geht's!“

Sie machten jeder einen Kopfsprung ins Wasser und kraulten nebeneinander her zum anderen Ende des Pools. Pamela erreichte es mit einer knappen Armlänge Vorsprung als Erste und blickte Dominique entgegen, der recht entspannt wirkte.

„Gib zu, dass du mich hast gewinnen lassen!“

„Ja.“ Er hielt sich am Beckenrand fest. „Ich wollte wissen, was du dir wünschst.“

„Dass wir morgen zum Fort Amber fahren“, sagte sie und grinste. „Enttäuscht?“

Dominique schüttelte den Kopf und stellte sich auf einen gekachelten Vorsprung in der Tiefe des Pools. „Abgemacht ist abgemacht. Die Lady hat gewonnen, und wir fahren morgen zum Fort Amber.“

„Du bist ein Schatz.“ Pamela hielt sich an seinen Schultern fest und küsste ihn.

„Woher wusstest du, dass ich mir einen Kuss wünschen würde?“

„Das war nicht schwer. Du siehst, ich bin kompromissbereit.“

Er umschlang mit einem Arm ihre Taille, und sie küssten sich mit wachsender Leidenschaft, bis sie über sich ein diskretes Räuspern vernahmen. Sie blickten auf und sahen einen Hotelangestellten am Beckenrand stehen. „Bitte nehmen Sie Rücksicht auf die übrigen Gäste“, sagte dieser peinlich berührt.

Pamela lachte auf und zog den Träger ihres Bikinis wieder an seinen Platz.

„Lass uns nach oben gehen“, flüsterte sie.

***

Während Peter den Mietwagen durch Jaipur steuerte, blätterte Jennifer in dem dünnen Hefter, in dem Rajiv den Auftrag zusammengefasst hatte.

„Ist dieser Palast der Winde ein privater Palast oder ein Museum?", fragte sie.

„Weder noch. Der sogenannte Palast der Winde ist nur eine Fassade vor dem eigentlichen Palast, dem City Palace", erklärte Peter. „Es ist wie eine luftige Attrappe mit rund tausend Fenstern, durch die früher die Damen im Palast die Außenwelt beobachten konnten, ohne selbst gesehen zu werden. Der heutige Maharadscha von Jaipur lebt in einem Teil des City Palace. Der Rest ist zu einer öffentlichen Anlage geworden, zu der auch zwei Museen gehören."

„Aha, und dort sind die Waffen und Gemälde gestohlen worden?"

„Ja."

„Ich werde nicht schlau aus diesen Schreiben", gab Jennifer zu und studierte mit gerunzelter Stirn die Korrespondenz.

„Kein Wunder. Rajiv sagte, dass es schlechte Übersetzungen ins Englische seien, und noch dazu gespickt mit Versicherungs-Fachjargon."

„Kann ich irgendwas tun, während du dich mit dem Verwalter unterhältst?"

Peter dachte nach und nickte. „Du kannst nach der Toilette fragen und dich dann ein wenig umsehen. Nicht im Museum selbst, das können wir offiziell tun. Versuche, Lagerräume oder Büros zu finden und sieh nach, ob dir irgendetwas merkwürdig vorkommt. Aber lass dich nicht erwischen. Wenn es doch passiert, tu so, als hättest du dich verlaufen."

„Okay. Meinst du, Angestellte vom Palast haben ihre Finger im Spiel? Oder dass der Maharadscha selbst ein Versicherungsbetrüger ist?"

„Wir können keine Möglichkeit ausschließen. Das tut
die Versicherung auch nicht, sonst hätten sie nicht uns
beauftragt, sondern die Firma, die die Alarmsysteme
installiert hat, aufgefordert, alles zu überprüfen.“
„Ja, klingt logisch.“
„Und du kannst noch etwas tun: wenn ich dir ein Zeichen gebe, versuche bitte, diesen Verwalter einen Moment abzulenken, damit ich eine Mini-Kamera installieren kann. Wir müssen überwachen können, was im
Palast passiert.“
„Alles klar.“
Sie erreichten die Innenstadt mit dem Gebäudekom-
plex des City Palace. Während Peter den Wagen zwischen einem träge herumliegenden Ochsen und einem
Moped parkte, betrachtete Jennifer bewundernd den
Palast der Winde, der sich wie ein riesiger Paravent aus
rosarotem Sandstein an der Straßenecke aufrichtete.
Die unzähligen Fensterchen wurden teilweise von winzigen kuppelartigen Baldachinen überspannt und besa-
ßen Mini-Balkone und Nischen. Die verspielte Archi-
tektur erinnerte an dicht aneinander gereihte Logen-
plätze eines Theaters.
„Das ist ja süß!“, äußerte Jennifer hingerissen. „Sieht
aus wie eine Theaterkulisse.“
„Ja, und die Straße ist die Bühne“, ergänzte Peter und
schulterte seine schwarze Nylontasche mit der einge-
bauten Filmkamera.
Durch ein enormes Portal gelangten sie ins Innere der
Palastanlage, zwischen deren rosa und ockerfarbenen
Sandsteinmauern gepflegte Höfe und Gärten lagen.
Dieser Eingang war für Touristen und Lieferanten geöffnet. Ein anderer Eingang war dem Maharadscha,
seiner Familie und den Würdenträgern des Hofes vorbehalten.
Bei einem der Wachposten zeigte Peter die vom Verwalter an Rajiv adressierte Terminbestätigung vor. Sie

wurden eingelassen und von einem Angestellten durch mehrere Tore und Höfe geführt. In einem davon standen Touristen und lauschten den Erklärungen ihres Reiseleiters. Ein schweres, mit kupfernen Ornamenten verziertes Tor öffnete sich vor Jennifer und Peter auf einen großen Hof, in dessen Mitte ein Springbrunnen plätscherte. An den Mauern rankten sich exotische Pflanzen empor und es duftete nach Jasmin. In den Ästen eines Baumes kreischten Papageien. Saubere mosaikartig gekachelte Wege wurden von Kupfer- und Messinggefäßen gesäumt.

Peter drehte sich in scheinbarer Bewunderung nach allen Seiten, damit seine Kamera die Örtlichkeiten aufnehmen konnte.

Der Verwalter des Palastes, Arjun Koirala, empfing sie im Saal für öffentliche Audienzen, der in einem kleinen Pavillon untergebracht war und die Privatkollektionen des Maharadschas von Jaipur beherbergte.

„Mein Name ist Peter Hestersant. Ich bin ein Kollege von Rajiv Mansâni. Er war leider verhindert. Und das ist meine Assistentin Jennifer Demesy."

„Bitte, nehmen Sie Platz." Arjun Koirala wies auf eine zierliche Polstersitzgruppe.

Ein junger Angestellter brachte Tee und Gebäck.

„Können Sie mir bitte nochmal die Diebstähle und das vorhandene Alarmsystem des Museums beschreiben?", bat Peter, nachdem sie einige Höflichkeitsfloskeln ausgetauscht und an ihrem Darjeeling genippt hatten.

Obwohl sich Jennifers Business-Englisch bereits verbessert hatte, konnte sie den Ausführungen nicht ganz folgen. Koirala hatte einen zu starken Akzent. Sie beobachtete ihn verstohlen. Er wirkte kooperativ, aber zurückhaltend. Schwer zu sagen, ob es Misstrauen gegenüber einem Vertreter der Versicherungsgesellschaft war oder die übliche Reserviertheit vieler Inder gegenüber Ausländern.

Als Koirala kurz den Blick abwandte, gab Peter ihr ein kleines aufforderndes Zeichen.

„Entschuldigung", sagte Jennifer in eine Gesprächspause hinein. „Darf ich bitte mal die Toilette benutzen?"

Ohne sie anzusehen, deutete der Verwalter ein Nicken an und klingelte nach einem Bediensteten, der ihr den Weg zeigen sollte. Ein junger Mann mit erdbeerrotem Turban und milchschokoladenbrauner Haut führte sie durch die Halle, dann durch ein Tor und schließlich über einen Hof bis zu einer schlichten Holztür. Dort blieb er stehen und verneigte sich kurz.

Hoffentlich hat er nicht die Absicht, dort zu warten, bis ich wieder herauskomme, dachte Jennifer.

„Ich finde den Rückweg allein, vielen Dank", sagte sie, war aber nicht sicher, ob er es verstand.

Sie zog sich in das Kabuff zurück, das so ekelerregend schmutzig war wie alle öffentlichen Toiletten in Indien. Jennifer war inzwischen daran gewöhnt, doch bei einem so gepflegten Palast hatte sie etwas anderes erwartet. Rasch erleichterte sie sich in das stinkende fliegenumschwirrte Loch und spähte dann durch eine Ritze zwischen zwei Brettern in den Hof. Während sie sich noch fragte, wie sie ihren Begleiter loswerden konnte, beobachtete sie, wie er mit einem anderen Angestellten sprach. Die beiden verschwanden durch eine Tür.

Blitzschnell verließ Jennifer die Toilette und sah sich um. Es gab nicht viele Möglichkeiten. Sie ging eilig durch das Tor, durch das sie gekommen waren und bog dort aufs Geratewohl in einen Gang ein, der ihr vorher aufgefallen war. Nach einigen Metern bemerkte sie ein steinernes Treppchen, das nach oben auf eine Terrasse führte, und ein anderes, das nach unten führte. Schnell blickte Jennifer sich noch einmal um. Niemand war zu sehen. Da verborgene Dinge wohl eher in einem Keller zu suchen waren als auf einer Terrasse, stieg sie mit klopfendem Herzen die kleine Treppe hinunter.

***

Peter und Arjun Koirala hatten ihre Teetassen geleert und wollten einen Rundgang durch die beiden Museen machen.

„Wo bleibt denn Ihre Assistentin?", fragte Koirala.

Peter rutschte unruhig auf dem Sofa hin und her. Ja, wo blieb Jennifer?

„Ich werde sie suchen gehen", sagte er. Ein guter Vorwand, von dem Verwalter unbemerkt eine Überwachungskamera in der Halle des Pavillons zu installieren. Doch Koirala erhob sich ebenfalls. „Kommen Sie. Wir werden sie schnell finden. Vielleicht erfrischt sie sich am Springbrunnen."

Als sie die Halle durchquerten, in der Kunstgegenstände aus dem Privatbesitz des Maharadschas ausgestellt waren, tauchten Jennifer und der junge Inder, der etwas verstört wirkte, vor ihnen auf.

„Ich habe mich verlaufen", entschuldigte sie sich mit liebenswürdigem Lächeln.

Koirala sagte barsch in einer indischen Sprache etwas zu dem Bediensteten.

„Oh, das war nicht seine Schuld", mischte sich Jennifer ein. „Ich hatte ihm gesagt, ich würde allein zurückfinden, aber ... ich habe mich geirrt."

Die beiden Inder hatten ein kurzes Wortgefecht. Jennifer versuchte, sie zu besänftigen. Peter nutzte das Palaver, um unauffällig ein paar Schritte zurückzuweichen und die Überwachungskamera, die kaum größer war als eine Streichholzschachtel, auf einem Hängeschränkchen zu installieren. Ein riskantes Manöver, doch die beiden Inder standen halb mit dem Rücken zu ihm und bemerkten nichts. Blieb nur zu hoffen, dass die Kamera nicht zu schnell entdeckt werden würde.

***

Eine gute Stunde später, nach Besichtigung der kleinen Museen und Überprüfung der offensichtlich korrekt installierten Alarmsysteme, verließen Peter und Jennifer den City Palace.

„War es schwer, den jungen Typen loszuwerden?", erkundigte er sich, als sie in ihren Wagen stiegen. „Hast du was Interessantes entdeckt?"

„Nein, eigentlich nicht. Ich bin einen Gang im Untergeschoss entlanggelaufen. Da gab es einige Türen, aber die meisten waren verschlossen. Ich habe einen der unverschlossenen Räume betreten, doch da standen nur eine Couch mit Tisch und ein alter Fernseher."

„Dorthin zieht sich der Maharadscha zurück, wenn er in Ruhe ein Rugby-Match gucken will", sagte Peter amüsiert. „Und dann?"

„Dann habe ich eine Art Abstellraum gefunden, in dem allerlei Krimskrams stand. Ich habe mich ein bisschen umgesehen, aber nichts entdeckt, was mir verdächtig erschien. Dabei hat mich der Junge mit dem roten Turban überrascht. Also wirklich in flagranti, ich konnte schlecht sagen, dass ich mich verlaufen hatte. Ist das schlimm?"

Peter hob die Schultern. „Falls er und der Verwalter etwas mit den Diebstählen zu tun haben, provoziert sie das vielleicht zu irgendeiner unüberlegten Handlung, durch die sie sich verraten. Hoffen wir, dass ich meine beiden Kameras am richtigen Ort platziert habe."

Hinter der Gangschaltung stellte er den kleinen Monitor auf, über den man die Bilder der Überwachungskamera sehen konnte. „Übrigens sah der Junge irgendwie verstört aus, was hast du mit ihm gemacht?“

Jennifer kicherte. „Ich habe versucht, ihn mit Charme einzuwickeln, da ich mich nicht rausreden konnte. Ich habe in dem Moment nicht dran gedacht, dass sich viele Inder nicht gerne von Weißen anfassen lassen. Um ihm zu bedeuten, dass es unser Geheimnis bleiben soll, habe ich ihm den Zeigefinger auf die Lippen gelegt. Den linken noch dazu.“

„Uuuhh...“, machte Peter. „Jetzt muss der arme Junge wahrscheinlich drei Tage lang Urin einer heiligen Kuh trinken, um sich davon zu reinigen.“

„Igitt. Hoffentlich war es ein Unberührbarer, dann war mein Fauxpas nicht so schlimm für ihn.“

„Ein Unberührbarer im Palast eines Maharadschas? Niemals. Schon sein Schatten könnte seine Hoheit beschmutzen.“ Er schaltete den kleinen Monitor ein.

„Eine verrückte Welt ist das hier.“ Jennifer schüttelte den Kopf und sah gespannt auf den Bildschirm, der den Audienzsaal zeigte.

Zwei uniformierte Angestellte des Palastes durchquerten gerade langsam die Halle des Audienzsaals und tuschelten miteinander. Der eine wies auf die Gemälde an der Wand.

„Interessant“, murmelte Peter. „Schade, dass wir nicht verstehen, was sie sagen.“

„Vielleicht wird Rajiv es verstehen.“

„Diese Kameras übertragen nur, sie können nicht aufzeichnen. Außerdem ist das mit Sicherheit irgendeine regionale Sprache, die würde Rajiv auch nicht verstehen.“

Sie starrten noch eine Weile auf den Monitor, doch es tat sich nichts mehr. Die beiden Uniformierten verschwanden, der Saal blieb leer. Peter schaltete zur anderen Kamera um, die eines der beiden Museen aufnahm und Touristen beim Betrachten der Kunstgegenstände zeigte.

„Hier wird wohl vorerst nichts mehr passieren. Ich werde nachher noch mal schauen." Er schaltete den Monitor aus, verstaute ihn wieder in seiner Tasche und startete den Wagen.

„Wo fährst du hin?", fragte Jennifer nach einer Weile. „Das ist nicht der Weg zum Hotel, oder?"

„Nein. Wir fahren zum Flughafen."

„Was willst du am Flughafen?"

Peter lachte sie an. „Dich entführen."

„Oh. Dann möchte ich gerne auf die Bahamas."

„Sonderwünsche können nicht berücksichtigt werden. Der Sprit reicht höchstens noch bis Bombay."

„Da würde ich auch gerne hin. Aber wir können doch Dad und Pamela nicht einfach allein lassen …"

„Ich glaube nicht, dass die sich miteinander langweilen." Er zwinkerte ihr zu. „Außerdem dachte ich eigentlich nur an einen kleinen Rundflug hier über der Gegend. Ein Stündchen. Am späten Nachmittag sind wir wieder im Hotel."

Am Flughafen ließen sie den Mietwagen stehen und kletterten in die Piper.

Peter kreiste so tief wie gerade noch zulässig über Jaipur und zeigte Jennifer aus der Luft die Bauwerke aus rosarotem und honigfarbenem Sandstein.

„Das da ist noch mal der City Palace mit dem Palast der Winde. Von hier aus siehst du besonders gut, dass es nur eine Fassade ist."

„Was sind das für komische geometrische Figuren?"

„Das ist die Sternwarte mit der größten Sonnenuhr der Welt."

Peter drehte eine Kurve, und sie flogen weiter.

Nicht weit von Jaipur stand auf den felsigen Bergen das Fort Amber. Peter kreiste einmal über dem stattlichen Palast, zu dem ein von einer steinernen Mauer gesäumter Weg hinaufführte.

„Da unten hast du eine Touristenherde, die sich von einer Elefantenherde nach oben schaukeln lässt, so wie es Pamela für morgen vorhat", bemerkte er und wies auf Jennifers Seite aus dem Fenster. Danach ließ er seine Hand kurz auf ihrem Oberschenkel liegen. Ein wohliges Prickeln lief ihr übers Bein.

„Willst du mal fliegen?"

„Was – ich?" Sie riss die Augen auf und strahlte. „Au ja!"

Er nahm ihre Hand und führte sie an den zwischen ihnen liegenden Steuerknüppel. „Damit kannst du bestimmen, ob du höher oder tiefer fliegen willst, nach links oder nach rechts", erklärte er. „Behalte immer den Höhenmesser im Auge. Wir müssen die jetzige Höhe einhalten. An deinem rechten Fuß ist das Gaspedal, hier der Geschwindigkeitsmesser. Das da ist der Richtungsanzeiger."

„Das ist viel leichter als Autofahren", stellte Jennifer begeistert fest, nachdem sie einige Minuten seinen Anweisungen gefolgt war.

„Hast du einen Führerschein?"

„Nein, aber ich habe in Paris schon mal geübt. Genauer gesagt, nicht in Paris, sondern in einer stillen Vorstadtgegend."

„Ja, aber auf der Straße siehst du gleich, wo du hinfährst. Hier kannst du es nur an den Instrumenten ablesen. Wenn du mit diesem Kurs weiterfliegst, werden wir übrigens in Kalkutta ankommen. Wenn wir uns nicht schon in den nächsten drei Minuten die Nase am Boden einschlagen." Er griff nach dem Steuerknüppel und nahm eine steile Kurs- und Höhenkorrektur vor.

Jennifer, die hilflos gegen die Glaskuppel des Cockpits gepresst in ihrem Sitz hing, mit dem Fort von Amber unter sich und Peter schräg über sich, musste tief durchatmen, um nicht die Kontrolle über ihren Magen zu verlieren. Aber die Aussicht auf die Elefantenherde war beeindruckend.

Peter lächelte, als er das Flugzeug wieder in eine normale Flugposition gebracht hatte. „Der größte Fehler, den Flugschüler anfangs machen, ist es, die Geschwindigkeit zu unterschätzen. Beim Autofahren merkst du schließlich sehr genau, ob du sechzig oder hundertsechzig fährst. Hier ist aber zwischen hundert und zweihundert Stundenkilometern kaum ein Unterschied zu sehen, weil du ohnehin den Eindruck hast, in der Luft zu stehen. Wenn dir aber ein anderes Sportflugzeug oder ein Hubschrauber entgegenkommen, kann das gefährlich werden. Das geht dann auf einmal sehr schnell. Nimm den Fuß vom Gas und fliege etwa mit hundertfünfzig Stundenkilometern. Und jetzt halte Kurs auf Südost. Gut. Aber vergiss nicht die Höhe, Jenni, wir fliegen schon wieder zu tief.“

Jennifer geriet ins Schwitzen zwischen Höhe, Kurs und Geschwindigkeit und all den anderen technischen Anweisungen, die Peter ihr zwischendurch noch gab. Bei seinen ständigen rasanten Kurskorrekturen wurde ihr schwindlig. Dennoch machte ihr der improvisierte Flugunterricht Spaß.

„Genug für heute“, sagte Peter schließlich. „Flieg zum Flughafen zurück.“

Sie sah ihn mit großen Augen an. „Und du meinst, ich weiß, wo der Flughafen ist, ja?“

„Gar nicht so einfach ohne Hinweisschilder, was?“

„Ich habe schon immer bewundert, dass die Piloten im Dunkeln den Zielort finden und dann noch den Flughafen in all dem Lichtergewirr.“

Er grinste. „Einige schaffen es sogar, die Landebahn zu finden. Lass es gut sein, Jenni, ich werde zurückfliegen. Du hast das prima gemacht. Du scheinst ein gutes Gefühl dafür zu haben.“

Jennifer blinzelte ihm zu. „Ja, für manche Dinge habe ich viel Gefühl", sagte sie mit verrucht klingender Stimme und streichelte, einer plötzlichen Eingebung folgend, den Steuerknüppel.

Es schien seine Wirkung auf Peter nicht zu verfehlen. Er räusperte sich und griff hastig nach dem Steuerknüppel, weil die Maschine schon wieder abzudriften drohte. Jennifer ließ unterdessen ihre Hand auf Peters Oberschenkel gleiten und fuhr mit ihren lasziven Bewegungen fort. Da bemerkte sie, dass Peter das Flugzeug hinunterzog.

„Warum gehst du tiefer? Wir sind doch noch gar nicht am Flughafen, oder?"

„Ich muss eine Notlandung machen."

„Was ist los?", fragte sie erschrocken, und ihre Hand erstarrte.

„Du machst mich flugunfähig, Jenni. Und da ist es besser zu landen, bevor ein Unglück passiert."

Sie lachte erleichtert auf. „Ich kann aufhören, wenn du willst."

„Nein, kommt nicht in Frage."

Holpernd setzte die Maschine auf dem leicht steinigen Boden auf und rollte aus. Jennifer lehnte sich in ihrem Sitz zurück und atmete auf. „Das war aber keine Modelllandung, oder?"

„Nein. Aber ich hatte es auch noch nie so eilig, herunterzukommen." Er löste seinen und ihren Sicherheitsgurt, zog sie in die Arme und küsste sie. Jennifer erwiderte seinen Kuss mit wachsender Leidenschaft.

„Wenn du wüsstest, wie lange ich darauf schon warte", murmelte er.

Sie hob skeptisch die Augenbrauen. „Es ist aber sonst nicht deine Art, lange schmachtend um ein Mädchen herumzuschleichen, oder?"

„Nein. Aber du bist die Tochter meines besten Freunds. Und der wird mir wahrscheinlich den Hals umdrehen, wenn ich dich verführe." Er seufzte.

„Papa muss kapieren, dass ich eine erwachsene Frau mit gewissen Bedürfnissen bin. Und dann verführe ich eben dich!" Sie lachte ihn an.

„Das klingt beides fantastisch." Peter lächelte.

„Weißt du, dass ich in der ersten Nacht in Kaschmir fast in dein Zimmer gekommen wäre?", fragte sie.

„Ach? Ehrlich?"

„Ja, ich war drauf und dran."

„Und warum hast du es nicht getan?"

„Mir ist rechtzeitig klargeworden, dass ich es nur getan hätte, um meinen Vater zu ärgern. Weil ich es nicht mehr ausgehalten habe, wie er an mir herumgemeckert hat. Aber das wäre wohl nicht das richtige Motiv gewesen."

„Nein. Das Motiv sollte schon sein, dass du absolut verrückt nach mir bist."

Sie lachten.

„Das bin ich", scherzte Jennifer.

Peter kniff ihr zärtlich in die Wange. „Kleine Schwindlerin. Ich bin so alt wie dein Vater, wie solltest du da verrückt nach mir sein?"

Sie zuckte mit den Schultern. „Ehrlich gesagt, ich fühle mich wohler mit Männern, die deutlich älter sind als ich."

„Hast du einen Vaterkomplex?"

„Wäre das ein Wunder? Ich bin ja praktisch ohne Vater aufgewachsen. Dominique hat uns verlassen, als ich vier war. Ich habe ihn alle paar Jahre mal kurz gesehen, und die letzten sechs Jahre überhaupt nicht mehr. Und den Typen, den meine Mutter dann geheiratet hat, habe ich nie als Vaterersatz akzeptieren können."

„Na, jetzt hast du deinen Vater ja wiedergefunden."

„Er ist mir so fremd, Peter. Ich meine das nicht im negativen Sinn, wir verstehen uns jetzt gut, aber ... Was
man in fünfzehn Jahren versäumt hat, kann man nicht
in wenigen Wochen nachholen. Dominique ist kein Vatertyp für mich. Eher wie ein interessanter und mysteriöser Fremder. Aber langsam fange ich an, ihn besser
kennenzulernen und zu verstehen, glaube ich.“

„Und er dich auch. Es ist Dominique wohl noch nie
passiert, sich mit dem Seelenleben eines jungen Mädchens auseinandersetzen zu müssen.“ Peter lächelte.
„Ich bin jedenfalls froh, dass ihr euch jetzt besser versteht als zu Anfang.“

„Na ja, man rauft sich zusammen“, sagte sie schulterzuckend.

5

Pamela und Dominique lagen ermattet in den zerwühlten Laken. Die Vorhänge waren zugezogen und tauchten das Zimmer in mildes Dämmerlicht. Auf dem Teppich zog sich eine Spur hastig abgestreifter feuchter Badesachen von der Tür zum Bett.

Pamela kuschelte sich an Dominiques Seite und streichelte zärtlich über seine Brust. Er nahm ihre Hand und küsste sie. „Ich hatte vergessen, wie gut das sein kann", murmelte er.

„Vergessen? Ein so toller Mann wie du?" Sie lachte. „Das glaube ich nicht."

„Doch. Indien hat zwar das Kamasutra erfunden, aber paradoxerweise ist es entsetzlich schwierig für einen Singlemann, hier auf seine Kosten zu kommen."

Es klopfte an der Tür. Dominique knurrte und erhob sich unwillig. Auf dem Weg zur Tür bückte er sich nach seinen Shorts und schlüpfte hinein.

Peter stand vor ihm und grinste ihn an. „Junge, du siehst aber fertig aus!"

„Was willst du hier?", brummte Dominique. „Kannst du nicht lesen?" Er tippte auf das *Do not disturb*-Schild, das an der Türklinke hing.

„Sorry, aber vorhin war das auch mein Zimmer, und meine Sachen sind hier", erwiderte Peter höflich.

„Ach ja." Dominique fuhr sich durch seine zerrauften Haare. „Ich werde Pamela bitten, dass sie wieder rübergeht."

„Nicht nötig. Lass mich bloß meine Sachen holen, ich ziehe nach nebenan."

„Und Jennifer?"

„Jenni freut sich drauf.“

„Wie bitte?“

„Du hast schon richtig gehört. Bitte reg dich nicht auf.“

„Moment mal!“ Dominique stemmte die Hände in die Hüften. „Du willst mit meiner Tochter ... und das soll ich einfach so hinnehmen?“

„Du hättest auch fragen können, ob es mir was ausmacht, dass du mit meiner Ex in die Kiste steigst“, konterte Peter. „Und um das mal klarzustellen: die Initiative ist von Jenni ausgegangen, nicht von mir.“

„Tatsächlich?“ Dominique starrte ihn perplex an.

„Tatsächlich. Also, darf ich kurz reinkommen oder seid ihr noch nicht fertig?“

Dominique warf einen Blick über seine Schulter. „Pam, Peter fragt, ob er reinkommen darf.“

„Meinetwegen.“ Pamela erhob sich, schüttelte ihre lange blonde Mähne zurecht und stolzierte auf schlanken gebräunten Beinen durch das Zimmer ins Bad.

Dominique ließ Peter eintreten. „Wie war es im Palast der Winde?“

„Na endlich fragst du! Dachte schon, du hast völlig vergessen, dass ich gearbeitet habe, während du deinen Spaß hattest.“

„Und?“

„Ich habe zwei Kameras installiert. Wir sollten heute Abend hin und wieder den Monitor checken. Vielleicht tut sich ja was.“

Dominique seufzte. „Spannendes Fernsehprogramm vor dem Schlafengehen. Stellst du dir so einen romantischen Auftakt für deine erste Nacht mit Jennifer vor?“

„Nein. Und deshalb wirst du in die Röhre schauen.“ Peter schulterte seine Reisetasche und ging zur Tür.

„Na, meinetwegen.“ Dominique hielt ihn an der Schulter zurück. „Ach, Peter, noch etwas ...“

„Was?“

Dominique baute sich vor Peter auf und packte ihn sanft am Kragen. „Wenn du Jenni weh tust, breche ich dir beide Arme", warnte er augenzwinkernd, aber mit ernstem Blick, und wusste selbst nicht, ob er es im Scherz oder im Ernst sagte.

***

Nach dem Abendessen im Hotelrestaurant ging Dominique pflichtbewusst auf sein Zimmer, in dem der Monitor aufgebaut war, während die anderen in die Bar überwechselten. Er machte sich auf eine langweilige Zeit gefasst, aber schon nach wenigen Minuten konnte er beobachten, wie sich zwei schwarzgekleidete Männer im Audienzsaal an der privaten Kunstkollektion des Maharadschas zu schaffen machten.

Dominique griff sich sein Equipment und stürmte in die Bar. „Es geht los, Peter, da tut sich was!"

Peter leerte hastig sein Glas. „Tut mir leid, meine Schönen, ihr müsst jetzt ein Weilchen ohne uns auskommen."

Jennifer und Pamela sahen sich an und zuckten mit den Schultern.

Dominique und Peter fuhren in aller Eile zum City Palace, und Peter parkte den Mietwagen zum zweiten Mal an diesem Tag vor dem Palast der Winde.

Dominique verfolgte auf dem Bildschirm, wie die Männer gerade vorsichtig ein Gemälde aus dem Rahmen lösten. „Und die Alarmanlage macht keinen Mucks", sagte er kopfschüttelnd. „Entweder sind die beiden wirklich Profis und haben sie lahmgelegt oder sie gehören zum Palast und wissen, wie man sie ausschaltet. Erkennst du sie wieder, Peter?"

„Nicht direkt." Peter fixierte den Monitor. Die Bildqualität war nicht sehr gut, schwarz-weiß noch dazu, sodass es nicht einfach war, Gesichter zu erkennen. „Der Verwalter ist es jedenfalls nicht, und auch nicht der junge Mann, der Jenni beim Herumschnüffeln erwischt hat. Aber es könnten die beiden Uniformierten sein, die ich vorhin über Monitor in der Halle beobachtet habe."

„Kommen wir problemlos in die Palastanlage hinein oder ist sie gesichert wie ein Museum?"

„Vorhin war es einfach, es gehen ja ständig Touristen ein und aus, und wir hatten eine Einladung. Doch jetzt, wo es dunkel ist, wird wohl alles verriegelt sein. Aber wenn wir dem Wachposten auf dem Monitor zeigen, was da los ist, lässt er uns vielleicht hinein."

„Glaube ich nicht. Du weißt ja nicht, wer von wem geschmiert wird und wer nicht. Vielleicht sollten wir die Polizei rufen." Dominique öffnete leise seine Wagentür.

„Nach dem, was uns letztes Jahr in Hyderabad passiert ist?", erinnerte Peter. „Wenn der Maharadscha selbst dahintersteckt und ein Versicherungsbetrüger ist, hat er die Polizei wahrscheinlich längst bestochen. Und wir beide werden wieder blöd dastehen."

„Du hast recht. Aber jetzt komm schnell, bevor wir sie aus den Augen verlieren."

Sie pirschten sich an den äußeren Mauern des City Palace entlang. Das große Tor, durch das Peter und Jennifer am Nachmittag die Anlage betreten hatten, war nun verschlossen. Es war ein solides schmiedeeisernes Gitter, das oben mit dem Rundbogen des Mauerwerks abschloss.

Dominique riskierte einen Blick. „Kein Wachposten zu sehen", flüsterte er Peter zu. „Wo liegt dieser Audienzsaal?"

Peter machte eine vage Handbewegung, um die Richtung anzudeuten.

„Wir sollten versuchen, uns von außen in die Nähe zu schleichen."

„Hat keinen Zweck, dieser Audienzsaal scheint sich genau in der Mitte der ganzen Anlage zu befinden. Und die ist ringsum von hohen Mauern geschützt.“

„Mist.“ Dominique, der weiterhin durch das Gitter in den ersten Hof gespäht hatte, wich plötzlich zurück. „Da kommt jemand. Schnell weg hier.“

Sie überquerten die Straße und kauerten sich hinter ihren Wagen. Peter hob ein Nachtsichtgerät an die Augen.

„Das sind die Männer!“

Die beiden schwarzgekleideten Inder, die jeder einen Rucksack trugen, verließen den Palast und blickten sich vorsichtig nach allen Seiten um. Dominique schoss Fotos mit einer Infrarot-Kamera. Die Diebe kletterten auf ein Moped und tuckerten die Straße hinunter. Die Ermittler stiegen in ihr Auto und folgten ihnen in einigem Abstand. Sie fuhren quer durch Jaipur. Schließlich bog das Moped in Gassen ein, die zu schmal für den Wagen waren.

Peter fluchte und parkte das Auto hastig am Straßenrand. Nun mussten sie zu Fuß hinter dem Moped herjagen, das zum Glück auf den auch zu dieser Uhrzeit von Menschen, Händlerständen und Kühen verstopften Wegen nicht sehr schnell vorankam. Vor den heruntergekommenen Häusern saßen ärmlich gekleidete Inder und musterten neugierig die beiden Fremden, die durch die Gassen eilten.

Das Gassengewirr lichtete sich.

„Wenn jetzt eine große Straße kommt, sind wir geliefert“, keuchte Dominique. „Dann holen wir sie zu Fuß nicht mehr ein.“

Doch die Fahrt hatte ein Ende. Die Männer stellten das Moped ab und verschwanden in einem einstöckigen Haus, in dem Licht brannte. Die Detektive pirschten sich an die Fenster. Zwar waren die Vorhänge zugezogen, jedoch stand bei einem von ihnen ein Spalt offen, durch den sie in den Raum sehen konnten.

Zwei Staffeleien standen dort, und der Holzboden war farbbekleckst. Ein Mann, dessen Kleidung ebenfalls Farbkleckse aufwies, nahm gerade eines der Gemälde aus der Kollektion des Maharadschas entgegen und befestigte es vorsichtig auf einem Zeichenbrett neben einer der Staffeleien. Auf diese war ein helles Leinentuch in der Größe des gestohlenen Bildes gespannt.

Die Ermittler tauschten einen bedeutungsvollen Blick. Dominique fotografierte. Ob es das leise Geräusch des Auslösers war oder die Bewegung vor dem Fenster: einer der beiden Diebe wurde aufmerksam und packte seinen Kumpanen am Arm.

„Weg hier! Nehmen wir das Moped", zischte Dominique. „Die haben vergessen, den Schlüssel abzuziehen."

Als die beiden Inder aus dem Haus gelaufen kamen, schwangen sich die Detektive gerade auf ihr Moped und brausten davon.

„Das war knapp. Aber jetzt haben wir Beweisfotos", triumphierte Peter und nahm rasant eine Kurve.

Dominique klammerte sich an seiner Taille fest. „Sag mal, bist du sicher, dass unser Wagen in dieser Richtung steht?"

Peter schwieg kurz. „Mist. Wo bin ich falsch abgebogen?"

„Weiß ich nicht, Hauptsache wir finden irgendeinen Ausgang aus diesem Labyrinth." Als Dominique ein Knattern hörte, drehte er den Kopf über seine Schulter. „Verdammt, die haben sich ein neues Moped organisiert und folgen uns! Fahr schneller, Peter."

„Soll ich etwa alles über den Haufen fahren, was hier im Weg steht?" Er begann einen riskanten Slalom, und das Moped geriet gefährlich ins Schlingern. Dennoch verringerte sich die Distanz zu ihren Zielpersonen, die

nun zu ihren Verfolgern geworden waren, unaufhörlich.

„Jetzt habe ich es aber satt, das Kaninchen auf der
Flucht vor dem Jagdhund zu spielen“, rief Dominique
schließlich. „Du hast doch deine Pistole dabei?“

„Natürlich.“

„Dann hören wir auf wegzurennen und stellen sie.
Vielleicht können wir ihnen das Diebesgut abnehmen.“

„Okay, aber versuchen wir lieber erst, aus den Gassen
rauszukommen. Die Fluchtwege sind hier einfach zu
schlecht. Das da vorne sieht nach einer Straße aus.“

„Gut.“

Eine schlafende Kuh versperrte den Ausgang zur
Straße und Peter musste eine Vollbremsung machen.
Ihre Verfolger waren bereits in die Gasse eingebogen,
und so saßen sie in der Falle. Peter und Dominique
sprangen vom Moped, verzichteten aber darauf, ihre
Pistolen zu ziehen, damit die Diebe nicht sofort umkeh-
ren würden.

Die Inder sprangen ebenfalls vom Moped und stürzten sich mit einer Geschwindigkeit auf sie, mit der die
Ermittler nicht gerechnet hatten. Drei junge Männer,
die in der Gasse herumgelungert hatten, kamen ihren
Landsleuten zur Hilfe, und so mussten Dominique und
Peter einige Schläge und Hiebe einstecken, bevor sie
dank ihrer Schusswaffen die Oberhand gewannen. Die
drei unbeteiligten Männer zogen es vor, sich zu verdrü-
cken.

„Her mit dem Rucksack!“, forderte Peter den einen der
Diebe auf und wedelte ungeduldig mit seiner Pistole.

„Das werdet ihr bereuen“, zischte der Inder und überließ ihm widerwillig das Diebesgut. Sein Komplize
hatte seinen Rucksack in dem Atelier des Fälschers gelassen. „Wir finden euch!“

„Ja, ja. Haut ab.“ Dominique verscheuchte sie mit einer ungeduldigen Handbewegung. „Und euer Moped

könnt ihr mitnehmen. Wir haben es uns nur ausgeliehen." Die Pistole noch immer auf die Diebe gerichtet, stieg er über die Kuh hinweg.

Sie warteten, bis die Inder den Rückzug angetreten hatten, dann kehrten sie zu Fuß zu ihrem Wagen zurück.

Dominique spähte in den Rucksack, der eine silberne Vase, einen gravierten Silberteller und einige Statuen enthielt.

„Sie wollten also die geklauten Bilder von einem Fälscher in der Nacht kopieren lassen und dann die Fälschungen morgen früh im Audienzsaal aufhängen, bevor jemand das Verschwinden der Gemälde bemerkt", folgerte Peter und tupfte sich mit einem Papiertaschentuch einige Blutstropfen von der Nase, wo ihn eine Faust erwischt hatte.

Dominique startete den Motor und schüttelte den Kopf. „Ölfarbe trocknet nie und nimmer in einer Nacht. Soviel ich weiß, kann man kein Ölbild in wenigen Stunden fertigstellen. Die einzelnen Schichten müssen trocknen."

„Vielleicht waren es Acrylfarben. Die trocknen extrem schnell. Ob man damit allerdings Bilder aussehen lassen kann wie mit Öl gemalt, weiß ich nicht. Vielleicht wollten sie sie auch gar nicht zurückhängen, sondern wie immer die Versicherung zahlen lassen und die Gemälde verscherbeln – sowohl die echten, als auch die Fälschungen."

„Damit wissen wir immer noch nicht, ob der Maharadscha der Drahtzieher ist. Und genauso wenig können wir morgen früh mit unseren Beobachtungen zu dem Verwalter marschieren. Falls der mit den Dieben unter einer Decke steckt, ist er gewarnt."

„Was sollen wir also tun?"

„Ich werde im Hotel gleich Stacy anrufen, er soll das entscheiden", meinte Dominique. „Wenn der Maharadscha selbst dahintersteckt, ist es heikel. Du weißt, dass Stacy einen Horror vor politischen Verwicklungen solcher Art hat. Bevor wir irgendwen zu überführen versuchen, soll er das mit der Versicherungsgesellschaft abstimmen. Die ist schließlich unser Kunde."

6

Die Elefanten, deren Köpfe farbenfroh bemalt waren, stapften mit gleichmäßigen Schritten den felsigen Berg zum Fort Amber hinauf. Auf ihren Rücken waren kleine Plattformen mit jeweils zwei schmalen Sitzbänken befestigt.

„Hat dich Rajiv zurückgerufen?", fragte Jennifer ihren Vater und rückte ihre Basecap zurecht. Die Vormittagssonne brannte heiß auf ihre Köpfe und die wüstenhafte Landschaft.

„Ja. Aber der Verantwortliche bei der Versicherung ist erst nachmittags erreichbar. Rajiv will sich später nochmal melden und wünscht uns ein schönes Wochenende."

Wie Dominique es vermutet hatte, hatte William Stacy entschieden, nichts zu unternehmen, bevor er nicht mit jenem Verantwortlichen gesprochen hatte.

„Also habt ihr jetzt erstmal frei?", erkundigte sich Pamela.

„Genau." Dominique legte den Arm um sie, um sie festzuhalten, da sie bei jedem Schritt des Elefanten auf der Bank herumrutschte.

Der Weg war nicht sehr steil, aber sie hatten bereits eine gewisse Höhe erreicht. Unter ihnen fiel das Tal tief hinab, und nur eine kniehohe Mauer säumte den Weg. Jennifer und Dominique saßen sich auf der dem Tal zugewandten Seite gegenüber und sahen unter sich den Abgrund, sobald der Dickhäuter sein Gewicht auf den linken Vorderfuß verlagerte.

„Das ist wie Achterbahn in Zeitlupe." Jennifer starrte voller fasziniertem Schrecken in die Tiefe und krallte sich an Peters Arm. „Müssen die so dicht an der Mauer entlanglaufen?"

Peter spähte an ihr vorbei auf den Weg. „So nah ist das gar nicht, das kommt dir nur so vor, weil wir so hoch sitzen."

Keiner von ihnen bemerkte den Mann, der sich unter die Elefantenführer gemischt hatte und zwischen ihnen neben den Elefanten herlief. Er sah aus wie einer der vielen Inder, die zu ihrer Belustigung oder um zu Betteln die Touristen zu Fuß zum Fort Amber begleiteten. Niemand achtete auf ihn, als er ein Messer aus seiner Tasche zog und die Stricke durchschnitt, mit denen der Hochsitz der Detektive auf dem Elefantenrücken befestigt war. Danach verschwand er ebenso unauffällig, wie er gekommen war.

Der Sitz verrutschte und glitt auf der Seite des Abgrunds an der Flanke des Elefanten hinunter.

Jennifer schrie auf, als sie das Gleichgewicht verlor. Peter versuchte noch, sie festzuhalten, doch sie entglitt ihm, und er kam selbst ins Rutschen. Sie und Dominique glitten von ihren Bänken und fielen aus fast zwei Metern Höhe zu Boden. Einer der Stricke hatte gehalten, und die Plattform kam an der Seite des Dickhäuters hängend zum Stillstand, während der Elefantenführer das Tier zum Stehen brachte. Pamela und Peter klammerten sich an die Bänke, auf denen sie zuvor gesessen hatten, und konnten sich von dort aus auf den Boden gleiten lassen. Sie eilten zu Dominique und Jennifer, die hinter ihnen im Staub saßen.

Jennifers Sturz war durch Peters Versuch, sie festzuhalten, ein wenig gebremst worden. Sie hatte sich im Fallen wie eine Katze gedreht und war auf allen Vieren gelandet. Bis auf Schürfwunden an Handballen und Knien schien ihr nichts zu fehlen. Dominique war etwas hart auf der Seite aufgekommen, wirkte aber unverletzt.

„Alles okay bei euch?", fragte Peter besorgt und half Jennifer hoch.

„Ich steige immer so von Elefanten", erwiderte sie mit Galgenhumor. Doch ihre Stimme zitterte leicht, und besorgt beobachtete sie, wie ein wenig Blut aus ihren staubverkrusteten Schürfwunden zu sickern begann.

„Keine Sorge, Liebes, Doktor Hestersant wird das schon richten. Und was ist mit dir, Nick?"

Dominique ließ sich mit schmerzverzerrtem Gesicht von Pamela aufhelfen. „Etwa zwanzig gebrochene Knochen, aber sonst ist alles okay."

„Na fein, da habe ich meine Erste-Hilfe-Kurse wenigstens nicht umsonst absolviert. Setzt euch auf die Mauer, alle beide." Pamela öffnete ihre große Handtasche und zog mit medizinischem Alkohol getränkte Tüchlein hervor, die wie Erfrischungstücher verpackt waren. Sie tupfte damit behutsam erst Jennifers Wunden ab, und dann Dominiques aufgeschürfte Ellenbogen.

„Was eine Frau so alles in der Handtasche hat", stellte Dominique verwundert fest.

Peter hob die Augenbrauen. „Wir wären gerade fast in den Abgrund gestürzt, und alles, worüber du dich wunderst, ist der Inhalt von Pams Handtasche? Du warst schon mal konzentrierter bei der Sache!"

Dominique nickte langsam. „Stimmt. Das muss der Schock sein."

„Bist du auf den Kopf gefallen?", fragte Peter besorgt.

„Meinst du das im übertragenen Sinn?"

„Nein." Peter hockte sich vor Dominique und legte zwei Finger an seine Schläfe. Er drehte vorsichtig Dominiques Kopf und befühlte seinen Hinterkopf. „Tut das weh?"

„Nein. Hör auf, mich zu befummeln. Suchen wir lieber nach dem Täter."

„Du meinst also auch, das war kein Unfall?"

„Fragen wir doch mal den Elefantenführer."

Dieser hatte inzwischen den Elefanten von dem an einem einzigen Strick hängenden Hochsitz befreit, stand nun unsicher abwartend neben dem Tier und trat vor Unbehagen von einem Bein auf das andere. Als Dominique ihn in einer Mischung aus Hindi und Englisch in die Mangel nahm, beteuerte er, nichts gesehen zu haben.

„Ich glaube ihm", sagte Dominique zu Peter. „Sicher waren das unsere Freunde von gestern, die uns als Zeugen beseitigen wollten."

„Dann haben die ihre Drohung ja ernst gemacht. Was jetzt?"

Dominique zuckte mit den Schultern. „Wir sind uns einig, dass wir nicht zur Polizei gehen wollen, oder?"

Peter nickte. „Ja, das ist das Letzte, was wir gebrauchen können."

Pamela runzelte die Stirn. „Warum nicht? Die haben versucht, uns umzubringen!"

Peter legte beschwichtigend den Arm um sie. „Die Polizei ist in Indien der Volksfeind Nummer eins, Pam. Ausländern gegenüber nehmen sie sich zwar zusammen, was bedeutet, dass wir nicht riskieren, gefoltert oder vergewaltigt zu werden, was sonst die Lieblingssportarten der Polizisten gegenüber Indern niedriger Kasten sind. Aber falls der Maharadscha ein Versicherungsbetrüger ist, werden sie uns provisorisch einkerkern, weil wir seine Würde angetastet haben."

„Du willst mich veräppeln, oder?", sagte sie ungläubig.

Dominique schüttelte den Kopf. „Das ist Peter und mir letztes Jahr passiert, weil wir einen hohen Würdenträger der Erpressung überführt haben. Wir haben drei Tage in einem dunklen feuchten Verließ in Hyderabad gehockt, bis es Stacy gelungen ist, uns da rauszuholen. Seitdem haben wir die gleiche Abneigung gegen die Polizei wie die meisten Inder.“

„Das sind ja schreckliche Zustände!“

„Ja, was die Justiz betrifft, befindet sich Indien noch im Mittelalter. Hier ist der Schlagstock das Symbol für Rechtsprechung.“

„Zurück zum Thema“, sagte Peter. „Besichtigen wir jetzt dieses verdammte Fort oder wollt ihr nicht mehr?“

„Natürlich besichtigen wir es, wir sind ja fast da“, erwiderte Pamela entschlossen. „Aber zu Fuß. Ich steige heute auf keinen Elefanten mehr.“

„Was ist mit dir? Kannst du da hochlaufen mit deinen aufgeschlagenen Knien?“, wandte sich Peter an Jennifer.

Sie machte probeweise ein paar Schritte. „Wird schon gehen. Sonst musst du mich Huckepack nehmen, wenn ich nicht mehr kann.“

Das Fort Amber lag auf einem großen Hügel vor einer Kulisse karger, zerklüfteter Berge. Vor dem Eingang erstreckte sich ein großzügig angelegter Garten mit zaunartig getrimmten Büschen, die die Wege begrenzten.

Als die vier dort eintrafen, war die Gruppe, mit der sie aufgebrochen waren, mit der Besichtigung fast fertig. Sie verzichteten daher auf den Reiseführer und sahen sich allein um. Das imposante Eingangsportal bestand aus vielen säulenverzierten Nischen und Pavillon-Fassaden. In den von dicken Mauern umgebenen Innenhöfen blühten üppig Bougainvilleen und Jacaranda-Bäume.

Jennifer drehte sich einmal um die eigene Achse. „Mein Gott, ist das alles riesig und verschachtelt. Ich fühle mich ganz klein und verloren.“

„Das hier muss der berühmte Spiegelsaal sein“, sagte Pamela, als sie einen kleinen Audienzsaal betraten. In das kunstvolle Mosaik der Wände waren unzählige Spiegel eingearbeitet, die meisten nicht größer als eine Münze. Die Türen waren mit Intarsien aus Elfenbein- und Sandelholz-Schnitzereien verziert.

„Was für eine tolle Arbeit", sagte Jennifer bewundernd.

„Ja, aber wie viele Elefanten wegen ihrer Stoßzähne ihr Leben lassen mussten", sagte Peter.

„Da hast du recht, das ist es nicht wert. Darum hat sich damals vermutlich noch niemand gekümmert."

Die Touristen, die sich mit ihnen in dem kleinen Saal aufgehalten hatten, gingen hinaus und schlossen dabei die Tür. Es wurde schummrig; der Raum besaß nur wenige, sehr hoch gelegene kleine Fenster.

Pamela ließ ihr Feuerzeug aufflammen und die Flamme wurde hundertfach von den winzigen Spiegeln in den Wänden zurückgeworfen. „Sieht das nicht irre aus? Den Trick habe ich von einem Reiseleiter gehört."

Dominique betrachtete die tanzenden kleinen Flammen und hatte trotz des romantischen Anblicks plötzlich ein ungutes Gefühl. Einer der größeren Spiegel reflektierte eine Bewegung hinter ihnen und warnte ihn. Er wirbelte in dem Moment herum, als ein in einigem Abstand hinter ihm stehender Inder den Arm hob. Mit den Reflexen einer Raubkatze warf sich Dominique zur Seite und riss seine neben ihm stehende Tochter mit sich.

„Peter, Achtung!", rief er gleichzeitig.

Jennifers erschrecktes Aufkreischen mischte sich mit dem Schuss der Pistole, deren Kugel klirrend in eine Spiegelscherbe einschlug, statt wie geplant in Dominiques Rücken. Beides hallte schaurig von den Wänden wieder.

Peter konnte ebenfalls rechtzeitig in Deckung gehen und der Schuss eines zweiten Mannes ging ins Leere.

Die Ermittler zogen ihre Waffen. Doch bevor sie feuern oder ihre Angreifer auch nur genauer ins Visier nehmen konnten, öffneten sich die Saaltüren von außen und eine neue Touristengruppe wollte eintreten. Die beiden Inder rannten zur Tür und drängten sich hinaus, bevor die Detektive sie aufhalten konnten. Alles war in Sekundenschnelle vorüber.

„Was war das?", fragte Pamela erschrocken.

Peter und Dominique setzten bereits den Ganoven nach.

„Ihr bleibt hier!", rief Dominique Jennifer und Pamela zu, bevor er den Saal verließ.

Vor dem Portal des Audienzsaals blieben Dominique und Peter stehen und blickten sich um. Lauerten die Gangster hinter einer Säule, um aus dem Hinterhalt auf sie zu schießen? Mit dem Rücken zu den Mauern pirschten sich die Detektive voran.

„Da vorne sind sie", flüsterte Peter.

Die beiden Inder schlichen gerade um eine Ecke, weg von den Ermittlern. Scheinbar hatten sie ihr Vorhaben verschoben, die lästigen Zeugen ihres Diebstahls zu beseitigen. Es gab in den Höfen der Palastanlage zu viele Touristen und Wachmänner.

„Die schnappen wir uns!", sagte Dominique und spurtete los.

Die Inder ergriffen die Flucht, die Detektive stürmten hinterher. Trotz ihrer längeren Beine gelang es ihnen nicht, die Einheimischen einzuholen. Diese hatten bereits den Ausgang des Fort Amber erreicht und rannten den Hügel hinunter. Zwar ging es bergab, doch die Mittagshitze umhüllte sie wie ein Backofen und erstickte jeden sportlichen Elan. Peter war ohnehin kein schneller Läufer und blieb nach kurzer Zeit schnaufend zurück.

Dominique musste aufgeben, als er einen anhaltenden stechenden Schmerz in der Rippengegend fühlte, der sich durch seine Eingeweide zu bohren schien. Er sah, dass die Inder fast den Parkplatz erreicht hatten und auf ihr Moped zusteuerten. Damit würden sie sie ohnehin sehr schnell abhängen, wenn sie in eine der schmalen Gassen einbiegen oder über einen belebten Markt fahren würden.

Dominique drehte sich um und wartete auf Peter, der ihm langsamer gefolgt war.

„Du gibst auf?", fragte dieser erstaunt.

„Ich glaube, ich habe einen Muskelriss oder eine gebrochene Rippe. Vielleicht auch nur Seitenstechen." Dominique presste die Hand gegen die rechte Seite.

„Dann rufen wir besser einen Arzt, wenn wir im Hotel zurück sind."

„Ich habe die Nase voll", sagte Dominique wütend. „Am liebsten würde ich in den Palast fahren und dem Verwalter alles berichten. Mal sehen, wie er reagiert."

Peter schüttelte den Kopf. „Damit könnten wir schnurstracks in eine Falle laufen und der Sache mehr schaden als nützen. Außerdem ... kannst du die beiden Täter genau beschreiben?"

„Nein. Aber es regt mich auf, dass die Typen versuchen, uns umzubringen und dann ungestraft davonkommen."

„Es wären nicht die ersten, oder?"

„Eben!"

„Hör zu, Nick, wir beide haben genug Kastanien aus dem Feuer geholt. Wenn wir jetzt in den Palast marschieren und irgendwelche Angestellten, die wir nicht mal richtig beschreiben können, des Diebstahls und versuchten Mordes bezichtigen, wird es uns niemand danken. Weder Stacy, noch die Versicherungsgesellschaft. Und schon gar nicht der Maharadscha."

„Du hast recht." Dominique wischte sich mit dem Unterarm den Schweiß von der Stirn. „Außerdem ist es, verdammt noch mal, unser freies Wochenende, und wir sind ursprünglich hergekommen, um uns zu amüsieren!"

„Und dabei sind wir noch gar nicht richtig auf unsere Kosten gekommen. Apropos: Wir müssen die Mädchen holen."

„Da kommen sie schon." Dominique zeigte den Weg hinauf.

Jennifer und Pamela hatten nicht im Audienzsaal zurückbleiben wollen und waren den Männern kurzentschlossen gefolgt.

„Sind sie entwischt?", rief Jennifer.

„Ja, leider." Dominique steckte seine Pistole in den Hosenbund zurück und zog sein T-Shirt darüber.

Pamela hängte sich bei ihm ein. „Bist du eigentlich immer bewaffnet, wenn du dir touristische Sehenswürdigkeiten anguckst?"

„Immer, wenn ich gerade an einem Fall arbeite. Du siehst ja, wie skrupellos Gangster sind, denen man auf die Schliche kommt."

„Ich dachte immer, Hindus sind weniger kriminell, weil sie ständig versuchen, ihr Karma zu verbessern?"

„Graue Theorie. Die meisten sind clever genug, lieber ihr jetziges Leben zu verbessern, sofern sie es können."

Sie fuhren ins Hotel zurück und aßen zu Mittag. Dann rief Dominique Rajiv an. Dieser war erschrocken über die jüngsten Ereignisse. „Sie haben versucht, euch umzubringen? Großer Gott! Ist jemandem etwas passiert?"

„Nichts Ernstes."

„Unternehmt nichts mehr. Ihr habt genug getan. Wir reden am Montag darüber, und dann kümmere ich mich um alles Weitere. Ich werde inzwischen den Kunden informieren."

„Was ist mit dem geklauten Tafelsilber?"

„Bringt es mir mit ins Büro. Und jetzt genießt euer Wochenende. Oder vielmehr das, was davon übrig ist."

Dominique warf einen Blick auf die Uhr. „Uns bleiben noch zweiundzwanzig Stunden bis wir zurückmüssen."

„Passt auf euch auf und versucht, euch nicht umbringen zu lassen. Und grüß Peter und Jenni von mir."

„Mach ich." Dominique ging zu den anderen an den Swimmingpool und erstattete Bericht.

„Also ein offenes Ende", folgerte Peter.

„Ja. Wie so oft. Das fängt an, mich aufzuregen! Ich mag es nicht, wenn sich Fälle im Sande verlaufen."

„Aber Rajiv sagte doch, dass er sich nächste Woche darum kümmern wird", wandte Jennifer ein. „Es war von Anfang an sein Fall, und du wolltest damit ursprünglich gar nichts zu tun haben."

„Genau." Peter begann, Sonnenöl auf ihren Rücken zu träufeln und es mit sinnlich kreisenden Gesten zu verreiben. „Also leg dich jetzt hin, vergiss die Sache und entspann dich endlich. Du bist doch sonst nicht so verbissen."

„Ich bin eben gewissenhaft." Dominique ächzte, als er sich in den Liegestuhl sinken ließ.

Pamela setzte sich zu ihm. „Peter hat gesagt, du hast dich verletzt. Ich kenne mich da ein bisschen aus, also lass mich mal sehen." Sie befühlte vorsichtig seine Rippen. „Tut das weh?"

„Nein."

„Und das?"

„Natürlich tut es weh, wenn du mir deine langen Nägel in die Seite bohrst!"

„Entschuldige. Sollen wir einen Arzt rufen?"

„Nein, so schlimm ist es nicht. Notfalls gehe ich Montag in Delhi zum Arzt."

„Wahrscheinlich ist nur ein Muskel gezerrt. Tut es hier weh?" Sie massierte eine Stelle.

„Tiefer, Pam", sagte er mit einem Aufseufzen.

„Hier?"

„Noch tiefer." Er schloss genussvoll die Augen.

„Das sind schon längst nicht mehr deine Rippen."

„Das weiß ich auch. Aber hier fühlt es sich viel besser an."

Sie lachten.

„Ich kenne da eine fantastische Therapie." Sie beugte sich über ihn und küsste seinen Bauch. „Ist gleichzeitig sehr entspannend."

„Klingt gut. Lass uns bald anfangen."

„Ich finde, wir sollten dieses Hotel bis zum Abflug nicht mehr verlassen." Jennifer räkelte sich wohlig unter Peter zärtlichen Händen. „Dann geben wir denen auch nicht viel Gelegenheit, uns umzubringen."

„Einverstanden." Dominique spielte mit Pamelas langen Haaren. „Man muss ja nicht immer gefährlich leben."

***

Sie genossen ihre restliche Zeit im Hotel, und es kam zu keinen weiteren Zwischenfällen. Am nächsten Abend trafen sie wieder in New Delhi ein. Während Peter Jennifer nach Hause fuhr, begleitete Dominique Pamela auf ihr Zimmer im Taj Mahal Hotel.

Er setzte sich in den komfortablen Sessel des elegant eingerichteten Zimmers und beobachtete sie dabei, wie sie Jeans und T-Shirt gegen ihre dunkelblaue Stewardessenuniform tauschte und sich das Haar hochsteckte. In einer halben Stunde würde ein Bus die Crew vom Hotel abholen und zum Flughafen fahren.

„Es wird hart für dich werden, heute Nacht noch nach Jakarta zu fliegen, oder?"

Sie nahm eine Haarklemme aus dem Mund und befestigte damit ihren langen seitlichen Pony, der ihr ständig in die Augen fiel.

„Halb so wild. Es ist ein Nachtflug, da schlafen die meisten Passagiere, statt zu quengeln. Die größte Arbeit ist das Kochen der zwanzig Liter Kaffee für die Besatzung." Sie knotete sich das blau-weiße Chiffontuch um den schlanken Hals.

Er lächelte. „Du siehst süß aus in deiner Uniform. So ungewohnt brav und seriös. Passt gar nicht zu dir."

„Frecher Kerl!" Pamela drohte ihm scherzhaft mit dem Finger. Dann setzte sich auf die Armlehne seines Sessels und schmiegte sie sich an ihn. Sie sah plötzlich recht müde aus. Ihre zarte Haut unter den Augen, geplagt von vielen Temperatur-Umschwüngen und zu intensiver Sonnenbestrahlung, begann zu knittern.

Dominique streichelte ihre Wange. „Sehen wir uns wieder?"

Pamela seufzte. „Sicher, aber ich weiß nicht wann." Sie erhob sich, ging zu ihrer Reisetasche, die gepackt auf dem Bett stand, und kramte aus einem Seitenfach ihren Einsatzplan heraus. „Von Bangkok aus fliege ich nach Sydney, dann über Singapur nach Dubai, von dort aus nach Frankfurt. Von Frankfurt aus nach New York, da habe ich ein paar Tage frei ... und kriege meinen nächsten Einsatzplan. Tut mir leid, Nick, ich kann dir im Moment noch nicht sagen, wann ich wieder in Delhi bin. Im Juli vielleicht."

„Willst du denn überhaupt, dass wir uns wiedersehen? Vielleicht hast du nach der Kostprobe eines Wochenendes mit mir genug. Unfall auf Elefantenrücken, Schießerei und Verfolgungsjagd ... Ich fürchte, ich ziehe solche Dinge an wie ein Magnet."

Pamela grinste. „Keine Sorge. Das reißt mich aus meiner Alltagsroutine zwischen Bordküche und Swimmingpool. Und jemand wie du ist nach dem stereotypen Gelaber von Piloten und Stewards herrlich erfrischend." Sie gähnte. „Da wir schon beim Thema sind: ich werde so langsam runter in die Halle gehen und mir anhören müssen, was der neueste Klatsch unserer Airline ist."

In der Eingangshalle des Hotels hatte sich bereits eine Gruppe Flugpersonal der PAN AM versammelt. Gegen Mitternacht würde nicht nur ein Airbus nach Jakarta, sondern auch einer nach Amsterdam starten.

Pamela wurde sogleich von ihren Kollegen in Beschlag genommen. Sie stellte Dominique kurz als Kollegen Peter Hestersants vor, den viele noch gut in Erinnerung hatten, doch das Interesse an ihm hielt sich in Grenzen. Er fühlte sich überflüssig und verabschiedete sich bald. Pamela schlang ihm die Arme um den Hals und küsste ihn innig. Dann wandte sie sich einem attraktiven jungen Co-Piloten zu, der vertraut den Arm um sie legte, und Dominique hatte den Eindruck, sie hätte ihn bereits vergessen. Halb erleichtert, halb verletzt über diesen schmerzlosen Abschied auf unbestimmte Zeit verließ er das Hotel und trat in die feuchte warme Nachtluft hinaus.

***

„Das war echt eine schöne Geschichte, die du uns da aufgehalst hast", beendete Dominique am Montagmorgen seinen Bericht, während Peter Silberzeug und Statuen auf Rajivs Schreibtisch aufbaute.

„Das haben wir dir aus Rajasthan mitgebracht. Eigentlich hatten wir vor, dir etwas Netteres mitzubringen, als Dankeschön für deinen geopferten Freitag, aber nach diesen Ereignissen hatten wir keine rechte Lust mehr."

Rajiv wandte sich erschrocken an Jennifer. „Hast du dich wirklich nicht verletzt bei deinem Sturz vom Elefanten? Bist du sicher, dass alles in Ordnung ist?"

„Außer einem aufgeschürften Knie und einem großen Schrecken ist mir nichts passiert", versicherte sie,
gerührt über die echte Sorge, die aus seinen Augen
sprach.

„Fünfzig Zentimeter weiter nach links und es hätte
unser Tod sein können, Jenni", gab Dominique zu bedenken.

„Papa hat sich dabei vielleicht eine Rippe gebrochen",
erklärte Jennifer.

„Nein, ich glaube nicht. Es ist wohl nur ein gezerrter
Muskel."

„Tut mir leid", murmelte Rajiv betroffen. „Wenn ich
das gewusst hätte ..."

„Dann hättest du dran glauben müssen. Du wärst in
die gleiche Falle getappt. Wir waren immerhin zu
viert." Dominique klopfte ihm auf die Schulter. „Keiner
will dir einen Vorwurf machen, aber harmlos scheinende Fälle entpuppen sich meist als kompliziert und
heimtückisch." Er warf einen Blick auf die Uhr. „Wir
müssen los, Peter. Stacy hat für uns einen Termin bei
einem neuen Mandanten vereinbart."

„Kann gleich losgehen. Ich habe heute eine Menge auf
dem Programm, ich weiß nicht, ob wir uns heute
Abend sehen können, Darling", sagte Peter zu Jennifer
und küsste sie flüchtig.

Sie zuckte mit den Schultern. „Sag einfach Bescheid,
wenn du wieder Zeit hast."

„Okay. Bis dann." Er verließ den Raum, gefolgt von
Dominique.

Rajiv sah Jennifer an. „Er hat es also geschafft, ja?",
fragte er mit erbittertem Unterton.

„Ja", erwiderte sie.

„Ich habe gemerkt, dass er darauf aus war, aber spätestens nächsten Monat wird er mit einer anderen Frau
im Bett liegen", sagte Rajiv in ungewohnt zynischer Offenheit.

Jennifer zuckte mit den Achseln. „Er ist ein freier Mann und kann tun, was er will. Ich habe ihm auch keine Treue versprochen."

„Ich verstehe nicht, wie du so denken kannst", sagte er missbilligend.

„Wie solltest du das auch verstehen", entgegnete sie erbost. „Frauen deiner Religion müssen sich bis auf die Augenpartie völlig verhüllen und dürfen in Gegenwart von Männern nicht einmal essen oder reden, und Frauen deiner Nationalität werden noch immer verbrannt, wenn ihre Mitgift ungenügend ist oder wenn ihr Mann stirbt. Wie kann ich von dir erwarten, dass du mich verstehst!"

Rajiv erhob sich und blieb dicht vor ihr stehen. „Ist es wichtig für dich, ob ich dich verstehe? Ich dachte immer, Europäerinnen ist es egal, was die Männer von ihrem Tun und Handeln denken."

„Richtig. Also mach dir bitte keine Sorgen um Peters und mein Verhältnis. Es sollte dir schließlich auch egal sein, was Europäer und Amerikaner miteinander tun."

Sie starrten einander an, jeder verletzt von den abweisenden Worten des anderen. Jennifer fiel Dominiques Kommentar ein, als er ihr von Shabanah erzählt hatte: „Da erst wurde mir klar, was kulturelle Unterschiede in der Praxis bedeuten. Und dass nicht nur Barrieren zwischen uns waren, die ich glaubte bewältigen zu können, sondern unüberwindbare Abgründe."

Jennifer dachte an diese Worte und ertappte sich gleichzeitig bei dem Wunsch, sich in Rajivs Arme zu schmiegen. Sie fragte sich, ob sie den Weg in Peters Bett gefunden hatte, um sich von ihren aufkeimenden Gefühlen für Rajiv abzulenken.

Ihr weicher und traurig werdender Gesichtsausdruck schien auch ihn versöhnlich zu stimmen. „Es ist mir nicht egal, Jenni", sagte er leise, aber eindringlich. „Weil ich dich sehr mag und den Gedanken hasse, er könnte dich unglücklich machen." Daraufhin drehte er sich abrupt um und verließ den Raum. Jennifer starrte ihm nachdenklich hinterher.

EPISODE 4

VERSCHOLLEN IM HIMALAYA

1

„Du siehst bezaubernd aus, Jenni, gehst du heute Abend mit mir aus?", fragte Rajiv scherzhaft.

Jennifer trug eine Art orientalischen Hosenanzug aus bronzefarbener Seide, bestehend aus kniekurzen Pluderhosen, einem Top und einer kurzen Jacke. Ihre gebräunte Haut und die hellbraunen Haare bildeten einen hübschen Kontrast zu dem schimmernden Stoff. Sie lächelte gequält und presste die Aktenmappen wie einen Schutzschild vor die Brust. Die Anziehungskraft zwischen ihr und Rajiv wurde immer größer, besonders, wenn sie allein waren.

„Du weißt, wie gerne ich das täte", erwiderte sie leise. „Aber du weißt auch, dass wir es besser sein lassen."

Er sah sie ernst und bittend an. „Nur Ausgehen, Jenni, mehr nicht. Ins Kino oder ein bisschen in der Stadt herumbummeln. Du hast hier bestimmt noch nicht alles gesehen."

Um seinem Blick auszuweichen, starrte Jennifer aus dem Fenster, wo der Monsunregen gegen die Scheiben fiel. Es war inzwischen August geworden, und sie war seit Wochen hoffnungslos in Rajiv verliebt. Sie sehnte sich nach einer intimeren Beziehung mit ihm und fürchtete sie zugleich. Welten trennten sie, und abgesehen davon war Rajiv verheiratet. Dass es bei einem simplen Kinobesuch oder einem Stadtbummel nicht bleiben würde, wusste sie so gut wie er.

„Lass uns ein andermal darüber reden." Sie legte die Akten auf seinen Schreibtisch.

„Wie immer." Er presste verärgert die Lippen aufeinander. „Für wen hast du dich denn so schön gemacht, wenn nicht für mich?", versuchte er wieder einen heiteren Ton anzuschlagen.

„Ich gehe mit meinem Vater aus. Er hat vor ein paar Tagen eine italienische Filmschauspielerin kennengelernt, und mit der wollen wir heute Abend essen gehen."

Rajiv hob erstaunt die Augenbrauen. „Wozu will er dich bei einem Rendezvous dabeihaben? Braucht er eine Anstandsdame?"

Jennifer lachte auf. „Sie hat eine Anstandsdame dabei – ihr älterer Bruder begleitet sie auf Schritt und Tritt. Wahrscheinlich hofft Papa, ich könnte ihn ein bisschen ablenken, damit er besser mit seiner schönen Isabella flirten kann."

„Und du wirst mit diesem Italiener flirten?" Der Blick von Rajivs schwarzen Augen bohrte sich in ihre.

„Unsinn. Und wenn: was geht dich das an?", fragte sie mit ungewollter Schärfe.

„Nichts. Absolut nichts", bestätigte er mit undurchdringlicher Miene. „Bitte, komm mal her."

Mit klopfendem Herzen stellte sie sich erwartungsvoll neben ihn. Seine nächsten Worte waren wie eine kalte Dusche.

„Ich habe was zum Abtippen für dich. Einen Bericht über meine Recherchen bei Spencer & Co. Ich lese es dir vor."

Da Jennifer oft Schwierigkeiten hatte, seine Schrift zu entziffern, las er ihr seine Texte zunächst stets vor.

„Dann los." Sie stellte sich so dicht neben ihn, dass sie über seine Schulter auf den Text blicken konnte. Aber ihre Blicke glitten immer wieder zu Rajivs kräftigem braunen Nacken und seinen seidigen Haaren. Sie hörte nicht mehr, was er vorlas. Da sie fürchtete, ihn mit ihrer abweisenden Bemerkung verletzt zu haben, legte sie ihm spontan die Hand auf die Schulter.

Rajiv brach mitten im Satz ab, ergriff ihre Hand und hielt sie fest. „Geh nicht mit diesem Italiener aus." Er drehte sich zu ihr um. „Ich habe gehört, wie die sind."

„Aber Rajiv, ich gehe nicht mit ihm aus, sondern in erster Linie mit meinem Vater."

Wie aufs Stichwort erschien Dominique in der offenen Tür. Er trug ein neues modisch gemustertes Hemd und pfiff gutgelaunt vor sich hin. Er unterbrach sich, als er Jennifer und Rajiv bemerkte, die dicht beieinanderstanden und sich an der Hand hielten. „Ich suche Susan ... Wisst ihr, wo sie ist?"

Rajiv räusperte sich und ließ Jennifer los. „Sie musste außer Haus. Kommt etwa in einer Stunde wieder."

„Da bin ich schon weg. Bestell ihr ... Nein, bestell ihr nichts, ich sehe sie morgen früh. Jenni, wir treffen uns um sieben im Restaurant, okay?"

Er wirkte so ungewohnt heiter und zufrieden, dass es Jennifer einen Stich gab. Wenn die Dinge für sie selbst nur auch so einfach wären.

***

Das Dekor des indischen Restaurants war wie aus 1001 Nacht: viel geschnitztes Holz, bunt bemalte Statuen von Hindu-Göttern, duftende Blüten und seidene Stoffe. Das stark gedämpfte Licht kommt anbändelnden Paaren sicher nicht ungelegen, dachte Jennifer, als sie ihre Aufmerksamkeit für einen Moment von der angeregten und fröhlichen Unterhaltung an ihrem Tisch abschweifen ließ.

„Bist du eigentlich berühmt in Italien?", fragte sie dann und warf der neben ihr sitzenden Filmschauspielerin Isabella Tessini einen Seitenblick zu.

Die siebenundzwanzigjährige Römerin war eine bemerkenswert schöne Frau. Kastanienbraune Haare fielen ihr üppig und wild über den Rücken. Die Adlernase und die hohen Wangenknochen verliehen ihrem schmalen Gesicht eine interessante Note und verstärkten den hungrigen Ausdruck ihrer braunen Augen. Sie hatte einen großen Mund mit vollen Lippen, der ständig zu schmollen schien und zum Küssen einlud.

Isabella lachte. „Noch nicht sehr, aber ich arbeite daran", sagte sie mit ihrem sinnlichen italienischen Akzent. „Vielleicht kommt mit diesem Film der Durchbruch."

„Incontro a Mezzanotte klingt vielversprechend", fand Jennifer. „Auch wenn du meinen Vater ja nicht um Mitternacht, sondern in gleißender Mittagssonne kennengelernt hast."

„Stimmt." Isabella strahlte Dominique an, der ihr gegenübersaß. „Das war ein lustiger Zufall. Der krönende Abschluss für diese Dreharbeiten in Indien."

„Es war eine spannende Zeit", sagte Giulio, der genauso gut Französisch sprach wie seine Schwester. „Schade, dass wir übermorgen nach Rom zurückfliegen."

„Und was hast du mit diesem Film zu tun?", wollte Jennifer wissen.

„Gar nichts. Ich habe Isabella nur begleitet, um ein Auge auf sie zu haben."

„Wieso das denn?", fragte sie verständnislos.

„Ich bin nun mal ihr älterer Bruder, und so sind die Bräuche einer gutbürgerlichen italienischen Familie für eine unverheiratete Tochter. Unsere Eltern sind da recht altmodisch. Aber ich habe es auch als Urlaubsreise gesehen und wollte mich ein bisschen entspannen. Nur bin ich in der Hektik der Dreharbeiten noch gar nicht dazu gekommen." Giulio blinzelte ihr zu.

„Du bist also als Anstandsdame mitgekommen, aber es scheint dich nicht zu stören, dass deine Schwester mit meinem Vater flirtet", sagte sie leise zu ihm, als sie sah, wie Dominique nach Isabellas Hand griff und für einen Moment seine Finger zärtlich in ihren verschränkte.

„Oh, ich bin kein Spielverderber. Außerdem komme ich so zu dem Vergnügen, mich der bezaubernden Tochter dieses Detektivs zu widmen." Er lächelte sie an.

„Ach ja?" Jennifer legte den Kopf schief und musterte ihn mit neuem Interesse. Er sah gut aus, dieser Giulio, mit seinen markanten Gesichtszügen, seinem dichten dunklen Haar und den bernsteinfarbenen Augen. Rajivs dunkler Blick, der sie den ganzen Abend lang zu verfolgen schien, verblasste allmählich.

Jennifer genoss es, sich endlich wieder mit einem anderen Mann als ihrem Vater in ihrer Muttersprache unterhalten zu können. Wenn sie auch inzwischen fließend Englisch sprach, so konnte sie sich in Französisch sehr viel witziger und gewandter ausdrücken. Beim Flirten ein nicht zu unterschätzender Vorteil. Ganz zu schweigen davon, dass es im franco-italienischen Vokabular einfach besser klang. Sie musste sich eingestehen, dass der attraktive Italiener eine gewisse Anziehungskraft auf sie ausübte. Er brauchte sie bloß anzulächeln und sie fühlte sich von ihm mit Blicken ausgezogen, obwohl er seine Augen nie tiefer als bis zu ihrem Hals gleiten ließ. Er wirkte recht distinguiert, aber es lag ein begehrliches Funkeln in seinen Augen. Je weiter der Abend fortschritt, desto deutlicher wurde dieses Funkeln. Es amüsierte Jennifer, das gleiche in Dominiques Augen zu lesen, wenn er Isabella ansah.

Nach dem Restaurantbesuch setzten sie sich in die Bar des First-Class-Hotels, in dem die italienische Filmcrew untergebracht war. Jennifer genoss das Prickeln, das sie durchfuhr, wenn sie und Giulio sich zufällig oder auch absichtlich kurz berührten. Sie nippte an ihrem Cocktail, summte gelegentlich leise eine Melodie mit und bedauerte, dass man nicht tanzen konnte. Die Zeiger ihrer Armbanduhr gingen auf Mitternacht zu. Schade, dachte sie, nun wird dieser schöne Abend bald ein Ende haben.

„Nimm dir ein Taxi nach Hause", sagte Dominique leise zu ihr, als Isabella und ihr Bruder einige Worte miteinander wechselten. „Ich bleibe heute Nacht bei Isabella."

Jennifer starrte ihn an und schluckte. „Ich möchte bei Giulio bleiben", erklärte sie.

Ihr Vater sah sie einen Augenblick lang nachdenklich an. „Gut", entgegnete er schließlich. „Dann treffen wir uns morgen früh um halb acht in der Hotelhalle." Er legte den Arm um Isabella.

Jennifer blickte Giulio vielsagend an. „Gehen wir?"

Er verstand und legte ihr die Hand auf das Knie. „Avec plaisir."

Dominique wollte die Getränke bezahlen, aber Giulio winkte ab. „Ich lasse es auf meine Rechnung setzen."

Isabella und Dominique verabschiedeten sich und verließen die Bar.

Jennifer und Giulio leerten noch in aller Ruhe ihre Drinks, bevor sie auf Giulios Zimmer gingen.

Giulio war ein erfahrener, leidenschaftlicher Liebhaber, dessen Wildheit Jennifer mitriss und sie gleichzeitig ein wenig einschüchterte. Wieder kam ihr Rajiv in den Sinn. Wie er wohl im Bett war? Ob sie das irgendwann herausfinden würde? Was hielt sie eigentlich davon ab? Sie war in ihn verliebt und würde möglicherweise darunter leiden, nur seine heimliche Geliebte zu sein. Aber litt sie nicht auch so schon unter dieser unerfüllten Liebe? Er stammte aus einem anderen Kulturkreis und gehörte einer anderen Religion an. Na und? Das war bei dem jungen Algerier, mit dem sie in Paris eine Zeitlang zusammen gewesen war, genauso gewesen. Und eigentlich hatte sie sich daran überhaupt nicht gestört. Nur ihre Mutter und Jacques hatten versucht, ihn ihr auszureden und ihr mögliche Schwierigkeiten einzureden.

Oder waren es Dominiques warnende Worte, als er ihr gleich zu Anfang klargemacht hatte, dass sie für einen Inder nur eine leichte Beute wäre und es sein Prestige erhöhen würde, mit einer weißen Frau zu schlafen? Seine Bemerkung, dass Inder lausige Liebhaber seien?

Ach, Unsinn. Das konnten nur eigene Erfahrungen bestätigen. Ja, demnächst würde sie endlich einmal mit Rajiv ausgehen. Und alles Weitere würde sich finden, beschloss sie, während sie sich engumschlungen mit dem feurigen Italiener im Bett herumwälzte. Sie dachte daran, dass ihr Vater und Isabella einige Zimmer weiter höchstwahrscheinlich das Gleiche taten. Ob Dominique auch so leidenschaftlich war? Und ob Isabella in seinen Armen ebenfalls an einen anderen dachte, in den sie insgeheim verliebt war?

„Jenni, ich habe den Eindruck, du warst überhaupt nicht richtig bei mir", klagte Giulio, als sie danach nebeneinander auf dem Bett lagen und sich eine Zigarette teilten.

„Tatsächlich?" Sie drehte ihm das Gesicht zu und lächelte. „Im Gegenteil. Du machst mich ganz schwindlig. Ich hatte noch nie einen so guten Liebhaber wie dich." Das stimmte eigentlich, dachte sie – was die Technik betraf. Doch etwas hatte gefehlt: aufrichtige Gefühle.

Giulio lächelte selbstgefällig. „Ja, ich glaube, ich könnte dir noch Einiges beibringen."

So eine Frechheit! Aber Jennifer war eher amüsiert als verärgert. „Dann zeig's mir gleich noch mal, chéri", flüsterte sie und drückte die Zigarette aus. „Ich möchte sicher sein, dass ich auch alles gelernt habe ..."

Er lächelte und zog sie wieder in die Arme.

Sie schliefen nicht viel in dieser Nacht.

Dennoch fühlte sich Jennifer wunderbar in Form, als sie sich am nächsten Morgen zur vereinbarten Zeit mit ihrem Vater traf. Auch Dominique sah so aus, als hätte er wenig geschlafen. Etwas zerknittert im Gesicht, aber mit einem zufriedenen Lächeln um die Lippen.

„Na, war's nett?", erkundigte sie sich, als sie in seinem Wagen saßen und nach Hause fuhren, um sich umzuziehen.

Er warf ihr einen kurzen Seitenblick zu. „Sehr. Und bei dir?"

„Oh, fantastisch. Und da sagt man immer, die Latin-Lover wären nicht mehr das, was sie mal waren."

„Auf das, was ‚man' sagt, kann man sich sowieso nicht verlassen. Nimm die Französinnen als Beispiel: in aller Welt gelten sie als raffiniert und freizügig, aber nach meiner Erfahrung sind die meisten eher verklemmt." Er lachte über ihr empörtes Gesicht. „Anwesende natürlich ausgeschlossen."

„Natürlich. Ich habe heute Nacht eine Menge gelernt", verkündete sie stolz.

Dominique schmunzelte. „So genau wollte ich es gar nicht wissen. Magst du Isabella?"

„Ja, sie ist nett. Wieso?"

„Sie hat sich entschlossen, erst eine Woche später als geplant zurückzufliegen. Sie wird weiter im Hotel wohnen, aber sicher auch oft bei uns sein. Das stört dich hoffentlich nicht?"

„Nein, natürlich nicht."

„Hat sich Giulio ebenfalls zum Bleiben entschlossen?"

Jennifer schüttelte den Kopf. „Ich glaube nicht. Er muss in drei Tagen wieder arbeiten. Wir haben uns heute Morgen bereits endgültig voneinander verabschiedet."

„Ich hoffe, du bist nicht traurig?"

„Nein. Es war eben nur ein One-Night-Stand."

„Für uns eigentlich auch, aber wir haben beschlossen, einige Nächte dranzuhängen.“

„Papa?“, fragte Jennifer nach einer kurzen Pause. „Darf ich dich Dominique nennen?“

Er hob überrascht die Augenbrauen und warf ihr einen fragenden Blick zu. Dann zuckte er mit den Schultern. „Von mir aus. Warum?“

„Du bist in der letzten Zeit eher ein Freund für mich geworden. Wir arbeiten miteinander, gehen zusammen aus, haben unsere Liebesabenteuer zur gleichen Zeit … Es kommt mir komisch vor, dich Papa zu nennen“, gestand sie. „Außerdem macht es dich unnötig alt, findest du nicht?“

Dominique schmunzelte. „Allerdings. Erinnerst du dich an die niedliche zwanzigjährige Schwedin, die an der Bar vom Ambassador mit mir geflirtet hat? Als du mich plötzlich Papa nanntest, hat sie eine richtige Gänsehaut gekriegt. Und ist dann mit einem Gleichaltrigen abgezogen.“

Sie lachten.

„Tut mir leid, wenn ich dir da was verdorben habe.“ Jennifer kicherte. „Ich könnte mir nicht vorstellen, mit Maman solche Gespräche zu haben. Oder gar mit Jacques.“ Sie kicherte vor Vergnügen bei dem Gedanken. „Das meine ich damit: Natürlich respektiere ich dich als Vater, aber du bist eben mehr ein Freund für mich geworden. Mein bester Freund.“ Sie lächelte ihn herzlich an.

Er hielt an einer roten Ampel und nahm ihre Hand. „Ich bin sehr froh, Jenni, dass wir so gute Freunde geworden sind.“

Sie drückte seine Hand. „Ich auch … Dominique.“

Jennifers Hochstimmung verflog, als sie im Büro Rajiv gegenüberstand. Er musterte sie mit finsterem Gesicht, und sie wusste, dass er es wusste. Er verlor kein

Wort darüber, doch das fand sie beinahe bedrückender, als wenn er eine spöttische oder eifersüchtige Bemerkung gemacht hätte. Er war überhaupt sehr schweigsam an diesem Vormittag.

Jennifer hatte Daten in den Computer einzugeben und tat das am Terminal von Susan, die außer Haus war. Normalerweise unterhielten sie sich bei solchen Gelegenheiten gerne ein bisschen. Aber als Rajiv auf Jennifers Versuche, das Schweigen zu brechen, nur sehr einsilbig geantwortet hatte, wusste sie nicht mehr, was sie tun sollte, um ihm eine Reaktion zu entlocken: Ein Lächeln, ein liebes Wort oder einen zärtlichen Blick. Sie beschloss, alles auf eine Karte zu setzen.

„Rajiv, ich habe darüber nachgedacht", begann sie schließlich. „Ich hätte es sehr gern, wenn wir mal zusammen ausgingen." Erwartungsvoll sah sie ihn an.

„Nein, danke", erwiderte er kühl. „Ich bin nicht gerne die zweite Wahl." Er stand auf und verließ das Büro. Jennifer hatte buchstäblich das Nachsehen.

***

Am Abend führte Dominique die beiden jungen Frauen zum Essen aus. Hinterher saßen sie zu dritt bei einer Flasche Wein im Wohnzimmer, plauderten und lachten. Schließlich fuhren Isabella und Dominique ins Hotel. Jennifer blieb allein zurück und fühlte sich plötzlich einsam. Es gab ihr einen Stich, und sie fragte sich, warum. Weil die beiden ihren Spaß miteinander haben würden und sie selbst nicht mit dem Mann zusammen war, nach dem sie sich sehnte? Einen Moment lang war sie in Versuchung, in ein Taxi zu springen und zu Rajiv zu fahren. Sie kannte seine Adresse. Er wohnte in Jama Masjid, dem islamischen Viertel von Delhi. Aber ... er lebte ja nicht allein.

Es war ein Jammer, dass Peter im Urlaub war, sonst wäre sie zu ihm gefahren, um sich zu trösten. Dem ersten Mal, als sie in Jaipur miteinander geschlafen hatten, waren noch weitere Male gefolgt. Jennifer war nicht in Peter verliebt, und sie wusste, dass er keine feste Beziehung suchte. Doch das war ihr egal. Durch seine heitere, kameradschaftliche Art und seine Herzlichkeit fühlte sie sich mit ihm einfach wohl, dazu bedurfte es keiner Liebe. Und die zwanzig Jahre Altersunterschied störten sie nicht, im Gegenteil. Sie fühlte sich bei ihm geborgen, und er hatte eine väterlichere Ausstrahlung auf sie als Dominique. Fast empfand sie Sehnsucht nach Peter, wenn sie so an ihn dachte. Aber er war für drei Wochen in die Vereinigten Staaten geflogen und war somit unerreichbar.

2

Am nächsten Nachmittag wurde Dominique zu Mr Stacy gerufen.

„Lassen Sie alles stehen und liegen, ich habe was Dringendes für Sie. Eigentlich hätte ich diese Sache gerne Peter machen lassen, weil er selbst hinfliegen könnte, das wäre praktischer, aber es kann nicht zwei Wochen warten." Stacy trommelte nervös mit den Fingern auf seinen Eichenholzschreibtisch.

„Ich höre." Dominique lehnte sich in dem Besucherstuhl zurück.

„Ein pakistanischer Politiker hält sich in einem Dorf in Nepal versteckt", begann Stacy. „Er arbeitet … äh … gewissermaßen mit der indischen Regierung zusammen."

„Ein Spion also?"

„Könnte man so sagen." Stacy rutschte unruhig in seinem gepolsterten Ledersessel hin und her. „Dieser Mann wartet auf einige dringende Papiere. Und Sie werden sie ihm überbringen."

„Vor wem versteckt er sich und worum geht es dabei?", fragte Dominique.

„Er versteckt sich vor seinen Landsleuten, die Wind von der Sache bekommen haben. Eine Untergrundorganisation, die einen Regierungsputsch plant, ist scharf auf Dokumente, die die indische Regierung dem Mann zukommen lassen will."

„Was für Dokumente?"

„Das ist streng vertraulich, und je weniger Sie wissen, desto besser."

Dominique wusste, dass William Stacy Beziehungen zur höchsten indischen Regierungsebene unterhielt und das Vertrauen wichtiger Personen genoss – wovon die Detektivagentur immer wieder profitierte.

„Das klingt ziemlich riskant für mich", stellte er mit gerunzelter Stirn fest.

Stacy hob die Augenbrauen. „Seit wann sind Sie ein Angsthase?"

„Ich habe keine Angst", stellte Dominique klar, „aber bei Spionagetätigkeiten mitzumischen, kann eine Menge Schwierigkeiten bringen. Besonders, wenn im Hinterhalt schon Revolutionäre lauern, die mir die Papiere abnehmen möchten, bevor der Pakistani sie kriegt. Ich halte eine Risikoprämie für angemessen."

Stacy grinste, aber seine Augen blickten freudlos drein. „Gut. Aber nicht als Vorschuss, sondern nur, wenn die Sache klappt wie vorgesehen."

„Wenn was schiefgeht, bin ich tot, nehme ich an. In dem Fall zahlen Sie bitte an meine Tochter."

Stacy seufzte. „Seit wann sind Sie so geldgierig? Das war doch sonst nicht Ihr Stil. Ich glaube, Ihre geschäftstüchtige Tochter hat einen schlechten Einfluss auf Sie."

Jennifer hatte in zähen Verhandlungen mit William Stacy immer wieder um eine Aufbesserung ihres Gehaltes gefeilscht und darum, mehr Detektiv- und weniger Sekretariatsarbeit übernehmen zu dürfen. Bisher ohne Erfolg, aber Stacy wusste, dass er sie nicht mehr allzu lange hinhalten durfte, wenn er sie nicht demotivieren wollte.

„Wo in Nepal liegt das Dorf?", wollte Dominique wissen. „Im Kathmandu-Tal?"

„Nein. Im Himalaya."

„Heiliger Bimbam. Liefern Sie mir die Bergsteigerausrüstung gleich mit?"

„Deswegen ist es schade, dass Peter nicht da ist. Er hätte einen Hubschrauber mieten und damit hinfliegen können."

„Ich kann einen Hubschrauber mitsamt Piloten mieten."

„Eben nicht. Wir können keinen Zeugen bei dieser Transaktion gebrauchen. Aber es geht auch anders. Keine Sorge, Sie brauchen nicht den Mount Everest zu besteigen. Das Dorf liegt auf knapp 3000 Metern Höhe und es gibt Flüge zur nächstgelegenen Stadt. Von dort aus sind es nur etwa vier Kilometer zum Dorf."

„Klingt beruhigend. Wann soll es losgehen?"

„Morgen früh bekomme ich den Aktenkoffer. Um 12 Uhr fliegen Sie mit Indian Airlines nach Kathmandu. Sie werden dort die Nacht verbringen, denn es geht täglich nur ein Flug nach Lukla, und der ist gerade weg, wenn Sie in Kathmandu landen. Sie nehmen also die Maschine übermorgen um 12.30 Uhr nach Lukla. Die vier Kilometer bis zu diesem Dorf namens Trashiga werden Sie ja wohl zu Fuß schaffen, oder?"

„Kleinigkeit." Dominiques Miene war wenig begeistert.

„Ich bekomme die genaue Wegbeschreibung zusammen mit den Dokumenten."

„Wie heißt der Mann und wo ist der Treffpunkt?"

„Sein Deckname ist Abdullah. Fragen Sie im Dorfladen nach ihm, er wird dort eine Nachricht für Sie hinterlassen."

„Warum kümmert sich eigentlich nicht der indische Geheimdienst darum?"

„Die werden vermutlich von den Pakistani überwacht. Unsere Agentur jedoch kennen sie nicht. Hoffe ich jedenfalls."

Dominique dachte an Isabella. „Wann bin ich voraussichtlich wieder hier?"

„Nach Übergabe des Aktenkoffers machen Sie sich gleich auf den Rückweg nach Lukla und versuchen, dort eine Unterkunft für die Nacht zu finden. Ein Hotel gibt es nicht, soviel ich weiß, aber die Gurkhas sind im Allgemeinen sehr gastfreundlich."

Stacy bemerkte Dominiques fragenden Blick. „Die Gurkhas sind Nepals staatstragende Bevölkerungsschicht", erklärte er.

„Ich wusste gar nicht, dass Sie Völkerkunde studiert haben", sagte Dominique.

Stacy lächelte bescheiden. „Ach, man schnappt bloß hier und da mal was auf."

„Musste es denn gerade Nepal sein? Warum schicken Sie mich nicht mal nach Hawaii oder Florida? Von mir aus grüble ich auch gerne über das Geheimnis des Bermuda-Dreiecks nach, aber Nepal ..."

„Was gefällt Ihnen denn nicht an Nepal? Das Land ist eines der interessantesten und vielseitigsten Reiseziele der Erde. Es hat eine Fülle von eigener Kultur und Kunst hervorgebracht, und die Hochgebirgswelt ist atemberaubend. Der König ist der einzige regierende Hindukönig der Welt, und wird ..."

„Schon gut", unterbrach ihn Dominique. „Ich war noch nie in Nepal und bin Ihnen dankbar, dass Sie dieser Bildungslücke abhelfen wollen. Also, wann bin ich wieder hier?"

„Nach der Nacht in Lukla nehmen Sie den erstbesten Flug zurück nach Kathmandu, der geht irgendwann mittags – fragen Sie Helen. Mit dem Anschlussflug nach Delhi klappt es gut, sodass Sie im Laufe des Nachmittags wieder hier eintreffen."

„Das wäre dann ..." Dominique rechnete schnell nach. „Morgen ist Freitag ... Also am Sonntag."

„Ja. Melden Sie sich bitte sofort, wenn Sie zurück sind."

Dominique nickte. Wenn er am Sonntag zurückkam, blieben ihm noch drei Tage mit Isabella. Schade, dass er ausgerechnet jetzt verreisen musste. Aber er war daran gewöhnt, dass sein Privatleben wegen solcher spontanen Aufträge zurückstecken musste. Auch wenn er deswegen nicht gerne eine schöne Frau warten ließ.

3

Am nächsten Morgen küssten und umarmten sich Dominique und Isabella zum Abschied.

„Salve, amore mio. Pass auf dich auf", sagte sie besorgt.

„Natürlich. Mir passiert schon nichts."

Er fuhr mit Jennifer in die Agentur, nahm dort von Stacy den Aktenkoffer mit den Dokumenten und weitere Instruktionen entgegen und unterhielt sich kurz mit John Fischer, der schon einmal in Nepal gewesen war. Dann verabschiedete er sich von Jennifer und fuhr mit einem Taxi zum Flughafen.

Eine Stunde später hob die Maschine der Indian Airlines ab und flog in Richtung Osten, während Dominique in einem Reiseführer über Nepal blätterte. Er las über die Fülle der Königspaläste, Museen, Tempel und Pagoden hinweg und suchte vergeblich nach einem Artikel über Lukla oder Trashiga. Mit sorgenvoll gerunzelter Stirn las er, dass man in den Wäldern vereinzelt noch auf Hirsche, Leoparden oder Braunbären treffen konnte. In der alpinen Region sogar auf Wölfe und Schneeleoparden.

Jetzt fehlt nur noch ein Yeti, dachte Dominique grimmig und klappte das Buch zu, um die Aussicht auf die schneebedeckten Ausläufer des Himalayas zu genießen.

Wenig später setzte die Maschine zur Landung in Kathmandu an.

Als Dominique am Schalter einen Flug für den nächsten Tag nach Lukla buchen wollte, erfuhr er, dass die Maschine dieses Tages wegen einer Verspätung noch nicht gestartet war und noch Plätze frei waren. Er reservierte einen Rückflug für den folgenden Tag und buchte seinen Flug nach Delhi von Sonntag auf Samstag um. Dann rief er Jennifer an, teilte ihr mit, dass er bereits am nächsten Tag wieder zurück sein würde und bat sie, die Hotelreservierung zu stornieren.

Zufrieden setzte er sich in das inzwischen startklare Flugzeug nach Lukla.

Der Himmel unter ihnen war von dicken grauen Wolken bedeckt und heftige Windböen rüttelten an den Tragflügeln. Nach einer Dreiviertelstunde ging die Maschine langsam tiefer und tauchte in die Wolkenschicht ein. Als sich die düsteren Schwaden lichteten, konnte man eine gebirgige und teilweise dicht bewaldete Landschaft erkennen. Rasch näherte sich das Flugzeug einem tiefer gelegenen Landstrich inmitten von Bergen, wo der Wald für eine kurze Landepiste gerodet worden war. Bei der unsanften Landung wurden die Passagiere gegen ihre Sicherheitsgurte gedrückt, während die Bremsen quietschten.

Vor dem Flughafengebäude wartete ein Bus, mit dem Dominique zum drei Kilometer entfernten Ort Lukla fuhr. Dieser stellte sich als eine Ansammlung von kleinen Holzhütten und einem schmucklosen Tempel heraus.

Der Bus hielt vor einem Laden, der zugleich eine Gaststube zu sein schien. Die wenigen Passagiere, fast ausschließlich Nepalesen, gingen zielstrebig in verschiedene Richtungen davon, während der Bus sich auf den Rückweg zum Flughafen machte.

Dominique stand einsam mit dem Aktenkoffer und seinem Rucksack auf dem Dorfplatz und sah sich um. In der Nähe der schroffen hohen Felsen, die das Dorf auf der einen Seite eingrenzten, entdeckte er einen schmalen Pfad, der vom Nebelwald verschluckt wurde.

Das musste der Weg nach Trashiga sein, den der Bus-
fahrer ihm angedeutet hatte.

Dominique beschloss, sich erst einmal zu stärken,
und betrat den Laden, in dem im Hintergrund Einheimische auf Matten hockten und sich lebhaft unterhielten.

„Kann ich bei Ihnen etwas zu essen und zu trinken
bekommen?", bat er den lächelnden Nepalesen, der
hinter dem Ladentisch stand, auf Englisch.

Der Einheimische lächelte weiter, rührte sich aber
nicht. Sein runzliges bräunliches Gesicht glich einem
Bratapfel.

Dominique zog seinen Reiseführer aus der Tasche
und schlug den Sprachführer im Anhang auf. Mit holp-
rigem Nepali und Zeichensprache versuchte er dem
Mann seine Wünsche klarzumachen. Der Ladenbesitzer nickte und bedeutete ihm, hinten Platz zu nehmen.

Dominique setzte sich auf eine freie Matte zu den Einheimischen, die ihre Unterhaltung unterbrochen hatten und ihn interessiert anstarrten. Nach ein paar Minuten stellte der Wirt eine kleine Schüssel mit Tsampa
vor ihn hin, ein mit Buttertee vermischtes geröstetes
Gerstenmehl, das in den Bergdörfern des Himalaya
gerne gegessen wurde. Dazu bekam er das Nationalgetränk Chang, ein Gerstenbier. Verdrossen verzehrte Dominique den klumpigen Mehlbrei, der ihm nach den
scharfen indischen Gewürzen, an die sein Gaumen gewöhnt war, sehr fade erschien. Aber das Bier war recht
aromatisch.

Er zahlte und machte sich auf den Weg nach
Trashiga.

Schwüle Luft umgab Dominique trotz der Höhenlage
und trieb ihm bald den Schweiß auf die Stirn. Der
leichte Wind war zu warm und feucht, um erfrischend
zu sein. Tiefhängende Wolken verschluckten die Gipfel

der Berge. Auf der einen Seite des holprigen Pfades stiegen schroffe Felsen steil an, auf der anderen lag ein schmaler Streifen Wald, dahinter ein Fluss vor einer seichten Hügelkette. Alles war still, bis auf das leise Rascheln der Blätter im Wind.

Lukla war hinter einem Berghang aus Dominiques Sicht verschwunden. Er befand sich in totaler Einsamkeit. Die Wolken verdüsterten sich immer mehr und verliehen der Gebirgslandschaft ein bedrohliches Aussehen. Der Weg führte nun in den Wald hinein. Erleichtert stellte Dominique fest, dass es kein Dschungel mit heimtückischen Schlingpflanzen war, sondern ein Mischwald mit Eichen, Kiefern und Rhododendron, ohne nennenswertes Unterholz.

Nachdem er eine gute Stunde gewandert war, lichtete sich der Wald und machte einem Steilhang Platz. Wer hier auf dem schmalen Pfad das Gleichgewicht verlor, würde unweigerlich in die Tiefe stürzen. Besser man litt nicht unter Höhenangst. Dominique atmete auf, als hinter einer Biegung eine Ansiedlung von kleinen Holzhütten mit Schieferdächern auftauchte. Das musste Trashiga sein.

Kurz bevor er das Dorf erreichte, setzte ein heftiger Platzregen ein. Dominique rannte die letzten Meter und flüchtete sich in den Laden, der sich gleich zu Beginn des Dorfes befand. Der Nepalese hinter dem Ladentisch sah ihn verwundert an und sagte etwas zu ihm.

„Sorry?" Dominique wischte sich mit dem Handrücken eine nasse Haarsträhne aus der Stirn.

Der Mann deutete auf den Aktenkoffer, den Dominique in der Hand hielt.

„Abdullah?", fragte er.

Dominique nickte. „Wo ist er?"

Der Nepalese bedeutete ihm zu warten. Er legte sich einen Umhang aus Baumwolle über die Schultern und verließ den Laden. Dominique sah ihn durch den Regen über den Dorfplatz eilen und hinter einer Häusergruppe verschwinden.

Er ließ sich auf einen Hocker sinken und zündete sich eine Zigarette an. Nach ein paar Minuten kehrte der Ladenbesitzer gefolgt von einem hageren hochgewachsenen Mann mit langem Gesicht und schmalen Lippen zurück. Dominique erkannte ihn von dem Foto, das Stacy ihm gezeigt hatte. Der Pakistani schüttelte Dominique die Hand. „Ich bin Abdullah. Danke für die Papiere. Sie haben mir damit aus der Patsche geholfen."

Dominique lächelte etwas gezwungen. „Das war mein Job." Er drückte ihm den Diplomatenkoffer in die Hand.

Der pakistanische Politiker öffnete ihn und überprüfte rasch den Inhalt. „Ja, alles da", stellte er zufrieden fest. Dennoch wirkte er recht nervös. „Ich möchte Sie warnen. Ich rate Ihnen, so schnell wie möglich nach Indien zurückzukehren."

„Wieso? Haben Sie den Eindruck ...?"

„Ja. Ich fürchte, sie sind mir auf der Spur. Es gibt Leute, die für diese Akten töten würden."

„Werden Sie das Dorf sofort verlassen?"

„Ja. Mein Wagen steht in der Nähe, im Wald versteckt."

„Können Sie mich bis nach Lukla mitnehmen?"

„Das geht leider nicht. Ich fahre Richtung Norden. Dort erwarten mich meine Leute mit einem Hubschrauber. Wir fliegen noch heute Nacht zurück nach Pakistan."

„Dann werde ich mich gleich zu Fuß auf den Rückweg machen." Dominique warf einen Blick auf seine Armbanduhr. Es war kurz vor halb fünf.

„Davon würde ich Ihnen dringend abraten. Der Regen wird den Pfad völlig durchgeweicht haben, Sie könnten ins Rutschen kommen und den Steilhang hinunterstürzen. Und bald wird es dämmrig. Es kommt oft vor, dass Bären und Leoparden nachts in den Wäldern auf Beutefang gehen. Bleiben Sie diese Nacht noch in Trashiga."

„Finde ich denn hier eine Unterkunft?"

„Ich werde die Bauernfamilie, bei der ich die letzten Tage verbracht habe, bitten, Sie für eine Nacht aufzunehmen. Kommen Sie."

Sie verließen den Laden und liefen durch den Regen über den Dorfplatz, der sich in einen See verwandelt hatte. Vor einer großen Hütte blieb Abdullah stehen. Er klopfte an und trat, gefolgt von Dominique, ein.

Die Einrichtung war dürftig. Auf Matten hockten ein älterer Mann, eine in viele Tücher gehüllte Frau und vier Kinder, eines davon ein Säugling. Bis auf ihn hielten alle Tassen mit einem dampfenden Getränk in den Händen.

Der Politiker, der ein paar Brocken Nepali sprach, schien Dominique als einen Freund vorzustellen und um ein Nachtquartier für ihn zu bitten. Mit gierigem Blick auf die Dollarnoten, die er zückte, willigte der Einheimische ein.

Abdullah hatte es nun sehr eilig und verabschiedete sich. Dominique hockte sich zu der Familie auf den Boden und bekam eine Tasse Buttertee mit Salz. Es schmeckte eigenartig, aber nicht unbedingt schlecht. Ein bisschen wie Gemüsebrühe. Er war hungrig und kramte das Proviantpäckchen, das ihm Jennifer am Morgen zurechtgemacht hatte, aus seinem Rucksack hervor. Während er eine kalte Hühnerkeule, ein Käsebrot und ein paar Mangopflaumen verzehrte, wurde er von den Nepalesen neugierig beobachtet. Dominique ließ sich dadurch nicht stören. Es war ihm ganz recht, dass er sich nicht mit der Familie verständigen konnte, denn dadurch fiel der Zwang einer Konversation weg, und er brauchte sich nicht nach den Gründen seines Aufenthalts in Trashiga ausfragen zu lassen.

Die Nacht verbrachte er ziemlich unbequem auf einer dünnen Matratze, eingewickelt in eine zerschlissene Wolldecke. Es war stickig in der Hütte und hatte sich empfindlich abgekühlt. Der Nepalese schnarchte laut, der Säugling brüllte fast pausenlos und die Mutter trippelte hin und her. Dominique erwachte immer wieder aus unruhigem Schlaf und war beim Aufstehen erschöpfter als am Vorabend.

***

Am nächsten Morgen freute sich Dominique darauf, bereits am gleichen Abend wieder bei Isabella zu sein. Nach dem Frühstück verabschiedete er sich von der Bauernfamilie und schlenderte zurück durch das Dorf. Der Regen hatte aufgehört, er würde sich also auf den Rückweg machen können und konnte nur darauf hoffen, dass der Pfad, der am Steilhang entlangführte, nicht völlig aufgeweicht war. Er betrat den Dorfladen, um sich eine Flasche Wasser zu kaufen und bei dieser Gelegenheit auch noch einmal das Nationalgetränk zu probieren, zur Stärkung vor dem Marsch.

Er nahm sich nicht die Zeit, sich hinzusetzen, sondern trank sein Bier im Stehen vor dem Ladentisch. Plötzlich betraten zwei Männer mit finsteren Gesichtern den Laden und richteten Maschinenpistolen auf Dominique.

Der eine, ein großer kräftiger West-Asiat, vermutlich Pakistani, musterte ihn mit stechendem Blick.

„Wo sind die Papiere, Demesy?", fragte er in gebrochenem Englisch.

Dominique setzte seinen Bierkrug ab. „Woher kennen Sie meinen Namen?"

„Wir wissen alles. Wo sind die Akten?"

„Wenn ihr alles wisst, warum fragt ihr mich dann?"

„Pass auf, was du sagst", warnte der andere, dessen vernarbtes olivfarbenes Gesicht von einem ungepflegten Bart bedeckt wurde. „Also?"

„Der Aktenkoffer befindet sich bei einem Mann, der den netten Decknamen Abdullah trägt." Dominique trank seelenruhig noch einen Schluck Bier, um Zeit zu gewinnen, seinen möglicherweise selbstmörderischen Fluchtversuch vorzubereiten.

„Rede keinen Unsinn! Abdullah war noch nicht hier. Du hast den Koffer!"

„Irrtum. Die Übergabe hat gestern Abend stattgefunden. Abdullah ist weg."

„Lügner! Die Übergabe soll erst in ein paar Stunden stattfinden!"

„Ihr seid eben doch nicht so gut informiert, wie ihr denkt." Dominique legte mit ruhigen Gesten ein paar Rupien auf den Ladentisch. Dann wirbelte er blitzschnell herum und versetzte einem seiner Gegner einen Handkantenschlag, sodass dieser mit einem Schmerzensschrei die Waffe fallen ließ, dann versuchte er, den anderen mit einem Tritt zu entwaffnen. Doch das misslang, der Pakistani hatte gute Reaktionen. Noch bevor Dominique seine Pistole ziehen konnte, hatten ihn die beiden Männer überwältigt und entwaffnet.

„Es hätte eine freundschaftliche Unterhaltung werden können!", zischte der eine und verdrehte ihm die Arme auf dem Rücken. „Aber du magst es offenbar gerne hart." Er stieß ihm das Knie ins Kreuz.

Dominique knirschte mit den Zähnen vor Schmerz, gab aber keinen Laut von sich.

„Wollen wir doch mal sehen, ob wir nicht doch was aus dir herauskriegen können!"

Die Gangster packten Dominique, zerrten ihn aus dem Laden und auf einen Landrover zu, der am Rande des Dorfplatzes geparkt war und von ein paar Einheimischen interessiert begutachtet wurde. Die Männer verscheuchten sie mit drohenden Gesten ihrer Pistolen. Sie fesselten Dominique die Hände hinter dem Rücken und stießen ihn in den Wagen.

4

Mit zitternden Fingern wählte Jennifer die private Telefonnummer von William Stacy, die Dominique ihr für äußerste Notfälle hinterlassen hatte. Sie hatte entschieden, dass es sich um einen Notfall handelte.

„Was gibt es denn, Jennifer?", fragte er ein wenig ungehalten über die Störung an einem Sonntagabend.

„Mein Vater ist noch nicht wieder zurück."

„Und wegen einer Stunde Verspätung rufen Sie mich an?" Sie konnte förmlich sehen, wie sich seine buschigen grauen Augenbrauen in dem hageren Gesicht zusammenzogen.

„Es sind schon mehr als vierundzwanzig Stunden! Er hat auf dem Hinweg noch den Anschlussflug nach Lukla bekommen und wollte bereits gestern zurückkommen. Am Flughafen in Delhi haben sie mir gesagt, dass er den Flug von Kathmandu nach Delhi für Samstag um 15 Uhr gebucht hat. Er hat ihn aber nicht genommen und auch nicht storniert. Ich mache mir Sorgen, Mr Stacy!"

„Vielleicht hat er Gefallen an einem Nepali-Mädchen gefunden und beschlossen, übers Wochenende dazubleiben", scherzte er.

Jennifer war nicht zum Scherzen aufgelegt. „Bestimmt ist ihm etwas zugestoßen!"

„Wahrscheinlich ist sein Flug von Lukla nach Kathmandu ausgefallen", beruhigte Stacy sie. „Das passiert häufig, und es geht nur eine Maschine pro Tag."

„Aber wenn nur ein Flug ausgefallen wäre, hätte er doch angerufen."

„Falls er in diesem Bergdorf festsitzt, kann er nicht telefonieren. Es würde mich wundern, wenn es dort ein Telefon gäbe. Und wäre ein Flugzeug abgestürzt, hätten wir es aus den Medien erfahren."

„Ich dachte nicht an ein Flugzeugunglück. Sie wissen besser als ich, mit was für Risiken dieser Auftrag verbunden war." Jennifer umklammerte den Hörer so fest, dass sie das Plastik knacken hörte. Isabella, die neben ihr saß, krampfte nervös die Finger ineinander.

„Wir reden morgen darüber, falls er dann noch immer nicht zurück ist", vertröstete sie Stacy.

„Wenn er morgen nicht wieder da ist, werde ich veranlassen, dass nach ihm gesucht wird", sagte Jennifer entschlossen zu Isabella, nachdem sie aufgelegt hatte.

***

„Rajiv, du musst mir helfen!" sagte Jennifer verzweifelt, nachdem sie am nächsten Nachmittag William Stacys Büro verließ.

Er sah sie an. „Stacy will nicht nach Dominique suchen lassen", vermutete er.

„Genau. Er findet, es sei noch zu früh. Die Polizei würde ihn auslachen. Man kenne ja die chaotischen Zustände der kleinen Fluggesellschaften, noch dazu in den Gebirgswäldern Nepals und so weiter, sagte er."

„Er hat nicht Unrecht. Und was kann ich dabei für dich tun?"

„Du kannst mit mir nach Nepal fliegen und mir helfen, Dominique zu finden!"

„Das ist doch Unsinn. Nepal mag ja nicht allzu groß sein, aber dort einen einzelnen Mann aufzuspüren hat in etwa die gleichen Erfolgsaussichten, wie eine Nadel im Heuhaufen zu suchen."

201

„Aber Stacy hat gesagt, wenn ich das Risiko auf mich nehmen will, gibt er mir ein paar Tage frei und erklärt mir genau Dominiques Reiseroute."

„Von der er offensichtlich abgewichen ist, sonst wäre er ja schon wieder hier."

„Ja, natürlich. Aber die entscheidende Frage ist doch: warum ist er abgewichen? Ich glaube, weil man ihn dazu gezwungen hat! Vielleicht ist er auch krank geworden oder verunglückt und liegt einsam und verlassen irgendwo in einem Bergdorf, wo sich niemand um ihn kümmert ..." Jennifer stiegen Tränen in die Augen. „Rajiv, wir müssen nach ihm suchen!"

Der Inder stand auf und ging um den Schreibtisch herum auf Jennifer zu. „Überlass das Fachleuten. Alarmiere die nepalesische Bergwacht oder so etwas. Wir können nichts machen. Und wenn man Dominique wirklich entführt hat, werden wir in die gleiche Falle tappen."

„Du willst mir also nicht helfen", stellte sie verbittert fest.

„Ich kann hier zurzeit nicht weg. Ich muss den Fall der Firma Spencer bis Ende der Woche lösen."

„Das sind doch faule Ausreden! Ein Jammer, dass Peter nicht hier ist ... Der würde mir helfen, egal, was er sonst noch zu tun hat."

„Das mag vielleicht an der Natur eurer Beziehung liegen", erwiderte Rajiv trocken.

Jennifer zuckte unwillkürlich zusammen. Rajiv musste sie nach seinen Moralauffassungen für ein leichtes Mädchen halten. Ihre lockere Beziehung zu Peter hatte er nie verstanden, und nun auch noch die Sache mit Giulio ... Jennifer vermutete, dass Rajiv sie nun verachtete. Seit der letzten Woche war er kühl und reserviert zu ihr, manchmal fast schroff und abweisend. Andererseits konnte sie aus diesem Verhalten schließen, dass sie ihm nicht gleichgültig war.

„Darum geht es dabei gar nicht", sagte sie hitzig. „Es geht nur um Freundschaft. Und eigentlich dachte ich, du wärst ein Freund von Dominique. Du enttäuschst mich, Rajiv. Aber ich werde auch ohne deine Hilfe zurechtkommen." Sie drehte sich auf dem Absatz um und wollte gehen.

Rajiv packte sie an der Schulter und drehte sie wieder zu sich herum. „Du bist verrückt, wenn du glaubst, du könnest allein in den nepalesischen Wäldern herumspazieren und auf gut Glück gucken, ob dein Vater hinter einem Baum sitzt!"

„Ich werde eine Freundin mitnehmen."

„Was für eine Freundin?"

„Isabella, die Freundin von Dominique."

„Diese italienische Schauspielerin, die Schwester von diesem ..." Sein Gesicht verfinsterte sich.

„Genau die."

„Jenni, bleib hier!" Rajivs Finger gruben sich in ihre Schultern. „Du begibst dich unnötig in Gefahr. Ich kann nicht glauben, dass Mr Stacy dir erlaubt, tatsächlich nach Nepal zu fliegen!"

Sie erwiderte seinen beschwörenden Blick wütend. „Ich bin es meinem Vater schuldig. Mich macht die Vorstellung krank, dass er dringend unsere Hilfe braucht, und ihr hier alle nicht bereit seid, eure Hintern vom Stuhl zu heben, um etwas für ihn zu tun!", stieß sie hervor und wischte sich mit dem Handrücken eine Träne von der Wange. „Dominique könnte sterben und es wäre euch egal, solange ihr in Sicherheit seid! Du bist ein Feigling, Rajiv!"

Sie riss sich los und stürmte zur Tür.

Rajiv warf ihr einen vernichtenden Blick nach. „Viel Glück, und schick mal eine Postkarte!"

5

Am nächsten Nachmittag warteten Jennifer und Isabella auf gut Glück im Flughafengebäude Kathmandus auf einen Hubschrauber oder eine Privatmaschine, deren Besitzer bereit war, sie mitzunehmen. Sie wollten keine Zeit damit verlieren, die Nacht in Kathmandu zu verbringen, um am nächsten Tag die reguläre Maschine der Royal Nepal Airlines zu nehmen, wie Dominique es getan hatte.

Sie fanden schließlich einen Piloten, der in einer Privatmaschine einige Passagiere nach Jubing beförderte. Jubing lag ungefähr zwanzig Kilometer entfernt von Lukla, und sie hofften, dort eine Mitfahrgelegenheit zu finden.

Die alte Cessna war in einem recht desolaten Zustand, aber Jennifer konnte in ihrer wilden Entschlossenheit, ihrem Vater zu Hilfe zu eilen, nichts abschrecken.

Während sich der Motor knatternd und heulend in Gang setzte und die Maschine mit einem knirschenden Geräusch zu rollen begann, schloss Isabella die Augen und faltete die Hände über dem Anschnallgurt, als betete sie. Vielleicht tat sie es wirklich.

Jennifer kaute auf ihrer Unterlippe. „Hauptsache, wir kommen damit in die Luft", murmelte sie. „Du weißt ja – runter kommen sie immer."

Der Pilot zog die Maschine steil hoch. Sie durchbrachen die tiefhängende Wolkendecke und wurden eingehüllt von dichten Nebelschwaden.

Jennifer musterte ihre Mitreisenden. Es war kein Europäer darunter. Der vor ihnen sitzende Mann, ein Orientale mittleren Alters mit einem gewaltigen, nach oben gezwirbelten Schnurrbart, drehte sich zu ihnen um und lächelte sie an.

„Was wollen zwei so hübsche junge Damen wie Sie an so einem abgelegenen Ort wie Jubing?", fragte er in gutem Englisch.

„Wir sind auf Entdeckungsreise."

„Aha! Aber ist das nicht ein bisschen riskant?"

„Aber nein. Ich bin Jugendmeisterin in Taekwondo und meine Freundin ist Sportschützin."

„So, so." Der Mann grinste amüsiert.

„Was wollen Sie denn in Jubing, Mister?"

„Ich will gar nicht nach Jubing. Mein Ziel ist Lukla."

„So!" Jennifer sah den Mann nun viel freundlicher an. „Und wie kommen Sie dorthin?"

„Mit einem Jeep, der mich samt Fahrer in Jubing erwartet."

„Das trifft sich gut. Wir wollen nämlich auch nach Lukla …"

„Und Sie möchten, dass ich Sie mitnehme?" Er lächelte breit, und seine Zähne blinkten.

„Das wäre toll … Wir würden Sie natürlich bezahlen."

„Für zwei so bezaubernde junge Damen wie Sie tue ich das kostenlos. Ihre Freundin sieht übrigens nicht sehr begeistert aus." Er musterte Isabellas ablehnendes Gesicht.

„Vielleicht liegt das daran, dass Sie sich noch nicht vorgestellt haben."

„Verzeihung, wie unhöflich von mir. Mein Name ist Reza Mahmarazani."

„Das klingt persisch", stellte Jennifer fest.

„Stimmt, ich bin Iraner. Exil-Iraner. Meine Familie ist vor der Revolution geflohen", erzählte er bereitwillig.

„Nach Nepal?"

„Nein, ich lebe in Nordindien. Ich habe ein Geschäft in Kanpur."

„Und womit handeln Sie?"

„Mit Kunsthandwerk. Und mehrmals im Jahr fliege ich nach Nepal, um Handarbeiten einzukaufen. Sie haben wundervolle Sachen hier. Und woher kommen Sie?"

„Aus Delhi. Aber ich stamme aus Paris."

Jennifer unterhielt sich noch eine Weile mit dem freundlichen Iraner. Als er sich wieder nach vorne drehte, meinte Isabella leise: „Warst du nicht etwa voreilig? Worauf wir uns eingelassen haben, ist ziemlich riskant. Mit zwei völlig fremden Männern allein in der Einsamkeit ... da kann ja sonst was passieren."

„Mach dir keine Sorgen."

„Du bist zu vertrauensselig, Jenni. Wenn die beiden Kerle irgendwelche Hintergedanken haben, sind wir aufgeschmissen."

„Sind wir nicht. Ich habe Pfefferspray im Gepäck, das werde ich nachher in meiner Jackentasche verschwinden lassen", flüsterte Jennifer ihr ins Ohr.

Nach der holprigen Landung auf dem Flugfeld von Jubing hielten sich Isabella und Jennifer an Reza Mahmarazani. Er machte sein Versprechen wahr und nahm sie in seinem Jeep mit. Dabei schilderte er ihnen sehr eindrucksvoll seine Flucht vor dem Schreckensregime der Ayatollahs. Das lenkte die Frauen von der unbequemen Fahrt ab.

Der Jeep holperte über die schmale steinige Piste, die neben einem gewundenen Fluss verlief, den sie mehrmals auf nicht sehr vertrauenerweckenden Brücken überqueren mussten. Drei Stunden lang nichts als Wald, Felsen, Mückenschwärme und feiner Regen, der an die Windschutzscheibe sprühte. Jennifer und Isabella fühlten sich wie gerädert, als sie Lukla endlich erreichten. Sie kletterten aus dem Jeep und bedankten sich.

„Und Sie wollen wirklich nichts dafür, dass Sie uns mitgenommen haben?"

„Nein. Viel Glück Ihnen beiden", wünschte er.

Sie winkten dem weiterfahrenden Wagen nach und machten sich auf den Weg nach Trashiga, den ihnen der Fahrer des Jeeps gewiesen hatte. Ohne es zu wissen wanderten sie den gleichen Weg entlang, den Dominique drei Tage zuvor genommen hatte.

Der Regen warf ihnen dicke Tropfen ins Gesicht, durchnässte ihre Kleidung und verwandelte den Pfad in Schlamm. Mehrmals kamen sie auf dem glitschigen Boden ins Rutschen. Gleichmäßig trotteten sie dahin, schweigend, gedankenverloren. Um sie herum gab es nur Wald und schroffe Felsen. Nichts als Stille und Einsamkeit.

Sie waren sehr erschöpft, als sie endlich das Dorf Trashiga erreichten.

„Und hier soll sich ein wichtiger Politiker versteckt halten?", fragte Jennifer zweifelnd und ließ ihren Blick über die Ansammlung von schäbigen Holzhütten gleiten. „Das glaube ich nicht."

„Warum nicht? Gerade weil man es nicht für möglich hält, ist es doch ein gutes Versteck."

„Da hast du natürlich recht. Jetzt lass uns den Laden suchen, den Mr Stacy als Kontakt genannt hat."

Sie überquerten den Dorfplatz und fanden den Laden schließlich.

„Hallo. Sprechen Sie Englisch?", fragte Jennifer den Nepalesen, der hinter der Theke stand.

Er sah sie wortlos an. Sie seufzte. „Also nicht. Versuchen wir es trotzdem: kennen Sie Abdullah?"

Das runzlige Gesicht verschloss sich wie eine Auster. Stumm schüttelte er den Kopf.

Jennifers Blick fiel auf einen Gegenstand hinter dem Ladentisch. „He, sieh mal", sagte sie zu Isabella. „Das ist ja Dominiques Rucksack! Er ist also hier!" Dabei fiel ihr etwas ein.

Sie holte aus ihrer Brieftasche ein Foto, auf dem Dominique und sie Arm in Arm unter Palmen posierten. Peter hatte diese Aufnahme vor wenigen Wochen gemacht. Jennifer zeigte sie dem Nepalesen und tippte mit fragendem Gesicht auf die Stelle, an der sie standen. „Ist er hier?"

Der Ladenbesitzer schüttelte den Kopf, händigte ihnen den Rucksack aus und machte eine weitausholende Handbewegung in Richtung der Berge.

„Wenn ich richtig verstanden habe, bedeutet das, dass Dominique nicht mehr hier ist", murmelte Jennifer.

„Ein schlechtes Zeichen, dass er seinen Rucksack nicht mitgenommen hat, oder?", fragte Isabella besorgt.

„Allerdings. Lass uns weiterfragen."

„Wir sollten uns erst um einen Unterschlupf für die Nacht kümmern." Isabella nieste. „Es wird langsam dunkel."

„Können wir dabei ja tun. Komm."

Sie hatten kein Glück. Zwar gelang es ihnen, den Einheimischen, an deren Hüttentüren sie klopften, mit Hilfe des Fotos klarzumachen, was sie wissen wollten, doch sie ernteten nur verständnislose oder misstrauische Blicke. Auf die durch einige Gesten ausgedrückte Bitte um ein Nachtquartier wurden die Gesichter der als so gastfreundlich geltenden Nepali unfreundlich und sie verschwanden schnell hinter sich schließenden Türen.

Als sie am Ende des kleinen Dorfes angelangt waren und sich die letzte Tür vor ihnen geschlossen hatte, starrten Jennifer und Isabella einander wortlos an. Das schmale Gesicht der Italienerin sah klein und verloren aus, umhüllt von der tief in die Stirn gezogenen Kapuze des roten Regencapes, ihre dunklen Augen darin übergroß.

Aus Jennifers Ponyfransen rannen die Regentropfen wie Tränen über ihr Gesicht.

„Was machen wir jetzt?", fragte sie ratlos.

„Das wollte ich dich auch gerade fragen." Isabella nieste wieder.

„Wir müssen zusehen, dass wir irgendwo unterkommen. Wenn wir noch länger im Regen herumstehen, holen wir uns eine Erkältung."

„Aber wo sollen wir denn hin?", rief Isabella verzweifelt. „Hier lässt uns ja kein Mensch rein!"

„Da gibt es nur eines: wandern."

„Und wohin? Etwa zurück nach Lukla? Noch mal vier Kilometer laufen? Und das jetzt, bei einbrechender Dunkelheit durch den Wald? Nein, lieber schlafe ich hier im Regen."

„Nicht nach Lukla. Wir werden nach Norden laufen. Dort ist eine Klostersiedlung, das habe ich vorhin auf der Karte gesehen."

„Wie weit?"

„Ungefähr zwei Kilometer."

Isabella zog hörbar Luft durch die Nase ein.

„Vielleicht auch nur anderthalb", beeilte sich Jennifer zu sagen. „Machen wir uns schnell auf den Weg, bevor es vollends dunkel wird."

Widerwillig setzte sich Isabella in Bewegung. Sie marschierten zurück zu der Weggabelung, von der sie gekommen waren, und wanderten dann auf dem nach Norden führenden Pfad weiter.

„Hätte ich mich bloß nicht auf dieses Abenteuer eingelassen", jammerte Isabella. Sie fröstelte. Inzwischen war es nicht nur nass, sondern auch kalt geworden.

Auch Jennifer fühlte sich erschöpft und fror, doch die Sorge um ihren Vater und ihre wilde Entschlossenheit, ihn zu finden, verliehen ihr größere Kräfte.

„Das Verhalten der Einheimischen bestätigt nur meinen Verdacht, dass etwas vorgefallen ist", sagte sie und suchte die Taschenlampe aus ihrer Reisetasche heraus.

Der Pfad führte nun in den Wald hinein, in dem es bereits finster war.

„Huch!" Jennifer war über eine Baumwurzel gestolpert und lag nun mit Knien und Unterarmen auf dem matschigen Erdboden. „Verdammter Mist!"

Isabella half ihr hoch. Jennifer drückte ihr die Taschenlampe in die Hand und wischte sich mit einem Papiertaschentuch notdürftig den Schlamm von den Jeans und den Ärmeln ihres blauen Regencapes.

Eine halbe Stunde lang marschierten sie durch die Dunkelheit, die nur auf wenige Meter vom Lichtkegel der Taschenlampe erhellt wurde. Der Regen wurde von den dichten Baumkronen aufgefangen, aber Luft und Boden waren feucht. Manchmal raschelten die Blätter leise im Wind, von Zeit zu Zeit knackte es im Unterholz. Jedes Mal blieben die beiden Frauen vor Schreck wie angewurzelt stehen, ließen den Kegel der Taschenlampe umherkreisen und horchten angespannt. Doch sie hörten nichts außer dem angstvollen Klopfen ihrer Herzen. Vorsichtig schlichen sie weiter. Endlich lichtete sich der Wald. Der Mond kam gelegentlich hinter den rasch vorüberziehenden Wolken hervor. Bald sahen sie schemenhaft die Klostersiedlung in der nächsten Talmulde auftauchen.

„Grazie a dio", sagte Isabella inbrünstig.

„Noch haben wir es nicht hinter uns. Es ist noch eine ganze Ecke bis hinunter ins Tal."

Isabella warf ihr einen finsteren Blick zu.

Als sie nach einer weiteren Viertelstunde bei der Klostersiedlung ankamen, wackelten ihre Knie von dem steilen Abstieg dermaßen, dass sie kaum noch gehen konnten.

Jennifer trommelte mit den Fäusten gegen die schwere Holztür des größten Gebäudes. Isabella lehnte sich erschöpft gegen die rissige Mauer.

Drinnen rührte sich nichts, auch nicht, als Jennifer zum zweiten Mal klopfte.

„Wenn keiner aufmacht, bringe ich dich um." Isabella schloss die Augen.

Jennifer trat heftig mit dem Fuß gegen die Tür. „Es gibt ja noch mehr Gebäude. Irgendwer muss doch da sein."

„Die werden alle schon schlafen. Und sieh mal, wie groß das alles ist. Das hört kein Mensch, wenn wir hier klopfen."

„Und wenn ich die Tür eintreten muss – ich komme da rein!"

„Die Tür eintreten? Da bin ich ja mal gespannt, wie du das machen willst."

Sie brauchte es nicht unter Beweis zu stellen, denn nun näherten sich von drinnen schnelle, schlurfende Schritte. Ein Riegel wurde beiseitegeschoben und die Tür öffnete sich knarrend.

Vor ihnen stand im Schein einer Petroleumlampe ein Mönch in orangefarbenem Gewand, das ähnlich wie ein Sari drapiert war. Er sah sie erstaunt, aber mit einem freundlichen Lächeln in seinem runzligen bräunlichen Gesicht an.

Jennifer bedeutete ihm, dass sie ein Nachtquartier brauchten.

„Sie sind uns willkommen", sagte der Mönch auf Englisch, trat einen Schritt zurück und machte mit einer kleinen Verbeugung eine einladende Geste. „Kommen Sie herein. Sie sehen müde aus und sind nass. Sie müssen sich aufwärmen und schlafen."

Er bedeutete ihnen, ihm zu folgen, und setzte sich mit kleinen Schritten in Bewegung, wobei seine Holzlatschen über den Steinfußboden schlurften. Erleichtert betraten Jennifer und Isabella das Innere des Klosters. Die Finsternis, die dort herrschte, wurde vom Schein der Petroleumlampe, die der Mönch in der Hand hielt, nur schwach erhellt. Sie konnten nicht mehr erkennen als den rauen Steinfußboden und die hohen Wände der Gänge, durch die sie geführt wurden. Lediglich der Mönch bildete in der Dunkelheit einen orangefarbenen Farbklecks.

Endlich blieb er stehen, öffnete eine Tür und ließ sie eintreten. In der Mitte des karg ausgestatteten Raumes knieten zwei Mönche im Schein einer Petroleumlampe vor einem Altar. Als sie die Eintretenden bemerkten, sahen sie auf und musterten sie erstaunt. Unsicher blieben Jennifer und Isabella in der Tür stehen. Die drei Mönche wechselten ein paar Worte im Singsang einer asiatischen Sprache. Dann richteten sich drei dunkel glänzende Augenpaare freundlich-abwartend auf die Frauen.

„Meine Freundin und ich sind hier in Nepal, weil wir jemanden suchen“, erklärte Jennifer. „Wir waren vorhin in Trashiga. Aber dort konnten wir nicht übernachten. Können wir hier bleiben?“

Die Mönche schienen nicht alles verstanden, jedoch den Sinn dieser Erklärung durchschaut zu haben.

Ein Jüngerer mit kahlgeschorenem Kopf erhob sich. „Ich zeige euch, wo ihr schlafen könnt. Und wir bringen euch Essen.“ Er nahm eine brennende Kerze in einem einfachen Leuchter von einem Holztisch und schritt barfuß aus dem Zimmer. Wieder ging es durch lange dunkle Flure.

„Hier ist eine Atmosphäre wie in einem Gruselfilm.“ Jennifer blickte sich nervös um.

„Aber ich fürchte mich gar nicht“, gab Isabella zurück. „Ich fühle mich hier irgendwie geborgen.“

„Wie beruhigend, dass es Mönche sind. Die werden die Situation ja hoffentlich nicht ausnutzen.“

Sie betraten einen kleinen Raum. Auf dem Boden lagen zwei Matratzen nebeneinander, dahinter standen ein Holztisch und ein Stuhl.

„Hier ist euer Zimmer. Ein Bruder wird euch Essen und Tee bringen. Gute Nacht." Der Mönch, der ein hübsches junges Gesicht mit lausbubenhaften Mandelaugen und pfirsichfarbenen Wangen hatte, stellte die Kerze auf den Tisch und zog dann die Tür von außen zu.

Die jungen Frauen zogen sich aus bis auf ihre T-Shirts, sanken auf die Matratzen und schlüpften unter die dunkelbraunen Wolldecken. Kaum zwei Minuten später erschien ein anderer Mönch mit einem Tablett, auf dem zwei dampfende Schüsseln und Tassen standen. Er setzte das Tablett auf dem Tisch ab, lächelte herzlich, sagte in freundlichem Ton etwas auf Nepali und zog sich zurück.

Jennifer reichte Isabella eine der klobigen dunkelbraunen Steinschüsseln.

„Ich glaube, meine späteren Erinnerungen an dieses Kloster werden ausschließlich dunkelbraun sein. Dunkelbraune Möbel und Wände, dunkelbraune Wolldecken, dunkelbraunes Geschirr. Gott sei Dank sind wenigstens die Kutten orange, sonst würden die hier ja depressiv werden." Sie trank vorsichtig einen Schluck von dem heißen gesalzenen Buttertee.

Hungrig verzehrten sie das karge Mahl. Dann pusteten sie die Kerze aus, rollten sich auf ihren Matratzen zusammen und fielen in einen erschöpften, unruhigen Schlaf.

6

„Zum letzten Mal, Demesy – wo sind die Papiere?" Der hochgewachsene Pakistani, der von seinen Komplizen Dale genannte wurde, entsicherte seine Maschinenpistole.

Dominique, der an Händen und Füßen gefesselt vor ihm stand, hob erschöpft aber stolz das geschundene Gesicht. „Wie gesagt: wahrscheinlich bereits in Pakistan. Ich war nur der Bote, und ihr verschwendet eure Zeit mit mir."

„Das entscheiden immer noch wir."

Dale sicherte die Waffe wieder. Dominique atmete auf, doch da traf ihn unvermittelt ein harter Schlag mit dem Kolben der MP auf den Wangenknochen.

Gleich darauf schlug Dale ihm seine Faust in den Magen, und Dominique krümmte sich vor Schmerz. Ein Kinnhaken riss ihn wieder hoch.

Dann stieß Dale ihn zurück, sodass er das Gleichgewicht verlor und auf sein karges Nachtlager, das aus einem Schlafsack auf dem Erdboden bestand, fiel.

Dominiques Schulter schmerzte höllisch. Stöhnend drehte er sich auf seinem Schlafsack auf den Rücken und fragte sich, wie lange war er schon in dieser Hütte war. Zwar hatten sie ihm seine Armbanduhr gelassen, die eine Datumsanzeige besaß, aber da seine Hände die meiste Zeit hinter dem Rücken gefesselt waren, nutzte das wenig. Sie nahmen ihm die Fesseln nur ab, damit er austreten oder etwas essen konnte, doch dabei hielten ihm Dale, Ali oder Mohammed stets eine Schusswaffe an den Kopf und er hatte nicht die geringste Chance zur Flucht.

Nachdem der Pakistani die Berghütte verlassen hatte und Dominique allein zurückblieb, richtete er sich halb auf und ließ seinen Blick suchend durch die Hütte schweifen. Der Raum lag ständig im Halbdunkel, da die fast blinden kleinen Fenster nur wenig Tageslicht hereinließen. Außer den auf dem Boden liegenden Decken und Schlafsäcken der Männer gab es nur eine Ansammlung von Konservendosen, aus der sie ihre kargen Mahlzeiten bezogen, ein wenig Obst, Wasserflaschen und einige Werkzeuge. Aber die Entführer waren vorsichtig genug, nichts herumliegen zu lassen, das zum Zerschneiden von Fesseln verwendet werden konnte. Dennoch musste er irgendwie einen Weg finden, zu entkommen. Seine heimlichen Versuche, mit den auf dem Rücken gefesselten Händen an seine Füße zu gelangen und die Knoten der Fesseln zu lösen, hatten sich als nutzlos erwiesen.

Wahrscheinlich konnte er noch von Glück reden, dass seine Bewacher keine perfiden Folterknechte waren, die ihm mit der Zange die Fingernägel zogen oder ähnliches, sondern sich auf Schläge beschränkten. Damit konnte er umgehen, auch wenn ihm inzwischen alles wehtat. Aber wusste er, was noch kommen würde? Vielleicht würden sie irgendwann zu härteren Maßnahmen greifen oder ihn töten, wenn sie nichts aus ihm herausbekommen hatten. Womöglich behielten sie ihn auch als Austauschgeisel. Aber ein französischer Detektiv, sagte er sich, würde weder die indische noch die pakistanische Regierung interessieren. So oder so waren die Aussichten düster. Verzweifelt fragte er sich, ob er Jennifer je wiedersehen würde.

Wenn er richtig rechnete, war heute Montag, und ihm blieb nur die schwache Hoffnung, dass Stacy eine Suchaktion startete. Aber würde man ihn hier in diesem entlegenen Winkel des Landes finden? Und vor allem schnell genug? Die Geduld seiner Entführer neigte sich spürbar dem Ende zu. Zweifellos blieb ihm nicht mehr viel Zeit. Dominique spürte zum ersten Mal die Furcht in sich emporsteigen, dass sein Leben in dieser Hütte im Himalaya enden würde.

7

Als Jennifer erwachte, war es noch dunkel im Zimmer, doch durch einen Spalt der Vorhänge fiel ein schwacher Lichtstreifen. Mühsam richtete sie sich auf und reckte vorsichtig die schweren, etwas schmerzenden Glieder. Sie krabbelte über die noch schlafende Isabella hinweg, zog die Vorhänge zurück und sah aus dem Fenster. Vor ihr lag die Rückseite einer Hütte, die zum Kloster gehören musste. Dahinter konnte sie ein Stück des Tals erkennen, eine sattgrüne Wiese und einen Berghang.

Jennifer sah auf ihre Armbanduhr und erschrak. Es war bereits nach zehn. Mit einem Blick auf den Tisch stellte sie fest, dass das benutzte Geschirr abgeräumt und dafür eine große Schüssel mit Wasser bereitgestellt worden war. Eilig weckte sie Isabella.

Sie wuschen sich, zogen sich an und verließen das Zimmer. Nach einigem Suchen im Labyrinth der Gänge, durch deren hohe Fenster nun gedämpftes Tageslicht drang, fanden sie die Mönche vom Vorabend wieder, die zu fünft in der Mitte eines Raumes knieten. Der ältere Mönch las in einem seltsamen Singsang aus einem Buch vor. Als er die Frauen erblickte, unterbrach er seinen Vortrag und sagte etwas zu seinen Brüdern. Dann bedeutete er ihnen, sich zu setzen. Folgsam knieten sich Jennifer und Isabella auf den Boden zwischen die Mönche, die Tee und Tsampa für sie kommen ließen.

Zwei der jungen Männer begannen in gebrochenem Englisch eine freundliche Unterhaltung mit ihnen. Als Jennifer wahrheitsgemäß schilderte, warum sie in

Nepal waren, sprang der Mönch mit dem lausbubenhaften Gesicht, der sich als Ningpoche vorgestellt hatte,
auf. „Du meinst, dein Vater ist von Männern gefangen
genommen worden?"

„Ja, wahrscheinlich."

Ningpoche blickte sich triumphierend im Kreise der
Mönche um. „Vor zwei Tagen haben wir oben auf dem
Weg ein Auto fahren sehen. Hier sind Autos unge-
wöhnlich, und deswegen haben wir nachgesehen. Im
Auto sahen wir einen weißen Mann. Seine Hände wa-
ren hinter dem Rücken gefesselt."

Aufgeregt kramte Jennifer Dominiques Foto hervor.
„Sah er so aus?"

„Ja."

Jennifer sprang auf. „In welche Richtung sind sie gefahren?"

„Sie müssen nach Rangpoche gefahren sein, das ist
das letzte große Dorf in dieser Richtung."

„Rangpoche – wie weit ist das weg?"

„Mit dem Esel braucht man von morgens bis mittags."

„Aha. Isabella, guck mal auf der Karte nach Rangpoche."

Sie fanden das genannte Dorf tatsächlich auf ihrer
Landkarte. Wie der Mönch gesagt hatte, war es in Richtung Norden das letzte größere Dorf. Danach folgten
nur noch Almsiedlungen, bevor der Pfad aufhörte und
sich die Fels- und Gletscherregionen des Himalayas an-
schlossen.

Isabella und Jennifer stärkten sich an Tsampa, altba-
ckenem Brot und Ziegenmilch, bedankten sich bei den
Mönchen und brachen auf. Die Bewölkung war aufge-
lockert, und von Zeit zu Zeit kam die Sonne durch. Es
wurde sehr warm und unerträglich schwül.

Isabella fuhr sich mit dem Handrücken über die
Stirn. „Wie kann es in Gletschernähe so heiß sein."

„Ja, komisch, nicht? Sieh mal, das da hinten muss der Mount Everest sein."

Isabella blinzelte in Richtung des höchsten Berges der Erde, in dessen Gletschern sich gleißend hell die Sonne brach. Statt einer Antwort schrie sie gellend auf.

Jennifer, die einen halben Meter vor ihr gegangen war, drehte sich alarmiert um. Doch im selben Moment, in dem sie den Mann entdeckte, der Isabella gepackt hatte, war sie bereits selbst von zwei starken Armen umklammert.

Ein paar Sekunden lang starrte sie auf diese kräftigen hellbraunen, dunkel behaarten Unterarme, die versuchten, sie mit sich fortzuzerren. Während sie aus den Augenwinkeln sah, dass Isabella sich heftig zu wehren versuchte, damit jedoch nicht das Geringste ausrichten konnte, dachte sie an einen Trick, den ihr Peter einmal verraten hatte. Sie ließ ihren Körper erschlaffen und tat so, als habe sie nicht die Absicht, sich zur Wehr zu setzen. Dann ließ sie sich plötzlich wie einen nassen Sack fallen, wobei sie den rechten Ellenbogen in den Unterleib ihres Angreifers rammte. Anscheinend hatte sie jedoch nicht die richtige Stelle erwischt, denn noch bevor sie Gelegenheit hatte, ihr Pfefferspray aus der Jackentasche zu reißen, hielt er sie fester umklammert als zuvor.

Er fingerte Jennifers Pfefferspray hervor und betrachtete es misstrauisch. „Was ist das?"

„Sprüh es dir ins Gesicht und find es raus", fauchte sie.

Er gab ihr einen Stoß in den Rücken. „Du bist zu vorlaut, Kleine."

„Wer seid ihr? Was wollt ihr von uns? Wir haben kein Geld bei uns."

„Wir wollen kein Geld."

„Sondern?"

Jennifer sah, dass der andere Mann Isabella die Hände und auch die Füße so fesselte, dass sie nur noch kleine Schritte machen konnte.

Während ihr Angreifer sie zu sich umdrehte und ihr in gleicher Weise raue Stricke um die Hand- und Fußgelenke band, warf sie einen scheuen Blick auf sein wenig vertrauenerweckendes Gesicht. Wettergegerbte, narbige olivfarbene Haut, stechende schwarze Augen und ein ungepflegter Bart.

„Hat es was mit meinem Vater zu tun? Mit Dominique Demesy? Habt ihr ihn?"

Er blickte auf. „Demesy ist also dein Vater? Interessante Info. Macht keinen Ärger, sonst wären wir gezwungen, euch grob zu behandeln - so wie diesen Demesy."

Jennifer bekam Angst. „Was habt ihr mit ihm gemacht?", verlangte sie mit leicht zitternder Stimme zu wissen. Statt einer Antwort erhielt sie nur einen Stoß. „Vorwärts!"

Hinter einem riesigen Felsblock stand ein Geländewagen geparkt. Die Männer mussten ihnen dort aufgelauert haben. Jennifer und Isabella wurden auf den Rücksitz geschoben. Während der zuweilen recht gefährlichen Fahrt über den steinigen Pfad studierte Jennifer so gut es ging ihre Gegner. Nach Aussehen und Akzent zu urteilen schienen sie Vorderasiaten zu sein, Pakistani wahrscheinlich. Sie trugen derbe lange Hosen und kurzärmelige schmuddelige Hemden. Der eine war groß und hager, der andere kleiner und etwas gedrungen. Beide hatten dunkle lockige Haare und dichte Schnauzbärte.

Als sie durch das Dorf Rangpoche fuhren, warf Jennifer hilfesuchende Blicke nach draußen, doch die wenigen Einheimischen, die ihren Weg kreuzten, schienen lediglich über die Tatsache zu staunen, dass sich ein

Auto in ihre Gegend verirrt hatte. Der Pfad führte noch an einigen kleinen Siedlungen vorbei, dann wurde es immer einsamer um sie herum. Sie mussten nun schon recht hoch im Gebirge sein. Bäume, Büsche und Wiesen waren spärlicher geworden.

Endlich hielten die Gangster den Wagen an und zerrten Isabella und Jennifer heraus. Vor sich erblickten sie eine große, ziemlich verwitterte Holzhütte. Ansonsten gab es um sie herum nichts außer felsigen Bergen, Sandboden und diesigem Himmel.

„Los, rein da!" Der Hagere stieß die Tür der Hütte auf, schubste die jungen Frauen hinein und warf das Gepäck hinterher. Drinnen war es dämmerig, und Jennifers Augen brauchten einen Moment, bis sie etwas erkannten. Dann sah sie Dominique, der mit gefesselten Füßen und auf dem Rücken zusammengebunden Handgelenken auf einem Schlafsack an der Wand gegenüber der Tür saß.

Nicht weit von ihm kniete ein weiterer Pakistani, der ein Funkgerät in der Hand hielt.

„Jennifer!", rief Dominique. „Isabella! Was zum Teufel ..."

Die Banditen wechselten einige Worte in Urdu.

„Jennifer, verdammt, was habt ihr hier zu suchen?", redete Dominique dazwischen. „Reicht es nicht, wenn ich hier in der Falle sitze?"

„Wir haben uns Sorgen gemacht." Jennifer trippelte auf ihren Vater zu, hockte sich neben ihn und küsste ihn auf die Schläfe, bevor sie ihn betroffen musterte.

Dominique hatte einen Drei-Tage-Bart, tiefe Schatten unter den Augen und Blutergüsse im Gesicht. Die Haut über seinem geschwollenen linken Wangenknochen war aufgeplatzt und von seiner Nase zog sich eine getrocknete Blutspur bis zum Kinn.

„Ihr hättet das Suchen Stacy & Langmaster überlassen sollen", sagte er angestrengt.

„Wenn es darum geht, einem seiner eigenen Leute aus der Patsche zu helfen, hat Stacy weder Geld noch Zeit", bemerkte Jennifer bitter. „Und für eine Vermisstenmeldung bei der Polizei fand er es noch zu früh."

„Armleuchter", knurrte Dominique. „Jetzt muss ich nicht nur versuchen, meine eigene Haut zu retten, sondern auch noch eure. *Merde*!"

Isabella ließ sich an seine andere Seite sinken, küsste seine unverletzte Wange und lehnte den Kopf an seine Schulter.

Die Banditen wandten sich ihnen zu. „Jetzt, da du überraschend Besuch bekommen hast, änderst du vielleicht deine Meinung bezüglich der Papiere, Demesy", sagte der Gedrungene, der sich Ali nannte. „Immerhin haben wir jetzt noch ein paar Möglichkeiten mehr, dich zum Reden zu bringen."

Dominique seufzte nur und antwortete nicht. Die Gangster verließen die Hütte.

Jennifer betrachtete erschreckt das Gesicht ihres Vaters. „Was haben sie mit dir gemacht, was ist los?"

„Sie sind überzeugt davon, dass ich die Akten versteckt habe. Abdullah und der Koffer haben sich scheinbar in Luft aufgelöst. Sie glauben, ich stecke mit ihm unter einer Decke und wisse über alles Bescheid. Sie haben versucht, Informationen aus mir herauszuprügeln."

„Hast du Schmerzen?"

„Nicht so wild", murmelte er. „Aber jetzt werden sie auch über euch herfallen, um mich zum Reden zu bringen. Wärt ihr bloß in Delhi geblieben!"

„Und dich einfach deinem Schicksal überlassen? Niemals!", sagte Jennifer entschlossen.

Dominique lehnte mit einem müden und dankbaren Lächeln den Kopf an ihren.

Etwa eine Stunde später kamen die Männer in die Hütte zurück.

„Ihr habt Glück", verkündete Ali. „Wir haben eben über Funk die Nachricht erhalten, dass Abdullah mit den Akten in Karatschi geschnappt worden ist. Unsere Fragen haben also ein Ende. Allerdings heißt das, dass wir euch nicht mehr brauchen." Er entsicherte er seine Pistole. „Dich jedenfalls nicht." Er zielte auf Dominique.

Dieser starrte ihm mit unbewegter Miene entgegen.

Ali lachte und steckte die Waffe zurück ins Holster. „Für die Mädchen haben wir vielleicht noch Verwendung. So was verkauft sich gut. Wie ist es, meine Damen, möchtet ihr lieber sterben oder Geld damit verdienen, Männer zu beglücken?"

Isabella spuckte ihm vor die Füße. „Lieber sterben!"

„Ich möchte das mit meiner Mutter besprechen", erwiderte Jennifer.

„Miststück! Dich werde ich mir gleich vornehmen, um dir Manieren beizubringen!" Er zerrte sie hoch und warf sie auf eine der dünnen Matratzen.

Dann zog er ein Springmesser aus der Tasche. Mit einem scharfen Klicken fuhr die Klinge heraus, und Jennifer schrie entsetzt auf. Er durchschnitt jedoch nur ihre Fußfesseln.

„Sollen wir ihn rausschaffen?", fragte der Hagere, der von den anderen Dale genannt wurde, mit einer Handbewegung zu Dominique.

„Nein, lass ihn ruhig zusehen." Ali grinste und begann an Jennifers Hosenbund zu nesteln.

„Papa!", rief sie flehend.

Ihr Vater machte eine verzweifelte Anstrengung, den Strick loszuwerden, der seine Hände fesselte. Aber er erreichte nur, dass ihm die rauen Seile noch tiefer in die wundgescheuerten Gelenke schnitten.

Jennifer schaffte es, Ali ihr Knie in die Genitalien zu rammen. Er heulte schmerzverzerrt auf und warf sich wütend auf sie.

„Ich bringe dich um!", tobte Dominique.

Dale lachte. „Dann aber schnell, dir bleibt nicht mehr viel Zeit."

Plötzlich erklang draußen ein lautes Geräusch, das immer stärker wurde. Das Rotieren eines zur Landung ansetzenden Hubschraubers, dachte Jennifer. Ali ließ von ihr ab und sie rappelte sich hoch. Die Gangster rannten mit gezückten Waffen hinaus. Die drei Gefangenen tauschten einen hoffnungsvollen Blick. Vor der Hütte erklangen nun einzelne Schüsse, die Salve einer Maschinenpistole und laute Schreie auf Urdu, Nepali und Hindi.

Sekunden später stürmten zwei Männer mit vorgestreckten Pistolen zur Tür hinein. Im ersten Moment sahen sie im Halbdunkel der Hütte genauso aus wie die Banditen.

Dann erkannte Jennifer einen von ihnen. „Rajiv!", rief sie erleichtert.

Der junge Inder sah, dass sich keine Gangster mehr in der Hütte befanden und ließ die Pistole sinken. Er lief zu Jennifer, kniete sich neben sie und zerschnitt mit seinem Taschenmesser die Fesseln an ihren Handgelenken. Sie schlang die Arme um seinen Hals. „Oh, Rajiv, ich war noch nie so froh, dich zu sehen!"

Er drückte sie kurz an sich. „Bist du okay?"

Sie nickte und verschloss ihre Jeans. Rajiv half ihr auf die Füße und befreite dann Dominique, während der andere Mann sich um Isabella kümmerte.

„Ich sage nie mehr, dass ich nicht an Wunder glaube", ächzte Dominique und bewegte vorsichtig Hände und Füße. „Danke, mein Freund." Er ließ sich von Rajiv hochziehen und klopfte ihm auf die Schulter. „Was ist mit den Banditen?"

„Zwei tragen Handschellen, einer ist tot.“

„Warst du das?“, fragte Jennifer erschrocken.

„Nein. Der Herr hier ist ein Agent vom indischen Geheimdienst. Der darf das“, erklärte Rajiv mit schiefem Lächeln. „Doppel-Null-Status ...“, scherzte er.

Jennifer lief zu Dominique und umarmte ihn. Er legte einen Arm um sie, den anderen um Isabella, und sie folgten Rajiv ins Freie.

Zwei Männer in Uniformen der nepalesischen Militärpolizei hielten dort die beiden Banditen in Schach. Der dritte lag regungslos mit blutdurchtränktem Hemd auf dem Boden.

„Es ist Ali“, stellte Dominique fest. „Schade. Ich hätte ihm zu gerne meine Faust ins Gesicht gerammt. Aber mit dem da wird es genauso Spaß machen.“ Mit einer plötzlichen Bewegung drehte er sich zu Dale um und verpasste ihm einen Kinnhaken. Wenn die Polizisten den Gangster nicht festgehalten hätten, wäre er zu Boden gegangen.

„War das so? Oder habt ihr es so gemacht?“ Dominique holte noch einmal aus und ließ seine flache Hand ins das Gesicht des Pakistani klatschen. „Oder lieber so?“ Er boxte ihn in den Magen. Die Polizisten hinderten ihn nicht daran.

Rajiv legte ihm besänftigend die Hand auf die Schulter. „Hör auf, Nick. Es ist vorbei.“

Dominique nickte erschöpft. „Wie habt ihr uns eigentlich gefunden?“

„Stacy bekam gestern Abend einen Anruf vom indischen Geheimdienst. Die haben einen Tipp bekommen, dass ein Detektiv französischer Nationalität von den Mitgliedern einer langgesuchten pakistanischen Rebellengruppe entführt worden ist.“

„Die hätten diesen Auftrag von Anfang an übernehmen sollen“, knurrte Dominique. „Weiter.“

„Jennifer und Isabella waren schon weg, und wir haben befürchtet, dass sie in die gleiche Falle tappen würden wie du. Es gab da eine undichte Stelle bei den Pakistanis: jemand hat verraten, dass diese Hütte hier als gelegentlicher Treffpunkt benutzt wird. Stacy hat den Mechaniker, der den Triebwerkschaden an unserer Maschine reparieren sollte, nahezu gezwungen, die halbe Nacht durchzuarbeiten, damit die Kiste heute Morgen startklar war. Helen hat es über Nacht geschafft, einen Piloten aufzutreiben. Susan hat sich bereit erklärt, Überstunden zu machen, um meinen Auftrag bei Spencer weiterzuführen. Und John hat den Kontakt zum indischen Geheimdienst und zur nepalesischen Militärpolizei gehalten, damit diese uns bei der Landung in Lukla sofort mit einem Hubschrauber herfliegen würden. Du siehst also, dass wir alle daran gearbeitet haben, euch hier herauszuholen. Keiner ist mit seinem Hintern auf seinem Stuhl sitzen geblieben, ohne etwas zu tun." Er warf Jennifer einen schrägen Blick zu, und nur sie verstand, worauf diese Bemerkung anspielte.

Ein zweiter Hubschrauber, der sich unterdessen genähert hatte, setzte zur Landung an. Die Banditen wurden an Bord gebracht.

„Müssen wir jetzt noch Aussagen zu Protokoll geben und all das?", fragte Dominique mit gerunzelter Stirn.

Der indische Geheimdienstagent musterte sein zerschundenes Gesicht. „Das können Sie in Delhi tun. Der Militärpilot wird Sie alle vier nach Kathmandu bringen, und Sie können unverzüglich nach Hause fliegen. Ich fliege mit den anderen zurück und nehme in Delhi Kontakt zu Ihnen auf."

Isabella schlang den Arm um Dominiques Taille, als sie auf den Helikopter zugingen.

„Ich glaube, ich bin lieber Schauspielerin. Mir ist es lieber, wenn ich das Drehbuch kenne und vorher weiß, wie es endet."

Dominique lächelte. „Das wäre mir zu langweilig. Ich brauche ein bisschen Ungewissheit. Für die Actionszenen hätte ich mich diesmal allerdings gerne doubeln lassen. Aber wenn ich das Ende dieses Drehbuches selbst gestalten könnte ..."

Fragend sah sie ihn an.

„... dann wird sich das Paar, nachdem es mit knapper Not dem Tode entronnen ist, ein paar schöne Tage machen. Mit einem Cocktail am Rand eines Swimmingpools unter Palmen sitzend ... wäre das nicht was?" Zärtlich lächelte er sie an.

„Wunderbar. Aber du musst ja arbeiten."

„Mit diesen Misshandlungen kann ich mich mindestens eine Woche krankschreiben lassen. Auf alle Fälle bis zu deinem Rückflug."

„Und ich werde dich pflegen", versprach sie.

„Oh ja, du kannst gleich anfangen ..."

Lachend stiegen sie in den Hubschrauber.

„Unsere Taschen", fiel Jennifer ein. „Moment noch!" rief sie dem Piloten zu und lief gefolgt von Rajiv zur Hütte zurück.

„Danke, Rajiv", sagte sie leise, als sie allein waren. „Es tut mir leid, was ich zu dir gesagt habe. Wenn du nicht gekommen wärst, wären wir jetzt alle tot. Oder ich wäre auf dem Weg in einen arabischen Harem."

Er grinste sie an, während er sich nach dem Gepäck bückte. „Ich konnte es nicht auf mir sitzen lassen, dass du mich für einen Feigling hältst."

„Sind wir wieder Freunde?", fragte sie und berührte ihn vorsichtig am Arm.

„Das waren wir immer", versicherte er und küsste sie rasch auf die Stirn.

Istanbul, 1993

„*Wie geht es dem Franzosen?*", erkundigte sich Dr. Sayoglu mit gedämpfter Stimme, als sie das Krankenzimmer betrat, in dem die Nachtschwester Gülay den Patienten gerade für die Nacht vorbereitet hatte. Dominique war danach sofort wieder eingenickt.

„*Er scheint auf dem Weg der Besserung zu sein. Er hat das Gedächtnis wiedererlangt und will mir pausenlos aus seinem Leben erzählen. Aber vielleicht fantasiert er auch. Es klingt alles sehr abenteuerlich, was er von sich gibt.*"

„*Was denn, er schläft nicht bei all dem Morphium?*"

„*Er ist in einer Art Dämmerzustand. Er glaubt, dass er mir Geschichten aus seinem Leben erzählt, aber ich kann nur Bruchstücke verstehen. Letzte Nacht hat er irgendwas vom Himalaya gemurmelt, dass er entführt worden war, seine Tochter ihm nachgereist ist und fast mit ihm zusammen umgebracht worden wäre. Sie seien in letzter Minute gerettet worden.*"

„*Seine Tochter? Die junge Frau, die wegen einer Überdosis Schlaftabletten eingeliefert wurde?*"

„*Ja, ich glaube, er hat nur eine. Wie geht es ihr?*"

„*Nicht so gut, aber sie ist außer Gefahr.*"

„*Weiß man, warum sie es getan hat?*"

„*Eine ganz sonderbare Geschichte. Sie bildet sich ein, dass sie es war, die auf Demesy geschossen hat, und wollte sich deswegen aus Verzweiflung umbringen*", sagte die Ärztin. „*Aber sie schien nicht ganz klar im Kopf und redete wirres Zeug.*"

„*Sicher.*" Gülay nickte. „*Nach dem, was ich mitbekommen habe, verstehen die beiden sich ausgezeichnet. Wohingegen diese italienische Meisterdiebin ein gutes Motiv hatte, ihn umzubringen.*"

„*Die Polizei war hier und wollte ihn befragen, aber dazu ist er natürlich noch nicht in der Lage. Es ist gut,* dass sein Gedächtnis zurückkehrt. Hören Sie gut zu, ob er was darüber sagt, wer auf ihn geschossen hat."

Gülay nickte. „Wem soll eigentlich der Zuschlag für das Einzelzimmer in Rechnung gestellt werden? Bezahlt das seine Agentur?"

„Nein, eine Sonja Demesy. Das muss eine Verwandte sein. Sie hat vor ein paar Tagen angerufen und gebeten, die Rechnung an sie zu schicken. Sie wollte Monsieur Demesy sprechen, aber er hat gerade geschlafen. Wenn er das nächste Mal aufwacht, sagen Sie ihm, dass Sonja ihn grüßen lässt und er sich keine Sorgen um die Kosten machen soll. Sie würde sich darum kümmern. Werden Sie das behalten?"

„Natürlich."

„Schön, dass Sie so gut Französisch sprechen, Gülay. Bitte halten Sie mich auf dem Laufenden. Ich komme morgen zur Visite wieder vorbei."

„In Ordnung. Schönen Feierabend, Doktor Sayoglu."

„Danke." Laura Sayoglu zog sich zurück.

Gülay setzte sich auf den Klappstuhl an Dominiques Bett und drehte das kleine Lämpchen so, dass sie in ihrem Buch lesen konnte, ohne den Kranken durch das Licht zu stören.

Doch er schien ihre Anwesenheit zu spüren und begann zu sprechen, kaum dass sie einen Absatz gelesen hatte.

„Ich muss weiterschreiben", murmelte er. „Wenn ich es nicht aufschreibe, werde ich es vergessen. Was halten Sie von meinem Buch, Gülay?"

Sie fühlte sich beinahe geschmeichelt, weil er sich ihren Namen gemerkt hatte. Er glaubte jetzt also, er schriebe ein Buch.

„Es ist sehr spannend", versicherte sie.

„Wo war ich stehengeblieben?"

„Sie sind aus dem Himalaya gerettet worden."

„Ja, richtig. Aber wie ging es weiter? Verdammt, ich
weiß es nicht mehr..."

„Eine Verwandte hat für Sie angerufen", warf Gülay
ein. „Sonja Demesy."

„Sonja..." Er lächelte versonnen. „Genau, damit geht
es weiter. Woher wissen Sie das, Gülay?"

„Ich wusste es nicht. Sonja sagt, Sie sollen sich keine
Sorgen machen, sie würde sich um das Finanzielle
kümmern. Ist sie Ihre Schwester?"

„Sie ist die Frau meines Bruders. Und meine Geliebte",
fügte er hinzu, mit einem kleinen Lächeln auf den auf-
gesprungenen Lippen. „Sind Sie jetzt schockiert,
Gülay?"

„Ich bin hier, um Sie zu pflegen, nicht um über Sie zu
urteilen, Monsieur Demesy", erwiderte sie zurückhaltend. Von einer französischen Mutter aufgezogen zu
werden, hatte sie freizügiger werden lassen als die
streng muslimisch erzogenen Mädchen der Stadt.

Sie nahm ein Döschen Vaseline vom Nachttisch und
tupfte ihm ein wenig davon auf die rauen Lippen.

Er öffnete kurz die Augen, um sie anzusehen. „Nennen Sie mich Dominique."

„Gerne." Unwillkürlich strich sie ihm zärtlich über
die eingefallene Wange und spürte plötzlich ihr Herz
schneller klopfen. Was für ein Verführer musste er gewesen sein, wenn er noch als Schwerkranker diese
Wirkung auf sie hatte?

„Wollen Sie mir von Sonja erzählen?"

Dominique hustete und presste eine Hand auf die
schmerzende Brust. „Ja. Aber geben Sie mir vorher etwas."

„Ein Glas Wasser?"

„Nein. Eine Spritze. Wie immer." Sein Atem ging stoß-
weise und er warf den Kopf unruhig hin und her.

Gülay zog Morphium in einer Spritze auf und verabreichte es ihm.

Dominique wartete einige Minuten, bis er wie jeden Abend auf weichen Wattewolken davonsegelte. In dieser Nacht trugen ihn die Wolken nach Russland.

EPISODE 5

DAS HAUS IN DER TAIGA

1

„Dominique, hier ist ein Fax für dich aus Paris gekommen! Von Pierre", verkündete Jennifer aufgeregt und schwenkte ein Papier.

Dominique blickte überrascht von seinem Schreibtisch auf. „Ein Fax von Pierre? An die Agentur geschickt ... Ist es etwa was Geschäftliches?"

„Ja, kann man so sagen." Jennifer reichte ihm das Blatt und Dominique überflog die handgeschriebenen Zeilen.

„Liebes Bruderherz! Lange haben wir nichts voneinander gehört. Und jetzt melde ich mich ausgerechnet, weil ich eine Bitte habe. Sonjas Eltern, die in Moskau leben, sind in Sibirien spurlos verschwunden, und Sonja macht sich große Sorgen. Ich werde Dich morgen Abend anrufen und Dir mehr Informationen geben. Vorab die Frage: könntest Du von mir den Auftrag übernehmen, nach Sonjas Eltern zu suchen? Ich kann es mir nicht leisten, den Auftrag über deine Agentur laufen zu lassen, aber vielleicht kannst Du Urlaub nehmen? Ich werde selbstverständlich alle Kosten tragen und versuchen, Dir ein angemessenes Honorar zu zahlen. Jennifer kann Dir inzwischen mehr über Sonja erzählen, sie waren in Paris befreundet. Kann ich mit Deiner Hilfe rechnen? Ich wäre Dir sehr dankbar. Die Eltern lassen Dich grüßen. Bis morgen am Telefon. Pierre."

Dominique ließ das Fax sinken und starrte Jennifer an. „Das ist wiedermal typisch. Ich soll meinen Urlaub für ihn opfern und noch dazu womöglich umsonst für ihn arbeiten."

„Er schreibt, dass er dir ein angemessenes Honorar zahlen will."

„Er schreibt, dass er es versuchen will! Damit weiß ich Bescheid. Ich kenne meinen Bruder."

„Wirst du annehmen?", fragte Jennifer gespannt.

„Das hängt nicht nur von mir ab. Ich muss das mit Stacy besprechen. Mir bleiben noch drei Wochen von meinem Jahresurlaub, und es kommt drauf an, ob Stacy einverstanden ist, ihn mir sofort zu geben. Und das würde bedeuten, dass wir nicht wie geplant im November nach Kerala fliegen können."

„Ich bin bereit, meinen Urlaub zu opfern, wenn ich Sonja helfen kann."

„Ach ja, Pierre schreibt ja, ihr seid befreundet."

„Befreundet ist übertrieben, aber wir haben uns hin und wieder getroffen und uns gut verstanden. Sie ist ja nur zehn Jahre älter als ich. Ich habe auch manchmal auf Maxim aufgepasst."

„Wer ist das?", fragte Dominique zerstreut.

Sie sah ihn vorwurfsvoll an. „Dein Neffe! Mit anderen Worten: mein Cousin."

„Ja, richtig. Sie haben mir mal ein Foto geschickt, als er ein oder zwei Jahre alt war. Sieht er Pierre immer noch so ähnlich?"

„Nein, er kommt jetzt mehr nach Sonja."

Dominique legte die Stirn in Falten und versuchte sich an seine Schwägerin zu erinnern. Er war bei der Hochzeit dabei gewesen, aber seitdem hatte er sie nicht wiedergesehen. Seit er in Indien lebte, hatte er kaum noch Kontakt zu seiner Familie.

Sonja Valendrowa hatte in ihrer Heimatstadt Moskau als Stadtführerin und Dolmetscherin für Französisch gearbeitet. Pierre Demesy hatte sich eine Zeitlang dort aufgehalten, um für einen Reiseführer über Moskau zu recherchieren. Es waren die letzten Jahre des kalten Krieges, die Glasnost-Politik befürwortete den Informationsaustausch mit dem Ausland und hatte dem französischen Journalisten Hilfe angeboten. Sonja hatte Pierre offiziell unterstützt und inoffiziell beaufsichtigt. Ihr Bruder arbeitete beim KGB und das schien sie für diese Rolle zu prädestinieren. Sie und Pierre verliebten sich ineinander und Sonja wurde schwanger. Pierre heiratete sie und ermöglichte ihr somit die Ausreise. Alle, die Pierre kannten, wunderten sich, dass er sich so plötzlich an eine Frau binden wollte, noch dazu an eine, die aus dem Ostblock stammte und noch nie im Westen gewesen war.

Ihre Hochzeit vor sechs Jahren war für Dominique der letzte Anlass gewesen, nach Paris zu reisen, doch in dem Trubel der Feierlichkeiten hatte er seine russische Schwägerin nicht näher kennenlernen können. Er erinnerte sich daran, dass er sie hübsch und charmant gefunden hatte, aber es gelang ihm nicht mehr, sich ihr Erscheinungsbild ins Gedächtnis zu rufen.

„Wie ist Sonja denn so?"

„Sie ist toll. Du wirst dich in sie verlieben", prophezeite Jennifer. Sie sagte es im Scherz und wusste nicht, wie nahe sie damit der Wahrheit kam.

„Ist Pierre immer noch glücklich mit ihr?"

Jennifer machte ein nachdenkliches Gesicht. „Na ja. Pierre meint, sie schulde ihm ewigen Dank dafür, dass er sie aus Russland rausgeholt hat. Er wollte ein Heimchen am Herd, das nur für ihn und seine Bedürfnisse da ist. Sonja ist sicher eine gute Mutter und Ehefrau, aber sie ist eben auch ein relativ unabhängiger und freiheitsliebender Typ. Außerdem hat er seine kleinen Abenteuer nebenbei – und Sonja weiß davon. Darüber ist sie natürlich nicht gerade glücklich."

„Immerhin macht er sich Sorgen um das Verschwinden ihrer Eltern. Wenn die Ehe völlig im Eimer wäre, würde er mich nicht um so einen Gefallen bitten."

„Womit wir wieder beim Thema wären. Ich möchte mitkommen, auch wenn ich mein Flugticket selbst bezahlen muss. Gehen wir zusammen zu Stacy?"

„Na schön, bringen wir es gleich hinter uns. Aber es ist nicht gerade der beste Zeitpunkt für eine Reise nach Russland. Alles ist in Aufruhr, vom Baltikum bis nach Kasachstan. Wie soll man in diesem Chaos von Revolte und organisiertem Verbrechen jemanden wiederfinden?"

„Aber es ist vielleicht nicht schlimmer als zur Zeit des kalten Krieges. Da hätten wir keinen Schritt unbeaufsichtigt tun können."

„Stimmt." Dominique starrte aus dem Fenster. Der Monsunregen prasselte gegen die Scheiben und verwandelte die Straßen in Bäche. Der Vorgarten des Pavillons der Agentur glich einem Teich. Es war unerträglich schwül, und sobald die Sonne zwischen den einzelnen Regengüssen herauskam, kletterte das Thermometer auf bis zu 36 Grad. Der September war einer der heißesten und gleichzeitig regenreichsten Monate in Delhi.

„Russland", sagte er mit gedankenverlorenem Blick. „Das klingt nach frischem Wind, kühlen Wäldern und klaren kalten Flüssen. Wäre schön, ein paar Wochen aus diesem überschwemmten Treibhaus herauszukommen." Er sah Jennifer an, erhob sich und schnappte mit entschlossenem Griff das Fax, das er auf seinen Schreibtisch hatte sinken lassen. „Also los. Es ist an der Zeit, dass wir mal wieder Familiensinn zeigen."

2

William Stacy zeigte sich zwar nicht begeistert darüber, dass Dominique und Jennifer ihren Urlaub vorverlegen und möglicherweise noch ein paar Tage unbezahlten Urlaub dranhängen wollten, aber er erklärte sich schließlich einverstanden damit. Und er ließ sogar seine guten Botschaftsbeziehungen spielen, um die Ausstellung ihres Visums zu beschleunigen.

So saßen sie bereits zehn Tage später in einer Maschine der Aeroflot Richtung Moskau.

„Es klingt wirklich spannend, was Pierre am Telefon angedeutet hat, nicht?", sagte Jennifer zum wiederholten Mal. „Das Herrenhaus der Familie Valendrow in Westsibirien, das Verschwinden mehrerer Personen, dieser Familienschatz in Form von Diamantschmuck, auf dem ein Fluch liegt ..."

„Hat dir Sonja nie was davon erzählt?"

„Das mit dem Herrenhaus hat sie mal erwähnt. Sie selbst war seit Jahren nicht mehr dort. Wenn wir uns getroffen haben, hat sie eigentlich nur über ihre Eltern und ihre Freunde in Moskau gesprochen. Schon ihr Vater ist dort aufgewachsen, und ihre Mutter stammt aus dem Baltikum. Sie ist Litauerin oder Lettin, ich weiß nicht mehr genau."

„Hat Sonja Geschwister?"

Jennifer runzelte die Stirn. „Einen älteren Bruder. Aber der ist KGB-Offizier und hat seit Sonjas Heirat jeglichen Kontakt zu ihr abgebrochen. Er fürchtete, ihre Ehe mit einem Kapitalisten und ihre Ausreise in den Westen könnten seiner Karriere schaden. Ich weiß nicht, was nach dem Zusammenbruch des Kommunismus aus ihm geworden ist.“

Eine Stunde später landeten sie auf dem Moskauer Flughafen Scheremetjewo.

Wie mit Pierre vereinbart, erwartete Sonja sie dort, eine mittelgroße schlanke Frau mit kinnlangen, modisch geschnittenen Haaren, die in sattem Kupferrot schimmerten.

Winkend und lächelnd näherte sie sich, als sie Jennifer erkannte. Die beiden jungen Frauen umarmten sich und küssten sich auf die Wangen.

„Ich freue mich, dass du mitgekommen bist, Jennifer“, sagte Sonja herzlich. Dann wandte sie sich Dominique zu und streckte ihm die Hand entgegen. „Bonjour, Dominique. Ich glaube, wir sind uns schon mal begegnet.“

„Ja, bei Ihrer Hochzeit“, bestätigte er. „Aber da waren so furchtbar viele Leute, dass Sie sich bestimmt nicht mehr an mich erinnern.“

„Doch. Es gibt Gesichter, die vergisst man nicht.“ Sie lächelte und ihre blaugrauen Augen blitzten in dem feingezeichneten Gesicht mit den kräftigen hohen Wangenknochen. „Ihres gehört dazu.“

„Wieso siezt ihr euch?“, fragte Jennifer belustigt. „Ihr seid miteinander verwandt!“

„Das regeln wir später“, sagte Sonja resolut. „Jetzt werden wir erst mal versuchen, ein Taxi zu bekommen.“ Sie sprach fließend und fehlerlos Französisch, allerdings mit einem klangvollen russischen Akzent, den Dominique interessant fand und der zu ihrer warmen, dunklen Stimme passte.

Als sie aus dem Flughafengebäude traten, fröstelten Dominique und Jennifer. Es war zwar ein freundlicher sonniger Septembertag, aber für ihre an die indische

Sommerhitze gewöhnten Organismen war auch ein milder Spätsommertag in Russland bereits kühl.

„Wir fahren jetzt gerade über die Moskwa. Vor uns liegt der Kreml und dahinter der Rote Platz", erklärte Sonja. „Links davon liegt die Uspenski-Kathedrale."

Dominique, der vorne neben dem Taxifahrer saß, drehte sich lächelnd zu ihr um. „Sie waren zweifellos mal Touristenführerin."

„Waren Sie schon mal in Moskau, Dominique?"

„Nein, das lag nie auf meiner Route. Aber ich freue mich, dass ich es jetzt kurz kennenlernen kann."

„Hast du Maxim in Paris gelassen?", erkundigte sich Jennifer.

„Nein, er ist mit mir nach Moskau gekommen. Eine Nachbarin passt gerade auf ihn auf."

„Seit wann bist du hier?"

„Seit drei Tagen. Ich habe versucht, hier schon mal etwas über meine Eltern herauszukriegen."

Interessiert drehte Dominique sich wieder um. „Und hatten Sie Erfolg?"

„Wir reden später darüber. Dann erzähle ich Ihnen alles von Anfang an." Sonja wies mit dem Kinn kaum merklich auf den Taxifahrer.

Dominique verstand. Man konnte nie wissen. Die neue Freiheit war noch zu frisch, und auch nach dem Zusammenbruch der UdSSR konnte man nicht vorsichtig genug sein.

Die Wohnung von Sonjas Eltern war eng, dunkel und etwas schäbig. Sonja wirkte verlegen, als sie Jennifer und Dominique eintreten ließ.

„Es ist schwer, hier eine einigermaßen hübsche Wohnung zu finden, die sich mit einem russischen Durchschnittseinkommen bezahlen lässt. Immerhin müssen meine Eltern sie nicht mit einer anderen Familie teilen, das ist schon ein Luxus."

„Gegen die Behausungen der meisten Inder ist das der reinste Palast", erwiderte Dominique ernsthaft.

Ihre Blicke trafen sich und hielten einander einen Moment fest.

„Und auch in Paris gibt es viele, die für eine solche Wohnung dankbar wären", ergänzte Jennifer. „Du siehst ja, wie viele unter Brücken und in der Metro schlafen müssen."

Sie betraten das Wohnzimmer, das durch die trübe ockerfarbene Tapete und die verschlissenen braunen Vorhänge trostlos wirkte.

Vor dem Fernseher, in dem ein Zeichentrickfilm lief, hockte ein etwa fünfjähriger Junge auf einem abgewetzten moosgrünen Sofa und starrte gebannt auf die Mattscheibe.

Sonja küsste ihn auf die Stirn. „So, mein Schatz, da sind wir wieder. Ich habe unsere Besucher mitgebracht. An deine Cousine Jenni erinnerst du dich ja sicher."

Der Kleine nickte schüchtern und küsste Jennifer artig die Wangen.

„Und das ist dein Onkel Dominique."

„Hallo, Maxim!" Dominique schwang seinen Neffen lachend vom Sofa in die Luft, hielt ihn in den Armen und küsste ihn auf die kindlich runden Bäckchen.

Er war ein hübscher kleiner Junge, der die ausdrucksvollen blauen Augen und das anziehende Lächeln seiner Mutter und die dunklen, leicht gelockten Haare seines Vaters geerbt hatte.

„Woher kommst du?", wollte er wissen.

„Aus Indien. Das ist sehr weit weg."

„Bist du ein Indier?"

Dominique und Jennifer grinsten. „Nein, Maxim. Ich bin der Bruder von deinem Papa, also kann ich kein Inder sein. Ich bin Franzose wie du – na ja, du bist allerdings zur Hälfte Russe", verbesserte er mit Blick auf Sonja.

Eine dicke Frau mittleren Alters kam aus der Küche ins Wohnzimmer. Neugierig musterte sie die Besucher, und ein russischer Wortschwall ergoss sich auf Sonja.

„Das ist Tonja, unsere Nachbarin", stellte sie vor. „Sie hat auf Maxim aufgepasst, während ich in den letzten Tagen unterwegs war. Es stört hoffentlich nicht, wenn sie mit uns Kaffee trinkt?"

„Natürlich nicht."

„Ich habe echten Kaffee aus Paris mitgebracht. Der Kaffee-Ersatz hier ist ungenießbar."

„Ich habe seit Jahren keinen echten Kaffee mehr getrunken", sagte Dominique. „In Indien ist er nämlich auch ungenießbar. Außerdem ist Indien bedeutendster Teeproduzent der Welt, und außerdem arbeite ich mit lauter Engländern zusammen. Da bin ich zwangsläufig zum Teetrinker geworden. Aber da Sie ihn schon mitgebracht haben: ich würde gerne mal wieder einen anständigen französischen Kaffee trinken."

Sonja lächelte. „Ich fürchte allerdings, die Bohnen für den echten französischen Kaffee kommen aus Südamerika. Ach, und bitte, nehmt Platz. Ich bin gleich wieder da." Sie verschwand mit der Nachbarin in der Küche. Einige Minuten später kehrte sie zurück, schaltete den Fernseher aus und begann den Kaffeetisch zu decken.

„Weiß Ihre Nachbarin etwas über Ihre Eltern?", fragte Dominique. „Können wir mit ihr reden?"

„Ich habe sie bereits ausgefragt. Stellen Sie ihr keine Fragen, das wäre zu auffällig. Ich traue ihr zwar, aber es ist besser, niemand erfährt hier, dass Sie Detektiv sind. Das könnte einigen Leuten nicht gefallen. Sie sind nur mein Schwager und meine Nichte, die ich ein bisschen durch meine alte Heimat führe. Okay?"

Dominique nickte mit gerunzelter Stirn.

„Tonja versteht allerdings kein Französisch, wir können also reden, worüber wir wollen", sagte Sonja und ging wieder in die Küche zurück. Maxim folgte ihr.

„Wie findest du sie?", fragte Jennifer leise.

„Charmant. Liebenswürdig, interessant und intelligent. Und natürlich bildhübsch. Pierre hat Glück gehabt. Die Frage ist nur: weiß er es zu schätzen?"

„Die Antwort lautet nein", erwiderte Jennifer mit plötzlicher Härte.

Kurz darauf kehrte Sonja mit einer Kaffeekanne zurück, und die Nachbarin trug auf einem großen Teller einen appetitlich aussehenden Kuchen vor sich her.

„Schmeckt wunderbar", lobte Jennifer, als sie ihn gekostet hatte. „Besser als diese übersüßen indischen Dinger."

„Die russische Küche ist sehr gut. Nur gab es noch vor kurzem selten alle Zutaten auf einmal, die man für ein Gericht brauchte. Jetzt gibt es sie zwar, aber sie sind für Einheimische unerschwinglich", sagte Sonja mit einem traurigen Lächeln.

Dominique hätte ihr gerne die Fragen gestellt, die ihm über das Verschwinden ihrer Eltern auf der Zunge lagen, aber nach ihren warnenden Worten beschloss er, vorsichtig zu sein. Er wollte sie nicht in Verlegenheit oder gar in Gefahr bringen. Vielleicht konnte sich die Nachbarin ja doch etwas zusammenreimen.

„Wie geht es denn Pierre, macht er noch auf Reiseberichterstattung?", fragte er stattdessen.

Er registrierte den Schatten, der über ihr Gesicht huschte, bevor sie ein Lächeln aufsetzte. „Es geht ihm gut. Er arbeitet nicht mehr für den Reiseführerverlag, sondern für eine Zeitschrift. Aber er ist immer noch ziemlich viel unterwegs. Das gefällt ihm, und er verdient gut."

„Und wie gefällt es Ihnen in Paris?"

„Dass es eine prachtvolle Stadt mit einem ganz beson-
deren Charme ist, wissen Sie ja. Und dass einem Menschen wie mir, der sein Leben damit verbracht hat,
nach seltenen Westartikeln Schlange zu stehen, bei all
der Warenvielfalt die Augen übergehen, ist auch klar.
Ich genieße es, Bananen und Schokolade essen zu können, wann immer ich möchte. Ich finde es herrlich,
schöne Kleider zu tragen, unzensierte amerikanische
Filme im Kino zu sehen und all das. Und die Leute sind
viel motivierter. Aber die Leistungsorientierung übt im
Westen auch einen ungeheuren Druck auf die Menschen aus, habe ich festgestellt. Alle sind gestresst, arbeiten sich krank und rennen ständig hektisch durch
die Gegend. Jedenfalls in Paris. Und wissen Sie was:
manchmal habe ich richtiges Heimweh nach Russland.
Das ist dumm, was?“

Dominique schüttelte den Kopf. „Nein, überhaupt
nicht. Heimat bleibt Heimat, und nichts kann sie einem
ersetzen. Nicht mal ein Schlaraffenland, wenn es das
gäbe.“

„Fehlt Ihnen denn Ihre Heimat? Sie leben schon so
lange nicht mehr in Frankreich ...“

„Nein, eigentlich nicht. Meine Heimat ist da, wo ich
gerade wohne. Aber ich war schon immer ein Abenteurer, den es in andere Länder zieht.“

„Würden Sie nie mehr in Frankreich leben wollen?“

„Ich weiß nicht. Wenn ich eines Tages keine Lust
mehr habe, in Indien zu leben, werde ich meine Sachen
packen und weiterziehen. Vielleicht nach Frankreich,
vielleicht auch woanders hin. Ich fühle mich überall
schnell zu Hause.“

„Wahrscheinlich, weil Sie immer viel herumgereist
sind“, vermutete Sonja. „Ich habe bis vor sechs Jahren
mein Leben lang in Moskau gewohnt und die weitesten
Reisen, die ich je gemacht habe, waren nach Sibirien
und ans Schwarze Meer. Wir durften ja nicht ins

Ausland. Und jetzt fahre ich mit Pierre jeden Sommer in die Bretagne. Er reist beruflich so viel, dass er privat keine Lust mehr dazu hat.“

„Sie sind jung, Sie haben noch viel Zeit, alles nachzuholen.“

Sie nickte langsam, mit träumerisch in die Ferne gerichteten Augen. Ihr Gesicht hatte den sehnsüchtigen Ausdruck eines Kindes, das auf den Weihnachtsmann wartet. Dominique fand sie rührend.

„Sehen Sie meine Eltern gelegentlich?“, fragte er.

„Ja. Sie sind ganz vernarrt in ihren Enkel.“

„Na, das kann ich mir vorstellen. Sie haben schon Jennifer völlig verzogen“, bemerkte Dominique trocken.

„Mich verzogen?“, fragte Jennifer empört.

Sonja lachte. „Dafür sind Großeltern da. Trinken wir noch einen Brandy? Das ist hier so Sitte zum Kaffeetrinken, ich habe es vorhin bloß vergessen.“

„Eine wunderbare Sitte!“

„Gut.“ Sonja ging zum Schrank neben dem Fernseher und holte eine Flasche aus einem Fach hervor. „Möchten Sie einen armenischen Brandy probieren? Er ist sehr gut, wird Ihnen aber vielleicht etwas seifig vorkommen.“

„Nur her damit. In Indien wird man mit Alkohol nicht gerade verwöhnt.“

„Ist er dort nicht sogar völlig verboten?“

„In einigen Bundesstaaten schon, aber nur für Inder. Als Ausländer kann man sich dort einen ‚Liquor Permit‘ ausstellen lassen. In den meisten Landesteilen kann Alkohol nach Belieben gekauft werden, aber er ist sehr teuer, vor allem die westlichen Marken. Dadurch floriert die Schwarzbrennerei, und die Folgen sind verheerend.“

„In welcher Hinsicht?“

„Viel zu starker Alkohol, der von einigen maßlos konsumiert wird. Zum Beispiel während der Holi-Feste betrinken sich viele Inder regelmäßig und pöbeln dann die Touristen an, schmeißen sogar mit Steinen und bespritzen sie mit Farbe. Bei den Holi-Festen ist es besser, sich als Weißer nicht auf den Straßen sehen zu lassen."

„Über all das müssen Sie mir bei Gelegenheit mehr erzählen", sagte Sonja fasziniert.

„Gerne."

Sie prosteten sich zu. Danach verabschiedete sich die Nachbarin, die den Kaffeeklatsch sichtlich genossen hatte, auch wenn sie nur das Wenige verstanden hatte, das ihr übersetzt worden war. Sonja brachte sie zur Tür.

„So, jetzt können wir endlich richtig reden", sagte sie aufatmend, als sie zurückkam. Gleichzeitig nahm ihr Gesicht einen angespannten, sorgenvollen Ausdruck an. Sie setzte sich wieder neben Jennifer auf das Sofa und verschränkte die Hände über den Knien. „Mein Mädchenname ist Valendrow", begann sie. „Seit Jahrhunderten besitzen die Valendrows ein Herrenhaus in Westsibirien. Und sie sollen einmal sehr reich gewesen sein. Es gibt da eine Sage über einen Familienschatz ... davon erzähle ich Ihnen morgen im Zug, es ist eine längere Geschichte."

„Gehört das mit dem Fluch auch dazu?", warf Jennifer neugierig ein.

„Ja, damit hat es auch zu tun. Alle Familienmitglieder, die je in diesem Herrenhaus gelebt haben, verschwanden oder kamen auf mysteriöse Weise ums Leben. Man hat nie nachgeforscht. Sibirien, das liegt so weit weg, wer kümmert sich schon darum? In den letzten Jahren lebte nur noch meine Großtante in dem Haus, die Schwester meines verstorbenen Großvaters. Sie ist ein wenig seltsam – kein Wunder, wenn man jahrelang in der Einsamkeit lebt, allein in dem großen Haus, von einigen Dienstboten mal abgesehen. Ich selbst war vor acht Jahren zum letzten Mal dort und fand das Haus von jeher etwas unheimlich. Vielleicht, weil mich seine Vergangenheit immer stark beschäftigt hat. Ich habe eine zu lebhafte Phantasie, sagt Pierre immer", fügte Sonja mit einem gezwungen klingenden Auflachen hinzu.

Dominique hob die Augenbrauen. „Das sagt ausgerechnet ein Journalist?"

Sie streckte zustimmend den Zeigefinger in seine Richtung. „Vor einem Jahr schrieben mir meine Eltern, dass sie nach Mariinsk reisen wollten – das ist eine kleine Stadt, in deren Nähe das Haus liegt. Sie wollten meiner Tante für einige Zeit Gesellschaft leisten und sich um den Besitz kümmern. Sie planten, ein Ferienheim für Waisenkinder daraus zu machen. Ich fand, das sei eine fabelhafte Idee."

Dominique und Jennifer nickten bestätigend.

„Aber anscheinend war das nicht so einfach zu verwirklichen. Sie schrieben nur noch sehr wenig darüber, und kehrten dann nach Moskau zurück. Die Briefe, die ich bekam, waren auch in Moskau abgestempelt. Ich versuchte ziemlich oft, sie telefonisch zu erreichen, aber komischerweise waren sie nie zu Hause. Das kam mir seltsam vor, aber ich hielt es für ein Problem des Telefonnetzes. Das funktioniert hier nicht immer einwandfrei. Und nun rief mich vor ein paar Wochen ganz aufgeregt meine Tante an – nicht die aus Sibirien, sondern die Frau des Bruders meines Vaters, der in Omsk lebt. Sie sagte, Onkel Nikolaj habe meine Eltern in Mariinsk besuchen wollen. Er wollte nur für einige Tage hinfahren und ist seitdem spurlos verschwunden. Er hat sich nicht mehr gemeldet, und in dem Haus in Sibirien gibt es kein Telefon. Wir können also nicht in Erfahrung bringen, was dort vor sich geht. Ich befürchte, dass allen dreien etwas zugestoßen ist." Sonja schluckte und sah Dominique hilfesuchend an.

„Wann sind Ihre Eltern das letzte Mal in Moskau gesehen worden?"

„Das ist es ja gerade! Tonja sagt, sie waren nicht mehr hier, seit sie vor einem Jahr nach Sibirien gefahren sind. Andere Nachbarn und Bekannte haben das bestätigt. Seit August letzten Jahres hat sie niemand mehr gesehen. Die Briefe, die ich bekam, waren mit Moskau, den soundsovielten, datiert und in Moskau abgestempelt, obwohl sie gar nicht hier waren! Das bedeutet, dass jemand die Absicht hatte, mich zu täuschen, damit ich mir keine Sorgen machen würde. Und das wiederum heißt, dass etwas nicht in Ordnung ist, oder?"

„War es eindeutig die Handschrift Ihrer Eltern?"

„Die meiner Mutter, ja. Das beunruhigt mich auch: seit Januar war es immer nur meine Mutter, die schrieb. Zwar erwähnte sie Vater ständig, aber er schrieb nicht eine Zeile selbst. Sie schrieb, dass er sich die Hand gebrochen habe und nicht schreiben könne. Das kommt mir im Nachhinein ziemlich unglaubwürdig vor. Wie lange hindert eine gebrochene Hand einen am Schreiben? Doch nicht länger als höchstens zwei Monate, oder?"

Dominique nickte. „Sie haben sich hier in Moskau in den letzten Tagen ja umgehört – was haben Sie herausgefunden?"

„Dass meine Eltern in der Zeit, in der sie angeblich in Moskau waren, nicht einmal mit ihren besten Freunden Kontakt aufgenommen haben. Dass sie wochenlang in ihrer gewohnten Umgebung waren, ohne von einem Nachbarn oder Ladeninhaber gesehen zu werden. Merkwürdig, nicht? Ich rief auch meine Tante in Omsk an. Sie hat inzwischen von Onkel Nikolaj einen Brief bekommen, der lange unterwegs war. Darin steht, es würden seltsame Dinge in diesem Herrenhaus vorgehen. Meine Eltern habe er dort nicht angetroffen und laut der alten Tante seien sie auch schon lange wieder weg. Er schrieb, er sei einer ganz merkwürdigen Sache auf die Spur gekommen. Er werde sie in den nächsten Tagen anrufen und ihr davon erzählen. Der Brief ist auf den 2. September datiert – das ist jetzt drei Wochen her. Seitdem gibt es keine Neuigkeiten mehr. Und sein Urlaub ist längst vorbei, sagt meine Tante, er hätte seit einer Woche wieder in der Firma sein müssen." Sonja rang die feingliedrigen Hände. „Verstehen Sie, dass ich mir Sorgen mache oder halten Sie mich für überspannt?"

„Nein, es ist völlig berechtigt, dass Sie sich Sorgen machen", stimmte Dominique zu. „An der Sache ist was faul."

Sonja atmete tief durch. „Pierre nimmt mich nicht ernst. Er sagt, ich hätte zu viele Krimis gelesen und sähe Gespenster. Meine Eltern hätten sich eben einfach ein anderes Urlaubsziel gesucht und Onkel Nikolaj sei sicher mit einem süßen jungen Mädchen durchgebrannt."

„Pah", machte Dominique und schüttelte den Kopf. „Das ist typisch Pierre."

Sonja sah ihn aus großen Augen an. „Werden Sie mir helfen?"

Er nickte. „Der Weg aus Indien nach Moskau ist ein bisschen weit, um nur Kaffee zu trinken", sagte er mit einem Augenzwinkern. „Aber warum hat Pierre mich gebeten zu kommen, wenn er die Geschichte gar nicht ernst nimmt?"

„Damit ich aufhöre, ihm auf die Nerven zu gehen", seufzte sie.

Dominique presste die Lippen zusammen, um nicht damit herauszuplatzen, was er vom Verhalten seines Stiefbruders hielt.

Jennifer hatte weniger Skrupel. „Er ist ein gefühlloser, kaltherziger Chauvinist", rief sie empört.

„Nein, Jenni, das ist er nicht", widersprach Sonja sanft. „Er ist nur jemand, der immer Glück hat und daher alles sehr leichtnimmt. Er war nie in Gefahr und hat sich auch nie um jemanden sorgen müssen. Er kennt dieses Gefühl nicht, deshalb hat er dafür kein Verständnis."

„Alle Gefühle, die er kennt, liegen unter der Gürtellinie!", zischte Jennifer.

Sonja biss sich auf die Lippen und senkte den Kopf.

„Tut mir leid. Aber du weißt schon, was ich meine."

„Ja, ich weiß, er ist nicht gerade der treueste aller Ehemänner."

Dominique hatte sie eigentlich nach ihrem Bruder fragen wollen, aber nach dem Fauxpas, den sich Jennifer geleistet hatte, wollte er nicht noch ein vermutlich heißes Thema berühren. Er beschloss, sich diese Frage für den nächsten Tag aufzusparen.

„Wann soll die Reise losgehen?", erkundigte er sich.

„Morgen Mittag werden wir den Transsibirien-Express nach Mariinsk nehmen. Das wird knapp drei Tage dauern, tut mir leid. Aber alle Flüge nach Nowosibirsk waren schon ausgebucht, es wäre frühestens in einer Woche etwas zu haben gewesen. Und ehrlich gesagt wären die Flüge für vier Personen auch ein bisschen zu teuer."

„Transsibirien-Express – das klingt aufregend", schwärmte Jennifer.

„Wenigstens werden wir etwas von Russland sehen", stimmte Dominique zu. „Und bei so langen Fahrten kann man einander gut kennenlernen."

„Die Russen sagen: auf einer Bahnfahrt kann man Hochzeit halten – und sich wieder scheiden lassen." Sonja lachte ein leises kehliges Lachen.

„Sonja, noch etwas: wenn keiner wissen soll, dass ich Detektiv bin, müssen wir uns duzen, sonst klingt es unglaubwürdig, dass ich Ihr Schwager bin. Auch wenn es wirklich so ist."

Sonja lächelte auf ihre gleichermaßen schüchterne wie kokette Weise. „Natürlich, kein Problem. Trinken wir Brüderschaft." Sie griff nach der Brandyflasche und schenkte noch einmal nach.

Sonja und Dominique prosteten sich zu. Dann standen sie auf, umarmten sich und küssten einander auf die Wangen. Jennifer beobachtete sie aufmerksam und mit einem kleinen wissenden Lächeln im Gesicht. Es entging ihr nicht, dass die beiden einander etwas länger in den Armen hielten, als es nötig gewesen wäre.

***

Zum Abendessen fuhren sie mit der U-Bahn zum Roten Platz und gingen in ein nahegelegenes Restaurant mit rot-goldener Tapete und goldgerahmten Spiegeln.

„Das Essen ist köstlich", sagte Dominique anerkennend, als er seine mit Fleisch gefüllten Teigtaschen gekostet hatte, und Jennifer nickte zustimmend.

„Ja, das ist eines der besseren Restaurants. Es gibt schon einige, wo man gut essen kann", sagte Sonja. „Wart ihr in Paris mal in einem russischen Restaurant?"

„Nein, hatte nie Gelegenheit."

„Wenn ihr mal wieder in Paris seid, lade ich euch in ein russisches Restaurant ein, zum Dank."

„Sei nicht so voreilig, wir haben ja noch gar nichts getan."

„Aber ihr seid hergekommen, und diese gute Absicht zählt sehr viel", beteuerte sie und legte sich die Hand aufs Herz.

Sie war sehr russisch in ihren Worten und Gesten: immer etwas überschwänglich und gefühlsbetont, stellte

Dominique amüsiert fest. Es bot einen wohltuenden Kontrast zu den reservierten, oft unterkühlten Briten, mit denen er in Indien zu tun hatte.

Nach einem kurzen Spaziergang durch die Innenstadt kehrten sie in die Wohnung von Sonjas Eltern zurück.

„Jennifer, was hast du eigentlich gegen Pierre?", fragte Dominique, als sie im Wohnzimmer saßen, während Sonja Maxim ins Bett brachte.

„Nichts."

„Doch! Du sprichst sehr verächtlich von ihm."

„Ich habe meine Gründe."

„Welche?"

„Ich will nicht darüber reden." Sie stand auf, ging zum Bücherregal und tat so, als studiere sie die Titel in kyrillischer Schrift.

Dominique folgte ihr und nahm sie beim Arm. „Er ist mein Bruder. Ich finde, ich habe ein Recht darauf zu erfahren, warum du ihm gegenüber so feindselig bist."

„Ach was, feindselig. Ich finde es nicht richtig, wie er Sonja behandelt, das ist alles", wich sie aus. „Sie hat sich mir mehrmals anvertraut."

Seine Finger bohrten sich in ihren Arm. „Jennifer! Ich will wissen, was vorgefallen ist." Er zwang sie, sich umzudrehen, und studierte forschend ihr Gesicht.

„Na gut." Jennifer senkte den Blick. „Eines Abends, als ich auf Maxim aufgepasst habe, der schon tief und fest schlief, kam Pierre eher nach Hause als Sonja. Er war angetrunken und hat Streit gesucht. Er ist ziemlich ausfallend geworden, hat mich beleidigt und dich auch. Da habe ich ihm eine geknallt, und er hat mich geschubst. Ich bin über irgendwas gestolpert und hingefallen. In diesem Moment kam Sonja zur Tür herein und war natürlich entsetzt. Und dann hat Pierre behauptet, ich hätte mich wie eine Furie auf ihn gestürzt, weil er mich dabei überrascht hätte, wie ich Koks genommen habe.

Nur weil er nicht zugeben wollte, dass er angefangen hat."

Dominiques Miene hatte sich verfinstert. „Mistkerl. Dem werde ich was erzählen. Entschuldige, wenn ich frage, aber: das mit dem Koks war hoffentlich wirklich gelogen?"

„Natürlich! Aber Sonja wusste nicht, wem sie glauben sollte."

„Wann war das?"

„Kurz vor meiner Abreise nach Indien. Ich habe weder Pierre noch Sonja danach nochmal gesehen."

Sonja kehrte ins Wohnzimmer zurück. „So, der Kleine schläft."

Jennifer gähnte. „Ich glaube, für mich wird es auch Zeit. Immerhin ist es für uns schon zweieinhalb Stunden später."

Dominique nickte. Auch er war müde. „Wo sollen Jenni und ich schlafen?"

„Im Schlafzimmer meiner Eltern. Ich werde bei Maxim in meinem ehemaligen Zimmer schlafen. Kommt mit, ich zeig es euch."

Nachdem Jennifer und Dominique bereits im Schlafzimmer verschwunden waren, saß Sonja noch in der Küche am Esstisch und studierte einige Geschäfts- und Privatbriefe, die ihre Eltern während ihrer langen Abwesenheit erhalten hatten. Tonja hatte sie von Zeit zu Zeit aus dem überquellenden Briefkasten genommen und Sonja bei ihrer Ankunft ausgehändigt. Das Datum der Briefe reichte bis zum August des vergangenen Jahres zurück. Ein weiterer Beweis dafür, dass ihre Eltern seitdem nicht zurückgekehrt waren.

Als ein Schatten über die Türschwelle fiel, blickte Sonja auf. Jennifer stand dort im Pyjama und kam dann verlegen lächelnd auf sie zu.

„Setz dich", sagte Sonja. „Kannst du nicht einschlafen?"

„Ich hab es noch nicht versucht. Ich wollte kurz unter vier Augen mit dir reden."

„Worüber?"

„Über diese ... Geschichte damals ... mit Pierre. Ich möchte sicher sein, dass du mir glaubst."

„Was denn?"

„Dass ich Pierre zwar geohrfeigt habe, aber nur weil er mich und Papa beleidigt hat. Und dass ich keine Drogen genommen habe. Ich gebe ja zu, dass ich in dieser Zeit hin und wieder mal einen Joint geraucht und auch mal Ecstasy probiert habe, aber ich würde doch niemals was nehmen, wenn ich auf Maxim aufpasse."

„Ja, das glaube ich dir. Ich gebe zu, in dem Moment hatte ich Zweifel, weil ich nicht gedacht hätte, dass Pierre so unverfroren lügen würde. Aber am nächsten Tag hat er sich verplappert. Er wollte sich auch bei dir für alles entschuldigen. Aber bevor er sich dazu durchringen konnte, warst du schon nach Indien abgereist."

Jennifer nickte nur und schwieg.

„Apropos, wie gefällt dir das Leben in Indien?", wechselte Sonja das Thema und versuchte, einen lockereren Ton anzuschlagen. „Du bist unglaublich schlank geworden, das habe ich dir vorhin schon sagen wollen. Ist das Essen so schlecht in Indien?"

„Na ja, es ist tatsächlich nicht gerade toll. Lange nicht so lecker wie in indischen Restaurants in Paris", sagte Jennifer. „Noch dazu der häufige Durchfall ... Und das Leben mit Dominique ist so aufregend, dass ich oft nicht ans Essen denke."

„Verstehst du dich gut mit ihm?"

„Ja. Anfangs nicht, da war er sehr streng. Wir mussten uns erst zusammenraufen. Aber inzwischen sind wir die besten Freunde geworden."

„Dominique ist wirklich sehr nett. Er hat eine so aufrichtige, verständnisvolle Art. Ich mag das sehr. Schade, dass ..." Sie verstummt abrupt.

„Schade, dass sein Bruder ihm so wenig ähnelt", vervollständigte Jennifer den Satz.

Sonja schüttelte den Kopf. „Nein. Pierre hat auch seine guten Seiten. Ich möchte nicht, dass du denkst, wir führen eine unglückliche Ehe. Das ist nicht der Fall."

„Selbst wenn du eine Bilderbuchehe führen würdest, kannst du ja trotzdem meinen Vater nett finden." Jennifer blinzelte Sonja zu. „Noch dazu ist er ein sehr attraktiver Mann, das kann wohl keiner leugnen." Sie stand auf und gab Sonja einen Kuss auf die Wange. „So, und jetzt gehe ich schlafen. Bis morgen."

3

Ungeachtet der tiefgreifenden Veränderungen in Russland nahm der Transsibirien-Express unerschütterlich seinen Weg durch das weite Land, vorbei an kleinen und größeren Städten, an Wäldern, Flüssen, Industrieanlagen und ausgedehnten Ackerbaugebieten. Die lange Reise des Schnellzuges, die noch eine Woche andauerte, bis die Endstation Wladiwostok im Südosten des Landes erreicht sein würde, hatte gerade erst begonnen. Noch befand er sich im Moskauer Becken. Es war später Nachmittag, die Sonne stand schon tief hinter den Baumwipfeln, und der herbstlich blaue Himmel wurde langsam blasser.

Dominique, Jennifer, Sonja und Maxim hatten ein Abteil für sich.

„Erzähl uns was von deiner Familie in Sibirien." Jennifer ließ sich tiefer in ihren Sitz sinken.

Sonja, die neben Dominique saß, schlug die Beine übereinander und verschränkte die Hände über den Knien – eine Haltung, die anmutig und gleichzeitig etwas verkrampft wirkte.

„Das Herrenhaus, in dem die Valendrows seit Jahrhunderten leben, ist sehr groß und wunderschön eingerichtet. Die Familie meines Vaters war früher mal sehr reich. Inzwischen ist die Pracht etwas verblichen. Der Besitz wird längst nicht mehr so gepflegt wie zu der Zeit, als mein Großonkel Alexej noch lebte. Tante Dorofeja kümmert sich nicht so sehr darum. Sie hat wohl auch nicht genug Geld, um das nötige Personal einzustellen."

„Lebt sie allein dort?"

„Sie hatte immer eine Köchin und ein Hausmädchen. Aber die wechseln häufig, weil sie es meist nicht lange in der Einsamkeit aushielten.“

„Wann starb dein Onkel Alexej?“, erkundigte sich Dominique.

„Vor zehn oder elf Jahren. Auch so ein seltsamer Todesfall. Er litt an einer merkwürdigen Krankheit, die etwa zwei Monate vor seinem Tod begann. Von Tag zu Tag wurde er schwächer, aber kein Arzt konnte feststellen, was es war. Als er sich endlich dazu durchrang, ins Krankenhaus zu gehen, war es schon zu spät. Einen Abend vorher fand man ihn tot in seinem Bett. Er war gerade erst fünfzig.“

„Vielleicht hat man ihn langsam vergiftet?“

„Aber wer sollte das getan haben? Und warum? Von dem Vermögen war nichts mehr übrig, es blieb nur noch das Haus, dessen Erbin Tante Dorofeja war – und sie hat ihn abgöttisch geliebt. Kinder hatten sie nicht. Wie dem auch sei, es war einer jener unerklärlichen Todesfälle, von denen es in unserer Familienchronik so viele gibt. Sie hatten alle kein langes Leben, die Valendrows.“

„Du wolltest uns von dem Fluch erzählen, der auf diesem Diamantschmuck lasten soll“, erinnerte Jennifer.

„Das begann im 15. Jahrhundert, als die Frau einer meiner Ur-Ahnen der Hexerei beschuldigt wurde. Natürlich hat sie es abgestritten, aber was nützte das schon gegen eine Meute von abergläubischen, blutrünstigen Menschen, die alle Hexen auf dem Scheiterhaufen sehen wollten. Und die arme Valentina soll sehr schön gewesen sein, mit grünen Augen, roten Haaren und einer magischen Ausstrahlung, der sich kaum jemand entziehen konnte. Solche Menschen wurden im Mittelalter ja schnell der Hexerei verdächtigt. Niemand aus der Familie wollte ihr helfen. Ihr Fluchtversuch misslang, man fing sie in den Wäldern wieder ein. Ihr eigener Mann, Wassili, lieferte sie aus. Er hatte im Übrigen auch eingefädelt, dass sie als Hexe beschuldigt wurde. Er wollte Valentina loswerden, um eine andere zu heiraten. Sie wusste das. Und bevor die Flammen des Scheiterhaufens über ihr zusammenschlugen, verfluchte sie in ihrer Verzweiflung – wie eine echte Hexe – die Valendrows bis in alle Ewigkeit. Insbesondere Wassili und den Diamantschmuck, den er ihr zur Hochzeit geschenkt hatte. Sie hatte diesen wundervollen Diamantschmuck geliebt und so oft wie möglich getragen. Es hieß, dass die Diamanten die Seele ihrer Besitzerin angenommen hatten."

„Und was passierte dann?", fragte Dominique gespannt.

„Zwei Monate später heiratete Wassili wieder. Von der Hochzeitsreise kehrten er und seine Frau nicht zurück, ihre Kutsche war einen tiefen Abhang hinuntergestürzt. Seine Schwester fiel die Treppe hinunter, als sie die Diamanten trug, und brach sich das Genick. Sein Bruder wurde ermordet im Wald aufgefunden. Wassilis Vater wurde vom Blitz erschlagen. Im 16. Jahrhundert suchte ein Feuer das Herrenhaus heim und einige Familienmitglieder kamen ums Leben. Bei den Wiederaufbauten des Hauses wurde ein Valendrow von einem herabfallenden Ziegelstein erschlagen. Und so ging es weiter. Immer wieder verhängnisvolle Vorfälle. Mitte des 19. Jahrhundert verschwand der Diamantschmuck dann spurlos, nachdem fast alle Damen, die ihn getragen hatten, auf mysteriöse Art ums Leben kamen. Häufig wurden sie von einem plötzlichen Fieberwahn befallen. Sie verloren den Verstand und brachten sich selbst um oder siechten dahin. Den Diamantschmuck fand man nie wieder."

„Glaubst du, dass er gestohlen wurde?"
„Nein. Einer meiner Ahnen hatte ihn irgendwo versteckt, nachdem seine Frau gestorben war. Sie wurde

erwürgt, als sie ihn trug. Der Mörder war einer der Dienstboten, der auf den Schmuck scharf war. Iwan Valendrow versteckte die Diamanten dann, damit sie nicht noch mehr Unheil anrichten konnten. Wo – das Geheimnis nahm er mit ins Grab. Denn er starb ein halbes Jahr später, und wieder war es Mord. Der Täter wurde nie gefasst. Nun lebte bloß noch der Ur-Ur-Großvater meines Vaters. Man wollte auch ihn umbringen, als er kaum zwanzig Jahre alt war. Doch er entkam dem Mordanschlag und lebte von nun an sehr vorsichtig. Er wählte sein Dienstpersonal sehr sorgfältig aus, begab sich in keinerlei Gefahren, lebte sehr gesund. Er wurde achtzig Jahre alt, das ist mit Abstand das höchste Alter, das in unserer Familie je erreicht wurde. Als er an Altersschwäche starb, hatte er viele Nachkommen. Und die meisten verließen den unheilvollen Ort, gingen nach Nowosibirsk, Omsk und Moskau. So gelang es nie, unsere Familie ganz auszurotten.“

„Meinst du, dass das jemand im Sinn hatte? Das müsste jemand sein, der ungefähr fünfhundert Jahre alt ist“, bemerkte Jennifer.

Sonja ging nicht darauf ein. Sie starrte an Dominique vorbei aus dem Fenster. „Und jetzt sind wieder drei Menschen spurlos verschwunden. Wenn sich der Familienfluch erfüllt, werden sie niemals zurückkommen.“

„Wir werden sie bestimmt finden.“ Dominique bemühte sich um einen zuversichtlichen Ton.

„Es wäre schön, wenn ich daran glauben könnte. Es ist nun einmal das Schicksal der Valendrows, dass sie nicht alt werden. Wer weiß, vielleicht muss ich auch bald sterben.“ Sie sagte das sehr ruhig, aber aus ihren Augen sprachen Angst und Bitterkeit.

„Sonja.“ Dominique legte ihr die Hand auf die Schulter. „Das darfst du nicht sagen. So einen Unsinn solltest du nicht mal denken.“

Sie wandte ihm den Blick zu. „Solche Gedanken drängen sich einem aber förmlich auf. Ja, ich will unbedingt nach Mariinsk fahren, denn ich muss versuchen, meine Eltern zu finden. Aber mir ist ganz und gar nicht wohl dabei. Was wird uns dort erwarten? Wird der Fluch auch mich treffen, weil ich mich in Dinge einmische, von denen ich besser die Finger lassen sollte?"

Dominiques Hand lag noch immer auf ihrer Schulter. „Sonja, du wirst doch wohl nicht an dieses dumme Märchen von dem Fluch glauben", sagte er mit beruhigender Stimme. „Du darfst dir nichts einreden. All diese unglücksseligen Todesfälle waren nur Zufälle. Sowas gibt es sicher in vielen Familien, nur können die meisten ihre Chronik nicht bis ins Mittelalter zurückverfolgen. Und für Krankheiten, die damals rätselhaft erschienen, gibt es heute Namen und Medikamente."

„Und all die Morde? Hältst du das auch für normal?"

„Damit werde ich in meinem Beruf ständig konfrontiert. Habgier gehört zum Wesen vieler Menschen, und die meisten morden für weitaus weniger als wertvollen Diamantschmuck. Aber das ist alles lange her, und die Diamanten sind verschwunden. Wer sollte daran interessiert sein, dir etwas anzutun?"

„Derjenige, der auch meine Eltern und meinen Onkel hat verschwinden lassen", beharrte sie.

„Möglich. Aber wir sind auf eventuelle Angriffe vorbereitet, was deine Eltern nicht waren. Und falls es dich beruhigt: ich bin bewaffnet und kann mich auch ohne Pistole ganz gut wehren. Ich werde auf dich aufpassen, wie auf ... wie auf einen Haufen Diamanten." Dominique merkte, wie sich ihre Schulter unter seiner Hand etwas entspannte. Nach einem kleinen ermutigenden Druck mit den Fingern ließ er sie los.

Sonja sah ihn an. „Du glaubst nicht an übersinnliche Dinge wie zum Beispiel einen Fluch, der in Erfüllung geht, nicht wahr?"

„Ich weiß nicht, was ich von übersinnlichen Dingen halten soll", bekannte Dominique. „Eigentlich bin ich zu realistisch, um an Zauberei und Hokuspokus zu glauben. Aber in Indien bin ich schon oft eines Besseren belehrt worden. Dort geschehen viele unerklärliche Dinge. Nehmen wir nur die Fakire als Beispiel: Menschen, die sich so in Trance versetzen können, dass sie keine Schmerzen verspüren, wenn sie sich das Gesicht von einer Wange zur anderen mit einem Säbel durchbohren. Die auf glühenden Kohlen gehen können, ohne Brandblasen zu bekommen, und sich auf das berühmte Nagelbrett legen, ohne aufgespießt zu werden. Die sich die Zunge abschneiden und sie dann wieder anlegen – und sie können sie bewegen, als wäre sie nie abgetrennt worden."

Sonja machte große Augen. „Das mit der Zunge hast du erfunden, gib es zu."

„Nein, ich habe es mit eigenen Augen gesehen, ich schwöre es."

„Das ist doch nicht möglich!"

„Du glaubst ja auch daran, dass Diamanten Tod verursachen, nur weil das eine Frau auf dem Scheiterhaufen so festgelegt hat", sagte er lächelnd.

„Das ist etwas anderes."

„Vielleicht ist das russische Magie. Das andere ist indische."

Sonja lächelte ihn dankbar an. „Du versuchst, mich abzulenken. Das ist lieb von dir."

Dominique schüttelte den Kopf. „Nein. Ich muss dich noch etwas fragen, was dir vielleicht nicht gefallen wird."

„Was?"

„Was ist mit deinem Bruder? Jennifer sagte mir, dass du einen Bruder hast. Du hast ihn noch mit keinem Wort erwähnt."

Sonja presste kurz die Lippen zusammen. „Seit meiner Heirat mit Pierre haben Kolja und ich keinen Kontakt mehr. Als Kinder haben wir uns recht gut verstanden. Er ist vier Jahre älter als ich. Nach der Schule trat er in die Partei ein und wurde ein blinder und sturer Anhänger. Sie krempelten ihn total um, machten aus einem aufgeweckten, freundlichen Mann einen verbissenen, humorlosen Bürokraten. Meine Eltern haben eine politisch recht liberale Einstellung – so liberal, wie es gerade noch erlaubt ist – und wollten sich nicht von ihm bekehren lassen. Deswegen gerieten Kolja und mein Vater öfter aneinander und Kolja zog sich von uns zurück. Er heiratete die Tochter eines höheren Funktionärs und hoffte, damit seine Karriere zu fördern. Das wäre sicherlich auch der Fall gewesen, aber dann machte ich ihm einen Strich durch die Rechnung, indem ich Pierre heiratete und nach Frankreich zog. Seine Schwester, eine Kapitalistin! Er nahm mir das sehr übel. Vor sechs Jahren war die Glasnost-Politik ja noch in den Kinderschuhen. Auch jetzt hat er es mir noch nicht verziehen. Einmal war er zufällig bei meinen Eltern, als ich zu Besuch ankam. Ohne mich zu begrüßen verließ er das Haus, als hätte ich die Pest. Kaum zu glauben, dass das der gleiche Bruder war, der früher die Nachbarsjungen verprügelte, wenn mich einer von ihnen geärgert hatte." Sonjas Stimme klang bitter. Ihre Hände zitterten leicht, als sie sich eine Haarsträhne aus der Stirn strich.

„Weißt du, ob er kurz vor der Abreise deiner Eltern nach Sibirien noch Kontakt zu ihnen hatte?"

„Ja, ich glaube schon. In ihren Briefen erwähnten meine Eltern ihn zwar nicht oft, wahrscheinlich, um mir keinen Kummer zu machen. Aber soviel ich weiß, wahrten sie zumindest an den Feiertagen die Form und trafen sich mit ihm und seiner Familie."

„Er müsste also bemerkt haben, dass deine Eltern nicht von ihrer Reise zurückgekommen sind", sagte Dominique nachdenklich.

„Ganz sicher, ja."

„Und hat er darüber mit anderen Verwandten gesprochen? Die hätten dir das sicher erzählt, oder?"

„Bestimmt. Aber niemand erwähnte es."

„Das ist sehr sonderbar."

„Warum interessierst du dich so für meinen Bruder?"

„Kein Geheimnis der Valendrows wird mehr vor mir sicher sein. Für einen Detektiv zählt jedes Detail, um des Rätsels Lösung zu finden." Er blinzelte ihr zu.

„Ja, natürlich." Sonja wischte sich gequält mit dem Handrücken über die Stirn und lehnte den Kopf müde an die Wand.

„Jetzt werden wir mit diesen Familiengeschichten aufhören", sagte Dominique rasch. „Dafür haben wir in den nächsten Tagen noch genug Zeit. Lasst uns den Speisewagen suchen, was meint ihr? Ich kriege langsam Hunger."

„Eine gute Idee." Sie lächelte ihn dankbar an.

Die Nacht auf den schmalen Schlafkojen verlief für alle ziemlich unruhig. Der Zug ratterte laut in der nächtlichen Stille und stieß von Zeit zu Zeit ein kräftiges Tuten aus. Das Rütteln der Waggons auf den Schienen warf sie auf ihren Pritschen hin und her.

Dominique dachte an Sonja. Sie löste eigenartige Gefühle in ihm aus. Eine Mischung aus Beschützerinstinkt und Begehren, gepaart mit einer unbestimmten Sehnsucht.

Sonja sorgte sich um ihre Eltern.

Jennifer sehnte sich nach Rajiv, dem sie noch immer nicht nähergekommen war.

Maxim hatte den ganzen Nachmittag lang geschlafen und war nun zu ausgeruht.

Nur die beiden Russen im Nachbarabteil schnarchten so laut und anhaltend, als wollten sie sämtliche Bäume der Taiga in einer einzigen Nacht umsägen.

4

Am nächsten Morgen fühlten sich alle vier etwas zerschlagen, waren aber einigermaßen frohgestimmt. Vor allem waren sie hungrig. Doch der Speisewagen wurde durch eine Delegation blockiert, und Gruppen hatten stets Vorrang. Es blieb ihnen nichts anderes übrig, als sich mit knurrenden Mägen in ihr Abteil zurückzuziehen, das die Zugbegleiter in der Zwischenzeit bereits wieder für den Tag umgebaut hatten. Ihre Nachbarn standen an der geöffneten Tür ihres Abteils und Sonja berichtete ihnen von der Überfüllung des Speisewagens. So kamen sie mit ihren Mitreisenden ins Gespräch.

Sie stellten sich als Igor und Pawel Newowitsch vor und waren Vater und Sohn. Igor, der Vater, sprach ein wenig Französisch, sein Sohn Pawel etwas Englisch und so stellte die Verständigung kein Problem dar. Den Rest übersetzte Sonja.

Sie kamen in ihr Abteil und teilten brüderlich die mitgebrachten Reisevorräte mit ihnen. Diese waren deftig und fett. Zum Nachspülen ließen sie eine Wodkaflasche kreisen. Jennifer nippte nur daran und rümpfte die Nase. Aber Sonja nahm mit einer entschlossenen Geste einen kräftigen langen Schluck, was bei ihrer zierlichen Gestalt und dem femininen Gesicht recht komisch wirkte. Sehr russisch, dachte Dominique amüsiert.

***

Am späten Nachmittag standen Sonja und Dominique im schmalen Gang am geöffneten Fenster. Jennifer war mit Maxim im Abteil geblieben und las ihm aus einem französischen Kinderbuch vor.

„Wie gefällt dir das, was du bis jetzt von unserem bescheidenen kleinen Land gesehen hast, Dominique?", fragte Sonja, als sie auf die unendliche Weite der frühherbstlichen Landschaft hinaussahen.

Die Sonne strahlte vom leuchtendblauen Himmel, die goldgelben Weizenfelder wogten im Wind. Richtung Norden sah man in der Ferne die Bäume der Taiga, deren Blätter sich rötlich zu färben begannen.

„Klein? Du bist gut. Früher hielt ich Frankreich für groß. Als ich dann ein wenig in Indien herumgereist war, fand ich es dort riesig. Hierfür fällt mir nun gar kein Ausdruck mehr ein. Höchstens unendlich."

„Ja, es ist beeindruckend. Man kann zwar auf der Weltkarte sehen, wie riesig Russland ist, aber eine richtige Vorstellung davon kann man sich erst machen, wenn man einmal mit dem Transsibirien-Express von Moskau nach Wladiwostok gefahren ist."

„Hast du das schon mal getan?"

„Ja, als Kind. Wir haben mal Urlaub am Japanischen Meer gemacht."

„Und wie ist es dort so?"

„Sicher nicht so hübsch wie die Küsten von Indien oder Frankreich. Aber wir waren beeindruckt, einmal im Pazifik baden zu können."

Er lächelte. „Dann haben wir ja beide schon im selben Ozean gebadet."

„Ich würde aber die indischen Strände vorziehen! Ich würde zu gerne dort schwimmen gehen."

„Dann tu es doch. Jetzt kannst du ja reisen. Komm nach Indien – ich lade dich ein, dort mit mir alle Küsten zu besichtigen."

Sie starrte aus dem Fenster. „Pierre interessiert sich nicht für Indien."

„Es war ja auch nicht die Rede davon, dass Pierre mitkommt. Ich sagte, ich lade *dich* ein."

Sonja wandte ihm das Gesicht zu und sah ihn mit verhaltener Freude forschend an. Ernsthaft erwiderte Dominique ihren Blick. Eine ihrer im Wind flatternden Haarsträhnen legte sich ihr quer über die Wange und blieb an ihren Lippen hängen. Dominique strich ihr sanft die Haare aus dem Gesicht.

Sonja griff nach seiner Hand und drückte sie einen Moment lang gegen ihre Wange. Selbstvergessen starrten sie einander an.

Erst ein starkes Rumpeln des Wagons und ein sich vorbeidrängender Passagier brachten sie in die Gegenwart zurück. Etwas beschämt ließen sie ihre Hände sinken.

Sonja lächelte schließlich. „Pass auf, was du sagst, vielleicht nehme ich dich beim Wort."

„Ich werde darauf bestehen", erwiderte Dominique leise. „Du sollst nicht nur im Pazifik, sondern auch im Indischen Ozean baden. Es gibt endlose weiße Sandstrände. An manchen Stellen ist das Wasser so klar, dass man die Korallenriffe sehen kann. In kleinen Restaurants direkt am Strand kann man frisch gefangenen und sofort gegrillten Fisch essen, das schmeckt herrlich. Und du sollst die Buntheit und Lebhaftigkeit der Gewürz-, Obst- und Blumenmärkte kennenlernen und frische Mangos, Papaya und indische Bananen essen."

Sonja hing wie gebannt an seinen Lippen. „Ich wette, es gibt überall Palmen."

„Ja. Und riesige Büsche von Bougainvilleen und Jasmin. Und Jacaranda-Bäume. Manchmal duftet die Luft überall nach Blüten. Du kannst auf Kamelen und bunt angemalten Elefanten reiten. Und die indischen Tempeltänzerinnen sind so anmutig und exotisch wie Paradiesvögel."

„Ich würde das alles zu gerne sehen", sagte Sonja sehnsüchtig. „Aber was sage ich Pierre?"

„Dass du deine Freundin Jennifer besuchen möchtest, ganz einfach." Er stützte die Unterarme auf das heruntergelassene Fenster und lächelte hintergründig.

Sonja berührte leicht seinen Ellenbogen. „Es klingt verlockend, Dominique. Aber wir reden ein anderes Mal darüber, ja? Ich glaube, jetzt ist nicht der richtige Moment …"

Er nickte. Ein paar Minuten lang betrachteten sie schweigend die vorüberziehende Landschaft.

„Warum hast du eigentlich nie wieder geheiratet?", fragte Sonja dann vorsichtig.

Dominique zuckte mit den Schultern. „Ich glaube, ich bin nicht der Typ dafür. Ich bin zu freiheitsliebend und unbeständig. Schon meine erste Ehe war ein großer Fehler."

„Du verdankst ihr immerhin Jennifer."

„Nein, nicht der Ehe", stellte er richtig. „Wir heirateten, *weil* Jennifer unterwegs war. Mit einundzwanzig Verpflichtungen als Familienvater zu haben, war wohl zu früh für mich. Genauer gesagt war es überhaupt nichts für mich. Es ist anscheinend unvereinbar mit meinem Charakter. Viele Leute haben mir schon vorgeworfen, egoistisch und oberflächlich, ja, sogar kaltherzig zu sein." Er schnitt eine Grimasse.

„Das stimmt nicht", widersprach Sonja. „Das bist du nicht."

Dominique hob die linke Augenbraue. „Wie hast du das in den zwei Tagen, die wir uns kennen, feststellen können?"

„Du hast einen Beruf, der darin besteht, Menschen zu helfen – sei es wie jetzt als Detektiv oder wie früher als Gendarm. Und dafür bringst du dich sogar oft in

Gefahr, nehme ich an. Wie sollst du da egoistisch oder oberflächlich sein?"

Er zuckte mit den Schultern. „Das ist eben mein Job. Ich werde dafür bezahlt, den Leuten zu helfen, es ist eine Dienstleistung. Ich tue es nicht aus Nächstenliebe."

„Wenn es dir nur um das Geld ginge, warum arbeitest du dann nicht in Europa? Ich wette, du würdest dort besser bezahlt werden als in Indien."

„Das stimmt", gab er zu. „Aber das ist keine hilfsbereite soziale Ader, sondern Abenteuerlust und der Reiz der Gefahr. Ich brauche das."

„Und die Frauen, Dominique?", fragte Sonja leise. „Finden dich die Frauen auch kaltherzig?"

„Ich weiß nicht", murmelte er, ging auf ihren verschwörerischen Ton ein, seine Stimme aber war gleichzeitig auch nicht frei von Traurigkeit. „Nicht viele Frauen interessieren sich für mein Herz."

„Das kann ich nicht glauben. Vielleicht lässt du sie nicht nahe genug an dich heran."

„Mag sein."

„Gibt es zurzeit gar keine Herzensdame in deinem Leben?"

„Ich weiß nicht, was daraus werden soll, aber ... ich habe eine Schwägerin, die dabei ist, mir den Kopf zu verdrehen." Er lächelte, aber sein Blick war ernst auf ihren geheftet.

Sonja wusste nicht, ob sie erschreckt sein oder sich freuen sollte. Sie räusperte sich verlegen. „Das ist sonst nicht meine Art. Den Männern den Kopf zu verdrehen, meine ich. Seit ich mit Pierre zusammen bin, gab es nur ihn für mich. Und ich liebe ihn, auch wenn unsere Ehe nicht so ist, wie ich es erhofft hatte. Aber manchmal habe ich Lust, einfach auszubrechen, frei zu sein. Ich habe nie richtige Freiheit gekannt, Dominique. Nie so wie du. Ich habe lediglich das Gefängnis des

Kommunismus mit dem Gefängnis der Ehe und Mutterschaft vertauscht."

„Das sind harte Worte", sagte er betroffen.

Sie seufzte. „Ganz so ist es natürlich nicht gemeint. Um nichts in der Welt möchte ich meinen Sohn missen, und ohne Pierre würde ich mich wohl recht einsam fühlen. Aber ich möchte einmal spüren, wie es ist, grenzenlos frei zu sein, ohne jeden Zwang und ohne Verpflichtungen."

„Es gibt keine unbeschränkte Freiheit, Sonja. Wir alle sind Gefangene von irgendwas. Und sei es nur von eigenen Gefühlen, Ängsten oder Moralvorstellungen. Wir unterliegen dem Zwang, Geld verdienen und unserem Leben einen Sinn geben zu müssen, und wir unterliegen den Erwartungen anderer Menschen, denen gegenüber wir uns freundlich oder mindestens respektvoll verhalten müssen. Frei sind nur die wirklichen Vagabunden, und die bezahlen es mit Einsamkeit, Armut und Obdachlosigkeit."

Sonja nickte. „Du hast natürlich recht. Manchmal rede ich wie ein Kind, nicht wahr?"

Dominique schüttelte den Kopf. „Du hast eben noch Träume, Illusionen und Wünsche. Lass sie dir nicht durch Zyniker wie mich zerstören. Ich finde deine Art bezaubernd."

Sie standen so dicht beieinander am Fenster, dass sich ihre Körper bei jedem Ruckeln des Zuges berührten. Sonja starrte auf Dominiques Lippen, die sich auf Höhe ihrer Augen befanden und wünschte, er würde sie küssen. Sie wollte in seinen Armen liegen und sich ihm hingeben. Schüchtern hob sie schließlich den Blick. In seinen Augen las sie das gleiche Begehren.

„Gefangene eigener Moralvorstellungen", wiederholte sie leise seine Worte und fröstelte.

„Wir sollten wieder reingehen, es wird kalt", sagte Dominique abrupt, und seine Stimme klang auf einmal so kühl wie der Wind der Taiga.

Sonja nickte und verschränkte die Arme vor der Brust, um sich gleichsam vor dem Wind zu schützen wie auch vor Dominique und den unerwünschten Gefühlen, die er in ihr auslöste.

Als sie ins Abteil zurücktraten, hob Jennifer den Blick von dem Bilderbuch. Forschend betrachtete sie erst Sonjas glühende Wangen und dann das verschlossene Gesicht ihres Vaters. Inzwischen kannte sie ihn gut genug, um in ihm, der auf die meisten Leute recht undurchsichtig wirkte, wie in einem offenen Buch lesen zu können. Etwas ärgerlich erwiderte er ihren Blick.

„Mama, ich muss mal", meldete sich Maxim.

„Komm mit, mein Schatz." Sonja schien froh, einen Vorwand zu haben, Dominiques Nähe zu entfliehen.

„Ihr gebt ein hübsches Paar ab", bemerkte Jennifer, als Sonja und Maxim das Abteil verlassen hatten.

„Blödsinn!", sagte Dominique schroff. „Du scheinst zu vergessen, dass Sonja verheiratet ist. Mit meinem Bruder noch dazu."

Seine heftige Reaktion bestätigte ihren Verdacht.

„Die Ehe ist eine unsinnige Institution", murmelte sie und dachte dabei an Rajiv.

Dominique rang sich ein Lächeln ab. Er setzte sich neben Jennifer und legte den Arm um sie. „Du denkst wie ich, nicht wahr? Wir kümmern uns doch auch sonst nicht darum, was andere zu dem sagen, was wir tun. Warum pfeifen wir nicht einfach auf alle Konventionen und machen, wozu wir Lust haben?"

„Ich dachte immer, das würdest du tun."

„Es geht aber nicht nur um mich. Du weißt, dass es mir bei Susan ziemlich egal war, dass sie verheiratet ist. Aber Sonja ist nicht wie Susan. Sie macht einen verwundbaren Eindruck. Ich möchte ihr nicht weh tun und sie nicht in eine dumme Situation bringen. Außerdem schulde ich meinem Bruder einen gewissen Respekt. Auch wenn er nicht viel dafür tut, sich Respekt zu verdienen."

„Für mich ist nur wichtig, dass du glücklich bist", sagte Jennifer.

Mit einem Anflug von Rührung zog Dominique sie in die Arme. „Das ist lieb von dir. Aber mit Sonja ... das wäre gestohlenes Glück. Es würde keinen von uns wirklich glücklich machen. Auch wenn ich sie sehr mag."

„Ich würde sagen, du hast dich sogar in sie verliebt." Jennifer lächelte verschmitzt.

Er kniff ihr zärtlich in die Wange. „Ach was. Das geht in meinem Alter nicht mehr so schnell wie in deinem."

„Oder in Sonjas", ergänzte sie bedeutungsvoll.

5

Auch in der folgenden Nacht schliefen sie nicht besonders gut, und am nächsten Morgen waren sie alle in ziemlich missmutiger Stimmung. Je näher sie ihrem Ziel kamen, desto nervöser wurde Sonja. Sie versuchte, sich genauso ruhig und ausgeglichen wie immer zu geben, konnte aber weder ihre unruhigen Gesten, noch das Flackern in ihren Augen unterdrücken. Dominique war wortkarg und schien vor sich hinzugrübeln. Maxim quengelte, weil ihn die lange Fahrt ermüdete, und auch Jennifers Laune war nicht die beste.

Das Land wurde karger, nur im Süden waren noch Weizenfelder zu sehen. Im Norden rückte die Taiga mit Sümpfen und Ödland immer näher. Am frühen Vormittag hielt der Zug in Nowosibirsk, dem Tor zu Sibirien.

Obwohl sie sich langweilten, vergingen die nächsten Stunden geradezu im Flug. Die Kilometerzahl, die der Zug noch bis Mariinsk zurückzulegen hatte, schrumpfte in raschem Tempo, mit jedem Rattern der Räder auf den Schienen, mit jedem Baum, der am Fenster vorüberzog.

Und endlich waren sie am Ziel. Ein kleiner alter Bahnhof mit einem verwitterten Schild: Mariinsk.

Mit ihnen stiegen nur wenige Leute aus, die zielstrebig den Bahnsteig verließen.

Dominique, Jennifer, Sonja und Maxim blieben stehen und sahen sich um. Rechts von ihnen lag der Ort Mariinsk, eine Ansammlung von bescheidenen kleinen Häusern am Rande der Taiga, am Ufer eines Seitenarms des Flusses Ob. Links davon gab es nur Felder,

Wiesen und Bäume. In der Ferne verdichteten sich Birken, Fichten, Pappeln und Kiefern zu einem Wald.

„Wo liegt dein Herrenhaus?" Dominique blickte sich mit zusammengekniffenen Augen nochmals um.

„In diese Richtung." Sonja wies mit ausgestrecktem Arm in die Richtung des Waldes. „Etwa drei Kilometer von hier. Wir werden eine Droschke nehmen."

„Ich fühle mich wie bei Dr. Schiwago", kicherte Jennifer, als sie kurz darauf in einer offenen Kutsche saßen und über den holprigen Waldweg rumpelten.

Die Nachmittagssonne schien warm durch das Laubwerk, das sich rot und gelb zu verfärben begann. Nach einiger Zeit lichtete sich der Wald und vor ihnen lag inmitten eines riesigen verwilderten Gartens ein großes Haus. Es mochte früher einmal sehr prachtvoll gewesen sein, im Obergeschoss mit Balkonen vor den Schlafzimmern. Doch mit der Herrlichkeit war es vorbei. Der Putz blätterte überall ab und das Geländer der Balkone war an einigen Stellen schadhaft. Die Fensterläden waren verwittert und die meisten Fenster so schmutzig, dass sie nahezu blind waren.

„Du lieber Himmel!", sagte Sonja entsetzt. „So schlimm habe ich es mir nicht vorgestellt. Vor neun Jahren sah es noch ganz passabel aus."

„Es sieht so aus, als würde schon lange keiner mehr hier wohnen", stellte Jennifer fest, als sie ihr Gepäck ausgeladen hatten und langsam auf das Haus zugingen.

Es gab keinen Zaun um das Grundstück, denn früher hatte das Land ringsum bis hin zum Bahnhof den Valendrows gehört.

„Wie kann Tante Dorofeja nur so leben", meinte Sonja kopfschüttelnd.

„Wenn sie noch lebt", murmelte Dominique.

Sonja beschleunigte entschlossen ihre Schritte. „Wir werden ja sehen." Sie betätigte den kunstvoll geschmiedeten Klopfer aus Messing an der Haustür. Drinnen rührte sich nichts.

„Lass mich mal." Dominique donnerte den Klopfer so hart gegen die Tür, dass Sonja um das morsche Holz bangte.

Von drinnen näherten sich nun schlurfende Schritte, dann wurde die Tür geöffnet. Vor ihnen stand eine schlanke, in schwarz gekleidete Frau, die etwa Anfang Siebzig sein musste. Sie trug ihr graues Haar im Nacken zu einem Knoten zusammengeschlungen. Ihre braunen Augen blickten den unerwarteten Besuchern verwirrt entgegen.

„Sie wünschen bitte?", fragte sie mit krächzender Stimme.

Sonja trat einen Schritt vor. „Tante Dorofeja! Erkennst du mich nicht mehr?"

Die alte Dame betrachtete sie genauer, dann erhellte sich ihr Gesicht.

„Sonja!", rief sie und breitete die Arme aus.

Sonja fiel ihr um den Hals.

„Mein liebes Kind, wie schön, dich endlich einmal wiederzusehen", sagte die alte Dame glücklich und schob ihre Großnichte auf Armeslänge von sich. „Wie gut du aussiehst. Du bist seit dem letzten Mal noch hübscher geworden. Die Ehe scheint dir gut zu bekommen. Ist das dein Mann?" Sie wies auf Dominique.

„Nein, mein Schwager. Und das ist seine Tochter. Mein Mann konnte nicht aus Paris weg."

„Aus Paris?" Ihre Tante wirkte verblüfft.

Sonja stutzte. „Tante Dorofeja, haben dir meine Eltern nichts erzählt?"

„Sie haben eine Menge erzählt, mein Kind. Was meinst du?"

„Ich lebe seit sechs Jahren in Frankreich. Ich habe einen Franzosen geheiratet. Das ist mein Sohn." Sie zog Maxim zu sich heran.

Ihre Tante strahlte auf. „Dein Sohn, ja richtig. Deine Eltern haben mir von meinem Ur-Großneffen berichtet." Sie streckte die Hand nach Maxim aus, doch dieser wich zurück und versteckte sich hinter seiner Mutter.

Dorofeja ging darüber hinweg. „Sonja, wie nett, dass nach deinen Eltern und deinem Onkel nun auch du mich besuchen kommst. Wie lieb von euch, dass ihr mich nicht ganz vergesst, hier am Rande der Taiga. Wer sind diese Leute da?", fragte sie übergangslos.

„Das sind, wie gesagt, mein Schwager und seine Tochter. Sie haben mich netterweise begleitet, weil ich mich gescheut habe, den Weg nach Sibirien alleine anzutreten. Sie sprechen leider kein Russisch."

Dorofeja schien mit ihren Gedanken schon wieder bei etwas anderem zu sein. „Komm rein, Kind, wir müssen ja nicht alles zwischen Tür und Angel besprechen."

Die Besucher folgten ihr in eine düstere, nur spärlich möblierte Empfangshalle, in der ihre Schritte von den Wänden wiederhallten. Sie stellten ihr Gepäck ab und betraten den Wohnsalon, in dem alles von verblichener Pracht zeugte. Früher, als die antiken russischen Möbel modern waren, musste der Raum sehr elegant gewesen sein. Aber nun waren die Polster abgenutzt, der kostbare Teppich verblichen und verschmutzt, die Vitrinen der Kommoden ungeputzt. Der verstaubte Kristalllüster funkelte schon lange nicht mehr.

Dorofeja rief nach dem Hausmädchen Asja und bat um Tee und Gebäck.

Vorsichtig nahmen sie auf den alten Möbeln Platz.

„Meine Eltern waren also hier", begann Sonja die Unterhaltung auf den gewünschten Punkt zu bringen.

„Ja, natürlich waren sie hier", gab ihre Tante arglos lächelnd zurück.

„Wann?"

„Es ist schon eine Weile her."

„Wann war es genau?", forschte Sonja.

„Ach, Kindchen, ich weiß es nicht mehr so genau. Hier vergeht ein Tag wie der andere.“

„Aber du wirst es doch ungefähr wissen! War es vor zwei Wochen, vor zwei Monaten oder vor zwei Jahren?“

Dorofeja legte den Finger an die Nase. „Es könnte etwa ein Jahr her sein. Ja, ich glaube, es wurde auch gerade Herbst ...“

„Und wie lange sind sie geblieben?“

„Ein paar Wochen. Dann sind sie wieder abgereist.“

„Wohin?“

„Das haben sie nicht gesagt.“

„Sie werden doch irgendwas gesagt haben!“

„Ich weiß es nicht mehr.“

„Haben sie sich danach nochmal bei dir gemeldet?“

„Nein.“

„Und Onkel Nikolaj, wann war er hier?“

„Vor ein paar Wochen.“

„Was wollte er hier?“

„Deine Eltern besuchen. Er dachte, sie sind noch bei mir. Aber sie waren ja schon lange wieder weg.“

„Und dann ist er gleich wieder abgereist?“

„Nicht sofort, er blieb noch ein paar Tage.“

„Aber danach wollte er nach Omsk zurückfahren, ja?“

„Ja.“

„Ging es ihm gut, als er abreiste?“

„Ja, warum hätte es ihm nicht gut gehen sollen?“

Sonja seufzte. Eine innere Stimme riet ihr, ihrer Tante noch nichts vom Verschwinden der Verwandten zu berichten.

„Tante Dorofeja, wir würden gerne einige Nächte hierbleiben. Du hast doch sicher ein paar freie Zimmer?“

„Aber natürlich“, sagte die Tante freundlich. „Ihr könnt bleiben, so lange ihr wollt. Sicher wollt ihr euch nach der langen Reise jetzt etwas frisch machen. Ich werde Asja sagen, dass sie den Tee erst später serviert. In einer halben Stunde?"

Sonja übersetzte. Dominique und Jennifer nickten zustimmend.

Dorofeja führte sie in die Schlafzimmer, die im ersten Stock lagen. Sonja erhielt das Zimmer, in dem sie stets geschlafen hatte, wenn sie zu Besuch gewesen war, Maxim wurde in dem kleinen Zimmer gleich daneben einquartiert. Dominiques Zimmer, das mit einem Kamin und einem großen goldgerahmten Spiegel ausgestattet war, lag gleich gegenüber, und Jennifer erhielt ein Zimmer am anderen Ende des dunklen Ganges, das ein prunkvolles Himmelbett mit einem verblichenen Baldachin aus schwerem Samtstoff besaß.

Nachdem Dominique seine Sachen in dem riesigen holzwurmbefallenen Schrank verstaut hatte, nahm er seine Pistole aus dem Koffer, lud sie und verstaute sie in der Innentasche seines Blousons. Er hatte das unbestimmte Gefühl, dass in diesem Haus eine Gefahr auf sie lauerte. Eine Gefahr, die er noch nicht abschätzen konnte.

6

Während sie Tee tranken, unterhielten sich Sonja und Dorofeja über Familienereignisse der letzten zehn Jahre. Sonja bemerkte, dass die Gedanken ihrer Großtante ständig abschweiften, ihre Sätze immer wirrer und zusammenhangsloser wurden. Schließlich blickte sie endgültig ins Leere und begann träumerisch vor sich hinzustarren.

„Es ist nett von dir, dass du mir meinen kleinen Enkel mitgebracht hast, Darja. Der kleine Grischa, ist er nicht lieb?"

Sonja starrte sie verdutzt an. „Wer ist Grischa?"

„Du verleugnest deinen eigenen Sohn? Wie schäbig, Darja. Ich habe deinen Mann immer geliebt, aber man hat ihn mir weggenommen! Aber mir nimmt niemand ungestraft etwas weg, niemand! Niemand, hörst du?" Dorofeja hatte sich vorgebeugt, ihre dunkle Stimme war schrill geworden und ihre Augen funkelten fanatisch.

Sonja wich zurück und blickte ihre Großtante in erschreckter Faszination an.

„Sonja, was ist?", wollte Dominique wissen.

„Sie redet wirres Zeug. Ich glaube, sie fantasiert."

„Was hat sie gesagt?"

„Das erzähle ich dir nachher."

Nach dem Tee beschlossen Dominique und Sonja, sich auf dem Grundstück umzusehen. Jennifer hätte sie gerne begleitet, aber sie merkte, dass die beiden allein sein wollten. Daher bot sie an, in der Zwischenzeit mit Maxim zu spielen.

„In gepflegtem Zustand muss das alles einmal einen herrlichen Besitz abgegeben haben“, stellte Dominique fest, als sie sich einen Weg durch das Unkraut bahnten, das die Steinplatten überwucherte.

„Als ich vor neun Jahren hier war, begann es schon zu verwahrlosen. Aber aus meinen Kindheitserinnerungen weiß ich, dass es mal sehr viel hübscher hier war. Und zu der Zeit, als die Valendrows noch das nötige Geld und Personal hatten, dieses Anwesen zu unterhalten, muss es prachtvoll gewesen sein.“

„Schade, dass alles so heruntergekommen ist.“

„Ich verstehe nicht, wie meine Tante so leben kann. Sie scheint inzwischen völlig den Verstand verloren zu haben. Sie schwebt so in den Geschichten der Vergangenheit, dass sie sich kaum noch an meinen Namen erinnert. Aber sie hat ab und zu ein paar helle Momente, in denen sie beispielsweise weiß, dass meine Eltern letztes Jahr hier waren.“

„Versuche sie auszuhorchen, wann immer sie einen dieser Momente hat. Und knöpf dir auch das Hausmädchen vor. Gibt es sonst noch Personal?“

„Ich glaube nicht.“

„Nachbarn? Lieferanten? Irgendwer, der hin und wieder herkommt?“

„Ich weiß nicht.“

„Wer versorgt deine Tante mit Lebensmitteln? Und was ist mit dem Gemüsegarten, den ich gesehen habe? Wer bestellt ihn?“

„Als mein Großonkel Alexej noch lebte, hatten sie einen Gärtner. Und einen Stallburschen für die Pferde, der auch im Haus zur Hand ging. Inzwischen hat sie keine Pferde mehr. Als ich zum letzten Mal hier war, gab es einen alten Lada, mit dem sie und Asja zweimal in der Woche in den Ort fuhren, um Einkäufe zu machen.“

Sie hatten das Haus hinter sich gelassen und näherten sich den Ställen. Die Sonne war gerade untergegangen, und die Dämmerung senkte sich langsam über die Wälder. Trotz der abendlichen Kühle schwirrten unzählige Mücken durch die Gegend. Der schmale Weg war von Gras überwuchert.

„Pass auf die Baumwurzeln auf", warnte Sonja, die dicht hinter Dominique herging.

Sie hielten den Blick auf den Weg gesenkt, um nicht zu stolpern. Dominique blieb so plötzlich stehen, dass Sonja gegen ihn prallte. „Was ist?"

„Raucht deine Tante?"

„Nicht, dass ich wüsste."

„Und das Hausmädchen?"

„Ich glaube nicht. Wieso?"

Er bückte sich, hob einen Zigarettenstummel auf und betrachtete ihn genauer. Es war eine einheimische Marke.

„Meine Mutter raucht", sagte Sonja.

Dominique hielt ihr den Stummel hin. „Diese Marke?"

Sie studierte die Aufschrift unter dem Filter. „Das ist die meistgerauchte russische Marke, etwa wie Marlboro im Westen."

Dominique ließ den Zigarettenstummel in seine Hosentasche gleiten.

„Lass uns gleich zu den Ställen hinübergehen, bevor es zu dunkel ist", sagte Sonja. „Mir ist gerade etwas eingefallen."

„Was?"

„Als meine Cousine und ich Teenager waren und uns hier in den Sommerferien langweilten, haben wir angefangen, auf Schatzsuche zu gehen. Dabei haben wir eine Checkliste von allen Orten aufgestellt, wo der Diamantschmuck versteckt sein könnte. Wir haben ihn natürlich nicht gefunden. Das alles haben wir in einem Büchlein festgehalten, das wir im Stall versteckt haben.

Es ist auch eine Zusammenfassung der Familienchronik darin, die alle Mysterien unserer Familie beinhaltet. Am Ende des Sommers haben wir das Buch in seinem Versteck vergessen. Es würde mich interessieren, ob es noch da ist."

Die Pferdeboxen waren leer und staubig. Hier und dort lagen Strohhaufen herum. Das Licht fiel nur noch spärlich durch die blinden, hohen Fenster, von denen eines zerbrochen war.

Dominique folgte Sonja in die Sattelkammer, wo sie sich suchend umsah. „Früher gab es hier mal eine kleine Leiter ... Sie ist weg."

„Wo ist dein Versteck?"

Sie deutete mit dem Daumen nach oben, zu einem Sims auf halber Höhe.

„Das schaffen wir auch ohne Leiter." Dominique verschränkte seine Hände zu einer Räuberleiter und lehnte sich an die Wand.

Sonja schlüpfte aus ihren Mokassins und stützte sich mit den Händen auf Dominiques Schultern. Während er ihre Füße hochstemmte, arbeitete sie sich an der Wand empor und tastete nach dem losen Mauerstein. Dahinter befand sich ein kleiner Hohlraum, in dem Sonja und ihre Cousine vor zwölf Jahren das kleine Notizbuch versteckt hatten.

Der Hohlraum war leer.

„Es ist weg", stellte sie fest. „Wer kann sich dafür interessieren?"

„Entweder jemand, der sich auch für den Schatz interessiert, das ganze Grundstück umgekrempelt hat und dabei auf eure Aufzeichnungen gestoßen ist, oder einfach jemand, der im Stall groß saubergemacht hat."

„Und hinter lose Mauersteine auf hohen Simsen geguckt hat?", fragte Sonja zweifelnd. „Und überhaupt: sieht das Grundstück so aus, als ob hier in den letzten Jahren irgendwo groß saubergemacht wurde?"

„Nein, du hast recht, das ist nicht sehr plausibel", gab er zu. „Ist vielleicht deine Cousine hier gewesen und hat das Buch aus seinem Versteck geholt?"

„Das glaube ich nicht. Sie hat sich schon im Jahr darauf überhaupt nicht mehr für diese Geschichte interessiert. Ist ja auch egal, es ist nicht so wichtig."

Als sie sich an der Wand hinunterhangeln wollte, machte sie eine etwas brüske Bewegung. Dabei verlor sie das Gleichgewicht und fiel zusammen mit Dominique, der versuchte, sie aufzufangen, in einen Haufen Stroh.

Sonja, die auf dem Rücken lag, stöhnte auf.

„Hast du dir wehgetan?", fragte er besorgt.

Sie schüttelte den Kopf und begann zu lachen. Dominique stimmte ein. „Als ich das letzte Mal mit einem Mädchen im Stroh gelandet bin, war ich sechzehn und zum ersten Mal verliebt", erinnerte er sich schmunzelnd.

Sonja kicherte. „Und was ist dann passiert?"

„Soll ich es dir zeigen?"

"Mhm." Sie hob die Hand und streichelte zärtlich über seine Wange.

Er küsste ihre Finger und widmete sich dann ihren einladend geöffneten Lippen. Sie erwiderte seinen Kuss mit einer Leidenschaft, die ihn überraschte.

„Das wollte ich, seit ich dich in Moskau gesehen habe", murmelte sie.

„Und ich erst. Aber ich hätte nie gedacht, dass du ..." Er verstummte.

Sonja erriet, was er hatte sagen wollen. „Dass ich bereit bin, meinen Mann zu betrügen?"

Er nickte.

„Ich habe es noch nie getan", stellte sie klar. „Aber während dieser drei Tage im Zug habe ich beschlossen, dass es einen Anfang für alles gibt. Man lebt nur einmal, und Pierre amüsiert sich schließlich auch, wo er kann."

Dominique sah sie nachdenklich an. „Wenn du dich rächen willst, ist es natürlich ein doppelter Effekt, es mit seinem Bruder zu tun."

„Nein, es geht mir nicht um Rache", versicherte sie. „Es ist das erste Mal, dass ich einen Mann treffe, mit dem ich fremdgehen möchte. Ich könnte es nicht mit irgendwem. Und du bist eine wandelnde Gefahr für die Tugend einer Frau, Dominique."

Er lachte und küsste sie erneut.

„Aber eine Genugtuung ist es schon, Pierre mit seinem eigenen Bruder zu hintergehen", gab sie mit einem entwaffnenden Lächeln zu.

„Du wirst es ihm hoffentlich nicht auf die Nase binden, oder?"

„Ich bin doch nicht verrückt. Obwohl er selber fremdgeht, ist Pierre sehr eifersüchtig, wenn mich ein anderer Mann auch nur zu lange anguckt. Wenn er wüsste, dass ich ihn betrüge, würde er ausflippen. Und meine Ehe zu riskieren, ist das Letzte, was ich mir im Moment wünsche."

Dominique nickte und spielte mit einer ihrer halblangen Locken. „Noch kannst du zurück. Noch können wir so tun, als wäre nichts passiert."

„Wirklich?" Sie schlang die Arme um seinen Hals. „Nein, ich nicht. Du etwa?"

„Nein." Er fuhr mit den Händen unter ihren Pullover. „Komplizierte Beziehungen ohne Zukunft waren schon immer meine Spezialität."

„Klingt verbittert." Sie schloss unter der fordernden Berührung seiner Hände genussvoll die Augen. Doch als er sich anschickte, ihren Hosenbund zu öffnen, hinderte sie ihn daran. „Nein. Nicht jetzt und nicht hier. Das geht mir zu schnell."

„Okay", murmelte er und richtete sich auf. „Aber dann lass uns schnell aus diesem Stall rausgehen, bevor ich meine gute Erziehung vergesse."

„Oder mein russisches Temperament mit mir durchgeht", ergänzte Sonja lachend.

Dominique stand auf, klopfte sich den Staub von der Hose und half ihr hoch.

Als sie aus dem Stall traten, hatte sich Dunkelheit über die Taiga gesenkt. Der Wind strich durch die hohen Baumwipfel, die sich wie bedrohliche Schatten vor dem Himmel abhoben. Das Gelände lag im Dunkeln und nur einige Lichter, die durch das Fenster des Herrenhauses drangen, wiesen ihnen den Weg.

Sonja griff nach Dominiques Hand. „Im Dunkeln ist das alles noch viel unheimlicher", flüsterte sie. „Auch im Haus. Früher hatte ich hier nachts immer solche Angst, dass ich nicht alleine schlafen wollte."

„Falls du dich heute Nacht fürchtest, weißt du ja, wo du mich findest."

Als sie sich dem Haus näherten, öffnete sich die Eingangstür, und Jennifer trat mit einer Petroleumlampe heraus. „Ich wollte gerade nach euch suchen. Ich dachte schon, ihr findet den Weg nicht mehr."

„Ja, wir haben uns verlaufen", sagte Dominique gelassen.

Jennifer betrachtete Sonja mit einem breiten Grinsen.

„Was ist?", fragte diese irritiert.

„Du hast Stroh im Haar", antwortete Jennifer in verschwörerischem Ton und zupfte ihr einen Halm aus den zerzausten Strähnen.

„Oh, wir haben im Stall nach etwas gesucht", erklärte Sonja hastig.

Jennifer hob die Augenbrauen. „Und habt ihr es gefunden?"

„Wie man's nimmt." Dominique blinzelte ihr verstohlen zu.

Das Abendessen, welches sie in dem düsteren Esszimmer an einem langen Eichenholztisch einnahmen, verlief in gedrückter und zugleich angespannter Atmosphäre.

Dorofeja schien sich zuweilen in einem tranceähnlichen Zustand zu befinden, der allen etwas unheimlich war. Dann wieder wirkte sie völlig klar und gab sich Mühe, die Rolle der vollendeten Gastgeberin zu spielen.

Sonja hatte es aufgegeben, sie nach ihren Eltern zu fragen, denn in diesem Punkt bekam sie immer wieder dieselben nichtssagenden Antworten. So verstummte das Gespräch zwischen Nichte und Tante bald.

Jennifer bemerkte, dass auch die Stimmung zwischen Dominique und Sonja angespannter war als zuvor. Es erinnerte sie an ihr Verhältnis zu Rajiv und machte sie traurig.

Da sie alle in den letzten Nächten schlecht geschlafen hatten, gingen sie früh ins Bett. Dominique begleitete Sonja bis zur Tür ihres Schlafzimmers. Sie zögerten einen Moment. Doch die sorglose fröhliche Zärtlichkeit, die im Stall zwischen ihnen geherrscht hatte, war in der drückenden Stimmung des Hauses verschwunden.

Der unsichere Blick in Sonjas blaugrauen Augen bat um Bedenkzeit. Dominique, der ebenfalls deutlich das Bild seines Bruders vor sich hatte, verabschiedete sich mit einem raschen Kuss und zog sich auf sein Zimmer zurück.

7

„Wann wollt ihr wieder wegfahren?“, erkundigte sich Dorofeja am nächsten Morgen beim Frühstück.

„Ich weiß noch nicht“, erwiderte Sonja wahrheitsgemäß. „In zwei oder drei Tagen.“

„Ihr solltet so schnell wie möglich abreisen“, sagte die alte Dame eindringlich.

Sonja runzelte die Stirn. „Willst du uns loswerden?“

„Ich nicht, nein“, betonte ihre Tante.

„Wer denn dann?“

Dorofeja machte eine vage Handbewegung. „Die Geister, die in diesem Haus ihr Unwesen treiben, haben Besucher nicht gern.“

Sonja seufzte. Anfangs hatte ihre Tante so klar gewirkt, dass sie sich Hoffnungen auf ein vernünftiges Gespräch gemacht hatte. Aber diese klaren Momente schienen nie von langer Dauer zu sein. Sie beschloss, es dennoch zu versuchen.

„Tante Dorofeja“, begann sie und legte Messer und Gabel zur Seite, mit denen sie die frischen Blinis zerteilt hatte. „Ich bin hier, weil ich deine Hilfe brauche.“

„Wobei kann ich dir denn helfen, meine Liebe?“, fragte die alte Dame erstaunt.

„Meine Eltern und Onkel Nikolaj sind seit einiger Zeit verschwunden. Und dies ist der Ort, an dem sich ihre Spur im Sande verläuft.“

„Verschwunden?“, wiederholte Dorofeja bestürzt.

Asja, die gerade Dominique Kaffee nachgeschenkt hatte, ließ die Kanne sinken. „Als uns Ihre Eltern verließen, wollten sie nach Moskau zurück, Madame. Wir haben seitdem auch nichts mehr von ihnen gehört.“

„Sind sie und Onkel Nikolaj zusammen abgereist?"

„Nein, der Herr Nikolaj kam erst eine ganze Weile später."

„Sie haben sich also nicht getroffen?"

„Jedenfalls nicht hier."

„Und alle drei sind nach ihrem Besuch hier nicht wiederaufgetaucht", murmelte Sonja. „Wirklich sonderbar. Hielt sich zu der Zeit, als meine Eltern und später Nikolaj hier waren, noch jemand anders als Sie und meine Tante hier auf, Asja?"

Dorofeja sah aus, als wolle sie etwas sagen.

„Nein, natürlich nicht. Wir haben sonst keine Besucher", erwiderte Asja schnell und schenkte der alten Dame Kaffee nach.

„Asja, du vergisst ...", begann Dorofeja.

Asja machte eine unvermittelte Handbewegung, und ein Strahl Kaffee ergoss sich auf Dorofejas Schoß. Sie schrie auf.

„Oh, Madame, es tut mir furchtbar leid!", rief das Hausmädchen bestürzt, setzte hastig die Kanne ab und nahm Dorofeja beim Arm. „Kommen Sie, gehen wir schnell ins Bad, ich werde den Fleck herausreiben. Habe ich Sie verbrüht?"

Dorofeja winkte ab. „Zum Glück war der Kaffee nicht mehr sehr heiß. Ich gehe alleine. Kümmere dich um unsere Gäste." Sie erhob sich und verließ das Speisezimmer.

„Asja, könnten Sie bitte noch ein paar Blinis machen?", bat Sonja, um die Hausangestellte loszuwerden. Diese nickte und verschwand in der Küche.

Sonja übersetzte Dominique und Jennifer schnell das Gespräch. „Und gerade als Dorofeja irgendwas Gegenteiliges sagen wollte, hat sie ihr den Kaffee in den Schoß gegossen."

„Es sah nicht aus, als sei es versehentlich geschehen", stimmte Dominique zu. „Eher, als wolle sie sie am Reden hindern."

„Ist das nicht ein bisschen weit hergeholt? Asja arbeitet schon seit fünfzehn Jahren hier. Sie war meiner Tante immer loyal ergeben, glaube ich."

„Mag sein, aber wir sollten sie im Auge behalten."

Nach dem Frühstück zwängten sie sich in den klapprigen alten Wagen, den sie in der Garage vorfanden, und fuhren nach Mariinsk.

„Leider gibt es hier nicht viele Leute, die ich nach meinen Eltern fragen könnte", sagte Sonja. „Sie kannten in Mariinsk nur sehr wenige Menschen gut genug, um ihnen etwas anzuvertrauen. Versuchen wir es mal in der allgemeinen Klatsch- und Tratschzentrale, dem Lebensmittelladen an der Kirche. Hoffentlich gibt es die geschwätzige Inhaberin noch."

Die Eigentümerin des nur spärlich bestückten Tante-Emma-Ladens war noch die gleiche, und sie erkannte Sonja sofort wieder.

„Fräulein Valendrowa", rief sie erfreut. „Das ist aber lange her, dass Sie nicht mehr hier waren! Aber Sie haben sich kaum verändert, immer noch so jung und hübsch! Ach, stimmt ja, ich habe gehört, dass Sie Mütterlein Russland verlassen haben?" Mit einer Mischung aus Bewunderung und Neid begutachtete sie Sonjas von westlicher Mode geprägte Erscheinung.

„Stimmt, Frau Tschenko. Ich habe einen Franzosen geheiratet."

„Recht hatten Sie, Madame", pflichtete ihr die ältliche, korpulente Ladeninhaberin bei. „Sie sind jung, Sie wollen das Leben genießen und was von der Welt sehen, was?"

„Ja, klar, aber ich freue mich auch, hin und wieder zurückzukommen und vertraute Orte zu besuchen."

"Natürlich, das macht Ihrer Tante gewiss Freude. Sie sieht ja nicht mehr viele Menschen. Aber das wird sich bald ändern, wenn erst mit dem Bau des Ferienhauses begonnen wird, was?"

„Ach, haben Ihnen meine Eltern davon erzählt?"

„Ja, bei ihrem Besuch im letzten Herbst. Da ich seitdem nichts mehr von ihnen gehört habe, dachte ich, sie haben wohl nicht die Erlaubnis von den Behörden erhalten."

Sonja zögerte, um ihre Antwort sorgfältig abzuwägen, doch Frau Tschenko redete bereits weiter. „Ich fand das eine hervorragende Idee, das mit dem Ferienhaus für Waisenkinder. Ihre Eltern haben viel Herz, und das ist ja auch viel nützlicher als wenn dieses Haus ständig fast leer steht und langsam aber sicher verkommt, nicht wahr? Ihr Bruder schien allerdings von dieser Idee weniger begeistert zu sein."

Sonja versuchte, sich ihre Überraschung nicht anmerken zu lassen. „War Kolja hier?"

„Er war mehrmals hier, wissen Sie das nicht? Mindestens drei Mal. Ich habe ihn einmal mit Ihren Eltern zusammen gesehen, und dann kam er noch einmal alleine her, im Frühjahr und im Spätsommer. Ja, ich habe ihn letzten Monat noch gesehen."

„Wissen Sie, was er hier wollte?"

„Nein. Ihr Bruder ist ja nicht gerade ein redseliger Bursche. Er hat bloß Einkäufe bei mir gemacht, aber nicht viel gesagt."

„Mir auch nicht", murmelte Sonja.

„Was wird aus ihm werden, jetzt wo die UdSSR in sich zusammengefallen ist und die Kommunisten nicht mehr das große Sagen haben?", erkundigte sich Frau Tschenko neugierig.

Sonja wollte sich nicht auf eine politische Diskussion einlassen und zuckte nur mit den Schultern. „Weshalb ich eigentlich hier bin: ich brauche zwei Flaschen

Milch, zwei Packungen Butterkekse und ..." Suchend
sah sie sich um. Was um alles in der Welt konnte sie
aus dem dürftigen Angebot des fast leeren Ladens brauchen? Sie hatte den Eindruck, den Einheimischen ihre
mageren Bestände wegzuessen.

Frau Tschenko seufzte. „Es wird ein sehr harter Win-
ter werden. Ich war ja nie hundertprozentig für die
Kommunisten, aber seit dem politischen Umschwung
haben wir noch weniger zu essen als vorher."

Sonja nickte mitfühlend und beglückwünschte sich
zu ihrer Heirat mit Pierre. „Tut mir leid. Es kommen sicher bald bessere Zeiten." Sie bezahlte hastig die wenigen Lebensmittel und drückte Frau Tschenko zusätzlich einige Dollarnoten in die Hand. „Ich bin noch ein
paar Tage hier, wir sehen uns bestimmt. *Doswidanje.*"

Sie verließ den Laden und berichtete Dominique und
Jennifer, die draußen auf sie gewartet hatten, was sie
erfahren hatte.

„Ich wüsste zu gerne, was Kolja hier zu suchen hatte",
sagte sie kopfschüttelnd, als sie über den leeren Markt-
platz schlenderten. „Noch dazu drei Mal."

„Vielleicht ist er auch wiedergekommen, um nach euren Eltern zu suchen?", meinte Jennifer.

„Kann ich mir kaum vorstellen. Ihr Verhältnis zueinander war in den letzten Jahren nicht besonders gut."

„Vielleicht wollten sie es ja wieder verbessern und
sind deshalb zusammen hierhergefahren."

Sonja machte ein zweifelndes Gesicht.

„Du solltest dich überwinden, ihn anzurufen", fand
Dominique. „Vielleicht weiß er etwas über eure Eltern."

„Ich weiß nicht, ob ich ihm vertrauen kann."

„Was riskierst du schon? Schlimmstenfalls knallt er
den Hörer auf, aber dann hast du es wenigstens versucht."

„Du hast recht", gab sie zu und warf einen Blick auf die Uhr. „In Moskau ist es jetzt sieben Uhr morgens. Ich könnte es versuchen."

„Hast du seine Telefonnummer dabei?"

Sie nickte und kramte in ihrer Handtasche. „Wir müssen zur Post gehen. Es ist nicht so einfach, von hier aus eine Verbindung mit Moskau zu kriegen."

Sie warteten am Postamt eine Viertelstunde auf das Zustandekommen der Leitung nach Moskau. Koljas Frau ging an den Apparat. Sonja hatte zu ihr ein noch unterkühlteres Verhältnis als zu ihrem Bruder. Sie teilte Sonja mit, dass Kolja zurzeit nicht in Moskau sei und erst letzten Monat mit den Eltern gesprochen habe.

„Ich bin sicher, dass sie lügt", sagte Sonja, als sie die Post verließen. „Möglich, dass Kolja gerade nicht in Moskau ist, aber ich halte es für ausgeschlossen, dass er mit unseren Eltern letzten Monat Kontakt hatte."

„Hast du ihr gesagt, dass du in Mariinsk bist?"

„Nein. Wozu? Sie würden mir ja doch nicht helfen." Plötzlich fiel ihr etwas ein, und sie runzelte die Stirn. „Das schließt die Hypothese aus, dass Kolja hier war, um nach unseren Eltern zu suchen. Wenn er sie angeblich letzten Monat noch gesehen hat ..."

„Oder deine Schwägerin hat das gesagt, damit du dir keine Sorgen machst", wandte Jennifer ein.

„Wohl eher, damit ich mich nicht in Dinge einmische, die mich ihrer Meinung nach nichts angehen!"

Sie gingen zu Fuß zum Bahnhof, zeigten den Schalterbeamten Fotos von Sonjas Eltern und ihrem Onkel und fragten, ob sie sie im letzten Jahr gesehen hatten. Doch die mürrischen Beamten konnten oder wollten sich nicht daran erinnern. Mit Hilfe von ein paar Dollarscheinen erkannten sie die Gesichter schließlich wieder, aber es war ihnen unmöglich zu sagen, wann sie sie zuletzt gesehen hatten.

Sie quetschten sich wieder in den kleinen Wagen und fuhren zum Herrenhaus zurück.

„Wie gehen wir jetzt weiter vor?", fragte Sonja beim Mittagessen.

„Lass uns heute Nachmittag das Haus gründlich nach Indizien durchsuchen."

„Vielleicht finden wir ja den Diamantschmuck", warf Jennifer ein.

„Das haben alle möglichen Leute in den letzten hundertfünfzig Jahren versucht und nie geschafft. Warum sollte uns das gelingen?"

„Vielleicht sind wir schlauer als alle anderen!"

***

Sie durchsuchten die Bibliothek und den großen Speicher, auf dem sich Spinnenweben von einem Gegenstand zum anderen hangelten. Sie stießen auf allerlei Dinge, die einem Antiquitätensammler Freude gemacht hätten, fanden jedoch nichts, was mit dem Diamantschmuck in Verbindung gebracht werden konnte. Mit Ausnahme eines alten Tagebuches, das Dominique in einem raffinierten Geheimfach eines alten Sekretärs fand, und das von Iwan Valendrow geführt worden war: dem Mann, der den Schmuck der Legende zufolge versteckt hatte, nachdem sich seine Frau vom Balkon gestürzt hatte, als sie die Edelsteine trug.

Sonja beschloss, das Buch zu lesen, in der Hoffnung, darin auf Hinweise zum Schmuckversteck zu stoßen. Sie suchte in der Bibliothek nach der Familienchronik der Valendrows, fand sie jedoch nicht.

„Sonderbar. Als ich das letzte Mal hier war, war sie noch da. Schade. Ich hätte gerne ein paar Dinge nachgelesen."

„Vielleicht haben deine Eltern sie mitgenommen“, meinte Jennifer.

„Möglich. Oder Dorofeja hat sie verlegt. Aber warum sollte sie sie lesen wollen? Sie kennt unsere Familiengeschichte auswendig. Kommt, ich zeige euch die Ahnengalerie.“

Auf der Galerie mit der Holzbalustrade, von der aus man den großen Wohnraum und den imposanten Kristalllüster überblickte, hingen ein Dutzend in Öl gemalte Porträts. In der Mitte prangte das Konterfei einer attraktiven rothaarigen Frau. Ihre grünen Augen funkelten mit den weißgoldgefassten Diamanten um die Wette, die sie an Hals und Ohren trug. An ihrer rechten Hand, die graziös auf ihrem linken Oberarm lag, blitzten ein Ring und ein Armband. Eine ebenfalls diamantbesetzte Brosche hielt ihre samtene schwarze Stola zusammen.

„Ich verstehe nicht viel von Schmuck“, sagte Jennifer. „Aber wenn diese Steine wiederauftauchen, bist du Millionärin, oder?“

„Ich nicht, aber Tante Dorofeja und mein Vater“, bestätigte Sonja. „Und danach erben Kolja und ich. Aber ich habe keine Ahnung, ob der Schmuck tatsächlich eine Million Francs wert ist. Das kann nur ein Experte beurteilen. Niemand weiß, wieviel Karat diese Diamanten haben.“

8

Der kalte Nachtwind pfiff durch die hohen Bäume der Taiga und drang durch Fenster- und Türritzen des Hauses. Dominique fröstelte und dachte, dass der Kauf von ein paar hundert Metern Isolierband kein Luxus wäre. Sein Zimmer war mit einem Kohleofen ausgestattet, aber es gab auch einen Kamin, und Sonja hatte Asja am Nachmittag angewiesen, den Kamin vorzubereiten.

Dominique zündete einige der dünnen Ästchen an, die langsam die dickeren Scheite zum Brennen brachten, und hielt die Hände vor die Flammen. Langsam wurde das Zimmer wärmer.

Es klopfte leise, und gleich darauf trat Sonja ein. Sie trug einen Pelzmantel und hielt eine angebrochene Flasche Wodka in der Hand.

„Wie findest du den?", fragte sie und deutete eine leichte Drehung an. „Habe ich in einer Truhe auf dem Speicher gefunden."

„So riecht er auch." Dominique rümpfte die Nase. „Nach hundert Jahren Mottenkugeln."

„Ach, sei nicht so empfindlich. Er ist wunderbar warm." Sie schraubte die Flasche auf und setzte sie an die Lippen.

„Musst du dir Mut antrinken, um zu mir zu kommen?", scherzte er. Er kniete noch neben dem Kamin auf dem breiten Stück Fellteppich.

„Auch, aber das ist vor allem gegen die Kälte." Sie reichte ihm die Flasche.

„Da weiß ich was Besseres", sagte er, nahm aber trotzdem einen Schluck. Wohltuend heiß und brennend lief ihm der Wodka die Speiseröhre hinab. „Zieh den Mantel aus, hier ist geheizt."

Lächelnd öffnete Sonja den Pelzmantel. Als er sah, dass sie darunter splitternackt war, stellte er die Wodkaflasche zur Seite und wollte aufstehen.

Sie bedeutete ihm sitzen zu bleiben und trat dicht an ihn heran. Er umfing ihre Hüften und zog sie eng an sich. Er streichelte und küsste ihren Bauch, ihre Lenden und die Innenseiten ihrer Oberschenkel, bis ihre Knie nachgaben und sie sich auf ihn sinken ließ. Der Pelz legte sich über ihre Körper wie eine edle Bettdecke.

„Du bist unglaublich", stöhnte Dominique eine Weile später atemlos.

„Bilde dir nicht ein, dass du schon fertig bist." Sonja kicherte und griff nach der Flasche. Sie übergoss ihn übermütig mit Wodka und machte sich sogleich daran, den Alkohol gierig von seiner Brust und seinen Lenden zu lecken. Ihr Blick war wild, und ihre wirren Haare leuchteten rot im Widerschein des Kaminfeuers.

Dominique schloss die Augen und krallte die Finger in ihren Schopf. „Ich verstehe, warum deine Ahnin als Hexe verbrannt worden ist ..."

„Ich werde dir noch ein Hexenkunststück vorführen", versprach sie und ließ ihre Zunge wandern.

„Mach was dir gefällt, ich lasse mich gerne von dir verhexen..."

In diesem Moment erklang ein lautes Klirren, unmittelbar gefolgt von einem Aufprall. Es kam von einem der gegenüberliegenden Zimmer.

Sonja fuhr hoch. „Was war das?", fragte sie alarmiert.

„Ich dachte, du hast es in mir zum Klirren gebracht." Ungehalten über die Unterbrechung seufzte er.

„Maxim!", rief sie und wirkte schlagartig ernüchtert. „Wir müssen nachsehen gehen!" Schon sprang sie auf, griff nach dem Pelzmantel und glitt hinein.

Dominique raffte sich widerwillig auf, schlüpfte in seinen Frottee-Bademantel, der über der Sessellehne hing, und griff nach seiner Pistole. Sonja war bereits auf dem Korridor und öffnete die Tür zu Maxims Zimmer. Der Junge schlief tief und fest und nichts deutete in seinem Zimmer auf einen Eindringling hin.

„Alles in Ordnung", flüsterte sie. „Wir sollten nach Jennifer sehen."

„Das Geräusch kam von hier." Dominique öffnete die Tür zu Sonjas Zimmer und schaltete das Licht ein. Ein kalter Wind blies in den Raum, die Gardine blähte sich. Das Fenster war zerbrochen. Auf dem Boden lag ein schwerer Ziegelstein. Er hatte das Kopfkissen, auf dem Sonja gelegen hätte, wäre sie nicht in Dominiques Zimmer gewesen, nur um Haaresbreite verfehlt.

Vor Schreck setzte ihr Atem aus.

Dominique bückte sich nach dem Ziegelstein, an dem mit einem Gummiband ein Zettel befestigt war, und reichte ihn Sonja. „Was steht da drauf?"

Sonja überflog den aus Zeitungsausschnitten zusammengesetzten Text. „Sonja Valendrowa, geh nach Hause, dreckige Kapitalistin. Wir haben deine Eltern, wenn du hierbleibst, werden sie sterben", übersetzte sie.

„Na, das ist endlich etwas Konkretes."

Sie fröstelte vor Kälte und Schrecken. „Sie haben meine Eltern … Aber wer sind ‚sie'?" Sie blickte den Text an, als halte er die Antwort auf diese Frage bereit. Dann fiel ihr Blick auf den Ziegelstein am Boden. „Der hätte mich umbringen können …"

Dominique nahm sie in die Arme. „Das beweist, dass du die richtige Entscheidung getroffen hast, heute Abend zu mir zu kommen."

„Wir sollten das Gelände absuchen. Vielleicht sind sie noch hier."

„Bis ich angezogen bin, bestimmt nicht mehr."

„Ein echter Held wäre sofort, und auch im Bademantel, mit der Waffe in der Hand aus dem Haus gerannt", versuchte sie es mit Humor.

„Du siehst zu viele amerikanische Serien."

„Aber vielleicht hättest du ihn gekriegt."

„Es ist wahrscheinlicher, dass er mir aufgelauert und eins über den Schädel gegeben hätte. Wie hat er überhaupt einen so schweren Stein durchs Fenster in die erste Etage werfen können?" Er ging zum Fenster und spähte hinaus. Direkt davor stand eine hohe Eiche. „Er muss auf den Baum geklettert sein. Wir werden morgen nachsehen, ob er Spuren hinterlassen hat."

Sonja runzelte die Stirn. „Woher wusste er überhaupt, welches Zimmer meines war?"

„Gute Frage. Entweder, eine Person aus diesem Haushalt steckt mit den Entführern unter einer Decke oder sie haben den Stein auf gut Glück geworfen und waren sicher, dass man ihn dir bringen würde."

„Oder es ist jemand, der weiß, dass ich immer in diesem Zimmer schlafe, wenn ich hier bin", sagte sie nachdenklich. „Es ist auf alle Fälle jemand, der mich einigermaßen kennt, um mich als Kapitalistin zu beschimpfen. Andererseits können Dorofeja oder Asja auch allen möglichen Leuten erzählt haben, dass ich jetzt in Frankreich lebe. Neider gibt es überall."

„Wir sollten nicht hierbleiben. Gegenüber ist ein gut geheiztes Zimmer", erinnerte Dominique. „Ich weiß nicht, ob du ursprünglich vorhattest, die ganze Nacht bei mir zu verbringen, aber jetzt wird dir wohl nichts anderes übrigbleiben."

Sonja zwang sich zu einem Lächeln. „Es ist keine schlechte Aussicht, die ganze Nacht mit dir zu verbringen." Sie nahm ihren Pyjama, der auf dem Kopfkissen lag.

„Was sollen wir jetzt tun?", fragte sie, als sie kurz darauf eng aneinandergeschmiegt in Dominiques Bett

lagen und das langsame Verglühen der herunterge-
brannten Holzscheite im Kamin beobachteten. „Aufgeben und abreisen kommt natürlich nicht in Frage, aber
wenn sie nun ernst machen und meine Eltern tatsächlich umbringen, weil ich hier bleibe ... Das würde ich
mir nie verzeihen."

„Ich kann mir nicht vorstellen, dass sie sie wirklich
umbringen. Das ist doch nur ein mieser Erpressungs-
versuch. Sie haben deine Eltern schon entführt, bevor
sie wussten, dass du hier auftauchen würdest. Und
wenn sie sie wirklich beseitigen wollten, hätten sie das
längst getan."

„Wenn wir nur das Motiv dieser Entführung kennen
würden! Und wenn meine Eltern jemandem im Wege
sind, warum hat man sie entführt, statt sie umzubringen?" Sie schluckte. „Es sei denn, man hat sie bereits
umgebracht und will mich nur erpressen, damit ich abreise."

„Daran habe ich auch schon gedacht, aber ich wollte
es dir nicht sagen, um dich nicht zu beunruhigen",
sagte Dominique leise.

Sonja stieß einen tiefen Seufzer aus. „Es scheint wirk-
lich, als wolle jemand die Valendrows ausrotten! Onkel
Nikolaj ist schließlich auch verschwunden. Nur
Dorofeja ist noch da, aber die ist halb verrückt."

„Vielleicht liegt unter eurem Haus eine Ölquelle",
scherzte Dominique.

„Es ist zu dumm, dass ich Kolja nicht erreichen kann",
murmelte sie. „Vielleicht hat er eine Ahnung, was vor
sich geht."

„Warum hat er dich nicht eingeweiht, wenn er etwas
weiß?"

„Vielleicht findet er, dass es mich nichts angeht."

„Willst du bleiben oder abreisen? Die Entscheidung
liegt bei dir."

„Ich kann nicht einfach nach Paris zurückkehren und meine Eltern ihrem Schicksal überlassen!"

„Du riskierst, dass sie Maxim etwas antun", warnte er. „Du bist durch ihn zu leicht erpressbar."

Sie nickte gequält. „Das würde ich nicht aushalten."

„Wir werden so tun, als ob wir abreisen", beschloss Dominique. „Wir quartieren uns in einem Hotel in einer größeren Stadt in der Nähe ein, lassen Maxim mit Jennifer dort und wir beide kehren heimlich hierher zurück."

„Das ist eine gute Idee. Ich habe Bekannte in Tomsk, das liegt etwa 250 km entfernt. Vielleicht können wir Jenni und Maxim dort für ein paar Tage unterbringen. Das ist mir lieber, als sie alleine in einem Hotel zurückzulassen."

„Ja, mir auch", gab Dominique zu. „Jenni hat ein Talent dafür, sich in Schwierigkeiten zu bringen."

Sie kuschelte sich noch dichter an Dominique und küsste ihn. „Wenn die Umstände nicht so dramatisch wären, wäre das alles richtig romantisch: die Reise im Transsibirien-Express, die Suche nach einem verschwundenen Schatz, Liebesnächte in der Taiga ..."

Er lächelte wohlig. „Glaubst du, davon wird es noch mehr geben?"

Sie lachte auf. „Wenn wir es schaffen, unsere Kinder ohne Probleme in Sicherheit zu bringen."

9

Jennifer klopfte an Dominiques Tür und trat ein, ohne eine Antwort abzuwarten.

„Papa, wach auf, Sonja ist verschwunden!", rief sie.

Dominique grunzte schlaftrunken und blinzelte. Durch einen Spalt in den Vorhängen drang Tageslicht ins Zimmer. Jennifers Blick fiel auf die leere Wodkaflasche, die vor dem Kamin lag.

„Muss ja eine tolle Feier gewesen sein." Sie war nicht allzu überrascht, als sie Sonjas kupferfarbenen Schopf neben Dominique aus den Kissen auftauchen sah.

„Oh Gott, ist mir das peinlich", stöhnte Sonja, als sie Jennifer erblickte.

Doch die lächelte nur. „Mach dir keinen Kopf, ich habe gewusst, dass es so kommen würde."

„Ist Maxim in der Nähe?", fragte Sonja erschrocken.

„Nein. Aber er war sehr aufgeregt, als er dich vorhin nicht in deinem Zimmer antraf, und kam zu mir gelaufen. Nachdem wir dich unten nicht gefunden haben, haben wir uns ein bisschen Sorgen gemacht. Zu dumm, ich hätte gleich daran denken sollen, in Dominiques Zimmer nachzusehen ..." Sie grinste. „Maxim ist jetzt beim Frühstück, Asja kümmert sich um ihn."

Sonja fuhr sich mit den Händen über das verschlafene Gesicht. „Ich bin nicht nur eine schlechte Ehefrau, sondern auch eine schlechte Mutter", murmelte sie zerknirscht. „Es tut mir leid, Jenni. Es ist sicher unangenehm für dich, eine Frau im Bett deines Vaters vorzufinden."

„Darüber werde ich hinwegkommen." Jennifer blinzelte ihr zu.

„Mach die Tür zu, Jenni“, bat Dominique.

„Schon gut, ich lasse euch allein.“

„Nein, du sollst die Tür von innen zumachen. Ich muss dir etwas sagen, das Dorofeja und Asja nicht hören sollen.“

Jennifer schloss die Tür und hob den Pelzmantel auf, der vom Stuhl auf den Boden gefallen war. „Wow, der ist ja toll.“ Sie schlüpfte hinein und begutachtete sich prüfend in dem großen Spiegel des Zimmers. „Das ist wie in *Dr. Schiwago*.“

„Ja, aber du siehst darin aus wie Dr. Schiwago, nicht wie Lara“, kommentierte Dominique trocken.

Sie streckte ihm die Zunge raus. „Also, was willst du mir sagen, was die anderen nicht wissen sollen? Ihr könnt auf mein Schweigen zählen – auch was eure anderen kleinen Geheimnisse betrifft“, fügte sie anzüglich hinzu.

Sonja und Dominique berichteten ihr von dem Ziegelstein, dem Inhalt des anonymen Drohbriefs und ihrem Plan, unverzüglich nach Tomsk abzureisen.

Jennifer war nicht begeistert, als sie hörte, dass sie in Tomsk zurückbleiben sollte. Andererseits sah sie ein, dass jemand bei Maxim bleiben musste. Sonjas Bekannte, falls diese überhaupt einverstanden waren, sie für ein paar Tage aufzunehmen, waren Fremde für ihn.

Nach dem Frühstück untersuchte Dominique die Eiche vor Sonjas Fenster. Fußabdrücke und abgeknickte Ästchen bestätigten, dass jemand auf den Baum geklettert war, um den Ziegelstein durch Sonjas Fenster zu werfen, aber das brachte ihn nicht weiter. Er stellte fest, dass dieser jemand etwa Schuhgröße 44 hatte und kopierte das Riffelmuster der Sohle in sein Notizbuch.

Sonja gelang es in der Zwischenzeit, einen Zweitschlüssel der Haustür zu entwenden, damit sie bei ihrer Rückkehr heimlich ins Haus gelangen konnten.

***

Und dann saßen sie wieder im Transsibirien-Express, diesmal in umgekehrter Richtung. Dominique rechnete damit, beschattet zu werden, konnte aber keine auffällige Person entdecken. Im Abteil blieben sie allein.

„Asja schien sich sehr dafür zu interessieren, ob wir sofort nach Frankreich zurückkehren", sagte Sonja. „Ich habe ihr gesagt, dass wir in Tomsk Station machen, um Freunde zu besuchen. Sollte sie tatsächlich mit den Entführern unter einer Decke stecken und ihnen Informationen zutragen, werden sie nicht gleich misstrauisch werden, falls sie uns beobachten und uns in Tomsk aussteigen sehen."

„Das war gut. Andererseits ist es völlig normal, dass sie ein gewisses Interesse an den Tag legt", sagte Dominique. „Sie sieht hier schließlich nicht viele Leute ... Und sie gehört fast zur Familie, oder?"

„Auch wieder wahr. Was ihren Verrat nur umso schwerer machen würde." Sonja öffnete das Tagebuch Iwan Valendrows, das sie mitgenommen hatte. Die Eintragungen begannen im Jahr 1840 und endeten zehn Jahre später, kurz vor seinem Tod. Der Verdacht lag nahe, dass Iwans Mörder – wenn es tatsächlich Mord gewesen war – ihn vorher dazu gezwungen hatte, das Versteck des Diamantschmucks preiszugeben. Wie sonst war es zu erklären, dass niemand in den nachfolgenden Generationen den Schmuck gefunden hatte? Doch der Legende nach war er gestorben, weil er nicht reden wollte. Und so hatte er das Geheimnis mit ins Grab genommen.

Sonja hoffte, dass sein Tagebuch darüber Aufschluss geben konnte. Sie mühte sich seit dem vergangenen Nachmittag ab, die vergilbten Seiten und die veraltete

Schrift nach Hinweisen auf die Diamanten zu durchkämmen.

Sie las die erste Hälfte des Buches nur quer und konzentrierte sich auf den Abschnitt, der beim Tod von Iwans Frau Olga begann. Sie hatte sich eines Abends, als sie die Diamanten trug, vom Balkon ihres Schlafzimmers gestürzt. Es war das Zimmer, in dem Dominique geschlafen hatte. Selbstmord, Unfall oder Mord – die Umstände ihres Todes blieben mysteriös. Danach hatte Iwan den Schmuck verschwinden lassen, bevor er noch mehr Unheil anrichten konnte.

„Hat eigentlich keiner daran gedacht, dass er die Steine heimlich verkauft haben könnte?", fragte Dominique.

„Verkauft? Und warum ist er dann ermordet worden?"

„Das mag andere Gründe gehabt haben. Vielleicht hat das ein gehörnter Ehemann gemacht ..."

Sonja warf ihm einen schrägen Blick zu und vertiefte sich wieder in das Tagebuch.

Maxim begann unruhig und quengelig zu werden.

„Ich werde eine Runde mit ihm drehen", beschloss Jennifer und erhob sich. „Es ist wichtiger, dass du das Buch liest." Sie verließ mit ihrem kleinen Cousin an der Hand das Abteil.

Sonja ließ das Heft sinken und starrte Dominique an, der ihr gegenübersaß. „Es macht mich wahnsinnig, dass ich dich nicht küssen kann."

Er lächelte und breitete die Arme aus. „Was hindert dich jetzt daran? Wir sind allein."

„Zu riskant. Wir müssen schließlich damit rechnen, beobachtet zu werden. Es reicht mir, mit dem angedrohten Mord an meinen Eltern erpresst zu werden." Sie seufzte und blätterte weiter. Plötzlich schlug sie sich mit der flachen Hand auf den Schenkel. „Ich hab's! Hör zu: ‚16. November 1849. Habe Käufer für die

Diamanten gefunden. Es handelt sich um einen nahen Verwandten der Zarenfamilie. Diesem Schmuck hängt ein Fluch an, die Valendrows müssen ihn endgültig loswerden.‘“

„Was habe ich dir gesagt!“, triumphierte Dominique.

Sonja sog hörbar die Luft ein. „Es wird immer besser, hör dir das an: ‚Durch das Geld für den Verkauf des Schmucks werde ich die Mittel haben, die Diamantenmine unter unserem Haus ausbeuten zu lassen.‘“

Dominique pfiff durch die Zähne. „Ich lag mit der Ölquelle also gar nicht so falsch! Nur handelt es sich bei euch nicht um Erdöl, sondern um nichts Geringeres als eine Diamantenmine! Du bist reich, Sonja! Wenn du nicht schon verheiratet wärst, würde ich um deine Hand anhalten!“

„Tröste dich, es bleibt ja in der Familie“, ging sie auf seinen scherzhaften Ton ein. Dann runzelte sie die Stirn. „Das ist doch alles Unsinn. Wenn die Valendrows ihren legendären Schmuck der Zarenfamilie verkauft hätten, wäre das bekannt geworden.“

„Vielleicht wurde die Zarenfamilie später ermordet, weil der Fluch der Diamanten sie getroffen hat“, witzelte er.

„Hm. Eine Diamantenmine, ich weiß nicht. Das erscheint mir ein bisschen zu weit hergeholt.“

„Es gibt Diamantenvorkommen in Sibirien, oder irre ich mich?“

„Ja, schon, aber ... Unter unserem Haus?“

„Unter irgendwas müssen sie ja liegen. Lies weiter! Vielleicht ist Iwan ermordet worden, als er gerade die Diamanten ihrem Käufer überbringen wollte – und die Zarenfamilie hat sie nie bekommen.“

Sonja blätterte weiter durch die vergilbten Seiten. „Er beschreibt, wie er einen Geheimgang entdeckt hat, der zu dieser Mine führt. Es gab da irgendeine Stelle in der Bibliothek ...“

„Und die ist in fast hundertfünfzig Jahren von niemandem entdeckt worden?“

„Vielleicht gibt es eine Geheimtür.“ Ein blassrosa Briefbogen fiel aus dem Buch und flatterte zu Boden. Sonja hob ihn auf und faltete ihn auseinander. Das Blatt war von einer anderen, weiblich wirkenden Handschrift beschrieben.

„Liebe Schwester, du solltest erfahren, wie Vater ums Leben gekommen ist. Aber bitte wahre das Geheimnis. Er konnte die Diamanten nicht mehr aus ihrem Versteck holen, um sie zu verkaufen. Ich bin sicher, es ist besser so, bevor sich der Fluch auf eine andere Familie überträgt. Unsere Eltern haben die Diamanten mit ins Grab genommen, und dabei soll es auch bleiben. Was die Mine betrifft, halte ich es nach Vaters Erstickungstod in dem Schacht für besser, die Sache nicht weiter zu verfolgen, sonst wird der Fluch der Diamanten weitergehen. Geldgier ist das Verderben der Menschheit. Ich habe Vaters Leichnam in den Wald gelegt, so werden die Leute glauben, erneut sei ein Valendrow einem gewaltsamen Tod zum Opfer gefallen.“

Sonja ließ das Blatt sinken und sah Dominique an. „Es war also ein Unfall, kein Mord. Was können wir daraus schließen?“

„Dass wir diesen Schacht unbedingt lüften müssen, bevor wir hineingehen“, erwiderte er trocken.

„Wir müssen das Familiengrab untersuchen! Hier steht klar und deutlich, dass Iwan und seine Frau die Diamanten mit ins Grab genommen haben! Es sei denn, sie meint nur, dass sie das Geheimnis mit ins Grab genommen haben.“

„Du willst doch wohl nicht die Gräber öffnen?“

„Nein, natürlich nicht. Aber die Valendrows haben eine Familiengruft auf dem Gemeindefriedhof von

Mariinsk. Vielleicht lohnt es sich, die mal unter die Lupe zu nehmen.“

„Warum nicht. Auch wenn ich mir schwer vorstellen kann, dass vor uns noch niemand auf die Idee gekommen ist. Aber warum liegt dieser Brief im Tagebuch? Warum wurde er nicht abgeschickt?“

„Ich weiß es nicht. Vielleicht hat es sich erübrigt, weil sich die Schwestern inzwischen gesehen haben. Oder die Schreiberin hielt es für besser, es ihr doch nicht mitzuteilen.“

„Soll uns egal sein“, beschloss Dominique. „Wir überprüfen erstmal diese Hinweise.“

10

Sonjas Freundin Natalya in Tomsk war erfreut über das Wiedersehen nach so vielen Jahren und erklärte sich bereit, Maxim und Jennifer für ein paar Tage aufzunehmen. Das großzügige Kostgeld in Dollarscheinen, das Sonja und Dominique ihnen zusteckten, stimmte sogar Natalyas Mann mit den fremden Gästen versöhnlich.

Sonja und Dominique blieben nur wenige Stunden in Tomsk. Sie erledigten Einkäufe und mieteten einen Wagen, um nach Mariinsk zurückzufahren. Als sie am späten Abend dort eintrafen, war der Friedhof bereits geschlossen. Da sie keine Lust verspürten, bei Nacht auf den Friedhof zu gehen, vertagten sie das Unternehmen auf den nächsten Morgen.

Die Nacht verbrachten sie in einem Hotel und machten sich früh am nächsten Morgen auf den Weg. Um keine Aufmerksamkeit zu erregen, hatten sie sich in Tomsk russisch eingekleidet und wirkten nun wie einfache Leute vom Lande. Sonja hatte sich in einen schwarzen Wollmantel und ein großes buntes Kopftuch gehüllt. Unter den Friedhofsblumen in ihrem geflochtenen Korb waren eine Taschenlampe und allerlei Werkzeuge versteckt. Dominique trug ausgebeulte Cordhosen, einen dicken grauen Anorak und eine gefütterte Mütze mit Ohrenklappen, die er tief ins Gesicht gezogen hatte.

Ein eisiger Wind pfiff über die Gräber.

„Es wird bald zu schneien anfangen", sagte Sonja auf Russisch zu Dominique, als sie an ein paar Einheimischen vorbeikamen, die sie neugierig ansahen.

Er erwiderte etwas in einem erfundenen Kauderwelsch, das für ihn russisch klang. Sonja musste dagegen ankämpfen, in nervöses Gelächter auszubrechen, und gab ihm einen Stoß in die Rippen.

Sie erreichten die Familiengruft der Valendrows, die durch einen Gitterzaun von den anderen Grabstellen abgegrenzt war. Das Tor war unverschlossen und öffnete sich quietschend, als Dominique die Klinke hinunterdrückte. Einige Stufen führten in die Gruft hinunter, in der es nach Moder und Weihrauch roch. Das Tageslicht fiel nur spärlich durch die winzigen Fenster hinein. Die Gräber wurden von verzierten Kreuzen und gerahmten Ikonen geschmückt, und Grabtafeln aus verschiedenen Jahrhunderten zeigten an, wer unter den schweren steinernen Platten lag. Auf Wandsimsen standen Vasen mit verblichener Porzellanmalerei und Kerzen in schmiedeeisernen Haltern.

Sonja nahm einen der Kandelaber vom Sims und zündete die drei darin befindlichen Kerzen an, um die düstere Gruft zu erhellen. „Iwan hat die Diamanten unmittelbar nach dem Tod seiner Frau versteckt. Wo würdest du Schmuck in einer Gruft verstecken, wenn nicht im Sarg selbst?“

„Suchen wir also das Grabmal. Wie hieß seine Frau?“

„Olga. Gestorben 1847.“ Sie schritt suchend die Gräber ab. „Hier ist es.“

Moos umgab die im Boden eingelassene Steinplatte, in die Name und Jahreszahlen eingraviert waren. Am Kopfende befand sich ein steinernes, ovales Heiligenbild mit dem Bildnis der Jungfrau Maria. Dominique fuhr prüfend über die Konturen des geschliffenen und kunstvoll bemalten Steins und klopfte dagegen. „Gib mir Hammer und Meißel.“

„Willst du etwa die Ikone aufbrechen?“

„Genau das. Halt die Lampe tiefer.“

„Dominique, das ist Gotteslästerung und Grabschändung", protestierte sie halbherzig.

„Unsinn, das ist doch nur ein Bild, ich mache ja nicht das Grab selbst auf. Aber vielleicht hat es deswegen noch keiner deiner frommen, habsüchtigen Vorfahren gewagt." Er setzte den Meißel an und hämmerte vorsichtig auf den Rand des steinernen Heiligenbildes ein, bis sich der winzige Spalt, den er entdeckt hatte, vergrößerte und er das Medaillon wie eine Pistazie aufbrechen konnte. Ein flacher Lederbeutel fiel heraus. Dominique öffnete ihn, und einen Augenblick später brachen sich auf seiner Handfläche unzählige Lichter im Schein der Taschenlampe.

Sprachlos starrte Sonja auf die Pracht. „Wir haben ihn", flüsterte sie schließlich überwältigt. „Wir haben den Schmuck gefunden ... Ist er nicht wunderbar?"

„Ja, beeindruckend." Dominique breitete mit dem Finger die einzelnen Teile auf seiner Hand aus, damit Sonja sie besser betrachten konnte. „Aber jetzt komm, lass uns von hier verschwinden. Ich habe ein ungutes Gefühl."

Sie ließen die Diamanten in den Beutel zurückgleiten und Dominique verstaute ihn in der Innentasche seines Anoraks. Er setzte die Ikone wieder zusammen und stellte sie an ihren Platz zurück. Sonja legte die mitgebrachten Blumen auf Iwans und Olgas Gräber.

Es war Sonntagmorgen, und Sonja und Dominique warteten, bis Dorofeja und Asja in die Kirche gegangen waren, um sich heimlich ins Haus zu schleichen.

„Willst du was trinken?", fragte Sonja, als sie an der Küche vorbeikamen.

„Nein. Wir haben nicht viel Zeit", drängte Dominique. „Wir werden unsere Anwesenheit hier nicht lange geheim halten können, es ist besser, wenn wir einen Vorsprung haben – vor wem auch immer."

„Okay. Nur einen ganz kleinen Moment, ich habe Durst.“

Auf dem Küchentisch standen noch die Reste des Frühstücks. Sonja nahm ein Glas Milch, das unangerührt an Dorofejas Platz stand und leerte es zügig. Sie rümpfte die Nase. „Ich kann mich nicht erinnern, dass Milch in Russland so merkwürdig schmeckt.“

„Das ist das Resultat der Tschernobyl-Kühe“, kommentierte Dominique sarkastisch.

„Bitte, lass mich nur einen Augenblick den Schmuck anlegen. So viel Zeit muss sein. Ich brenne darauf, die Diamanten zu tragen.“

„Das scheint ja wirklich ansteckend zu sein.“ Er holte den Beutel aus seiner Jackentasche und hielt ihn ihr hin. „Aber geh nach oben, falls deine Tante überraschend zurückkommt.“

„Nun, eigentlich ist sie die Nächste in der Erbfolge“, gab Sonja zu bedenken. „Sie hat ein Recht zu wissen, dass es diesen Schmuck noch gibt.“

„Schon, aber das ist jetzt nicht der richtige Zeitpunkt. Erst müssen wir deine Eltern finden.“ Er legte ihr den Arm um die Schultern und schob sie in Richtung Treppe. „Geh schnell deinen Schmuck bewundern und komm dann in die Bibliothek. Ich fange schon mal an, nach diesem Geheimgang zu suchen.“

Sonja ging in den ersten Stock hinauf und betrat das Zimmer, in dem Dominique übernachtet hatte, weil es dort einen großen Spiegel gab. Sie legte Mantel und Kopftuch ab und schüttete den Inhalt des abgeschabten Lederbeutels auf den Sims über dem Kamin. Fasziniert starrte sie auf die funkelnde Pracht. Die Diamanten schienen den düsteren Raum zu erhellen und blendeten sie fast. Sie streifte sich Ring und Armband über, befestigte die Clips an ihren Ohrläppchen und legte das Collier an. Bewundernd betrachtete sie sich in dem Spiegel, der neben dem Ankleideschrank hing.

Die Diamanten standen ihr prächtig. Sie ließen ihr Haar noch röter und ihre Haut noch zarter und heller wirken. Ihre grünen Augen blitzten mit den Edelsteinen um die Wette. Sonja stutzte und blinzelte. Sie hatte doch blaugraue Augen, wieso waren sie plötzlich grün? Und was war mit ihrem eierschalenfarbenen Wollpullover geschehen? Sie betrachtete verwundert das elegante schwarze Kleid. Sie sah aus wie Valentina auf dem Gemälde in der Galerie.

Natürlich sah sie aus wie Valentina. Sie war Valentina.

Plötzlich wurde das Funkeln der Diamanten unerträglich hell. Die Steine schienen Feuer zu speien. Überall um sie herum waren Flammen. Sie spürte die Hitze des Feuers und roch den beißenden Rauch, aber sie konnte nicht weglaufen. Ihre Glieder lagen in Eisenketten. Hinter den Flammen standen Massen von Menschen, die ihr wütende Worte entgegenschrien. Durch das Prasseln der Flammen hörte sie immer wieder „Hexe" und „Teufelin". Sie riss verzweifelt an der Eisenkette, die um ihren Hals lag. Sie löste sich, und sie konnte fliehen. Sie hatte einen Fluchtweg erblickt, einen Pfad, der in den Wald und in die Freiheit führte.

Und dann stand sie auf einer Lichtung im Wald, allein, und starrte mit glänzenden Augen in die Sterne des sibirischen Nachthimmels. Der Wind blähte ihr Kleid und ließ ihre Haare flattern. Sie lachte leise und glücklich.

Als sie hinter sich jemanden ihren Namen rufen hörte, machte sie eine brüske Bewegung, die unter ihren Füßen ein lautes Knacken und ein hässliches Knirschen hervorrief. Sie wollte wegrennen, aber sie wurde von hinten an der Taille gepackt und zurückgerissen.

Sie schrie und wehrte sich heftig, doch ihr Angreifer ließ sie nicht los. Er zerrte sie in die Flammen zurück, und sie spürte erneut die sengende Hitze. Vor Entsetzen gaben ihre Knie nach und sie wurde ohnmächtig.

Dominique hatte Sonja rufen gehört. Er war sicher, dass er nach oben kommen sollte, um sie mit den Diamanten zu bewundern. Während er die Treppe hinaufging, stellte er fest, dass sie nicht nach ihm rief, sondern etwas Unverständliches auf Russisch schrie. Es klang alarmierend. Dominique beschleunigte sein Tempo und lief in Richtung der Schreie, die aus dem Schlafzimmer kamen. Er sah Sonja auf dem Balkon stehen, an die Brüstung gelehnt, das Gesicht dem Himmel entgegengereckt. Der Balkon, von dem sie ihm gesagt hatte, er solle ihn nicht betreten, weil das Holz zu morsch war. Der Balkon, von dem aus sich Olga Valendrowa zu Tode gestürzt hatte, als sie die Diamanten trug.

„Sonja!", rief er entsetzt und rannte durch das Zimmer auf sie zu.

Im gleichen Moment, als die hölzerne Brüstung unter ihren Händen mit einem lauten Knacken wegbrach und sie mit sich in die Tiefe zu reißen drohte, konnte er sie packen und ins Zimmer zurückziehen.

11

Als Sonja wieder zu sich kam und die verschwommenen Farben um sie herum langsam Gestalt annahmen, lag sie auf dem Bett und Dominique beugte sich über sie.

„Du hast mir einen Schrecken eingejagt", sagte er besorgt. „Was ist passiert?"

Sonja fuhr sich mit der Hand über das Gesicht. „Ich habe gehofft, du könntest mir das erklären." Sie hatte dröhnende Kopfschmerzen und fühlte sich schwach und schwindlig. „Ich weiß, wie das klingt, aber ... nachdem ich die Diamanten angelegt habe, wurde ich plötzlich Valentina. Man wollte mich auf dem Scheiterhaufen verbrennen, und überall um mich herum waren Flammen und Menschen. Ich sah einen Weg zur Flucht und konnte mich befreien. Und dann stand ich auf einer Lichtung im Wald ..."

„Du standest auf dem Balkon! Und er war gerade dabei, unter dir zusammenzubrechen."

„Oh mein Gott. Derjenige, der mich in die Flammen zurückzerren wollte, warst also du?"

„Ja. Allerdings habe ich es hier nicht brennen sehen", sagte er ironisch. „Und zur Belohnung hast du auf mich eingeschlagen, bevor du ohnmächtig geworden bist."

„Tut mir leid. Glaubst du, dass ich verrückt werde – wie meine Großtante? Oder dass mich der Fluch der Diamanten getroffen hat?"

„Weder noch. Ich denke eher, dass du irgendeine Droge zu dir genommen hast. Diese Halluzinationen sehen nach LSD aus."

„Spinnst du? Ich nehme doch keine Drogen!"

„Ich habe ja nicht gesagt, dass du es absichtlich getan hast! Unfreiwillig, meinte ich.“

Sonja schnippte mit den Fingern und richtete sich auf. „Die Milch! Die für Dorofeja bestimmt war ...“, setzte sie vielsagend hinzu.

Dominique nickte. „Klingt plausibel. Deine Tante ist gar nicht verrückt, aber jemand sorgt dafür, dass sie Wahnvorstellungen hat. Und ihre sporadischen Gedächtnislücken könnten eine beginnende Demenz sein.“

„Schon möglich. Aber wenn das so ist, kommt nur Asja dafür in Frage. Sie ist die Einzige, die ihr regelmäßig etwas ins Essen tun kann.“

„Los, beeilen wir uns, bevor sie zurückkommt.“

Sonja griff sich an den Hals. „Wo ist das Collier?“, stieß sie erschreckt hervor.

„Du hast es dir anscheinend abgerissen. Es lag mitten im Zimmer.“

„Ich habe es für eine Eisenkette gehalten“, murmelte Sonja kleinlaut. „Hoffentlich ist der Verschluss nicht hin.“

„Das kann man reparieren. Schlimmer wäre es gewesen, wenn ich nur ein paar Sekunden später gekommen wäre. Dann lägst du jetzt mit gebrochenen Knochen unter den Resten des Balkons. Es würde mich interessieren, ob das Gebälk wirklich nur altersschwach war oder ob da jemand nachgeholfen hat.“

Sonja schlang die Arme um Dominiques Hals. „Dann gibt es einen potenziellen Mörder, der Zutritt zum Haus hat. Ich mag gar nicht daran denken.“

Er streichelte beruhigend über ihren Rücken. „Lass uns nach der Diamantenmine suchen, das wird dich ablenken. Wird es gehen?“

„Ich fühle mich, als bekäme ich eine Grippe. Aber es wird schon gehen.“

Er half ihr hoch und lächelte. „Hübsch, deine Ohrringe ... sehen beinahe aus wie echte Diamanten.“

Sonja lachte. „Es wäre ja zu frustrierend, wenn jahrhundertelang all das wegen einer Fälschung passiert wäre.“

Sie sammelten den Schmuck ein und Dominique nahm ihn wieder an sich. Dann gingen sie nach unten in die Bibliothek. Sonja ließ sich entkräftet in den gewaltigen Ohrensessel sinken und las Dominique nochmals die Stelle aus Iwans Tagebuch vor, in der er die Entdeckung des Geheimgangs beschrieb.

„Ich hoffe nur, dass seine Tochter, die beschlossen hat, das alles zu vergessen, den Eingang zur Schatzhöhle nicht zugemauert hat“, sagte Dominique, während er suchend die Bücher in den Regalen verschob.

„Hinter dem dritten Regal von links“, wiederholte Sonja. „Es müsste dieses da sein.“

Dominique schichtete einen Teil der Bücher auf den Boden und fuhr prüfend mit den Fingern über das Holz, drückte ein wenig gegen die hölzerne Wand. Nichts tat sich. Ein schweres Buch rutschte herunter und fiel ihm auf den Fuß.

„Aua!“, sagte er empört und gab dem Regal einen Fußtritt. Es glitt vor, und Dominique konnte gerade noch rechtzeitig einen Schritt zurücktreten.

Sonja sprang auf. „Das ist es!“

Mit seinem Tritt hatte Dominique einen Mechanismus ausgelöst, durch den das Regal gerade weit genug nach vorne glitt, um eine Person dahintertreten zu lassen. Zwischen den beiden verbleibenden Regalen besaß die Mauer eine schmale mannshohe Öffnung.

„Wir haben den Gang gefunden“, jubelte Sonja, plötzlich gar nicht mehr erschöpft, sondern bereit, sich in die finstere Nische zu stürzen.

„Warte einen Moment!“ Dominique zwängte sich hinter das Regal, holte ein Streichholzbriefchen aus seiner

Jackentasche und zündete ein Streichholz an. Er ging ein paar Schritte in die Finsternis, das Streichholz dabei prüfend vorausgestreckt. Es brannte weiter, die Luft schien sauerstoffhaltig zu sein. „Nimm die Taschenlampe und das Werkzeug."

Sie griff nach dem Korb und reichte ihm die Taschenlampe. „Achtung, es kommt gleich eine Leiter, und es geht abwärts", warnte er. „Bleib hier, ich will noch mal den Streichholztest machen."

Er kletterte die Eisenstiege hinunter, die einige Meter in die Tiefe führte. „Du kannst nachkommen!", rief er kurz darauf.

Sonja warf ihm den Korb zu und machte sich an den Abstieg.

Vorsichtig schritten sie in den Gang, in dem ohne das Licht der Taschenlampe absolute Finsternis geherrscht hätte. Die Wände und der Boden waren aus rauem schwarzem Gestein. Es war eiskalt.

Sonja schauderte trotz des warmen Mantels und griff unwillkürlich nach Dominiques Hand. „Hoffentlich hält die Batterie der Lampe durch", sagte sie beklommen.

Er leuchtete um sich herum und ließ den Strahl der Taschenlampe auf einer Nische verweilen. „Hier steht eine Petroleumlampe."

„Das sieht aus, als wäre hier vor nicht allzu langer Zeit jemand gewesen." Sonja nahm die Lampe an sich, und Dominique zündete sie an.

Dann gingen sie weiter.

Nach einer Weile verbreiterte sich der Gang, und sie gelangten in eine Art Höhle aus schwarzem basaltähnlichem Stein. Im Licht der Lampen funkelte es inmitten des Gesteins an einigen Stellen wie Tausende von winzigen Tautropfen, die das Licht in alle Farben brachen.

„Sieh dir das an", sagte Sonja überwältigt.

„Unglaublich", murmelte Dominique. „Es scheint tatsächlich eine Diamantenmine zu sein." Er berührte eine Wand.

Sonja bückte sich und hob einen kleinen Stein auf, der sich gelöst hatte. Hingerissen betrachtete sie das Funkeln auf dem schwarzen Gestein. „Das ist ja fantastisch. Hier schlummert ein Vermögen unentdeckt auf unserem Grund und Boden, kannst du dir das vorstellen?"

„Unentdeckt? Da bin ich nicht so sicher." Dominique deutete mit dem Kegel seiner Lampe auf ein paar Werkzeuge, die im Hintergrund der Höhle lagen. „Die sehen nicht so aus, als ob sie aus Iwans Zeiten stammen. Meiner Meinung nach hast du hier die Erklärung für das Verschwinden deiner Eltern: mit ihrem Auftauchen hier und ihren Plänen für ein Ferienheim haben sie die Leute gestört, die sich klammheimlich an die Ausbeutung dieser Mine machen."

„Hey, was ist das?" Sonja ging zu einer Nische und betrachtete einen Stofffetzen, der dort lag, im Licht der Öllampe. Neugierig bückte sie sich danach.

„Ein Taschentuch. Voller Blut", stellte sie fest und wollte das Stofftaschentuch schon wegwerfen. Doch plötzlich hielt sie inne und betrachtete es genauer. In der Ecke war in Gold und Braun der Buchstabe „N" eingewebt. Die Ränder des Tuchs waren ebenfalls in diesen Farben verziert.

„Dieses Taschentuch gehört meinem Onkel", erklärte sie erschrocken. „Das ‚N' steht für Nikolaj."

„Ach was. Es gibt viele Leute, deren Namen mit ‚N' anfangen."

„Ich weiß, dass es seines ist, weil ich es ihm vor zwei oder drei Jahren zum Geburtstag geschenkt habe. Ich habe es in den Galeries Lafayettes gekauft. Und du kannst mir sagen, was du willst, es gibt in Sibirien nicht viele Leute, die Taschentücher aus Pariser Luxuskaufhäusern besitzen." Sie betrachtete entsetzt die großen getrockneten Blutflecken. „Oh mein Gott. Scheinbar hat er hier jemanden überrascht und ..."

Dominique legte den Arm um sie. „Vielleicht hatte er bloß Nasenbluten."

„Lass uns von hier verschwinden, mir ist das unheimlich", bat sie und steckte das Taschentuch ein.

Sie traten den Rückweg an. Als sie sich am Ende des Ganges jeder auf einer Seite des vorgeschobenen Regals durchzwängten und wieder in der Bibliothek standen, blickten sie in eine Pistolenmündung. Dominique wollte Sonja hinter sich ziehen, um sie zu schützen, doch als sie den Mann erkannte, der mit finsterem Gesicht die Waffe auf sie richtete, trat sie einen Schritt vor.

„Kolja!", sagte sie fassungslos.

Der junge dunkelblonde Mann verzog das Gesicht, das dem Sonjas ähnelte, zu einem falschen Lächeln. „Überrascht, Schwesterherz? Sag deinem Begleiter, er soll seine Waffe wegwerfen", befahl er barsch.

Sonja übersetzte mechanisch. „Dieser reizende Gentleman ist mein Bruder", fügte sie ironisch hinzu.

Dominique legte seine Pistole zu Boden. Kolja bedeutete ihm, ihm die Waffe zuzuschieben. Dominique kickte sie mit einem kurzen Fußtritt so heftig von sich, dass sie quer durch den Raum über den Boden schlitterte, aus Koljas Reichweite heraus.

„Überrascht bin ich eigentlich nicht", sagte Sonja zu ihrem Bruder. „Ich habe mich oft gefragt, was nach dem Sturz des Kommunismus aus einem Möchtegern-KGB-Spion wie dir werden würde. Viele Leute wie du haben sich jetzt zu einer Mafia zusammengeschlossen, habe ich gehört, und ich bin sicher, du hast eine neue Laufbahn gefunden."

Hinter Kolja tauchte eine Frau auf. Sie bückte sich nach Dominiques Pistole und näherte sich damit.

„Asja!", sagte Sonja wütend. „Ich habe es ja geahnt! Kolja, erklär mir sofort, was hier vor sich geht!"

„Setz dich doch, liebste Schwester", sagte Kolja höflich und deutete auf den Ohrensessel.

„Nein, danke. Ich will wissen, was hier gespielt wird."

„Wir haben uns seit Jahren nicht gesehen, Sonja, willst du mir nicht erst erzählen, wie es dir geht?" Kolja genoss es sichtlich, sie auf die Folter zu spannen. „Wie ist dein Leben im goldenen Westen? Es scheint dir zu bekommen. Du siehst gut aus. Ein bisschen bäuerlich angezogen, aber das ist für diese Umgebung ja angemessen. Ich bin sicher, in Paris trägst du teure Kleider und futterst Delikatessen in edlen Restaurants, nicht wahr?"

„Kolja, du wirst mir jetzt sofort sagen, wo unsere Eltern sind und warum du mich mit einer Pistole bedrohst!", schrie Sonja.

„Nun gut, wenn du es so eilig hast ... Wie du es eben bei deiner unterirdischen Besichtigung wahrscheinlich festgestellt hast, sind wir reich, Sonja. Das heißt, wir können es werden, wenn wir diese Diamantenmine unter unseren Füßen heimlich ausbeuten."

Sie verschränkte die Arme vor der Brust. „Wie hast du von dieser Mine erfahren?"

„Ich habe in einem dieser uralten Bücher hier einen handschriftlichen Zettel mit Hinweisen gefunden. Und ich fand, die Sache sei es wert, dass man sich für sie interessiert. So war ich im letzten Sommer einige Zeit hier und habe entdeckt, was ihr auch gefunden habt – wie auch immer ihr darauf gekommen seid."

„Hast du mit Mama und Papa darüber gesprochen?"

„Nein. Ich wollte vorläufig niemanden einweihen. Ich habe nur Asja ins Vertrauen gezogen, weil ich ein bisschen Hilfe brauchte. Sie gehört schließlich so gut wie zur Familie."

„So ist das also. Du hast Asja zu deiner Komplizin gemacht – ich nehme an, du hast ihr einen Anteil versprochen – und hast Dorofeja mit ihrer Hilfe unter Drogen gesetzt, damit sie nicht mitbekommt, was passiert. Du willst mit niemandem teilen, und alle anderen Valendrows stören dich, nicht wahr?"

„Du bist genauso schlau, wie ich es von meiner Schwester erwartet habe." Kolja lächelte. „Zu schlau."

„Was soll diese Geschichte mit der Entführung unserer Eltern? Hast du sie etwa wirklich entführt?"

„Nicht direkt", murmelte er.

„Aber du warst es, der den Ziegelstein durch mein Fenster geworfen hat."

„Ja. Ich wollte dich zur Abreise zwingen. Du kamst her mit der festen Absicht, deine Nase in meine Angelegenheiten zu stecken, und das gefällt mir nicht."

„Nun, wenn meine Eltern seit Monaten spurlos verschwunden sind, geht mich das wohl auch etwas an!"

„Du hast uns verlassen und Russland verraten. Du brauchst nicht zurückzukommen, um die Lorbeeren zu ernten, die du nicht verdient hast."

„Deswegen bin ich nicht hier. Ich lege keinen Wert auf diese verdammte Diamantenmine, alles was ich will, ist die Gewissheit, dass es Mama und Papa gut geht. Sie sind nicht in Moskau, sie sind nicht in Mariinsk – wo sind sie?"

„Sie nutzen die neue Reisefreiheit und machen eine Weltreise", erwiderte ihr Bruder spöttisch.

„Lüg mich nicht an, Kolja! Du hast versucht, mich zu manipulieren und mich glauben zu lassen, sie wären in Moskau, als sie schon längst nicht mehr dort waren. Ich habe nachgeforscht, Leugnen ist zwecklos!"

„Gut, wie du willst. Ich habe vergessen, wie hartnäckig du sein kannst." Kolja ließ die Pistole ein wenig sinken. „Sie kreuzten hier vor einem Jahr überraschend mit ihren idiotischen Plänen für ein blödes

Ferienheim auf. So ein Schwachsinn. Mir blieb nichts anderes übrig, als ihnen von der Diamantenmine zu erzählen. Und stell dir vor, sie haben abgelehnt."

Sonja runzelte die Stirn. „Was abgelehnt?"

„Ja, das kannst du dir auch nicht vorstellen, was? Sie haben eine Diamantenmine, aus der man ein Vermögen machen könnte und weigern sich, die Zustimmung zu geben, sie auszubeuten."

„Wieso? Weil das Haus dann abgerissen werden müsste?"

„Nein. Weil die Mine in Staatsbesitz übergehen würde und wir illegal handeln, wenn wir sie heimlich ausbeuten."

„Das ist die Frage. Es ist immerhin seit Jahrhunderten der Grund und Boden der Valendrows, und – entschuldige, dass ich dich daran erinnere – so, wie sich die politische Lage entwickelt, wird es mit Staatsbesitz und Genossenschaften bald ein Ende haben. Es tut mir leid für dich, Kolja, aber der Kommunismus ist tot."

„Mach dir keine Sorgen um mich", erwiderte er zynisch. „Ich verstehe es, mich anzupassen. Im Übrigen irrst du dich, ich habe mich erkundigt: alle Bodenschätze, die tiefer als fünf Meter im Erdboden liegen, gehören automatisch dem Staat. Sie würden uns lediglich das Grundstück abkaufen."

„Das sind keine fünf Meter da runter, oder irre ich mich?"

„Wir wissen nicht, wie tief die Mine noch geht. Von dem, was über fünf Metern liegt, bekämen wir fünfundzwanzig Prozent – wenn wir Glück haben. Jedenfalls laut aktuellen Gesetzen. Aber durch meine neuen Kontakte hoffe ich, diese Gesetze umgehen zu können." Er lächelte dünn.

„Hatte ich etwa recht mit dem, was ich vorhin von der russischen Mafia gesagt habe? Hast du deinen Idealen abgeschworen, weil es sich nicht mehr bezahlt macht, und hast die Vorzüge des Kapitalismus entdeckt?", fragte Sonja mit ironischem Unterton. „Hängst du dein Mäntelchen nach dem Wind, um deinen persönlichen Machthunger zu stillen? Ein schöner Heuchler bist du, Kolja!"

Er machte eine heftige Bewegung, als wolle er sie schlagen. Sonja wich an Dominiques Seite zurück.

„Was ist los?", fragte dieser, ungehalten darüber, dass er kein Wort von dem Gespräch verstand. Doch Sonja hatte keine Gelegenheit, ihm zu antworten.

„Du bist genau wie Vater!", rief Kolja wütend. „Als er von meinen Plänen für die Mine gehört hat, hat er mich auch verhöhnt und einen Staatsverräter genannt, einen Scheinkommunisten, der nur an seinen eigenen Vorteil denkt."

„Reg dich nicht auf, das tun alle Politiker", sagte sie sarkastisch.

„Er hat nichts Besseres verdient, als ..." Er brach ab.

„Als was?", fragte sie alarmiert.

Kolja atmete tief durch. „Ich halte sie in einem Haus in Nowosibirsk fest. Es geht ihnen gut."

„Ich will sie sehen! Vorher glaube ich dir nicht. Und was ist mit Onkel Nikolaj, wenn wir schon dabei sind?"

„Er ist bei ihnen."

„Und das?" Sonja zog das blutbefleckte Taschentuch aus ihrer Manteltasche.

Kolja zuckte mit den Schultern. „Er wollte die Mine sehen. In der Dunkelheit hat er sich irgendwo gestoßen und sich die Stirn aufgeschlagen."

„Ist nicht eher eines deiner Stahlwerkzeuge vor seiner Stirn gelandet?"

„Ich bitte dich! Ich weiß, dass du keine gute Meinung von mir hast, aber trotzdem ..."

Zusätzlich zu ihrer Angst spürte Sonja Wut in sich aufsteigen. „Wenn ich nicht bis heute Abend persön-

lich Vater, Mutter und Onkel Nikolaj gesehen habe,
werde ich die Polizei einschalten."

„Das würdest du wirklich tun? Deinem eigenen Bruder die Polizei auf den Hals hetzen?"

„Wenn ich sicher bin, dass dieser Bruder sich strafbar
gemacht hat mit der Entführung seiner eigenen Eltern:
ja!"

„Ich wollte es vermeiden, Sonja, aber du zwingst mich
dazu." Kolja hob erneut die Pistole und zielte auf Dominique. „Ihr beide werdet dieses Haus nicht lebend verlassen, fürchte ich. Ich erlaube nicht, dass jemand
meine Pläne durchkreuzt." In seinen Blick war ein fa-
natischer Ausdruck getreten.

„Hast du sie etwa alle drei umgebracht?", fragte Sonja
mit zitternden Lippen.

„Da du sowieso sterben wirst, sollst du es erfahren",
sagte er gnädig. „Als Vater mich beleidigt hat, habe ich
ihn geohrfeigt. Er hat sich auf mich gestürzt wie ein
Wilder. Ich habe ihn zurückstoßen müssen. Dabei ist er
gestolpert und mit dem Kopf auf den Kaminsims gefallen. Ich schwöre dir, es war ein Unfall", beteuerte Kolja
mit verzerrten Gesichtszügen.

Sonja wurde blass. „Vater ist ..."

„Er ist tot. Aber es war ein Unfall, Sonja, das musst du
mir glauben!"

Sonja griff hilfesuchend nach Dominiques Arm. „Er
hat Vater umgebracht!", stieß sie auf Französisch hervor.

„Oh Gott." Dominique ließ seine Augen im Raum um-
herirren und suchte angestrengt nach einer Möglichkeit, Kolja unschädlich zu machen.

„Und Mutter?", fragte Sonja angstvoll.

„Sie ist in Tomsk. Ich sorge für sie. Es geht ihr gut",
versicherte ihr Bruder.

„Wie soll es ihr gutgehen, wenn sie mit ansehen musste, wie ihr eigener Sohn seinen Vater tötet!", schrie sie. „Und Nikolaj, was hast du mit dem gemacht?"

„Nikolaj? Er hat zu viel herausgefunden, er musste sterben. Genau wie du und dein ..." Er machte eine abschätzige Pause. „... Schwager. Dein Mann und sein Bruder scheinen vieles miteinander zu teilen", sagte er mit hämischem Grinsen. „Das ist nicht so wie bei uns beiden, was?"

Er krümmte den Zeigefinger.

Im gleichen Augenblick schrie er auf und sackte zusammen. Hinter ihm stand Dorofeja, die sich lautlos angeschlichen hatte, so dass Kolja und Asja, die mit dem Rücken zur Tür standen, sie nicht bemerkt hatten. Sie hielt einen Schürhaken in der Hand, den sie Kolja in einer beherzten Bewegung heftig über den Kopf geschlagen hatte. Im selben Moment löste sich ein Schuss, aber Dominique hatte sich bereits zur Seite geworfen und Sonja mit sich gerissen.

Asja wirbelte herum und richtete Dominiques Pistole auf Dorofeja. Doch sie zögerte, auf ihre langjährige Dienstherrin zu schießen.

Dominique war mit einem Sprung wieder auf den Füßen und trat Asja die Waffe aus der Hand. Dann hob er die Pistole auf, die Kolja aus der Hand gefallen war, und nahm auch seine eigene Waffe wieder an sich. Er fesselte Kolja, der langsam wieder zu sich kam, mit seinem Gürtel die Hände auf dem Rücken.

Sonja umarmte ihre alte Tante, die bestürzt auf Kolja starrte, den Schürhaken noch immer in der Hand. „Danke, Dorofeja. Du hast uns das Leben gerettet."

Die Augen der alten Dame füllten sich mit Tränen. „Ach, mein Kind. Ich hätte es dir früher sagen sollen. Aber Kolja hat mich bedroht. Wenn ich dir verriete, dass er hier ist, würde er mich in ein Irrenhaus bringen, sagte er."

„Hab keine Angst, Tante Dodo." Unwillkürlich nannte sie ihre Großtante so, wie sie es in ihrer Kindheit getan hatte. "Du bist nicht verrückt. Kolja und Asja haben dafür gesorgt, dass du dich der Wirklichkeit entfremdet hast." Sie warf Asja über Dorofejas Schulter hinweg einen zornigen Blick zu. „Schämst du dich nicht? Wie konntest du dich von Kolja in seine schmutzigen Geschäfte verwickeln lassen? Hast du geglaubt, er würde dir etwas von dem Geld, das er machen wollte, abgeben? Sieh ihn dir an! Er hätte dich sitzen gelassen und wäre auf Nimmerwiedersehen verschwunden!"

Die Wangen der Hausangestellten waren hochrot, aber sie hielt Sonjas Blick stand. „Ich war einsam, Sonja", sagte sie leise. „Kannst du dir überhaupt vorstellen, wie das ist? Die langen Jahre hier draußen in der Einsamkeit, ohne Ehemann, ohne Kinder ... Glaubst du, ich brauche nicht ab und zu einen Mann und etwas Zärtlichkeit?"

„Du und Kolja ..." Sonja verschlug es die Sprache. „Aber ..." Sie verstummte. Asja war nur wenige Jahre älter als Kolja und nicht unbedingt abstoßend. „Aber er ist doch verheiratet", beendete sie ihren Satz etwas lahm.

„Du auch, Sonja, oder?", entgegnete Asja scharf und warf einen bedeutungsvollen Blick auf Dominique. Sonja biss sich auf die Lippen. Natürlich musste Asja, die sich um die Zimmer kümmerte, mitbekommen haben, dass sie das Bett mit Dominique geteilt hatte.

Kolja knurrte und versuchte, mit heftigen Bewegungen seine Fesseln zu lösen, aber sie gaben keinen Zentimeter nach.

„Ich werde die Polizei rufen", sagte Sonja zu Dominique. „Zu dumm, dass es hier kein Telefon gibt. Ich werde den Wagen nehmen, aber es wird einen Augenblick dauern. Pass gut auf ihn auf. Zögere nicht, ihm noch eins über den Schädel zu geben, falls er rebellisch wird“, fügte sie hinzu und ging hinaus.

Dominique warf ihr einen besorgten Blick nach. Sie war blass, aber hielt sich sehr gerade. Er hatte den Eindruck, dass sie unter Schock stand und die Geschehnisse noch nicht in ihren gesamten Ausmaßen begriff. Den eigenen Bruder wegen Mord an Vater und Onkel und Entführung der Mutter der Polizei ausliefern zu müssen – diese Erkenntnis würde schrecklich sein. Kein Diamant dieser Welt konnte das wieder gutmachen.

12

Kolja und Asja wurden von der Polizei festgenommen. Sonja und Dominique fuhren in Begleitung eines Beamten nach Tomsk und befreiten Jelena Valendrowa aus dem Haus, dessen Adresse Kolja widerstrebend genannt hatte. Das Wiedersehen zwischen Mutter und Tochter war tränenreich.

Sie holten Jennifer und Maxim ab und kehrten alle zusammen nach Mariinsk zurück. Dort verbrachten sie den nachfolgenden Tag auf der Polizeiwache, um ihre Aussagen zu Protokoll zu geben.

Sonja gelang das fast Unmögliche: sie trieb für die ganze Gruppe Plätze für den übernächsten Tag in einem Flugzeug nach Moskau auf. Es kostete sie einiges Geld, aber sie fand, dass die angeschlagene Gesundheit ihrer Mutter und ihrer Großtante eine dreitägige Bahnreise nicht zuließ.

Sonja wollte ihre Großtante in Moskau von einem Arzt untersuchen und behandeln lassen. Dorofeja sollte künftig bei Jelena wohnen. Es war klar, dass sie nicht mehr alleine in der Einsamkeit des Herrenhauses in der Taiga leben konnte. Ohnehin würde der Staat ihnen das Grundstück abkaufen und das Haus abreißen lassen, damit die Diamantenmine ausgebeutet werden konnte. Die Pläne für das Ferienhaus waren damit auch vereitelt. Doch die Valendrows würden bald über andere Mittel verfügen, um Waisenkindern zu helfen.

Nach ihrer Ankunft in Moskau hatte Sonja ihre Mutter, Großtante und Maxim in ein Taxi gesetzt und nach Hause geschickt, während sie selbst, zusammen mit Dominique und Jennifer, den Diamantschmuck in ein

Bankschließfach brachte. Anschließend kehrte sie mit ihnen auf den Flughafen zurück, um auf den Anschlussflug nach New Delhi zu warten. Für Dominique und Sonja war der Moment gekommen, schweren Herzens Abschied voneinander zu nehmen. Jennifer hatte sich diskret abgewandt und schlenderte in einiger Entfernung auf und ab.

„Wann wirst du nach Paris zurückfliegen?", fragte Dominique.

„Ich weiß noch nicht. Ein paar Tage werde ich noch bei meiner Mutter bleiben. Es gibt so vieles mit den Behörden zu regeln. Alles ist so schnell gegangen ... Ich hatte noch nicht einmal Zeit, um meinen Vater zu trauern." Tränen stiegen ihr in die Augen. Sie schien in den letzten Tagen um Jahre gealtert.

Dominique zog sie in seine Arme und drückte sie an sich. „Du warst sehr tapfer", sagte er leise. „Ich lasse dich ungern in dieser Situation alleine hier zurück."

„Ich weiß. Aber du hast schon sehr viel für mich getan. Ich hoffe, ich werde mich eines Tages revanchieren können." Sie löste sich ein wenig von ihm, um ihm ins Gesicht sehen zu können. „Schick uns erst mal deine Rechnung nach Paris."

„Das wäre ja noch schöner!", protestierte er. „Es bleibt schließlich in der Familie."

„In Anbetracht der Umstände ist es mir auch unangenehm, Pierre um einen Scheck für dich zu bitten", gab sie zu. „Aber wenn ich es nicht tue, wäre das auch auffällig. Und du hast dir das Geld verdient. Du und Jennifer habt immerhin euren Urlaub für mich geopfert und sogar euer Leben aufs Spiel gesetzt." Sie zog etwas aus ihrer Tasche und steckte es Dominique zu. „Ich möchte, dass du dies hier als eine Art Vorab-Honorar akzeptierst."

Er starrte auf die diamantbesetzte Brosche in seiner Hand. „Sonja ..."

„Ich will nicht hören, dass du es nicht annehmen kannst. Verkauf sie oder bewahre sie für Jennifer auf. Mach damit, was du willst. Sie gehört dir. Ich hoffe, mit dem Fluch ist es vorbei, und sie wird dir Glück bringen. Und Glück ist es, was ich dir vor allem wünsche." Ihre Stimme brach, und sie verstummte.

Wortlos zog er sie wieder an sich. Lange standen sie so umschlungen da, unfähig in Worte zu fassen, was sie fühlten. Und Worte wären auch sinnlos gewesen.

Später im Flugzeug versuchte Dominique vergeblich, das Abenteuer mit Sonja zu den Akten zu legen und zur Tagesordnung überzugehen. Vor ihm auf dem heruntergeklappten Tischchen lag ungeöffnet der kleine Briefumschlag, den sie ihm beim Abschied zugesteckt hatte.

„Warum machst du ihn nicht endlich auf?", fragte Jennifer. „Wovor hast du Angst?"

Gute Frage, dachte Dominique. Wovor hatte er Angst? Vor einem Liebesbrief? Oder vor einem Abschiedsbrief? Er hielt Jennifer den Umschlag hin. „Mach ihn auf und lies ihn mir vor."

„Das geht mich nichts an", lehnte sie ab.

„Wieso nicht? An meinen anderen Abenteuern hast du doch auch regen Anteil genommen." Er wollte die Sache mit einer Portion Zynismus herunterspielen.

Aber Jennifer ließ sich nicht täuschen. „Diesmal ist es was anderes. Sieh mir in die Augen und behaupte, Sonja sei nur eine Bettgeschichte für dich gewesen."

Er seufzte und öffnete schließlich den Umschlag. Ein mit einem kleinen Diamanten besetzter weißgoldener Herrenring glitt heraus. Hastig überflog Dominique die wenigen Zeilen auf dem kleinen Briefbogen.

„Dies ist der Ehering Wassilis", stand da. *„Du brauchst ihn nicht zu tragen, aber ich möchte, dass du ihn als*

*Erinnerung behältst. Die Gravur bedeutet: ‚In Liebe, Va-
lentina, 1466.‘ Ersetze Valentina durch Sonja und 1466
durch 1991, dann stimmt es.“*

Mit einer gewissen Ehrfurcht drehte Dominique den
museumsreifen Ring und strich behutsam über die ein-
gravierten kyrillischen Buchstaben auf seiner Innen-
seite. Dann ließ er ihn langsam auf seinen kleinen Finger gleiten.

„Was sagst du dazu?“, fragte er Jennifer mit rauer
Stimme.

„Ich bin sprachlos“, bekannte sie.

„Na, da ist doch wenigstens etwas.“ Er lächelte schief
und gab ihr einen zärtlichen kleinen Stups auf die
Wange.

EPISODE 6

DIE AGENTIN DES MAHARADSCHAS

1

Bei ihrer Rückkehr aus Russland gab es für Dominique und Jennifer eine nicht sehr erfreuliche Neuigkeit.

„Ich habe mich für ein Jahr beurlauben lassen", erklärte Peter, als die drei sich am ersten Morgen zu einer Lagebesprechung in ihrem Büro versammelten. „Ich muss für eine Weile in die Staaten und mich um ein paar persönliche Angelegenheiten kümmern. Es läuft da im Moment nicht so gut. Ihr wisst, dass meine Mutter im Juli gestorben ist. Und nun hatte mein Vater letzte Woche einen Schlaganfall und muss in ein Pflegeheim. Ich muss mich darum kümmern. Meine Schwester hat drei kleine Kinder und ist damit überfordert. Auch meine Ex-Frau hat nichts als Probleme, und der Junge macht in der Schule nur Mist." Sein sonst meist heiteres Gesicht wirkte bekümmert und er drehte nervös einen Kugelschreiber zwischen den Fingern.

Seine beiden Kollegen machten lange Gesichter. Jennifer dachte an die unbeschwerten Nächte, die sie miteinander verbracht hatten, ihre unkomplizierte Beziehung. Auch wenn sie Peter nicht liebte, hing sie an ihm, wie ihr plötzlich bewusst wurde. Er war ein Freund, der immer für sie dagewesen war, wenn sie sich einsam gefühlt hatte.

Dominique dachte an die Abenteuer, die sie zusammen durchgestanden hatten, die Fälle, die sie gemeinsam gelöst hatten. Sie waren aufeinander eingespielt. Er wusste, dass es ihm schwerfallen würde, sich an jemand anderes zu gewöhnen.

„Aber ich denke, dass ein Jahr ausreichen wird, um alles zu regeln“, sagte Peter hastig. „Und dann komme ich wieder. Ehrenwort.“

„Du brauchst dich nicht zu rechtfertigen, Peter.“ Dominique klopfte ihm auf die Schulter. „Tut mir leid für deinen Vater. Was sagt Stacy zu deiner Auszeit?“

„Er war natürlich nicht begeistert, aber was soll er machen? Wenn er abgelehnt hätte, müsste ich kündigen. Anscheinend bin ich für ihn doch zu wertvoll, als dass er das Risiko eingehen will, mich ganz zu verlieren. Und er meint, er kann sich bestimmt mit Stacy & Langmaster in London arrangieren, damit die ihm für ein Jahr einen ihrer Ermittler schicken.“

„Wann gehst du, Peter?“, fragte Jennifer leise und griff nach seiner Hand.

„In einer Woche. Der Neue kommt ein paar Tage später an. Er soll für das Jahr meine Wohnung übernehmen. So spare ich die Miete, und er braucht sich hier nicht um eine Wohnung zu kümmern.“

Dominique nickte mit verdrossener Miene. Jennifer sah verloren und traurig aus.

„Hey, nun macht nicht so belämmerte Gesichter, ihr beiden“, rief Peter und lachte. „Ich bin es schließlich, der die Probleme am Hals hat! Und ich bin ja nicht aus der Welt. Ein Jahr vergeht schnell, dann bin ich wieder da. Aber vorher feiern wir noch richtig Abschied.“

Und das taten sie. An seinem letzten Arbeitstag brachte Peter ein paar Flaschen Sekt und Knabbereien mit ins Büro, und vom späten Nachmittag an saßen sie mit allen Kollegen zusammen, lachten und tranken. Zufällig war die Stewardess Pamela gerade auf Zwischenstopp in Delhi. Peter, Dominique und Jennifer holten sie von ihrem Hotel ab und gingen zusammen essen. Es wurde ein fröhlicher Abend, der in der Bar von Pamelas Hotel endete. Dominique verbrachte den Rest der Nacht mit ihr im Hotel, während Jennifer mit

Peter zu sich nach Hause fuhr, da in seiner Wohnung das Chaos einer bevorstehenden Abreise herrschte.

Am nächsten Morgen kam Dominique nach Hause, als Jennifer und Peter beim Frühstück saßen. Jennifer hatte Schatten unter den müden traurigen Augen und rauchte mit nervösen Bewegungen eine Zigarette.

Dominique goss sich eine Tasse Tee ein und setzte sich zu ihnen. Er fühlte sich so miserabel, wie Jennifer aussah, aber das hatte weniger mit Peters Abschied zu tun.

Er dachte an Sonja. Die Nacht mit Pamela hatte seinem Körper Erleichterung verschafft, nicht jedoch seiner Seele. Zum ersten Mal seit langem gestand er sich ein, Sehnsucht nach einer Frau zu haben. Es kam ihm vor, als habe er sie verraten, indem er die Nacht mit Pamela verbracht hatte. Auch wenn er wusste, dass sie bald wieder in den Armen ihres Mannes sein würde – seines Stiefbruders.

„Ich werde gehen." Peter trank seinen Tee aus. „Ihr wollt sicher ins Büro fahren." Er erhob sich.

Auch Dominique stand auf. Die Männer umarmten sich und klopften sich auf die Schultern. „Viel Glück, alter Junge. Vergiss uns nicht. Und schreib mal eine Postkarte."

„Na klar. Eine mit dem Empire State Building. Und du, pass auf dich auf. Denk dran: der gute alte Peter ist nicht da, um dir aus der Patsche zu helfen."

Sie lachten, denn meistens war es Dominique gewesen, der Peter aus einer misslichen Lage hatte befreien müssen.

Jennifer begleitete Peter an die Wohnungstür. Er zog sie an sich und küsste sie. „Pass auf dich auf, Kleines. Und vergiss mich nicht ganz."

Jennifer schüttelte den Kopf und senkte den Blick. „Bestimmt nicht. Du wirst mir fehlen."

„Halte dich an Rajiv", riet er und hob ihren Kopf, um ihr in die Augen zu sehen. „Jeder sieht doch, wie es um euch steht."

„Was soll dabei schon herauskommen?", murmelte sie.

„Vielleicht eine noch schönere Beziehung als unsere", meinte Peter aufmunternd und küsste sie noch einmal. „Bis dann, Jenni", sagte er. Dann ging er.

Jennifer konnte nun endlich den Tränen freien Lauf lassen, die sie den ganzen Morgen unterdrückt hatte. Sie lehnte den Kopf an die geschlossene Tür und weinte lautlos.

Die Hand ihres Vaters legte sich von hinten auf ihre Schulter. „Du siehst ihn ja wieder", tröstete er.

Jennifer drehte sich um und fiel ihm aufschluchzend um den Hals. Er strich ihr beruhigend über den Rücken. „Und ich dachte immer, du wärst nicht in ihn verliebt."

„Bin ich auch nicht. Aber er wird mir fehlen." Sie holte ein Taschentuch aus der Tasche ihres Bademantels und putzte sich die Nase.

„Vielleicht kannst du deine Aufmerksamkeit jetzt auf jemanden konzentrieren, an dem dir noch mehr liegt."

Sie sah ihn an. „Würdest du es billigen, wenn ich mit einem verheirateten Mann ...?"

Dominique lächelte. „Ich glaube, für einen Moralapostel bringe ich nicht die nötigen Qualifikationen mit."

Jennifer grinste. „Nein, schließlich hast du sogar die Frau deines eigenen Bruders verführt!"

Er gab ihr einen kleinen Stups auf die gerötete Nasenspitze. „Jetzt komm, zieh dich an, wir müssen los."

Kaum waren sie in der Agentur angekommen, wurde Dominique zur Mr Stacy gerufen. In dem Besuchersessel vor seinem Schreibtisch saß eine attraktive Frau mit schulterlangen braunen Locken.

„Das ist Jaclyn Holt", stellte Stacy vor. „Mrs Holt, das ist also Dominique Demesy, der sich um Sie kümmern wird."

Sie gaben sich die Hand. „Sehr erfreut. Was kann ich für Sie tun?", fragte Dominique höflich, in der Annahme, dass es sich um eine Klientin handelte. Er setzte sich neben sie in den zweiten Sessel.

Stacy grinste. „Sie können sie einarbeiten. Mrs Holt wird für ein Jahr Peters Platz einnehmen und mit Ihnen zusammenarbeiten."

„Was, eine Frau?", stieß Dominique verblüfft hervor und merkte selbst gar nicht, wie entsetzt und missbilligend es klang.

Jaclyn Holts grüne Augen funkelten ihn wütend an. „Haben Sie etwas gegen Frauen, Mr Demesy?"

„Überhaupt nicht, aber ... Das ist ein sehr anstrengender Job, der oft vollen physischen Einsatz erfordert." Er musterte sie mit gerunzelter Stirn.

Sie war mittelgroß und eher zierlich, mit sportlichem Schick gekleidet. Ihr feingeschnittenes Gesicht mit den sanft gerundeten Wangen, der hohen Stirn und den vollen, empfindsam wirkenden Lippen hatte etwas Kindliches. Auf den ersten Blick wirkte sie recht jung, doch bei näherem Hinsehen waren feine Linien zu entdecken, die ihre klaren ausdrucksvollen Augen umgaben und sich von den Nasenflügeln zu den Mundwinkeln zogen. Ihre Züge wiesen bei aller Lieblichkeit eine eiserne Entschlossenheit auf.

„Seien Sie unbesorgt, Dominique", schaltete sich Stacy ein. „Mrs Holt hat dreizehn Jahre lang als Kriminalistin bei Scotland Yard gearbeitet, und ist seit drei Jahren Ermittlerin bei Stacy & Langmaster in London – mit Erfolg, wie ich betonen möchte. Sie ist alles andere als eine Anfängerin."

Dominique quittierte den versteckten Tadel mit einem säuerlichen Lächeln und wandte sich wieder

Jaclyn Holt zu. „Dann seien Sie herzlich willkommen. Wir hatten Sie erst in ein paar Tagen erwartet."

„Ich konnte mich etwas früher freimachen und bin heute Nacht angekommen."

„Wann genau reist Peter ab?", erkundigte sich Stacy bei Dominique.

„Heute Abend. Er bringt seine Wohnungsschlüssel bei mir vorbei."

„Gut. Dann kann Mrs Holt ja morgen früh einziehen. Es würde Ihnen doch nichts ausmachen, ihr beim Umzug in Peters Wohnung zu helfen?" Es war als Frage formuliert, war aber eine klare Anordnung.

„Natürlich nicht." Dominiques Stimme klang alles andere als begeistert.

„Mrs Holt wird die Arbeit in drei Tagen aufnehmen. Dann kann sie Ihnen bei der Vertretung von Susan helfen, die ja am Montag in Urlaub geht. Wir sprechen später darüber. Danke, Dominique, das war es im Augenblick. Ich schicke Mrs Holt gleich zu Ihnen, damit sie ihren künftigen Arbeitsplatz sehen kann."

Missmutig kehrte Dominique in sein Büro zurück, in dem Jennifer an Peters verwaisten Schreibtisch saß und suchend in einem Aktenordner blätterte.

„Peters Vertreter ist eine Frau", knurrte Dominique und setzte sich auf seinen Schreibtischstuhl. „Noch dazu eine ganz zarte ..." Mit den Fingerspitzen massierte er sich die schmerzenden Schläfen.

„Na und? Dann ist sie halt eine Frau", entgegnete Jennifer unwirsch. „Wenn Stacy & Langmaster sie ausgewählt haben, um Peter zu ersetzen, wird sie schon einiges auf dem Kasten haben."

„Ich habe ja nicht behauptet, dass sie dumm ist", brummte Dominique. „Ich vergaß, dass man nicht das Geringste sagen darf, was im Entferntesten nach Diskriminierung einer Frau klingt."

Jennifer verdrehte die Augen.

Er wühlte mit verbissenem Gesicht in den Papieren, die in seinem Eingangskorb lagen. „Und dann auch noch Susan vertreten ... Puh! Ich hasse diese bürokratischen Wirtschafts- und Versicherungsfälle."

„Armer Dominique", meinte Jennifer spöttisch. „Heute scheint nicht gerade dein Tag zu sein. Du siehst ziemlich mitgenommen aus."

Dominique gähnte. „Die Nacht war kurz, wie du weißt. Ich hätte gestern nicht mit euch all diese süßen Cocktails trinken sollen. Davon kriege ich immer Kopfschmerzen. Und dann Pamela ... einfach unersättlich. Die hat mich völlig fertiggemacht. Und da sagt man immer, die Amerikanerinnen seien ..." Er unterbrach sich, weil er die Gestalt bemerkte, die im Türrahmen aufgetaucht war.

Jaclyn Holt hatte seine letzten Sätze gehört und hob ironisch eine Augenbraue. „Was sagt man, wie Amerikanerinnen sind?"

„Ach, vergessen Sie's." Dominique tat so, als sortiere er geschäftig seine Papiere.

Jaclyn verzog ungehalten den Mund und sah so aus, als verkniff sie sich nur mühsam eine geringschätzige Bemerkung. „Wo ist mein Schreibtisch?", fragte sie stattdessen.

„Hier." Jennifer sprang auf.

„Bleiben Sie sitzen, ich bin heute nur zu Besuch da."

„Das ist Jennifer, meine Tochter und Assistentin", stellte Dominique vor. „Jenni, das ist Peters Vertreterin, Mrs Holt."

„Jaclyn", lächelte diese an Jennifer gewandt und schüttelte ihr die Hand.

Dominiques Blick blieb an ihrem Ehering hängen. „Haben Sie Ihren Mann mitgebracht, Mrs Holt?"

„Nein, er ist in London geblieben", erwiderte sie in kühlem Ton, der weitere Fragen verbot.

„Setzen Sie sich doch einen Moment", forderte Dominique sie höflich auf und wies auf den Besucherstuhl vor seinem Schreibtisch.

„Möchten Sie eine Tasse Tee, Jaclyn?", bot Jennifer an.

„Ja, gerne."

Während Jennifer das Büro verließ, um den Tee zu holen, lächelte Jaclyn Dominique spöttisch an. „Sie sind also entsetzt, künftig mit einer Frau arbeiten zu müssen, ja?"

„Hören Sie, ich habe nichts gegen Sie persönlich und gegen Frauen im Allgemeinen schon gar nicht", sagte Dominique und seine Stimme klang ein wenig unbehaglich. „Es ist nur so, dass ich über zwei Jahre lang sehr gut mit meinem Kollegen im Team gearbeitet habe, und mir nur schwer vorstellen kann, dass eine Frau die gleichen Dinge bewältigen könnte."

„Sie sind Franzose, nicht wahr?"

„Ja. Und?"

„Nun, die Franzosen sind ja dafür bekannt, dass sie Chauvinisten sind", bemerkte sie.

Zwischen seinen Augenbrauen bildeten sich zwei steile Falten. „Wie soll man auch von einer Engländerin etwas anderes erwarten als Vorurteile gegen Franzosen?"

Jaclyn seufzte. „Hören Sie, Mr Demesy, es ist mir vollkommen egal, ob Sie Franzose sind, Inder, Brite oder was auch immer. Aber ich verlange, dass Sie mir meine beruflichen Fähigkeiten nicht absprechen, bevor Sie sie überhaupt beurteilen können. Ich gebe zu, dass nicht jede Frau die gleiche Muskelkraft wie ein Mann besitzt, aber seit wann werden Fälle durch reine Muskelkraft gelöst? Was zählt, sind Köpfchen, Mut und Geschicklichkeit – und von allem habe ich in den letzten Jahren genug bewiesen. Ich habe den braunen Gürtel in Judo, den blauen in Taekwondo, ich kann mit allen möglichen Arten von Schusswaffen umgehen und habe eine umfassende Ausbildung in Kriminalistik."

„Und Sie sind sehr von sich überzeugt, das ist wichtig", erwiderte Dominique ironisch. „Ich schlage vor, wir werden versuchen, uns gegenseitig etwas zu beweisen: Sie mir Ihre Qualifikation als Detektivin und ich Ihnen, dass ich nichts gegen Frauen in unserem Beruf habe. Einverstanden?" Er sagte es in versöhnlichem Ton, doch Jaclyn empfand ihn als gönnerhaft. Ihre Miene blieb abweisend.

„Bei dieser Gelegenheit können Sie mir auch Ihre beruflichen Fähigkeiten beweisen, vielleicht kann ich Ihnen ja helfen, etwas daran zu verbessern", entgegnete sie angriffslustig.

Dominique seufzte, lehnte sich zurück und griff sich an die Schläfe.

„Kopfschmerzen?", fragte Jaclyn mit gespielter Anteilnahme.

„Mhm. Wir haben gestern Peters Abschied gefeiert."

„Und die unersättliche Amerikanerin", erinnerte sie.

Ihr klarer, forschender Blick machte ihn verlegen.

„Leben Sie und Ihre Familie schon lange in Indien?", erkundigte sie sich.

Ach so. Sie nahm an, er sei verheiratet und prahle mit seinen Affären.

„Ich lebe seit mehr als sechs Jahren hier. Meine Tochter seit einem halben Jahr. Und meine Ex-Frau, von der ich seit fünfzehn Jahren geschieden bin, lebt in Paris."

„Ah ..." Ihre Miene wurde zugänglicher.

„Wird Ihre Familie nachkommen?"

Sie schüttelte den Kopf. „Ich habe meine Versetzung nach Indien zum Anlass genommen, mich von meinem Mann zu trennen, das war längst fällig. Kinder haben wir nicht", erklärte sie knapp.

Jennifer kam mit einem Tablett herein, auf dem drei Tassen Tee dampften, und stellte eine vor Jaclyn hin.

„Waren Sie schon mal in Indien, Jaclyn?“

„Ja, vor acht Jahren. Ich habe eine Rundreise gemacht.“

„Durch ganz Indien?“

„Nein, nur die üblichen Touristenziele mit den wichtigsten Sehenswürdigkeiten. Es war eine organisierte Studienreise, und wir wurden täglich mit dem Bus oder Flugzeug in eine andere Stadt geschleift. Meine Erinnerungen sind teilweise recht verschwommen, und ich halte mich durchaus nicht für eine Kennerin Indiens.“

Dominique winkte ab. „Ich lebe seit über sechs Jahren hier und würde mich noch immer nicht als Kenner Indiens bezeichnen. Ich glaube fast, es ist unmöglich, dieses Land wirklich zu kennen. Je mehr ich davon sehe, desto fremder und verwirrender erscheint es mir.“

„Aber es muss Ihnen doch gut gefallen, wenn Sie seit sechs Jahren hier leben.“

„Ich weiß nicht, ob ich wirklich gerne hier lebe. Vieles stößt mich ab. Wahrscheinlich liegt für mich der Reiz gerade darin, dass mir noch immer vieles fremdartig erscheint. Das Mysteriöse zieht mich an, ich will forschen und entmystifizieren können.“

„Le detective par excellence“, lobte Jaclyn ironisch. „Très bien.“

„Vous parlez français?“

„Un peu. Ich habe mal eine Zeitlang in Frankreich gelebt. Aber das ist ewig her.“

„Haben Sie daher Ihre schlechte Meinung über Franzosen?“

„Natürlich.“ Sie fiel wieder ins Englische zurück und lächelte maliziös. „Nun, wenn Sie sich Mühe geben, wird es Ihnen vielleicht gelingen, meine Meinung über die Franzosen zu verbessern.“

Normalerweise hätte Dominique darauf mit einer scherzhaften Bemerkung geantwortet, aber an diesem Morgen erwischte sie ihn auf dem falschen Fuß.

„Warum sollte ich das tun?“, fragte er unwirsch. „Mich hat auch keiner gefragt, ob ich mit einer Frau zusammenarbeiten will – dafür müssen Sie eben meine Nationalität in Kauf nehmen.“

Jaclyns Miene verfinsterte sich. „Womit wir wieder beim Ausgangsthema wären. Ich hoffe, wir werden uns nicht gegenseitig zerfleischen, bevor das Jahr um ist.“

„Das kann ja heiter werden“, murmelte Jennifer, die sie über den Rand ihrer Teetasse hinweg beobachtete.

Jaclyn leerte ihre Tasse und erhob sich. „Es liegt mir fern, Sie um einen Gefallen bitten zu wollen, Mr Demesy“, sagte sie kühl, „aber nachdem es Ihnen Mr Stacy bereits angekündigt hat: könnten Sie mir morgen helfen, meine Sachen in Mr Hestersants Wohnung zu transportieren?“

Dominique nickte knapp. „In welchem Hotel wohnen Sie?“

„Im Ambassador.“

„Zimmernummer?“

„Dreihundertvierzehn.“

„Ich werde Sie gegen zehn Uhr abholen.“

„Okay. Danke.“ Sie schulterte ihre Handtasche. „Dann also bis morgen.“

Sie nickte ihm kühl und Jennifer eine Spur herzlicher zu, dann verließ sie das Büro.

„Eine beeindruckende Frau“, fand Jennifer.

Dominique antwortete nicht.

„Sehr attraktiv“, fuhr sie fort. „Und wirkt sehr intelligent und tüchtig, findest du nicht?“

Er bedachte sie mit einem genervten Blick. „Wie willst du das jetzt schon beurteilen?“

„Du hast irgendeine Abneigung gegen sie. Merkwürdig.“

„Wieso merkwürdig?“

„Na ja, so eine bildhübsche Frau ... Die Aussicht, mit ihr zusammenzuarbeiten, müsste dir doch gefallen.“

„Ach ja? Meinst du, die Gangster werden sich von ihrem hübschen Gesicht erweichen lassen und uns nicht
umlegen, wenn sie uns schnappen? Siehst du sie mit einem Zwei-Zentner-Mann kämpfen, um ihre Haut zu
retten? Ich werde die ganze Zeit nicht nur auf mich
selbst achten müssen, sondern auch auf sie. So einen
Klotz am Bein kann ich nicht gebrauchen, das ist keine
Hilfe."

„So ein Unsinn. Haben nicht Isabella und ich deine
Haut gerettet, als du gekidnappt im Himalaya festgeses-
sen hast?"

Er schüttelte den Kopf. „Du verdrehst völlig die Tatsa-
chen. Rausgeholt hat uns Rajiv. Wenn er nicht gekommen wäre, säßest du jetzt in irgendeinem Bordell im
Mittleren Osten. Und in Kaschmir bist du entführt worden, und ich habe Kopf und Kragen riskieren müssen,
um dich da rauszuholen."

„Ach, du bist einfach schlecht gelaunt heute", sagte
sie ärgerlich. „Was ist denn los mit dir? Na, ich weiß
schon. Es ist wegen Sonja, nicht? Die Vorstellung, dass
sie wieder mit Pierre das Bett teilt ..."

„Kümmere dich um deinen Kram, ja? Geh nach oben,
ich glaube, Rajiv ist gerade gekommen", gab Dominique
bissig zurück.

Jennifer warf ihm einen schrägen Blick zu und verließ türenknallend das Büro.

Dominique starrte mit missmutigem Gesicht zum
Fenster hinaus. Zwischen den letzten Monsunregen-
schauern des Jahres kam gerade wieder die Sonne zum
Vorschein. Er dachte an die frischen Wälder der Taiga.
War Sonja noch in Moskau? Oder bereits wieder in Pa-
ris ... bei Pierre?

Peter würde schon morgen zwischen den Wolken-
kratzern seiner Heimat spazieren gehen. Pamela setzte
ihre Südostasien-Tour fort und würde bei der nächstbesten Gelegenheit mit dem nächstbesten Steward oder

Piloten in Rangun, Singapur oder Manila ins Bett gehen. Susan, mit der ihn noch immer eine herzliche Freundschaft verband, flog in drei Tagen mit Mann und Sohn auf die Malediven zum Wassersport-Familienurlaub. Er fühlte sich plötzlich einsam und überdrüssig. Wie ein Fremder in seinem eigenen Leben.

***

Wie versprochen half Dominique Jaclyn am nächsten Tag dabei, ihr Gepäck vom Ambassador in Peters Apartment zu bringen. Danach verabschiedete er sich mit der Ausrede, dass er zum Mittagessen verabredet sei.

Jennifer, die ihn begleitet hatte, blieb noch, um Jaclyn beim Einräumen zu helfen. Später wollte sie ihr ein wenig die Stadt zeigen.

Am Montag begann Jaclyn ihren Dienst. Neben einigen Routine-Beschattungsarbeiten übernahm Dominique mit ihr einen von Susans Versicherungsfällen. Er musste zugeben, dass Jaclyn sehr professionell arbeitete. Sie war logisch, erfahren und hatte gute Ideen. Ihr kriminalistisches Denken war geübter und ausgefeilter als sein eigenes.

Dominique nahm sie mit auf den Schießstand, wo er einmal in der Woche trainierte. Es stellte sich heraus, dass sie genauso treffsicher schoss wie er.

Und er begleitete sie zu ihrem Judo-Training in ein Dojo, das sie aufgetan hatte. Er machte den Fehler, sie als Partnerin nicht ernst zu nehmen, und so schickte sie ihn zweimal auf die Matte, bevor er überhaupt wusste, wie ihm geschah. Sie seinerseits zu besiegen, erwies sich als nicht so einfach, wie er gedacht hatte, da sie jedem seiner Angriffe geschickt auswich und auf keinen Trick hineinfiel. So gelang es ihm erst unter reiner Kraftanwendung, sie in die Knie zu zwingen – eine, wie sie ihm erklärte, beim Judo verpönte Methode.

„Ich hoffe, Sie fühlen sich jetzt besser", sagte Jaclyn sarkastisch, als sie unter ihm auf der Matte lag, und blickte nachdenklich zu ihm auf.

Dominique lächelte und half ihr hoch. „Geben Sie zu, dass Sie mich haben gewinnen lassen, um mein Ego wiederherzustellen."

Sie mussten beide lachen und setzten das Training mit der angemessenen Fairness fort.

Wenn sie unterwegs waren, gingen sie mittags gemeinsam essen oder nahmen nach Feierabend zusammen einen Drink. Aber ihr Verhältnis blieb distanziert und von Misstrauen geprägt. Gelegentlich warfen sich weiterhin kleine Spitzen zu, gaben sich ansonsten jedoch sachlich und professionell.

Dominique dachte nicht daran, Jaclyn gegenüber seinen Charme spielen zu lassen, wie er es sonst meistens bei einer hübschen Frau tat. Erstens waren seine Gedanken noch oft bei Sonja. Und zweitens war ihm klar, dass Jaclyn nicht der Typ war, den man mit ein paar Schmeicheleien einwickeln konnte. Er vermutete, dass ihr Gefühlsleben noch zu sehr mit ihrer gescheiterten Ehe beschäftigt war, und dass flüchtige Liebesabenteuer nicht ihre Sache waren. Das wäre mit einer Kollegin sowieso heikel. Aber vielleicht würden sie es mit der Zeit schaffen, eine gute kollegiale Beziehung oder eine Art Freundschaft aufzubauen.

2

An einem Morgen Anfang November betrat Jaclyn das Büro mit einem luftig verpackten Gegenstand. Sie setzte ihn vorsichtig auf ihrem Schreibtisch ab und wickelte ihn aus. Zum Vorschein kam ein kleiner Napfkuchen.

„Oh", machte Dominique, der bereits an seinem Schreibtisch saß, angenehm überrascht. „Sie haben mir einen Geburtstagskuchen gebacken? Wie nett. Woher wussten Sie …"

Sie starrte ihn verwundert an. „Das ist *mein* Geburtstagskuchen. *Ich* habe heute Geburtstag."

„Ich auch."

Sie starrten sich verblüfft an und lachten. „Na so was …"

„Auch Skorpion, das hätte ich mir ja denken können", murmelte Jaclyn.

„Welcher Jahrgang?", erkundigte sich Dominique. „Ach, Verzeihung, das darf man eine Dame ja nicht fragen."

Sie zuckte mit den Schultern. „Albern, solche Ziererei. Ich bin achtunddreißig geworden."

„Kompliment, gut gehalten."

„Danke. Und wie alt sind Sie?"

„Einundvierzig."

„Wahrscheinlich sollte ich jetzt sagen, dass auch Sie sich gut gehalten haben, aber tatsächlich dachte ich, Sie wären älter", sagte Jaclyn ungerührt.

Dominique hob erschreckt die Augenbrauen.

„Jennifer wird schließlich bald zwanzig, wie sie mir
erzählt hat, und ich dachte nicht, dass Sie so früh angefangen hätten, eine Familie zu gründen."

„Manchmal wird man eben nicht gefragt."

„Beschweren Sie sich nicht – es gibt Leute, die hätten
lieber zu früh Kinder gekriegt als gar keine", sagte sie
mit einer gewissen Bitterkeit in der Stimme.

„Sprechen Sie von sich selbst?", fragte er vorsichtig.

„Ein wenig, ja. Oder nein, vielleicht auch nicht ..."

„Warum haben Sie keine Kinder, wenn die Frage
nicht zu indiskret ist?"

„Ist sie, aber ich werde es Ihnen trotzdem sagen ..."
Jaclyn setzte sich auf seine Schreibtischkante und sah
ihn ernst an. „Als ich achtzehn war, wurde ich schwanger. Der Vater verschwand auf Nimmerwiedersehen,
als er davon erfuhr. Ich hatte kein Geld, keine Ausbildung und keine Eltern, die mir hätten helfen können
oder wollen. So blieb mir nicht viel anderes übrig, als
eine Abtreibung machen zu lassen. Dabei ist etwas
schief gegangen, und ich kann noch von Glück sagen,
dass ich nicht gestorben bin. Es war in Paris."

„Und der werdende Vater war Franzose", vermutete
Dominique leise.

„Ja. Nun wissen Sie also, woher meine vorgefasste
Meinung kommt. Sie beruht auf schlechten Erfahrungen und bitteren Erinnerungen."

„Es tut mir leid", murmelte er betroffen. „Aber wir
sind nicht alle so. Ich habe meine Freundin geheiratet,
als Jennifer unterwegs war."

„Ich habe halt Pech gehabt. Allerdings muss ich zugeben, dass mir Kinder in meinem Leben nie sonderlich
gefehlt haben. Nur hätte ich die Entscheidung lieber
selbst getroffen."

Dominique nickte mitfühlend und dachte einen Moment lang an die junge Irin, die ihm das Leben ge-

schenkt hatte. Dann lächelte er zaghaft. „Übrigens: herzlichen Glückwunsch zum Geburtstag."

„Ach ja, richtig." Auch Jaclyn lächelte, und die steile Falte auf ihrer hohen Stirn glättete sich wieder. „Ihnen auch alles Gute."

Sie blickten sich einen Moment lang zögernd an, dann beugten sie sich aufeinander zu und küssten sich die Wangen, wie es in Frankreich üblich war.

„Vielleicht sollte ich mir mehr Mühe geben, Ihr Bild von Franzosen zu verbessern", sagte er.

Sie betrachtete ihn einen Moment lang mit nachsichtiger Milde und wollte gerade antworten, als das Telefon auf Dominiques Schreibtisch klingelte.

Er nahm den Hörer ab und meldete sich.

„Wir sollen zu Mr Stacys ins Büro kommen", teilte er Jaclyn dann mit und erhob sich.

Im Flur stolperten sie fast über zwei indische Männer in westlichen Anzügen, die steif und wachsam vor der Tür von Helens Büro standen.

Vor Mr Stacy saß ein etwa fünfzigjähriger Mann in einem gutsitzenden elfenbeinfarbenen Anzug. Die Art seines Turbans wies ihn als hochgestellten Inder aus. Er erhob sich, als die Detektive eintraten und verbeugte sich mit vor der Brust zusammengelegten Handflächen vor ihnen.

„Das ist Râjâ Bharat Sundarajan, der Maharadscha von Benares", stellte Stacy vor. „Er ist inkognito hier, es darf niemand von seiner Anwesenheit in Delhi erfahren. Aber bitte nehmen Sie erst mal Platz."

Jaclyn setzte sich in den Sessel neben dem Maharadscha, Dominique zog sich einen der gepolsterten Stühle des Besprechungstischs heran.

„Ich fühle mich seit einiger Zeit bedroht", berichtete der Maharadscha. „Ich habe Anlass zu glauben, dass mir jemand nach dem Leben trachtet." Sein Englisch war fließend, hatte aber einen starken Akzent. Er sprach sowohl an Jaclyn, als auch an Dominique gewandt, vermied es aber, Jaclyn in die Augen zu blicken. Jaclyn hatte gehört, dass es für Inder einer Beleidigung gleichkam, einer Frau in die Augen zu sehen. Sich von einer Frau bedienen zu lassen wie von einer Leibeigenen hingegen, stellte offensichtlich keine Beleidigung dar.

Jaclyn hatte in den wenigen Wochen, seit sie in Indien lebte, bereits viel über den indischen Alltag gelernt. Oft stieg heiße Wut in ihr auf, wenn sie über die vielen alltäglichen Ungerechtigkeiten, insbesondere Frauen gegenüber, nachdachte. Sie bevorzugte Inder vom Schlag Rajivs, dem solche Heuchelei fernlag. Er blickte ihr und allen anderen Kolleginnen offen in die Augen, erfreute sich unverhohlen am Anblick ihrer nackten Waden und brachte ihnen dennoch eine Achtung entgegen, die viele seiner Landsleute vermissen ließen. Aber Rajiv war kein typischer Vertreter seiner Landsleute, da er während seines einjährigen Aufenthalts in Cambridge nicht nur Wirtschaft und Englisch, sondern auch westliche Sitten studiert hatte.

Jaclyn konzentrierte sich wieder auf den Maharadscha und musterte ihn unauffällig von der Seite.

Er war mittelgroß und schlank, besaß leicht gelocktes graumeliertes Haar und nougatbraune Haut. Ein üppiger Schnurrbart prangte zwischen seiner fleischigen Nase und den leicht wulstigen Lippen.

„Was ist geschehen?", wollte Dominique wissen.

„Es begann damit, dass ich vor zwei Wochen einen Unfall hatte. Beim Ausreiten ertönte plötzlich ein Schuss, mein Pferd scheute, und ich fiel hinunter. Anfangs habe ich das nicht auf mich bezogen. Es kommt manchmal vor, dass Jäger in der Nähe sind. Ich glaube jetzt aber, dass es in der Absicht geschah, einen Reitunfall zu inszenieren. Oder dass der Schuss sogar mir galt. Ein paar Tage später raste in der Stadt ein Auto auf mich zu und verfehlte mich um Haaresbreite. Es wirkte nicht wie ein Versehen. Sicher werden Sie meine Beunruhigung verstehen."

„In der Tat. Haben Sie keine Bodyguards, Eure Hoheit?", fragte Dominique. „Die beiden Herren, die vor der Tür warten, machen ganz den Eindruck."

„Ja, ich habe zwei Leibwächter, aber ..." Er zögerte.

„Sie haben kein Vertrauen zu ihnen?", vermutete Jaclyn.

„Seit der Ermordung Indira Gandhis hat niemand mehr hundertprozentiges Vertrauen zu seinen Leibwächtern, Madam", erklärte der Maharadscha und fixierte ihr Kinn.

„Haben Sie einen Verdacht, wer ein Interesse daran haben könnte, Sie aus dem Weg zu schaffen, Eure Hoheit?", fragte sie. „Ein Mann in Ihrer Position hat sicher viele Feinde."

„Ja. Politische und private. Vielleicht sogar in meiner eigenen Familie." Er hob die Schultern.

„Haben Sie sich an die Polizei gewandt?"

„Nein. Die Polizei ist bestechlich und arbeitet viel zu auffällig. Die Hunde in Khaki einzuschalten hat überhaupt keinen Sinn."

„Mr Sundarajan braucht einen Privatdetektiv", warf Stacy ein. „Ein Detektiv, der unauffällig herausfindet, wer ihm nach dem Leben trachtet, während ein zweiter als Leibwächter fungiert. Deshalb werden Sie beide Mr Sundarajan in seinen Palast begleiten. Selbstverständlich so getarnt, dass niemand auf die Idee kommt, dass Sie Ermittler sind. Die Täter sollen ja nicht gewarnt werden."

Sundarajan ließ seinen Blick an Dominique hinabgleiten, als wolle er seine Tauglichkeit als Bodyguard prüfen. Die Prüfung schien zu Dominiques Gunsten auszufallen, doch Stacy hatte eine andere Vorstellung.

„Dominique, Sie werden sich als langjähriger Freund des Maharadschas ausgeben, der für einige Zeit zu Besuch ist. Sie könnten zum Beispiel Schriftsteller sein, der ein Buch über das Leben im Palast eines Maharadschas vorbereitet. Dann könnten Sie unter diesem Vorwand Erkundigungen einholen."

Dominique hob die Augenbrauen. „Wirke ich intellektuell genug, um ein Buch zu schreiben?"

Stacy grinste. „Ihren Berichten fehlt zwar jede sprachliche oder gar literarische Finesse, aber Sie sollen ja nicht wirklich etwas schreiben. Es geht nur darum, den Schriftsteller zu spielen. Und da vertraue ich Ihren Fähigkeiten voll und ganz. Ihre Aufgabe, Jaclyn, ist etwas heikler. Auch für Sie, Eure Hoheit." Er warf einen entschuldigenden Blick vom einen zum anderen. „Ich glaube, die beste Lösung wäre es, wenn Sie so tun, als wären Sie die neue Geliebte des Maharadschas. Diese Tarnung liefert Ihnen einen fabelhaften Vorwand dafür, nahezu rund um die Uhr zusammen zu sein. Und dabei unauffällig als Bodyguard zu fungieren."

Dominique grinste amüsiert. Jaclyn verzog den Mund, nickte aber.

Der Maharadscha starrte Stacy ungläubig an. „Sie scherzen, Mr Stacy!", stieß er hervor. „Meine Religion verbietet mir, einer weißen Frau auch nur die Hand zu geben! Es ist völlig indiskutabel für mich, eine Europäerin als meine Mätresse auszugeben."

„Ihre Vorfahren waren da weniger zimperlich, Eure Hoheit: galt es nicht von jeher als eine Art Statussymbol, eine weiße Frau zur Geliebten zu haben?", erinnerte Stacy. „So wie ein Rolls Royce oder eine Rolex."

Der Inder wand sich vor Unbehagen, schien aber darüber nachzudenken.

„Außerdem brauchen Sie sie ja nicht zu berühren. Es reicht, wenn Sie sich in ihrer Begleitung sehen lassen und hin und wieder in ihrem Zimmer verschwinden –

wo Sie dann eine Tasse Tee miteinander trinken, Karten spielen oder was auch immer. Die Nächte verbringen Sie wieder mit Ihrer Gemahlin."

Der Maharadscha war sichtlich befremdet über die offene Art, mit der Stacy diese intimen Dinge behandelte.

„Schon gut", sagte er hastig. „Aber ich sehe nicht ein, wozu das gut sein sollte. Haben Sie etwa den Eindruck, die junge Dame könnte irgendwas unternehmen, wenn ich angegriffen werde?" Abschätzend musterte er Jaclyns zierliche Gestalt, sah ihr dabei versehentlich auch ins Gesicht und begegnete ihren wütend funkelnden Augen. Schnell wandte er den Blick wieder ab.

„Das kann sie allerdings, Eure Hoheit", antwortete Dominique an Stacys Stelle. „Ich gebe es nur ungern zu, aber wenn ich sie zu ihrem Judo-Training begleite, schickt sie mich immer wieder auf die Matte. Und sie schießt besser als ich." Er übertrieb ein wenig, und Jaclyn lächelte ihm dankbar zu.

Sundarajan schien beeindruckt.

Stacy schmunzelte. „Wenn es Ihnen allerdings lieber ist, von Mr Demesy beschützt zu werden und mit ihm eine Suite zu teilen, könnte Mrs Holt die Rolle der Schriftstellerin ..."

„Nein, nein, es ist schon gut", wehrte der Maharadscha ab. „Ich gebe zu, es wäre zu auffällig, mich auf Schritt und Tritt von einem Mann begleiten zu lassen. Jeder wüsste sofort, dass es ein neuer Leibwächter ist."

„Gut, dann sind wir uns also einig, was die Tarnung betrifft", sagte Stacy zufrieden.

„Wann soll es losgehen?", fragte Jaclyn.

„So schnell wie möglich. Am besten morgen früh", sagte Sundarajan.

Stacy nickte. „Kein Problem. Meine Sekretärin wird für Mrs Holt einen Platz für morgen früh reservieren."

„Wieso nur für Jaclyn?", warf Dominique ein.

„Ich halte es für besser, wenn Sie erst ein oder zwei Tage später nachkommen. Es ist zu auffällig, wenn der Maharadscha mit zwei fremden europäischen Personen aus Delhi zurückkommt."

Sundarajan nickte zustimmend.

„Das gibt Ihnen auch die Zeit, den Auftrag, den Sie gerade bearbeiten, aufzuklären, bevor Sie das Flugzeug nach Benares besteigen", bemerkte Stacy mit einem Augenzwinkern.

Dominique warf ihm einen schrägen Blick zu.

Sie besprachen und planten noch einige Einzelheiten, dann verabschiedete sich der Maharadscha und verließ mit seinem Gefolge die Agentur.

Jaclyn und Dominique kehrten in ihr Büro zurück.

„Wir sollten eine Friedenspfeife rauchen, finden Sie nicht?", schlug Jaclyn vor.

„Gute Idee." Dominique zündete sich sofort eine Zigarette an.

Sie runzelte die Stirn und wedelte mit der Hand den Rauch von sich. „Ich habe das symbolisch gemeint."

„Ich weiß. Da Sie nicht rauchen, müssen wir uns wohl eine andere Geste als Friedensbeweis einfallen lassen." Er grinste. „Wie wäre es mit einem Bruderschaftskuss?"

Wortlos streckte sie die Hand nach seiner Zigarette aus.

Mit einem bedauernden Schulterzucken reichte er sie ihr. Jaclyn nahm einen kurzen Zug und verzog angeekelt das Gesicht. „Was ist denn das für ein Kraut?"

„Indisch. Kostet fünfmal weniger als ausländische Marken. Man gewöhnt sich dran. Was halten Sie davon, wenn wir jetzt Ihren Kuchen kosten?"

Nachdenklich starrte sie auf den von ihr gebackenen Kuchen. „Ich weiß nicht, wie ein englischer Cake mit indischen Zutaten schmeckt. Hoffentlich nicht genauso komisch wie das Gebäck von den Straßenhändlern hier. Wie halten Sie es eigentlich auf Dauer mit der indischen Küche aus, Dominique?"

Er zuckte mit den Schultern. „Was haben Sie gegen die indische Küche?"

„Ich finde sie einfach scheußlich."

„Ich wundere mich, dass Sie das sagen ... Die indische Küche ist immerhin schmackhafter als die englische."

Jaclyn stemmte empört die Hände in die Hüften. „Ihr Franzosen glaubt ja sowieso, ihr seid die einzigen, die was vom Kochen verstehen, was?"

„Geht das schon wieder los", stöhnte Dominique. „Himmel, dass die englische Küche nicht gerade die beste ist, ist in der Welt bekannt. Das ist keine Feststellung, die *ich* getroffen habe!"

„Dann plappern Sie nicht gedankenlos irgendwas nach, was Ihnen andere vorsagen! Sagen Sie mal, Susan ist doch auch Engländerin. Und ich habe nicht den Eindruck, dass Sie mit ihr deswegen Schwierigkeiten haben."

„Nicht die geringsten. Was Ihnen eindeutig beweisen sollte, dass es nicht Ihre Nationalität ist, die mich stört."

„So? Was stört Sie denn an mir?"

„Zum Beispiel Ihre Streitsucht", antwortete Dominique. „Ihre arrogante Überheblichkeit. Und Ihre gottverdammte Selbstsicherheit!"

„Komisch, das sind genau die Dinge, die ich auch an Ihnen zum Kotzen finde", erwiderte sie wütend und ging zur Tür. Dort stieß sie fast mit Jennifer zusammen, die mit einer Unterschriftsmappe in der Hand auf der Türschwelle gestanden und darauf gewartet hatte, dass sie ihre Meinungsverschiedenheit beendeten.

Jaclyn verschwand in Helens Büro, und Jennifer legte ihrem Vater einen Bericht zur Unterschrift vor.

„Und ich wollte sie einladen, unsere Geburtstage heute Abend zusammen zu feiern", sagte er düster, während er schwungvoll unterzeichnete. „Das können wir wohl vergessen. Wahrscheinlich muss ich schon dankbar sein, wenn ich wenigstens ein Stück von ihrem Kuchen abbekomme!“

„Mach dir nichts draus, wir beide werden zusammen etwas unternehmen“, versprach Jennifer und küsste ihn auf die Wange.

3

„Bin ich streitsüchtig, arrogant und überheblich, Jennifer?“, fragte Jaclyn mit gerunzelter Stirn. Sie verbrachten ihre Mittagspause damit, die Basare in der Altstadt zu durchkämmen. Der Maharadscha hatte gewünscht, dass sich Jaclyn indisch einkleidete, so wie es sich für die Mätresse eines hochgestellten Inders gehörte.

„Nein, das bist du bestimmt nicht.“ Jennifer ließ ihren Blick prüfend über die Auslage von ordentlich zusammengelegten Saristoffen gleiten. „Aber auf meinen Vater scheinst du wie ein rotes Tuch zu wirken. Er ist sonst eigentlich nicht so. Sieh mal, der ist toll, oder?“ Sie tippte auf einen roten Seidenstoff, der üppig mit Gold bestickt war.

„7000 Rupien“, warf der Händler ein.

„Viel zu teuer“, entschied Jaclyn.

„Der Maharadscha bezahlt es doch“, wandte Jennifer schulterzuckend ein.

„Ja, aber das will ich nicht ausnutzen.“

„Vergiss nicht, du bist die Freundin eines Maharadschas. Da kannst du keinen billigen Baumwollsari tragen.“

„Für die Freundin des Maharadscha nur das Beste“, bestätigte der Händler, der offensichtlich begeistert aufgriff, was er verstanden hatte, um ein gutes Geschäft zu machen.

„Es ist ja nur für die Reise morgen. Sundarajan sagte, im Palast würde ich eingekleidet.“

Jaclyn entschied sich für einen schillernden smaragdgrünen Stoff mit dazu passendem Bustier und Unterrock und handelte alles zusammen auf einen Preis herunter, der ihr angemessen erschien.

„Weißt du, wie man so ein Ding anlegt?“, fragte Jennifer, als sie den Basar verließen.

„Nein. Aber das Problem ist schon gelöst. Nach der Arbeit werde ich mit zu Helen fahren. Ihre indische Haushaltshilfe wird mir zeigen, wie man sich damit umwickelt.“

„Darf ich dabei zusehen?“

„Wenn du willst. Sag, Jenni, hast du Zeit, heute Abend mit mir essen zu gehen? Ich möchte meinen Geburtstag nicht allein verbringen. Eigentlich wollte ich deinen Vater auch fragen, aber ... das kann ich wohl vergessen.“

„Er wollte dich auch einladen. Ach, ihr seid schon zwei Dickköpfe. Warum kommt ihr nur nicht miteinander aus?“

„Ich könnte es dir erklären, aber er ist dein Vater, und ich will ihn nicht vor dir schlechtmachen“, sagte Jaclyn müde. „Übrigens, kennst du ein Restaurant, das gute europäische Küche hat? Ich meine eines, das sich nicht nur Italienisch oder Französisch nennt, sondern wo das Essen tatsächlich so schmeckt? Es darf auch gerne Griechisch oder Chinesisch sein. Ich möchte nur mal wieder was anderes essen als überscharf gewürztes Huhn oder Lamm mit Reis oder seltsamen Gemüsesorten.“

Jennifer erinnerte sich daran, dass sie in ihrer Anfangszeit mit dem gleichen Überdruss indischer Gerichte gekämpft hatte. Inzwischen war sie daran gewöhnt und hatte nicht mehr den Eindruck, dass ihr Mund nach jedem Bissen in Flammen stand. Sie hatte sich ebenfalls an die eigenartigen Gewürze gewöhnt und an die magere Auswahl in den Lebensmittelläden. Nach einigen versehentlichen Blicken in indische Fleischereien hatte sie auch immer weniger Appetit auf

Fleisch. Doch hin und wieder träumte sie noch von einem deftigen Kasslerbraten oder einem saftigen Steak mit Pommes Frites. Sie konnte Jaclyn verstehen.

„Das chinesische Restaurant im Taj Mahal Hotel ist nicht schlecht. Aber das Essen ist nicht so wie in chinesischen Restaurants in Europa. Es ist sehr fade. So wie sich Inder die chinesische Küche vorstellen. Völlig geschmacklos, richtig neutral.“

„Herrlich!“ Jaclyn bekam ein verklärtes Gesicht. „Einmal essen können, ohne mir ein Loch in die Zunge zu brennen! Wer weiß, was ich im Maharadscha-Palast vorgesetzt bekomme. Gehen wir heute Abend in dieses chinesische Restaurant?“

Jennifer zögerte. „Ich wollte den Abend eigentlich mit Dominique verbringen. Es ist ja auch sein Geburtstag und seit sechzehn Jahren der erste, den wir zusammen verbringen können.“

„Ja, natürlich, wie gedankenlos vor mir. Macht nichts, ich werde Susan fragen, vielleicht kann ich sie mal einen Abend von ihrer Familie loseisen.“

Jennifer grinste. „Dann habt ihr gleich ein fabelhaftes Gesprächsthema: wie man am besten mit meinem Vater auskommt. Wusstest du, dass Dominique ein Jahr lang Susans Geliebter war?“

„Nein. Und habe auch keinen Wert darauf gelegt, es zu erfahren.“

Jaclyns Gesichtsausdruck konnte Jennifer entnehmen, dass ihr die Lust darauf vergangen war, den Abend mit Susan zu verbringen.

***

„Siehst du, was ich meine, Rajiv?“, schloss Jennifer wenig später ihren Bericht über den Streit zwischen Dominique und Jaclyn.

Rajiv nickte zustimmend. „Sie benehmen sich wie Kinder."

Jennifer kicherte. „Es heißt, dass die Leute ab einem gewissen Alter wieder kindisch werden. Vielleicht haben sie dieses Alter bereits erreicht." Sie wurde wieder ernst. „Ich bin jedenfalls in einer dummen Situation. Ich möchte gerne den Abend mit meinem Vater verbringen, aber ich will auch Jaclyn nicht alleine lassen. Ich glaube, sie fühlt sich einsam. Mir ging es hier zu Anfang genauso."

„Um deinen Vater brauchst du dir keine Gedanken zu machen", sagte Rajiv. „Ich habe ihn gerade zu mir nach Hause eingeladen. Wir werden dort essen: meine Frau und meine Mutter sind schon dabei, ein kleines improvisiertes Festessen vorzubereiten."

„Ach! Und was ist mit mir?" Sie starrte ihn vorwurfsvoll an.

Rajiv lächelte. „Du kannst selbstverständlich mitkommen, wenn du willst. Und bring Jaclyn einfach mit. Ihr seid alle herzlich willkommen."

„Ich glaube nicht, dass das eine gute Idee wäre. Sie würden sich bloß gegenseitig den Geburtstag verderben, und uns den Abend." Jennifer dachte dabei allerdings weniger an Dominique und Jaclyn als an sich selbst. Sie hatte keine Lust, Rajivs Frau kennenzulernen. Das würde *ihr* den Abend verderben, soviel stand fest.

Rajiv sah sie prüfend an. „Ich verstehe", sagte er. Und sie war sicher, dass er sie durchschaute. „Dann werden wir uns eben was anderes einfallen lassen."

***

Jennifer und Jaclyn saßen seit einer Weile in der Bar des Taj Mahal Hotels, plauderten und nippten an ihren

Cocktails. Jennifer sah unruhig auf ihre Armbanduhr. Verdammt, wo blieben die Männer nur? Sie hatte mit Rajiv ausgemacht, dass sie sich gegen neun Uhr wie zufällig in der Bar treffen wollten. Jetzt war es bereits halb zehn. Sicher hatten sie sich nicht rechtzeitig vom Familienessen absetzen können.

Rajiv wollte Dominique nach dem Essen vorschlagen, noch einen Schluck trinken zu gehen. Im Haus seiner Eltern war Alkohol verpönt, wie es sich für Inder gehörte, egal ob sie Moslems oder Hindus waren. Obwohl Rajiv gläubiger Moslem war, war er westlichen Gaumenfreuden dennoch nicht abgeneigt und gestattete sich hin und wieder eine Ausnahme von religiösen Verboten, wenn er der Meinung war, dass Allah gerade nicht hinsah.

Auch Jaclyn blickte zur Uhr. „Wir sollten gehen. Ich muss morgen früh aufstehen. Die Maschine nach Benares geht um halb acht."

„Nicht jetzt schon", sagte Jennifer. „Lass uns noch auf einen Drink bleiben."

Jaclyn zögerte, gab aber nach und bestellte.

Endlich sah Jennifer die vertraute Gestalt ihres Vaters neben Rajiv zur Tür hereinkommen. Dominique schien sich an die Bar setzen zu wollen, aber Rajiv hielt ihn zurück. Er hatte Jennifer und Jaclyn entdeckt, die an einem kleinen Tisch saßen, und machte Dominique auf sie aufmerksam. Wohl oder übel musste er Rajiv folgen.

„Rajiv, das hast du gewusst", sagte er vorwurfsvoll, als sie die beiden jungen Frauen erreichten.

„Jennifer, das hast du ausgeheckt", sagte Jaclyn im gleichen Moment.

Jennifer und Rajiv rissen unschuldig die Augen auf.

„Ich schwöre dir, ich wusste nicht ...", versicherte Rajiv.

„Woher hätte ich denn wissen sollen, dass die auch ...", begann Jennifer.

„Lügnerin!", sagte Jaclyn.

„Verräter!", kommentierte Dominique. Doch plötzlich lachte er, und Jaclyn stimmte ein.

Rajiv schlüpfte zu Jennifer auf die kleine gepolsterte Sitzbank. Dominique setzte sich neben Jaclyn auf den zweiten niedrigen Hocker und bestellte eine Flasche Sekt.

Die Unterhaltung tröpfelte nur spärlich dahin. Dominique und Jaclyn redeten nicht viel miteinander – vorsichtshalber, um nicht wieder in Streit zu geraten. Rajiv und Jennifer hingen ihren Gedanken nach, die mit dem jeweils anderen zu tun hatten, und steuerten ebenfalls nicht viel zur Unterhaltung bei. Auch die Flasche Sekt leerte sich nur langsam.

Rajiv hatte Gewissensbisse und fragte sich, ob Allah in eine Hotelbar hineinsehen konnte. Jaclyn schmeckte der süße Sekt nicht, und Dominique hätte sowieso lieber Whisky getrunken.

Jennifer schwirrte bereits der Kopf von den vorher konsumierten Getränken. Sie wünschte, sie hätte den Abend mit Dominique allein verbracht. Sie wollte sich an seine Schulter kuscheln und sich Geschichten seiner Erlebnisse in fremden Ländern erzählen lassen. Manchmal tat er das und berichtete ihr von seiner Zeit auf Neukaledonien, in Französisch-Guyana und im Senegal. Und natürlich von Indien. So wie vor ein paar Monaten, als sie hier im gleichen Hotel Shabanah getroffen hatten. Es war allerdings das einzige Mal gewesen, dass er ihr so viel von seinen Gefühlen enthüllt hatte. Sie hätte zu gerne mehr davon gewusst, wagte aber nicht, ihn danach zu fragen. Genauso wenig wagte sie es, mit ihm über ihre Gefühle für Rajiv zu reden. Dabei hätte sie sich zu gerne jemandem anvertraut, doch sie war sich nicht sicher, ob ihr Vater die geeignete Person dafür war. Sie sehnte sich nach Rajiv, aber er erschien ihr unerreichbar, obwohl er im Moment so dicht neben ihr saß.

Manchmal berührten sich kurz ihre Knie und jedes Mal durchfuhr es sie wie ein elektrischer Schlag. Sie hätte sich nur ein wenig zur Seite beugen müssen, um den Kopf an seine Schulter zu legen oder die Arme um ihn zu schlingen. Aber sie hatte Angst. Sie und Rajiv saßen auf einem Pulverfass, das explodieren würde, wenn sie jene Grenze der bloßen Kameradschaft überschritten. Doch Jennifer kannte sich gut genug, um zu wissen, dass sie sich bald auf das Risiko einlassen würde. Es war nur eine Frage der Zeit, und die Anziehungskraft würde zu stark werden, um noch dagegen ankämpfen zu können. Eine Frage der Zeit und der Gelegenheit.

Sie dachte an Peter, dessen Abreise eine Lücke in ihrem Leben hinterlassen hatte. Sie hatte sich so gut mit ihm verstanden, nie hatte es Probleme gegeben, und er hatte ihr auf freundschaftliche Art Halt und Geborgenheit gegeben, so locker ihre Beziehung auch gewesen sein mochte. Als er noch da gewesen war, war ihr das nie so bewusst geworden. Dann dachte sie an ihren Vater und Jaclyn, die ständig wie Hund und Katze miteinander stritten und damit das früher so gute Arbeitsklima in der Agentur vergifteten.

Jennifer wurde traurig bei all diesen Gedanken. Erschöpft hob sie ihre Hand an die Stirn und massierte sich die schmerzenden Schläfen.

„Ist dir nicht gut, Jenni?", fragte Dominique.

„Es ist nichts", erwiderte sie rasch, als sie Rajivs besorgten Blick auf sich spürte. „Ich bin nur müde."

„Wir werden nach Hause fahren", beschloss Dominique. Er schien erleichtert, einen Vorwand zu haben, den Abend zu beenden.

Rajiv und Jaclyn protestierten nicht.

Vor der Tür des Hotels verabschiedeten sie sich voneinander. Rajiv, der sein Auto zu Hause gelassen hatte, nahm ein Taxi. Jaclyn war mit Peters Wagen gekommen, den er ihr genau wie die Wohnung für die Zeit seines Aufenthalts in den USA überlassen hatte.

Dominique fasste Jaclyn an den Schultern und sah ihr eindringlich in die Augen. „Passen Sie auf sich auf in Benares. Wer vorhat, einen Maharadscha umzubringen, schreckt auch vor einer englischen Lady nicht zurück. Seien Sie wachsam. Ich komme in zwei Tagen nach.“

„Und dann spielen Sie meinen Beschützer, während ich den Maharadscha beschütze, ja?“, spottete sie.

Dominique lächelte. „Ich habe inzwischen kapiert, dass Sie sich selbst beschützen können. Mir tut jeder Schurke leid, der sich mit Ihnen anlegt. Gute Nacht, Jacky.“ Er küsste sie sanft auf die Wange.

Überrascht und nachdenklich blickte sie ihm hinterher, als er den Arm um Jennifer legte und mit ihr zu seinem Wagen ging.

4

Am nächsten Morgen verließ Jaclyn in dem grünen Sari ihre Wohnung und fuhr mit einem Taxi zum Flughafen, wo sie mit Râjâ Sundarajan verabredet war. Er nahm ihre Verwandlung in eine elegante Inderin mit Wohlwollen zur Kenntnis, richtete aber ansonsten weder viele Worte an, noch Blicke auf sie.

Jaclyn war müde. Sie hatte in der vergangenen Nacht schlecht geschlafen, und als sie endlich eingeschlafen war, hatte sie von Dominique geträumt. Sie hatte in seinen Armen gelegen, er hatte sie geküsst, und das hatte sich unsagbar angenehm angefühlt. So angenehm, dass sie enttäuscht war, als sie erwachte. Dieser Traum verwirrte, ja, ärgerte sie beinahe und verfolgte sie noch immer.

War es das, was sie so an Dominique irritierte? Eine Anziehungskraft, die er auf sie ausübte, und die sie zu ignorieren versuchte, weil sie sich noch nicht bereit für eine neue Beziehung fühlte? Oder weil sie Angst hatte, von ihm verletzt zu werden? Sie war nicht der Typ für eine kurze Affäre, und sie hielt ihn für einen Casanova. Wenn sie sich auch inzwischen eingestehen musste, dass sie dieses Vorurteil durch nichts begründen konnte.

Nachdenklich folgte sie Râjâ Sundarajan in die Maharadscha-Class, die Indian Airlines anbot, und die noch eine Kategorie über der First Class lag. Die Sitze waren dort von dunkelblauem Samt umhüllt und ließen sich nach dem Start in Liegesitze umwandeln. Die Kabinenwände waren mit kunstvoll bemalter Seide bespannt, und Vorhänge aus goldbesticktem Brokat schirmten sie von den anderen Klassen ab. Auch die Stewardess trug nicht den gleichen schmucklosen blassbraunen Baumwollsari wie ihre Kolleginnen in der Economy-Class, sondern einen aus zartblauer, silberdurchwirkter Seide.

Sie servierte ihnen ein reichhaltiges Frühstück.

„Schlafen Sie ruhig, wenn Sie müde sind", sagte der Maharadscha anschließend zu Jaclyn und streckte sich der Länge nach auf seinem zum Diwan ausgeklappten Sitz aus.

Jaclyn schüttelte den Kopf. „Ich bin im Dienst, Eure Hoheit. Und wir sollten die Zeit nutzen, um über einige Dinge zu sprechen. Im Palast wird man uns vielleicht belauschen."

Er nickte. „Zu meiner eigenen Sicherheit habe ich dort vor Jahren Videokameras und Mikrophone installieren lassen, damit die Wachen von ihrem Posten aus sofort jeden Angreifer erkennen können. Natürlich kann dieses System nun auch gegen mich verwendet werden."

„Wer lebt in Ihrem Palast?"

„Meine engeren Familienmitglieder und ein paar Dienstboten."

„Und misstrauen Sie allen Personen gleichermaßen?"

„Das muss ich wohl. Die einzige, der ich voll vertraue, und die, abgesehen von meinen Leibwächtern, auch weiß, dass ich mich in Delhi an eine Detektivagentur gewandt habe, ist meine Frau. Sie werde ich in alles einweihen. Schon allein damit sie weiß, dass ich mir nicht wirklich eine Geliebte genommen habe."

„Ja, natürlich." Jaclyn nickte. „Aber sind Sie sicher, dass Sie ihr voll und ganz vertrauen können?"

Der Maharadscha warf ein fast mitleidiges Lächeln in ihre Richtung. „Wenn ich sterbe, wird meine Familie verlangen, dass meine Frau mit mir verbrannt wird. Sie hat also großes Interesse daran, dass ich so alt wie möglich werde."

Jaclyn starrte ihn bestürzt an. „Aber Witwenverbrennung ist seit Langem verboten! Ihre Familie würde sicher großen Ärger bekommen ... Kann sie sich das leisten bei ihrer Rangstellung?"

„Kein Gesetz kann einer trauernden Witwe verbieten, sich aus lauter Kummer mit ihrem Mann verbrennen zu lassen. Die Frau wird notfalls unter Drogen gesetzt, damit sie keinen Widerstand leisten kann. Natürlich wissen alle, dass sie es nicht freiwillig tut. Aber niemand würde es wagen, etwas dagegen zu unternehmen."

„Ihr Land ist ein grausames Land, Hoheit", urteilte Jaclyn mit harter Stimme.

Er zuckte mit den Schultern. „Wir respektieren eben unsere Traditionen, unsere Kultur."

„Nennen Sie Mord Kultur?", fragte sie schneidend.

Der Maharadscha presste die Zähne so stark aufeinander, dass seine Wangenmuskeln zuckten. „Mrs Holt, wenn Sie in meinem Palast zu Gast sein werden, möchte ich Sie bitten, unsere Bräuche zu beachten, insbesondere was die Stellung der Frau angeht. Halten Sie sich mit Ihren Äußerungen zurück. Auch wenn es Ihnen einen gewissen Status verleihen wird, als meine Mätresse zu gelten, vergessen Sie nicht, dass Sie als Frau ein nichtachtenswertes Nichts sind. Entschuldigen Sie meine harten Worte, aber ich glaube, diese Lektion werden Sie zu lernen haben, wenn Sie sich nicht verraten wollen."

Jaclyn musste all ihre Selbstbeherrschung aufbringen, um nicht aus der Haut zu fahren. Sie belegte den Maharadscha in Gedanken mit ein paar sehr unfeinen Ausdrücken und wünschte sich plötzlich, Dominique wäre bei ihr. Trotz seiner gelegentlichen Machoallüren war er wenigstens respektvoll und ritterlich, und sie wusste inzwischen, wie loyal und verlässlich er war. Doch sie würde der feindlichen Atmosphäre dieses Palastes zunächst alleine gegenübertreten müssen.

5

Dominique traf zwei Tage später am Nachmittag in Benares ein. Vor dem schmuddeligen Flughafengebäude wartete eine Limousine des Maharadschas auf ihn, deren Chauffeur ihn zum Palast brachte.

Der Palast von Râjâ Sundarajan lag weit außerhalb der Stadt, inmitten von weiten Wiesen und Feldern, die jetzt, kurz nach Ende des Monsuns, ein sattes Grün zeigten. Das kunstvoll verzierte, imposante Gebäude sah aus wie ein Traum aus 1001 Nacht und war von einem weitläufigen Garten umgeben.

Die Wachen am Portal überprüften Dominiques Identität und ließen den Wagen passieren. Die Limousine hielt vor dem prächtigen Eingang des Hauptgebäudes und der Chauffeur lud Dominiques Gepäck aus. Ein Diener führte ihn durch endlose Korridore in einen riesigen Salon, dessen überbordender Prunk an die Schlösser von Versailles erinnerte, nur dass hier orientalischer Stil herrschte.

Râjâ Sundarajan erschien und schritt freudestrahlend auf Dominique zu, der eine knappe Verbeugung andeutete. „Herzlich willkommen, mein lieber alter Freund", sagte er salbungsvoll. „Ich hoffe, Ihr Flug war nicht zu beschwerlich?"

„Ruhig und angenehm, danke", erwiderte Dominique höflich. „Ich habe Paris gestern bei trübstem Novemberwetter verlassen und finde mich nun bei herrlichem Sommerwetter wieder. Das ist recht erfreulich." Er verstummte, weil er Jaclyn bemerkte, die hinter dem Maharadscha in den Salon trat – nein, sie schwebte. In ihrem smaragdgrünen Sari wirkte sie wie eine kostbare indische Zierpuppe, auch wenn ihre Haut zu hell für eine Inderin war und ihre Gesichtszüge eindeutig europäisch. Dennoch erinnerte sie ihn vage an Shabanah, besonders, als sie anmutig die Hände vor der Brust zusammenlegte und eine kleine Verbeugung andeutete, wobei ihre goldenen Armreifen klirrten.

„Namaste", hauchte sie in Dominiques Richtung, den Blick zu Boden gerichtet, und trat neben Râjâ Sundarajan.

„Das ist Jaclyn, meine ...", begann dieser mit gespielter Verlegenheit. „Eine englische Freundin ... Sie verstehen, was ich meine?"

Dominique zwinkerte ihm zu. „Verstehe. Ich gratuliere zu Ihrem ausgezeichneten Geschmack." Er erwartete, einen schrägen Blick von Jaclyn zu ernten, doch sie fixierte weiter den Teppich und zeigte nicht die kleinste Reaktion.

„Jaclyn, meine Liebe, das ist Dominique Demesy, ein guter alter Freund von mir, der in Paris lebt", stellte der Maharadscha vor.

„Enchantée, Monsieur", flüsterte Jaclyn. „Machen Sie Urlaub in Indien?"

„Nicht ganz. Ich bin Autor und recherchiere für einen Roman, der in Indien spielt. Seine Hoheit war so freundlich, mich für einige Zeit einzuladen, damit ich mich vor Ort mit indischen Gepflogenheiten vertraut machen kann."

„Wie interessant", murmelte Jaclyn, noch immer mit dieser zarten, kraftlosen Stimme, die er noch nie an ihr gehört hatte und die er für einen Teil ihres Schauspiels hielt. „Darüber müssen Sie mir unbedingt mehr erzählen, Monsieur."

„Mit Vergnügen, Mylady."

„Zeige ihm den Garten, mein Täubchen", sagte der Maharadscha. „Ich habe etwas Dringendes zu erledigen. Es wäre schön, wenn du dich inzwischen um Mr

Demesy kümmern könntest. Zeige ihm bitte auch seine Suite. Ich hoffe, sie wird Ihnen gefallen, Dominique. Wenn Sie mich jetzt einen Moment entschuldigen würden ... Wir sehen uns später zum Tee."

Er verließ den Salon.

Der Wachposten blieb unbeweglich in seiner Ecke stehend zurück. Jaclyn hatte sich in einen Sessel sinken lassen.

„Achtung – hier sind überall Mikrofone", sagte sie leise auf Französisch zu Dominique, bevor dieser eine Bemerkung fallen ließ, die sie verraten könnte.

„Das habe ich mir gedacht." Er setzte ein Lächeln auf, als betreibe er höfliche Konversation. „Wenn Sie mir jetzt mein Zimmer zeigen könnten ..."

Sie verließen den Salon und schritten einen langen Gang entlang.

„Folgt er uns?", erkundigte sich Dominique und meinte den Wachposten.

„Ich glaube nicht. Aber hier haben die Wände Ohren. Wir müssen uns vorsehen", flüsterte sie.

Sie stiegen eine Treppe empor, die in einen Vorbau des Palastes führte, eine Art riesiger Erker.

„Wo können wir ungestört reden?", fragte Dominique wieder auf Französisch, da er wusste, dass diese Sprache in diesem Teil Indiens wesentlich weniger verstanden wurde als Englisch.

„Nur im Garten. Ich nehme an, dass Râjâ Bharat deshalb vorgeschlagen hat, ich soll Ihnen den Garten zeigen", erklärte sie, mühsam nach Worten suchend.

„Sie nennen ihn schon beim Vornamen?", fragte er amüsiert, um ein heiteres Thema anzuschlagen und einem eventuellen Beobachter den Eindruck eines belanglosen Gesprächs zu geben.

„Nun, alle glauben, ich teile sein Bett, da kann ich es mir sparen, ihn weiterhin Hoheit zu nennen und auf

Knien vor ihm herumzukriechen. Auch wenn er das gerne so hätte."

Er warf ihr einen prüfenden Blick zu. Ihre Worte waren sarkastisch, aber ihr Tonfall eigenartig schleppend. „Ist alles in Ordnung?"

„Ja, alles okay", murmelte sie.

„Sie sehen blass aus."

„Ich bin ein bisschen müde."

Sie erreichten die Suite, die für den Gast aus Frankreich vorbereitet worden war.

„Oh, das ist ja größer als meine Wohnung", stellte Dominique beeindruckt fest.

Jaclyn lächelte kraftlos. „Ja, nicht wahr? Allein das Badezimmer ist ein richtiger Saal. Ich werde Sie einen Moment allein lassen, falls Sie sich frischmachen wollen."

„Bleiben Sie ruhig. Ich werde mir bloß schnell die Hände waschen, dann können wir in den Garten gehen. Ich brenne darauf zu erfahren ..." Er bremste sich rechtzeitig „... was für exotische Pflanzen in einem Palastgarten wachsen", beendete er mit einem Augenzwinkern den Satz.

„Sie könnten mich kompromittieren, Sir", sagte sie matt. „Ich bin die Mätresse des Maharadschas, ich kann nicht so einfach mit Ihnen auf Ihrem Zimmer bleiben."

„Dann lassen wir eben die Tür offen", sagte er unbeeindruckt. „Sie können so lange auf dem Gang herumspazieren, wenn Ihnen dabei wohler ist. Ich bin sofort wieder da."

Dominiques Gepäck war – wahrscheinlich von einem Dienstboten – neben das breite, mit geschnitzten Holzpfosten verzierte Bett gestellt worden. Dominique zog seinen Kulturbeutel aus der Reisetasche und verschwand damit im Bad, während Jaclyn sich in einen Sessel sinken ließ.

Als er drei Minuten später aus dem Bad zurückkehrte, hing sie mit geschlossenen Augen halb über der Sesselarmlehne. Er kniete sich neben sie und rüttelte sie am Arm.

„Jaclyn! Was sind das für neue Angewohnheiten?"

Sie erwachte aus ihrem Halbschlaf und blinzelte ihn an. „Ich glaube, mir macht die Klimaumstellung zu schaffen."

Dominique runzelte die Stirn. Von einer Klimaänderung zwischen Delhi und Benares hatte er noch nie etwas bemerkt. „Kommen Sie. Ein kleiner Spaziergang wird Ihnen guttun." Er half ihr aus dem Sessel und bemerkte dabei, dass sie ihren Ehering abgelegt und durch einen reich verzierten silbernen Ring ersetzt hatte, der aus einem orientalischen Basar zu stammen schien.

Sie schritten nebeneinander auf schmalen sauberen Kieswegen durch den gepflegten großen Garten. Ein Gärtner beschnitt üppig blühende Bougainvillea-Sträucher, zwei Inderinnen spielten mit ihren kleinen Kindern, zwei junge Männer saßen an dem Springbrunnen und diskutierten.

Sie alle drehten sich nach Jaclyn und Dominique um. Die Ankunft einer englischen Mätresse hatte allgemeine Empörung bei den Familienmitgliedern des Maharadschas hervorgerufen, gepaart mit großer Neugier und mindestens genauso großem Neid. Bei den Männern war es Neid auf den Maharadscha, der sich mit einer weißen Frau vergnügen durfte, die für ihre sexuelle Erfahrung und ihre Schamlosigkeit bekannt waren. Bei den Frauen war es Neid auf Jaclyns makellose Alabasterhaut und ihren Status in der Palasthierarchie, der sie, eine verachtenswerte Ungläubige, von einem Tag auf den anderen in den Rang der zweithöchsten Frau des Palastes hob.

Einzig die Maharani, die Frau des Maharadschas, die wusste, wer Jaclyn wirklich war, sagte nichts zu dem Geläster. Sie setzte lediglich ein tapfer-gequältes Lächeln auf, wenn sie sich beobachtet fühlte. Was ihr nicht schwer fiel, denn es nagten die Zweifel an ihr, ob ihr Gemahl nicht doch die schöne weiße Frau berührte, wenn er mit ihr in ihrer Suite verschwand.

„Haben Sie schon etwas herausgefunden?", fragte Dominique.

Jaclyn schüttelte den Kopf. „Es herrscht eine eigenartige Atmosphäre hier. Spannungsgeladen. Aber ich habe nicht viele Freiheiten, ich konnte mich nicht umsehen."

„Kommt Ihnen irgendwas verdächtig vor?"

„Nein, eigentlich nicht."

„Wer lebt alles im Palast?"

„Die beiden Söhne des Maharadscha-Paares mit ihren Frauen und Kindern, der jüngere Bruder des Maharadschas mit seiner Frau, seinen beiden Söhnen und deren Frauen, die Schwester der Maharani ... Und dann noch eine alte Frau, ich glaube, das ist eine verwitwete Tante des Maharadschas", zählte Jaclyn auf. Sie sprach weiterhin langsam und schleppend, suchte mühsam nach Worten, obwohl sie nun wieder Englisch sprachen.

Dominique blieb stehen und blickte sie prüfend an. Unter ihren ungewöhnlich trüben Augen lagen Schatten, ihre Haut wirkte transparent und auf ihrer Stirn perlten winzige Schweißtropfen, obwohl es nicht übermäßig warm war.

„Sind Sie krank, Jaclyn?", fragte er besorgt.

Sie rang sich ein Lächeln ab. „Nein, es geht mir gut. Ich fühle mich wohl, nur ein bisschen schläfrig. Machen Sie sich keine Sorgen, das wird vorbeigehen."

„Das hoffe ich." Er machte eine schnelle Handbewegung vor ihrem Gesicht, um ihre Reflexe zu testen. Wie er befürchtet hatte, war ihre einzige Reaktion darauf, ein wenig irritiert mit den Augenlidern zu flattern.

Ein Diener kam über den Kiesweg auf sie zugeeilt. „Der Maharadscha bittet Sie zum Tee, Sir", sagte er zu Dominique.

Dieser nickte. „Sagen Sie ihm, ich komme gleich."

„Würden Sie mich bitte beim Maharadscha entschuldigen?", bat Jaclyn, als sie hinter dem Diener auf das Gebäude zugingen. „Statt mit Ihnen Tee zu trinken, werde ich mich auf mein Zimmer zurückziehen und mich ein wenig hinlegen. Wir sehen uns beim Abendessen."

Dominique blickte ihr nachdenklich hinterher, wie sie mit schwebendem Gang zum Palast zurückkehrte. Er war davon überzeugt, dass etwas nicht stimmte.

***

Sie nahmen das Abendessen in einem riesigen Speisesaal ein, der im Gegensatz zum Salon geradezu schlicht eingerichtet war. Nur die Wände waren geschmückt, von den Ahnenbildern der Maharadscha-Familie.

Die Maharani saß am einen Kopfende des langen Tisches, der Maharadscha am anderen. Links neben sich hatte er Jaclyn platziert, zu seiner Rechten saß Dominique. Dazwischen hatten all die anderen Familienangehörigen Platz genommen. Sundarajan hatte Dominique als einen alten Freund aus Paris vorgestellt.

Während des Essens beobachtete Dominique Jaclyn aufmerksam. Sie wirkte etwas frischer als am Nachmittag, aber ihr Haar war zerzaust und ihr Sari zerknittert – vermutlich noch von ihrem verspäteten Mittagsschlaf. Sie sah aus als wäre sie gerade erst aus dem Bett gestiegen. Es war normalerweise nicht ihre Art, sich gehen zu lassen. Auch war sie ungewohnt still. Das fiel allerdings nicht weiter auf, denn auch die anderen Frauen steuerten nichts zu den Gesprächen der Männer bei, da sich dies für Inderinnen nicht gehörte.

Jedoch kannte Dominique Jaclyn inzwischen gut genug, um zu wissen, dass sie sich einen Teufel um solche Konventionen scherte und sich, wenn sie gewollt hätte, an dem Gespräch der Männer beteiligt hätte. Allerdings schien sie sich nicht einmal dafür zu interessieren. Verträumt starrte sie an Dominique und am Maharadscha vorbei und schien mit ihrer Aufmerksamkeit meilenweit weg zu sein. Mehrmals suchte Dominique ihren Blick, aber als es ihm endlich gelang, ihn kurz festzuhalten, stellte er lediglich eine beunruhigende, ausdruckslose Leere in ihren Augen fest. Es schien, als wäre Jaclyn nicht anwesend.

Das Essen, das von einer Schar flinker Kellner aufgetragen wurde, war hervorragend, aber so stark gewürzt, dass Dominique nicht feststellen konnte, ob irgendetwas daruntergemischt war, was dort nicht hingehörte. Noch dazu wurden die Teller fertig angerichtet aus der Küche hereingetragen, es gab keine Selbstbedienung aus gemeinschaftlichen Schüsseln. Der Maharadscha hatte einen Vorkoster. Zu groß war die Gefahr, dass jemand Gift in sein Essen mischen konnte.

Nach dem abschließenden Kaffee zerstreuten sich die Familienmitglieder. Râjâ Sundarajan erhob sich und küsste Jaclyn galant die Hand. Inzwischen ließ er sich dazu herab, sie gelegentlich zu berühren, um in seiner Rolle glaubhaft zu wirken.

„Ich werde dich heute Abend vernachlässigen müssen, meine Liebe", raunte er ihr zu, jedoch laut genug, dass die Familienmitglieder, die unverhohlen die Ohren spitzten, es hören konnten. „Ich habe viel Arbeit. Aber vielleicht komme ich später noch zu dir."

Jaclyn lächelte ihm zu, während er noch immer ihre Hand hielt. Dominique hatte den Eindruck, dass es ihm recht angenehm war, sie zu berühren, und er runzelte die Stirn. Unwillkürlich drängte sich ihm die Vorstellung auf, Jaclyn könne das Bett tatsächlich mit dem Maharadscha teilen, und der Gedanke daran gefiel ihm gar nicht. So wenig ihn das auch etwas angehen mochte.

„Wollen Sie noch eine Zigarre mit mir rauchen, Dominique?", bot Sundarajan an.

Dominique schüttelte den Kopf. Er musste mit Jaclyn reden. „Mir machen die Zeitverschiebung und die Klimaumstellung zu schaffen, ich bin todmüde", lehnte er höflich ab. „Aber morgen sehr gerne."

„Gut. Dann sehen wir uns morgen Vormittag."

Dominique und Jaclyn verließen gemeinsam den Speisesaal. In einer dunklen, verborgenen Ecke des Ganges, der zu den Gästezimmern führte, blieb Dominique stehen. Er fasste Jaclyn am Arm und zog sie in eine Nische.

„Was ist los mit Ihnen? Ich erkenne Sie nicht wieder", sagte er besorgt.

„Es geht mir wunderbar, es ist nur eine vorübergehende Schwäche." Sie lehnte sich haltsuchend an die Wand.

„Das Essen wurde bereits fertig auf Tellern angerichtet in den Speisesaal getragen", bemerkte Dominique. „Ist das immer so? Oder kann man sich sonst selbst bedienen?"

Jaclyn schien angestrengt nachzudenken. „Ich kann mich nicht erinnern", murmelte sie dann. „Ja, vielleicht ..." Dann gaben ihre Knie nach und sie rutschte an der Wand hinab.

Dominique fing sie auf, bevor sie den Boden erreichte. Er sah sich rasch um. Niemand war auf dem Gang zu entdecken. Die Schlaf- und Wohnzimmer der Familienmitglieder lagen in einem anderen Flügel des Palastes.

Er trug Jaclyn auf ihr Zimmer, legte sie aufs Bett und setzte sich neben sie auf die Bettkante.

Langsam kam sie wieder zu sich. „Was machen Sie in meinem Schlafzimmer?", fragte sie schläfrig und verwundert.

„Sie sind ohnmächtig geworden. Jaclyn, ich habe den Eindruck, dass Sie unter Drogen stehen."

„Was?"

„Seit wann fühlen Sie sich so müde und schläfrig?"

„Ich weiß nicht", murmelte sie. „Stellen Sie mir nicht so schwierige Fragen."

„Sie dürfen nichts mehr zu sich nehmen, von dem nicht auch die anderen essen und trinken, verstanden?"

Sie blinzelte ihn an und lächelte. „Hörst du das Meeresrauschen, Dominique? Und das Möwengeschrei ... Die Wellen schlagen gegen die Felsen ... Ich liebe diese Geräusche ..."

Meeresrauschen und Möwengeschrei im Landesinneren von Indien ... Verdammt, was hat man ihr nur gegeben?, dachte Dominique wütend.

„Schlafen Sie sich aus, Jaclyn. Wir sehen uns morgen früh", sagte er und wollte sich erheben.

Sie hielt ihn zurück. „Bleib hier, Darling, lass mich nicht allein." Sie hob eine Hand und zeichnete mit dem Zeigefinger träge die Konturen seiner Lippen nach.

Unwillkürlich küsste Dominique ihre Hand und legte sie dann rasch aufs Bett zurück.

„Du musst schlafen, du bist krank", sagte er leise.

Folgsam schloss sie die Augen. Er stand auf und breitete eine Decke über Jaclyn aus. Er strich ihr kurz über die Wange und ging zur Tür. Nachdem er sich vergewissert hatte, dass die Luft rein war, verließ er Jaclyns Suite und begab sich unverzüglich ins Arbeitszimmer des Maharadschas.

6

Jaclyn erwachte im Morgengrauen. Sie fror und ihr Kopf schmerzte so heftig, als wolle er zerspringen. Verschlafen blinzelte sie und richtete sich stöhnend ein wenig auf. Ihre Glieder schmerzten, als habe sie Muskelkater oder die Grippe. Plötzlich bemerkte sie die Gestalt eines Mannes, der auf einem Sessel nahe ihrem Bett saß, und zuckte mit einem kleinen Schrei zusammen.

„Psst ... ich wollte Sie nicht erschrecken", sagte der Mann leise, erhob sich und näherte sich ihr. Erleichtert erkannte sie Dominique. „Ich wollte nur sichergehen, dass ich mit Ihnen sprechen kann, bevor man Ihnen vielleicht das Frühstück ans Bett bringt."

„Was ist los?", murmelte sie verstört. Sie griff sich an die Stirn. „Ich glaube, ich bin krank. Ich fühle mich, als hätte ich eine Grippe."

„Man hat Ihnen ein Rauschmittel gegeben, Jaclyn." Dominique setzte sich zu ihr auf die Bettkante. „Was Sie jetzt spüren, sind wahrscheinlich leichte Entzugserscheinungen."

„Was für ein Rauschmittel?", fragte sie entsetzt.

„Irgendein Opiat, vermute ich. Vielleicht Laudanum. Oder ein starkes Beruhigungsmittel, sowas wie Valium. Ich nehme an, jemand will Sie so einlullen, dass Sie nicht mehr mitbekommen, was hier im Palast vor sich geht. Man will Sie kampfunfähig machen. Und wenn ich nicht gekommen wäre, wäre das wohl auch gelungen."

Jaclyn setzte sich mühsam auf und runzelte die Stirn. „Sind Sie sicher? Ich kann mich an nichts erinnern. Ich weiß nur, dass ich, seit ich hier bin, immer sehr müde bin. Und gestern Abend ..." Sie verstummte.

„Gestern Abend haben Sie von Meeresrauschen und Möwengeschrei gefaselt und sich dann an meinen Hals geworfen und mich Darling genannt", ergänzte er lachend.

„Ein eindeutiger Beweis dafür, dass ich nicht mehr Herrin meiner Sinne war", sagte sie mit einem nervösen Auflachen. „Und dann?"

Dominique lächelte verschwörerisch und beugte sich zu ihr. „Dann haben wir uns geliebt", raunte er in ihr Ohr. „Und Sie konnten gar nicht genug von mir bekommen."

Jaclyn sah ihn empört an. „Das hätten Sie wohl gerne. Nein, und wenn ich noch so unter Drogen stand, das ist völlig ausgeschlossen."

„Sind Sie sicher?", fragte er leise.

Jaclyn erinnerte sich an ihren Traum, in dem sie sich in seinen Armen so wohl gefühlt hatte. Das Blut schoss ihr in die Wangen und verstärkte den pochenden Schmerz in ihren Schläfen.

„Statt solchen Unsinn zu erzählen, gehen Sie lieber ins Bad und holen Sie mir meine Kopfschmerztabletten", befahl sie kühl.

„Stets zu Diensten, Mylady." Dominique erhob sich und verschwand im Badezimmer.

Er kehrte mit einem Tabletten-Röhrchen zurück und füllte abgekochtes Wasser aus einer Karaffe in ein Glas. „Wie viele?"

„Zwei."

Mit dem Glas in der Hand, in dem sich die Tabletten sprudelnd auflösten, setzte sich Dominique wieder zu Jaclyn. Sie trank es in einem Zug leer und zog sich fröstelnd die Decke höher. Die Nächte jetzt im November waren kühl, und vor Sonnenaufgang erwärmte sich die Luft nicht.

Dominique zog seine Strickjacke aus und legte sie
Jaclyn um die Schultern. „Wenn es Ihnen nicht gut
geht, bleiben Sie heute im Bett", ordnete er an.

„Sie scheinen sich ja richtig um mich zu sorgen",
stellte sie erstaunt fest.

„Ich bin nicht immer streitsüchtig, arrogant und
überheblich."

Jaclyn lächelte verlegen. „Tut mir leid."

„Keine Ursache. Ich habe angefangen."

„Nein, das stimmt nicht. Ich habe Sie immer wieder
herausgefordert", gab sie zu. „Ich hatte eine vorgefasste
Meinung von Ihnen und habe Sie so manipuliert, dass
ich meine Vorurteile über Sie erhalten konnte."

„Und was hatten Sie davon?"

„Das erkläre ich Ihnen ein anderes Mal", erwiderte sie
ausweichend. So weit gingen die Zugeständnisse nun
auch nicht, dass sie ihm die Anziehungskraft einge-
standen hätte, die er auf sie ausübte. Ohnehin konnte
diese Leutseligkeit nur auf ihre momentane Schwäche
zurückzuführen sein, entschied sie.

In diesem Moment klopfte es an der Tür. Dominique
sprang auf und versteckte sich im Bad. Eine Dienerin
schaute zur Tür herein.

„Wünschen Mylady ihr Frühstück aufs Zimmer?", erkundigte sie sich.

Jaclyn wollte erst ablehnen, doch dann überlegte sie
es sich anders. „Ja, bitte. Das Gleiche wie gestern."

Die Dienerin verschwand, und Dominique kam aus
dem Bad zurück.

„Heben Sie etwas von dem Frühstück auf, bevor Sie
den Rest im Klo hinunterspülen", riet er. „Wir werden
es in der Stadt analysieren lassen."

Jaclyn nickte. „Genau das war auch mein Gedanke."

„Ich habe gestern Abend noch mit dem Maharadscha
gesprochen und ihm von meinem Verdacht erzählt. Er

war bestürzt. Er hat offenbar nicht bemerkt, dass Sie an seiner Seite fast eingeschlafen sind."

„Vielleicht passte es ihm auch ganz gut", sagte Jaclyn nachdenklich. „Er hat befürchtet, ich könne zu emanzipiert auftreten." Sie berichtete ihm von dem kurzen Gespräch im Flugzeug.

Dominique runzelte die Stirn. „Meinen Sie etwa, der Maharadscha selbst wollte Sie mit diesem Zeug ruhigstellen? Nein, das glaube ich nicht. Dann hätte er Sie ja gar nicht erst kommen lassen müssen. Wie sollen Sie sein Leben retten, wenn Sie so unter Drogen stehen?"

„Sie haben recht. Das ergibt keinen Sinn. Aber es stellt sich die Frage, ob dieses Rauschmittel für die Geliebte des Maharadschas oder ..." Sie unterbrach sich gerade noch rechtzeitig. Man konnte nicht wissen, ob jemand heimlich eine Wanze im Zimmer versteckt hatte. „... oder für die Ermittlerin aus London bestimmt war", fügte sie auf Französisch hinzu.

„Als Sie noch geschlafen haben, habe ich das Zimmer durchsucht. Ich habe keine Wanzen oder Kameras gefunden. Aber wir müssen trotzdem vorsichtig sein. Der Maharadscha will jedenfalls dafür sorgen, dass die Speisen künftig auf großen Platten aufgetragen werden, von denen sich alle bedienen können."

„Da wir gerade vom Essen sprechen: ich kann das Frühstück, das man mir bringt, nicht essen", bemerkte Jaclyn. „Könnten Sie ..."

Dominique erhob sich und nickte. „Ich werde in die Küche gehen und uns was zum Frühstück organisieren."

***

Dominique fuhr mit dem Frühstück, das Jaclyn aufs Zimmer gebracht worden war, in die Stadt und suchte ein Labor auf, dessen Adresse er sich vorher telefonisch von Helen Forster hatte geben lassen. Es kostete ihn eine Menge Überzeugungskraft und noch mehr Trinkgeld, um die Analyse sofort durchführen zu lassen.

Zwei Stunden später war er zurück im Palast.

„Meine Vermutung war richtig", verkündete er Jaclyn, die noch im Bett lag, triumphierend. „Laudanum. Das ist eine Opiumtinktur, die, wenn sie in zu hoher Dosis angewandt wird, solche benebelten Zustände hervorruft, wie Sie sie hatten."

„Hausdurchsuchung!", ordnete sie finster an. „Während alle beim Mittagessen sind, werde ich mich in den Zimmern umsehen."

„Die Mühe können Sie sich sparen. Rechnen Sie nicht damit, das Zeug wohlgeordnet im Apothekerschränkchen zu finden. Außerdem wird das Mittel in der Küche unter das Essen gemischt. Sicher steckt der Koch mit dem Täter unter einer Decke."

„Sie haben recht. Aber es wird wenig Zweck haben, ihn zu befragen. Wir müssen ihn oder sie in flagranti erwischen." Jaclyn warf energisch ihre Bettdecke zur Seite und schwang die Beine aus dem Bett.

Zehn Minuten später erschien sie, in Jeans und T-Shirt gekleidet, in der Küche, wo der Koch und eine junge Inderin erste Vorbereitungen für das Mittagessen trafen.

„Ich habe einen Bärenhunger", verkündete Jaclyn strahlend. „Könnten Sie mir wohl einen Snack auf mein Zimmer bringen lassen? Ich fürchte, bis zum Mittagessen halte ich es nicht mehr aus ..."

Der Koch sah sie missbilligend an, und sie wusste nicht, ob es auf ihre engen Jeans zurückzuführen war oder auf die Tatsache, dass sie trotz vermeintlichen Beruhigungsmittelfrühstücks so munter und hungrig war.

„Okay“, sagte er schließlich. „Ich schicke Ihnen etwas auf Ihr Zimmer, Lady.“

Er sprach das Wort „Lady“ verächtlich aus.

„Kann ich hier warten?“

„Nein. Ich schicke es auf Ihr Zimmer. In zehn Minuten.“

„Sehr freundlich, danke.“ Sie verließ die Küche und wandte sich schnell noch einmal um, gerade als der Koch der Küchenhilfe etwas zuflüsterte. Jaclyn schlich sich zu einer nahegelegenen Nische auf dem Flur, in der sich Dominique bereits versteckt hielt, und wartete. Es dauerte nicht lange.

Wenige Minuten später erschien Amrita, die unverheiratete Schwester der Maharani, in der Küche. Der Koch erklärte ihr hastig etwas auf Hindi. Sie nickte und griff in die Seitentasche ihres Panjabi-Dresses. Eine kleine Ampulle kam zum Vorschein. Sie brach die Spitze ab und entleerte den farblosen Inhalt in das Glas Tee, das auf einem Tablett stand. Die Flüssigkeit aus einer zweiten Ampulle ergoss sich zwischen Brot und Käse eines belegten Brotes.

Da sie und der Koch ihr den Rücken zudrehten, konnte Jaclyn sich unbemerkt anpirschen und packte Amritas Handgelenk mit eisernem Griff. Diese ließ die Ampulle mit einem erschreckten Aufschrei fallen.

Jaclyn funkelte sie wütend an. „Ist das eine Spezialbehandlung für ausländische Gäste?“

„Spezialbehandlung für ausländische Huren!“, zischte Amrita und schlug mit der freien Hand nach ihr.

Es war ein Leichtes für Jaclyn, mit der untrainierten Inderin fertig zu werden. Bevor sich der Koch von seiner Verblüffung erholt hatte und eingreifen konnte, war Dominique herangeeilt und hatte ihn von hinten gepackt.

„Sie sind eine schlechte Frau!" schrie Amrita. „Sie machen meine Schwester zum Gespött und stehlen ihren
Mann!"

„Und deshalb wollen Sie mich vergiften?"

„Ich will Sie nicht vergiften. Aber Sie so krank machen, dass Sie von hier verschwinden. Sie bringen
nichts als Unfrieden!"

Dominique und Jaclyn tauschten einen Blick. Es
klang plausibel. Sie waren sicher, dass Amrita die
Wahrheit sagte. Aber sie konnten es nicht riskieren, sie
einzuweihen, zumindest nicht ohne vorherige Rücksprache mit dem Maharadscha.

Jaclyn ließ die Inderin los. „Das ist allein Sache Ihrer
Schwester, Amrita. Weiß sie davon?"

„Nein."

„Und was wird Ihr Schwager wohl davon halten?"

„Bitte erzählen Sie ihm nichts davon", bat die Inderin.
„Er würde mich wegschicken."

„Schließen wir einen Pakt", bot Jaclyn an. „Ich sage
Râjâ Bharat nichts und Sie versprechen, mir nicht
mehr zu schaden."

„Sie fügen meiner Schwester Leid zu", beharrte Amrita.

„Nein. Ihre Position im Palast kann ihr niemand nehmen, und das ist auch nicht meine Absicht. Ich verspreche Ihnen, ich werde bald wieder aus ihrem Leben verschwinden. Sie haben mein Ehrenwort."

„Gut." Amrita schien sich zu beruhigen. „Und was haben Sie damit zu tun?", fragte sie Dominique.

Dieser ließ den Koch los.

„Ich spiele gerne den edlen Ritter für Damen in Not",
erklärte er ironisch und blinzelte ihr zu.

7

Die Nacht hatte sich über Benares und den Palast gesenkt. Dominique zog sich nach dem Abendessen auf sein Zimmer zurück und machte es sich auf der Couch bequem. Während er genussvoll einen Whisky aus der Hausbar trank, versuchte er sich auf den Fall zu konzentrieren und sich die nächsten Schritte zu überlegen. Doch seine Gedanken schweiften immer wieder zu Jaclyn – auf eine völlig unprofessionelle Weise. Er bereute es jetzt, dass er sich ihr gegenüber stets wie ein dummer Macho benommen hatte. Und das nur aus verletzter männlicher Eitelkeit und der idiotischen Angst heraus, eine Frau könne besser sein als er. Da er recht bald erkannt hatte, dass sie beruflich tatsächlich ein Ass war, hatte er versucht, ihr wenigstens charakterliche Fehler nachzuweisen. Noch dazu hatte er kaum eine Gelegenheit ausgelassen, sie herauszufordern oder herabzusetzen. Dabei mochte er sie im Grunde sehr. Er musste sich eingestehen, dass sie ihm imponierte – und er sie darüber hinaus ausgesprochen anziehend fand.

Es klopfte an der Tür. Dominique lächelte. Natürlich hatte Jaclyn im gleichen Moment an das Gleiche gedacht und wollte sich mit ihm aussprechen.

„Herein!", rief er erwartungsvoll.

Aber die zierliche Gestalt im Sari, die eintrat, war nicht Jaclyn, sondern die Maharani.

Überrascht erhob sich Dominique und deutete eine Verbeugung an. „Was kann ich für Sie tun, Eure Hoheit?"

„Es ist eine heikle Situation", begann die Maharani mit sorgenvoll gerunzelter Stirn. „Mein Mann hat nach

dem Abendessen Ihre Kollegin auf ihr Zimmer begleitet, und er ist noch nicht wieder zum Vorschein gekommen. Und es ist bereits nach Mitternacht."

„Vielleicht haben sie eine Partie Schach begonnen,
das kann lange dauern", sagte Dominique leichthin.

„Mein Mann beherrscht dieses Spiel nicht. Außerdem
hat er mir versprochen, um elf bei mir zu sein. Mr
Demesy, ich mache mir Sorgen, dass die beiden ihre
Rollen zu ernst nehmen."

„Sie meinen, dass die beiden tatsächlich ... ein Verhältnis miteinander angefangen haben?"

Die Maharani nickte verlegen.

„Unmöglich", sagte Dominique spontan. „Das würde
Jaclyn nicht tun." Dann hielt er inne. Wie gut kannte er
Jaclyn überhaupt? Und ganz allgemein: hatte er jemals
die Beweggründe von Frauen verstanden? Reichtum
und Macht wirkten auf die meisten anziehend, vielleicht war Jaclyn da keine Ausnahme. Und der Maharadscha war weder alt noch abstoßend.

„Was erwarten Sie von mir?", fragte er voller Unbehagen.

„Dass Sie nachsehen."

„Und wenn Sie recht haben? Das wäre mir äußerst
peinlich. Der Maharadscha bezahlt mich, um sein Leben zu schützen und nicht, um ihn bei außerehelichen
Vergnügungen zu ertappen."

„Ich meinte nicht, dass Sie an die Tür klopfen und
hineinspazieren sollen. Das könnte ich selbst", sagte die
Maharani ungeduldig. „Sondern dass Sie von außen
durch das Fenster schauen."

„Das Zimmer liegt im ersten Stock, da wird man von
draußen nicht viel sehen", gab er zu bedenken.

„Nicht von unten. Wenn Sie auf die Zinnen steigen,
können Sie von dort bis zu den Fenstern Ihrer Kollegin
balancieren. Ich werde es Ihnen zeigen."

Dominique seufzte. Er wollte die Maharani nochmals darauf hinweisen, dass diese Art von Spionage nicht zu seinem Auftrag gehörte, doch die Vorstellung, Jaclyn könnte tatsächlich etwas mit Sundarajan haben, stachelte ihn an. Er musste Gewissheit haben.

„Okay. Gehen wir."

Er ließ sich von der Maharani in den Innenhof führen, der in gespenstisches Mondlicht getaucht lag. Das Wasser des plätschernden Springbrunnens glänzte silbrig. Dominique schwang sich auf eine schulterhohe Mauer, die stufenweise höher wurde und zu einem Sims führte, der als bauliche Dekoration um einen Teil des Palastes herumführte. Er war schmal und uneben, aber da Dominique sich an der Hauswand abstützen konnte, war es kein allzu schwieriger Balanceakt. Die Maharani zeigte ihm von unten an, um welche Fenster es sich handelte. Als Dominique sich heranpirschte, nahm er Kerzenschein im Zimmer wahr und hatte eine ungute Vorahnung. Er presste sich an die Wand und spähte ins Zimmer.

Erleichtert stellte er fest, dass der Maharadscha in voller Bekleidung auf dem Bett lag und schlief. Jaclyn hatte sich im Sessel zusammengekauert, den Zipfel ihres Saris wie eine Decke über sich gebreitet, und schien ebenfalls zu schlafen. Dominique spürte Erleichterung und eine plötzlich aufwallende Zärtlichkeit für sie.

Er blickte nach unten. „Alles in Ordnung", rief er der Maharani leise zu. „Gehen Sie auf Ihr Zimmer zurück, ich schicke ihn zu Ihnen." Er trommelte mit den Fingerspitzen leicht gegen die Scheibe.

Jaclyn schreckte aus ihrem leichten Schlaf hoch und zog reflexartig ihre Pistole aus dem Bund ihres Saris. Als sie Dominique erkannte, ließ sie die Waffe sinken. Er bedeutete ihr, das Fenster zu öffnen.

„Was soll das?", flüsterte sie erbost, während er ins Zimmer kletterte.

„Mr Stacy hat mich gebeten, die Reflexe unser neuen Mitarbeiter zu testen", behauptete er.

„Was?"

„Sie haben bestanden, Sie können die Pistole wegstecken."

„Sehr witzig! Was haben Sie hier nun wirklich zu suchen? Mitten in der Nacht in meinem Schlafzimmer!"

Er wollte ihr sagen, wie schön sie aussah, wenn sie wütend war, im Sari und mit gezogener Pistole, aber gerade noch rechtzeitig bemerkte er, wie abgedroschen das klingen würde.

„Die Maharani hat sich Sorgen gemacht, Sie könnten Ihre Rolle zu ernst nehmen und tatsächlich ein Verhältnis mit ihrem Ehemann angefangen haben."

Jaclyn drehte sich zu Sundarajan um. Er lag mit weit geöffnetem Mund wie ein Maikäfer auf dem Rücken und begann gerade laut zu schnarchen. „Er ist in der Tat zum Anbeißen süß", sagte sie ironisch. „Und Sie wissen ja, wie sehr ich auf frauenverachtende Machos stehe."

„Er ist immerhin ein reicher und mächtiger frauenverachtender Macho."

„Und für so eine Frau halten Sie mich?", fragte sie kühl. Ohne eine Antwort abzuwarten, ging sie zu Sundarajan und rüttelte ihn an der Schulter. „Aufwachen, Hoheit!"

Er kam zu sich, rieb sich die Augen. „Was ist los?"

„Sie haben sich in meiner Gesellschaft tödlich gelangweilt und sind eingeschlafen", sagte Jaclyn spöttisch.

„Verzeihen Sie, es war ein anstrengender Tag", gähnte der Maharadscha. Er bemerkte Dominique und runzelte die Stirn. „Was tun Sie denn hier?"

„Ihre Gemahlin machte sich Sorgen um Ihren Verbleib, Eure Hoheit. Es ist schon nach Mitternacht."

„Ach du liebe Zeit." Eilig erhob sich der Maharadscha und glättete seine Kleidung. „Dann gute Nacht." Hastig verließ er den Raum.

Dominique grinste. „Ich habe den Eindruck, dass im stillen Kämmerlein die Maharani die Hosen anhat."

„Das wäre nur gerecht." Jaclyn gähnte ebenfalls. „Wenn es Ihnen nichts ausmacht, würde ich jetzt gerne weiterschlafen."

„Klar. Fühlen Sie sich besser?", fragte er mit aufrichtiger Anteilnahme im Blick seiner Augen, die im Kerzenlicht sanft und dunkel schimmerten.

„Ja, viel besser als heute Morgen. Danke, Nick." Sie berührte kurz seinen Arm.

„Ich wollte Ihnen noch sagen ..." Er brach ab, plötzlich verlegen wie ein Oberschüler beim ersten Rendezvous.

„Was denn?"

Unter ihrem forschenden Blick war es ihm unmöglich, auszusprechen, woran er vorhin gedacht hatte. Sie würde ihn auslachen.

„Dass Sie gute Arbeit leisten", beendete er seinen Satz lahm.

Jetzt lachte sie ihn auch aus. „Kommen Sie. Seit ich hier bin, habe ich nichts getan, außer mir ein Beruhigungsmittel verabreichen zu lassen und vollkommen sediert herumzuhängen. Was wollten Sie wirklich sagen?"

Da waren wieder ihre Finger auf seinem Oberarm, die Löcher durch den Stoff zu brennen schienen. Er nahm ihre Hand, führte sie an seine Lippen und küsste ihre Handinnenfläche.

„Dominique ...", murmelte Jaclyn verblüfft und mit einem ängstlichen Unterton. „Was ...?"

Er spürte, dass alles, was darüber hinausging, zu viel und zu früh wäre. Daher zügelte er mühsam das Verlangen, sie an sich zu ziehen, und küsste ihr lediglich

sanft die Wange. „Schlaf gut, Jaclyn.“
„Du auch.“
Er wandte sich ab und verließ den Raum.

8

„Ich habe etwas in der Stadt zu erledigen", verkündete der Maharadscha am nächsten Morgen beim Frühstück. „Sie beide werden mich begleiten."

Eine Stunde später stiegen Jaclyn und Dominique zu Sundarajan, seinem Leibwächter und seinem Fahrer in eine große Limousine mit kugelsicheren getönten Scheiben.

„Du siehst müde aus, Jaclyn", bemerkte Dominique leise, während sie durch Felder, verdorrte Wiesen und Dörfer fuhren.

„Du wirst ja richtig mütterlich, Nick, kaum zu glauben", erwiderte sie spöttisch. Lieber hätte sie sich die Zunge abgebissen als zuzugeben, dass sie sich die halbe Nacht unruhig im Bett hin und her gewälzt und nach ihm gesehnt hatte. Einerseits beunruhigte es sie, wie sehr ihre anfängliche Abneigung gegen ihn ins Gegenteil umgeschlagen war, andererseits fühlte es sich verwirrend gut und richtig an.

Der Maharadscha hatte verschiedene Geschäfte in Benares zu erledigen. Sie begleiteten ihn zum Schneider, in eine Buchhandlung, zu einem Meeting in ein modern eingerichtetes Büro. Mittags gingen sie in einem kunstvoll dekorierten Restaurant essen. Nicht überall konnten sie mit der Limousine vorfahren und so mussten sie einige Strecken durch überfüllte Straßen und Gassen zu Fuß zurücklegen.

Am frühen Nachmittag verließen sie gerade eine Bank, in der Sundarajan eine Transaktion getätigt hatte. Der Maharadscha ging voraus, flankiert von seinem Leibwächter und Dominique. Jaclyn folgte ihnen mit einem guten Meter Abstand.

Plötzlich tauchte neben ihr ein Mann auf, der sie zur Seite drängte, ein großes Messer zog und es dem Maharadscha in den Rücken stoßen wollte.

Jaclyn raffte blitzschnell die Tunika ihres Panjabi-Dresses und gab dem Angreifer einen Tritt gegen das Handgelenk, der ihm das Messer aus der Hand schleuderte. Er stürzte er sich auf Jaclyn und brachte sie zu Fall, bevor sie ihre Pistole ziehen konnte.

„Nick!", schrie sie. Die Männer drehten sich alle drei zu ihr um, als ein weiterer Mann mit gezücktem Messer vorschnellte und auf Sundarajan losging. Es gelang dem Leibwächter, ihn abzufangen und nach kurzem Kampf zu entwaffnen.

Dominique riss den ersten Angreifer, der mit Jaclyn rang, von ihr weg. Er war klein und schmächtig, aber zäh und von wilder Entschlossenheit.

Jaclyn sah aus den Augenwinkeln, dass der Komplize sich aus dem Griff des Leibwächters befreit hatte und wegrannte. „Halt ihn auf, Nick!"

„Kümmern Sie sich um den hier", rief Dominique dem Leibwächter zu, schubste ihm den Inder in die Arme und rannte los.

Jaclyn rappelte sich hoch und folgte ihm.

„Alles in Ordnung?", fragte er atemlos, während sie dem Täter durch die Menge von Menschen, Kühen und Marktständen folgten.

„Die Frage kommt etwas spät", keuchte sie. „Aber trotzdem vielen Dank."

„Ich wollte mich nicht wieder als mütterlich verspotten lassen!"

Der Inder eilte durch das Gassengewirr. Er kannte sich hier offensichtlich aus und die Detektive hatten Mühe, ihn nicht aus den Augen zu verlieren. Schließlich öffnete sich die Gasse zu einem weiten Platz.

Stufen führten zum Fluss hinunter, an dem Männer in kurzen Hosen und Frauen in Saris sich wuschen. Der Inder schnappte sich ein am Ufer liegendes Ruderboot und ruderte mit flinken kraftvollen Bewegungen auf den Ganges hinaus.

„Wie sieht es bei dir mit Wassersport aus?", fragte Dominique außer Atem, als sie auf das benachbarte Ruderboot zusteuerten. Hastig drückte er dem zeternden Bootsverleiher einen Geldschein in die Hand, sprang ins Boot und half Jaclyn hinein.

„In London rudere ich jeden Sonntag die Themse rauf und runter", erwiderte sie trocken und wollte nach den Rudern greifen.

„War nur ein Witz", sagte Dominique. „Ich rudere." Er setzte dem Inder hinterher, der jedoch bereits einen guten Vorsprung gewonnen hatte.

„Das Boot ist leck", stellte Jaclyn nach wenigen Minuten fest und hob die nassen Füße auf die Sitzbank.

„Ach, die paar Tropfen. Das wird schon gehen."

Jaclyn schöpfte das Wasser mit der hohlen Hand aus, doch bald gab sie auf. „Es ist nicht die Titanic, aber wir sollten uns nach einem anderen Boot umsehen."

Dominique hielt beim Rudern inne und begutachtete das Ausmaß des Schadens. Er blickte sich um, in der Hoffnung, ein Motorboot zu entdecken, aber es war keines in Sicht. Der Gangster hatte inzwischen an einer entfernt liegenden Stelle des Ufers angelegt, sprang aus dem Boot und verschwand hinter den Häusern.

„Verdammt. Den holen wir nicht mehr ein. Versuchen wir, mit diesem morschen Kahn zum Ufer zurückzukommen. Hoffentlich haben Sundarajan und sein Leibwächter inzwischen den Komplizen aufs Kommissariat geschleppt."

Das Wasser bedeckte bereits ihre Fußknöchel, als sie das Ufer erreichten. Es gab dort keinen Anlegesteg.

Dominique kletterte aus dem Boot, strauchelte und fiel der Länge nach ins Wasser. Jaclyn lachte.

Er rappelte sich auf, nahm ihre Hand wie um ihr zu helfen, und zog sie dann mit einer heftigen Bewegung zu sich ins Wasser.

„Wenn man in Indien ist, sollte man sich nicht die Gelegenheit entgehen lassen, im heiligen Ganges zu baden", erklärte er fröhlich.

„Du Mistkerl", schimpfte sie und schlug nach ihm, lachte dabei jedoch.

Er spritzte sie übermütig nass. Sie ging auf ihn los, um ihn zu schubsen, doch er fing ihren Arm ab und zog sie an sich.

Und dann lagen sie sich in den Armen und küssten sich lange und selbstvergessen, während sie bis zu den Hüften im Wasser standen, das in der Nachmittagssonne golden glitzerte.

Erst empörtes Geschrei ließ sie auseinanderfahren. Auf dem Weg oberhalb der Böschung stand eine Gruppe Inder, die missbilligend schrien und wild gestikulierten.

„Was ist?", fragte Jaclyn verstört und unsanft aus ihren angenehmen Empfindungen gerissen.

„Küssen in der Öffentlichkeit ist in Indien streng verpönt", erinnerte sich Dominique. „Völlig sittenwidrig."

„Aber dass hier überall am Ufer splitternackte mit Asche eingeschmierte Männer stehen, das ist in Ordnung, ja?"

„Das sind Heilige, die Sadhus."

„Bei uns würden die als Exhibitionisten eingesperrt."

„Andere Länder, andere Sitten."

„Mir sind unsere Sitten lieber." Sie küsste ihn trotzig noch einmal.

„Oh ja, mir auch. Aber wir sollten jetzt aus dem Wasser raus, bevor uns Schwimmflossen wachsen."

„Kann man hier Bilharziose oder so was kriegen?",
fragte sie misstrauisch.

„Nicht, dass ich wüsste. Der Ganges gilt als der reinste
Fluss Indiens."

„Bei all den Menschen, die ihn als Badewanne benutzen?"

„Mark Twain soll gesagt haben, dass keine Bazille, die
etwas auf sich hält, in diesem Wasser überleben
würde", kommentierte Dominique. Er verschwieg ihr
wohlweislich, dass auch die Asche der verbrannten Toten in den Ganges gestreut wurde und dass Fabriken
ihre fragwürdigen chemischen Abfälle in dem Fluss
entsorgten. Dennoch war das Wasser des Ganges von
einer Klarheit, die an ein Wunder grenzte. Wahrscheinlich wurde der Fluss deshalb als Heiligtum verehrt.

„Und was machen wir jetzt?", fragte Jaclyn, als sie sich
auf die Böschung gesetzt hatten und ihre Kleidung aus-
wrangen. Die Schaulustigen hatten sich zerstreut.

Dominique legte sich hin und schloss die Augen.
„Trocknen. Und dann werden wir wohl oder übel zur
Polizei gehen müssen. Wahrscheinlich werden die un-
sere Zeugenaussage brauchen."

***

Wenn Dominique sonst den Kontakt zur indischen
Polizei lieber vermied, wo er konnte, war ihm klar, dass
er hier keine Wahl hatte. Ein Angriff auf das Leben eines Maharadschas war nichts, was unter den Teppich
gekehrt gehörte. Und da er in diesem Fall für den Herrscher arbeitete, hatte er wohl auch kaum Repressalien
der Polizei zu befürchten wie im Jahr zuvor in Hyderabad.

Die Befragung des Maharadschas und seines Leibwächters war bereits so gut wie erledigt, als Dominique

und Jaclyn auf der zuständigen Polizeidienststelle eintrafen. Gerade als sie ihre Zeugenaussagen zu Protokoll gegeben hatten, verließ ein Inspektor in khakifarbener Uniform den Verhörraum, in dem der festgenommene Angreifer befragt worden war.

„Er hat gestanden, dass ein Mann namens Ram Prajananda ihn als Auftragskiller angeheuert hat, Eure Hoheit. Kennen Sie ihn?“

Das Gesicht des Maharadschas verfinsterte sich. „Allerdings. Das ist ein Geschäftspartner, mit dem ich in letzter Zeit Schwierigkeiten hatte. Er ist Teilhaber einer meiner Firmen und wir waren uns über wichtige Dinge uneinig. Ich hätte nicht gedacht, dass er so weit gehen würde, mich zu töten, um die Firma in seinen alleinigen Besitz zu bringen.“

„Wir werden das natürlich noch überprüfen“, versicherte der Inspektor und verbeugte sich. „Wir werden sofort zu ihm fahren und ihn festnehmen. Wünschen Sie, dass wir Sie unter Personenschutz stellen, bis wir den Täter eindeutig identifizieren konnten?“

„Nein, danke. Wie Sie sehen, habe ich drei Leibwächter dabei. Und solange die Lady an meiner Seite ist, kann mir offensichtlich nichts passieren.“ Er lächelte vage in Jaclyns Richtung.

„Das war ja mal ein Fall, der sich fast wie von selbst gelöst hat“, sagte Dominique, als sie kurz darauf in den Palast zurückkehrten.

„Na ja, fast …“ Jaclyn rieb ihre Schulter, die noch von ihrem Sturz auf die Straße schmerzte. „Vorausgesetzt, dieser Ram Prajananda war tatsächlich der Täter.“

Er legte den Arm um sie. „Du warst großartig, Jaclyn.“

Sundarajan, der neben ihnen im Fond der geräumigen Limousine saß, räusperte sich ein wenig verlegen. „Sie haben mir das Leben gerettet, Mrs Holt. Ich bin

Ihnen zu großem Dank verpflichtet. Seien Sie gewiss, dass ich mich erkenntlich zeigen werde."

„Das war mein Job", sagte sie bescheiden.

„Seien Sie froh, dass sie keinen Sari getragen hat, Eure Hoheit", meinte Dominique. „Dann wären Sie jetzt vielleicht tot."

„Eine wahre Fessel, dieses Kleidungsstück", stimmte Jaclyn zu. „Der Panjabi-Dress war schon hinderlich genug."

„Würden Sie mir die Ehre erweisen, noch ein letztes Mal heute Abend einen Sari zu tragen?", bat der Maharadscha. „Wir brauchen zwar die Farce nicht länger aufrecht zu erhalten, dass Sie meine Mätresse sind, aber ... Sie sehen einfach bezaubernd im Sari aus." Er lächelte ihr Kinn an.

Jaclyn lachte. „Na gut, weil Sie es sind, spiele ich heute Abend noch mal Seidenpüppchen."

9

Obwohl sich Dominique in einem Gespräch mit dem Maharadscha befand, schweiften seine Blicke immer wieder zu Jaclyn. Sie wirkte so zart in ihrem türkisblauen, goldbestickten Sari, schön und zerbrechlich wie eine exotische Blume oder ein schillernder Schmetterling. Und doch war es dieselbe Frau, die sich ohne zu Zögern auf einen bewaffneten Mann gestürzt hatte, die mit gekonnten Judogriffen und Taekwondo-Tritten einen doppelt so schweren Mann zu Fall bringen konnte, deren Schüsse fast immer ins Schwarze trafen, die schneller rennen konnte als er selbst und die stets überlegt handelte und scharfsinnig dachte. Wieder gestand er sich ein, dass seine anfängliche Antipathie gegen sie in uneingeschränkte Bewunderung umgeschlagen war.

Jaclyn fühlte seinen Blick und sah von ihrem Teller auf.

„Du siehst aus wie eine Prinzessin aus 1001 Nacht", sagte er. „Ich könnte dich stundenlang ansehen."

Sie lachte auf. „Danke. Ich finde dich übrigens auch sehr sexy in dieser Kluft. Du siehst aus wie früher die indischen Sahibs."

Dominique hatte sich an diesem Abend ebenfalls der Umgebung angepasst und sich indisch anmutend gekleidet. Er trug ein eierschalenfarbenes Ensemble, das aus einer locker geschnittenen Leinenhose und einer Art Tunika aus grobem Baumwollstoff bestand, die auf den Hüften von einem braunen Ledergürtel zusammengehalten wurde.

„Es war schön vorhin am Fluss", sagte er leise.

Sie nickte, und ihre Blicke hielten einander fest.

Der Maharadscha unterbrach ihren Flirt, indem er sich erhob und an sein Glas klopfte. Er sagte etwas auf Hindi zu seinen Angehörigen.

„Ich habe ihnen erklärt, wer Sie beide wirklich sind und was Sie heute für mich getan haben", erklärte er Dominique und Jaclyn dann auf Englisch.

Jaclyn wurde mit neuem Respekt gemustert. Amrita blickte erschrocken drein, als ihr klar wurde, wen sie da unter Drogen gesetzt hatte.

Nach dem Essen zog sich der Maharadscha mit seiner Frau zurück. Bei der seit gestern etwas misslichen Stimmung hielt er es sicher für besser, nicht noch mehr Öl ins Feuer zu gießen, dachte Dominique amüsiert.

„Es gehen Gerüchte, dass du eine gut bestückte Hausbar auf deinem Zimmer hast", sagte Jaclyn verschwörerisch, als sie den Speisesaal verließen.

„Als gut bestückt würde ich das nicht gerade bezeichnen. Aber für einen strenggläubigen Hindu-Gastgeber ist es in der Tat nicht übel."

„Das gilt wohl nur für männliche Gäste. In seiner Welt haben sich Frauen aus Alkohol nichts zu machen. In meinem Zimmer gibt es nicht mal ein Taschenfläschchen für Notfälle."

Dominique verstand den Wink mit dem Zaunpfahl. „Wenn das so ist, lade ich dich zu einem Digestif auf mein Zimmer ein. Ich könnte nach diesem anstrengenden Tag auch einen Schluck vertragen."

Kurz darauf waren sie allein in Dominiques Suite. Jaclyn setzte sich auf die Couch, während er zu einem Schränkchen ging, auf dem ein kleiner altmodischer Fernseher stand. Er öffnete die Tür und spähte hinein.

„Scotch, Cognac oder Rum?"

„Einen französischen Cognac – dir zuliebe." Jaclyn lächelte. „Was trinkst du?"

„Einen Scotch aus Großbritannien – dir zuliebe."

Er schenkte ein und setzte sich zu ihr. Sie prosteten sich zu.

„Ist dir schon aufgefallen, dass wir uns gar nicht mehr streiten, seit wir hier sind?", fragte sie dann.

„Dazu hatten wir auch selten Gelegenheit. Offiziell kannten wir uns bis heute Abend ja kaum."

„Ich glaube, wir kennen uns auch in Wirklichkeit nicht richtig. Keiner von uns beiden will den anderen so richtig an sich heranlassen, nicht?"

„Ich finde, das heute Nachmittag war ein guter Anfang."

„Ja, das ist nicht schwer. Aber das, was danach kommt", sinnierte sie.

„Wovor hast du Angst?"

„Deinen vielen Frauengeschichten … Ich möchte nicht nur eine Kerbe mehr auf deinem Rasierpinsel sein."

Er lachte auf. „Nette Unterstellung. Aber es ist nicht so, dass es mir nur um Eroberungen geht."

„Nein, du bist kein abgebrühter Don Juan, so viel habe ich schon begriffen. Höchstens ein Casanova, der es als Selbstbestätigung braucht, immer wieder neue Frauen zu verführen und sich begehrt zu fühlen. Aber im Grunde hast du eine tiefe Bindungsangst", analysierte sie.

„Unsinn", protestierte Dominique. „Ich würde mich gerne binden, aber keine will bleiben!"

„Weil du dir nur Frauen aussuchst, bei denen du von Anfang an sicher sein kannst, dass keine Chance auf eine längere oder engere Bindung besteht: Verheiratete Frauen wie Susan oder Sonja, Frauen auf der Durchreise wie Pamela oder Isabella oder eine völlig aussichtslose Geschichte mit einer Brahmanin wie Shabanah … Affären, bei denen du von vornherein genau weißt, dass keine bei dir bleiben *kann*."

Dominique fiel es nicht leicht, musste aber zugeben, dass sie recht hatte. „Ich war immerhin mal verheiratet", versuchte er einen letzten Einwand.

Jaclyn lachte auf. „Wie du mir selbst erzählt hast, war Jennifers Ankunft daran nicht unbeteiligt. Und dann hast du dich nach wenigen Jahren vor dem drückenden Familienleben ans andere Ende der Welt geflüchtet. Und bist bis heute dortgeblieben."

Er nippte an seinem Whisky. „Was schulde ich Ihnen für diese Analyse, Frau Doktor?", fragte er ironisch.

„Das Versprechen, es wenigstens zu versuchen", erwiderte sie leise und rutschte auf ihn zu.

„Du bist auch eine verheiratete Frau", gab er zu bedenken.

„Aber nur noch auf dem Papier. Ich werde nicht zu meinem Mann zurückkehren, das steht fest. Nicht nachdem ..."

„Nachdem was?" Dominique stellte sein Glas zu ihrem auf den Tisch.

„Nachdem ich mich in einen anderen verliebt habe."

Er wickelte eine ihrer braunen Locken um den Finger. „Kenne ich den Glücklichen?"

„Ich glaube nicht, dass du ihn wirklich kennst. Du läufst vielmehr seit einundvierzig Jahren vor ihm davon. Aber ich werde versuchen, euch miteinander bekannt zu machen."

Dominique ließ die Locke los, zog Jaclyn in die Arme und küsste sie.

„Zeig mir noch mal, wie du mich zum Bett getragen hast, als ich ohnmächtig geworden bin", flüsterte sie.

Er lachte. „Ich habe dich wie einen Kartoffelsack über die Schulter geworfen."

„Kannst du das diesmal vielleicht auf etwas romantischere Art und Weise tun?"

„Vielleicht, wenn wir etwas überflüssigen Ballast abwerfen ..."

Kurz darauf fielen etwa sechs Meter türkisblaue
Seide zu Boden, dann hob er sie hoch und trug sie ins
Schlafzimmer hinüber.

10

„Hast du schon mal mit einer Inderin geschlafen?", fragte Jaclyn, als sie einige Zeit später eng aneinandergeschmiegt im Bett lagen.

Dominique nickte und starrte dem Rauch seiner Zigarette nach.

„Eine Prostituierte?"

„Nein, keine käufliche. Doch, in gewisser Weise habe ich sie schon gekauft. Aber nicht dafür", betonte er. „Wir haben eine Zeitlang zusammengelebt."

Jaclyn hob erstaunt die Augenbrauen. „Ich dachte immer, das wäre zwischen einer Inderin und einem Weißen nicht möglich, weil sie sofort aus ihrer Kaste ausgestoßen würde."

„Das war für sie unwichtig. Sie war eine Unberührbare und hatte keine Familie."

„Wie hast du sie kennengelernt?"

„Auf einer Bahnfahrt von Bhopal nach Delhi. Ich lebte seit anderthalb Jahren in Indien, und die Agentur hatte noch nicht das Flugzeug. Mehrere Flüge von Bhopal nach Delhi waren gestrichen worden, und ich musste den Zug nehmen, um zurückzukommen. Und ich hatte noch Glück, dass ich es geschafft habe, eine Karte zu kriegen. Normalerweise muss man Wochen vorher reservieren. Bist du schon mal in Indien mit dem Zug gefahren?"

Jaclyn schüttelte den Kopf.

Dominique drückte seine Zigarette aus und legte eine Hand unter seinen Kopf.

„Manche Züge sind dermaßen lang, dass du den Eindruck hast, du wärst schon fast angekommen, wenn du einen Platz nahe der Lokomotive hast. Ich hatte die zweite Klasse genommen, denn die erste ist genauso dreckig, kostet aber doppelt so viel. Und da sie hier so verrückt nach Hierarchien sind, gibt es noch einige Unterkategorien. Der Unterschied ist meistens die Klimaanlage. Ob sie dann auch funktioniert, ist eine andere Sache. Schmutz und Überfüllung sind bei allen Kategorien gleich. Die Menschen breiten sich fast übereinander aus, und manche schlafen gleich im Gang zwischen den Gepäckstücken. Ständig musst du darum kämpfen, nicht jeden Moment das bisschen Platz zu verlieren, das man dir zugesteht. Ich war der einzige Weiße im Waggon, und alle haben mich pausenlos angestarrt. Inder sind geborene Beobachter. Und sie sind neugierig wie Kinder und dabei genauso unbefangen. Wenn sich ein Ausländer auf der Straße einen Schnürsenkel zubindet, bilden zehn Inder einen Kreis um ihn, um ihm dabei zuzusehen. Wenn er sich am Ohr kratzt, kriechen sie ihm bis in die Tiefen seines Trommelfells."

Jaclyn lachte auf und schmiegte sich an ihn. „Du hast so eine anschauliche Art zu erzählen..."

„Und wenn das bloße Beobachten ihnen nicht reicht, finden sie jemanden, der ein paar Brocken Englisch spricht und den Ausländer fragt, wo er herkommt, wie er heißt, wie hoch sein Gehalt ist, ob er verheiratet ist und wie viele Kinder er hat. Inder können dir ein Loch in den Bauch fragen, und es ist nicht einfach, sich ihnen zu entziehen. Ich habe also einen guten Teil der Reise dieses Verhör über mich ergehen lassen müssen und mir schließlich geschworen, künftig nur noch das Flugzeug oder den eigenen Wagen zu nehmen. Natürlich nicht nur wegen der Fragerei, sondern wegen all der Unannehmlichkeiten. Stundenlang in einem Abteil eingeschlossen zu sein, in dem es nach Urin, Schweiß und Gewürzen stinkt, dicht gedrängt mit Menschen, die ohne jede Scham rülpsen, furzen, schnarchen, zu

Boden spucken und alle Art von Abfällen um sich herum verstreuen, mit Kindern, die heulen, schreien, kreischen ... Ich glaube, du kannst es dir vorstellen."

„Bildlich", versicherte Jaclyn. „Und wo bleibt nun deine Inderin in diesem Alptraum einer Bahnfahrt?"

„Sie ist mir am Anfang nicht weiter aufgefallen. Ein junges Mädchen in einem schmuddeligen Sari, wie die meisten anderen in dem Waggon. Der Unterschied war nur, dass sie weder ein Baby im Arm hatte, noch weitere Kinder, die an ihr dranhingen. Es schien, als reiste sie allein. Aber das war in diesem Gewühl auch schwer festzustellen. Jeder hätte theoretisch zu ihr gehören können, und wenn Inder stundenlang nicht mit ihren Frauen reden, ist das durchaus nichts Ungewöhnliches."

„Das ist nicht nur bei Indern so", warf Jaclyn mit einem bitteren Unterton ein. „War sie hübsch?"

„Ja. Nicht bemerkenswert schön, aber hübsch war sie schon, mit großen dunklen Augen, milchkaffeebrauner Haut, einer graziösen Figur ... Sie fiel mir auf, als ihre Landsleute mich ausfragten. Sie saß mir schweigend gegenüber und beteiligte sich nicht an der Fragerei, aber sie ließ mich nicht aus den Augen. Ich hatte den anderen geantwortet, dass ich nicht verheiratet sei und demzufolge auch keine Kinder hätte. Ich weiß aus Erfahrung, dass das einfacher ist, als zu erklären, warum meine Tochter in Paris lebt, und was eine Scheidung ist. Das Mädchen schien mich zu bemitleiden, weil ich allein war."

Dominique lächelte bei der Erinnerung an ihre erste Begegnung.

Er hatte an einer Station Bananen und Cashewnüsse gekauft. Und da das Mädchen so hungrig aussah, bot er ihr davon an. Dankbar akzeptierte sie und wagte es nun, ihn anzusprechen.

„My name Devika Rukmani", stellte sie sich vor.

„Nick", erwiderte er lediglich, da er vermutete, dass sie seinen vollen Namen sowie nicht würde aussprechen können.

„You no wife and no children?"

Dominique schüttelte den Kopf.

„You lonely?", fragte sie schüchtern.

Er wollte erst lachend abwinken, doch die dunklen Augen, die sich forschend auf sein Gesicht hefteten, zwangen ihn zum Nachdenken. Shabanah hatte gerade geheiratet, sein Kumpel Richard, mit dem er nach Indien gekommen war, ging aus rätselhaften Gründen immer häufiger seiner eigenen Wege und all die Empfänge und Einladungen der europäischen Gesellschaft in Delhi boten ihm zwar Zerstreuung, aber keine Freundschaften. Er musste zugeben, dass er sich manchmal tatsächlich einsam fühlte, und deutete ein Nicken an.

„Me too", sagte sie leise. „No family."

Sie begannen ein Gespräch, teils in gebrochenem Englisch, teils auf Hindi, was zwar nicht Devikas Muttersprache war, das sie aber wesentlich besser beherrschte als Englisch. Das Meiste, das sie ihm erzählte, verstand Dominique nicht, weil sein Hindi nicht sehr gut war, weil ihr Englisch einen so starken Akzent hatte und weil das Rattern des Zuges und die Geräusche im Abteil vieles übertönten.

Er verstand immerhin, dass ihre Eltern vor Kurzem gestorben waren und noch keinen Mann für Devika gefunden hatten. Bereits die Heirat ihrer Schwester hatte sie ruiniert. Zwei Brüder waren im Kindesalter gestorben. Sie vertraute ihm auch an, dass sie eine Unberührbare war. Ihr Sitznachbar erhob sich daraufhin, um sich woanders hinzusetzen. Dominique setzte sich neben die junge Inderin auf den freigewordenen Platz. Devika hatte in ihrer Heimatstadt Bhopal keine Arbeit finden können, mit der sie ihren Lebensunterhalt hätte verdienen können. So hatte sie das bisschen, was sie besaß, zusammengekratzt, die goldenen Armreifen ihrer Mutter verkauft und eine Fahrkarte nach Delhi gekauft, wo ihre Schwester jetzt mit ihrem Mann lebte. Sie hoffte, dass sie sie aufnehmen würden.

Am frühen Abend kam der Zug in New Delhi an, und Dominique und Devika verabschiedeten sich voneinander. Er bemerkte nicht, dass sie ihm folgte, als er vom Bahnhof nach Hause ging – zu Fuß, denn wie immer, wenn man ein Taxi oder eine Rikscha brauchte, war nichts zu bekommen. Ohnehin lag der Bahnhof von New Delhi nicht weit von der Gegend, in der er wohnte.

Als Dominique am nächsten Tag nach Hause kam, lungerte Devika vor seiner Haustür herum, und er hielt sie für eine Bettlerin, bevor er sie wiedererkannte. Sie wollte ihm ins Haus folgen. Dominique gab ihr ein paar Münzen, doch damit war sie nicht abzuwimmeln. Weil sie ihn auf irgendeine Art rührte, nahm er sie mit in seine Wohnung, um ihr etwas zu Essen zu geben. Sie nahm einen Besen und begann den Boden in der Küche auszufegen. Dann wusch sie das Geschirr ab, das vom Abend zuvor noch in der Spüle stand. Dominique begriff, dass sie sich um einen Job als Haushälterin bewarb. Er dachte kurz nach und entschied, dass es kein schlechter Handel für beide Seiten war. Er wäre für wenige Rupien die lästige Hausarbeit los und sie hätte eine Arbeit, die ihr zwei oder drei tägliche Mahlzeiten sicherte.

Devika bot ihm auch an, für ihn zu kochen. Er musste ihr erklären, was ein Kühlschrank war und wie ein elektrischer Herd funktionierte, dann bereitete sie aus einfachen Zutaten, die er im Haus hatte, eine Mahlzeit zu, zu der er sie einlud. Nachdem sie noch das Geschirr gespült hatte, gab Dominique ihr Geld und sagte, sie könne am nächsten Abend wiederkommen. Von da an kam sie jeden Abend, brachte in seiner Wohnung in Ordnung, was gerade anfiel, machte Einkäufe und kochte für ihn – und sie aßen zusammen. Ganz ohne Pannen lief es natürlich nicht ab. Sie brannte ihm mit dem Bügeleisen Löcher in zwei Hemden und ruinierte ihm einige Sachen in der Waschmaschine, weil sie sie zu heiß wusch oder sie mit etwas in die Trommel gab, das abfärbte.

Alles in allem stellte sie sich jedoch nicht ungeschickt an. Und obwohl sie die Schule nur drei Jahre lang besucht hatte, und das auch nur sporadisch, war sie nicht dumm. Zwar konnte sie weder richtig lesen noch schreiben, aber Sprachen schien sie mit Leichtigkeit zu lernen. Ihr englischer Wortschatz hatte sich stark erweitert, seit sie in Delhi lebte. Dominique sprach auch Französisch mit ihr, anfangs nur, um in seiner Muttersprache reden zu können. Schon nach kurzer Zeit stellte er erstaunt fest, wie viele Worte und Redewendungen sie aufgeschnappt hatte und anwenden konnte. Es faszinierte ihn, wie gelehrig und wissbegierig sie war. Oft überraschte er sie dabei, wie sie mit seinem dicken Lexikon dasaß, die Fotos und Zeichnungen darin betrachtete und ihm dann eine Unmenge Fragen dazu stellte. Er gewöhnte sich so an ihre geschäftige Anwesenheit, dass er sie beinahe vermisste, wenn sie nicht da war.

Bald betrachtete er sie eher als Freundin statt als Hausangestellte. Um mehr über sie zu erfahren, lud er schließlich einen indischen Kollegen als Dolmetscher ein. Durch ihn erfuhr Dominique, dass Devikas Schwester sie nur für kurze Zeit hatte aufnehmen können. Dann hatte sie Ärger mit ihrem Mann bekommen, der Devika schließlich aus dem Haus geworfen hatte. Seitdem schlief sie auf der Straße, zusammen mit anderen Obdachlosen. Betroffen nahm Dominique sich vor, nach einem geeigneten Quartier für sie zu suchen. Einstweilen sollte sie bei ihm auf der Couch übernachten. Devika nahm dankbar an – wenn sie es auch vorzog, auf dem Teppich zu schlafen.

Von da an war sie Dominique noch ergebener als zuvor. Sie betete ihn an wie einen Gott, und das wurde ihm bald recht lästig. Doch sie konnte nicht verstehen, dass er es hasste, wenn sie sich vor ihm verbeugte, bis ihre Nasenspitze den Boden berührte oder ihm alles reichte, von dem sie meinte, dass er es gerade benötigen könnte. Es ging soweit, dass sie ihm die Schuhe zubinden wollte. Deswegen gerieten sie fast in Streit.

An einem Abend gab Dominique ihr mehr Geld als gewöhnlich, weil er kein Kleingeld hatte. Als er kurz darauf zu Bett ging, stand sie plötzlich vor ihm, wickelte sich aus ihrem Sari und machte Anstalten, zu ihm unter die Decke zu schlüpfen. Er machte deutlich, dass er das nicht wollte: Sie sollte nicht das Gefühl haben, mit ihm schlafen zu müssen, weil er ihr mehr Geld als sonst gegeben hatte. Er wollte nicht den Eindruck haben, ihre Zuneigung oder gar ihren Körper zu kaufen.

Devika verstand seine Ablehnung falsch. Vielleicht wusste sie nicht einmal, was Prostitution eigentlich bedeutete. Sie fühlte sich zurückgewiesen von dem Mann, den sie verehrte, und vermutete, dass er sie abstoßend fand. Wie so viele Inderinnen hatte sie den Komplex, keine helle Haut zu haben und daher weniger wert zu sein als eine Weiße. Unter Tränen verließ sie die Wohnung und kam nicht zurück. Auch nicht am nächsten Abend oder am übernächsten. Dominique begann sich Sorgen und Vorwürfe zu machen. Am dritten Abend suchte er alle Gegenden in Delhi ab, die von den Obdachlosen als Schlafstätten bevorzugt wurden. Die Novembernacht war kühl und es regnete.

Er fand Devika schließlich in der Nähe des Chandni Chowk, zusammengekauert in einem Mauervorsprung, der sie kaum vor Regen und Kälte schützte. Auch die zerschlissene alte Decke, in die sie sich gehüllt hatte, konnte daran nichts ändern. Sie war nass und zitterte. Dominique hob sie auf und fuhr mit ihr nach Hause. Dort steckte er sie in ein heißes Bad, damit sie sich nicht erkältete. Die Badewanne hatte schon immer eine Faszination auf sie ausgeübt. Das erste Mal, als sie ihn darum gebeten hatte, bei ihm baden zu dürfen, war sie mit ihrem Sari ins Wasser geklettert – so wie es Inderinnen gewöhnlich taten, wenn sie in Flüssen oder Seen badeten. Inzwischen wusste sie es besser. Sie war nackt unter den Schaumbergen, als Dominique nach kurzem Anklopfen ins Bad trat und sich zu ihr auf den Wannenrand setzte.

„Ich gebe dir kein Geld, damit du zu mir ins Bett kommst, verstehst du das, Devika?"

„Dann will ich gar kein Geld mehr von dir." Sie hob ihre Hand aus dem Wasser und berührte seine Wange.

Er küsste sie, und sie schmiegte sich an ihn bis er nass bis auf die Haut war. Schließlich hob er sie aus der Badewanne, hüllte sie in seinen Bademantel und trug sie zum Bett.

Von dieser Nacht an wurde Devika Dominiques Geliebte. Sie war achtzehn, er doppelt so alt. Sie durfte bei ihm leben und er sorgte dafür, dass es ihr an nichts fehlte. Er freute sich über das Glück in ihren Augen, wenn er ihr einen neuen Sari schenkte oder goldene Ohrringe.

So ging das ein paar Monate lang. Dominique hatte sie gern, aber er liebte sie nicht. Manchmal fragte er sich, wie das weitergehen sollte.

Dann trat Anuschka in sein Leben, eine Holländerin, die in der niederländischen Botschaft in Delhi arbeitete. Sie verliebten sich ineinander und natürlich störte sich Anuschka an Devikas Anwesenheit. Dominique wusste, dass es an der Zeit war, dieser Beziehung ein Ende zu machen.

Sein Zusammenleben mit einer Unberührbaren hatte ihn selbst fast zum Paria gemacht, so wenig er persönlich auch auf das Kastensystem geben mochte. Doch er konnte Devika nirgendwohin mitnehmen, wo er auf höhergestellte Inder treffen würde. Nicht einmal zu den Einladungen und Veranstaltungen des britischen Kreises, an denen er hin und wieder teilnahm. Einmal hatte er Devika zu einer Soiree in der britischen Botschaft mitgenommen. Im versnobten Kreis der europäischen High Society von Delhi zeigte man sich entsetzt darüber, dass er von einer „Eingeborenen" begleitet wurde. Auch wenn sie in ihrem golddurchwirkten roten Sari, den seidig schimmernden langen Haaren und der ebenmäßigen braunen Haut weitaus attraktiver war als die anwesenden Damen mit ihren Cocktailkleidern, ihren Dauerwellen und ihrem käsigen Teint, der auf die scharfen Gewürze ständig mit Pickeln reagierte. Aber man verzieh ihr nicht, dass sie sich nicht gewandt auf Englisch ausdrücken konnte, Analphabetin war und bei Tisch mit Messer und Gabel trotz Dominiques Unterricht unbeholfen blieb, da sie ihr Leben lang nur mit den Fingern gegessen hatte.

Der britische Botschafter bat Dominique verlegen, beim nächsten Mal ohne seine indische Freundin zu erscheinen. Trotzig hatte Dominique die nächsten Einladungen abgelehnt, um sich mit Devika solidarisch zu erklären. Die Angelegenheit hatte ihm die Augen über die weiße Gesellschaft Indiens geöffnet. Doch William Stacy hatte ihm schließlich unmissverständlich zu verstehen gegeben, dass er es dem Ruf der Agentur schuldete, sich weiterhin auf solchen Empfängen sehen zu lassen – und zwar ohne Devika.

„Was Sie privat mit ihr tun, ist Ihre Sache, Nick. Unter uns, warum auch nicht, wie ist sie denn so …?", erkundigte sich Stacy mit dem gleichen Augenzwinkern wie der Botschafter. „Aber wenn Sie künftig auf Empfänge gehen, lassen Sie Ihre indische Freundin bitte zu Hause."

Devika selbst schien über die Zurückweisung weniger gekränkt zu sein als Dominique. Für sie war es völlig natürlich, dass sich die Europäer von den Indern abgrenzten, und sie hatte sich bei jenem Empfang ohnehin sehr deplatziert gefühlt. Ihr Heimatland bestand aus Kasten und Klassen, und sie war es gewöhnt, von keiner von ihnen akzeptiert zu werden.

Als Dominique sich in Anuschka verliebt hatte und Devika verlegen klarmachte, dass er ihre Beziehung beenden wollte, bereitete sie ihm keine Schwierigkeiten. Sie nahm das Geld, das er ihr zum Abschied gab, bat um ein Foto von ihm und verschwand sang- und klanglos aus seinem Leben.

„Eine rührende Geschichte", fand Jaclyn, als er geendet hatte. „Weißt du, was aus ihr geworden ist?"

„Ich habe es geschafft, sie bei einer englischen Familie als Hausmädchen unterzubringen", sagte Dominique. „Allerdings sind sie kurz darauf nach Bombay gezogen. Ich habe Devika aus den Augen verloren." Das stimmte jedoch nicht. Er wusste, was aus ihr geworden war. Aber er wollte nicht darüber reden, denn ihre letzte Begegnung war für beide Seiten zu erniedrigend gewesen.

„Du siehst, ich habe es doch einmal zu so was wie einer Beziehung geschafft", triumphierte er und bemerkte schon während er sprach, wie falsch es klang.

„Kein Kommentar", sagte Jaclyn lächelnd. „Und die Holländerin?"

Dominique seufzte. „Die Ironie war, dass es bald wieder vorbei war."

„Lass mich raten: sie hatte Heimweh und ist in die Niederlande zurückgekehrt."

„Nein. Sie hatte mir einen holländischen Verlobten verschwiegen. Und der tauchte plötzlich in Delhi auf, hatte seinen Job geschmissen, um Anuschka zu folgen. Und da erkannte sie, dass sie ihn noch liebte. Als wir uns kennenlernten, war sie sich dessen so unsicher, dass sie ihn vorsichtshalber gar nicht erst erwähnt hat. Wahrscheinlich wirst du mir jetzt sagen, dass es voraussehbar war?"

„Nein, das war wirklich Pech", gab Jaclyn zu und küsste ihn. „Ich bin sicher, dass mein Mann nicht in Delhi aufkreuzen wird, da kannst du ganz beruhigt sein."

„Oh, damit entsprichst du aber nicht meinem üblichen Beuteschema", scherzte er.

„Doch, denn ich bin voraussichtlich nur für ein Jahr in Indien."

„Dann lass uns das Jahr so intensiv wie möglich auskosten. Danach sehen wir weiter."

„Intensiv klingt gut." Sie schmiegte sich an ihn.

11

Jennifer saß allein in dem verwaisten Büro von Dominique und Jaclyn und erledigte einen Berg von Papierkram, den die beiden ihr hinterlassen hatten.

Rajiv, der bei Mr Stacy gewesen war, kam herein. „Willst du immer noch so gerne das Taj Mahal sehen, Jennifer?"

„Natürlich!"

„Ich muss morgen für zwei Tage nach Agra. Ich habe Stacy einreden können, dass ich unbedingt eine Assistentin brauche. Willst du mich begleiten?"

Jennifer strahlte. Weniger wegen der Möglichkeit, endlich das berühmte Bauwerk zu sehen als vielmehr wegen der Aussicht, zwei Tage mit Rajiv zu verbringen.

„Klar will ich das! Meinst du, dass wir Zeit haben werden, zum Taj Mahal zu fahren?"

„Wir werden uns die Zeit nehmen", versprach Rajiv. „Kommst du bitte kurz mit hoch? Ich möchte dir den Fall erklären, und du kannst mir bei den Vorbereitungen helfen. Was du für Dominique und Jaclyn zu erledigen hast, kann bis zu unserer Rückkehr warten."

„Werden wir hinfliegen?"

„Nein, so schnell können wir keinen Leasing-Piloten auftreiben. Wir werden mit der Bahn fahren."

„Kriegen wir von heute auf morgen Zugfahrkarten?", fragte sie skeptisch.

„Das überlassen wir Helen. Ihr Mann kennt einen höheren Angestellten der staatlichen Eisenbahn. Auf diese Weise bekommen wir eigentlich immer Tickets, ohne lange vorbestellen zu müssen."

„Beziehungen schaden nur dem, der keine hat", murmelte Jennifer.

***

Am nächsten Morgen trafen sie sich am Bahnhof von New Delhi und stiegen in den Taj-Express. Dieser Schnellzug verband Delhi und Agra in drei Stunden miteinander und war etwas komfortabler als Indiens gewöhnliche Züge.

Trotzdem war es ein großer Unterschied zu den Zügen in Frankreich, die Jennifer gewöhnt war. In den ersten zehn Minuten war sie vollauf damit beschäftigt, das bunte Treiben um sich herum zu betrachten. Und sie selbst wurde ebenfalls aus vielen Augen bestaunt. Ein paar besonders Neugierige stellten ihr Fragen, die sie nicht verstand. Rajiv antwortete für sie auf Hindi. Daraufhin wurde das Staunen in den braunen Gesichtern noch größer, aber die Einheimischen zogen sich respektvoll zurück und stellten keine weiteren Fragen mehr.

„Was wollten die wissen?", erkundigte sich Jennifer.

„Wer du bist, woher du kommst und wohin du fährst."

„Und was hast du ihnen gesagt, das sie so beeindruckt hat?"

„Ich habe ihnen erzählt, dass du die neue Mätresse des Maharadschas von Agra bist, der dich mir für einen sehr hohen Preis abgekauft hat", sagte Rajiv grinsend. „Und dass deine Haut so hell ist, weil du jeden Morgen in Eselsmilch badest."

Jennifer lachte. „Handelt man hier noch mit Frauen?", fragte sie dann mit gerunzelter Stirn.

„Im Allgemeinen nicht. Du weißt ja, dass hier die Eltern der Braut zahlen müssen, um sie zu verheiraten.

415

Aber bei den Gespielinnen für unsere Fürsten mag das anders sein, ich weiß es nicht genau. Allerdings ... wenn du mein wärst, würde ich dich nicht verkaufen, und sei der gebotene Preis noch so hoch."

Sie sahen sich an. Jennifer schluckte, schwieg, räusperte sich. Entschloss sich, ein heikles Thema anzuschneiden, über das sie schon einmal zu reden versucht hatten – erfolglos. „Du musst mich nach deinen Moralauffassungen für ein leichtes Mädchen halten."

Rajiv schwieg einen Moment, schien seine Antwort gut zu überlegen und so taktvoll wie möglich zu formulieren. „Du lebst nach den Maßstäben, mit denen du erzogen wurdest, und das sind nicht die meinen", sagte er diplomatisch. „Ich habe ein Jahr in England verbracht und genug über die westlichen Sitten gelernt, um zu wissen, dass ein Mädchen, das in deinem Alter noch keine Männerbekanntschaften hat, ausgelacht wird. Und man sie für dumm hält, wenn sie vorhat, als Jungfrau in die Ehe zu gehen, statt ihre Freiheit auszunutzen. Dass bei euch die Männer darauf auch keinen Wert mehr legen."

„Ja, nach einer Jungfrau im heiratsfähigen Alter können sie lange suchen. Aber ich möchte wissen, was *du* darüber denkst."

Rajiv lächelte. „Ich denke, dass du das aufregendste Mädchen bist, das ich je kennengelernt habe."

Jennifer wurde trotz der Klimaanlage des Abteils heiß und sie zog ihren dünnen Baumwollblazer aus. Darunter trug sie ein schmal geschnittenes Sommerkleid. Sie saßen dicht nebeneinander, bei jedem Ruckeln des Zuges berührten sich ihre Schultern und ihre nackten Unterarme. Sie gaben sich keine Mühe, die Berührung zu vermeiden.

Jennifer musste gegen den Wunsch ankämpfen, den Kopf an Rajivs Schulter zu legen. Verdammt, warum war mit ihm nur alles so kompliziert, und nicht so selbstverständlich wie mit Peter oder Giulio? Aber sie wusste, dass während dieses Aufenthaltes in Agra das Unvermeidliche geschehen würde. Es musste einfach passieren. Bei dem Gedanken daran schlug ihr Herz wie wild. Nervös kramte sie Zigaretten und Feuerzeug aus ihrer Handtasche.

„Rauch nicht so viel", sagte Rajiv streng. Er nahm ihr die Zigarettenschachtel weg und verbarg sie hinter seinem Rücken. „Das ist ungesund und schickt sich nicht für eine Frau."

„So ein Unsinn!", protestierte sie. „Dass es ungesund ist, will ich ja nicht leugnen, aber dass es sich nicht schickt, ist Quatsch. In Frankreich rauchen inzwischen mehr Frauen als Männer."

„Du bist hier nicht in Frankreich, sondern in Indien! Hier rauchen nur die unberührbaren Frauen, die nicht auf ihren Ruf achten müssen."

Jennifer zuckte mit den Schultern. „Für Hindus bin ich auch eine Unberührbare. Also gib mir die Zigaretten zurück!" Sie versuchte, an die Schachtel zu gelangen, indem sie hinter seinen Rücken griff. Doch Rajiv hielt das Päckchen unerbittlich fest, während er sich mit der anderen Hand lachend Jennifer vom Leib zu halten versuchte. Ein starkes Ruckeln des Zuges warf sie gegen seine Brust.

Unwillkürlich griff Rajiv nach ihrem Arm, um sie festzuhalten, und zog sie näher zu sich heran. Ihre Blicke versenkten sich ineinander. Jennifer hob die Hand und streichelte sein Gesicht. Rajiv küsste ihre Fingerspitzen. Sie waren so miteinander beschäftigt, dass sie nicht die vielen dunklen Augenpaare bemerkten, die sie ungeniert anstarrten. Erst als ein kleiner Junge seinen Eltern laut eine Bemerkung zurief, wurde Rajiv bewusst, dass Jennifer und er im Mittelpunkt der allgemeinen Aufmerksamkeit standen.

„Nicht in der Öffentlichkeit, Jenni", sagte er leise und schob sie sachte von sich.

Jennifer stieß einen Laut aus, der wie das Knurren eines gereizten kleinen Hundes klang, und lehnte sich in ihrem Sitz zurück. „Gib mir meine Zigaretten wieder, Rajiv!"

Rajiv gehorchte, gab ihr sogar Feuer. Jennifer nahm einen tiefen Zug und blies den Rauch mit trotzigem Gesicht ihren Mitreisenden entgegen, die sie ungläubig beobachteten.

„Vergiss nicht, dass du die Mätresse des Maharadschas von Agra bist – du musst auf deinen Ruf achten", versuchte Rajiv sie zum Lachen zu bringen.

Jennifer sah ihn mit großen Augen an. „Und die Mätresse von Rajiv Mansâni, muss die auch auf ihren Ruf achten?"

Er lächelte verlegen. „Ich habe keine."

„Wenn du willst, können wir das ändern", erwiderte Jennifer lässig und schnippte die Asche von ihrer Zigarette.

Ihre Direktheit verschlug Rajiv die Sprache. Aber der leichte Druck seiner Schenkel gegen ihre war Antwort genug.

Sie aßen in einer Garküche am Bahnhof von Agra zu Mittag, fuhren dann mit einem Taxi zu ihrem Hotel, stellten ihr Gepäck ab und machten sich ein wenig frisch. Etwas später fuhren sie zu der Firma, bei der Rajiv Erkundigungen für seinen Auftrag einzuholen hatte.

Am späten Nachmittag konnten sie das Unternehmen mit den gewünschten Informationen verlassen und zum Taj Mahal fahren.

Jennifer war beeindruckt, als sie endlich vor dem Bauwerk stand, das sie schon so oft in Reiseprospekten bewundert hatte.

„Er ist wirklich ein Traum aus Marmor", sagte sie begeistert, als sie an Rajivs Seite darauf zuging. „Schade, dass er gerade restauriert wird. Die Gerüste wirken nicht sehr romantisch."

Rajiv winkte ab. „Ich kenne den Taj Mahal nur mit Baugerüsten. Er wird ständig restauriert. Er ist ja immerhin auch fast 350 Jahre alt. Umweltexperten schätzen, dass er in fünfzig Jahren von Industrieluft und saurem Regen zerstört sein wird."

„Das wäre ein Jammer."

Sie schlenderten mit dem Strom von Touristen durch den langgestreckten Garten vor dem Mausoleum, der von Kanälen und einem langen Wasserbecken durchzogen wurde.

„Das ist ja riesig", staunte Jennifer, als sie vor dem zweistöckigen Hauptmausoleum standen und sich die Schuhe von den Füßen streiften.

Rajiv begann die wenigen Stufen emporzusteigen, die zum Gebäude führten. Er blieb stehen, drehte sich um und streckte Jennifer die Hand entgegen, um ihr durch das Durcheinander von achtlos abgestreiftem Schuhwerk zu helfen, das sich vor und auf den Stufen ausbreitete. Sie legte ihre Hand in seine, dann umrundeten sie das Mausoleum.

„Pass auf die Wespen auf", warnte er.

Zu beiden Seiten des Eingangsportals und in zahlreichen Nischen hingen fußballgroße Wespennester. Hoch über den Köpfen der Besucher schwirrten Wespen, und unzählige davon krabbelten auf dem Steinboden herum. So blieb Jennifer von ihrem Rundgang um das Monument kaum mehr in Erinnerung als der mit schwarzgelben Insekten übersäte Marmorfußboden und ihre und Rajivs nackte Füße.

Sie stiegen in die Krypta hinunter. Dort unten war es heiß und sehr stickig, und die Touristenmenge drängte sich im Halbdunkel des Raumes zwischen den Gräbern.

Jennifer wurde plötzlich schwindlig. Eine Hitzewelle stieg in ihr empor und ihre Knie wurden weich. „Bring mich hier raus, Rajiv", murmelte sie und lehnte sich an ihn. Er legte ihr den Arm um die Taille, um sie aufzufangen, falls sie ohnmächtig werden würde, und führte sie rasch hinauf an die frische Luft. Sie setzten sich in eine Nische des Mausoleums.

„Geht es wieder?", fragte er besorgt.

Sie nickte matt. „Mir war nur auf einmal so komisch."

„Das ist der Sauerstoffmangel da unten. Das geht vielen so. Du bist noch ganz blass." Rajiv strich ihr zärtlich über die Wange. Sie ergriff seine Hand und schmiegte ihr Gesicht hinein.

„Wusstest du, dass der Taj Mahal die größte Liebeserklärung der indischen Geschichte ist?"

Jennifer schüttelte den Kopf.

„Ein Mogulkaiser ließ es für seine Frau errichten, die im Kindbett starb", erzählte Rajiv und nahm ihre Hände in seine. „Der Legende nach wollte ihr der trauernde Herrscher ein Andenken in einem Bau von überirdischer Schönheit errichten. Und das ist ihm wohl gelungen. Leider wurde er kurz nach Fertigstellung der Bauten von seinem eigenen Sohn gefangengenommen und ins Fort von Agra gesperrt. Vom Jasminturm aus soll er in den letzten Tagen seines Lebens unablässig zum Taj Mahal hinübergeblickt haben. Jetzt liegt er auch in dieser Krypta hier begraben."

„Was für eine traurige Geschichte."

„Möchtest du noch zum Fort hinüberfahren?"

„Nein, ehrlich gesagt nicht. Es waren eine ganze Menge neuer Eindrücke heute. Ich bin ein bisschen müde."

„Vielleicht hast du auch Hunger? Wir haben seit zwölf Uhr nichts mehr gegessen."

Sie nickte.

„Dann lass uns etwas Essen gehen."

Hand in Hand verließen sie das Mausoleum. Es wurde bereits dämmrig, und in den Basarstraßen rund um den Komplex des Taj Mahal flammten die Lichter auf.

„Ich möchte mir einen Sari kaufen", sagte Jennifer, als sie an einem Laden vorbeikamen, in dem herrliche Saristoffe ausgebreitet lagen. „Jaclyn hat so süß in ihrem Sari ausgesehen, ich will auch mal probieren, ob mir das steht."

„Gute Idee. Ziehst du ihn zum Essen an?"

„Wenn du willst." Sie begutachtete die Stoffe und erstand nach dem obligatorischen Feilschen mit Rajivs Hilfe einen Sari aus rubinrotem, üppig mit Goldfäden besticktem Stoff sowie die dazu passende kurze enge Bluse.

„Weißt du, wie man einen Sari anlegt?", fragte er.

„Ich glaube schon. So in etwa jedenfalls."

Sie kehrten ins Hotel zurück.

„Essen wir im Hotelrestaurant?"

Rajiv schüttelte den Kopf. „Ich mag dieses geschmacklose Touristenfutter nicht. Ich kenne ein kleines Restaurant hier in der Nähe, in dem es gute Spezialitäten dieser Region gibt. In zehn Minuten hole ich dich ab."

Als Rajiv an Jennifers Zimmertür klopfte, öffnete sie ihm fertig angekleidet. Doch bereits bei dieser Bewegung kamen die rotgoldenen Stoffbahnen ihres Saris ins Rutschen. Hastig griff sie danach.

„Komm rein", forderte sie Rajiv auf. „Vielleicht kannst du mir helfen. Ich möchte nicht riskieren, im Restaurant oder auf der Straße plötzlich nackt dazustehen."

„Das würde mir auch nicht gefallen", gab er zu und schloss die Tür hinter sich.

Jennifer stellte sich mit leicht ausgebreiteten Armen in die Mitte des Zimmers. Rajiv kniete sich vor sie hin, löste behutsam die Stoffbahnen und begann von vorne. Bis auf den knappen roten Bustier und einen winzigen

Slip war sie nun nackt. Langsam raffte er den Stoff um ihre Hüften zusammen und schien es zu genießen, dabei ihre zarte helle Haut zu berühren.

Jennifer schloss die Augen. Seine kräftigen schlanken Finger auf ihren nackten Hüften jagten ihr kleine Schauer in die Lenden. Dann spürte sie Rajivs Lippen auf ihrem Bauch. Er ließ den Stoff fallen, und seine Arme umfingen ihre Hüften. Jennifer vergrub ihre Finger in seinem Haar. Er arbeitete sich an ihrem Körper empor, bis sich endlich ihre Lippen trafen.

„J'ai envie de toi. Je t'aime", murmelte Jennifer und begann sein Hemd aufzuknöpfen.

„Was hast du gesagt?", flüsterte er.

„Dass ich dich will. Dass ich dich liebe. Vom ersten Moment an, in dem ich dich gesehen habe."

Er drückte sie fest an sich. „Ich auch. Warum haben wir nur so viel Zeit verloren, Jenni?"

„Ich hatte Angst", bekannte sie leise.

„Vor mir?", fragte er bestürzt.

„Nein. Vor den Welten, die uns trennen."

„Und jetzt hast du keine Angst mehr?"

Sie schüttelte den Kopf. „Es ist mir egal. Ich will dich zu sehr. Das ist stärker als alles andere." Sie streifte ihm das Hemd von den Schultern.

„Komm", sagte er und reichte ihr die Hand, um sie zum Bett zu führen.

Anfangs war Jennifer ein wenig enttäuscht über Rajivs Unbeholfenheit und die ungestüme Heftigkeit, mit der er sie nahm. Doch dann genoss sie es, endlich einmal die Erfahrenere zu sein. Und Rajiv erwies sich als aufmerksamer, gelehriger Schüler. Was sie mit seinem Körper tat, gefiel ihm sichtlich, ebenso die Leidenschaft, mit der sie sich ihm hingab.

„Es stimmt also, dass die weißen Frauen die Göttinnen der Liebe sind", sagte er hinterher mit verklärtem Gesicht.

Jennifer, die über ihm lag, betrachtete ihre Hand, die langsam über seine glatte muskulöse Brust glitt. Elfenbein auf Bronze. Bei dem Aufenthalt in Sibirien hatte sie ihre Sonnenbräune verloren. „Hast du vorher noch nie mit einer Europäerin geschlafen?"

Er schüttelte den Kopf. „Du bist die Einzige."

„Mit Inderinnen also? Ich dachte, die würden so streng unter Verschluss gehalten."

„Werden sie auch. Ich wurde mit achtzehn verheiratet, Jenni. Meine Frau war fünfzehn. Wir hatten beide vorher noch keinen anderen Partner. Dabei ist es bis heute Abend geblieben. Ich habe sie nie zuvor betrogen."

„Dann bist du schon seit zehn Jahren verheiratet? Und hattest nie eine andere Frau?"

„So ist es."

„Liebst du sie sehr?", fragte sie beklommen.

„Dann wäre ich jetzt nicht hier bei dir", erwiderte er leise und streichelte ihr Gesicht. „Ich liebe *dich.*"

„Du sagst, du wurdest mit ihr verheiratet ... hast du sie vorher überhaupt gekannt?"

„Ja, das schon. Unsere Familien sind seit langem miteinander befreundet. Wir wurden miteinander verlobt, als ich zehn war. Ich hatte dazu kein Wort zu sagen. So ist das nun mal üblich. Aber ich hatte Glück: Kamala ist liebenswürdig und hübsch."

„Schrecklich", murmelte Jennifer. „Einfach so von den Eltern verheiratet zu werden und noch nicht einmal ein Mitspracherecht zu haben ... ich hätte mir das nicht gefallen lassen."

„Das ist Tradition, Jenni. Wenn du Inderin wärst, würdest du dich genauso fügen müssen wie all die anderen."

„Was bin ich froh, dass ich Französin bin. Niemand wird mir jemals vorschreiben, wen ich zu heiraten habe, und ich kann mit so vielen Männern ausgehen, wie ich will, auch wenn ich sie nie heiraten würde."

„Hast du schon mit vielen Männern geschlafen?" Rajiv zupfte an einer ihrer Haarsträhnen.

„Zwei Franzosen, ein Algerier, ein Amerikaner, ein Italiener und jetzt noch ein Inder", zählte Jennifer auf und lachte. „Ich sammle Nationalitäten." Zu spät merkte sie, dass sie ins Fettnäpfchen getreten war.

Rajivs Gesicht verfinsterte sich. „Bin ich für dich auch nur ein Sammlerstück?"

„Nein, natürlich nicht", versicherte sie hastig. „So war das nicht gemeint. Das war nur Spaß. Ich liebe dich, Rajiv. Ich habe noch nie jemanden so geliebt wie dich. Vielleicht war ich überhaupt noch nie richtig verliebt."

Offensichtlich der zweite Fauxpas, denn er zog die Stirn in Falten. „Und mit all den anderen Männern warst du im Bett, ohne sie zu lieben?"

Jennifer seufzte leise. Das konnte ja heiter werden. Sie vermisste Peters unkomplizierte Art und dachte an seine munteren Worte: „Genieße deine Jugend, meine Süße, sammle deine Erfahrungen. Geh mit so vielen Männern ins Bett, wie du Lust hast, tobe dich aus. Dann brauchst du dir später nie vorzuwerfen, etwas versäumt zu haben."

„Zwei Welten", sagte sie mit einem langen Seufzer.

Rajiv sah sie nachdenklich an. „Nehmen wir den Kampf auf oder soll es hier bereits wieder aufhören, bevor es richtig begonnen hat?"

Sie griff nach seiner Hand und verschränkte ihre Finger in seinen. „Wir werden kämpfen. Es liegt allein an uns, Rajiv."

***

Eine Stunde später saßen sie sich in einem kleinen, schummrigen Restaurant im Zentrum von Agra gegenüber. Es war gut besucht, fast ausschließlich von Einheimischen.

Jennifers nun korrekt gewickelter Sari stand ihr ausgezeichnet, doch er wirkte wie eine Verkleidung an ihr. Sie sah unverkennbar europäisch aus.

„Warum starren die mich alle so an?", fragte sie unbehaglich.

Rajiv streichelte ihre Hand, die auf der Tischplatte lag. „Weil es ungewöhnlich ist, dass eine Weiße einen Sari trägt. Überhaupt, weil du weiß bist. Und weil du wunderschön bist." Er lächelte sie an. Sein gutgeschnittenes Gesicht mit den kühnen arabischen Zügen, den empfindsamen feingezeichneten Lippen und den großen schwarzen Augen leuchtete. „Außerdem zerbrechen sie sich die Köpfe über mich: wenn ich Moslem bin, warum bist du dann nicht verschleiert? Bin ich Hindu, warum gebe ich mich mit einer unreinen Weißen ab? Für einen Sikh fehlen mir der Turban und der Bart, für einen Jain der Mundschutz und der kleine Besen. Du siehst, sie haben allen Grund, sich so einige Fragen zu stellen."

„Du könntest ja Buddhist oder Christ sein", gab sie zu bedenken.

„Sehe ich so aus?"

„Wieso nicht? Dein Aussehen sagt doch nichts über deine Religion aus."

„Weil ich für die meisten im Westen aussehe wie der typische Mohammedaner. Sie sehen mich an und stellen sich vor, wie ich im Beduinenmantel auf einem Kamel oder Pferd sitzend durch die Wüste galoppiere", sagte er. „Als tapferer Krieger und stolzer Wüstensohn. So wie es meine Vorfahren in Pakistan wohl tatsächlich taten."

Sie nickte fasziniert. „Stört es dich, wenn ich rauche?", fragte sie dann höflich.

„Ja."

Jennifer verzog den Mund. „Du hast wirklich überhaupt keine Laster, was? Du rauchst nicht, du trinkst nicht, du hast nur eine Frau, obwohl du vier haben könntest ..."

„Ich hätte gerne eine zweite Frau." Er sah sie ernsthaft und vielsagend an. „Ja, ich glaube, ich werde noch einmal heiraten."

„So? Wer ist denn die Glückliche?" Nervös trommelte Jennifer mit den Fingerspitzen auf den Tisch.

„Du natürlich." Als sie ihn daraufhin wortlos und etwas entgeistert anstarrte, fügte er hinzu: „Im Ernst. Ich möchte dich heiraten, Jenni."

„Du bist bereits verheiratet. Es ist völlig indiskutabel für mich, einen polygamen Mann zu heiraten."

„Du bist ja nicht gezwungen, mit meiner ersten Frau zusammen zu leben. Obwohl das üblich ist, aber ich könnte es vielleicht arrangieren, dass ..."

Sie winkte ab. „Gib dir keine Mühe. Und um ehrlich zu sein: ich möchte allgemein noch nicht heiraten. Ich fühle mich dafür viel zu jung."

„In Indien bist du mit neunzehn schon ein spätes Mädchen", erwiderte er mit feinem Lächeln.

Jennifer zuckte mit den Schultern. „Das ist mir egal, ich bin keine Inderin. In Frankreich liegt das Durchschnittsalter zum Heiraten bei achtundzwanzig, glaube ich. Überhaupt stelle ich den Sinn der Ehe in Frage."

„Willst du denn nie mit jemandem zusammenleben, keine Kinder haben?"

„Irgendwann mal, ja, aber noch nicht jetzt."

Er seufzte.

„Warum willst du mich heiraten, Rajiv? Ich kann auch mit dir schlafen, ohne mit dir verheiratet zu sein."

„Ist das alles für dich?"

„Nein, natürlich nicht", lenkte sie ein.

Der Ober, der das Essen brachte, unterbrach die Unterhaltung, die unerfreulich zu werden drohte. Jennifer hielt vergeblich nach Essbesteck Ausschau. Da sie einen Sari trug und in Begleitung eines Inders war, ging man wohl davon aus, dass sie es gewohnt war, mit den Fingern zu essen. Sie folgte Rajivs Beispiel, der auf seinem Bananenblatt, das als Teller diente, mit der rechten Hand Reis mit Hühnerragout vermengte.

„Was habt ihr eigentlich gegen Essbesteck?", fragte sie, während sie mühevoll aus dem Brei ein Bällchen formte, wobei ihr die scharfe Ragoutsauce den Unterarm entlang rann. „Ja, ich weiß schon, es ist unrein, weil dauernd jemand anders davon isst."

„Mit Messer und Gabel zu essen ist wie mit Handschuhen Liebe zu machen", sagte Rajiv grinsend und beförderte blitzschnell einen Bissen in den Mund.

Jennifer lachte. „Du hast recht, es geht nichts über direkte Tuchfühlung." Sie berührte kurz seine Finger, die gerade geschickt einen kleinen Knochen vom Hühnerfleisch lösten. Rajiv zuckte zurück. Zu spät bemerkte Jennifer ihren Fauxpas: da ihre rechte Hand fettig war, hatte sie ihn mit der linken berührt, die als unrein galt, da sie von den Indern anstelle von Toilettenpapier benutzt wurde. Sie während des Essens zu gebrauchen, war absolut tabu.

Jennifer biss sich auf die Lippen. „Mach dir keine Sorgen, ich nehme ja Klopapier!"

Rajiv warf den Kopf in den Nacken und lachte. „Ach, Jenni, du bist unmöglich!"

„Ist das schlimm?"

„Nein. Ich liebe dich gerade deswegen", versicherte er, und seine linke Hand tastete unter dem Tisch nach ihrem Knie.

12

Als Dominique aus Benares nach Hause zurückkehrte, fand er Jennifer und Rajiv auf dem Boden sitzend vor. Sie aßen mit den Fingern aus einem großen Tontopf, der zwischen ihnen stand. Jennifer trug einen Panjabi-Dress, der an ihr wie ein Schlafanzug wirkte. Sie hatte ein zu einer Kordel gedrehtes Tuch als Stirnband um den Kopf geschlungen und die Augen mit schwarzem Kajal umrandet.

Jennifer machte sich auf eine spöttische Bemerkung gefasst, weil sie auf dem Boden sitzend aßen, statt Tisch und Besteck zu benutzen. Doch Dominique war weit davon entfernt zu lästern. In ihm stieg die Erinnerung auf, wie er selbst vor Jahren mit Devika auf dem Boden hockend mit den Fingern gegessen hatte, um ihr eine Freude zu machen, weil sie eine ausgesprochene Abneigung gegen Stühle und Essbesteck gehabt hatte. Die Tatsache, dass er Jaclyn am letzten Abend von Devika erzählt hatte, hatte diese bittersüße Geschichte in seiner Erinnerung noch einmal recht lebendig aufersтehen lassen.

Seine Tochter und Rajiv so vertraut zusammen zu sehen, wunderte ihn nicht besonders. Es war wohl unvermeidlich, dass es so gekommen war, und sie war alt genug, ihre eigenen Entscheidungen zu treffen.

Rajiv erhob sich und begrüßte seinen Freund ausnahmsweise auf indisch, um ihm nicht seine klebrige Rechte zuzumuten.

Jennifer war da weniger fein. „Hallo, Dominique", sagte sie mit vollem Mund und drückte ihm einen fettigen Kuss auf die Lippen, während ihre Fingerspitzen

Chilisauce auf seinem Hemd hinterließen. „Wenn ich gewusst hätte, dass du heute zurückkommst, hätte ich etwas mehr gekocht. Aber wenn du nicht all zu großen Hunger hast, wird es vielleicht reichen."

„Setz dich zu uns, Nick", sagte Rajiv.

Dominique winkte ab. „Macht euch keine Umstände. Ich verschwinde gleich wieder. Ich bin nur gekommen, um ein paar Sachen zu holen."

„Schon wieder ein neuer Fall? Oder hast du den alten noch nicht aufgeklärt?", wollte Rajiv wissen.

„Doch, der Täter ist gefasst. Ein Geschäftspartner des Maharadschas steckte hinter den Anschlägen. Er hat gestanden. Und ich verreise nicht. Ich ziehe um."

„Was?", rief Jennifer verblüfft. „Wohin?"

„Ich ziehe zu Jaclyn", erklärte er lässig. „Wir wollen zusammenleben."

Ihr Unterkiefer klappte herunter. „Aber ihr könnt euch doch gar nicht leiden!", protestierte sie ungläubig.

Dominique lächelte. „Das hat sich in den letzten Tagen grundlegend geändert."

„Und nun lässt du mich so mir nichts dir nichts im Stich?", sagte sie empört.

„Wie ich sehe, bist du in guter Gesellschaft." Er blinzelte Rajiv zu und verschwand im Schlafzimmer.

Rajiv lächelte Jennifer an. „Ich finde, das trifft sich gut. Jetzt hast du – wie hat Peter das immer genannt? – sturmfreie Bude."

Sie lachte. „Ja, stimmt schon. Da brauchen wir meinen Vater nicht ins Kino zu schicken, wenn wir allein sein wollen."

Istanbul, 1993

„Jetzt wissen Sie also, wie es mit Jaclyn begonnen hat", sagte Dominique, als Gülay am nächsten Abend sein Zimmer betrat.

„Ja. Und ich bin schon gespannt darauf, wie es weitergeht." Sie lächelte und strich sich eine dunkle Locke aus der Stirn.

„Ich werde Ihnen alles erzählen. Aber vorher brauche ich eine Spritze", murmelte er.

„Hm. Aber nur noch eine kleine. Dr. Sayoglu hat gesagt, dass wir das Morphium unbedingt reduzieren müssen. Sie sollten so bald wie möglich ohne auskommen."

„Bitte die volle Dosis. Nur noch heute. Ich habe Schmerzen", behauptete er.

Gülay hatte seinen Krankenbericht gelesen. Die Heilung seiner Wunde machte gute Fortschritte, es war unwahrscheinlich, dass er noch immer große Schmerzen hatte. Doch sein Gesicht wirkte tatsächlich gequält.

„Wenn Sie an Jaclyn denken?", fragte sie feinfühlig.

„Ja. Und an Devika und an Richard. Der nächste Teil der Geschichte ist ziemlich schwierig zu schreiben ... So viele traurige Erinnerungen ..."

Hatte er womöglich Fieber und fantasierte? Prüfend legte sie ihm die Hand auf die Stirn. Doch sie war kühl, und der Blick seiner blaugrünen Augen zwar melancholisch, aber ruhig.

„Bitte, Gülay."

„Okay, wie Sie wollen." Er würde es nicht merken, wenn sie die Dosis verringerte. Ohnehin durfte das Morphium nicht abrupt abgesetzt werden. Sie bereitete die Spritze vor und verabreichte sie ihm.

„Bleiben Sie bei mir, Gülay", bat er. „Die ganze Nacht, ja?"

Es lag ihr auf der Zunge zu sagen, dass sie noch andere Patienten hatte und dass sein Zustand keine ständige Überwachung mehr erforderte. Aber sie wollte ihn nicht aufregen. Wenn er erst einmal in seinen eigenartigen Halbschlaf gefallen war, in dem die Bilder seines Lebens an ihm vorbeizogen, würde er es nicht bemerken, wenn sie sich aus dem Zimmer stahl. So nickte sie und setzte sich auf den Stuhl neben seinem Bett.

Dominiques Züge entspannten sich. „Ich war sehr glücklich mit Jaclyn in dieser ersten Zeit. Wir waren ein fabelhaftes Team, sowohl als Detektive, als auch privat. Jennifer war leider weniger glücklich mit Rajiv. Sie waren einfach so verschieden wie Tag und Nacht. Zwei verschiedene Welten, wie Indien und Frankreich ..."

EPISODE 7

ENDSTATION BOMBAY

1

Das Team von Stacy & Langmaster hatte sich im Büro von Susan und Rajiv versammelt, in dem Susan ihren Abschied feierte und ihr Nachfolger Bikram Singh seinen Einstand gab. Sie tranken den von Susan organisierten Champagner und aßen die von Bikram mitgebrachten indischen Hors d'œuvres. Sie waren eine fröhliche Runde.

Susans Nachfolger war ein indischer Versicherungskaufmann mit Pilotenschein. William Stacy hatte unbedingt einen Piloten einstellen wollen, damit das Flugzeug während Peters Abwesenheit nicht länger nutzlos im Hangar herumstand oder sie mit unzuverlässigen Leasingpiloten arbeiten mussten. Jennifer, die insgeheim von einem schicken Indian-Airlines-Piloten geträumt hatte, wurde enttäuscht: Bikram Singh war ein etwas korpulenter Mann Ende Vierzig, dessen derbes Gesicht zur Hälfte von einem struppigen graumelierten Vollbart verdeckt wurde. Da er Sikh war und sich seiner Religion entsprechend noch nie das Haar geschnitten hatte, trug er es stets in einen gewaltigen Turban eingewickelt.

Allerdings war es besser, dass er ihr nicht besonders gut gefiel. Sie hatte bereits mit dem einen Inder genug Probleme. Die Beziehung mit Rajiv gestaltete sich oft schwierig. Jennifer ging durch eine nie gekannte Hölle der Eifersucht. War es ihr bei Peter egal gewesen, wenn er mit anderen Frauen ausging und vielleicht auch schlief, ertrug sie manchmal kaum den Gedanken daran, dass Rajiv die Nacht mit seiner Frau verbrachte.

Ausgerechnet jetzt, da Dominique und Jaclyn ein Herz und eine Seele geworden waren und nahezu jede freie Minute zusammen verbrachten – als ob es nicht reichte, dass sie bereits miteinander arbeiteten. In ihrer Freizeit sah Jennifer die beiden kaum noch. Sie hatten lediglich Weihnachten, Silvester und Jennifers Geburtstag im Januar zusammen gefeiert, und angesichts ihrer Verliebtheit fühlte sich Jennifer überflüssig. Sie hatte den Eindruck, wieder aus dem Leben ihres Vaters verschwunden zu sein, auch wenn sie wusste, dass es albern war. Sie war jetzt zwanzig, eine erwachsene Frau, die ihr eigenes Leben leben musste. Eigentlich freute sie sich für Dominique, endlich das große Glück gefunden zu haben. Sie mochte Jaclyn nicht nur, sie bewunderte sie und hätte sich keine bessere Lebensgefährtin für ihren Vater vorstellen können. Gerade deshalb wollte sie sich ihnen nicht aufdrängen, wenn Rajiv keine Zeit für sie fand und sie sich einsam fühlte.

Da hielt sie sich lieber an den gutmütigen und unkomplizierten John, mit dem sie das Büro teilte. Sie hatten mittlerweile eine kumpelhafte Beziehung und konnten stundenlang herumalbern. Rajiv beobachtete ihre kameradschaftliche Freundschaft von seinem benachbarten Büro aus mit Misstrauen.

Jennifer wurde aus ihren Gedanken gerissen, als Mr Stacy einen Toast aussprach. „Ich trinke auf alle Neuzugänge, die wir innerhalb des letzten Jahres hatten“, sagte er nach einer Lobrede auf Susans geleistete Arbeit. „Da ist erst einmal Jennifer, die nun schon seit einiger Zeit bei uns ist und sich nach ihren leichten Anfangsschwierigkeiten wirklich gut gemacht hat ...“ Er lachte, und alle stimmten ein.

Jennifer verzog den Mund, musste dann aber selbst lachen. „Ich habe mich gebessert!“, rief sie. „Kaum noch Flüchtigkeitsfehler, keine allzu dummen Fragen mehr, keine Tritte mehr ins Fettnäpfchen, und ich verstehe jetzt am Telefon sogar einige indische Namen."

„Geblieben ist nur Ihre bezaubernde Kessheit", schmunzelte Stacy. „Bitte bewahren Sie sich die, sonst würde es arg langweilig werden. Oder halten Sie es nicht mehr mit ihr aus, John?"

John lachte Jennifer an, und etwas Zärtliches lag in seinen graugrünen Augen. „Doch, doch", versicherte er. „Sie ist zwar manchmal eine kleine Nervensäge, aber sie würde mir furchtbar fehlen, wenn sie nicht mehr da wäre."

Jennifer schlang ihm impulsiv die Arme um den Hals und küsste ihn herzhaft auf die Wange. Zur allgemeinen Erheiterung errötete John, was so gar nicht zu seiner kräftigen Statur passen wollte. Allein Rajiv schien das nicht zu belustigen.

Jennifer fing den finsteren Blick auf, den er ihr zuwarf. Trotzig schmiegte sie sich noch ein wenig enger in Johns Arme. Sie fand, dass sie bereits genug Zugeständnisse machte.

Um Rajiv zu gefallen, versuchte sie, so indisch wie möglich zu wirken. Zwar ging es nicht so weit, dass sie Saris trug, die sie als entschieden zu unpraktisch ablehnte, aber sie erschien hin und wieder im Panjabi-Dress, jener orientalischen Damenbekleidung, deren bis zu den Knöcheln reichende Hosen schmal geschnitten waren, und deren Oberteile – kurz- oder langärmlige Blusen – bis zu den Knien fielen. Jennifer besaß davon inzwischen eine regelrechte Sammlung: aus Seide, Baumwolle oder Chiffon, mit Gold oder Silber durchwirkt, prachtvoll bestickt und mit Borten verziert. Rajiv kaufte ihr oft welche, wenn sie zusammen durch die Basare schlenderten. Wenn Jennifer Jeans oder einen westlich geschnittenen Rock anzog, trug sie dazu meistens indische Shirts oder üppig verzierte orientalische Westen, die einheimische Frauen über Blusen zogen, die Jennifer jedoch auf nackter Haut trug.

Rajiv machte das rasend, weil dann jeder ihre Arme nackt bis zu den Schultern und ihr Dekolleté bis zum Brustansatz sehen konnte. Auch hatte er ihr untersagt, ihre aus Paris mitgebrachten kurzen Röcke zu tragen. Es war ein ständiger Machtkampf zwischen ihnen. Jennifer ließ sich von niemandem bevormunden, schon gar nicht, was ihre Kleidung betraf. Dennoch tat sie meist, was Rajiv von ihr verlangte, um keinen Streit zu provozieren – und ärgerte sich im Nachhinein nur umso mehr über sich selbst.

Gleichzeitig gefiel es ihr, einen eigenen orientalischen Stil zu entwickeln. Sie behängte sich mit dem indischen Folklore-Modeschmuck, den Rajiv ihr ebenfalls großzügig schenkte, trug Stirnbänder und umrandete ihre Augen mit dunklem Kajal, was zu ihrer hellen Haut etwas kränklich wirkte. Doch sie mied nun die Sonne, weil sie wusste, wie sehr Rajiv ihre europäische Blässe liebte: Die Faszination der Inder für helle Haut. Ihre Haare hatte sie nicht mehr schneiden lassen, seit sie in Indien lebte und sie fielen ihr hinten bereits bis über die Schulterblätter.

Jennifer wurde wieder aus ihren Gedanken gerissen, als Mr Stacy den nächsten Toast aussprach.

„Auf Jaclyn, die sich bereits sehr gut bei uns eingearbeitet hat und ihre Fälle nicht nur mit Köpfchen löst, sondern auch mit viel Charme ...“

Wieder Gelächter und Gläserklirren.

„Und schließlich, last but not least, auf unseren jüngsten Neuzugang, Mr Singh“, fuhr Stacy fort. „Rajiv, jetzt sind Sie nicht mehr der einzige Vertreter dieses herrlichen Landes, das uns so großzügig aufgenommen hat. Sie haben nun Verstärkung bekommen.“

Das Lächeln der beiden Inder, als sie sich einander höflich mit ihren mit Orangensaft gefüllten

Sektgläsern zuprosteten, war ohne Herzlichkeit. Mochten sie auch die gleiche Nationalität haben, sie gehörten zwei verschiedenen Religionen an, und das war zwischen Sikhs und Moslems ein nahezu unüberwindliches Hindernis für eine Freundschaft, wie Rajiv es Jennifer gegenüber einmal erwähnt hatte.

Es klingelte an der Tür. Helen Forster wollte sich erheben, um zu öffnen.

„Bleiben Sie sitzen." Stacy stellte sein Glas ab und stand auf. „Das wird unser neuer Klient sein, Monsieur Barthélémy, der heute früh angerufen und um einen Termin gebeten hat. Ein Landsmann von Ihnen", sagte er an Dominique gewandt. „Er ist auf der Durchreise."

„Brauchen Sie mich als Dolmetscher?"

„Nein, ich glaube nicht. Am Telefon sprach er sehr gut Englisch." Mr Stacy verließ das Büro.

Susan ging zum Kühlschrank und entnahm ihm eine weitere Flasche Champagner, die sie Dominique zum Öffnen in die Hand drückte. Rajiv nutzte die entstandene Unruhe, um Jennifer am Arm zu packen und mit sich aus dem Büro zu ziehen. Er führte sie in das leere Büro nebenan.

„Was ist denn?", fragte sie erstaunt.

Statt einer Antwort holte Rajiv aus und ohrfeigte sie. Noch nie zuvor hatte er sie geschlagen oder auch nur grob angefasst. Jennifer war so perplex, dass sie ihn lediglich erschrocken anstarren und sich die schmerzende Wange halten konnte.

„Du hältst mich vor allen Kollegen zum Narren!", zischte er.

„Spinnst du? Was habe ich denn getan?", protestierte sie.

„Tu nicht so naiv! John vor allen Leuten um den Hals zu fallen und zu küssen ... Wie kannst du mich so demütigen!"

„Aber ... das war doch nur ...", stammelte sie.

„Du benimmst dich so, wie man es von einem weißen Flittchen erwartet", sagte er wütend.

„Hältst du mich für ein Flittchen, ja?", fragte sie empört.

„Ich weiß nicht mehr, was ich glauben soll. Schläfst du mit John?"

„Nein, natürlich nicht, was für ein Unsinn! Rajiv, du müsstest doch wissen, dass es bei uns in Europa nicht viel zu sagen hat, wenn man jemand auf die Wange küsst oder umarmt. Gute Freunde tun das ständig, ohne sich dabei irgendwas zu denken."

„Aber du bist mit mir zusammen und wirst dich so benehmen, wie es den Sitten meines Landes entspricht", sagte er hart.

Jennifer liefen Tränen über das Gesicht. „Du verlangst, dass ich mich selbst aufgebe", sagte sie mit zunehmender Wut in der Stimme. „Wenn du mich wirklich lieben würdest, würdest du mich so akzeptieren, wie ich bin. Und ich bin so, wie man mich in meinem Land erzogen hat. Ich dachte, dass dir gerade das an mir gefallen hat. Warum willst du jetzt alles an mir ändern?"

„Ich will nicht alles an dir ändern, Jenni, aber ich will nicht, dass du dich wie eine Hure zur Schau stellst und allen Männern schöne Augen machst", erwiderte er scharf. „Und das ist so, gerade weil ich dich liebe."

Rajiv verstummte und blickte zum Türrahmen, in dem Jaclyn aufgetaucht war. Sie hatte seinen bösen Blick gesehen und den harten Griff, mit dem er Jennifer aus dem Raum geführt hatte, und war etwas beunruhigt gewesen. Nach einem Blick auf Jennifers tränenüberströmtes Gesicht mit der geröteten Wange und Rajivs zornige abweisende Miene wusste sie Bescheid.

„Raus hier, Rajiv, und zwar sofort", sagte sie ruhig, aber bestimmt.

Sie merkte Rajiv die Anstrengung an, die es ihn kostete, ruhig und höflich zu bleiben. „Halt dich da raus, Jaclyn", sagte er zähneknirschend. „Das ist eine Sache zwischen Jennifer und mir."

Jaclyn kam auf ihn zu und baute sich vor ihm auf. „Wenn du meine Freundin schlägst, ist es ja wohl auch meine Sache. Und da du anscheinend nicht die Absicht hast, die Tränen zu trocknen, die du verursacht hast, kannst du ebenso gut gehen. Verschwinde, Rajiv." Das „oder es wird dir leidtun" verschluckte sie, aber ihr Blick war deutlich genug.

Rajiv entgegnete ihren Blick finster, dann verließ er das Büro.

Jaclyn legte den Arm um Jennifer. „Was ist passiert?"

„Er hat mich geohrfeigt, weil ich John vorhin umarmt habe", sagte Jennifer und brach erneut in Tränen aus. Jaclyn reichte ihr ein Taschentuch.

„Er glaubt, dass ich etwas mit John habe", schniefte sie.

„Und hast du?"

„Natürlich nicht. Und das ist doch auch nicht der Punkt!"

„Nein, natürlich nicht. Rajivs Verhalten ist indiskutabel, egal was du getan hast. Es würde dich aber vielleicht glücklicher machen, wenn du mit John zusammen wärst, statt mit Rajiv. Du hättest weniger Probleme mit ihm."

Jennifer sah sie mit großen Augen an. „Ist Glück nur die Abwesenheit von Problemen für dich? Rajiv macht mich glücklich!"

„Meinst du das ernst?"

„Wir haben auch viele schöne Momente. Und ich liebe ihn, trotz allem!"

Jaclyn zog sie seufzend in ihre Arme. Sie würde sich mehr um Jennifer kümmern müssen, dachte sie. Sie war auf dem besten Wege, sich mit ihrer fatalen Liebe zu Rajiv unglücklich zu machen. Sie nahm sich vor, bei der nächsten Gelegenheit mit Dominique darüber zu reden. „Verdammte Liebe. Fällt immer dahin, wo sie fehl am Platz ist."

„Gegensätze ziehen sich eben an", sagte Jennifer und schlang die Arme um Jaclyn. „Danke, dass du mir zu Hilfe gekommen bist."

„Nicht der Rede wert. Durch meine Beziehung zu deinem Vater hat es sich fast ein bisschen angefühlt, wie meine Tochter zu beschützen."

„Das ist ein schöner Gedanke. Obwohl du etwas zu jung bist, um meine Mutter sein zu können."

„Sag das nicht. Ich wäre mit achtzehn Jahren beinahe Mutter geworden", sagte Jaclyn wehmütig. „Dann hätte ich jetzt einen Sohn oder eine Tochter in deinem Alter."

„Und warum hast du es nicht bekommen?"

„Ich stand alleine da, ohne Job, ohne Geld und Freunde, noch dazu in einem fremden Land. Ich konnte mir kaum selbst täglich eine warme Mahlzeit leisten, wie hätte ich da ein Kind ernähren sollen?"

„Konnten deine Eltern dir nicht helfen?", fragte Jennifer betroffen.

„Mein Vater war kurz vorher gestorben und zu meiner Mutter hatte ich ein sehr schlechtes Verhältnis, weil sie mir seit ihrer Scheidung den Kontakt zu meinem Vater verbieten wollte. Meine Mutter hat wieder geheiratet und den neuen Mann konnte ich nicht ausstehen."

„Das ist ja wie bei mir." Jennifer seufzte.

„Und ich bin gegen ihren Willen nach Paris gegangen statt aufs College, sie hätte mir die Hölle heiß gemacht, wenn ich schwanger nach Hause gekommen wäre. Als das mit der Abtreibung schief gegangen ist und ich halb tot in ein Krankenhaus eingeliefert wurde, hat man natürlich doch meine Mutter benachrichtigt, die mich dann nach Hause geholt hat."

„Und wie ist euer Verhältnis jetzt?"

„Sie hat sich vor über zehn Jahren das Leben genommen, weil ihr Mann mit einer Jüngeren durchgebrannt ist und die gemeinsamen Bankkonten geplündert hat. Ach, Jenni, die Geschichte ist noch viel länger und unerfreulicher, aber das gehört jetzt nicht hierher."

„Du hast es ja nicht gerade leicht gehabt", stellte Jennifer betroffen fest und drückte sie an sich.

„Was ist denn mit euch los?", fragte Dominique verblüfft, als er einen Augenblick später an die Türschwelle trat. Er musterte Jennifers verweintes Gesicht mit dem tränenverschmierten Kajal. „Was ist passiert, Jenni?"

Jennifers Blick flehte Jaclyn an, ihm nichts zu sagen. Sie ahnte, dass es wegen der Ohrfeige sonst Streit zwischen den Männern geben würde, und das würde die Situation nicht verbessern. Auch wenn ihr die Vorstellung gefiel, wie ihr Vater sich Rajiv zur Brust nahm.

„Ich habe Jennifer meine Lebensgeschichte erzählt, und das hat sie zu Tränen gerührt", antwortete Jaclyn leichthin.

Dominique legte ungläubig die Stirn in Falten.

„Hast du uns gesucht, Darling?", fragte sie schnell.

„Ja. Dich jedenfalls. Wir sollen beide zu Stacy ins Büro kommen, er möchte uns mit dem Klienten bekannt machen."

„Okay." Jaclyn ließ Jennifer los. „Geh wieder zu den anderen, Liebes", sagte sie sanft. „Aber wasch dir vorher das Gesicht."

Jennifer nickte und lächelte ihr dankbar zu. Während Jaclyn und Dominique ins Erdgeschoss hinuntergingen, betrat sie die Damentoilette und wusch die verräterischen schwarzen Spuren aus ihrem Gesicht.

Als sie wieder auf den Flur hinaustrat, stand plötzlich Rajiv vor ihr. Noch bevor sie etwas sagen konnte, schloss er sie in die Arme und bedeckte ihr Gesicht mit Küssen.

„Es tut mir leid, dass ich dich geschlagen habe", murmelte er zerknirscht. „Bitte verzeih mir."

Jennifer lächelte erleichtert und schlang die Arme um seinen Hals. „Darüber reden wir noch."

„Lass uns zu dir fahren", bat Rajiv.

„Aber die anderen ...", wandte sie ein.

Er warf einen Blick auf seine Armbanduhr. „Die offizielle Dienstzeit ist längst beendet, und gefeiert haben wir nun auch lange genug. Lass uns Versöhnung feiern."

Jennifer und Rajiv verabschiedeten sich von den anderen, fuhren zu Dominiques Wohnung und versöhnten sich hingebungsvoll. Das war ein Spielchen, das sie noch öfter spielen sollten und bald in allen Varianten bis zur Perfektion beherrschten. Doch das wussten in diesem Augenblick weder Jennifer noch Rajiv. Vorläufig war ihrer beider Welt wieder in Ordnung.

2

Bereits am nächsten Nachmittag saßen Dominique und Jaclyn auf dem Balkon eines Hotelzimmers in Bombay und bereiteten ihren neuen Auftrag vor. Sechs Stockwerke unter ihnen lärmte der Verkehr durch die viktorianischen Straßenzüge. Die typisch englischen roten Doppeldeckerbusse nahmen sich sehr eigenartig zwischen Palmen und dem üblichen indischen Getümmel aus.

Der neue Klient, Monsieur Barthélémy, war leitender Angestellter eines großen Konzerns in Paris. Sein Sohn David war vor einem halben Jahr nach Indien gezogen, um ein Aussteigerleben zu führen, und ließ seit einiger Zeit nichts mehr von sich hören. Sein zwei Jahre älterer Bruder Laurent hatte sich vor ein paar Wochen auf die Reise gemacht, um David zu suchen. Er hatte seinen Vater informiert, dass er Davids Fährte in Bombay aufgenommen hatte, war jedoch seitdem ebenfalls verschwunden. Die Brüder waren Geschäftsführer einer kleinen, von ihrem Vater für sie gegründeten Vertriebsfirma. Nach Laurents Verschwinden war herausgekommen, dass die beiden Brüder 100.000 Francs Firmenkapital veruntreut hatten. Der bekümmerte Vater hatte einen beruflichen Aufenthalt in New Delhi genutzt, um Stacy & Langmaster um Hilfe zu bitten. Dominique und Jaclyn hatten unverzüglich ihre Abreise vorbereitet und die Mittagsmaschine nach Bombay genommen.

„Wenn sie wirklich in Bombay untergetaucht sind, ahne ich Böses", sagte Dominique.

„Wieso?"

„Bombay ist eine internationale Drehscheibe für Drogenhandel aller Art. Es gibt hier eine große weiße Drogenkommune. Für viele Tramper bedeutet Bombay die Endstation. Wer länger als ein paar Wochen bleibt, hat wenig Chancen, wieder herauszukommen. Und die beiden Brüder machen mir den Fotos nach zu urteilen den Eindruck, dass sie einem gelegentlichen Joint oder Trip nicht abgeneigt sind. Besonders der hier sieht so aus, als ob er regelmäßig konsumiert. Er hat einen völlig entrückten Blick." Er tippte auf das Foto, auf dem David zu sehen war. „Dass sein Vater zugegeben hat, dass er die Firma betreffend völlig unzuverlässig war, spricht ebenfalls dafür. Und auch das erwähnte Desinteresse der Brüder an Mädchen gibt mir zu denken. Bombay ist nämlich die einzige Stadt in diesem Land mit einer großen Schwulenszene."

„Dafür müssen sie ja nicht extra nach Bombay reisen. Ich bin sicher, dass es dafür in Paris auch bekannte Orte gibt."

„Ja, schon, aber Paris bietet nicht das, was entgleiste junge Leute auf dem Selbstverwirklichungstrip nach Indien lockt: so geringe Lebenshaltungskosten, dass man nicht unbedingt zu arbeiten braucht, wenn man ein paar Ersparnisse hat. Dazu orientalische Mystik, Gurus, Ashrams ... Überhaupt ist Bombay wahrscheinlich die verrückteste Stadt Asiens", kam er auf das Ausgangsthema zurück. „Acht Millionen Einwohner, neun Millionen Ratten, die größte Bevölkerungsdichte der Welt, die höchsten Mieten von Beirut bis Hongkong und die größten Slums der Welt, in denen fast die Hälfte aller Einwohner leben. Nicht zu vergessen auch die größte Anzahl Bordelle der untersten Kategorie."

Jaclyn lachte auf. „Von dir erfährt man stets Sachen, die in keinem Reiseführer stehen – und die so viel interessanter sind. Allerdings sind deine Berichte nichts für Leute, die sich ihre Illusionen erhalten wollen. Von dir erfährt man nur das Negative. Manchmal habe ich den Eindruck, du bist ein Zyniker, Darling."

„Vielleicht bin ich einer geworden, ja", erwiderte Dominique nachdenklich. „Ich habe zu viel Elend, Dreck und Selbstzerstörung gesehen. Und es regt mich auf, dass es bei all dem Elend der Einheimischen noch Weiße gibt, die herkommen, um sich freiwillig selbst zu zerstören. So wie diese beiden jungen Kerle hier."

„Das ist doch noch gar nicht erwiesen", widersprach Jaclyn. „Vielleicht gibt es für ihr Verschwinden völlig andere Gründe als Drogen. Möglicherweise sind sie untergetaucht, um sich ihren Eltern zu entziehen, die ihnen ein Leben aufzwingen wollen, das ihnen nicht gefällt. Wir müssen auch das in Erwägung ziehen. Es muss nicht immer Rauschgift sein."

„Vielleicht", murmelte Dominique. „Aber ich kannte jemanden, der ..."

„Worauf spielst du an?" Sie musterte sein zorniges und gleichzeitig trauriges Gesicht.

„Ich hatte einen Freund, mit dem ich die Ausbildung bei der Gendarmerie gemacht habe. Im ersten Jahr in Paris haben wir miteinander gearbeitet, dann haben wir uns aus den Augen verloren, weil wir beide ständig versetzt wurden. Zufällig haben wir uns auf Neukaledonien wiedergetroffen und wurden die besten Freunde. Richard war inzwischen zum absoluten Indien-Fan geworden und wollte den Dienst bei der Armee quittieren, um nach Indien zu ziehen. Nach den zwei Jahren auf Neukaledonien machten wir vier Wochen Urlaub in Indien, und ich ließ mich von seiner Begeisterung anstecken. In der *Times of India* lasen wir die Annonce von Stacy & Langmaster, die gerade zwei Detektive suchten – möglichst Europäer mit Polizei-Erfahrung. Wir bekamen die Jobs und zogen einen Monat später nach New Delhi. Anfangs war alles bestens, wir stürzten uns in den Job und in die Entdeckung des

Landes, wir verbesserten unser Englisch. Ich weiß nicht mehr genau, wann Richards Veränderung begann. Ich war anfangs zu stark mit eigenen Problemen beschäftigt – erst mit Shabanah und dann mit Devika –, um es wirklich zu bemerken." Dominique zog die Augenbrauen zusammen. „Ich mache mir Vorwürfe, vielleicht hätte ich ihm helfen können ..."

„Was meinst du?"

„Er war oft zerstreut, geistesabwesend, deprimiert und wollte immer wieder über den Sinn des Lebens diskutieren. Ich hielt das für Heimweh oder Integrationsschwierigkeiten. Wir lebten seit zwei Jahren in Indien, und ein Tropenkoller bleibt kaum jemandem erspart. Immer häufiger ging er an den Abenden und Wochenenden seiner eigenen Wege, statt zusammen mit mir oder einem anderen Kollegen etwas zu unternehmen. Und am nächsten Morgen war er noch müder, fahriger und gereizter. Zuerst dachte ich, er hätte eine Affäre, und es liefe vielleicht nicht gut. Aber er wollte mir nichts sagen. Als er dunkle Ränder unter den Augen bekam und selbst bei heißesten Temperaturen zitterte, ging mir endlich ein Licht auf. Also folgte ich ihm eines Abends. Er verschwand in einer Baracke in einem der finstersten Teile Old Delhis, und ich fand heraus, was ich bereits vermutet hatte: es war eine Opiumhöhle. Aber man ließ mich nicht herein. Ihn schon, also war er offenbar Stammgast. Am nächsten Morgen versuchte ich mit ihm darüber zu reden, aber er reagierte aggressiv. Natürlich war er wie alle Abhängigen der Überzeugung, nicht süchtig zu sein. Einige Tage später war er verschwunden. Ich musste Stacy von seinem Problem in Kenntnis setzen, ob ich es wollte oder nicht. Er gestand, dass er den gleichen Verdacht gehabt hatte wie ich und gab mir frei, um Richard wiederzufinden. Damals hatte die Agentur noch nicht das Flugzeug, das erschwerte die Suche. Nach sechs Wochen fand ich ihn

– in Bombay. Er war nur noch ein Schatten seiner selbst." Dominique zündete sich eine Zigarette an. „Tut mir leid, ich weiß, dass ich dir versprochen habe, weniger zu rauchen, aber ich glaube, Bombay ist kein guter Ort, um damit anzufangen. Zu viele schlechte Erinnerungen."

Jaclyn lächelte milde. „Schon gut. Wenn du meinst, dass es dir hilft, damit fertig zu werden ... Meiner Meinung nach solltest du lieber mit mir darüber reden. Das hat eine bessere therapeutische Wirkung als Zigaretten."

Dominique verzog das Gesicht. „Ach ja, du hast ja Psychologie-Kurse bei Scotland Yard absolviert. Na schön. Ich werde mit dem Rauchen aufhören, wenn wir aus Bombay abreisen. Wo war ich stehengeblieben?"

„Du hast Richard gefunden."

„Ja. In einem der miesesten Drogenquartiere. Ein heruntergekommenes Hotel für Junkies und Dealer. Es nannte sich Hotel Rex, war aber alles andere als königlich. Zerbrochene Fensterscheiben waren durch schmierige Blätter von Zeitungen ersetzt, die Möbel waren schäbig oder kaputt, die Dusche funktionierte nicht, das Klo war verstopft und an den Wänden waren dunkelrote Flecken vom Blut aus Fixerspritzen. Richards Zustand glich dem des Hotels. Er hing voll an der Nadel. Ich hatte mich vorher in dieser Gegend umgehört und wusste, was da lief: In den Straßen dieser Drogenkolonie boten die Dealer alle Arten von Rauschgift an als wären es Gebäck und Kokosnüsse. Jede Woche starb jemand an einer Überdosis. Es kursierten Schauermärchen, wie zum Beispiel über einen Holländer, dessen Schulter von einer Ratte bis auf die Knochen abgenagt worden war, als er eines Abends in einem Hauseingang zusammengebrochen war, zu vollgepumpt mit Heroin, um zu reagieren. Es gab den indischen Leprakranken mit der weggefaulten Nase, das

Kind ohne Beine, die dreizehnjährige morphiumsüchtige Prostituierte und die weißen Süchtigen, die all dem Elend noch ihren Weltschmerz hinzufügten. Jeden Abend gab es Streit und Handgreiflichkeiten. Ich fragte mich, was um alles in der Welt ein ehemaliger französischer Gendarm dort zu suchen hatte, und wollte ihn so schnell wie möglich nach Delhi zurückschaffen. Aber auf dem Weg zum Flughafen entwischte er mir: Es gelang ihm, mich niederzuschlagen, weil ich darauf nicht vorbereitet war. Er stahl den Großteil meines Geldes und tauchte wieder unter. Aus seinen Fixerkumpels bekam ich heraus, dass er nach Goa wollte. In Goa angekommen, nahm ich recht schnell seine Fährte auf. Aber es war zu spät. In der Nacht zuvor war er ertrunken. Er hatte vollgedröhnt von Rauschgift im Indischen Ozean baden wollen. Ich kam gerade recht, um seine Leiche zu identifizieren." Dominique zog heftig an seiner Zigarette.

Jaclyn legte die Hand auf seine. „Das muss ein Schock für dich gewesen sein."

„Ich habe meinen besten Freund an dieses Land verloren."

„Nicht an Indien, sondern an die Drogen", stellte sie richtig.

„Schon. Aber dieses Land übt eine teuflische Anziehung aus, vor allem auf Menschen, die wie Richard auf der Suche nach sich selbst sind. Sie sind alle Opfer derselben Illusion: Indien öffnet ihnen weit die Arme und nimmt sie auf. Sie glauben sich integriert, vergessen ihre Traditionen, verinnerlichen zur Hälfte die neuen und verlieren ihre Identität, ohne jedoch eine andere dafür zu finden. Sie schwanken zwischen zwei Gesellschaften und gehören keiner mehr an. Und wenn sie keine Orientierung und Wertmaßstäbe mehr haben, verlieren sie den Verstand."

„Ich glaube, du dramatisierst. Schließlich sind es die Drogen, die diese Menschen umbringen, und nicht Indien.“

„Doch. Die Drogen vollenden, was das Land angefangen hat. Indien ist wie Kokain: stimulierend in kleiner Dosis, aber Gift bei längerem Gebrauch. Und ich bin auch dabei, diese Dosis zu überschreiten.“

„Aber du nimmst keine Drogen.“

„Nein, aber ich spüre immer öfter den Gifthauch dieses Landes.“ Nervös drehte er die Zigarette zwischen den Fingern. „Jaclyn, das mit Richard war noch nicht alles.“

„Erzähl“, sagte sie.

„Ich habe dir von Devika erzählt. Dass sie mit der englischen Familie nach Bombay gezogen ist und ich seitdem nichts mehr von ihr gehört habe. Das war gelogen. Als ich nach Richard suchte, fand ich ein Bordell, das er hin und wieder aufgesucht hat. Die Puffmutter war eine in Tüll und Seide gehüllte Matrone, mit Schmuck behängt bis zu den Nasenflügeln. Die Mädels waren schläfrig, hatten fettige Haare und waren so übertrieben geschminkt, dass man sie für Transvestiten halten konnte. Alles in diesem Bordell vermittelte dermaßen den Eindruck von Elend, dass man schon völlig abgestumpft sein musste, um darin Lust auf Sex zu bekommen.“

„Und du hast dort deine Devika wiedergesehen“, erriet sie, was ihm auszusprechen schwerfiel.

„Ja.“ Dominique stieß einen tiefen Seufzer aus. „Ich habe sie nicht sofort erkannt ... nein, ich glaube, ich hätte sie wegen ihres maskenhaften Make-ups überhaupt nicht erkannt. Sie war mit Mehl eingepudert wie ein Clown, um einen hellen Teint zu bekommen. Sie war es, die mich ansprach: sie nannte mir ihren Preis und sagte, dass er sich seit Delhi ein wenig erhöht habe – sie würde sich jetzt nicht mehr verschenken. Wir gingen auf ihr Zimmer, um zu reden, und sie sagte mir, dass die englische Familie unerwartet schnell nach England zurückgekehrt sei und sie natürlich nicht mitnehmen konnte. Und so war sie plötzlich ganz allein in Bombay, ohne Familie, ohne Geld. Arbeit hat sie nicht gefunden ... außer als Prostituierte." Dominique schluckte. „Ich habe mich noch nie so miserabel gefühlt. Ich überlegte, ob ich sie wieder nach Delhi zurückbringen sollte. Aber ich war ja mit Anuschka zusammen, der Holländerin. Und ich hätte Devika auch nicht für den Rest ihres Lebens aushalten können. Oder wäre ich ihr das schuldig gewesen? Ich habe es wirklich verflucht, ihr je begegnet zu sein." Er drückte seine Zigarette aus und wollte sich gleich eine zweite anzünden.

Jaclyn nahm ihm das Päckchen und das Feuerzeug aus der Hand und ließ beides in ihre Rocktasche gleiten. „Wie hat Devika auf eure Begegnung reagiert?"

„Sie hat so getan, als sei ich ein x-beliebiger Kunde. Aber ich habe natürlich nicht mit ihr geschlafen. Sie hatte sich so verändert. Sie war hart und verächtlich geworden."

„Kein Wunder, bei so einem Schicksal. Glaubst du, dass sie von dir Hilfe erwartet hat?"

„Nein, ich hatte nicht den Eindruck."

„Na also – warum fühlst du dich dann schuldig?"

„Ich weiß es nicht. Habe ich sie nicht irgendwie benutzt und dann vor die Tür gesetzt, als ich sie nicht mehr brauchte?"

„Unsinn. Schließlich hast du ihr sogar noch einen Job besorgt, als du dich von ihr getrennt hast. Du hast dir nichts vorzuwerfen."

„Schon richtig, aber ..."

„Kommen wir auf den Fall zurück", bestimmte Jaclyn, um ihn abzulenken. „Wollen wir heute Abend noch losziehen?"

„Ja, je eher ich aus diesem Drecksnest wieder weg-
komme, desto besser. Außerdem lebt die Drogenwelt
nachts. Vormittags hängen sie alle in ihren Löchern
und schlafen ihren Rausch aus oder kämpfen mit Entzugserscheinungen. Lass uns unseren Look ändern,
und dann machen wir uns auf den Weg.“

3

Eine halbe Stunde später verließen sie in ungewohntem Aufzug ihr Hotel. Um unauffällig Erkundigungen in den Drogenvierteln einziehen zu können, hatten sie ihr Aussehen der Umgebung angepasst.

Dominique hatte sich am Morgen nicht rasiert und seine Haare weder gewaschen noch gekämmt. Er trug seine ältesten Jeans und hatte ein T-Shirt aus den siebziger Jahren herausgekramt. Jesuslatschen an den Füßen, Armbänder aus Leder und ein silberner Ohrclip rundeten das Bild des Alt-Hippies ab. Jaclyn hatte ihre Haare mit Seifenlauge bearbeitet, damit sie strähnig wirkten, die Augen dick mit Kajal umrandet, ein Halstuch als Stirnband umgebunden und sich mit indischem Modeschmuck behängt. Sie trug Jeans, eine zerknitterte Folklorebluse und ein gehäkeltes Täschchen.

Sie hatten sich die Geschichte zurechtgelegt, dass David und Laurent Freunde waren, mit denen sie sich in Bombay verabredet hatten, die sie jedoch nicht in dem angegebenen Hotel vorgefunden hatten.

So durchkämmten sie an diesem Abend und am nächsten Tag die Stadt und tauchten in die verkommene Welt der in Bombay Gestrandeten ein. Sie bekamen Tipps von Junkies über die besten Quellen und die neuesten Drogen auf dem Markt und ließen sich von Dealern die zahlreichen Sorten Haschisch anpreisen. Alkohol war in Bombay verboten, einige Drogen aber waren halbwegs legal. Betelnussverkäufer handelten völlig offen auch mit Hasch.

Dominique erstand bei einem dieser Händler einige Klumpen Paan, das aus der Betelnuss hergestellt wurde und vielen Indern den Kaugummi ersetzte. Es gab ihn in vielen verschiedenen Geschmacksrichtungen, zum Beispiel mit Rosensirup, Kümmel oder Nelke. Dominique entschied sich für Menthol und Kardamom. Er hoffte, damit leichter auf die Zigaretten verzichten zu können.

„Damit vertauschst du nur eine Abhängigkeit gegen eine andere", sagte Jaclyn skeptisch.

„Beim indischen Betel gibt es keine Gefahr der Abhängigkeit, da die Nuss in Milch getaucht wird, was den Suchtstoff neutralisiert", erklärte Dominique.

„Hat dir das der Händler eingeredet?"

„Nein, das habe ich mal gelesen."

„Na, hoffentlich war es eine seriöse Quelle."

„Es gibt jetzt eine ganz geile Droge, aber die is' irre teuer, nur was für Reiche", erfuhren sie von einem selig lächelnden Blonden, der zwar die Barthélémy-Brüder nie gesehen hatte, aber unbedingt seinen Erfahrungsschatz teilen wollte. Ein scharlachrotes Ekzem zog sich von seinem Schlüsselbein bis zum Ohr. Sein Lächeln entblößte zwei fehlende Zähne. „Schlangengift. Ehrlich, die High Society von Bombay fährt total drauf ab. Kostet tausend Rupien. Schlangenbeschwörer bieten den Service an. Ein Biss von der richtigen Sorte Viper hält bis zu vier Tagen in Trance. Wenn man überlebt."

Bestürzt starrten sich Dominique und Jaclyn an. „Kannst du dir vorstellen, dass es Verrückte gibt, die tausend Rupien für einen Schlangenbiss hinblättern?", fragte sie entgeistert.

„Hier halte ich nichts für unmöglich." Dominique schob sich einen Klumpen Kardamom-Paan in den Mund.

Kopfschüttelnd setzten sie ihren Weg durch das Elend fort.

„Haschisch, Ganja, Kashmiri, Afghani, Smack, Coke, Brown Sugar, White Sugar, Morphium, Methadon, Mexedrin, Mandrax, Opium ...", tönte der Singsang der Dealer durch die Gassen, als würden sie die Tageszeitung anpreisen.

Auf einem kleinen Platz saßen ein paar Weiße im Kreis und ließen mit halbgeschlossenen Augen die Haschischpfeife kreisen. Als ein Leprakranker mit seinen Fingerstümpfen nach der Pfeife greifen wollte, stieß man ihn weg. Die Solidarität des Rauschzustandes ging nicht soweit, eine Ansteckung in Kauf zu nehmen.

Dominique und Jaclyn hockten sich dazu, gaben ein langgezogenes „Hi", in die Runde und pafften mit geheucheltem Genuss an einem Joint, den sie kurz zuvor erstanden hatten. Erst wurden sie misstrauisch beäugt, dann toleriert. Nach fünf Minuten holten sie die Fotos von David und Laurent hervor, ernteten jedoch nur Kopfschütteln und gleichgültiges Achselzucken. Sie rauchten den Joint zu Ende und verließen die Runde wieder.

Handgreifliche Auseinandersetzungen zwischen Drogensüchtigen, Dealern und Ganoven aller Art schienen an der Tagesordnung zu sein, und mehr als einmal ließ Jaclyn die Hand in ihr gehäkeltes Täschchen gleiten und berührte ihre Pistole.

***

Kaum hatten sie am nächsten Tag ihr Hotel verlassen, wurden sie trotz ihrer heruntergekommenen Aufmachung sofort von Einheimischen umringt, die bettelten oder ihre Dienste als Schwarzgeldwechsler, Masseure, Ohrenreiniger oder Schuhputzer anboten. Dazu gesellten sich Händler für Saris, blechernen Schmuck, Plastikuhren, erotische Fotos und klebriges Gebäck. Dominique und Jaclyn fragten am Vormittag in Läden, in Hotels, bei Friseuren und Wechselstuben nach den Barthélémy-Brüdern. In einem Schuhgeschäft sagte der Verkäufer, David käme ihm bekannt vor, aber er könne es nicht beschwören. Er hatte auch keine Ahnung, wo der junge Mann gewohnt hatte. In einem kleinen Hotel meinte das Personal, sich an Laurent zu erinnern, der hier angeblich zwei oder drei Nächte gewohnt habe. Aber er sei abgereist, und es war mindestens einen Monat her. Ein Gästebuch gab es nicht.

„Immerhin", sagte Dominique.

„Falls er es war. Wahrscheinlich sehen Europäer für die so gleich aus wie für uns Inder", gab Jaclyn zu bedenken.

„Aber das Hotel und der Schuhverkäufer ... Wir sollten uns dieses Viertel gründlicher vornehmen."

Am Nachmittag schlenderten sie weiter durch die Straßen, gaben den Anschein von gleichgültiger Lässigkeit, waren aber innerlich angespannt und aufmerksam.

In einer verkommenen Seitenstraße blieb Dominique stehen. „Ich habe hier etwas zu erledigen, Jaclyn. Würdest du in einem Café auf der Hauptstraße auf mich warten oder willst du ins Hotel zurück?"

„Was willst du erledigen, und warum kann ich nicht mitkommen?", fragte sie verständnislos.

Dominique kaute auf seinem Paan-Klumpen herum. „Hier ist das Welcome Ninety-two."

„Was ist das?"

„Das Bordell, in dem Devika arbeitet. Oder gearbeitet hat. Ich will wissen, wie es ihr geht. Ich muss mit ihr reden."

„Das hast du schon vor Jahren erfolglos versucht. Was soll sich geändert haben? Wenn sie überhaupt noch dort ist."

„Ja, es ist fast unwahrscheinlich. Trotzdem … verstehst du das nicht?"

„Und wenn sie wirklich noch dort ist, was dann? Was kannst du ihr schon bieten? Ein bisschen Geld, das ihr höchstwahrscheinlich von ihrem Zuhälter abgenommen wird? Kannst du ihr einen anderen Job anbieten? Entweder ist sie inzwischen völlig abgebrüht oder du reißt alte Wunden wieder auf. Du solltest euch beiden diese Begegnung ersparen."

„Vermutlich hast du recht", murmelte er.

„Aber ich habe eine andere Idee: wir könnten dort nach den Brüdern fragen. Es ist schließlich nicht erwiesen, dass sie homosexuell sind, nur weil sie sich in Paris nicht für Mädchen interessiert haben. Vielleicht bevorzugen sie Asiatinnen. Außerdem gebe ich zu, dass ich nach deiner pikanten Schilderung dieses Schuppens neugierig bin und gerne mal einen Blick hineinwerfen würde", bekannte Jaclyn grinsend. „Und nebenbei fragen wir auch nach Devika."

„Na gut. Aber erwarte nicht von mir, dass ich heute Abend dann in Stimmung bin …"

Sie lachte. „Umso besser. Glaubst du, ich finde dich unrasiert und betelspuckend noch anziehend?"

Dominique schnitt eine Grimasse.

Sie betraten das Haus, von dessen Wänden der Putz abblätterte, und standen in einem düsteren Raum, der nur von ein paar schummrigen Lampen erhellt wurde. An einer Bar tranken russische Seemänner mit weißgepuderten Mädchen, die nicht älter als sechzehn zu sein schienen. Eine dicke, in grell-rosa Seide gehüllte Matrone schenkte Bier ein, das einzige in Bombay autorisierte alkoholische Getränk.

Dominique und Jaclyn schwangen sich auf zwei freie Barhocker, deren Plastikbezüge zerrissen waren. „Hi."

„Was will die Lady hier?", fragte die Matrone misstrauisch.

Jaclyn blinzelte ihr zu. „Das Gleiche wie die Männer."

„Erst mal was trinken", bestimmte Dominique.

Die Matrone beugte sich näher zu ihnen und sie rochen billiges Parfüm und Schweiß. „Ich habe Rum. Aus Martinique. Extraklasse."

„Nein, danke", lehnte Dominique ab, der ahnte, dass dieser Rum sehr teuer und sehr schlecht sein würde. „Lieber ein Bier."

„Gut. Und die Lady?"

„Eine Cola ohne Eis."

Dominique blickte sich verstohlen im Raum um. Neben der Bar gab es Sitzecken, deren orangefarbenes Plüsch speckig und durchgesessen war. Dahinter lag eine Tanzfläche. Orientalische Musik, die im Hintergrund gespielt hatte, wurde lauter, und eine beleibte, in Tüll gehüllte Bauchtänzerin mit fettigen Haaren begann ihren Auftritt. Die Seemänner zogen mit begeistertem Gejohle in eine der Sitzecken um, um das Schauspiel aus der Nähe zu beobachten. Spärlich bekleidete Mädchen kamen in den Raum und setzten sich auf die freigewordenen Plätze an der Bar. Sie alle waren weiß gepudert, wirkten erschöpft, sehr jung und doch schon alt. Devika war nicht darunter.

Ein Mädchen setzte sich dicht neben Dominique und legte ihm die Hand auf den Oberschenkel. „Ich mache alles", bot sie ihm an.

Unwillig schüttelte er den Kopf und schob ihre Finger zur Seite.

Die Matrone beugte sich zu Jaclyn, als sie ihr die Cola hinschob. „Für die Lady haben wir auch zwei Jungs."

„Wie alt?", fragte Jaclyn – ein Scotland Yard-Reflex.

„Einer fünfzehn, der andere erst dreizehn … aber schon sehr potent!"

Dominique nippte an seinem schalen, lauwarmen Bier und schob erneut die feuchten Finger von seinen Schenkeln weg, die ständig wiederkamen. Es war schwül in dem Raum, an dessen Decke ein offensichtlich defekter Ventilator baumelte.

Jaclyn spürte, wie ihr die soeben getrunkene Cola als Schweiß aus allen Poren lief. Sie wollte nicht länger hierbleiben als unbedingt nötig. Sie griff in ihre Tasche und holte die Fotos heraus. „Das sind Freunde, die uns Ihren Club empfohlen haben. Wir sollten sie in Bombay treffen, aber wir haben sie verpasst. Haben Sie sie in letzter Zeit mal hier gesehen?"

Die Matrone studierte die Bilder. „Nein", sagte sie.

Dominique schob ihr einen Geldschein hin. „Für die Getränke. Der Rest ist für Sie." Es war ein großzügiges Trinkgeld. Er atmete tief durch und zog ein weiteres Foto aus seiner Brieftasche. Es zeigte eine lachende Devika mit einem kleinen herrenlosen Hund in den Armen. Ein Schnappschuss, den er selbst von ihr in den Straßen von Delhi gemacht hatte.

„Dieses Mädchen arbeitet bei Ihnen. Sie heißt Devika. Meine Freundin und ich möchten den Abend mit ihr verbringen."

Die Matrone begutachtete auch dieses Bild. „Ja. Hat hier gearbeitet. Aber jetzt nicht mehr."

„Wissen Sie, wo sie hingegangen ist? Was aus ihr geworden ist?"

„Nein", sagte sie kurzangebunden und verließ die Bar, um in einem Hinterzimmer zu verschwinden.

Das Mädchen neben Dominique klopfte auf seinen Schenkel. „Ich habe Devika gekannt. Ich weiß, was aus ihr geworden ist", sagte sie stolz in gebrochenem Englisch. Sie schwieg und blickte ihn erwartungsvoll an.

Dominique zauberte einen Geldschein zwischen seinen Fingern hervor. Gierig steckte ihn das Mädchen in seinen Ausschnitt.

„Tot", sagte sie.

„Was?"

Sie machte die Geste des Halsabschneidens. „Kunde, pervers, sadistisch. Hat sie mit Messer getötet. Vor halbes Jahr.“

„Oh mein Gott“, murmelte Dominique erschüttert. Der miefige Raum begann sich um ihn zu drehen. Die schrille orientalische Musik bohrte sich in seine Ohren und in sein Gehirn.

„Raus hier“, sagte er mit flacher Stimme zu Jaclyn. Fluchtartig verließen sie das Bordell.

Jaclyn hakte sich bei Dominique unter, als sie wieder auf der Straße standen und in das grelle Sonnenlicht blinzelten. „Mach dir keine Vorwürfe, Darling. Du kannst nichts für ihr Schicksal“, sagte sie eindringlich.

„Ich habe sie monatelang ausgenutzt, um mir gratis den Haushalt machen und das Bett wärmen zu lassen, wenn mir danach war“, murmelte er, mehr an sich selbst als an Jaclyn gewandt. „Und als sie nicht mehr in mein Leben passte, habe ich sie abgeschoben.“

„Du warst aber auch nie dazu verpflichtet, Devika bei dir aufzunehmen. Sie ist dir hinterhergelaufen und du hast für sie getan, was du tun konntest. Du hast sie anfangs wie eine Haushilfe bezahlt, und als sie deine Freundin geworden ist, hast du dich öffentlich zu ihr bekannt. Bei der Trennung hast du ihr Geld gegeben und einen neuen Job besorgt. Niemand kann dir zum Vorwurf machen, dass du sie nicht bis an ihr Lebensende ausgehalten hast.“

Dominique schwieg mit finsterer, trauriger Miene.

„Ihr Schicksal ist leider nur eines von sehr vielen Inderinnen“, fuhr Jaclyn fort. „Es ist nun mal kein Sozialstaat. Was, wenn du am anderen Ende des Zuges gesessen und sie nie kennengelernt hättest? Sie hätte erst eine Weile gebettelt und wäre dann wahrscheinlich auch im Puff gelandet.“

„Aber sie ist nicht irgendeine Inderin für mich, kannst du das nicht verstehen? Ich habe monatelang mit ihr gelebt."

„Sicher. Es tut mir auch leid für das Mädchen. Aber ich will nicht, dass du dich von Selbstvorwürfen zerfleischen lässt."

„Mit mir brauchst du kein Mitleid zu haben, ich bin ja nicht von einem sadistischen Freier abgeschlachtet worden", erwiderte er sarkastisch.

Schweigend gingen sie die Straße hinunter.

„Mir ist schlecht." Dominique ließ sich auf eine Mauer am Straßenrand sinken.

Jaclyn betrachtete ihn prüfend. Er war blass, Schweiß perlte auf seiner Stirn, sein Atem ging schwer und trotz der Wärme zitterte er.

Sie setzte sich neben ihn. „Du nimmst es dir wirklich zu Herzen, was?"

„Das Bier war ekelhaft. Oder vielleicht liegt es an diesem Zeug." Er spuckte den zerkauten Paan-Klumpen hinter die Mauer. „Ich glaube, mir ist davon übel, ich rauche lieber wieder."

„Da vorne ist eine christliche Hilfsorganisation." Jaclyn wies mit dem Kinn die Straße hinunter. „Wir könnten dort um ein Glas Wasser bitten."

„Gute Idee." Er erhob sich ein wenig mühsam.

Sie betraten einen Innenhof, in dem ein Springbrunnen angenehme Frische verbreitete. Ein europäisch aussehender Mann in einer Art Kaftan kam ihnen entgegen. „Hallo. Was kann ich für euch tun?", grüßte er auf Englisch.

„Meinem Freund ist ein bisschen schlecht, könnte er an Ihrem Springbrunnen etwas trinken?", bat Jaclyn.

„Lieber nicht, das ist kein Trinkwasser. Kommt mit rein, ich gebe euch abgekochtes Wasser. Ich bin übrigens Pater Thomas."

„Danke." Sie folgten ihm in die Mission, ein schlichtes, aber sauberes Gebäude.

„Seid ihr Touristen?", erkundigte sich der Priester, während Dominique sich hinsetzte und ein Glas Wasser trank.

„Ja, das kann man so sagen. Wir sind auf der Suche nach Freunden, die hier in Bombay sein sollen." Jaclyn holte das Foto der Brüder hervor. Man konnte ja nie wissen. „Haben Sie die zufällig mal hier in der Gegend gesehen?"

„Natürlich kenne ich die", rief Pater Thomas. „Das sind die beiden Franzosen, die ein Hilfswerk gründen wollten. David und Laurent, wenn ich mich recht entsinne."

Dominique und Jaclyn tauschten einen überraschten Blick. „Ein Hilfswerk?"

„Ja, genau. Sehr christliche Menschen. Sie wollten all ihr Erspartes darin investieren, eine hübsche Summe."

Die Detektive verzichteten darauf, die Herkunft dieses Ersparten genauer zu erläutern. „Hier in Bombay?"

„Zuerst ja. Aber dann haben sie es sich anders überlegt. Ich glaube, sie sind nach Goa gegangen."

„Wissen Sie, wohin in Goa?"

„Ich habe ihnen die Adresse von einem Freund dort gegeben, der sie bei ihrem Vorhaben beraten kann."

„Könnten Sie uns bitte dessen Adresse geben?", bat Jaclyn. „Uns liegt sehr viel daran, die beiden wiederzusehen."

„Natürlich, kein Problem."

Der Pater kritzelte Namen und Anschrift auf ein Stück Papier.

„Ein Hilfswerk! Das sind ja völlig neue Perspektiven", sagte Dominique, als sie die Mission verlassen hatten. Es schien ihm schlagartig besser zu gehen. „Aber warum haben sie ihren Vater nicht davon informiert? Das ist doch etwas sehr Lobenswertes."

„Vielleicht aus Angst, dass er es nicht verstehen würde. Oder sie wollten erst mal mit dem Projekt vorankommen. Und vergiss nicht, dass sie das Startkapital für ihr Projekt der Firma gestohlen haben. Ob Barthélémy Senior damit einverstanden gewesen wäre?"

„Wir fliegen noch heute nach Goa", entschied Dominique.

4

Da alle Flüge ausgebucht waren, trafen sie am nächsten Morgen mit dem Dampfschiff ein, das regelmäßig zwischen Bombay und Goa verkehrte. Nach all der Hektik, dem Elend und den Menschenmassen in Bombay war Goa von erholsamer Geruhsamkeit. Fischerdörfer und Bergorte mit roten Ziegeldächern verströmten eine fast mediterrane Atmosphäre. Überall in Goa gab es weiße Kirchen in verschlafenen, friedlichen Dörfern und traditionelles Dorfleben. Und natürlich lange goldene Strände, für die der sonnige Landstrich so berühmt war. Die Adresse, die ihnen der Pater gegeben hatte, lag in der idyllischen kleinen Hauptstadt Panjim.

Dominique und Jaclyn mieteten einen der vielen Motorroller, mit denen die Leute durch die Gegend fuhren. Sie fanden ohne Schwierigkeiten den Freund von Pater Thomas, der ihnen ebenso freundlich wie hilfsbereit den Weg zu den Barthélémy-Brüdern wies. Das Hilfswerk lag am Rande von Panjim, wo sich die Ärmsten angesiedelt hatten und Wellblechhütten die malerische Kulisse störten.

David hatte sich inzwischen einen Bart wachsen lassen, aber sie erkannten ihn und auch Laurent sofort: zwei schlanke blonde Männer Mitte oder Ende Zwanzig in Bermuda-Shorts und T-Shirts. Sie waren damit beschäftigt, ein verlottertes Holzhaus zu reparieren und zu verschönern. Dabei halfen ihnen viele junge Einheimische, die eifrig Wassereimer trugen, Bretter sortierten und Nägel aufsammelten. Hühner rannten um die Hütten, zwischen denen magere Kühe träge in der Sonne lagen.

„Hi, how are you?", grüßte Laurent freundlich, als die beiden Detektive auf sie zutraten.

„Bonjour. Wir haben gehört, dass Sie hier ein Hilfswerk aufbauen. Eine ehrenwerte Sache", sagte Dominique auf Französisch.

Laurent lächelte. „Danke."

„Aber wäre es nicht noch sinnvoller in Bombay oder Kalkutta, wo die Elendsviertel so viel zahlreicher und schlimmer sind?"

„Na ja, schon ..." Der junge Mann wirkte verlegen. „Wir waren zuerst in Bombay und wollten dort etwas tun. Aber die Stadt hat uns völlig runtergezogen. Zuviel Elend, Drogen, Kriminalität. Wir hatten Angst, dort selbst zu versumpfen, statt zu helfen, verstehen Sie?"

„Durchaus."

„Und hier können wir erst mal in Ruhe üben, wie so ein Hilfswerk zu organisieren und zu leiten ist. Wir hoffen, hier auch mehr Spenden von Touristen zu bekommen. In Bombay werden sie so belagert und geplündert, dass sie zu genervt sind und davor zurückscheuen. Wenn wir mehr Geld und Erfahrung gesammelt haben, gehen wir vielleicht nach Kalkutta."

„Mhm. Denken Sie dran, Ihrem Vater mal eine Postkarte zu schreiben? Er macht sich nämlich große Sorgen um Sie beide."

Laurent runzelte die Stirn. „Wer sind Sie?"

Dominique stellte sich und Jaclyn vor. „Ihr Vater hat uns beauftragt, Sie aufzuspüren."

Auch David hatte aufgehorcht und näherte sich nun, die Hände in den Hosentaschen vergraben. Er wirkte reservierter und misstrauischer als sein Bruder. „Wir gehen nicht zurück nach Frankreich, da kann er lange warten."

„Diese idiotische Firma zu leiten, interessiert uns nämlich nicht", ergänzte Laurent ruhig. „Das ist doch alles überflüssiger Schnickschnack. Hier hingegen können wir etwas wirklich Nützliches tun.“

„Und das versteht Ihr Vater nicht?“, warf Jaclyn ein.

„Nein, so was hat er nie verstanden. Für ihn zählen bloß Karriere, Einfluss und Geld.“

„Nun, apropos Geld: es heißt, dass gleichzeitig mit Ihrem Verschwinden aus Paris 100.000 Francs vom Firmenkonto verschwunden sind ...“

„Das Geld haben wir erwirtschaftet“, sagte David trotzig. „Es ist unser Verdienst. Vater wollte, dass wir es gleich in irgendeinen neuen Scheiß investieren. Aber hier wird es so viel dringender gebraucht.“

„Wir können Sie verstehen, und wir sind nicht hier, um Sie vor Gericht zu stellen“, versicherte Dominique. „Auch Ihr Vater hat das nicht vor. Er macht sich schlicht und ergreifend Sorgen um Ihr Wohlergehen. Es gehen nämlich viele in Indien vor die Hunde, wissen Sie das?“

„Woher wollen Sie das so genau wissen?“

„Ich lebe seit sechs Jahren hier und habe so manches gesehen und gehört.“

„Ach, seit sechs Jahren schon?“, fragte Laurent interessiert. „Sagen Sie, können wir Ihnen was zu trinken anbieten? Sie könnten uns bestimmt einige Infos geben. Wenn unser Vater Sie schon bezahlt ...“

Dominique konnte sich ein Grinsen nicht verkneifen.

Eine Stunde lang saßen sie mit Laurent und David auf klapprigen Stühlen im Schatten einer Palme, tranken Kokosnussmilch mit Strohhalmen direkt aus der Nussschale und redeten.

„Darf ich Fotos von Ihnen machen, zum Beweis, dass es Ihnen gut geht?“, bat Jaclyn.

„Ja, klar. Wenn es Polaroids sind, signieren wir sie sogar für unseren Vater“, grinste David.

„Das war mal eine erfreuliche Überraschung", sagte Dominique erleichtert, als sie sich verabschiedet hatten und auf dem Motorroller zu ihrer Unterkunft zurückfuhren, einem Bungalow am Meer, den sie nach ihrer Ankunft gemietet hatten, um dort die Nacht zu verbringen, bevor sie am nächsten Tag nach Delhi zurückfliegen würden.

***

Die Nacht war kurz gewesen, und sie machten eine Siesta. Als Jaclyn erwachte, war die andere Seite des Bettes leer. Sicher war Dominique am Strand. Sie selbst wollte sich die Gelegenheit auf ein Bad im Indischen Ozean auch nicht entgehen lassen. Sie zog ihren Badeanzug an und hüllte sich in einen bunt bedruckten Pareo.

Dominique saß regungslos auf den Klippen neben dem Strand und starrte unverwandt auf das Meer. Er reagierte nicht, als Jaclyn auf ihn zuging und sich vor ihn hinstellte. Ihr im Wind wehender Pareo streifte seine Arme, doch er schien es gar nicht zu bemerken. Seine Miene war entrückt und Jaclyn las Traurigkeit, Bitterkeit und unter Härte verborgene Verletzlichkeit darin.

Jaclyn ging neben ihm in die Hocke und legte ihm eine Hand auf die Schulter. „Woran denkst du? An Devika? An Richard?"

„Ja, auch. Richard ist nur wenige Kilometer von hier ertrunken, vor einem dieser idyllischen Strände."

„Lass die Toten ruhen, Nick."

„Das sagt sich so leicht ... Warum sterben nach und nach alle Menschen, die mir etwas bedeutet haben? Ich denke auch an meine Mutter, die so früh gestorben ist." Er zögerte merklich, bevor er fortfuhr. „Und an meinen

Vater, der nichts von mir wissen wollte. Ich denke an das, was mein Leben geworden wäre, wenn meine Mutter Irland nicht verlassen hätte. Oder wenn mich die Demesys nicht adoptiert hätten. Wer wäre ich jetzt, wenn ich in einem armseligen irischen Waisenhaus aufgewachsen wäre?"

„Was redest du da?", fragte Jaclyn verblüfft und setzte sich. „Willst du damit sagen, dass dich deine Eltern adoptiert haben und du in Wirklichkeit Ire bist?"

Er warf ihr einen kurzen Seitenblick zu, und ein Funken Spott löste sich aus der Melancholie seiner dunkel schimmernden Augen. „Gut kombiniert, Sherlock Holmes."

„Aber, Dominique, wieso ... Warum hast du mir nie davon erzählt?", fragte sie bestürzt.

„Habe ich doch jetzt."

„Nachdem wir bereits ein Vierteljahr zusammenleben. Ich habe dir so viel über mein Leben anvertraut. Hast du kein Vertrauen zu mir, Nick?"

„Nimm es nicht persönlich, Jaclyn. Ich habe es außer Jennifer noch nie jemandem erzählt. Nur meine engsten Familienmitglieder wissen das."

„Danke für die Ehre", sagte sie sarkastisch. „Daher also dieser Hauch von irischem Akzent. Und du hast gesagt, es käme davon, dass dein Englischlehrer in der Schule Ire war."

„Mal ehrlich, Jaclyn, du hattest ja schon Schwierigkeiten, meine französische Nationalität zu akzeptieren", zog er sie auf. „Zu wissen, dass ich noch dazu irischer Herkunft bin, hätte dich sicher vollends abgeschreckt. Jeder weiß doch um die Antipathien zwischen Iren und Engländern."

„So ein Unsinn. Du hast wirklich kein Vertrauen zu mir. Als ob ich dir jemals hätte vorwerfen können, dass du ... Herrgott, ich weiß ja noch nicht einmal, was passiert ist und wie es dazu gekommen ist, dass du adoptiert wurdest."

„Ich werde es dir erzählen", versprach er mit sichtlicher Überwindung.

„Na dann los."

Dominique schwieg und starrte weiter übers Meer. Seine Wangenmuskeln zuckten unter seiner glatten gebräunten Haut. Er hatte sich an diesem Morgen wieder rasiert.

„Ich warte …"

„Nicht jetzt. Ein andermal", wich er aus.

„Dann spar es dir!", sagte Jaclyn verärgert und erhob sich. „Ich will dir nicht deine intimsten Geheimnisse entreißen, wenn du findest, dass mich das nichts angeht." Als sie sich von ihm abwenden wollte, griff er nach ihrem Arm und zog sie zu sich hinunter. Sie hasste es, wenn er so impulsiv und grob war, und wollte sich losreißen. Aber anstatt sie zu küssen, schlang er seine Arme um sie und vergrub das Gesicht in ihrer Halsbeuge.

„Hilf mir", flüsterte er kaum hörbar.

Sie streichelte mit beiden Händen über sein Haar. „Das kann ich nur, wenn du dich mir anvertraust."

„Schon gut." Stockend berichtete er ihr, was er über seine Herkunft erfahren hatte.

„Warst du schon mal in Irland?", fragte Jaclyn.

„Nein."

„Vielleicht solltest du mal hinfahren."

„Wozu? Um Ahnenforschung zu betreiben?"

„Nicht unbedingt. Aber es könnte dir guttun, deine Wurzeln wiederzufinden."

„Wurzeln? Ich erinnere mich überhaupt nicht an Irland!"

„Dein Unterbewusstsein erinnert sich noch. Wir alle nehmen schon als Säuglinge unsere Umgebung wahr und sind davon geprägt, auch wenn wir uns später nicht mehr bewusst daran erinnern."

„Ich bin so schon hin- und hergerissen zwischen zwei Welten und Kulturen", sagte er unwirsch. „Wenn jetzt auch noch Irland dazukommt ..."

„Wie stellst du dir deine Zukunft eigentlich vor, Nick? Willst du ewig in Indien bleiben?"

„Nein, sicher nicht. Aber ich weiß auch nicht, wo ich sonst hinwill."

„Im Grunde bist du auch einer von diesen Gestrandeten – wenn auch mit festem Einkommen und ohne Drogen."

„Ja, du hast recht", gab er zu. „Wahrscheinlich geht mir das deshalb alles so nahe." Er zog Jaclyn enger an sich, küsste ihre nackten Schultern, die Halsbeuge, suchte ihre Lippen. „Lass uns in den Bungalow gehen. Ich brauche dich ganz nah bei mir."

„Ich wollte aber baden."

„Na gut!" Dominique sprang auf und riss Jaclyn mit sich hoch. Erleichtert stellte sie fest, dass sein lausbubenhaftes Lächeln in sein Gesicht zurückkehrt war. „Dann stürzen wir uns erst mal in Poseidons Arme. Und hinterher kannst du in meinen Armen was erleben!"

Lachend rannten sie Hand in Hand über den Strand und warfen sich in die Wellen.

Istanbul, 1993

Dominique schreckte aus seinem Krankenbett hoch, als der Muezzin rief. Zwischen hinduistischen Tempeln in Bombay, katholischen Kirchen in Goa und dem Muezzinruf, der auf die Nähe einer Moschee hindeutete, musste er sich erst wieder besinnen, wo er war.

Der Morgen graute und der Stuhl neben seinem Bett war leer.

Dominique legte die Hand auf sein Herz, das unter dem Verbandszeug hämmerte und seine verwundete Lunge zum Schmerzen brachte.

„Gülay?", rief er so laut er konnte, doch er brachte nicht mehr als ein angestrengtes, heiseres Krächzen hervor. Er besann sich auf den Klingelknopf an seinem Bett und betätigte ihn.

Gülay erschien dreißig Sekunden später, ein wenig erschrocken. „Geht es Ihnen nicht gut, Monsieur?"

„Nennen Sie mich Dominique."

Sie seufzte halb erleichtert, halb verärgert. Wenn das sein Hauptanliegen war, konnte es ihm nicht allzu schlecht gehen.

„Gülay, habe ich richtig verstanden, dass man mir Morphium spritzt?" Er sprach das Wort Morphium wie etwas absolut Widerwärtiges aus.

„Ja."

„Warum setzt man mich unter Drogen?", wollte er ungehalten wissen.

„Man hat Ihnen in die Brust geschossen, Dominique, erinnern Sie sich? Ihre Lunge ist schwer verletzt worden. Sie mögen ja hart im Nehmen sein, aber ohne ein starkes Schmerzmittel hätten Sie es nicht ausgehalten. Im Übrigen hat es Ihnen so gefallen, dass Sie mich gestern Abend angebettelt haben, Ihnen Ihre Dosis zu verabreichen, schon vergessen?" Gülay hatte eine lange anstrengende Nacht hinter sich und war etwas gereizt.

„Ich erinnere mich, dass es sehr angenehm war", gab Dominique zu. „Und das beunruhigt mich ja gerade. Aber damit ist jetzt Schluss. Von nun an kein Morphium mehr, verstanden? Ich will nicht süchtig werden und in der Gosse landen."

„Wovon haben Sie geträumt, Dominique? Sie wirken richtig verstört." Mechanisch fühlte sie seinen Puls, der viel zu schnell ging. „Entspannen Sie sich. Warum regt Sie die Vorstellung an das Morphium so auf?"

Dominique ließ sich in die Kissen zurücksinken und schloss die Augen. „Ich habe zu viele Leute an Rauschgift krepieren gesehen."

„Wir sind hier im Krankenhaus und nicht auf einer Drogenszene. Alles ist unter Kontrolle, machen Sie sich keine Sorgen."

„Richard tot, Devika tot ... Was für eine Nacht."

Gülay legte ihm die Hand auf die Schulter. „Schlafen Sie noch ein bisschen. Ich bleibe bei Ihnen." Sie setzte sich zu ihm, bis sein Atem ruhiger ging und er wieder eingeschlafen war.

EPISODE 8

INDISCHE HOCHZEIT

1

Die Wochen vergingen und wurden zu Monaten. In Delhi wurde es immer wärmer und schwüler. Im April war Ramadan, der von der Mehrzahl der muslimischen Bevölkerung Indiens eingehalten wurde.

Für Jennifer bedeutete dies, dass Rajiv durch das Fasten gereizt und noch kritischer ihr gegenüber war als sonst. Bei ihren Versöhnungen, die den Streits folgten, blieb nun oft ein schaler Nachgeschmack zurück. Unaufhaltsam breitete sich eine Kluft zwischen ihnen aus. Rajiv war eifersüchtig auf das unkomplizierte kameradschaftliche Verhältnis, das Jennifer zu John hatte. Wenn sie miteinander redeten und lachten, fühlte er sich ausgeschlossen, und jeder Vorwand war ihm recht, um dazwischen zu gehen. Er kehrte den Chef heraus und wies sie wegen unerledigter Arbeiten zurecht, was Jennifer in Rage brachte. Es gab hässliche Szenen im Büro, vor denen auch Dominique nicht mehr die Augen verschließen konnte. Er versuchte, Jennifer ihre Beziehung zu Rajiv auszureden.

„Rajiv sieht in dir nur ein leichtes Mädchen, mit dem er sich amüsieren kann", sagte er, verletzend in seiner realistischen Nüchternheit.

„Das ist nicht wahr! Er liebt mich und hat mich sogar einmal gebeten, ihn zu heiraten."

„Weil er sicher war, dass du es ablehnen würdest. Stell ihn doch mal auf die Probe und sage ja. Was meinst du, wie schnell er einen Rückzieher machen würde?"

„Du bist gemein!", schrie Jennifer.

„Nein, ich versuche nur, dir die Augen zu öffnen. Ich bestreite ja gar nicht, dass Rajiv in dich verliebt ist. Aber du solltest dir darüber im Klaren sein, dass kein indischer Moslem eine Christin heiraten würde, noch dazu eine, die keine Jungfrau mehr ist.“

„Was soll mir das schon ausmachen? Ich will ihn ja auch gar nicht heiraten.“

„Na also. Dann hör auf, ihm Szenen zu machen, weil er nun mal bereits eine Familie hat, um die er sich kümmern muss.“

„Hat er sich etwa bei dir darüber beschwert?“

„Beschwert ist nicht der richtige Ausdruck. Er hat mir gesagt, dass er mit dir die Liebe kennenlernen wollte, den ganzen Mythos der abendländischen Erotik und westlichen Freiheit. Aber alles, was er erfahren hat, sind Eifersuchtsszenen, Unverständnis und ein ständiges Gefühl der Beunruhigung. Er schafft es einfach nicht, dich zu begreifen.“

„Verdammt, warum kann er nicht mit *mir*darüber reden, und versuchen, es mir zu erklären, was in ihm vorgeht, anstatt es dir zu sagen?“

„Weil ich ein Mann bin wie er und französischer Herkunft wie du. Er hat gehofft, dass ich damit eine Brücke schlagen kann.“

„Mein Vater als Vermittler für meine Beziehungsprobleme, das hat mir gerade noch gefehlt! Du hast gut reden, du hast ja die perfekte Liebe mit deiner Jaclyn.“

„Das klingt, als wärst du eifersüchtig.“

„Bin ich auch.“

„Worauf?“

„Ich möchte …“ Sie unterbrach sich selbst. Ich möchte, dass du wieder zu mir nach Hause kommst, hatte sie sagen wollen. „Ich möchte auch so glücklich sein wie ihr“, sagte sie stattdessen.

„Du kennst doch das Sprichwort: Man muss viele Frösche küssen, bis man seinen Prinzen findet. Ich habe meine Prinzessin auch erst mit einundvierzig gefunden. Du hast also noch reichlich Zeit."

„Ein schöner Trost", sagte Jennifer mürrisch. „Bis dahin bin ich ja alt und vertrocknet."

„Sieh doch mal die guten Seiten: wenn du erst den Mann fürs Leben gefunden hast, kannst du nicht mehr flirten, mit wem du gerade willst. Und wie ich dich kenne, würde dir das sehr fehlen."

„Auch wieder wahr", stimmte sie zu und lächelte.

***

Als der Ramadan vorbei war, lud Rajiv Jennifer zum Abendessen in ein sehr gutes Restaurant ein. Sie sah darin einen ernsthaften Versöhnungsversuch und freute sich. Sie zog ihren elegantesten Panjabi-Dress aus elfenbeinfarbener Seide mit aufwändiger Goldstickerei an, steckte sich die langen Haare zu einer Abendfrisur auf und schminkte sich sorgfältig, aber diskret. Strahlend betrat sie an Rajivs Arm das Restaurant und die bewundernden Blicke bestätigten ihr, dass sie ein schönes Paar abgaben.

„Ich muss dir etwas sagen", begann Rajiv, nachdem sie bestellt hatten. „Es ist wichtig, und ich will nicht, dass du es von jemand anderem erfährst."

Erwartungsvoll blickte sie ihn an.

„Ich will eine zweite Frau heiraten", verkündete er feierlich.

Jennifer lächelte verlegen und geschmeichelt. „Meinst du wirklich, das ist eine gute Idee? Wir streiten uns doch nur, und ich glaube nicht, dass ich schon so weit bin ..."

Mit nur drei Worten zerstörte er ihre Illusionen. „Nicht dich, Jenni."

Ihre Miene erstarrte. „Oh ..."

„Wenn ich sage, ich *will* heiraten, ist das nicht ganz zutreffend. Ich muss. Meine Frau hat mir in zehn Jahren Ehe keinen Sohn geboren, und so bin ich verpflichtet, eine weitere Frau zu nehmen. Meine Eltern haben das arrangiert. Die Familie braucht Nachkommen."

Jennifer starrte ihn finster an. „Verpflichtet? Du hast immerhin eine Tochter. Sind Mädchen keine Nachkommen? Und überhaupt, vielleicht liegt es ja an dir, vielleicht kannst du keine Söhne zeugen."

Rajiv wich ihrem Blick aus und zerbröselte das Chapatti, jenes flache runde Brot, das stets zum Essen gereicht wurde, zwischen den Fingern seiner rechten Hand.

„Ja, möglich", murmelte er.

„Und für diese Eventualität willst du drei Menschen unglücklich machen? Ach nein, wahrscheinlich leidest du ja gar nicht darunter. Es ist dir egal, oder? Du liebst mich ohnehin nicht mehr!"

„Was redest du für einen Unsinn, natürlich liebe ich dich", erwiderte er gequält.

„So wie du mich in letzter Zeit behandelt hast? Ha, wahrscheinlich wolltest du damit erreichen, dass ich mit dir Schluss mache, weil du nämlich zu feige dafür bist!"

„Jenni, glaubst du, mich würde so aufregen, was du tust, wenn ich dich nicht lieben würde? Dann wäre es mir egal, wie du dich kleidest und ob du mit John flirtest und so weiter. Ich liebe dich, glaub mir. Meine neue Ehe hat nichts damit zu tun."

„Warum heiratest du dann nicht mich? Du hättest mich wenigstens fragen können!"

„Meine Eltern sind nicht mit dir einverstanden. Es wäre undenkbar für sie, dass ich eine Christin heirate, die noch dazu nicht mehr Jungfrau ist."

„Mit anderen Worten: deine Eltern betrachten mich als weiße Hure, ja?", fragte sie aggressiv.

Er versuchte nicht es zu leugnen, sondern deutete ein Nicken an.

„Du bist Ende zwanzig, Rajiv, du brauchst dir nichts von deinen Eltern vorschreiben zu lassen!"

„Das ist hier anders als bei euch."

„Woher kennst du das Mädchen?"

„Ich kenne sie nicht."

„Wie bitte?"

„Ich habe sie noch nie gesehen, meine Familie hat das alles arrangiert."

„Haben deine Eltern sie für dich gekauft wie ein Stofftier oder was?"

Ein feines Lächeln umspielte Rajivs schöne Lippen. „Du weißt, dass hier die Familie der Braut zahlen muss, um sie zu verheiraten. Sie ist sechzehn und kommt aus einer kleinen Ortschaft dreißig Kilometer südlich von Delhi."

„Wann soll die Hochzeit stattfinden?"

„In drei Wochen, Anfang Juni."

„Und wie hast du dir vorgestellt, dass es zwischen uns weitergeht?" Es sollte sachlich klingen, aber sie konnte einen bissigen Unterton nicht vermeiden.

„Muss sich deswegen etwas zwischen uns ändern?"

Sie schenkte ihm ein unechtes Lächeln. „Mit anderen Worten, du willst das Privileg, dich weiterhin mit mir zu amüsieren, nicht aufgeben, nur weil du dich anderweitig fortpflanzen musst." Vater hatte recht, dachte sie bitter.

„Das eine hat ja mit dem anderen nichts zu tun. Ich war auch bisher schon verheiratet, und du warst meine Geliebte. Es kann dir doch egal sein, ob ich eine oder zwei Frauen zu Hause habe."

„Übernimm dich bloß nicht", spottete sie. „Drei Frauen im Wechsel zu beglücken, wird dich auslaugen. Verschwende dein kostbares Sperma nicht an mich, ich nehme sowieso die Pille. Wäre ja ärgerlich, wenn die Chromosomen für einen Sohn gerade an dem Abend drin wären."

„So ein Unsinn. Und wie kannst du über so was bei Tisch reden?", murmelte Rajiv peinlich berührt.

Sie aßen schweigend und in Missstimmung. Auberginenmousse, Huhn mit Cashewnüssen, dazu leichter Roséwein und köstliches Käse-Nan, und zum Dessert ein zarter Möhrenkuchen. Aber der Appetit auf die lecker zubereiteten Speisen war ihnen vergangen.

Rajiv fuhr Jennifer anschließend nach Hause und wollte vor der Haustür zärtlich werden. Sie wies ihn ab. „Nach deinen Eröffnungen bin ich heute Abend wirklich nicht in Stimmung. Oder wolltest du auf diese Weise dein Junggesellenleben begraben?" Sie entzog sich seinen Armen und wandte sich ab.

Als sie ihre Wohnung betrat und endlich ihren Tränen freien Lauf lassen wollte, traf sie dort Dominique an. Er saß auf der Couch, blätterte in einer Zeitung und nippte an einer Limonade.

„Was machst du denn hier?", fragte Jennifer wenig begeistert.

„Ich wollte etwas holen", erwiderte er ausweichend. Er hatte den Großteil seiner Sachen in seiner Wohnung gelassen, da bei Jaclyn bereits ihre eigenen und Peters Habseligkeiten allen Platz in Anspruch nahmen. „Außerdem wollte ich mal nachsehen, wie es dir geht."

„Du hast mich den ganzen Tag im Büro gesehen", sagte sie mürrisch.

„Wie war dein Essen mit Rajiv?" Er musterte sie. Ihre elegante Aufmachung stand in starkem Kontrast zu ihrem unglücklichen Gesicht.

„Du wusstest Bescheid", sagte sie anklagend.

„Über Rajivs Hochzeit? Ja."

„Warum hast du mich nicht gewarnt?"

„Jenni, ich habe mehrmals versucht, dich zu warnen. Dass er tatsächlich noch mal heiratet, weiß ich auch erst seit gestern. Aber es war vorauszusehen. Bitte setz dich zu mir." Er klopfte auf den Platz neben sich.

Jennifer ließ sich auf die Couch fallen, schlang die Arme um Dominiques Hals und brach in Tränen aus.

„Ist ja gut, mein Schatz. Du wirst darüber hinwegkommen, es wird alles wieder gut." Er streichelte ihr beruhigend über den Rücken und redete sanft auf sie ein.

„Du hattest recht", schluchzte Jennifer. „Ich bin für ihn nur die französische Hure, mit der er seinen Spaß haben will, ohne Verpflichtungen."

„Na, na. Ich kenne Rajiv, er ist kein schlechter Kerl, der dich nur ausnutzen will. Er hat mir gesagt, wie sehr er in dich verliebt ist."

„Das sagt er dir, weil du mein Vater bist", schluchzte sie.

„Das sehe ich ihm auch an."

„Aber warum tut er mir das an, wenn er mich liebt?"

„Die Umstände sind gegen euch. Du verstehst seine Welt nicht, und er nicht deine. Und er würde sich nicht dir zuliebe ändern, das könnte er gar nicht. Er ist fest in seine Traditionen eingebunden, da kann er nicht raus. Und würdest du dich bis zur Selbstaufgabe ändern wollen, um dich seinen Bräuchen zu unterwerfen?"

Jennifer schüttelte den Kopf.

„Und selbst wenn du wolltest, ich hätte etwas dagegen", sagte Dominique.

Sie sah ihn an. „Du wusstest, dass er mir das heute Abend erzählen würde und bist extra hergekommen, um mich zu trösten, nicht?"

Er deutete ein Nicken an.

Sie küsste ihn herzhaft. „Ich habe dich sehr lieb, Papa. Warum gibt es nicht mehr Männer wie dich?"

„Nun sag bloß noch, dass du mich heiraten willst, wenn du groß bist", scherzte er.

Jennifer lachte unter Tränen und schmiegte sich an seine Brust. „Jaclyn weiß gar nicht, wie gut sie es hat."

„Vermutlich nicht. Sie versucht ständig, an mir herumzuerziehen."

Jennifer wurde hellhörig. „Habt ihr Probleme miteinander?"

„Nun, es sind keine Welten, die uns trennen, aber wir schlagen uns auch oft mit unseren charakterlichen Differenzen herum. Aber nichts Ernstes, mach dir keine Sorgen."

„Das ist das Letzte, worüber ich mir Sorgen mache", gab Jennifer zurück.

2

Rajiv lud seine Kollegen zu seiner Hochzeitsfeier ein. Jennifer zog es in Erwägung, für diesen Tag eine Migräne oder Magen-Darm-Verstimmung vorzutäuschen. Aber sie wusste, dass ihr das niemand geglaubt hätte. Alle hätten gewusst, dass sie sich drücken wollte. Sie musste es durchstehen.

Als Dominique und Jaclyn Jennifer an jenem Tag abholten, öffnete sie in einem hautengen, kurzen und tief dekolletierten Kleid.

Dominique runzelte die Stirn. „Warum bist du noch nicht angezogen, du wusstest, dass wir dich um halb vier abholen.“

„Ich bin fertig.“

„Das kann ja wohl nicht dein Ernst sein. Du gehst zu einer muslimischen Hochzeit und nicht in eine Pariser Disco! In diesem Kleid könntest du sogar an der Pigalle auf Freier warten!“

„Nun, für die Familie Mansâni bin ich ja die weiße Hure, oder?“, gab sie bitter zurück. „Dann sollen sie mal kennenlernen, wie sowas aussieht!“

Sie hatte sich stärker geschminkt als sonst, die Lippen waren rot angemalt und die Haare üppig toupiert.

Dominique ließ Jaclyn eintreten und schloss die Wohnungstür. Dann packte er seine Tochter an den Oberarmen. „Du wirst nicht zu dieser Hochzeit gehen, um Unfrieden zu stiften, ist das klar? Entweder du ziehst dir etwas Anständiges an oder du bleibst hier. Verstanden?“

„Ich bin volljährig und bestimme selbst, was ich anziehe“, entgegnete sie trotzig.

Dominique verlor die Geduld. Er verstärkte seinen Griff und zog die sich heftig sträubende Jennifer hinter sich her ins Schlafzimmer.

„Lass mich los, verdammt!", schrie sie und trat nach ihm.

Jaclyn eilte hinterher. „Nicky, warte, lass mich das machen!"

Doch er ignorierte sie. Als sie das Schlafzimmer erreicht hatten und er Jennifer losließ, fuhr sie wütend herum und ohrfeigte ihn.

„Das reicht!", brüllte Dominique.

Hastig trat Jaclyn dazwischen, packte Jennifer an der Taille und brachte sie aus der Reichweite ihres Vaters. „Hey, jetzt beruhigt euch mal wieder, alle beide!" Sie warf Dominique einen Blick zu, der deutlich sagte, sich da herauszuhalten.

Jennifer ließ erschöpft ihren Kopf an Jaclyns Schulter sinken. Ihr Lippenstift hinterließ dabei Spuren auf Jaclyns silberblauer Bluse. Dominique ballte die Fäuste, als er das sah, sagte aber nichts. Jaclyn breitete kommentarlos ihr schulterlanges Haar über den Fleck. Dann nahm sie Jennifer sanft bei den Schultern.

„Hör zu, Jenni. Mir persönlich ist es völlig egal, in welcher Kleidung du zu Rajivs Hochzeit gehst. Aber wenn du glaubst, dass du ihn oder seine Familie damit ärgern kannst, wenn du ihre Sitten verletzt, hast du dich geirrt. Seine Familie wäre in der Ansicht bestätigt, dass Europäerinnen leichte Mädchen sind, und Rajiv selbst … nun ja, vielleicht wäre sein Stolz verletzt, wenn du dich so präsentierst. Aber das Resultat wäre lediglich, dass er dich nie mehr ansehen würde. Ist es das, was du willst? Wenn ja, könntest du das auch haben, ohne dich vor allen Leuten lächerlich zu machen."

Jennifer seufzte. „Ich will ihn dafür bestrafen, dass er mir so weh tut, obwohl er weiß, wie ich ihn liebe."

„Glaubst du denn, es wird für ihn leicht sein, das Hochzeitsfest vor deinen Augen abzuhalten? Du bestrafst ihn schon dadurch, dass du überhaupt erscheinst. Und erst recht, wenn du nicht so aussiehst, dass er sich für dich schämen muss, sondern absolut hinreißend in einem etwas verhüllenderem Kleidungsstück.“

„Du hast recht“, gab Jennifer mit Überwindung zu und drückte Jaclyn einen Kuss auf die Wange. Sie trat vor ihren Kleiderschrank und zog ein schlichtes weißes Kleid mit Goldknöpfen hervor. „Was hältst du davon?“

„Fabelhaft“, lobte Jaclyn.

„Nein! Weiß ist hier die Farbe der Trauer“, mischte sich Dominique wieder ein. „Und das weißt du, Jenni.“

„Ich bin in Trauer!“, schrie sie.

„Psst“, machte Jaclyn. „Fangt nicht noch einmal an. Stimmt, etwas Weißes kannst du nicht anziehen. Wie wäre es mit diesem Kleid?“ Sie hob ein geblümtes Sommerkleid in die Höhe.

„Das hatte ich schon x-Mal im Büro an“, lehnte Jennifer ab.

„Und dieses?“ Sie zog ein blaues Kleid aus dem Schrank.

„Zu kurz“, kritisierte Dominique. „Himmel, du hast ein Dutzend Panjabi-Dresses, nimm doch einen davon.“

„Ich habe es satt, in diesen Schlafanzügen herumzulaufen.“ Über Jennifers Gesicht huschte ein maliziöses Lächeln. „Ich könnte doch meinen Sari tragen, oder? Ich verspreche auch, meinen Bauchnabel zu bedecken“, fügte sie grinsend hinzu.

Dominique zuckte mit den Schultern. „Wenn es dir Spaß macht. In Indien bist du mit einem Sari für jede Gelegenheit richtig angezogen.“

Noch immer mit einem boshaften kleinen Lächeln holte Jennifer die lange rot-goldene Stoffbahn ihres Saris aus dem Schrank und erinnerte sich daran, wie

Rajiv ihn ihr in Agra um den Körper gewickelt hatte, bevor sie sich zum ersten Mal geliebt hatten. Sie wusste, dass auch er sich daran erinnern würde. Sie hatte den Sari seitdem nicht mehr getragen.

„Könntest du mir helfen, ihn anzulegen?", bat sie Jaclyn.

Diese hatte darin Übung seit ihrem Einsatz im Maharadscha-Palast von Benares.

Danach tupfte sich Jennifer das Rot von den Lippen, bürstete ihre Haare glatt, band ein goldenes Stirnband hinein und behängte sich mit dem indischen Modeschmuck, den ihr Rajiv geschenkt hatte. Zufrieden drehte sie sich vor dem Spiegel.

Auch Dominique wirkte endlich zufrieden und drängte zum Aufbruch. Als sie die Wohnung verließen, fing Jennifer den stolzen Blick auf, den er ihnen zuwarf. Jaclyn sah bezaubernd aus in ihrem silberdurchwirkten lapislazuliblauen Panjabi-Dress. Er selbst trug einen leichten hellgrauen Anzug.

„Du bist sehr hübsch im Sari", sagte er zu Jennifer und legte ihr in einer versöhnlichen Geste den Arm um die Schultern.

„Danke. Entschuldige die Ohrfeige", murmelte sie betreten. „Was sich liebt, das neckt sich, nicht wahr?"

Er nickte lächelnd.

„Ich würde eher sagen, Pack schlägt sich, Pack verträgt sich", kommentierte Jaclyn. „Und nun kommt, wir sind spät dran."

***

Die religiöse Zeremonie in der Moschee hatte bereits am Vormittag stattgefunden. Da die Ungläubigen nicht daran teilnehmen durften, hatte Rajiv Dominique, Jennifer, Jaclyn und John für den Nachmittag eingeladen.

Auch Mr Stacy und Helen Forster wollten später kurz vorbeischauen.

Ein heftiger von starken Windböen begleiteter Monsunschauer war gerade heruntergegangen und trotz des Regenschirms, unter den sie sich zu dritt gedrängt hatten, kamen sie völlig durchnässt im Haus von Rajivs Eltern an. Dort herrschte fröhliches Stimmengewirr, indische Musik plärrte aus dem Wohnzimmer, überall saßen und standen die Gäste.

Sie streiften ihre Schuhe ab und legten sie auf den Haufen, der bereits an der Tür lag. Mit Straßenschuhen einen indischen Haushalt zu betreten, war verpönt, egal wie komisch Socken oder nackte Füße zu den eleganten Anzügen der Hochzeitsgäste aussehen mochten.

In der Diele trafen sie auf John, der allein mit einem Glas Tee in der Hand herumstand. „Ach, da seid ihr ja endlich", sagte er erleichtert. „Ich kenne hier keinen Menschen außer Rajiv. Wow, Jenni, du siehst toll aus im Sari. Wenn du nur nicht so nass wärst ..." Er zückte ein sauberes Taschentuch und machte sich dran, ihr die Tropfen von der Stirn zu tupfen.

„Wie geht es dir?", fragte er teilnahmsvoll.

„Bestens, danke!", strahlte Jennifer. Dann ließ sie den Kopf an seine breite Schulter sinken. „Ich fühle mich beschissen", vertraute sie ihm leise an.

In diesem Augenblick erschien Rajiv, der gerade Dominique und Jaclyn ins Wohnzimmer geleitet hatte. „Ich sehe, man tröstet sich schon", sagte er sarkastisch.

„Die Eifersucht steht dir an diesem Tag schlecht zu Gesicht", fauchte Jennifer und rückte von John ab.

„Ich werde dann wohl nicht mehr gebraucht", grummelte dieser und verzog sich ins Wohnzimmer.

Jennifer und Rajiv sahen sich an. Er trug einen dunkelgrauen Anzug mit weißem Hemd, von dem sich sein frisch rasiertes Gesicht sanft und jung abhob. Seine dunklen Augen leuchteten, und verärgert stellte sie fest, wie attraktiv sie ihn fand.

„Musstest du ausgerechnet heute diesen Sari anziehen?", fragte er wehmütig. „Du bist wunderschön. Und patschnass. Komm mit, ich werde dir ein Handtuch geben."

Jennifer folgte ihm in das angrenzende Badezimmer. Kaum hatte Rajiv die Tür geschlossen, lagen sie sich in den Armen.

„Herzlichen Glückwunsch übrigens", flüsterte sie. „Dominique hat das Geschenk ..."

„Du kannst dir nicht vorstellen, wie nervös ich bin", murmelte er.

„Wieso? Du bist das Heiraten doch gewöhnt", zog sie ihn auf.

„Glaubst du nicht, ich würde die kommende Nacht lieber mit dir verbringen als mit einem Mädchen, das ich überhaupt nicht kenne und das wahrscheinlich aus Angst vor mir zittern wird? Ich durfte sie bis jetzt noch nicht mal ohne Schleier sehen."

„Armes Häschen", sagte Jenni mit mildem Spott, und wusste nicht, ob sie Rajiv meinte oder seine Braut. „Und du erwartest von mir, dass ich dich bedauere, ja? Oder etwa, dass ich dir für deine Hochzeitsnacht einheize?"

Als Antwort klatschte ein Handtuch vor ihre Brust. Jennifer fing es auf und tupfte ihre Arme, Haarspitzen und die Stoffbahnen ihres Saris ab.

Es klopfte kurz und heftig an der Tür, dann trat eine ältliche Inderin ein. Sie zischte Rajiv etwas zu. Nach dem Tonfall und der Art, wie sie sie missbilligend beäugte, vermutete Jennifer, dass es Rajivs Mutter war.

Mechanisch legte sie die Handflächen zusammen und neigte den Kopf in ihre Richtung. Frau Mansâni erwiderte ihre Geste höflich, aber ohne eine Spur von Wärme.

Rajiv legte Jennifer die Hand auf den Rücken. „Geh zu den anderen Gästen, Jenni. Ich komme gleich nach."

Nachdem dir Mama die Leviten gelesen hat, weil du dich an deinem Hochzeitstag mit dem weißen Flittchen im Bad hast erwischen lassen, dachte Jennifer verächtlich. Ohne ein weiteres Wort schritt sie erhobenen Hauptes davon und war froh, statt des kurzen engen Kleides den Sari zu tragen, der ihr eine gewisse Würde verlieh.

Sie setzte sich zwischen Dominique und John auf die am Boden im Kreis angeordneten Kissen, nahm eines der appetitlichen orientalischen Gebäckstücke, die in üppiger Auswahl auf silbernen Anrichteplatten lagen, und ließ sich ein Glas Pfefferminztee reichen. Während sie an dem zuckrigen, klebrigen Kuchen knabberte, ließ sie ihren Blick durch den Raum schweifen, über die fröhliche Menschenmenge, die plauderte, summte, Tee trank und unbekümmert Gebäck auf die Orientteppiche krümelte. Als sie die Braut erspäht hatte, musterte sie sie aufmerksam.

Wie es der muslimischen Hochzeitstradition entsprach, trug die junge Braut ein rotes Kleid und einen zarten roten Schleier, der ihr Gesicht vollkommen verhüllte. Er war jedoch durchsichtig genug, um ein hübsches, kindlich-rundes Gesicht erahnen zu lassen. Ihre kleinen Hände waren mit Henna bemalt. Die dicken silbernen Armreifen schienen zu schwer für ihre schmalen Handgelenke.

Jennifer war plötzlich erleichtert, nicht an ihrer Stelle zu sein. So sehr sie Rajiv auch lieben mochte, wusste sie auf einmal wieder, in welche Welt sie gehörte. Und sie wusste auch, dass sie keinen Mann wollte, der nicht Manns genug war, sich seinen Eltern zu widersetzen, Traditionen hin oder her.

„Was haben deine Eltern gesagt, als du Deutschland verlassen hast und nach Indien gehen wolltest, John?“, wandte sie sich an ihren Sitznachbarn.

Er sah sie verblüfft an. „Sie waren außer sich und haben mich für verrückt erklärt.“

„Aber du bist trotzdem gegangen.“

„Ja, wie du siehst … Warum fragst du?“

„Ach, nur so.“ Sie lächelte mysteriös und begann sich besser zu fühlen.

3

Drei Wochen später überraschte Jennifer Rajiv dabei, wie er im Büro die Stellenanzeigen in einer englischsprachigen indischen Wirtschaftszeitung studierte.

„Suchst du einen neuen Job?", fragte sie bestürzt und setzte sich auf die Kante seines Schreibtischs.

Seit seiner Hochzeit waren sie einander aus dem Weg gegangen. Es hatte sich mehr oder weniger so ergeben, da Rajiv zuerst einige Tage Urlaub genommen hatte und danach eine Woche auf Dienstreise in Madras gewesen war.

„Ja, Jenni. Aber bitte sag es nicht weiter, das soll hier möglichst noch keiner wissen."

„Willst du meinetwegen gehen?" Sie sah ihn beklommen an.

„Nein. Du weißt, dass ich Wirtschaftsingenieurswesen studiert und diesen Detektivjob nur angenommen habe, weil ich nach meinem Studium nichts Besseres gefunden habe. Aber es wird Zeit, dass ich mich ernsthaft um meine Karriere kümmere. Schließlich habe ich jetzt zwei ..." Er verschluckte den Rest seines Satzes, aber Jennifer hatte auch so verstanden.

„Und, hast du schon etwas in Aussicht?"

„Ja, ich bin auf mehreren interessanten Fährten. Ich hoffe, dass es zum Ende des Monsuns klappt."

Also zum Herbst, übersetzte sich Jennifer. So bald schon. Es versetzte ihr einen Stich.

„Und wir sehen uns dann nicht mehr, oder?", fragte sie gepresst.

„Das liegt bei dir. Ich bin nach wie vor dazu bereit, aber es soll keine zu belastende Situation für dich werden, mein Herz.“

„Vielleicht ist es besser so“, sagte sie mit steifen Lippen. „Es wird einfacher sein, einen Schlussstrich zu ziehen, wenn wir uns nicht mehr jeden Tag sehen müssen.“

„Willst du es wirklich beenden?“, fragte er ein wenig verletzt.

Jennifer verschränkte die Arme vor ihrer Brust. „Ich weiß nicht. Ich brauche etwas Abstand, um das beurteilen zu können. Ich weiß nicht mehr, was ich will oder nicht will. Aber ich glaube, dass unsere Beziehung mich von nun an nur weiter frustrieren und noch unglücklicher machen wird.“

Seufzend schloss Rajiv die Zeitung. „Fährst du bald in Urlaub?“

„Nicht bald genug. Erst in einem Monat.“

„Wohin?“

„Ich fliege zu meiner Mutter nach Paris und dann fahre ich mit ihr und ihrem Mann zwei Wochen ins Languedoc-Roussillon und in die Carmargue.“

„Wo liegt das?“

„In Südfrankreich, es ist das Küstengebiet zwischen Spanien und der Côte d'Azur. Es ist wunderschön dort.“

„Wie gerne würde ich mit dir dort hinfahren“, sagte Rajiv sehnsüchtig.

Jennifer lächelte schief. „Ich wäre auch lieber mit dir dort als mit Mutter und ihrem blöden Typen. Obwohl … ich habe meine Mutter schon fast anderthalb Jahre nicht mehr gesehen, sie fehlt mir direkt. Danach fliege ich eine Woche mit einer Freundin in den Club Med auf Sizilien.“

„Du wirst dort einen anderen Mann kennenlernen“, befürchtete Rajiv.

„Die Chancen, dass er auch in Indien lebt, sind äußerst gering. Es wäre also kaum mehr als ein Urlaubs-
flirt.“

„Ich werde ein paar unruhige Wochen haben.“

„Tut mir leid, aber ich verspreche dir nicht die Treue.“

„Dann ist es vielleicht wirklich besser, wenn wir uns
trennen. Zumindest provisorisch.“

„Ja. Wenn wir füreinander bestimmt wären, wäre alles weniger kompliziert“, meinte sie nachdenklich.

„Vielleicht. Nun, denke in deinem Urlaub darüber
nach. Inschallah.“

„Que sera, sera“, sagte Jennifer fatalistisch.

***

Auch zwischen Dominique und Jaclyn standen die
Dinge mittlerweile nicht zum Besten.

„Wir müssen uns mal über die Zukunft unterhalten“,
sagte Jaclyn im Juli. „Mein Jahr in Indien ist bald vorbei. Peter wird im Oktober zurückkommen.“

Dominique hasste Zukunftsgespräche. Seine Voraus-
planung beschränkte sich auf den jeweiligen Fall, an
dem er arbeitete. Jetzt, Anfang Juli, hatte er sich noch
nicht einmal entscheiden wollen, wohin er im August
in Urlaub fahren wollte.

„Rajiv hat mir anvertraut, dass er die Agentur verlassen will und bereits einen anderen Job in Aussicht hat“,
sagte er. „Du könntest seinen Platz einnehmen.“

„Nein, ich will nicht auf unbestimmte Zeit in Indien
bleiben“, lehnte Jaclyn sehr entschieden ab. „Ein Jahr
ist genug. Ich möchte wieder in London leben. Kommst
du mit?“

Dominique zögerte. Eine Menge hing von seiner Antwort ab. „London ...“, sagte er so zweifelnd, als habe sie
ihm Grönland vorgeschlagen.

„Du hast mehr als einmal gesagt, dass du genug von Indien hast", erinnerte Jaclyn.

„Indien und ich, das ist so eine Art Hassliebe. Ja, ich habe eigentlich genug von Indien, aber gleichzeitig bin ich nicht sicher, ob ich wirklich weg möchte."

„Es würde dir in London sicher gefallen. Es ist eine schöne Stadt. Und bestimmt findet sich eine Möglichkeit, dass du dort bei Stacy & Langmaster Arbeit bekommst."

Dominique sehnte sich plötzlich nach einer Zigarette. Jaclyn zuliebe hatte er sich das Rauchen vor vier Monaten abgewöhnt.

„Ich würde auch mit dir nach Paris gehen, wenn dir das lieber ist, aber ich fürchte, mein Französisch reicht nicht aus, um dort Arbeit zu finden."

„Das würdest du schnell lernen. Aber bei der aktuellen wirtschaftlichen Lage in Frankreich bin ich nicht mal sicher, ob ich dort überhaupt Arbeit finden würde. Ich muss auch an Jennifer denken. Sie hat sich gerade in Indien eingelebt, soll ich sie schon wieder da herausreißen?"

„Hast du etwa den Eindruck, sie ist hier glücklich?"

„Es liegt nur an ihren verdammten Männergeschichten, wenn sie nicht glücklich ist. Das wäre in Frankreich dasselbe."

„Schon, aber denk mal an ihre berufliche Zukunft. Sie muss unbedingt eine richtige Ausbildung machen. Sie hat doch nichts in den Händen. Irgendwann will sie bestimmt nach Frankreich zurück. Was glaubst du, was sie dort finden würde mit einem Lebenslauf, auf dem bei Ausbildung ein Strich steht und bei Berufserfahrung eine Detektivagentur in New Delhi?"

„Ich werde bei Gelegenheit mit Cathérine darüber reden", beschloss Dominique.

„Bei welcher Gelegenheit? Wann willst du das nächste Mal nach Paris?"

„Keine Ahnung."

„Dominique, du bist echt unfähig, irgendwas zu planen", warf sie ihm vor. „Willst du dich dein Leben lang treiben lassen wie ein Blatt im Wind?"

„Schreib mir nicht vor, wie ich mein Leben zu leben habe!", entgegnete er wütend. „Ich bin einundvierzig Jahre lang auch ohne deine guten Ratschläge klargekommen! Du verkörperst genau das, was ich in Europa so zum Kotzen finde: man muss ein Ziel vor Augen haben, sich ständig weiterentwickeln, Karrierestrategien haben und einen Bausparvertrag. Zwei Jahre vorher wird geplant, welches Auto man sich zwei Jahre später kaufen wird, und im Januar wird entschieden, wohin man im August in Urlaub fährt."

„Du passt sehr gut zu all diesen in Indien gestrandeten Weltenbummlern", erwiderte sie verletzt und verächtlich. „Dann bleib hier und vegetiere weiter ziellos zwischen Müll und Verwesungsgeruch!" Türenknallend verließ sie das Wohnzimmer.

Dominique blieb eine Weile auf der Couch sitzen und versuchte, sich das Leben ohne Jaclyn in Indien vorzustellen. Und wie ein Leben mit ihr in London sein könnte. Jaclyn vermittelte ihm ein Gefühl von Geborgenheit, das er nie zuvor gekannt hatte. Gleichzeitig bemerkte er bestürzt, dass sich schon nach so wenigen Monaten ermüdende Routine eingeschlichen hatte. Er ertappte sich dabei, dass er hin und wieder sehnsüchtig an andere Frauen dachte. Peter würde bald aus Amerika zurück sein, sie könnten ihr sorgloses und amüsantes Junggesellenleben wieder aufnehmen. Aber Jaclyns Fortgehen würde eine große Lücke hinterlassen, nichts wäre mehr wie zuvor. Er war unfähig, eine Entscheidung zu treffen. Jaclyn hatte recht.

Er erhob sich schließlich und ging ins Schlafzimmer. Sie lag nicht, wie befürchtet, weinend auf dem Bett, sondern räumte in ihrem Kleiderschrank herum.

Wie Jennifer hatte auch Jaclyn unfreiwillig einiges Gewicht verloren, seit sie in Indien lebte. Dominique fiel zum ersten Mal auf, dass ihre Wangen und Schultern ausgezehrt wirkten und Schatten der Ermüdung unter ihren Augen lagen. Sie war gewiss nicht zimperlich, doch die harte Arbeit bei glühender Tropensonne und häufige Infektionskrankheiten aller Art zehrten auch an ihrer robusten Natur. Nur wenige Europäer waren tatsächlich für ein Leben auf diesem unbarmherzigen Subkontinent geschaffen, erkannte Dominique.

„Du hast Heimweh, nicht?", fragte er leise und legte ihr die Hände auf die Schultern.

„Ja", gab sie zu. „Nach kühler klarer Luft, sauberen Straßen mit schönen Häuserfassaden, der Auswahl in Boutiquen und Supermärkten, europäischem Essen, Theater- und Konzertbesuchen und lieblicher Graslandschaft ... Ich weiß, das klingt albern."

„Nein, gar nicht. Das ist normal. Aber ich habe Angst, im sauberen, wohlgeordneten und organisierten Europa nicht zurechtzukommen und mich nach dem indischen Chaos zurückzusehnen."

Jaclyn atmete tief ein und aus und drehte sich zu ihm um. „Was wird jetzt aus uns beiden?"

„Ich weiß es nicht. Du hast recht, ich bin unfähig, Zukunftspläne zu schmieden. Aber ich liebe dich, Jacky."

Sie schlang die Arme um seinen Hals. „Ich liebe dich auch. Nur werde ich Indien nicht mehr lange ertragen."

„Wir werden eine Lösung finden. Aber lass uns klein anfangen: wie wäre es, wenn wir versuchen, uns auf ein Ziel für den Sommerurlaub zu einigen?"

Sie verbrachten den Abend bei einer Flasche Wein auf dem Balkon, um über den Urlaub zu sprechen. Da die Agentur nicht geschlossen wurde, konnten sie aus

Vertretungsgründen nur zwei Wochen gemeinsam Urlaub nehmen.

Jaclyn versuchte, Dominique einen kombinierten Aufenthalt in London und Irland schmackhaft zu machen, doch London war ihm nicht erholsam genug und vor Irland verspürte er nach wie vor ein gewisses Unbehagen. Überhaupt war ihm Nord- oder Mitteleuropa zu weit weg und nicht exotisch genug.

Eine Fotosafari durch Tansania mit anschließendem Badeurlaub auf Sansibar hätte sie beide begeistert, aber dafür waren keine Plätze mehr frei, wie der Gang ins Reisebüro am nächsten Tag ergab.

„Im August werden Tansania und Kenia von Europäern überflutet", sagte die Reisebüroangestellte. „Da hätten Sie schon im Januar buchen müssen."

Jaclyn warf Dominique einen schrägen Seitenblick zu.

Genauso verhielt es sich mit Wassersporturlaub auf den Malediven, einem Segeltörn durch die griechischen Inseln und allen anderen Zielen, die in die engere Wahl gekommen waren. Urlaub in Indien, wie etwa Kerala, Kashmir oder Pondicherry, kam für Jaclyn nicht in Frage.

Sie gingen die Last-Minute-Angebote durch und einigten sich schließlich auf einen Aufenthalt in Fethiye, einen hübschen Ferienort an der Küste der Südtürkei.

Sie schlossen den Pakt, im Urlaub nicht über das heikle Thema ihrer Zukunft zu reden, und so wurden es erholsame Ferien, in denen sie zueinander zurückfanden.

Sie waren beide noch nie in der Türkei gewesen und stellten fest, dass es dort viel zu entdecken gab. Wenn sie nicht durch die Gegend fuhren und antike Stätten, malerische Dörfer oder geologische Besonderheiten besichtigten, badeten sie im warmen türkisblauen Meer,

machten Strandspaziergänge oder faulenzten. Es war
sehr heiß, aber die Hitze war weniger schwül und sehr
viel erträglicher als in Indien, denn es wehte stets eine
kräftige Brise vom Meer herauf. Das Essen war ausgezeichnet, und Jaclyn genoss die nur mild gewürzten Gerichte, bei denen Fleisch noch nach Fleisch und Fisch
nach Fisch schmeckte. Sie waren angetan von der herzlichen Gastfreundschaft der Einheimischen, auch
wenn diese nicht frei von kommerziellem Interesse
war.

Abends bummelten sie durch die hell erleuchteten
Basare oder betrachteten händchenhaltend den klaren
Sternenhimmel, während sie in Strandcafés oder O-
pen-Air-Nachtclubs saßen und türkische Weine pro-
bierten. Dominique stellte erleichtert fest, dass er eifersüchtig reagierte, wenn die türkischen Männer Jaclyn
begehrliche Blicke zuwarfen oder im Vorbeigehen
charmante Bemerkungen machten. Und auch ihr gefiel
es nicht, wenn alleinstehende Touristinnen mit Dominique zu flirten versuchten, sobald sie selbst den Rücken gekehrt hatte. Sie lachten hinterher gemeinsam
darüber und waren so verliebt wie in ihrer Anfangszeit.

***

Auch Jennifer tat ihr zweifacher Urlaub gut, und sie
schaffte es, Abstand zu Rajiv zu gewinnen.

Nach anderthalb Jahren Abwesenheit von Frankreich genoss sie es, nach Paris zurückzukehren und
dann in den Süden des Landes zu fahren, der sie an die
Ferien ihrer Kindheit erinnerte. Sie freute sich, endlich
ihre Mutter wiederzusehen, und die Zeit war zu kurz,
um die alten Spannungen aufkommen zu lassen. Stattdessen berichtete sie begeistert von ihrem aufregenden
Leben in Indien und der Faszination des fremdartigen

Landes. Cathérine war erleichtert, ihre Tochter in so guter Verfassung zu erleben.

Auf Sizilien hatte Jennifer einen heftigen Flirt mit einem Landsmann aus Limoges, wobei sie das sorglose Vergnügen ihrer vergangenen Abenteuer wiederfand. Sie kehrte mit dem festen Entschluss nach Delhi zurück, sich endgültig von Rajiv zu trennen.

Istanbul, 1993

Als Gülay am nächsten Abend Dominiques Zimmer betrat, lag er ein wenig aufrechter als sonst in den Kissen und blickte ihr erwartungsvoll entgegen.

„Gülay, was ist mit meiner Tochter? Warum kommt sie mich nicht mehr besuchen? Ist sie etwa abgereist?"

Die Krankenschwester biss sich auf die Lippen. Das war die Frage, die sie befürchtet hatte.

„Nein, sie ist nicht abgereist. Sie liegt selbst im Krankenhaus."

„Was hat sie?", fragte er erschrocken.

Gülay setzte sich an sein Bett, zögerte.

Dominique wurde blass. „Wie schlimm ist es? Ist sie in Lebensgefahr?"

„Nein, nicht mehr. Sie ... sie hat versucht, sich umzubringen."

„Sich umzubringen", flüsterte er fassungslos. „Um Gottes Willen ... was hat sie ...?"

„Sie hat hier im Krankenhaus Schlaftabletten gestohlen. Aber sie ist über den Berg", versicherte Gülay hastig. „Nur ... sie will Sie nicht sehen, Dominique."

„Will mich nicht sehen", echote er tonlos. „Hat sie einen Brief ...?"

„Nein."

„Vielleicht war es ein Unfall. Sie hat nie Schlaftabletten genommen, sie muss die Dosis unterschätzt haben."

Gülay schüttelte den Kopf. „Dafür waren es zu viele. Als sie Sie das letzte Mal besucht hat, war sie sehr durcheinander. Das war kurz vor ihrem Selbstmordversuch, Sie haben noch auf der Intensivstation gelegen. Sie schien zu glauben, dass sie auf Sie geschossen hat."

„Unsinn, sie war ja gar nicht dabei ..." Dominique runzelte die Stirn.

„Erinnern Sie sich wieder an den Tag?"

„Nein, ich habe immer noch einen Blackout", gab er zu.

„Wie können Sie dann so sicher sein?"

„Himmel, sind Sie von der Kripo, Gülay?"

„Nein, aber die Polizei wird Sie in den kommenden Tagen befragen."

„Was ist mit Fingerabdrücken auf der Waffe?"

„Die Tatwaffe ist nicht gefunden worden. Nach den Kugeln, die der Chirurg aus Ihrer Brust geholt hat, war es nicht Ihre, Dominique. Soviel ich weiß, deutet alles auf diese Italienerin hin, die noch auf der Flucht ist, aber wenn Ihre Tochter sich selbst beschuldigt, wird es kompliziert."

„Verdammt, wie kommt sie nur auf solche hirnrissigen Ideen?" Dominique schüttelte den Kopf. „Sie würde nie auf mich schießen, sie liebt mich."

„Ihre Zimmernachbarn im Hotel wollen gehört haben, dass Sie beide an diesem Tag einen heftigen Streit hatten. Seien Sie also auf unangenehme Fragen der Polizei gefasst", warnte sie.

„Woher wissen Sie das alles?"

Gülay lächelte. „Ihre Geschichte war tagelang das Thema Nummer eins im Krankenhaus."

„Ich muss zu Jennifer." Er richtete sich auf, warf die Bettdecke zur Seite und wollte die Beine aus dem Bett schwingen.

„Hey, lassen Sie das!", rief sie erschrocken. „Es geht Ihnen noch nicht gut genug, um hier nach Belieben herumzuspazieren."

„Irgendwann muss ich ja wieder damit anfangen.“

„Aber nicht heute Abend. Und nicht ohne vorherige ärztliche Untersuchung.“

„Dann rufen Sie einen Arzt.“

„Nein. Hören Sie, Dominique, es ist schon neun Uhr abends, Jennifer wird bereits schlafen. Sie ist erschöpft und braucht Ruhe. Und überhaupt wissen Sie ja gar nicht, wo sie liegt.“

„Sie werden es mir sagen.“

„Und meinen Job verlieren, wenn Ihnen was passiert? Ich mache Ihnen einen Vorschlag: morgen früh lasse ich einen Pfleger kommen, der Sie im Rollstuhl zu Jennifer bringt. Einverstanden?“

„Habe ich eine Wahl?“, knurrte er.

„Kommen Sie, strecken Sie sich wieder aus, und ich mache Ihnen eine kleine Spritze fertig, damit Sie gut schlafen.“

„Kein Morphium mehr, darüber waren wir uns doch einig.“

„Man darf es nicht abrupt absetzen, Sie könnten Entzugserscheinungen bekommen.“

„Das nehme ich in Kauf.“ Ächzend ließ er sich in die Kissen zurücksinken.

„Nun gut. Aber nehmen Sie wenigstens ein Schlafmittel.“

„Ich will jetzt nicht schlafen. Ich erfahre, dass meine Tochter versucht hat, sich umzubringen, weil sie sich einbildet, auf mich geschossen zu haben, und da soll ich schlafen, als ob nichts wäre?“

Gülay seufzte. Er war kein bequemer Patient, aber er schien auf dem Wege der Besserung zu sein.

„Dann erzählen Sie mir, wie es so weit gekommen ist mit Ihnen und Jennifer. Was ist vorgefallen?“

„Nach Jaclyns Tod ist so einiges passiert ...“

„Jaclyn ist gestorben?“ Sie sah teilnahmsvoll auf ihn hinunter. „Was ist geschehen?“

„Ich werde es Ihnen erzählen. Es ist eine traurige Geschichte." Dominique starrte an die Decke und fröstelte.

Gülay warf einen raschen Blick zur Uhr. Sie hatte einiges zu tun, aber das musste noch ein wenig warten.
Sie war viel zu gespannt auf die Fortsetzung seiner Geschichte.

Weiter geht's mit Band 2 „Trügerisches Paradies"